PAULINE MAI

Liebe funkelt apfelgrün

Pauline Mai

Liebe funkelt apfelgrün

Roman

blanvalet

Das Zitat auf S. 26 stammt aus »E-M@il für dich«,
Regie: Nora Ephron, Warner Bros., 1999.

MIX
Papier aus verantwortungsvollen Quellen
FSC® C014496

Klimaneutral*
Druckprodukt
ClimatePartner.com/14044-1912-1001

Penguin Random House Verlagsgruppe FSC® N001967

1. Auflage
Originalausgabe 2022 by Blanvalet in der
Penguin Random House Verlagsgruppe GmbH,
Neumarkter Str. 28, 81673 München

Dieses Werk wurde vermittelt durch die
Literarische Agentur Michael Gaeb.
Redaktion: Angela Kuepper
Umschlaggestaltung und -motiv: www.buerosued.de
DK · Herstellung: sam
Satz: Buch-Werkstatt GmbH, Bad Aibling
Druck und Bindung: GGP Media GmbH, Pößneck
Printed in Germany
ISBN 978-3-7341-1053-5

www.blanvalet.de

1

Applemore, Juni 2019

Winzige silbrig graue Kieselsteine rieben aneinander und knirschten unter jedem meiner Schritte. Ich folgte dem schmalen Weg an Sträuchern und Hecken in einem leuchtenden Grün vorbei, wie es wohl nur hier in Schottland zu finden war. Es musste in den letzten Tagen geregnet haben – oder vielleicht sogar erst in den vergangenen Stunden. In der Luft lag noch der tiefe, erdige Duft, und das satte Pflanzengrün erzählte von vollgesogenen Wurzeln und Blättern. Doch nun brachen Sonnenstrahlen durch die Wolkenfetzen am Himmel und wärmten mich, was bitter nötig war, denn die raue Brise hatte sich längst unter all meine Kleiderschichten geschlichen und mir eine Gänsehaut am ganzen Körper beschert. Einige blonde Locken hatten sich aus meinem Dutt gelöst, der nur noch einem Kuddelmuddel glich; sie tanzten wild um mein Gesicht und kitzelten mir Stirn und Wangen.

Als sich die Rollen des Koffers auf dem Kies verhakten, hob ich ihn an und wuchtete ihn Schritt für Schritt über den Weg, wobei ich versuchte, über die Hecke zu blinzeln und einen Blick auf das Cottage zu erhaschen. Aber meine Einssechzig reichten einfach nicht aus, zumal ich mit dem schweren Gepäck nicht gerade beweglich war. Darin befand sich Kleidung für zwei ganze Monate. Zwei Monate – was mir zu Hause wie ein Fingerschnippen erschienen wäre, erstreckte sich nun vor mir wie eine kleine Ewigkeit: zwei Monate in einer mir völlig fremden Umgebung, in einem fremden Haus, einem fremden Dorf. Bei dem Gedanken daran begann sofort wieder das Wirbelspiel in meinem Bauch, und ein nervöses Lächeln schlich sich auf mein Gesicht. Doch gleichzeitig stiegen auch Zweifel auf: Würde ich mir all die Zeit überhaupt vertreiben können, so ganz ohne Freunde, die ich mal eben anrufen könnte, um sie auf einen Kaffee zu treffen, und ohne Arbeit? Nun gut, die hatte ich ja sowieso nicht mehr, seitdem das Hotel pleitegegangen war. Trotzdem schoss mir die Frage durch den Kopf, ob ich zu überhastet aus Heidelberg abgereist war. Ich hatte nur daran gedacht, dort wegzukommen. Was, wenn ich mich am Ende hier gar nicht wohlfühlen würde und ein Übel gegen das andere eingetauscht hätte?

Doch bevor ich dem Gedanken weiter nachhängen konnte, passierte ich das letzte Stück Hecke, das mir noch den Blick auf das Haus verstellt hatte – und blieb abrupt stehen. Der Koffer landete mit einem Rumsen auf meinem Fuß.

»Du blödes … du blödes Schrottding!«

Ich hob das Bein an und rieb mir den Fuß durch den dünnen Schuh. Doch der Schmerz konnte den Bann nicht lindern, den der Anblick des Hauses auf mich ausübte. Auf der Housesitting-Seite hatte ich bereits Bilder davon gesehen und mich sofort verliebt. Aber nun, da ich leibhaftig davorstand, spürte ich erst die volle Wirkung. Und sofort waren die Zweifel vergessen, die eben noch aufkommen wollten.

Es war ein waschechtes schottisches Cottage: größer, als ich erwartet hatte, zweigeschossig, mit gelbem Anstrich, der von einzelnen Natursteinen in der Fassade durchbrochen wurde. Hier und da wuchsen Efeu und gelb blühende Rankrosen an den Wänden empor. Die in weißes Gitter eingefassten Fenster waren im Erdgeschoss recht groß. Im oberen Stockwerk waren sie kleiner, dafür aber in Erker mit spitzen Dächern eingelassen. Eine Holzbank befand sich vor dem Haus. Und ich sah schon vor mir, wie ich dort saß, den Blick über die Wildwiese mit den grasenden Schafen schweifen ließ, die sich davor erstreckte, und den leicht moorigen Duft der Natur in mich aufnahm. Das Cottage stand zwar nicht ganz frei – rechts daneben ragte die Fassade des Nachbarhauses auf, dessen Garten an diesen hier angrenzte –, doch es war das letzte in der Reihe des Dorfes und wirkte bereits ziemlich abgeschieden und friedlich.

Ich war mit dem Bus aus Edinburgh angekommen. Wir hatten uns zwischen grün bewachsenen Hügeln, die einer Butterwerbung entsprungen schienen, und grauen Felsen hindurchgeschlängelt, um schließlich hier in Applemore zu landen, einem Nachbarörtchen von Killin im Herzen Schottlands. Zweimal hatte ich umsteigen müssen, doch all die Mühe war es wert gewesen, nun, da ich vor diesem Traum von einem Cottage stand.

Plötzlich wurde ich ganz zappelig. Ich wollte es von innen sehen! Ich zog mein Handy hervor und öffnete die letzte Mail, die Mrs. Bains, die Hausbesitzerin, mir geschickt hatte.

Hallo Mila,
das Cottage wartet nun auf dich. Wir sind schon zu meiner Schwester aufgebrochen und haben in der Eile alles hoffentlich noch so vorbereiten können, dass du dich wohlfühlen und angenehme zwei Monate in Applemore verbringen wirst. Der Schlüssel für die Eingangstür steckt unter dem Topf mit der Distel, von

der ich dir auch ein Foto mitschicke. Du wirst sie sofort finden.

Im Haus erwarten dich weitere Erklärungen, für den Fall, dass du sie benötigst. Und falls doch eine Frage offenbleibt, zögere nicht, dich bei uns zu melden.

Eine sichere Anreise wünschen wir dir und eine tolle Zeit im guten alten Applemore!

Ruth und Rory Bains

Ich sah zwischen dem Blumenfoto und dem Eingang hin und her. Die dunkelgrüne Haustür wurde von einigen Töpfen aus Terrakotta mit Kräutern und bunt blühenden Blumen flankiert. Und da war sie, die Distel, pink unter all dem Grün und den pudrigen Blumen. Als ich die Mail bekommen hatte, hatte ich mich gefragt, warum man ausgerechnet eine Distel in einen Topf pflanzte, bei der es sich doch eigentlich um ein Unkraut handelte. Aber unter all den Wildblumen und dem Grün im Garten fand ich sie tatsächlich wunderschön. Ich tastete die Unterseite des Topfes ab und erfühlte das kühle Metall eines Schlüssels.

Gespannt zückte ich ihn und steckte ihn ins Schloss. Was mich wohl auf der anderen Seite der Tür erwartete? Es fühlte sich ein bisschen so an, als würde ich mit dem Öffnen dieser Tür ein neues Leben beginnen. Das war ja schließlich auch die Idee dieser Reise gewesen: Ich hatte einfach weggemusst, wollte all das Drama und die bösen Gefühle zurücklassen, die in Heidelberg an jeder Ecke gelauert hatten.

Als ich nun die Tür öffnete, entfuhr mir ein Laut des Staunens. Vom Schwung plötzlicher Euphorie erfasst, trat ich in den offenen Flur, der rechts den Blick auf ein geräumiges Wohnzimmer freigab. Warme honigfarbene Holzfußböden untermalten den heimeligen Eindruck der Polstermöbel, die um einen Kamin gruppiert waren. Ein Bücherregal links neben dem Sofa lud dazu ein, den Blick über die Buchrücken schweifen zu lassen. Und vor dem Fenster auf der rechten Seite stand eine weitere kleine Couch, die perfekt schien, um sich dort mit einer Decke einzukuscheln, zu lesen und dann und wann aus dem Fenster in den Himmel zu schauen.

Aufgeregt drehte ich eine Runde durch den Raum und lief dann schnell in den nächsten, der sich gleich gegenüber befand: eine geräumige Wohnküche, die von einem der großen Fenster erhellt wurde. Die Landhausmöbel waren in einem matten Gelb lackiert, eine Kücheninsel mit zwei Hockern stand in der Mitte, davor ein schöner alter Holztisch, an dem acht Stühle Platz fanden. Auf der Kücheninsel entdeckte ich einige Papiere und eine große Schale mit knackig grünen Äpfeln neben einer Grußbotschaft von Mrs. Bains: *Willkommen in Applemore!* Sie wünschte mir nochmals einen schönen Aufenthalt und hatte alle wichtigen Nummern notiert sowie verschiedenste Anleitungen und Anweisungen für die Geräte und sogar den Flyer eines Pizzalieferdienstes dazugelegt. Auf dem Boden standen zwei Näpfe, die entweder blitzeblank ausgeleckt oder von Mrs. Bains gespült worden waren. Als Housesitterin würde ich nicht nur das Cottage hüten, sondern auch zwei Katzen – von denen bisher allerdings nichts zu sehen war. Vielleicht wuselten sie irgendwo im Haus herum, oder sie waren durch die Katzenklappe entwischt und streunerten in der Gegend umher. Na, die würde ich schon noch herbeilocken!

Beschwingt ließ ich die Küche hinter mir und lief zu der schmalen Treppe, die in das zweite Geschoss führte. Während ich Stufe um Stufe nach oben nahm, besah ich die Fotos, die hier hingen. Die Bains' schienen mir die typische Bilderbuchfamilie zu sein: Mutter und Vater, zwei Jungs, ein Hund. An der Konstellation änderte sich, bis auf das Verschwinden des Hundes, auf den neueren Bildern und das Altern der Familie nichts. Sie schien glücklich, geradezu sorgenfrei. Die Jungen hatten das blonde Haar und die beinahe weiße Haut des Vaters geerbt, dafür hatten sie die Grübchen von ihrer Mutter, die sich bei ihrem ansteckenden Lächeln fast über die gesamten Wangen zogen. Bestimmt hatten sie mit diesem Lächeln schon so manchem Dorfmädchen den Kopf verdreht.

Schmunzelnd kam ich oben an, wo fünf Türen von einem kleinen Flur abgingen. Ich folgte der einladenden Haftnotiz an der ersten Tür, auf der mit Edding dick geschrieben stand: *Sweet dreams, Mila!* Sie führte in ein Schlafzimmer mit großem Bett und Blumen überall. Den Bettüberwurf, die Vorhänge, selbst den Bezug der Nachttischlampen zierte ein blasses Rosenmuster. Ich fühlte mich sofort in meinem Element, denn ich liebte alles mit Blumen. So ziemlich jedes Kleidungsstück in meinem Koffer wartete mit Blumen in verschiedensten Formen und Farben auf. Besonders mochte ich geblümte Kleider, die mir bis zu den Waden reichten und sie luftig umspielten, sodass ich mich frei und romantisch wie eine Romanheldin fühlen konnte.

Ich jubelte auf, und nachdem ich mich einmal auf das Bett geworfen und die Festigkeit der Matratze getestet hatte, sprang ich wieder hoch, um die anderen Räume in Augenschein zu nehmen: ein zweites Schlafzimmer, das offenbar von den Hausbesitzern bewohnt wurde, und ein winziges Bad, in das zu meiner Freude eine Badewanne gequetscht worden war. Als ich das nächste Zimmer betrat, fiel ich vor Überraschung beinahe hintüber. Ein Kino! Ein richtiges Kino mit Sesseln, Leinwand, Samtvorhängen und Beamer. Davon hatte in der Hausbeschreibung auf der Internetseite gar kein Wort gestanden. Ob ich es überhaupt benutzen durfte? Da entdeckte ich ein weiteres Briefchen auf dem kleinen Rolltisch mit den Fernbedienungen und Gerätschaften: *To the highly honoured guardian of this house* – damit war wohl ich gemeint, musste ich mit einem Auflachen feststellen. Im Weiteren erklärte mir der Hausherr im Detail, wie ich die Geräte zu benutzen hätte und wie ich die Datenbank mit den Hunderten von Filmen abrufen könnte. Abschließend wünschte er mir stimmungsvolle Abende in all den unbekannten Welten. Glücklich seufzte ich auf. Ich liebte Filme, besonders RomComs und Romanverfilmungen mit schmalzig schönen Liebesgeschichten. Damit wäre dann wohl auch die Frage geklärt, wie ich zwei Monate hier herumbringen würde, sollten mir keine anderen Beschäftigungen in den Sinn kommen.

Die Tür neben dem Kinoraum war verschlossen. Seltsam. Mr. und Mrs. Bains hatten doch sonst alles beschriftet und erklärt; von einem Zimmer, das ich nicht betreten sollte, war nirgends die Rede gewesen. Ich versuchte noch einmal, die Klinke herunterzudrücken und die Tür mit mehr Kraft aufzustoßen, doch keine Chance. Nun gut, vermutlich hatten sie alles, was nicht für meine Augen gedacht war, in dieses Zimmer geschafft und es abgeschlossen. So hätte ich es zumindest gemacht. Trotzdem musste ich sofort an Jane Eyre denken und den unheimlichen Dachboden, den sie nicht betreten durfte. Halb gruselnd, halb kichernd überlegte ich, welches dunkle Geheimnis sich wohl in diesem Raum verbergen mochte: ein Haufen stinkender Socken oder ein Zehnjahresvorrat an Katzenstreu aus dem Sonderangebot?

Da fiel mir etwas ein. Wo steckten die beiden Katzen? Ich ging in die Küche, die noch immer verlassen war, und fand in einer Schublade Futter und Snacks. Kurzerhand verteilte ich einige Leckerbissen auf dem Boden vor der Katzenklappe und füllte den Futternapf. Vielleicht würde das die beiden anlocken – und sie mir gleich wohlgesinnt stimmen. Doch auch als ich durch die Küche tänzelte und mit der Trockenfutterschachtel klapperte, passierte nichts.

Also gab ich vorerst auf, suchte mir frische Sachen aus meinem Koffer zusammen und ließ oben Wasser in die Badewanne laufen. Der Reisedreck musste weg! Anschließend würde ich die Umgebung erkunden. Ich konnte es kaum erwarten, in die echt schottische Natur mit ihren grünen Wiesen einzutauchen. Doch ein schönes warmes Bad nach der langen Busfahrt, bei dem ich die Beine ausstrecken und mal durchatmen konnte, erschien mir verführerischer, als sofort wieder aufzubrechen.

Als die Wanne voll war, ließ ich mich in das warme Badewasser sinken. Der Schaum verströmte einen sanften Jasminduft. Ich schloss die Augen, atmete tief ein und gab mich der entspannenden Dunkelheit hin. Genau so hatte ich mir das vorgestellt.

Da flackerte ein Gesicht vor meinem inneren Auge auf. Markante Wangen- und Kieferknochen, schwarze Haare und stechend grüne Augen. Schnell riss ich die Lider wieder auf, doch es half nichts: Die Umrisse hatten sich bereits in meine Netzhaut gebrannt. Und mit ihnen kroch sofort wieder der Schmerz herbei und krallte sich in meinem Inneren fest. Es tat so weh, dass ich nur flach atmen konnte. Tränen stiegen mir in die Augen, doch ich wollte nicht weinen. Nicht jetzt. Eben noch war ich so fröhlich und wirklich glücklich durch das Haus getänzelt, da konnte es nicht schon wieder drei Schritte zurückgehen, zurück in die Enttäuschung.

Aber es war zu spät. Weitere Bilder erkämpften sich den Weg in meinen Kopf. Erinnerungen an ihn, an Theo. Ich sah vor mir, wie ich in der Bar geradezu über ihn gestolpert war und wie wir unsere Blicke ineinander versenkt hatten, so tief und lange, wie ich es zuvor nie erlebt hatte. Es kam mir vor, als wäre seither eine Ewigkeit vergangen, dabei waren es nur wenige Wochen. In dem Wissen, dass ich mich selbst damit folterte, aber doch nichts dagegen tun konnte, ließ ich mich tiefer in das Badewasser sinken und erinnerte mich an diesen einen Abend, der alles verändert hatte.

2

Heidelberg, Mai 2019

»Und deswegen«, sagte ich und schloss das Buch in meinen Händen, »ist Lori Nelson Spielman eine meiner allerliebsten Liebesromanautorinnen.« Damit schob ich das Buch einige Zentimeter von mir über den Holztisch mit den vielen Einkerbungen. Ich hatte beinahe schreien müssen, so laut war es mittlerweile in der Bar geworden, in der ich mich mit Fiona, Leon und Josefine zu unserem monatlichen Romantikclub traf. Wir vier vergötterten alles, was sich um die Liebe drehte. Manchmal gingen wir zusammen ins Kino, um die neueste Romanze zu sehen, oder wir versackten vor einem unserer Fernseher zur Liebesfilmnacht mit Prosecco und schachtelweise Pralinen. Doch diesmal hatten wir mal wieder einen Roman gelesen und tauschten uns nun darüber aus – in einer viel zu lauten Bar. Um unseren Tisch drängten sich die Besucher mit gefährlich vollen und schwankenden Gläsern, während sich hinter den Fenstern die Dämmerung längst breitgemacht hatte. Zwei Stunden saßen wir schon zusammen und hatten diskutiert, doch allmählich wurde es immer schwerer, sich auf das Buch zu konzentrieren. Je später es wurde, desto ausgelassener wurde die Stimmung um uns herum. Die fröhlich quietschenden Saxofonklänge eines wilden Jazzsongs tönten über das Gewaber aus Stimmen hinweg. Die Luft hatte sich aufgeheizt und war biergeschwängert. Da half es nur noch, sich auf die Stimmung einzulassen und selbst das nächste Bier zu bestellen!

»Stimmt schon«, meinte Leon in seinem bedachten Tonfall, während er das Glas mit einer Hand durch die Luft schwenkte. Die Art, wie er sich durch die vollen braunen Haare strich, ließ mich wieder einmal an den jungen Hugh Grant denken. Leon hatte nicht nur die gleichen Haare, sondern auch den gleichen verträumten Blick. Und wenn Hugh dann noch den leicht verschrobenen Buchhändler in *Notting Hill* gab, wo Leon doch auch in einer Buchhandlung arbeitete … Ich unterdrückte ein Grinsen, als er weitersprach. »Bei ihr gibt es so etwas wie Liebe auf den ersten Blick und den ganzen Quatsch nicht. Da entwickeln sich die Dinge langsamer. Und das ist doch eigentlich nur realistisch, oder?« Er sah zu mir und wackelte mit den Augenbrauen, da er genau wusste, dass er mich mit seinen Worten herausforderte.

»Den ganzen *Quatsch*? Hast du wirklich *Quatsch* gesagt?«, rief ich denn auch sofort und fasste mir theatralisch ans Herz, als hätte er soeben ein Stück davon herausgerissen. »Du sprichst von der Liebe, und da ist alles möglich, selbst Liebe auf den ersten Blick und dieser ganze *Quatsch*!« In dem Moment drückte sich ein dicker Bauch von hinten gegen meinen Kopf, als sein Besitzer versuchte, sich zwischen meinem Platz und der Menschenmenge hindurchzuschieben, und ich ruckelte mit meinem Stuhl die paar verbliebenen Zentimeter an die Kante des Tisches vor.

»In der Liebe mag ja alles möglich sein, aber doch eigentlich nur, weil sie einen völlig blind macht«, mischte sich Fiona ein, während sie das Ende ihres roten Pferdeschwanzes zwischen den

Fingern zwirbelte und amüsiert beobachtete, wie ich dem Bauch auszuweichen versuchte. Fiona arbeitete als Managerin in demselben Hotel, in dem ich als Rezeptionistin tätig war. Anfangs hatte mich ihre entschiedene und manchmal strenge Art irritiert, doch während der vier Jahre, die wir nun zusammenarbeiteten, hatte ich sie von ganz anderen Seiten kennengelernt und sie ins Herz geschlossen. Mittlerweile war sie meine beste Freundin.

Endlich war der Bauch hinter mir verschwunden, und ich konnte mich wieder ganz auf das Gespräch konzentrieren.

»Aber«, rief ich in Fionas und Leons Richtung, »ihr glaubt doch auch an die große Liebe. Sonst wärt ihr doch nicht in unserem Club!«

»Ich glaube schon, dass es Liebe gibt und sie so stark sein kann, dass sie alles andere verdrängt«, sagte Fiona und wedelte mit einer Hand in der Luft, als wollte sie eine Fliege vertreiben. »Aber das hält nie länger an als ein paar Monate. Dann nimmt die erste Verliebtheit ab, und weg ist die Intensität. Danach wird die Beziehung zur Arbeit, und Liebe ist nur noch ein Gemisch aus Freundschaft, Gewohnheit und Zuneigung. Was natürlich auch schön sein kann, keine Frage.«

Leon nickte zustimmend und fuhr sich durchs Haar, um es dann sofort mit einer gewohnten Geste zurückzustreichen.

»Das denkt ihr, weil ihr es noch nicht anders erlebt habt«, meinte ich in grummeligem Ton.

Da meldete sich Josefine mit so leiser Stimme zu Wort, dass sie in dem Getümmel um uns herum beinahe unterging. Für eine Kickboxlehrerin war sie, das musste ich immer wieder feststellen, erstaunlich ruhig und zurückhaltend.

»Aber keiner von uns hat es je anders erlebt. Wie kannst du so sicher sein, dass es so etwas wie die große Liebe wirklich gibt?«

Sie klang nicht so skeptisch wie die anderen beiden, eher neugierig. Und sie hatte recht: Bei den Erfahrungen, die ich mit Beziehungen in meinen fünfundzwanzig Jahren gemacht hatte, war es vielleicht ein Wunder, dass ich überhaupt noch glaubte, zwei Menschen könnten so gut zueinanderpassen, dass sie ihr Leben miteinander verbringen wollten. Zwischen Typen, die während unserer ersten Verabredung unter dem Tisch schon das Handy mit der Dating-App gezückt hatten, um die nächste Kandidatin klarzumachen, bis hin zu klammernden Couchpotatoes hatte ich alles durch. Zwischenzeitlich hatte meine Motivation ordentlich gelitten, doch wenn ich in meinen Büchern blätterte oder zum x-ten Mal die Schlussszene von *Stolz und Vorurteil* mit Keira Knightley sah, keimte immer wieder die feste Überzeugung in mir auf: Es musste die wahre Liebe geben, und ich würde sie finden, irgendwann, irgendwo.

Ich überlegte einen Moment, in dem ich den Blick über die umherwuselnden Menschen in der Bar wandern ließ. Einige standen in Grüppchen an der Theke, andere tummelten sich um den Kickertisch und gaben Jubelschreie von sich, die mit dem Klackern des Balls auf dem Holz und der Musik einen ungewollt melodiösen Rhythmus eingingen. Mein Blick blieb an einem Pärchen hängen, das an einem Zweiertisch saß und von all dem um sich herum nichts wahrzunehmen schien.

»Ich glaube einfach daran«, sagte ich schließlich und zuckte mit den Schultern. »Ich *muss* daran glauben, sonst würde dieses ganze Datingspiel keinen Sinn mehr für mich ergeben. Die wahre Liebe taucht in so vielen Büchern, Filmen und Serien auf – es kann doch nicht sein, dass sie nur ein Hirngespinst ist. Irgendwo muss es sie geben!«

Im nächsten Moment platschte eine Ladung Bier auf unseren Tisch, und wir vier fuhren erschrocken zurück.

»Oh, sorry«, kam es lallend von einem Typen in der Menge. Während Josefine ein Taschentuch zückte, das Bier wegwischte und Leon dafür nacheinander alle Gläser anhob, warf Fiona dem Kerl einen entnervten Blick zu, rückte wieder an den Tisch vor und beugte sich zu mir rüber.

»Na ja«, sagte sie und zog leicht an einer meiner blonden Locken, als wollte sie mich damit in die Realität zurückholen, »es gibt auch unzählige Bücher und Filme über Aliens, aber bisher bin ich keinem einzigen begegnet.«

Trotz des inneren Widerstands musste ich lachen.

»Ich finde es schön, dass Mila so fest an die Liebe glaubt«, verteidigte mich Josefine, die den mit Bier vollgesogenen Taschentuchklumpen in einen leeren Humpen fallen ließ. Ich warf ihr ein dankbares Lächeln zu, als sie zu mir aufsah. »Vielleicht wird sie uns ja irgendwann beweisen, dass wir falschliegen.«

Ich erkannte in ihren Augen, dass sie das genau wie ich zu hoffen schien – im Gegensatz zu unseren anderen beiden Freunden, die schon zu viele schlechte Erlebnisse mit der Liebe gemacht hatten.

»Darauf brauche ich erst mal einen neuen Drink«, sagte Fiona und exte den letzten Schluck ihres Cocktails. Sie wollte aufstehen, doch ich war schneller.

»Ich bin dran. Alle noch mal dasselbe?«

Leon warf einen raschen Blick auf die Uhr und nickte dann.

»Musst du etwa noch wohin?«, fragte ich.

»Nein, nein, aber ich bin mit einem Kumpel verabredet, der hier vorbeikommen wollte. Der müsste bald eintreffen.«

Es geschah immer wieder mal, dass sich Freunde von uns zu der Runde gesellten. Die einzige Regel war, dass sie erst kommen durften, wenn unser Club zu Ende getagt hatte.

»Also noch eine Runde«, wiederholte ich, strich mein Blumenkleid glatt, schnappte mir so viele leere Gläser, wie ich tragen konnte, und wandte mich der Bar zu, von der mich etwa drei Menschenreihen trennten.

Mühsam drückte ich mich an den warmen Körpern vorbei und nuschelte eine Entschuldigung nach der anderen. Verschiedene Parfümdüfte, Schweiß und Alkoholdunst stiegen mir in die Nase. Natürlich musste ich mich in den anstehenden Pulk einreihen, um irgendwann einen Platz vorn an der Theke zu ergattern. Nach einer gefühlten Ewigkeit konnte ich bestellen.

Ich war so erleichtert, als ich endlich die vollen Gläser in den Händen hielt, dass ich mich viel zu schwungvoll damit umdrehte. Eine kleine Fontäne spritzte heraus – und landete mitten auf dem Shirt eines Typen hinter mir.

»Auweia«, entfuhr es mir laut, und ich starrte auf den Fleck, der sich immer weiter auf dem Stoff ausbreitete. »Das tut mir wahnsinnig leid! Warte, ich besorge eine Serviette.«

Ich versuchte, mich umständlich, mit den Gläsern in den Händen, auf dem kleinen Platz, der mir zwischen den anderen Körpern blieb, zur Bar umzuwenden, doch ein anderer Gast hatte längst meine Lücke eingenommen. Ich wandte mich wieder dem Typen zu und sah unentschlossen von dem Fleck auf seinem Shirt zu den Drinks in meinen Händen und schließlich zum ersten Mal zu ihm auf. Grüne, durchdringende Augen waren mit amüsiertem Ausdruck auf mich gerichtet. Sein kantiges Gesicht umgaben schwarze Haare, die ihm bis zu den Ohren reichten. Die blasse Erinnerung an diesen einen sexy Vampir aus den *Vampire Diaries* zuckte durch meinen Kopf: genau, Damon! Im nächsten Moment wurde sie von den unglaublich strahlenden Augen meines Gegenübers verdrängt, die mich unverwandt anstarrten und mich sofort so fesselten, dass ich meine unangenehme Lage kurz vergaß. Als er zu merken schien, dass ich mir nicht recht zu helfen wusste, vertiefte sich das Lächeln um seinen Mund und weckte mich aus meiner Trance.

»Das tut mir so leid«, wiederholte ich und sammelte mich. »Warte, ich stelle die Gläser nur kurz an unserem Tisch ab, und dann besorge ich dir etwas zum Trocknen, okay?«

»Schon gut«, sagte er und enttäuschte mich kein bisschen mit seiner angenehm rauen Stimme, die zu seiner geheimnisvollen Aura passte. »Ehrlich gesagt ist so eine kleine Erfrischung bei der Hitze hier drin echt angenehm.«

Ungläubig sah ich zu ihm auf. Sein Lächeln zauberte ihm kleine Grübchen auf die Wangen.

»Bist du sicher?«, fragte ich, woraufhin er nickte. »Na gut, dann …« Ich zögerte noch, mich von ihm zu trennen. Irgendetwas hatte er an sich, was in meinem Bauch kleine Vibrationen auslöste und mich unter Spannung setzte, und mich überkam das Gefühl, eine Chance zu verpassen, wenn ich mich jetzt an ihm vorbei- und zu unserem Tisch durchdrängte. Doch da übernahm er diese Entscheidung für mich. Er lächelte mir zu und verschwand durch die Lücke, die sich neben mir aufgetan hatte, zur Bar.

Ich schob die aufwallende Enttäuschung fort, seufzte und suchte mir einen Weg zurück zu meinen Freunden, der sich, mit den Getränken in den Händen, weit schwieriger gestaltete als zuvor. Entsprechend machte ich kleine Tippelschritte und versuchte, allen Ellbogen auszuweichen, die sich mir in den Weg schieben könnten. Endlich erspähte ich den winkenden Leon und wollte gerade etwas rufen, als eine große, schlanke Gestalt sich an mir vorbeischob, Leon abklatschte und sich auf meinen Platz fallen ließ, um Fiona und Josefine die Hand zu reichen. Ich sah die Gestalt zwar nur von hinten, doch der schwarze Haarschopf ließ keinen Zweifel daran, dass es der Unbekannte war, dem ich gerade noch eine kleine Dusche hatte zukommen lassen. Es musste sich bei ihm um Leons Freund handeln. Dann hatte das Winken wohl gar nicht mir gegolten. Ich trat näher an den Tisch heran, direkt neben den Stuhl des Fremden – also *meinen* Stuhl –, und setzte mühsam die Getränke ab. Der Unbekannte bemerkte mich und blickte mich direkt an. Er schien zu denken, dass ich hier stand, weil ich mit ihm sprechen wollte. Beinahe hatte er mich mit diesem Blick schon so weit, irgendwelchen Quatsch zu stammeln, da wurde ich gerade noch von Leon gerettet, der über den Lärm hinweg rief:

»Theo, das ist die Vierte im Bunde und die größte unter uns Romantikern – Mila.«

»Eine Romantikerin mit ordentlich Schwungkraft«, sagte Theo gerade so laut, dass nur ich es hören konnte. Schuldbewusst zuckte mein Blick zu seinem noch immer feuchten Shirt, doch er hatte sich schon erhoben und hielt mir die Hand hin, die sich angenehm warm anfühlte. »Ich bin Theo, freut mich sehr, dass wir uns doch noch richtig kennenlernen.«

»Mich auch«, flüsterte ich fast und wollte mir am liebsten selbst einen Tritt geben. Ich war doch sonst nicht so schüchtern. Aber irgendetwas an diesem Kerl und unserer ersten Begegnung ließ mich kleinlaut werden. Theo deutete auf den Stuhl. »Ich habe dir den Platz weggenommen, oder? Bitte setz dich, ich hole schnell einen anderen Stuhl.«

Wie er das anstellen wollte, war mir ein Rätsel. Es war viel zu voll in der Bar, als dass irgendwo einfach ein leerer Stuhl herumstehen würde. Und doch kam er keine Minute später mit einem wieder und rückte ihn neben meinen Platz.

Die Getränke hatte Fiona mittlerweile verteilt. Sie sog an dem Strohhalm ihres Cocktails und beugte sich dann zu Theo vor.

»Leon hat gerade erzählt, dass ihr euch auf einer Lesung in der Buchhandlung kennengelernt habt, an der du teilgenommen hast. Bist du etwa Schriftsteller? Dann müssen wir sofort deine Bücher in unserem Club lesen!«

Theo lachte, und fasziniert beobachtete ich von der Seite das Spiel seiner Augen, als sie sich zu Halbmonden formten und sich das Strahlen darin noch vertiefte. »Um Gottes willen, nein. Ich bin bloß Übersetzer, ein mittelloser Übersetzer ohne jegliche Bedeutung, der an jenem Abend auf der Bühne sitzen und sich in dem Licht des Schriftstellers sonnen durfte.«

»Na, hör mal, ohne Leute wie dich könnten wir so viele Bücher gar nicht lesen. Also stell deine Arbeit mal nicht unter den Scheffel«, mischte sich Leon sofort ein. Hier lag seine Berufung. Er liebte alles und jeden, der mit Büchern zu tun hatte und an ihrer Entstehung beteiligt war. Stundenlang konnte er über die verschiedenen Verlage schwärmen, uns unzählige Namen von Lektorinnen und Übersetzern um die Ohren schmieren, bis sich uns der Kopf drehte. Er war einfach stolz, als Buchhändler ein Teil dieser Welt zu sein.

»Aus welchen Sprachen übersetzt du denn?«, fragte ich mit einer so zaghaften Stimme, dass sie mehr nach Josefines als nach meiner klang.

Theo wandte mir den Kopf zu, und als sein Blick sich auf mich richtete, spürte ich ein aufgeregtes Kribbeln durch meinen gesamten Körper fahren.

»Aus dem Französischen und Italienischen. Ein bisschen englische Literatur habe ich zwischendurch auch gemacht, aber da ist die Konkurrenz einfach riesengroß, also bleibe ich lieber bei meinen Südländern.«

»Was war denn das letzte Buch, das du übersetzt hast? Das kommt ganz nach oben auf unsere Liste«, meinte Fiona und brachte Theo zum Schmunzeln. Er nannte einen mir unbekannten Namen, den sich Fiona notierte, um dann aufzusehen und zu fragen: »Hat das Buch überhaupt mit Liebe zu tun? Du musst wissen, das ist der Kern unseres Clubs. Wir sehen nur Filme und lesen nur Bücher, die sich um die Liebe drehen.«

»Liebesromane?«, fragte Theo nach und lächelte schief. »Ich glaube, wenn ein Wort in diesem Buch nicht vorkommt, dann ist das ›Liebe‹. Ehrlich gesagt war ich auch nicht besonders angetan von dem Buch, aber da ich die vorigen Werke des Autors übersetzt hatte, wollte ich ihm treu bleiben. Nein, warte, wenn ihr Liebe wollt, dann lest lieber diesen Roman hier.« Er zog Fionas Zettel zu sich heran, ließ sich den Stift reichen und schrieb einen weiteren Buchtitel auf. Ich beugte mich vor, um mitzulesen, kannte ihn aber nicht. Und bevor ich fragen konnte, sprach Theo schon weiter.

»Warum eigentlich Liebesgeschichten?« Er wandte sich an Josefine, die bisher noch gar nichts gesagt hatte. Ich bemerkte, wie er den Blick weiter durch die Runde schweifen ließ und am Ende wieder bei ihr landete, als würde er ihr gerne die Möglichkeit geben zu antworten, ohne sie unter Druck zu setzen. Tatsächlich ergriff sie das Wort.

»Das ist das, was uns vier verbindet«, sagte sie mit ihrer sanften Stimme. »Vor zwei Jahren hat Leon in der Buchhandlung eine Lesungsreihe mit Liebesromanautorinnen und -autoren gestartet. Und als ich Fiona und Mila da auch bei der vierten Lesung traf, war mir schon klar, dass sie genauso vernarrt in Liebesgeschichten sein mussten wie ich.« Sie lächelte in die Runde, und wir anderen drei nickten zustimmend.

»Die Liebe schafft es, alle zu verbinden!«, rief Leon und grinste schief. »Oder manchmal eben auch nur der Traum von ihr.«

Theo sah zu mir, einen winzigen Augenblick nur fühlte es sich an, als brennte sich sein Blick in mich ein.

Wir führten das Gespräch über unseren Lesekreis, Bücher und die jeweilige Arbeit weiter, wobei Theo sich bald so gut in unsere Gruppe eingefügt hatte, als wäre er schon lange ein Teil von ihr. Irgendwann musste Josefine aufbrechen, da sie früh am nächsten Morgen einen Kurs im Kampfsportstudio gab. Leon und Fiona hingegen waren derart in einer Diskussion über einen Film verfangen, den ich nicht gesehen hatte, dass die Argumente nur so um unsere Ohren flogen. Ich folgte der verbissenen Debatte zwischen den beiden, die eigentlich immer irgendwann am Abend aufkam. Das Thema schien dabei eine nebensächliche Rolle zu spielen. Hier wurden die rhetorischen Werkzeuge verfeinert und unter Beweis gestellt. Da hörte ich, wie Theo sich neben mir räusperte. Er blickte mich an, und etwas in mir versteifte sich. Ein wenig nervös strich ich mir durch die Locken, die wieder einmal um mein Gesicht tanzten und taten, was sie wollten.

»Und du bist also die größte unter den Romantikerinnen«, sagte Theo und musterte mich interessiert, wobei sein Blick kurz meiner Hand folgte und weiter über mein Haar strich. War da ein Schmunzeln, als die vorderen, besonders widerspenstigen Locken wieder in mein Gesicht sprangen? »Was meinte Leon damit?«

»Ach, das sagt er nur so, weil ich in unserer Runde die große Verfechterin wahrer Liebe bin.« Als ich sah, wie er fragend eine Augenbraue hob, versuchte ich es zu erklären. »Na ja, ich weiß nicht, wie deine Datingerfahrung so ist, aber heutzutage fällt es einfach schwer, den Glauben an die Liebe aufrechtzuerhalten, wenn man das dreißigste Tinderdate ausmacht und schon im Vorhinein klar ist, dass das eigentlich nichts wird.«

»Und trotzdem glaubst du an wahre Liebe?«, fragte Theo, der mittlerweile den Ellbogen auf dem Tisch abgestützt und den Kopf in die Hand gelegt hatte.

»Es gibt da etwas, an das ich glauben will. Selbst wenn es mir noch nicht begegnet ist. Die Idee, in der Liebe zu jemand vollkommen aufzugehen, mich ganz und gar vertraut mit ihm zu fühlen, mit ihm jeden Tag verbringen und alt werden zu wollen, sodass wir auch mit achtzig noch händchenhaltend durch die Welt spazieren …« Ein wenig beschämt sah ich zur Seite. »Das wünsche ich mir einfach.«

Einen Moment lang waren nur die Musik und der Pulk aus Stimmen um uns herum zu hören, und ich war überzeugt, mich völlig blamiert zu haben. Doch da sagte Theo auf einmal: »Das klingt ziemlich schön.« Ich sah zu ihm auf. Er schaute mich ernst an, sein Blick war durchdringend und berührte etwas ganz tief in mir. Mein Kopf fühlte sich plötzlich an wie leer gefegt, und selbst wenn ich etwas hätte sagen wollen, war mein Hals so beengt, dass kein Wort hätte hindurchdringen können. Ich vertiefte mich ganz in diesen Blick, in diese grünen Augen. Es verging eine kleine Ewigkeit, die sich doch wie ein Wimpernschlag anfühlte, als Theo schließlich zu schmunzeln begann und den Blickkontakt abbrach. Er fuhr sich mit der Zunge über die Lippen, räusperte sich und nahm einen Schluck aus seinem Bierglas. Dann sah er mich mit einem Ausdruck in den Augen an, der die Überraschung spiegelte, die ich nach diesem intensiven Moment fühlte, und dem zugleich etwas Verschmitztes innewohnte.

»Sag mal«, wieder räusperte er sich, »wie viele Liebesbücher hast du eigentlich schon gelesen?«

Ich war noch leicht benommen, die Aufregung ließ sich nicht so schnell abschütteln.

»Ein paar«, meinte ich und schmunzelte, was er sofort erwiderte. Er beugte sich noch ein wenig näher zu mir heran.

»Schätz mal, wie viele.«

Ich ließ den Blick wandern, ohne etwas von dem um uns herum wahrzunehmen, während ich im Kopf überschlug.

»An die dreihundert vielleicht.«

»Und dann sind da natürlich noch all die Liebesfilme«, gab Theo zu bedenken und behielt mich genau im Blick. Er zog mich auf, das war mir klar, aber auf eine süße Weise. Flirtete er etwa mit mir?

»Manche habe ich mir auch doppelt und dreifach angeguckt«, gab ich grinsend zu. »Hast du *E-Mail für dich* mit Meg Ryan gesehen? Ich kenne jede Zeile auswendig.«

»Beweise es!«, sagte er mit einem herausfordernden Lächeln.

Mein Grinsen vertiefte sich, ich musste nicht mal nachdenken, richtete mich etwas auf und begann, eine meiner Lieblingsstellen runterzurattern, in der Tom Hanks alias Joe Fox über eine berühmte Kaffeekette meinte, dass dort »die Leute, die zwar keine Ahnung haben, wo sie hinwollen oder wer sie sind, für nur 2,95 Dollar nicht nur eine Tasse Kaffee, sondern auch eine wirklich entscheidende Festigung ihres Selbstwertgefühls« bekämen.

»Wow, das ist … beeindruckend!«, sagte er lachend.

»Na ja. Besser wäre es, ich würde mir sinnvolle Dinge merken. So besonders ist es nicht gerade, Liebesfilme auswendig zu kennen.«

»Ein bisschen besonders ist es schon«, sagte Theo und sah mich auf eine Weise an, die einen Sturm in meinem Kopf auslöste. So gern ich eine schlagfertige Antwort gegeben hätte – meine Gedanken wirbelten durcheinander.

Auch ich hatte mittlerweile den Ellbogen auf dem Tisch und

den Kopf auf der Hand abgestützt und mich immer wieder nah zu ihm hinübergebeugt, um ihn in dem Lärm besser verstehen zu können – und vielleicht auch, um das Kitzeln seiner Haarsträhne auf meiner Wange und die Wärme zu spüren, die er ausstrahlte. Da spürte ich plötzlich eine Hand auf meinem Rücken und zuckte zusammen. Ich drehte den Kopf und sah auf, wobei ich mich fühlte, als wäre ich unsanft aus dem schönsten Schlaf geweckt worden.

Leon stand neben mir. Seine Augen wiesen dunkle Schatten auf, die sich immer bildeten, wenn er lange wach und ein, zwei Bier zu viel getrunken hatte. Zum ersten Mal, seitdem Theo an unserem Tisch aufgetaucht war, fragte ich mich, wie spät es wohl war.

»Fiona und ich gehen, wir müssen ins Bett«, erklärte Leon mit lauter Stimme. Ich sah zu Fiona hin, die sich gerade eine Jeansjacke überstreifte und wirkte, als würde sie jeden Moment vor Müdigkeit umfallen.

»Wie spät ist es?«, fragte ich.

»Fast zwei. Höchste Zeit, ins Bett zu kommen.« Schon zwei? Überrascht sah ich zu Theo, der ebenfalls die Brauen hob. Leon blickte von mir zu Theo und zurück. »Bleibt ihr noch?«

Ich meinte, in Theos Augen das gleiche Bedauern auszumachen, das ich spürte. Doch er schüttelte den Kopf.

»Ich muss leider los. Sonst schaffe ich es morgen nicht an den Schreibtisch, und es droht eine wichtige Abgabe. Aber zuerst …« Er lächelte entschuldigend und verschwand in Richtung Toiletten. Ich sah ihm nach und konnte weder das kribbelige Gefühl in meinem Bauch noch die Traurigkeit darüber, Theo nun gehen lassen zu müssen, abschütteln.

»Mila?«, hörte ich Leon mit ahnungsvoller Stimme an meinem Ohr. »Was passiert hier gerade?«

Ich sah zu ihm auf, und mein Lächeln verriet ihm sofort alles, was sich in meinem Inneren abspielte.

»Nein, nein, nein, tu das nicht«, rief er voller Vehemenz. »Du verliebst dich nicht in ihn.«

»Warum denn nicht?«, fragte ich irritiert. »Außerdem ist es vielleicht schon längst zu spät. Du hast diesen Moment vorhin ja nicht mitbekommen. Wir haben uns einfach angesehen, minutenlang. Es war magisch, wirklich. Und ich bin mir ganz sicher, dass er ihn genauso besonders fand wie ich …«

Leon entfuhr ein Seufzen und er ließ sich auf den Stuhl fallen, auf dem eben noch Theo gesessen hatte.

»Mila, bitte, vergiss ihn einfach ganz schnell wieder.«

»Was, warum denn das?« Ich setzte mich auf und sah Leon stirnrunzelnd an. »Was, wenn er der Eine ist? Du weißt schon: mein Mr. Darcy, mein Will Traynor oder mein, ähm, Joe Fox. Und du willst, dass ich ihn einfach so wieder vergesse?«

»Mila, er ist nicht der Eine.« Leon legte eine Hand auf mein Knie. »Er kann es nicht sein.« Er warf einen Blick über meinen Kopf hinweg und lächelte ein wenig gequält. Schnell sah ich mich um: Theo hatte die Toilettenräume verlassen und steuerte auf uns zu. Leon beugte sich zu meinem Ohr vor: »Theo ist verlobt. Verstehst du? Er ist nicht der Eine, er kann es nicht sein.«

Als wäre ein Eiskübel über mir ausgekippt worden, breitete sich ein bitterkaltes Gefühl in mir aus. Nach und nach gefroren meine Gliedmaßen, mein Gewebe, meine Organe. Und in diesem Eisgewölbe hallte ein Wort immer und immer wider: verlobt – verlobt – verlobt.

3

Applemore, Juni 2019

Es fiel mir schwer, aus den Erinnerungen aufzutauchen und wieder im Cottage in Schottland anzukommen. Mühsam erhob ich mich aus der Badewanne, trocknete mich ab und zog mir frische Kleider über. Jede Bewegung fühlte sich schwer an, als würde sie von der Last in meinem Inneren behindert. Wäre da nicht die Online-Verabredung mit Leon, Fiona und Josefine gewesen, ich hätte mich einfach ins Bett plumpsen lassen und die blumige Decke über den Kopf gezogen. Stattdessen ging ich nach unten, nahm meinen Laptop aus der Tasche, verband ihn mithilfe von Mrs. Bains' Angaben mit dem Internet und wählte mich bei Skype ein. Dort waren sie schon: meine drei besten Freunde. Ein warmes Flackern drang durch meinen zusammengezogenen Magen, als ich ihre lächelnden Gesichter in den drei Quadraten auf dem Bildschirm erblickte. Ein Wirrwarr aus Stimmen, die sich auf dem Weg durch die Internetleitung ein wenig verzerrten, tönte aus den Lautsprechern.

»Mila!«, riefen alle drei. »Du bist gut angekommen!«

»Wie ist es?«, fragte Fiona sofort, während Josefine leiser hinzufügte: »Wie geht es dir?«

Ob sie den traurigen Zug um meine Augen gleich bemerkt

hatte? Es hätte mich nicht gewundert. Josefine hatte ein gutes Gespür für diese Feinheiten.

»Es ist wirklich wunderschön hier«, antwortete ich auf Fionas unverfänglichere Frage. »Das Haus ist ein Traum, es gibt einen Kamin und sogar ein kleines Kino. Und wenn ich aus dem Fenster sehe, ist da nur Natur: Wiesen, Wildblumen, Schafe, Felder …«

»Und wie sind das Dorf und die Nachbarn?«, fragte Leon. Im Hintergrund entdeckte ich die bunt gefüllten Reihen seiner Buchregale. Leon konnte einfach kein Buch aussortieren, selbst wenn es ihm nicht gut gefallen hatte.

»Ich habe es noch nicht geschafft, mir den Ort genauer anzusehen. Bei meiner Ankunft habe ich nur den letzten Zipfel davon gesehen, und da bin ich kaum einer Menschenseele begegnet. Auf den ersten Blick wirkt es nett hier, ein wenig verlassen vielleicht.«

»Ach, die kriechen bestimmt alle aus ihren Löchern, sobald sie erfahren, dass es eine neue Bewohnerin gibt, die freundlich und noch dazu wunderhübsch ist«, meinte Fiona im Brustton der Überzeugung.

»Hoffentlich«, sagte ich, »sonst wird es bestimmt einsam, so ganz ohne euch.«

»Was heißt denn hier ohne uns?«, rief Leon. »Wir skypen regelmäßig und schreiben uns. Du denkst wohl, du würdest uns so einfach loswerden, indem du für ein paar Wochen nach Schottland abhaust. Das kannst du vergessen!«

Ich lächelte dankbar.

»Das klingt ehrlich gesagt ziemlich gut.«

»Wie geht's dir denn mit Du-weißt-schon-wem?«, traute sich Fiona endlich zu fragen.

Ich seufzte und biss mir auf die Lippe, um zu verhindern,

dass meine Gefühle überhandnahmen. Die drei hatten mich in letzter Zeit zu häufig traurig erleben müssen.

»Geht so«, brachte ich schließlich hervor.

»Weiterhin kein Wort von ihm …?«, hakte Josefine vorsichtig nach.

»Nicht seit meiner Abschiedsnachricht.«

Alle drei nickten mit bedröppelten Mienen.

»Na ja«, meinte Leon, »es ist definitiv besser so, auch wenn es gerade hart sein mag.«

Ich nickte. Er hatte natürlich recht, aber trotzdem hatte ich auf irgendein Zeichen gehofft, das mir beweisen würde, dass ich Theo nicht ganz egal gewesen war. Es fiel mir schwer, meine Gefühle von heute auf morgen abzustellen.

»Du hast ihn nicht noch mal gesehen, oder?«, fragte ich, an Leon gerichtet, der Theo schon länger kannte als wir. Die beiden waren zwar nicht eng befreundet, aber hin und wieder trafen sie sich, um über Buchprojekte zu plaudern.

»Einmal kurz in der Buchhandlung«, meinte er.

»Das hast du mir gar nicht erzählt.« Mein Herzschlag beschleunigte sich sofort.

Leon zuckte entschuldigend mit den Schultern.

»Es gab eigentlich nichts zu erzählen. Und ich dachte, es würde dich nur aufwühlen.«

»Hat er irgendetwas gesagt?«

»Nein, nichts. Er hat nur ein Buch abgeholt, das er bestellt hatte. Dann wurde ich auch schon von einem anderen Kunden abgelenkt. Wir haben kaum zwei Worte miteinander gewechselt. Und ehrlich gesagt ist das für ihn auch besser so, sonst hätte ich ihm mal ordentlich die Meinung gegeigt.«

Ich nickte und fühlte die Enttäuschung in mir aufblubbern. Leon sah es mir an und fügte schnell hinzu: »Du hast alles richtig gemacht, Mila. Es hätte keinen Sinn ergeben, ihm weiter nachzuhängen. Er mochte dich bestimmt, aber die andere eben noch mehr.«

»Was bedeutet, dass er nicht der Richtige für dich ist!«, rief Fiona schnell dazwischen. »Sonst hätte er gesehen, was für ein besonderer und toller Mensch du bist. Glaub bloß nicht, dass es an dir liegt!«

Ich schüttelte den Kopf, ohne dass ihre Sätze richtig zu mir durchdrangen. Bevor noch mehr aufbauende Worte folgen konnten, die zwar lieb gemeint waren, aber mir gerade auch nicht weiterhalfen, hob ich den Kopf, versuchte mich an einem hoffnungsvollen Blick und fragte: »Wie steht es denn eigentlich um das Hotel? Hat das Gespräch mit den Anwälten gestern etwas Neues ergeben?«

Ich sah noch vor mir, wie Fiona vor anderthalb Wochen vor meiner Tür gestanden hatte, aufgelöst und mit wirrem Haar, wie ich sie noch nie zuvor gesehen hatte …

»Hi, was ist denn …?«, hatte ich sogleich gefragt. Doch bevor ich noch zu Ende hatte sprechen können, hatte Fiona mich schon ins Wohnzimmer gezogen und sich auf meine Couch plumpsen lassen.

»Was ist denn nur los?«

»Ich erzähle dir, was los ist. Wir sitzen auf der Straße, das ist los.«

»Auf der Straße? Was meinst du? Warum bist du überhaupt hier, müsstest du nicht arbeiten?«

»Ganz genau. Und da liegt das Problem. Das Hotel ist hin. Die Kette ist bankrottgegangen. Das dürfte gerade die Runde durch die Presse machen. Ich wusste es, dass der Inhaber irgendetwas Faules vorhat! Aber dass er sich mit der Kohle einfach absetzt und sich ein schönes Leben auf den Bahamas macht, darauf sind wir nun ausgerechnet nicht gekommen. Und jetzt ist das Insolvenzverfahren abgelehnt worden!«

Ich hatte natürlich mitbekommen, dass die Hotelkette, für die wir beide gearbeitet hatten, insolvent gegangen war. Doch aus irgendwelchen Gründen hatten wir geglaubt, dass das Ganze noch irgendwie gut ausgehen würde. Dass sich die Kette durch das Insolvenzverfahren irgendwie retten ließe. Und nun war das Schlimmste eingetreten: Wir hatten auf einen Schlag unsere Arbeit verloren. Als hätte ich nicht schon genug Probleme gehabt …

Sogar über den Skype-Bildschirm sah ich meiner Freundin an, wie angespannt sie auch jetzt noch war.

»Also ist die Kette definitiv hin.«

»Absolut. Ich bin morgen zu einem Gespräch im Old Town eingeladen. Die hatten schon länger nach mir geangelt, aber bisher hatte ich ihre Abwerbungsversuche abgeblockt. Vielleicht kann ich ein gutes Wort für dich einlegen.«

»Das wäre toll«, sagte ich mit wenig Begeisterung in der Stimme. Eigentlich war das Old Town eines der Hotels, in denen ich mir immer zu arbeiten erträumt hatte: ein Luxushotel mit exquisiter Lobby, wo einem beim Eintreten schon der Page entgegeneilte und das Gepäck abnahm, um es über den flauschigen roten Teppich zu tragen. Aber gerade wollte keine Freude über die mögliche Aussicht auf einen neuen Job in mir aufkommen. Vielleicht lag es daran, dass ich eben erst in Schottland angekommen war und keinen Kopf hatte, mir Gedanken über das zu machen, was danach passieren würde.

Wir plauderten noch ein wenig über dies und das und machten einen neuen Skype-Termin für die nächsten Tage aus. Doch obwohl die drei sich alle Mühe gegeben hatten, mir zu versichern, trotz der Entfernung für mich da zu sein, regten sich düstere Gedanken in mir, als sich der Laptop-Bildschirm vor mir abdunkelte und ich plötzlich wieder allein dasaß.

Mein Blick wanderte über die Bücherregale und Polstermöbel des Wohnzimmers, das für einige Zeit meines sein würde, doch gedanklich war ich weit weg, in Heidelberg. Das Bild, wie Theo in Leons Buchhandlung trat und eine Bestellung entgegennahm, wollte mir nicht aus dem Kopf gehen und weckte die Erinnerung, wie wir zwei uns dort getroffen hatten. Er wirkte mit einem Mal wieder so nah – und zugleich so fern wie noch nie. Wieso fiel es mir so unheimlich schwer, ihn zu vergessen? Irgendeinen Punkt in mir hatte er berührt, so tief verborgen, dass bisher niemand dorthin vorgedrungen war. Ob ich mich deshalb überhaupt so in die Gefühle hatte fallen lassen, bei einem Kerl, der fest vergeben war? Das war ja eigentlich das Schlimmste an der ganzen Sache: Ich war von vorne bis hinten selbst daran schuld, dass es mir schlecht ging. Hätte ich auf meine Freunde gehört, als Theo mich auf einen Kaffee eingeladen hatte, und mich nie darauf eingelassen, säße ich jetzt nicht hier und würde mich im Kummer vergraben, obwohl mir ein bildschönes Haus zur Verfügung stand und eine neue Umgebung nur darauf wartete, erkundet zu werden. Hätte ich damals einfach Nein gesagt … Doch ich war von diesem Liebestaumel erfasst worden, hatte fest daran geglaubt, dass Leon sich geirrt haben musste und Theo keine Freundin haben konnte. Sonst hätte er mich doch nicht so angeguckt, wie er es in der Bar getan hatte. Selbst jetzt, da ich es besser wusste, ließ sich das Gefühl einfach nicht abschütteln …

4

Heidelberg, Mai 2019

Es war zwei Tage nach dem Barbesuch, bei dem ich Theo zum ersten Mal begegnet war. Seither war keine Sekunde vergangen, in der ich nicht an ihn gedacht hätte. Immer wieder sah ich vor mir, wie ich zum allerersten Mal in seine tiefen grünen Augen geblickt hatte, wie er über den Unfall mit den Drinks hinweggeschmunzelt hatte und wie unsere Blicke sich verfangen hatten, als ich ihm von meinem Traum von der wahren Liebe erzählt hatte.

Das Hotel, in dem ich arbeitete, war nicht besonders schick. Es gehörte zu einer Kette mit Hotels in ganz Deutschland, und in allen von ihnen herrschte dieselbe moderne, unterkühlte Atmosphäre. Es dominierten Grau- und Beigetöne, Sessel und Sofas aus Lederimitat und einfach zu reinigende, kratzige Teppiche. Alles in allem war es ein Ort, den man schnell wieder vergaß. Als ich meine Stelle vor gut fünf Jahren hier angetreten hatte, hatte ich gedacht, dies wäre nur eine kurze Übergangsstation, doch die Bezahlung war in Ordnung, ich hatte mittlerweile eine meiner besten Freundinnen immer in der Nähe und musste keine Nachtschichten mehr schieben. Also war ich geblieben, während ein Jahr nach dem anderen vergangen war.

Ich reichte gerade einem auscheckenden chinesischen Geschäftsreisenden seine Rechnung zur Unterschrift, als Fiona in einem schicken Kostüm hinter ihm vorbeilief – in dem eiligen, geschäftstüchtigen Schritt, den sie im Hotel immer anschlug –, mit den Augen in Richtung des Besprechungsraums rollte und zur nächsten Konferenz dorthin verschwand.

Das Telefon klingelte. Ich lächelte dem chinesischen Gast noch einmal zu und verabschiedete mich mit einem »*Zaijian. Have a safe trip!*«, dann nahm ich den Hörer ab.

»Welcome Inn. Mila Münzer, guten Tag«, flötete ich in den Apparat und öffnete am Computer nebenbei eine Reservierungsanfrage, die gerade per Mail reingekommen war.

»Mila, hi.«

Es war eine dunkle, raue Stimme. Eine Stimme, die sich mir an dem einen Abend so sehr eingeprägt hatte, dass sich vor Aufregung sofort meine Nackenhaare aufstellten.

»Theo?«, fragte ich völlig baff und nahm automatisch die Hand von der Computermaus. Mein Herz klopfte so stark, dass ich dachte, es müsse auf der anderen Seite der Leitung zu hören sein.

»Hi, ja. Ich hoffe, ich störe dich nicht?«

»Nein, Quatsch.« Ich sah mich schnell um, ob sich ein Gast näherte, doch die Lobby war leer.

»Gut.« Für einen Moment trat Stille ein, als wüsste keiner von uns beiden so recht, wie es nun weitergehen sollte. Dann meinte Theo: »Ich wollte dich eigentlich nur fragen, ob wir nicht mal einen Kaffee trinken wollen. Nur so, du weißt schon. Ich fand unser Gespräch wirklich toll und dachte, wir könnten es vielleicht fortführen.«

Ich biss mir auf Lippe. Am liebsten hätte ich laut gejubelt und wäre auf- und abgehüpft. Er wollte mich wiedersehen! Mein Gefühl hatte mich also nicht getäuscht. Dann wurde die Euphorie von beißenden Zweifeln verdrängt: Sollte ich es wirklich tun, obwohl ich wusste, dass er verlobt war? Und obwohl klar war, dass ich mich gerade in ihn verguckte? Aber, sagte meine innere Stimme beruhigend, ganz offensichtlich stimmen Leons Informationen gar nicht mehr, und Theo hat sich von seiner Verlobten getrennt. In dem Fall würde ich hier die Chance meines Lebens verpassen … Und damit überwog sogleich wieder die Freude.

»Klar, gerne«, sagte ich so cool wie möglich. »Wann würde es dir denn passen?«

»Vielleicht morgen Nachmittag, oder musst du arbeiten?«

»Morgen muss ich tatsächlich spät arbeiten, aber wie würde es dir übermorgen passen?«

»Perfekt. Ich sitze ja den ganzen langen Tag in meinem dunklen Kämmerlein. Ich kann also praktisch immer.«

Ich lächelte vor mich hin.

»Magst du mich vom Hotel abholen? Dann können wir in ein Café hier in der Altstadt gehen. Um fünfzehn Uhr?«

»Einverstanden. Schön, ich freue mich, Mila.«

Meinen Namen von ihm ausgesprochen zu hören, löste kleine Glückswellen in mir aus.

»Ich mich auch. Sehr. Bis übermorgen dann.«

Kaum hatte ich den Hörer aufgelegt, nahm das Kribbeln in mir überhand, und ich musste einfach kurz dem Drang nachgeben und ein wenig umherhüpfen.

»Ist das deine Mittagsgymnastik, oder übst du für den nächsten Sackhüpfmarathon?«, ließ mich eine Stimme hinter mir zusammenfahren. Es war Fiona.

Siegesbewusst grinste ich ihr entgegen.

»Rate mal, wer gerade angerufen hat.«

Sie brauchte nur einen winzigen Moment, dann weiteten sich ihre Augen.

»Sag bloß«, murmelte sie, kam an den Tresen heran und lehnte sich dagegen. »Was wollte er?«

»Er will mich wiedersehen. Wir treffen uns übermorgen auf einen Kaffee.«

»Und seine Verlobte?«

»Die gibt es offenbar nicht mehr.« Auf Fionas strengen Blick hin fügte ich schnell hinzu: »Nach ihr kann ich ihn dann ja immer noch fragen, wenn wir uns sehen. Wieso sollte er mich auf einen Kaffee einladen, wenn er verlobt ist? Bestimmt hat Leon etwas durcheinandergebracht, und Theo ist längst wieder Single.«

»Mach keinen Blödsinn«, mahnte Fiona. »Wenn du einmal in einer Dreiecksgeschichte drinsteckst, ist es schwierig, da wieder herauszukommen, glaub mir.«

»Ich lass mich schon nicht auf ihn ein, solange er noch eine Freundin hat, keine Sorge.«

»Ich hoffe es. Denn glaub mir, Jane Austen hätte das gar nicht gutgeheißen.«

»Ich weiß, ich weiß«, tat ich ihre Warnung mit einem Winken ab. »Das Wichtigste ist doch aber gerade, dass mein Gefühl mich nicht getäuscht hat. Du wirst schon sehen: Am Ende geht alles gut aus!«

Fiona warf mir einen skeptischen Blick zu, während sie sich von mir wegdrehte und durch die Lobby zur Personaltür ging.

»Das glaube ich erst, wenn es so weit ist.«

Am Tag der Verabredung mit Theo stand ich zur vereinbarten Zeit vor dem Hoteleingang. Die brave Uniform hatte ich gegen eines meiner Blumenkleider ausgetauscht, mein rotes Lieblingskleid mit den schwarz umrandeten Mohnblumen. Dazu trug ich eine schwarze Strumpfhose, Stiefel und eine Strickjacke. Kaum dass ich Theos schwarzen Haarschopf unter den Passanten auf der Straße entdeckte, fiel die Hibbeligkeit der letzten beiden Tage von mir ab. Er kam wirklich – weder hatte er mich also vergessen, noch hatte er es sich anders überlegt, wie ich die ganze Zeit über befürchtet hatte.

Als er mich erblickte, breitete sich ein warmes Lächeln auf seinem Gesicht aus. Ähnlich wie bei unserer ersten Begegnung in der Bar trug er Jeans und ein Langarmshirt. Moment, war das nicht sogar dasselbe Shirt, das ich vor wenigen Tagen noch mit einem Gemisch aus Bier, Cocktail und Wein bekippt hatte? Doch bevor ich genauer hinsehen konnte, war er schon bei mir angelangt und nahm mich zur Begrüßung kurz in den Arm. Ich genoss es, seinen Körper so nah an meinem zu spüren und seinen Duft zu riechen, den ich mir in den letzten Tagen so oft zu vergegenwärtigen versucht hatte.

»Schön, dass es geklappt hat«, sagte er. »Wollen wir gleich weiter?«

»Gerne.« Ich deutete in die Richtung des Cafés, das mir vorschwebte. Es war eines mit größerem Gastraum, vielen Nischen und Pflanzen.

»Wie ist es dir die letzten Tage ergangen?«, fragte Theo mich, als wir nebeneinander die Straße hinunterschlenderten. »Musstest du viel arbeiten?«

»Eigentlich war es sehr entspannt. Momentan ist wenig Betrieb. Die Saison beginnt gerade erst so richtig. In ein paar Wochen rennen uns die Touristengruppen aus aller Welt sicher wieder die Bude ein.«

»Die wollen alle das Schloss besichtigen?«, fragte Theo mit seiner angenehmen Stimme nach, die in mir den Wunsch auslöste, mich wie eine schnurrende Katze an ihn zu schmiegen.

»Genau. Meistens bleiben sie nur ein, zwei Tage, werden durch das Schloss und die Altstadt gejagt, um dann zum nächsten Ziel ihrer Deutschlandtour weiterzureisen.«

»Und dafür kommen sie extra den weiten Weg hierher.«

»Ja, ich finde das auch ein wenig seltsam, aber immerhin haben sie zuhause dann bestimmt jede Menge zu erzählen.«

Wir durchquerten die Fußgängerpassage, Theo öffnete die Tür des Cafés und ließ mich vorangehen. Als wir einen Tisch im hinteren Bereich ausgewählt und uns gesetzt hatten, fuhr er mit der Unterhaltung fort, als hätte es nie eine Unterbrechung gegeben. »Wie reist *du* denn am liebsten?«

Ich rückte den schweren Metallstuhl etwas näher an das runde Tischchen heran.

»Mit viel Zeit. Ich bin gern im Auto unterwegs, mit Zelt im Gepäck, sodass ich mich einfach treiben lassen und dort anhalten kann, wo es mir am besten gefällt.«

Theo nickte, und seine Augen blitzten auf.

»Das klingt traumhaft. Ich lande leider meistens dann doch wieder im Pauschalhotel.«

»Wirklich? Wieso das denn?«

»Na ja, ich reise selten allein. Und Marie liebt es, sich für ein paar Wochen im Hotel verwöhnen zu lassen.«

Wumm! Da war sie also, die Freundin. Das Lächeln gefror auf meinen Lippen, und ich wandte den Blick schnell ab und auf die aufgeschlagene Karte auf dem Tisch, um mich nicht direkt zu verraten.

»So schlimm ist es da gar nicht, glaub mir«, sprach Theo weiter, der offenbar dachte, dass ich mich wegen meiner Abneigung gegen Pauschalreisen der Karte zugewandt hatte. »Man hat seine Ruhe und kann den ganzen Tag lesen.«

Ich nickte und war froh, als die Kellnerin mich aus meiner

misslichen Lage befreite. Wie dumm ich mir vorkam! Meine Freunde hatten vollkommen recht damit, wenn sie mich naiv nannten. Ich hatte mich in einem meiner romantischen Träume verfangen, hatte mir eingeredet, dass Leon Theo falsch verstanden haben musste. Bestimmt, so hatte ich es mir zurechtgelegt, hatte Theo ihm von der Verlobten seines Bruders oder eines Freundes erzählt, und Leon hatte nicht richtig zugehört und alles durcheinandergebracht. Oder Theo war mal mit einer Frau in die Buchhandlung gekommen. Leon hatte geschlussfolgert, dass sie seine Verlobte sein müsste, und dabei war es nur die Schwester. Lief es so nicht immer in Liebesfilmen ab?

Wir bestellten Kaffee und schwiegen ein paar Sekunden, die sich für mich nach einer Ewigkeit anfühlten. Ich wusste nicht, was ich sagen sollte.

»Leon hat dir erzählt, dass ich eine Freundin habe, oder?«, erkundigte Theo sich dann vorsichtig.

»Er meinte, dass du verlobt bist«, sagte ich und versuchte, unbedarft zu klingen.

»Gut, das hatte ich gehofft. Ich wollte keine falschen Erwartungen bei dir wecken. Aber unser Gespräch war so schön, dass ich Lust hatte, es weiterzuführen und mich vielleicht mit dir anzufreunden. Ich habe nicht allzu viele enge Freunde, weißt du?«

Trotz der Enttäuschung fühlte ich mich von diesen schönen Worten geschmeichelt und sah auf. Als ich das sanfte Lächeln auf seinem Gesicht erblickte, musste ich es einfach erwidern. Seine Offenheit war entwaffnend.

»Es war ein wirklich schönes Gespräch«, bestätigte ich und dankte der Kellnerin, die die Kaffeetassen vor uns abstellte. Dann riss ich mich zusammen: »Und eine Lücke wäre in meinem Freundeskreis vielleicht sogar noch frei.«

»Vielleicht?« Theo legte den Kopf schief, und ich musste grinsen.

»So lange kennen wir uns eigentlich noch nicht, dass ich diesen einen Platz so leichtfertig an dich vergeben könnte.«

Da musste Theo lachen.

»Recht hast du. Vielleicht habe ich ja Glück und kann dich heute überzeugen.«

Wir gingen wieder in ein gefahrloses Plaudern über. Ich erzählte von der Backstube meines Vaters, in der ich den Großteil meiner Kindheit verbracht hatte und die immer so wunderbar nach warmem, frischem Brot und buttrigen Croissants geduftet hatte. Und Theo berichtete von langen Sommern im Garten seines Elternhauses, wo er stundenlang in der Hängematte gelegen, gelesen und die Schmetterlinge im Fliederbusch beobachtet hatte. Alles war so frei von Sorgen gewesen, bis das Bild zu bröckeln begonnen und Theo als junger Teenager verstanden hatte, dass die Ehe seiner Eltern eine einzige Scharade gewesen war. Die beiden waren sich eigentlich nur aus dem Weg gegangen. Unser Gespräch wurde ernster und vertiefte sich, und ich konnte es kaum glauben, als ich irgendwann einen Blick aus dem Fenster warf und es schon dämmerte.

»Es ist merkwürdig«, sagte Theo da. Auch er blickte überrascht in Richtung des Fensters. »Aber ich habe einfach das Gefühl, als würden wir uns schon sehr viel länger kennen, als es der Fall ist.«

»So geht es mir auch«, sagte ich und lächelte ihn ein wenig zaghaft an.

»Weißt du, von meinen Eltern habe ich lange nicht erzählt. Nicht weil es sich um ein Geheimnis handeln würde, aber ich habe einfach niemanden mehr kennengelernt, dem ich genug vertraut hätte.«

Während er das sagte, legte sich wie zufällig seine Hand auf meine. Sie fühlte sich warm an und löste sofort ein elektrisierendes Prickeln auf meiner Haut aus. Verwirrt sah ich zu ihm auf, in diese grünen Augen, erfasste den ernsten Blick, das Gesicht, das mir in diesem Moment wie das schönste erschien, das ich je gesehen hatte. In meinem Magen regte sich ein sanftes Flattern. Unsere Blicke verhakten sich ineinander, ich konnte meinen nicht von ihm abwenden. Alles in mir drängte mich, mich zu ihm vorzubeugen, mehr von seiner warmen Haut zu spüren und ihn zu küssen. Und ich war mir sicher, dass es ihm gerade auch so erging. Sein Blick schweifte zu meinen Lippen, und er schien sich Millimeter um Millimeter zu nähern.

Wenn da nur nicht diese eine kleine Sache gewesen wäre, die in jedem Augenblick unseres Beisammenseins zwischen uns spukte: Er war verlobt – verlobt! Nicht nur, dass er eine Freundin hatte, nein, er hatte diese schon seit Jahren und wollte sie zu seiner Frau nehmen, um sein restliches Leben mit ihr zu verbringen.

Mit Gewalt löste ich den Blick und räusperte mich. Dann zog ich meine Hand langsam unter seiner hervor, richtete mich auf und glättete mein Kleid über den Beinen.

»Ich glaube, ich muss los«, meinte ich und bedeutete der Kellnerin mit einer Geste, dass ich zahlen wollte.

»Es ist schon spät geworden«, sagte Theo nickend und zog sein Portemonnaie hervor. Von seinem Gesicht war nicht abzulesen, was er fühlte. War er so verwirrt wie ich, spürte er einen Hauch von Bedauern, da ich meine Hand weggezogen hatte? Als er meinen Blick bemerkte, lächelte er, und es wirkte so warm und einladend wie zuvor. »Aber vielleicht können wir das bald wiederholen? Ich fand es sehr schön, mit dir zu reden.«

Eine Seite in mir freute sich, eine andere drängte, endlich zur Vernunft zu kommen. Warum taten wir das? Warum tat *er* das?

Und doch war es mir unmöglich, ihm etwas abzuschlagen. Er vertraute mir.

»Ich fand es auch schön.«

Trotzdem ermahnte ich mich, später in Ruhe und mit klarem Kopf über die ganze Sache nachzudenken und zu entscheiden, ob ich ihn wirklich wiedertreffen sollte oder nicht. Die Kellnerin reichte uns die Rechnung, und wir beide legten etwas Geld in die Mitte des Tisches.

»Da gibt es nur einen Haken«, meinte Theo im Anschluss und brachte mein Herz damit erneut zum Flattern. Natürlich gab es einen Haken!

Du bist der erste Mann seit Langem, der mein Herz so zum Schlagen bringt, aber dein Ring steckt am Finger einer anderen Frau!

»Ich habe gar keine Handynummer von dir, nur die vom Hotel.«

Überrascht sah ich ihn an und musste beinahe über mich selbst lachen. Mit vielsagendem Blick hielt er mir sein Handy entgegen. Ich nahm es und tippte meine Nummer unter den Namen, den er bereits eingegeben hatte.

»Bin ich damit in der engeren Auswahl um den freien Platz in deinem Freundeskreis?«, fragte Theo und lächelte mich amüsiert an.

»Bist du«, sagte ich und konnte ein winziges Seufzen nicht unterdrücken, das er hoffentlich nicht hörte.

Wir verließen das Café und umarmten uns zum Abschied. Ein Abschied, der mir schwerfiel wie lange keiner mehr. Aufgewühlt, mit einem Herzen, das nicht wusste, ob es vor Freude über den Nachmittag mit Theo oder aus Gram über unsere Trennung höherschlagen sollte, und einem Kopf, in dem die Gedanken Karussell fuhren, machte ich mich auf den Heimweg.

5

Heidelberg, Mai 2019

»Es war einmal eine liebenswürdige, blond gelockte Prinzessin in einem fernen Königreich, das kaum größer als eine Briefmarke war. Dort saß sie tagein, tagaus hoch oben in ihrem Turm, blickte aus dem Fenster und träumte von der Liebe.«

»Haha«, machte ich und beugte mich über den Verkaufstresen, um Leon einen Klaps auf den Arm zu geben. Auf meinen Wunsch hin hatte er mir einen Stapel neuer Liebesromane zusammengestellt, den ich nun in der Buchhandlung abholte. Kaum waren die anderen Kunden zur Tür hinaus gewesen und hatten uns allein in dem verschachtelten, mit Bücherregalen gesäumten Raum zurückgelassen, hatte Leon begonnen, mich auf den Arm zu nehmen.

»Ich bin noch nicht fertig, warte!«, sagte er lachend und wich meiner Hand aus, wobei er beinahe zwei Bücher aus dem Paket, das er gerade in das System buchte, vom Tisch fegte. Ich verdrehte die Augen, seufzte und stützte das Kinn auf den Händen ab. Er würde sowieso nicht lockerlassen, also gab ich die geduldige Zuhörerin. »Eines Tages ritt ein prächtiger Rittersmann auf einem strahlenden Schimmel an ihrem Turm vorbei«, fuhr Leon fort, wobei sich ein amüsiertes Funkeln in seine Augen schlich, »und kaum dass sie ihn erblickte, diesen schönen und starken Mann mit den schwarzen Haaren und den betörenden grünen Augen, war sie auch schon hin und weg und wäre vor Verliebtheit beinahe aus dem Turmfenster gefallen. Wäre da nicht ihr getreuer Diener Leonius gewesen, der sie an einer Locke gehalten hätte.«

»Wann kommt hier eigentlich wieder Kundschaft rein?«, fragte ich und sah mich hilfesuchend nach links und rechts um, doch die Buchhandlung blieb leer, und Leon ließ sich nicht ablenken.

»Leonius wusste auch zu berichten, dass der Rittersmann längst der holden Maid Marie von und zu Heidelbergistan versprochen war und seine Treue wohl kaum ausgerechnet für die kleine, liebestolle Prinzessin mit dem noch kleineren Königreich brechen würde.«

»Das ist schon ein bisschen fies.«

Doch Leon streichelte mir nur besänftigend übers Haar und erzählte weiter: »Auch wenn, das war weithin bekannt, die Prinzessin überaus schön war …«

»Ach, immerhin.«

»… und klug …«

»Vielen Dank.«

»… und charmant, keine Frage.«

»Geht doch!«

Nun musste ich wider Willen lachen. Leon zwinkerte mir zu.

»Nun sag schon«, brummte ich schließlich und richtete mich auf. »Wie geht es aus?«

»Tja.« Leon zuckte mit den Schultern, und sein Blick nahm eine entschuldigende Nuance an. »Was glaubst du?«

»Du weißt, dass ich immer für ein Happy End bin.«

Da beugte Leon sich noch ein Stückchen weiter zu mir vor.

»Es gibt ein Happy End«, sagte er, doch bevor ich überrascht losjubeln konnte, fügte er hinzu: »Die Frage ist nur, für wen.«

Ich zog eine gequälte Miene, stieß mich vom Verkaufstisch ab und drehte mich mit hängenden Schultern einmal um mich selbst. Dann blickte ich Leon missmutig an, zog mein Handy hervor und hielt es ihm vor die Nase.

»Bitte lies das noch mal. Ich bilde mir das alles nicht ein. Was soll ich denn tun?«

Leon warf einen genervten Blick auf das Display, dann atmete er einmal schwer.

»Du hast uns das alles schon geschickt. Ich brauche den ganzen Verlauf nicht noch mal zu lesen, um dir sagen zu können, dass du die Finger von Theo lassen solltest. Wie kann man überhaupt in nur einer Woche so viele Nachrichten schreiben? Musstest du nicht arbeiten?«

»Ich habe doch probiert, das Ganze abzubrechen!« Schnell scrollte ich durch den tatsächlich langen Chatverlauf, den Theo und ich nach unserem Treffen begonnen und seitdem beinahe pausenlos weitergeführt hatten, und brauchte ein paar Sekunden, bis ich die richtige Stelle gefunden hatte. »Hör zu. Ich schreibe: ›Stört es Marie denn gar nicht, dass du ständig am Handy hängst?‹ Das wäre doch der optimale Moment für ihn, mit dem Schreiben aufzuhören. Aber Theo antwortet: ›Sie ist die meiste Zeit unterwegs. Eigentlich sehen wir uns kaum noch.‹ Wie klingt das für dich?« Als Leon sich nur tiefer über die Liste beugte und Bücher aus dem Stapel vor ihm abhakte, wandte ich mich wieder dem Handy zu. »Und hier, meine Nachricht an ihn: ›Vielleicht wäre es besser, wir würden mit dem Schreiben aufhören. Ich fühle mich damit nicht ganz wohl.‹« Als ich Leon die Stelle vorlas, die ich erst vorgestern verfasst hatte, überkam mich wieder die gleiche Welle des schlechten Gewissens gegenüber einer Frau, die mir, obwohl ich sie nicht kannte, tagtäglich durch den Kopf spukte. Ich seufzte und sprach langsamer weiter: »Und Theo antwortet darauf: ›Du brauchst dir keine Gedanken zu machen, wirklich, es ist alles in Ordnung. Und bitte hör nicht auf, mir zu schreiben. Du würdest mir fehlen.‹« Das gleiche Gefühl wie beim ersten Lesen der Nachricht keimte in mir auf und überflackerte alles Negative. Seit dem Treffen mit Theo war es so: Dieses wunderschöne, tausendflügelige Flattern versetzte meinen ganzen Körper in Aufruhr. Ein Lächeln schlich sich immer wieder heimlich in mein Gesicht, wenn ich an ihn dachte und mir vor Augen rief, wie er sich zu mir vorgebeugt und meine Hand genommen hatte. Tagtäglich schrieb er mir so wunderschöne Dinge, die mich umschmeichelten. Doch dann krachte sie immer wieder dazwischen, die Erinnerung an Marie. Und schon meldete sich das schlechte Gewissen, ihr mit jeder neuen Nachricht unrecht zu tun, obwohl ich sie nicht persönlich kannte. Hilflos sah ich zu Leon. »Ich weiß wirklich nicht, was ich tun soll.«

Leon blickte von seiner Liste auf, und diesmal sah er mich mit ernsten Augen an.

»Mila, du hast schon recht. Es klingt, als würde die Beziehung der beiden nicht gut laufen. Aber …«

»Ja?« Ich sah, wie Leon zögerte. »Sag es ruhig. Ich weiß es ja eigentlich selbst.«

»Solange er die Beziehung nicht beendet, bist und bleibst du nur die Dritte.«

Ich nickte und hielt kurz die Luft an, bevor ich beim Ausstoßen des Atems ein lang gezogenes »Jaaa« von mir gab.

»Ich weiß.« Ich hob die Hände zum Kopf und griff fest in die Locken, die mir heute offen auf die Schultern fielen. »Ich weiß, ich weiß, ich weiß. Ich werde ihm gleich schreiben und sagen, dass …«

»Mila, weiß er, dass du heute hier bist?« Leons Worte kamen so schnell aus seinem Mund geschossen, dass ich sie im ersten Moment nicht verstand. Die Finger noch immer im Haar verkrampft, blinzelte ich zu ihm auf.

»Ja, wieso?«

»Weil er hier ist.«

Verdutzt und ein wenig erschrocken, ließ ich die Hände sinken, dann drehte ich mich um und sah, wie die Glastür sich öffnete – und Theo hereinkam.

Mein Herz setzte einen Schlag lang aus.

Da war er, da war er wirklich. Und als mein Blick über seine groß gewachsene Gestalt glitt, über sein schwarzes Haar, das vom Regen benetzt war und glänzte, sein ebenmäßiges Gesicht mit dem Lächeln, das mir galt, da wurde das Flattern in mir so stark, dass ich meinte, bersten zu müssen. Mit wenigen Schritten kam er auf mich zu.

»Hi«, raunte ich. Mein Herz pochte so laut, dass ich Leons trockenes »Na, das ist ja eine Überraschung« fast überhört hätte.

»Hallo, ihr beiden«, sagte Theo fröhlich, warf Leon ein Nicken zu und schenkte mir ein so warmes Lächeln, dass ich förmlich dahinschmolz. Einen Atemzug lang sahen wir uns nur in die Augen, bis mich ein Räuspern von Leon aus der Starre riss. Ertappt strich ich mir die Haare zurück.

»Was … was machst du denn hier?«, fragte ich.

»Als du geschrieben hast, dass du hierherkommen würdest, um etwas abzuholen, ist mir eingefallen, dass ich ja ein Buch bestellen wollte.«

Ich nickte, ohne den Blick von seinen Augen zu lösen.

»Das machst du doch sonst immer per Mail«, störte Leons

Stimme mich ein weiteres Mal in meinem Bann. Theo löste den Blick von mir, sah zu Leon und zuckte mit einem schiefen Grinsen die Schultern.

»Ich wollte mir die Beine vertreten.« Dann zog er einen zerknitterten Post-it-Zettel aus der Hosentasche und reichte ihn über die Theke. »Kannst du mir das raussuchen? Es ist, glaube ich, nicht ganz einfach zu bekommen.«

Damit hatte er Leons Ehrgeiz geweckt, der es liebte, sich in die Recherche nach scheinbar verschwundenen Büchern zu stürzen. Tatsächlich war er schon eine Sekunde später in die Tiefen des Internets abgetaucht.

Theo legte eine Hand an meinen Arm und deutete mit dem Kopf in Richtung Kinderabteilung, die um die Ecke und damit außer Sichtweite des Verkaufstresens lag.

Mein Herz pochte wie wild, als wir einander dort gegenüberstanden und er mich wieder auf diese Weise anlächelte, die mir das Gefühl gab, der einzige Mensch weit und breit zu sein.

»Eigentlich bin ich nur hier, weil ich dich sehen wollte.«

Mein Denken setzte aus, das Flattern und Kribbeln in mir wurde so stark. Am liebsten hätte ich einfach nichts gesagt und diesen Moment genossen. Doch Leons Worte hallten noch in mir nach und bohrten sich schließlich in den Vordergrund.

»Warum wolltest du mich denn sehen?«, fragte ich vorsichtig.

Ganz kurz zogen sich Theos Brauen zusammen, dann vertiefte sich sein Lächeln wieder.

»Du warst mir in den letzten Tagen durch deine Nachrichten so nah und … Na ja, da habe ich mich einfach danach gesehnt, dich richtig zu sehen, nicht immer nur zu lesen. War das falsch?«

»Ich glaube, ja«, sagte ich mit einem Seufzen.

Theos Blick wurde ernst, und er legte den Kopf schief. Wie

gern hätte ich die Hand gehoben und über seine Wange gestrichen, seine Wärme gespürt.

»Meinst du wegen Marie?«, fragte er nach, und seine Stimme klang rau.

Ich nickte.

»Sie findet das doch bestimmt nicht besonders toll, dass du dich die ganze Zeit mit einer anderen Frau austauschst.«

Er machte eine unwillige Bewegung mit dem Kopf.

»Erstens bekommt sie das gar nicht mit«, begann er.

»Was es nicht gerade besser macht«, sagte ich leise.

»Und zweitens«, fuhr er unbeirrt fort, »weiß ich ehrlich gesagt nicht mehr, ob ich sie wirklich heiraten möchte.«

Überrascht beobachtete ich jedes Mienenspiel in Theos Gesicht. Meinte er das ernst?

Ich setzte mehrmals an, um etwas zu sagen, brach jedoch immer wieder ab. Es waren einfach zu viele Fragen, die in meinem Kopf umherjagten.

»Warum?«, presste ich schließlich hervor und hoffte inständig, dass er nicht sagen würde: deinetwegen. Oder hoffte ich gerade das? Oje, in mir tobte ein einziges Gefühlschaos!

»Darüber denke ich schon länger nach.« Theo seufzte. Ich spürte, dass er ungern darüber sprach, sein Blick flog über mich hinweg in Richtung Fenster. »Wir leben uns auseinander. Ich sehe sie ja nur noch so selten. Sie arbeitet viel, trifft Freunde. Gemeinsam unternehmen wir kaum noch etwas. Und gefühlsmäßig …«, hier sah er wieder zu mir, »ist es längst nicht mehr so intensiv, wie … wie es sein kann.«

Meinte er damit, wie es mit mir war? Ich atmete tief durch und wollte gerade etwas sagen, als eine Stimme uns unterbrach.

»Hey, Theo, ich kann dir das Buch besorgen. Der Verlag hat tatsächlich noch ein Exemplar ausgegraben und schickt es uns zu, wenn du möchtest. Du musst nicht mal mehr als den normalen Verkaufspreis dafür zahlen.« Leon kam um die Ecke. Seinen Wangen war die stolze Röte des Fundes anzusehen, doch zugleich schlich sich eine Spur Misstrauen in sein Gesicht, als er uns zwei so dicht beieinanderstehend entdeckte.

Theo warf mir einen kurzen Blick zu. Darin lag das Bedauern darüber, nicht weitersprechen zu können. Dann löste er sich aus meiner Nähe und folgte Leon zur Kasse, um die Bestellung abzuwickeln.

In den folgenden Minuten war Leon anzumerken, dass er ein weiteres Tête-à-tête zwischen Theo und mir zu verhindern suchte. Kaum dass wir uns einen Meter von ihm entfernten, rief er etwas wie: »Mensch, Mila, das Buch hier wollte ich dir doch unbedingt noch zeigen«, und zog mich mit sich, selbst als andere Kunden in der Buchhandlung waren. Ich wusste, dass er mich schützen wollte und es gut meinte, doch zugleich brannte es in mir, das Gespräch mit Theo fortzuführen und endlich zu erfahren, ob er es ernst meinte und die Verlobung wirklich lösen wollte.

Gerade wollte ich Theo vorschlagen, woanders hinzugehen, als er auf die Uhr blickte und entschuldigend die Schultern hob.

»Ich muss leider los, bin noch verabredet.« Er winkte Leon zu. Dann sagte er zu mir: »Ich schreibe dir«, und war verschwunden.

Kaum eine halbe Stunde später – ich hatte mich gerade mit einem Beutel voller Bücher von einem beschämten Leon verabschiedet, der nicht glauben konnte, was in der kurzen Zeit ohne ihn passiert war – piepste mein Handy. Ich hatte es sofort in der Hand und las:

Ich muss dich bald wieder treffen. Du sahst wunderschön aus, die Kinderabteilung steht dir verdammt gut!

Ich musste kurz auflachen und spürte Wärme in der Magengegend. Doch zugleich wollte ich etwas ganz anderes wissen.

Meintest du das ernst, was du eben gesagt hast, das mit Marie?

Das ist kein gutes Thema für Kurznachrichten, aber ja, das habe ich ernst gemeint.

Ich spürte, wie mein Herz hart gegen die Brust schlug. Ich nahm allen Mut zusammen und wollte gerade nachhaken, wann er die endgültige Entscheidung treffen wollte, da kam eine neue Nachricht von ihm:

Wir sprechen darüber, wenn wir uns das nächste Mal sehen, okay? Ich kann es kaum erwarten.

Ich fühlte mich so glücklich und zugleich unendlich schuldig. Mit einem Schlag hatten sich die Dinge auf den Kopf gestellt! Ich konnte nicht anders und musste mir vorstellen, wie Theo vor Marie stand und ihr die Nachricht übermittelte. Würde sie traurig sein, sauer oder – wie ich stark hoffte – vielleicht sogar erleichtert, weil auch sie schon länger nicht mehr glücklich gewesen war?

6

Heidelberg, Mai 2019

Die Dämmerung war bereits angebrochen und die ersten Laternen entzündet. Ich eilte gerade aus dem Hotel und hatte nur einen Seitenblick übrig für das Treiben in der Fußgängerzone, wo noch Hochbetrieb herrschte: Junge Leute stimmten sich auf das Feiern ein, Familien gingen zum Abendessen in ein Restaurant, ältere Spaziergänger flanierten die hell erleuchteten Schaufenster der geschlossenen Geschäfte entlang. Die Aufregung pulsierte in meinen Adern: Gleich würde ich Theo wiedersehen. Endlich! Zwei Wochen waren verstrichen, seitdem wir in der Buchhandlung gesprochen hatten. Zwei Wochen, in denen ich gezittert und gefiebert und alle paar Minuten auf das Handy gelugt hatte, ob die alles entscheidende Nachricht endlich eingetroffen war. Doch unser Chat war weitergegangen wie zuvor: Wir schrieben über dies und das, vertieften unseren Austausch, und immer, wenn ich gerade nachhaken wollte, kam ein so süßes Kompliment, dass ich es nicht über mich brachte, den Druck zu erhöhen. Doch gestern, endlich, hatte Theo mich gefragt, ob ich ihn treffen wolle, was für mich hieß: Es war so weit. Seitdem war ich vorfreudig wie ein hungriges Eichhörnchen beim Anblick einer gigantischen Nuss.

Da vibrierte mein Handy in der Handtasche: Theo.

»Hi, Theo. Ich bin in zehn Minuten da. Es kam noch eine ganze Busladung an koreanischen Touris an, die eingecheckt werden wollten, entschuldige.«

Ich wich einer Gruppe Jugendlicher aus, die sich lachend um das Handy eines Mädchens drängte.

»Ich muss mich bei dir entschuldigen, ich muss leider absagen.«

Ich blieb so plötzlich stehen, dass ein Mann hinter mir in mich hineinrannte. Mit der freien Hand machte ich eine entschuldigende Geste.

»Was? Aber wieso?«

»Es ist etwas Dringendes dazwischengekommen. Ich erzähle dir morgen mehr, aber jetzt muss ich Schluss machen. Bis dann, ja? Sei mir nicht böse.«

Und schon hatte er aufgelegt. All die Vorfreude, die Nervosität und Anspannung fielen mit einem Mal in sich zusammen, und was blieb, war ein langer, einsamer Abend, der sich vor mir erstreckte.

Mit vor Enttäuschung hängenden Schultern schlängelte ich mich durch die Menschenmenge. Doch was vorher noch lebhaft und lustig auf mich gewirkt hatte, war nun nervenaufreibend und anstrengend. Also bog ich in eine Nebenstraße ein und dann in die nächste, ohne so recht zu wissen, wohin ich eigentlich steuerte. Gerade wollte ich wieder abbiegen, als ich ein Stück vor mir im Gedränge einen groß gewachsenen, dunkelhaarigen Mann erblickte und innehielt. Mein Magen tat einen Satz. Das war doch Theo! Ein Lächeln breitete sich auf meinem Gesicht aus. Dann würde ich ihn also doch noch sehen. Mein Impuls war, sofort zu ihm hinzulaufen. Doch da bog die Familie, die vor ihm gelaufen war, in einen Hauseingang ab und gab den Blick auf eine zweite Person neben ihm frei. Es war eine Frau. Zwei Köpfe kleiner als er, mit glattem blondem Haar und hübschem Gesicht mit Stupsnase. Der Schreck hämmerte auf mich ein, und mir wurde eiskalt.

War das etwa … Das musste Marie sein!

Die beiden waren ins Gespräch vertieft, sie lachten und schienen kaum etwas von dem, was um sie herum geschah, wahrzunehmen. Sie wirkten verliebt. Ich sah, dass sie sich an der Hand hielten, beobachtete, wie Marie eine Bemerkung machte, die Theo erneut auflachen ließ. Er beugte sich zu ihr hinunter und küsste sie.

Wie zur Salzsäule erstarrt, stand ich da und konnte den Blick nicht von dem Paar abwenden. Ein beißender Schmerz vermischte sich mit einer beinahe unerträglichen inneren Aufregung. Ich wusste, ich sollte das Weite suchen, denn die beiden kamen immer näher auf mich zu, doch ich schaffte es einfach nicht, mich zu regen, ein Bein vors andere zu setzen. Und da passierte es. Während er einen Arm um die Schultern seiner Verlobten legte, schaute Theo auf und erblickte mich. Er war mittlerweile nah genug, dass ich die Überraschung in seinen Augen aufblitzen sah. Seine Hand glitt von ihrer Schulter über ihren Rücken und landete schließlich an seiner Seite. Es wirkte so fließend, dass ich unsicher war, ob dies wirklich eine Reaktion auf mein Erscheinen war oder ganz natürlich geschah. Da raffte ich mich endlich auf. Ich zwang mein Bein zu einem ersten Schritt, und mein ganzer Körper löste sich aus der Starre. Ich drehte mich um und ging so schnell in die nächste Straße hinein, dass ich beinahe ins Rennen verfiel. Ich wollte nur noch weg, weg von der Fußgängerzone, weg von Theo und Marie, am liebsten weg von meinem ganzen Leben.

Während ich so die Straße hinuntereilte, ploppte ein Gedanke nach dem anderen auf und trieb mir die Tränen in die Augen. Das konnte doch wohl nicht wahr sein: Theo hatte mir also wirklich abgesagt, weil er mit seiner Freundin – nein, halt: seiner Verlobten! – ein Date hatte? Und zwar eines, das die Beziehung zwischen ihnen ganz klar besiegeln statt beenden sollte, so verliebt, wie sie gerade gewirkt hatten.

Ich blieb stehen, versenkte mein Gesicht in den Händen und schüttelte den Kopf. Wie dumm ich gewesen war! Ich hatte ihm wirklich geglaubt, als er mir weisgemacht hatte, er würde sich trennen wollen. Dabei hatte er mich die ganze Zeit nur an der Nase herumgeführt. Und ich hatte mitgemacht. Wahrscheinlich hatte er einfach das Gefühl genossen, die kleine naive Mila um den Finger zu wickeln. Ich blinzelte auf die dunkle Straße, während mich Scham und Ärger durchliefen. Wie ich ihn angehimmelt hatte! Wieso hatte ich nicht auf meine Freunde hören wollen? Wie hatte ich wirklich noch daran glauben können, dass es für mich in Liebesdingen ein Happy End geben würde?

Wütend – auf mich, auf Theo und auf all die Liebesgeschichten, die mir diese bescheuerte und absurde Idee eingetrichtert hatten, es gäbe für jeden da draußen die eine große Liebe – stapfte ich weiter und nahm mir fest vor, jeden einzelnen Liebesroman in meinem Regal zu zerreißen und die Schnipsel den Abfluss hinunterzuspülen.

7

Heidelberg, Mai 2019

In dieser Nacht fand ich keinen Schlaf. Ich wälzte mich hin und her, zerwühlte die Bettdecke, bis sie als trauriges Häufchen zu Boden plumpste, und starrte Löcher in die Dunkelheit. Das Bild von Theo und Marie, wie sie mir verliebt entgegengekommen waren und sich geküsst hatten, wollte mir nicht aus dem Kopf gehen. Sein ertappter Blick, als er mich entdeckt hatte … Immer wieder fragte ich, was er in diesem Augenblick wohl gedacht hatte. Ob er Angst gehabt hatte, ich könnte ihn auffliegen lassen, oder sich schuldig gefühlt hatte? Seiner Verlobten oder gar mir gegenüber, da er falsche Hoffnungen in mir geweckt hatte? Immer wieder griff ich nach dem Handy, tippte einige Wörter, löschte sie, tippte, löschte, bis ich es mit einem Seufzen beiseitelegte. Und dabei wartete ich auf eine Nachricht von ihm, doch es kam nichts.

Um halb fünf setzte ich mich schließlich auf. Es hatte keinen Sinn. Ich schlüpfte in eine Jeans, zog eine Windjacke über und band die Haare zu einem Dutt. Dann trat ich durch die Tür nach draußen.

Die schmalen Straßen lagen verlassen da. Um diese Uhrzeit wagte sich kaum jemand aus dem Haus. Die Laternen warfen ihr gelbliches Licht auf den Stein von Straße und Häusern, der Himmel spannte sich dunkelblau über mir. Nur ein zaghafter erster heller Streifen zeichnete sich knapp oberhalb der Dächer ab. Meine Gedanken beruhigten sich allmählich, während ich dem Morgengesang der Amseln lauschte. Ein Zeitungsbote kam mir mit seinem voll beladenen Fahrradanhänger entgegen und grüßte, indem er sich gegen die Stirn tippte. Der helle Streifen am Horizont breitete sich weiter aus und verfärbte sich rötlich.

Ich erinnerte mich an viele Morgen, an denen ich über das Pflaster lief und die Ruhe genoss, die auf mich überzugehen schien. Wann immer es mir in der Vergangenheit so ergangen war, dass ich keinen Schlaf gefunden hatte, hatte es einen Ort gegeben, der mir Geborgenheit und Schutz geboten hatte, ob ich nun um halb drei oder um sechs Uhr in der Früh dort eingefallen war. Es war die Backstube meines Vaters, die ich soeben erreichte, ein unscheinbares Ladengeschäft mit einem altertümlich anmutenden Schild über dem Schaufenster, das aussah, als hinge es dort wirklich schon so lange, wie es das Geschäft gab: seit 1951. Vorne im Laden war alles dunkel, nur ein kleiner Lichtschein, der vom hinteren Raum durch eine halb geöffnete Tür drang, verriet, dass hier schon gearbeitet wurde.

Ich lehnte mich gegen die schwere Tür, die nach kurzem Zögern meinem Druck nachgab. Mein Vater verschloss sie nie, wenn er hinten arbeitete. Er hatte dieses tiefe Grundvertrauen in die Menschen. Kaum hatte ich den Laden betreten, umschlang mich der betörende Duft nach Frischgebackenem. Das heimelig Erdige des Brotes, die Zimtnote von Franzbrötchen, deren Rezept mein Vater vor Jahrzehnten von seiner Ausbildung im Norden mitgebracht hatte, und der süße Duft von

Rosinenbrötchen stiegen mir in die Nase. Sofort fühlte ich mich wohl und zu Hause.

Ich ging durch den dunklen Laden mit seiner leeren Auslage hinter Glasscheiben, die im Sommer gerne von summenden Bienen aufgesucht wurde, wenn sich hier duftende Honig- und Obstkuchen türmten. Dann schob ich den Kopf durch die Öffnung zum hinteren Raum. Mein Vater stand in seiner weißen Uniform mitsamt der Mütze gerade an einem der mannshohen Backöfen und öffnete ihn. Ein Schwall aus Dampf entstieg ihm und füllte den ganzen Raum. Mein Vater entnahm ein langes Blech und schob es in die Ablage, in der schon eine ganze Reihe weiterer warteten, alle reichlich befüllt. Erst als er das heiße Blech sicher abgelegt hatte, schlüpfte ich durch die Tür. Er bemerkte die Bewegung und sah zu mir auf. Nichts schien ihn aus der Ruhe zu bringen, wenn er in seine Arbeit vertieft war, nicht einmal, wenn um fünf Uhr morgens unerwarteter Besuch in seine Backstube kam. Statt überrascht zu sein, lächelte er freudig, als er mich erkannte, und breitete die Arme aus.

»Komm her zu deinem alten Vater, mein Krötchen!«, rief er mit der bärig brummenden Stimme, die für mich Zuhause bedeutete. Ruck, zuck war ich bei ihm und kuschelte mich an ihn. Eine seiner Pranken tätschelte mir den Kopf, und schon fühlte ich mich so beruhigt, als hätte ich mich nicht die halbe Nacht im Bett herumgewälzt.

»Wie geht's dir, Papa?«, fragte ich gegen seine Brust, und er brummte: »Mir geht's immer gut, das weißt du doch.«

Mein Vater war für mich der wichtigste Mensch überhaupt. Seitdem meine Mutter gestorben war, waren wir unzertrennlich. Als ich kleiner gewesen war, war ich beinahe jeden Morgen, sofern ich wach zu bekommen war, mit ihm in die Backstube gekommen, hatte hier die Hausaufgaben für den anstehenden

Schultag gemacht oder ein wenig beim Backen mitgeholfen. An den Wochenenden hatten wir gemeinsam Mittagsschlaf gehalten: er auf der Couch, ich auf dem Sessel eingerollt. Er war immer die Bezugsperson Nummer eins für mich gewesen. Mit seiner ruhigen, unaufgeregten Art war er das Gegenteil von mir. Erst später waren Freunde wichtig geworden, doch auch da noch blieben die Backstube und mein Vater eine bedeutende Säule in meinem Leben. Ich wusste, dass ich immer, egal welches Problem mich umtrieb, hierherkommen und Trost finden konnte.

Mein Vater löste sich von mir.

»Willst du die Brote da aus dem Gärkorb nehmen? Der Ofen ist heiß genug.«

Das war ein weiterer Punkt, auf den ich mich hier verlassen konnte und der so wichtig für das Geborgenheitsgefühl war: Ich wurde in die Arbeit mit einbezogen. Besonders was die Brote betraf, überließ mein Vater einige Arbeitsschritte gerne mir, während wir uns unterhielten oder einfach mal konzentriert schwiegen. Ich wusch mir sorgfältig die Hände und band mir eine saubere weiße Schürze um, während ich mich nach den Gärkörben umsah.

»Die da?«

»Und keine anderen.«

Ich griff nach dem Schieber für den Steinofen, bemehlte ihn und legte das erste Brot aus dem Korb darauf.

Mit einem Ruck landete es im Ofen und blieb in der Hitze liegen. So verfuhr ich auch mit den anderen, bis sie alle vor sich hin backten.

Als ich an meinem Vater vorbeiging, gab er mir, ohne von den Zimtschnecken aufzusehen, die er gerade formte, einen sanften Schubser mit der Hüfte.

»Den Dampf nicht vergessen«, murmelte er, und so drehte

ich um und sprühte per Knopfdruck Wasser in den Ofen, das sofort zu Dampf kondensierte und für die richtige Kruste sorgen würde.

Mit erhitzten Wangen sammelte ich die Gärkörbe ein und klopfte sie über der Spüle aus, damit sie gleich für die nächste Befüllung bereitstanden.

»Und jetzt?«, fragte ich.

»Die anderen Brote für heute sind schon fertig gebacken, aber du kannst dich an den Teig für morgen machen. Der Vorteig steht da drüben. Magst du mit einem Drittel davon den ersten Hauptteig für unser klassisches Roggenbrot ansetzen? Die Rezeptliste müsste hier irgendwo herumschwirren …«

Das war so typisch für meinen Vater. Er selbst benutzte die Liste, die er vor über dreißig Jahren angefertigt hatte, längst nicht mehr, daher konnte sie sich an den unmöglichsten Plätzen der Backstube befinden. Doch wenn ich aushalf, musste ich schon noch hineinlugen und mir das Rezept für die jeweilige Brotsorte ansehen.

Sauerteig war ein Mythos für sich. Viele hatten Angst oder zumindest eine ordentliche Portion Respekt davor und trauten sich ein Leben lang nicht an ihn heran. Dabei war er, wenn man seine Persönlichkeit einmal durchschaut hatte, gar nicht so kompliziert zu händeln. Er brauchte vor allem eines: Geduld. Ohne die konnte man es gleich vergessen. Sauerteig musste mehrmals angesetzt werden, es gab verschiedene Phasen der Gärung, die er durchlief, um ein perfekt aufgegangenes Brot hervorzubringen, mit feiner, luftiger Porung und krosser Kruste. Als ich noch jünger gewesen war, hatte ich diese Geduld oft nicht gehabt. Tausende von Malen hatte ich meinen Vater Brot zubereiten sehen und ihm selbst dabei geholfen, und immer war es geglückt. Damals beschlich mich das Gefühl, dass wir den Teig überschätzten. Vielleicht hielten wir eisern an alten Regeln fest, die sich irgendwann mal jemand aus dem einzigen Grund ausgedacht hatte, um unsere Geduld an ihre Grenze zu treiben. Vielleicht brauchte es all die nervige Warterei gar nicht! Also verkürzte ich die Zeiten, ließ erst eine Phase weg, dann die nächste, um nur immer wieder an demselben Punkt zu landen: Es brauchte diese verdammten Regeln! Der Teig wurde zu einer absoluten Zicke, sobald man sich nicht an sie hielt. Er ging nicht genug auf, sodass das Brot als fester Klumpen aus dem Ofen kam, er wurde sturztrocken oder klebrig feucht. Mein Vater ließ mir meine Experimente. Nur dann und wann sah er über die Schulter, bevor er sich, mit einem Schmunzeln auf den Lippen, wieder seiner Arbeit zuwandte. So lernte ich den Sauerteig nach und nach kennen. Ich ergründete seine Stärken und Schwächen, seine Ecken und Kanten und meinte irgendwann, mich blind mit ihm zu verstehen …

Endlich hatte ich die Liste gefunden, die eigentlich aus einem Heftordner bestand, dessen eingeschlagene Seiten abgenutzt und zerfleddert waren. Das richtige Rezept war schnell aufgeschlagen, auch wenn die Schrift längst verblasst war. Ich machte mich daran, eine große Schüssel mit verschiedenen Roggenmehlen, Wasser und Salz zu befüllen. Eine metallene Maschine in der Ecke der Backstube, in die ich die Schüssel einspannte, übernahm das Kneten. Nach und nach gab ich von dem Vorteig hinzu, der flüssiger war und schaumig von der Gärung der letzten Stunden. Während die Maschine knetete, hielt ich inne.

»Mit oder ohne Form?«, fragte ich meinen Vater über das Brummen der Knetmaschine hinweg.

Er sah nur kurz zu mir auf, dann sagte er bestimmt: »Die Kasten.«

Also legte ich mehrere Kastenformen zurecht und strich sie

ordentlich mit Butter aus. Als der Teig fertig geknetet war, portionierte ich ihn mithilfe einer Waage, faltete jede Teigkugel und legte sie in eine Form, damit sie dort in Ruhe gären könnte. Dann half ich meinem Vater bei den Brötchen und dem Gebäck und kümmerte mich um die Brote im Ofen.

Gemeinsam leerten wir eine gute Stunde später das letzte Blech mit Vollkornbrötchen in den großen Korb, den ich nach vorne in den Verkaufsraum trug und auf dem schrägen Regalbrett ablegte. Damit waren wir fertig für heute. Die Verkäuferin Gabi, mit der mein Vater die Bäckerei schmiss, war schon eingetroffen und wirbelte umher.

»Und jetzt«, sagte mein Vater wie immer an diesem Punkt, während er seine Schürze über den Kopf zog und zu mir schielte, »eine große Tasse Kaffee und ein frisches Rosinenbrötchen!«

Das gehörte zu unserer Routine dazu und ersetzte das Frühstück. Er war ein Süßschnabel, genau wie ich. Aus der Kaffeemaschine in der Ecke goss er uns zwei Tassen ein, während ich den Korb mit dem Gebäck holte, das wir zuvor für uns abgezwackt hatten. Wir zogen Stühle heran und ließen uns mit einem Seufzen fallen.

»Ich vergesse jedes Mal, wie anstrengend diese Arbeit ist«, sagte ich und hielt die Nase über die dampfende Tasse, um den herben Duft einzuatmen.

Mein Vater lächelte und tippte sich gegen die Stirn.

»Vor allem hier oben, weil man den Überblick nicht verlieren darf.«

Er nahm sich eines der Rosinenbrötchen, brach es in der Mitte auf, woraufhin eine kleine Dampfwolke entstieg, und biss genüsslich ab.

»Das ist doch immer noch der beste Moment des Tages«, meinte er kauend und lehnte sich mit einem zufriedenen Lächeln auf dem Stuhl zurück. »Dafür lohnt sich die Plackerei!«

Auch ich nahm mir eines der Brötchen und riss eine Ecke ab, die ich mir in den Mund steckte. Solche fluffig warmen Brötchen gab es wirklich nur morgens direkt aus der Backstube. Und sie schmeckten noch besser, wenn man sie mitgebacken hatte.

»Also?«, fragte mein Vater. Ertappt sah ich auf und erkannte den wissenden Blick in seinen Augen. Warum durchschaute dieser Mann mich einfach so gut? »Na sag schon. Auch wenn es mich ehrt zu denken, du würdest meinetwegen so früh aufstehen, weiß ich es doch besser.«

»Na gut, du hast recht. Es geht um einen Mann«, begann ich und sah in den Augen meines Vaters, dass ihn auch diese Ankündigung nicht überraschte. »Ich habe ihn vor ein paar Wochen kennengelernt und mochte ihn auf Anhieb unheimlich gern. Du weißt schon …«

»Jaja, die achterbahnfahrenden Schmetterlinge, stimmt's?« Er schmunzelte und biss erneut herzhaft in sein Brötchen, während ich meines zurück auf den Tisch legte. Ich spürte, wie sich meine Brust zusammenzog. Es tat weh, an Theo zu denken.

»Ich weiß auch nicht, es hat mich einfach total erwischt, Hals über Kopf, und das, obwohl …« Ich zögerte, mein Vater blickte konzentriert auf den letzten Bissen seines Brötchens, als wollte er mich nicht drängen. »Obwohl er verlobt ist.«

Nun sah er doch auf, die Stirn in Falten gelegt, die Brauen zu dieser typischen Skepsis zusammengezogen, die ihn wie einen grummeligen Seebären wirken ließ.

»Es ist nichts weiter passiert, keine Sorge.«

»Meine einzige Sorge ist, wie sehr es meine Tochter verletzt hat, dass er sich für seine Verlobte entschieden hat. Denn deswegen bist du doch so traurig, oder?«

Tatsächlich, das erkannte ich jetzt, war es diesmal keine Skepsis, sondern Sorge in seinem Blick. Das zu sehen brach einen Damm in mir ein. Was die frühmorgendliche Arbeit verdrängt hatte, prasselte nun auf einmal auf mich ein. Meine Augen füllten sich mit Tränen, die sofort überliefen und über meine Wangen kullerten, und ein lautes Schluchzen entfuhr mir. Es dauerte keine drei Sekunden, da war mein Vater um den Tisch gekommen und hatte seine Arme um mich gelegt. Ich spürte seine Wärme, sog den vertrauten Geruch nach Brot und Zimt ein und fühlte mich so geborgen wie einst als kleines Kind. Und so erzählte ich ihm, immer wieder unterbrochen von Schluchzern, was am vorigen Abend passiert war. Erst als ich fertig war und die Tränen langsam nachließen, löste sich sein fester Griff ein wenig, und ich spürte das Brummen seiner Stimme an meiner Schulter, als er fragte: »Was wirst du jetzt tun?«

»Ich weiß es nicht.« Ich sah auf meine nassen Hände im Schoß, als er mich losließ. »In dem einen Moment hoffe ich, dass er sich bei mir meldet und mir die Sache erklärt. Und im nächsten denke ich, es wäre besser, ihm zuvorzukommen und den Kontakt endgültig abzubrechen.«

Er lehnte sich vor und nahm ein Franzbrötchen aus dem Korb.

»Krötchen, das musst letztendlich du entscheiden.«

»Aber?«, hakte ich nach.

Gerade wollte er in das Gebäck beißen, als er innehielt und meinte: »Aber wenn ich mal ganz freiheraus reden darf: *Er* hat seine Entscheidung ganz offensichtlich schon gefällt.«

»Du meinst, weil er sich nicht mal bei mir meldet, obwohl er weiß, dass ich ihn mit ihr gesehen habe. Darüber habe ich auch schon nachgedacht, und …«

Als ich stockte, brummte mein Vater: »Ja?«

Ich beugte mich vor, nahm einen Schluck Kaffee, dachte noch einen Moment nach, dann stellte ich die Tasse ab und sagte: »Du hast recht. Wenn ich nicht gleich die Reißleine ziehe, wird es nur noch schmerzhafter für mich. Ich würde wahrscheinlich weiterhin auf etwas hoffen, was schon jetzt absolut utopisch ist.«

»Ich befürchte es.«

Ich schürzte die Lippen und nickte vor mich hin. Mein Vater hatte recht, ich musste die Konsequenzen ziehen, sonst würde ich wohl für immer hoffen, doch noch etwas von Theo zu hören.

»Stört es dich, wenn ich ihm kurz schreibe?« Ich hielt das Handy in die Höhe.

»Ich wollte sowieso noch etwas mit Gabi besprechen«, gab mein Vater vor, stopfte sich das letzte Stück Franzbrötchen in den Mund, stand polternd auf und bewegte sich in Richtung Verkaufsraum, nicht aber, ohne mir den Kopf zu tätscheln.

»Danke, Papa«, flüsterte ich ihm nach.

Als ich allein in der Backstube zurückgeblieben war und Wörter in meinem Kopf hin und her schob, fiel mir auf, dass es hier gar nicht so still war, wie ich immer meinte. Der Ofen brummte monoton und knackte von der Hitze, irgendwo surrte ein Küchenwecker vor sich hin, und die Stimmen von vorne drangen gedämpft durch die Tür. Nach einigen Sekunden beugte ich mich über das Handy, seufzte tief und tippte, wobei sich meine Brust mit jedem Wort stärker zusammenzog:

Theo, wir müssen das hier beenden. Schreib mir bitte einfach gar nicht mehr. Lösch am besten meine Nummer, wie ich es auch mit deiner machen werde.

Ein weiteres Seufzen entfuhr mir, als ich auf und ins Leere sah. Dann tippte ich auf Senden.

8

Heidelberg, Juni 2019

Als ich mich eine Woche später zur Tür schleppte und sie lustlos öffnete, fiel ich vor Schreck beinahe hintüber: Fiona, Josefine und Leon standen lachend davor und stürmten sogleich an mir vorbei in die Wohnung, bevor ich auch nur einen Laut von mir geben konnte.

Irritiert wankte ich ihnen in Richtung Wohnzimmer hinterher und beobachtete vom Türrahmen aus, wie Fiona an der Fernbedienung des Fernsehers herumhantierte, während Josefine aus einer riesigen Einkaufstüte eine Packung Chips nach der anderen holte, dazu Schokolade und zig Eisbecher. Leon hörte ich in der Küche herumklappern.

»Ähm, Leute, was wird das, wenn ich fragen darf?«

Meine Stimme klang kratzig und bezeugte eine unruhige Woche, in der ich nicht nur stundenlang geheult und mir Vorwürfe wegen dieses Idioten gemacht hatte, sondern auch noch meinen Job und damit die wichtigste Ablenkung vom Liebeskummer verloren hatte. Die drei hatten sich schon während der vergangenen Tage rührend um mich gekümmert. Immer wieder hatten sie mir liebe Nachrichten geschickt und angerufen, doch obwohl ich mich bemüht hatte, gute Miene zu machen, war klar gewesen, dass mich nichts so recht aus den Selbstvorwürfen und dem Schmerz holen konnte.

Josefine hob den Kopf aus der großen Tüte.

»Wir bringen dich jetzt endgültig auf andere Gedanken.«

»Genau«, rief Fiona, ließ zufrieden die Fernbedienung sinken und warf sich auf das große Sofa. »Es wird Zeit, dass du diesen Typen vergisst. Und dafür sind wir jetzt als Dreierpack angerückt.«

»Okay«, sagte ich, nicht besonders überzeugt, aber auch nicht abgeneigt. »Und das schaffen wir mit Chips, Eis und, ähm, anschließend ein paar Stunden auf dem Klo?« Ich zog eine ängstliche Grimasse, als Josefine auch noch Tüten voller Weingummi auf den Tisch lud.

»Nicht zu vergessen mit einem ordentlichen Schwips!« Leon kam aus der Küche und balancierte ein Tablett voller Drinks in Martinigläsern.

»Ein heftiger Kater hat noch jeden Liebeskummer vertrieben!«, rief Fiona voller Überzeugung und klopfte neben sich auf das Sofa. Ich setzte mich, während Josefine mir eine geöffnete Chipstüte hinhielt und Leon mir kurz darauf ein Glas mit fruchtig duftendem, eiskaltem Daiquiri reichte. Er hielt sein eigenes Glas hoch, und wir taten es ihm nach.

»Hm«, sagte er, offensichtlich unvorbereitet, »auf bessere Männer?«

»Oh, nee«, rief Fiona sofort, »das klingt doof! Fällt dir nichts Besseres ein?«

Da meldete sich Josefine mit sanfter Stimme zu Wort: »Auf wahre Freundschaft?«

Wir vier wechselten einen Blick und nickten.

»Auf wahre Freundschaft!«

Und dann startete Fiona das Programm: Es war die neueste

Staffel meiner Lieblingsserie *Anne with an E*. Wir hatten sie uns für einen besonderen Augenblick aufgehoben, und nun schien er gekommen. Ich lächelte den anderen dankbar zu, während die stimmungsvolle Titelmelodie das Zimmer erfüllte, und gab Josefine ein Zeichen: Her mit dem Eis!

Doch schon eine Stunde später betätigte Fiona den Pausenknopf und zog mich noch fester an sich. Josefine saß auf meiner anderen Seite und strich über mein Haar. Obwohl ich mir so viel Mühe gegeben hatte, mich nicht den Gefühlen hinzugeben, hatte die Serie einen Punkt in mir berührt, der einen wahren Tränensturz ausgelöst hatte, und ich konnte mich nicht mehr beruhigen. Annes Hang zum Träumen und ihr unbedingter Wille zu lieben waren heute einfach zu nah und zu viel für mich.

»Ent-entschuldigt«, brachte ich zwischen zwei Schluchzern hervor. Ich schniefte, atmete tief ein und aus und versuchte, mich endlich zu beruhigen. »Es tut mir wirklich leid. Ihr habt euch so viel Mühe gegeben, und ich mache alles kaputt.«

Leon kam zu uns herüber und hockte sich vor mich.

»Das ist doch jetzt egal«, sagte er in mitfühlendem Ton und strich über mein Bein.

»Aber gerade du musst doch denken, dass ich das selbst verbockt habe. Du hast mir so klar davon abgeraten.«

»Ich habe in der Buchhandlung aber auch gesehen, wie Theo dich umschmeichelt hat. Er hat dir ganz klar Hoffnungen gemacht. Die Hauptsache ist, dass du jetzt den Schlussstrich gezogen hast.«

»Das habe ich ja«, sagte ich und konnte ein weiteres Schluchzen nicht verhindern.

Seitdem ich Theo von der Backstube meines Vaters aus die Nachricht geschickt hatte, hatte ich keinen Ton mehr von ihm gehört, keinen Widerspruch, keine Erklärung, keine Entschuldigung, einfach nichts. Ich versuchte, dieses Schweigen gut zu finden, aber wenn ich ganz ehrlich war: Es machte mich völlig fertig. Denn es suggerierte mir, dass ich mir alles, was zwischen uns gewesen war, nur eingebildet hatte.

»Bald wirst du ihn vergessen haben«, versicherte mir Fiona. »Er ist ein großer Idiot, der die Aufmerksamkeit genossen und doch nur mit dir gespielt hat.«

»Autsch«, machte ich, als ihre Worte mir mitten ins Herz stachen. »Dann war ich ihm also wirklich völlig egal.«

»Entschuldige.« Ich hörte, dass sie leicht lächelte. »Ich bin nicht so gut in diesen Dingen, wie du weißt.«

»Nein, ihr seid toll«, entgegnete ich und richtete mich etwas auf. »Danke, dass ihr mich versteht.«

Leon erhob sich aus der Hocke. »Du bist doch unsere große Romantikerin, und die darf nicht völlig entzaubert werden, nur weil ein Kerl meint, seine Spielchen mit ihr spielen zu können. Ich will hier ganz offiziell verkünden, dass es mir sehr leidtut, ihn dir vorgestellt zu haben. Und ich möchte betonen, dass er kein richtiger Freund von mir ist, ja? Ich dachte kurzzeitig, er könnte einer werden, aber das hat sich ein für alle Mal erledigt. Und jetzt mixe ich neue Drinks, Amen.«

»Amen«, wiederholte Fiona mit Nachdruck und entlockte mir ein klitzekleines Lachen.

»Willst du die Serie weiterschauen?«, fragte Josefine und deutete auf den Fernseher, auf dem noch das Standbild von Anne und Gilbert zu sehen war.

»Ich glaube, lieber nicht«, sagte ich, woraufhin sie den Fernseher ausstellte.

»Worauf hast du dann Lust? Wollen wir was zu essen bestellen?«

Ich warf ihr einen ungläubigen Blick zu, woraufhin wir beide lachen mussten.

»Ehrlich gesagt«, meinte ich, als ich spürte, wie gut mir das Lachen getan hatte, wie rasch sich der Schmerz aber auch wieder darüberlegte, »will ich nichts weiter tun, als einfach nur wegzukommen von diesem Typen. Wenn ich mir vorstelle, ihm ein weiteres Mal in der Stadt zu begegnen …«

»Dann fahr doch weg«, meinte Fiona kurzerhand. »Der Job hält dich ja nicht länger auf. Buch einfach was auf den Kanaren, und ab in den Flieger!«

Als ich »Kanaren« hörte, musste ich sofort an Pauschalreisen denken und damit wieder an Theo, wie er mir bei unserem Treffen im Café von den Reisevorlieben seiner Verlobten erzählt hatte. Entschieden schüttelte ich den Kopf.

»Oder du machst es wie in einem dieser Filme«, sagte Josefine in verträumtem Ton. »Du suchst dir ein süßes kleines Cottage zum Tausch gegen deine Wohnung und verbringst ein paar Wochen irgendwo in England.«

»Damit ihr der nächste gut aussehende Buchlektor den Kopf verdreht wie Jude Law in *Liebe braucht keine Ferien?* Na, schönen Dank auch!«, rief Leon, der gerade mit frischen Drinks aus der Küche kam.

»Das ist eigentlich gar keine schlechte Idee«, überlegte ich, »also ohne diese Jude-Law-Sache. Irgendwohin, wo ich niemanden kenne, wo es nur Schafe gibt und keine Männer.«

»Das hat schon bei Cameron Diaz nicht funktioniert«, wandte Leon ein und verteilte die Drinks in der Runde.

»Na ja, das kann ich sowieso vergessen«, meinte ich, als unsere Gläser aneinanderklirrten. Ich nahm den ersten Schluck, der angenehm kühl meine vom Weinen aufgeheizte Kehle hinunterrann. »Schließlich habe ich kein Luxushaus in Los Angeles, sondern nur eine Zweizimmerwohnung in Heidelberg. Wer würde da schon mit mir tauschen wollen?«

»Moment mal«, sagte Josefine und schnappte sich meinen Laptop, der auf dem Couchtisch lag. Sie öffnete ihn und tippte blitzschnell etwas ein. Wir anderen drei beobachteten schweigend, wie sie sich durch irgendwelche Seiten scrollte und schließlich ein »Ha!« von sich gab. Dann reichte sie mir den Computer rüber. Ich überflog die Seite, runzelte die Stirn.

»Und du meinst, das ginge?«, fragte ich und sah kurz vom Bildschirm auf, nur um dann wieder die Fotos zu studieren.

»Wieso nicht? Der Eintrag ist ganz frisch, ich habe die Ergebnisse extra nach dem Erscheinungszeitpunkt sortiert. Es ist zwar nicht England, aber Schottland ist doch eigentlich noch cooler!«

»Worum geht es denn hier? Nun zeig schon her!« Fiona riss mir den Laptop vom Schoß. »Housesitting?« Sie wechselte einen Blick mit Leon, dann nickte sie. »Perfekt! Und dieses Haus, das ist ja noch schöner als das von Kate Winslet im Film. Moment, ich schreibe ihnen sofort.«

Ich kannte Fiona und wusste, dass es zwecklos wäre, sie aufhalten zu wollen. Stattdessen drehte ich mich so, dass ich ihr über die Schulter sehen konnte. Im Nu hatte sie mir einen Account eingerichtet, und schon las ich jedes Wort mit, das sie in einer Nachricht an das Ehepaar auf Englisch verfasste:

Liebe Mrs. und Mr. Bains,
Sie können sich nicht vorstellen, wie begeistert ich war, als ich soeben über den Eintrag Ihres wunderschönen Hauses gestolpert bin. Schon lange träume ich davon, Schottland kennenzulernen und in einem waschechten Cottage mit Katzen und Blick auf eine Schafweide zu

wohnen. Aber vielleicht sollte ich mich erst einmal vorstellen: Ich bin Mila, 25 Jahre alt, gebürtige Heidelbergerin und eine große Katzennärrin. Als Kind hatte ich über Jahre hinweg selbst welche, kenne sie also wie meine Westentasche und werde mich bestens um Ihre Schätze kümmern können.
Als Rezeptionistin in einem Hotel bin ich die wohl verlässlichste und treueste Person, die Sie sich vorstellen können – wer sonst hätte es fünf Jahre in einem alternden und bröckelnden Haus wie dem Welcome Inn ausgehalten?! Da dies nun schließen musste (was mit Sicherheit nicht an meiner guten Arbeit gelegen hat, sondern einzig und allein an dem egoistischen Inhaber, der sich mal eben auf die Bahamas abgesetzt hat), bin ich frei und absolut flexibel. Es wäre also kein Problem, wie von Ihnen gewünscht, schon nächste Woche anzureisen, damit Sie sich um Ihre erkrankte Schwester auf der Isle of Skye kümmern können.
Ich freue mich darauf, bald von Ihnen zu hören!
Arrivederci!
Mila Münzer

»Ich hatte nie Katzen! Und das mit dem Hotel kannst du so nicht schreiben, das klingt alles andere als treuherzig, wenn ich so schlecht darüber rede!«, rief ich dazwischen. »Und warum *Arrivederci,* wenn die Mail nach Schottland geht?«

»Das bringt Schwung rein«, sagte Fiona kurz und knapp und drückte, ohne mit der Wimper zu zucken, auf Senden.

»Fiona!«, schrie ich auf, griff über sie hinweg und versuchte, das Versenden aufzuhalten, doch es war zu spät.

»Na dann«, meinte Leon trocken und prostete mir mit dem Daiquiri zu, *»Slàinte mhath!«*

»Das wird doch niemals klappen«, sagte ich und scrollte mich durch die anderen Einträge, aber keines der Bilder sprach mich auf Anhieb so an wie das wunderschöne Cottage der Bains'.

Keine halbe Stunde später kam tatsächlich eine Antwort des schottischen Ehepaars, und ich erlitt beinahe einen Herzkasper, als ich las:

Liebe Miss Münzer,
Sie können sich nicht vorstellen, wie erleichtert wir über Ihre Nachricht sind! Kein anderer Bewerber kann so spontan anreisen. Und da Sie auf den ersten Blick auch all unsere sonstigen Wünsche zu erfüllen scheinen, würden wir uns freuen, wenn wir uns bei einem Skype-Gespräch näher kennenlernen könnten. Hätten Sie Zeit, sagen wir, morgen Vormittag?
Arrivederci und viele Grüße
Ruth und Rory Bains und die Katzen Patch und Maisie

Tatsächlich ging danach alles so schnell, dass ich nicht viel darüber nachdenken konnte, ob das überhaupt eine gute Idee war oder nicht. Mit Mr. und Mrs. Bains verstand ich mich auf Anhieb, selbst als ich beichtete, dass ich mit Katzen nicht ganz so viel Erfahrung hatte, wie in der Mail behauptet. Sie wollten mir wirklich ihr Haus und die beiden Fellknäuel für ganze zwei Monate anvertrauen! Und so stieg ich schon eine Woche später Hals über Kopf in ein Flugzeug in Richtung Schottland, im Gepäck jede Menge Sommerkleider und die Hoffnung, die Erinnerung an die letzten Wochen in Deutschland zurückzulassen.

9

Applemore, Juni 2019

Ein nervenzerreibendes Klingeln riss mich aus dem Schlaf. Erschrocken schlug ich die Lider auf und blickte mich um. Alles, was ich durch den Schleier meiner müden Augen erkennen konnte, waren – Rosen. Dann setzte sich die Erinnerung nach und nach zusammen: das Rosenzimmer, das Cottage, Schottland! Ich war gar nicht in Heidelberg, sondern war weit weg von Theo, von den Problemen, die dort gelauert hatten, und da durchfuhr mich eine Welle der Erleichterung. Ich dachte an gestern Abend, als ich so mitgenommen und voller Sehnsucht gewesen war. Nach dem Skype-Gespräch mit meinen Freunden hatte ich noch einmal nach den Katzen geschaut, hatte aber nur einen Blick auf einen durch die Katzenklappe verschwindenden felligen Schwanz erhascht und einen leeren Napf entdeckt. Nachdem ich ihn wieder gefüllt hatte, war ich einfach ins Bett gefallen.

Und heute fühlte ich mich wirklich besser. Auch jetzt spürte ich noch das stetige Piksen, das mich an Theo erinnerte, aber da war etwas anderes … etwas, das ich gestern bei meiner Ankunft schon kurz gespürt hatte und das dann von Traurigkeit und Erschöpfung weggespült worden war: Euphorie über das Neue.

Das Klingeln tönte scheppernd durch meinen Kopf. Oh Gott, da war ja was gewesen! War das etwa die Klingel an der Haustür? Schnell schlug ich die Decke beiseite und eilte zum offenen Fenster, beugte mich hinaus und blickte an der Fassade hinab. Tatsächlich, da stand eine Frau vor der Tür. Um diese Uhrzeit? Moment, wie spät war es eigentlich? Doch statt auf die Uhr sah ich an mir herunter. Ich trug Schlafshorts und ein altes graues T-Shirt, damit konnte ich die Tür öffnen. Also spurtete ich los und sauste die Treppe hinunter. Ich riss die Tür auf, gerade als die Frau erneut klingeln wollte. Sie war etwas größer als ich, ihr mausgraues Haar in der Mitte gescheitelt und zu einem ordentlichen tiefen Pferdeschwanz zusammengebunden. Kleine Fältchen zogen sich durch das schmale und etwas fahl wirkende Gesicht. Vielleicht kam diese ungesunde Gesichtsfarbe aber auch einfach von der Kleidung in gedeckten Grau- und Beigetönen, die wohl niemandem gut gestanden hätte. Die ungeduldige Miene der Unbekannten trug leider auch nicht dazu bei, ihren verbissenen Eindruck wettzumachen. Ohne ein Wort des Grußes streckte sie mir etwas entgegen, kaum dass ich die Tür geöffnet hatte. Mein *Good Morning* blieb mir im Hals stecken, als ich sah, was sie da zwischen ihren plastikbehandschuhten Fingern hielt. Es war eine tote Maus. Mit den leuchtenden schwarzen Knopfaugen hätte das Tier beinahe lebendig gewirkt, wenn sein Kopf nicht in seltsam verrenktem Winkel vom Rumpf abgestanden hätte.

»Was … was ist das?«, entfuhr es mir stotternd auf Englisch.

»Dreimal dürfen Sie raten, wo ich die gefunden habe!« Noch bevor ich eine Chance hatte, mein Rateglück zu versuchen, sprach sie schon weiter. Ihre Wörter klangen geziert, obwohl sie in einen breiten schottischen Akzent verfallen war, bei dem ich mich sehr konzentrieren musste, um ihn zu verstehen. »Die lag in meinem Gartenschuh. Mittendrin! Sie können sich vorstellen, dass das nicht gerade eine schöne Überraschung war, als ich heute Morgen hineinsteigen wollte. Wissen Sie, so geht das nicht. Ruth und Rory Bains sind ordentliche und respektvolle Menschen, und ich gehe fest davon aus, dass sie sich ein besseres Verhalten von ihrer – wie war das – *Housesitterin* erhoffen.«

Ich fragte mich eine Sekunde lang, ob die Kunde von meinem Eintreffen wohl schon die ganze Runde durchs Dorf gemacht hatte, doch als sie die Maus mit ekelerfülltem Blick einfach auf den Kies fallen ließ und sich der Plastikhandschuhe entledigte, wurde ich mir der Absurdität der Situation voll bewusst.

»Aber … Sie wissen doch, dass nicht ich die Maus in ihren Schuh gelegt habe?«, fragte ich perplex nach.

»Natürlich weiß ich, dass das die Katzen waren, die *Sie* anscheinend nicht unter Kontrolle haben.«

Irritiert starrte ich sie an. »Wie soll ich denn zwei freilaufende Katzen unter Kontrolle bringen? Ich habe sie ja noch nicht einmal gesehen, seitdem ich hier bin.«

»Ich habe mir ja gleich gedacht, dass Mr. und Mrs. Bains einen Fehler begangen haben. Einfach eine Fremde in ihr Haus zu lassen …« Dann fuhr sie lauter fort: »Sie arbeiten doch hier, oder nicht? Da werden Sie wohl eine Anweisung haben, wie mit den Katzen umzugehen ist.«

Ich sah kurz über die Schulter der Frau hinweg auf die weiten Wiesen, die sich dort erstreckten. Es war die ideale Umgebung, um Katzen frei herumlaufen zu lassen. Doch ich wollte mich nicht schon an meinem ersten richtigen Tag im Dorf mit den Einwohnern anlegen, auch wenn sie offenbar alles andere als erfreut über meine Ankunft waren.

»Ich werde mein Bestes versuchen«, versicherte ich. Die Frau schien mich nun, da ihr Blutrausch ein wenig abklang, zum ersten Mal richtig wahrzunehmen. Wohl etwas überrumpelt von meiner Einsicht, nickte sie und fragte dann: »Sie sind gestern angekommen, richtig?«

Froh, mich endlich zum ersten Mal seit meiner Ankunft in Schottland vorstellen zu können, hielt ich ihr die Hand hin und trällerte: »Mila Münzer, freut mich sehr. Ich komme aus Deutschland und werde während der nächsten zwei Monate auf das Haus der Bains' aufpassen, während sie bei Mrs. Bains' Schwester sind.«

Ein wenig unwillig, wie mir schien, nahm die Frau meine Hand, um sie gleich wieder loszulassen wie einen kalten Frosch. Schon wandte sie sich von mir ab und ging einige Schritte den Kies hinunter, während ich sie etwas murmeln hörte wie »Die armen Bains', ob das gut geht?«. Da rief ich schnell: »Und wer sind Sie?« Ohne sich noch einmal zu mir umzudrehen, antwortete sie in missmutigem Ton: »Kathleen McEwan«, und dann bellte sie, als kostete es sie viel Mühe: »Von nebenan!«

Verdutzt und ein wenig überwältigt blieb ich im Türeingang zurück, während sie den Kies entlang in Richtung des benachbarten Hauses knirschte. Als sie um die Ecke verschwunden war, wanderte mein Blick wie von selbst zu der toten Maus vor mir auf dem Weg und dann zu der Stelle, wo eben noch Kathleen McEwan gestanden hatte. Das also war meine neue Nachbarin. Liebreizend. Gemütliche Teestunden bei Scones, Gebäck und nettem Geplauder konnte ich mir bei der wohl abschminken. Stattdessen sollte ich also ein Auge auf die Katzen werfen. Suchend blickte ich über die Stauden und Hecken vor dem Haus, aber natürlich tauchte dort kein flauschiges Gesicht auf, das sich als Katze entpuppte und miauend um Verzeihung flehte. Ich seufzte und wandte mich ab, um nach einem Handfeger zu suchen. Bis die beiden von alleine auftauchten, konnte ich eh nichts weiter machen, als weiterhin regelmäßig mit der Trockenfutterpackung zu klappern und nun der Maus eine angemessene Beisetzung zu verschaffen. Und so begann ich den Morgen meines ersten Tages im hübschen Cottage damit, einer armen kleinen Maus, die sich diesen Tag wohl auch ganz anders vorgestellt hatte, auf der Wiese ein winziges Grab zu schaufeln.

10

Der morbide Tagesbeginn hatte meine Laune zum Glück nicht getrübt – im Gegenteil, er hatte mir als Grundlage für eine wunderbar witzige Mail gedient, die ich an meine Romantikclub-Freunde und meinen Vater geschickt hatte. Währenddessen hatte ich an der Küchentheke gesessen, die Beine baumeln lassen und Kaffee getrunken. Essen hatte ich keines im Haus, und dies würde ich nun endlich ändern. Es wurde Zeit, dass ich Applemore kennenlernte!

Nachdem ich in ein frisches Kleid geschlüpft war und meine Locken zu bändigen versucht hatte, machte ich mich, mit einigen Einkaufsnetzen gewappnet, auf den Weg ins Dorf. Je näher ich dem Ortskern kam, desto breiter wurde der Pfad, der auf den ersten Metern gekiest und dann sandig war, bis er schließlich auf eine asphaltierte Straße traf. An dieser Stelle hatte mich gestern der Bus abgesetzt. Ich folgte der Straße, die von hübschen Cottages mit Steinmäuerchen und Hecken gesäumt wurde. In den Vorgärten blühten Rosen in allen Farben, Sträucher in verschiedensten Formen und Gräser mit Wildblumen, deren Namen ich nicht kannte. Alles wirkte gepflegt, wenn auch nicht auf übertriebene Weise mit nagelscherenfeinen Rasenflächen, aber doch so, als kümmerten sich die Bewohner um die Pflanzen und umhegten sie.

Einige Häuser waren unbewohnt, an anderen hingen an den Mäuerchen neben der Eingangspforte hölzerne und metallene Schilder mit den Namen der Familien: Mackenzie, Clark, Murray, Macdonald … Aus einem Haus drang das Brummen eines Küchenmixers, vom nächsten vernahm ich Fetzen eines Popsongs, der durch das offene Fenster tönte. Doch von den Bewohnern all der Häuser erspähte ich nur eine ältere Frau, die in einem Beet in ihrem Vorgarten hockte und so vertieft in die Arbeit war, dass sie mich nicht bemerkte. Ein Hund folgte mir bellend für einige Meter am Zaun eines anderen Hauses entlang, bis er von seinem Herrchen, das ich nicht sehen konnte, zurückgerufen wurde.

Auch die Straße war recht leer, nur ein älterer Mann mit Einkaufskorb über dem Arm kam mir entgegen. Die Schultern nach vorn gezogen, den Rücken leicht gekrümmt, brummte er etwas, als ich im Vorbeigehen grüßte.

Je weiter ich in das Dorf vordrang, desto häufiger wurden die Cottages von Stadthäusern abgelöst: dicht an dicht und schmal, mit Treppchen vor dem Eingang und winzigen Vorgärten. Die Haustüren waren bunt angemalt: mal leuchtend blau, mal ziegelrot oder so grün wie die Hecken, die die Vorgärten voneinander abtrennten.

So farbenfroh und lebendig die Häuser von außen auch wirkten, hatte ich doch das Gefühl, als stünden viele von ihnen leer. Die Fenster waren von heruntergezogenen Läden verdeckt oder ohne Vorhänge ganz nackt und gaben den Blick auf kahle Wände frei.

Nach knapp zehn Minuten Fußweg tauchten die ersten Geschäfte auf. Es gab einen Friseursalon, dem ein Duft nach blumigen Shampoos und klebrigem Haarspray entstieg, und einen Metzgerladen, den ich als Vegetarierin zwar niemals betreten würde, der aber so aussah, als existierte er schon ein paar Jahrzehnte. Außerdem fand ich ein Geschäft, in dem es alles von der Nagelfeile bis hin zur Aluleiter zu geben schien, und einen Pub, aus dessen offen stehender Tür ein unwiderstehlicher Duft nach Speck und Eiern strömte. Schließlich hielt ich vor einem Laden, der mit seinen Werbeplakaten an den Fenstern zumindest den Anschein eines Supermarkts erweckte. Jedoch war er winzig und wurde auch nicht größer, als ich ihn betrat. Ich bewegte mich durch die beiden Regale, die so vollgestopft waren, dass ich Angst hatte, etwas zu übersehen, weil es in die zweite Reihe gerutscht war. Aber tatsächlich fand ich nach einigem Suchen alles, was ich auf meiner Einkaufsliste notiert hatte und das als Grundbedarf für die nächsten Tage herhalten sollte – bis auf Brot. Im Regal lag nur Toastbrot, das so weiß leuchtete, dass es wie verkleistert aussah. Ehrlich gesagt war ich darauf eingestellt gewesen, hier kein gutes Brot zu finden, trotzdem war es ein wenig enttäuschend, dass es nicht mal ein einfaches Graubrot gab.

Ich lud alles, inklusive des Kleistertoasts, auf das kurze Band und richtete mich an die Verkäuferin, eine Frau, die nur wenig älter sein mochte als ich und wahnsinnig hübsch war, mit schulterlangen blonden Haaren und großen blauen Augen.

»Sagen Sie, ich habe auf meinem Weg gar keine Bäckerei gesehen. Können Sie mir sagen, wo ich eine finde?«

Die Frau, die man eher auf einem Laufsteg als in einem Supermarkt im kleinen Applemore erwartet hätte, hob eine Augenbraue und schüttelte den Kopf.

»Hier gibt es keinen Bäcker, das können Sie vergessen.« Ihr schottischer Akzent war so stark, dass ich sie kaum verstehen konnte.

»Und im Nachbarort?«, fragte ich hoffnungsvoll.

Sie schüttelte entschieden den Kopf.

»Gibt's hier nicht. Der letzte hat schon vor zwanzig Jahren dichtgemacht.«

Eine ganze Ortschaft ohne Bäckerei? Also aßen alle immer dieses chemisch weiße Toastbrot? Puh, kein Wunder, dass die hier so griesgrämig wirkten. Ich packte meine Einkäufe zusammen und verließ den Laden, ohne dass mein Gruß erwidert wurde. Noch wollte ich aber nicht aufgeben, was die Kontaktaufnahme zu den Dörflern betraf. Kathleen McEwan und die Supermarktverkäuferin – das waren nur zwei von wie vielen, die es noch kennenzulernen galt? Ich sollte von ihnen nicht gleich auf die ganze Ortschaft schließen, sondern mich nach anderen Bekanntschaften umsehen. Und wo fand man die Bewohner eines schottischen Dorfes an so einem Vormittag unter der Woche? Klar, im Pub! Ich spürte die Vorfreude, als ich meine Einkaufsnetze schulterte und die zwei Minuten Weg zu dem Pub zurückschlenderte. Vor meinem inneren Auge sah ich schon alle Dörfler gemütlich und herzlich quasselnd auf Holzbänken an einem prasselnden Kaminfeuer zusammensitzen, mit Kaffeepötten und Butterbierkrügen anstoßen – Moment, *Butterbier?* Oh Mann, da hatte ich mich wohl mal wieder in eine Filmerinnerung verrannt … Schmunzelnd stieß ich die schwere Holztür zum Pub auf und hielt inne. Das war aber nicht die morgendliche Lebendigkeit, die ich mir gerade ausgemalt hatte!

Der Raum war dunkel und kaum einzusehen, als ich vom hellen Tageslicht hereintrat. Meine Augen brauchten einen Moment, um sich umzugewöhnen, doch dann erschloss sich eine recht gemütlich wirkende Einrichtung mit den für Pubs typischen dunkelgrünen Wänden und braunen Ledersofas in kleinen Nischen, die zum Teil von Balken eingefasst waren. Eine Theke aus dunklem Holz und zig Zapfhähnen türmte sich in einer Ecke auf. Die Gemütlichkeit des Raumes entsprach ganz meiner Vorstellung, allerdings waren nur zwei Tische besetzt. An einem saß ein älterer Mann mit Halbglatze, den Hut sorgfältig an einer Seite des Tisches abgelegt, an die keine Essenskrümel und keine Kaffeetropfen gelangen konnten. Er beugte sich über seinen Teller mit schottischem Frühstück – deftigen Würstchen, Toast, Bohnen und kross gebratenem Speck – und hantierte vornehm mit seinem Besteck. An dem anderen Tisch saß, wie das Pendant zu dem Mann, eine ältere Frau in einem pudergelben Strickkleid und mit sorgfältig gelegten weißen Locken. Vor ihr standen eine Schüssel mit etwas, das wohl Porridge sein musste, und eine große Tasse Kaffee. Ich lächelte sie an, als ich an ihr vorüberging und sie kurz aufblickte. Ihre Augen verengten sich ein wenig, als versuchte sie, mich zuzuordnen. Erst im letzten Moment schlich sich ein kleines höfliches Lächeln in einen Winkel des perfekt geschminkten Mundes. Dann wanderte ihr Blick zu dem Mann am Nebentisch, der sie nicht weiter beachtete, und zurück zu ihrem Essen.

Ich setzte mich an einen Tisch in ihrer Nähe, in der Hoffnung, dass sich so vielleicht ein kleines Gespräch ergeben würde. Bisher hatte ich bis auf die Kassiererin im Supermarkt keinerlei jüngere Leute im Dorf gesehen. Aber – das musste wohl als Entschuldigung für die Leere im Pub herhalten – es war Montag, und so war es gut möglich, dass sie alle in den benachbarten Orten oder Städten arbeiten waren. Also würde ich mich erst einmal an die ältere Dame halten. Sie hatte etwas an sich – ein geheimnisvolles Funkeln in den Augen, oder war es doch das Wissende in ihrem Lächeln? –, was meine Neugier weckte.

Mir fiel ein, dass man in einem Pub am Tresen bestellte, und ich wollte gerade wieder aufspringen, als ein Mann um die sechzig mit einer schmutzigen Schürze um die Hüften von der Theke zu mir herüberschlurfte. Unter seinem Schnauzer nuschelte er ein *»Morning«*, das auch als jedes andere Wort durchgegangen wäre. Dann fügte er, kaum besser verständlich, hinzu: »Tagsüber wird am Tisch geordert.« Und nun schien er auf meine Bestellung zu warten.

»Haben Sie vielleicht eine Karte?«, fragte ich mit einem höflichen Lächeln.

»Nee, haben wir nicht. Es gibt, was es immer gibt. Kaffee, Tee, Frühstück, Bier.«

»Ah, okay, ja, dann also«, ich schielte zu dem benachbarten Tisch, »ein Porridge, bitte? Und einen Kaffee.«

Offenbar war es wirklich Porridge, was die Dame da verspeiste, denn der Schnauzbärtige zog ohne ein weiteres Wort in Richtung Theke ab und verschwand dahinter durch eine Tür.

Hoffnungsvoll sah ich immer wieder zu der Frau hin, die in aller Seelenruhe ihren Porridge verspeiste, ab und zu einen Schluck Kaffee dazu nahm, den Kopf aber nicht zu mir umwandte. Ich überlegte fieberhaft, ob ich sie ansprechen sollte. Einerseits wollte ich sie nicht stören, war andererseits aber begierig darauf, mit den Leuten hier in Kontakt zu treten. Doch gerade als eine Schale mit weißem Porridge und einigen aufgeschnittenen Apfelscheiben sowie ein Pott Kaffee vor mir abgestellt wurden, schob die Dame ihre Schale von sich, legte einige abgezählte Münzen auf den Tisch und erhob sich. Sie nickte mir noch einmal zu, grüßte den Wirt am Tresen und, als sie an ihm vorbeiging, den Mann am Nebentisch. Er folgte ihr mit seinem Blick, und kaum hatte sie den Pub verlassen, suchte er selbst ein paar Münzen aus seiner Hosentasche und erhob sich, um bald darauf den Ausgang anzusteuern. Der Wirt steckte die Münzen in seine Schürzentasche, sammelte geräuschvoll das benutzte Geschirr ein und verschwand wieder in Richtung Küche.

Jetzt war ich der einzige Gast im Pub. Während ich den Löffel in den cremigen Brei sinken ließ, beschlich mich das Gefühl, dass ich während der nächsten zwei Monate noch so manche Stunde allein verbringen würde. So wie es aussah, waren die Dorfbewohner nicht gerade daran interessiert, die neue Fremde in ihre Reihen aufzunehmen.

Seufzend probierte ich den ersten Löffel Porridge und setzte mich erstaunt auf. Auf meiner Zunge breitete sich ein Gemisch aus Honigsüße, Cremigkeit und einer leichten Zimtnote aus, dazu die noch leicht körnigen Haferflocken. Das war besser, als ich erwartet hatte, viel besser! Und nun merkte ich auch, wie hungrig ich eigentlich war. Einen Löffel nach dem anderen schob ich mir in den Mund und trank zwischendurch von dem Kaffee. Dass sich eine große breite Gestalt meinem Tisch näherte, merkte ich erst, als sich ihr Schatten über mich legte. Erschrocken sah ich auf. Es war der Wirt.

»Schmeckt wohl«, brummte er, und ich nickte heftig.

»Sehr«, sagte ich, als ich den letzten Löffel Haferbrei hinuntergeschluckt hatte.

»Du bist nicht von hier.« Es war keine Frage. Garantiert kannte er jeden einzelnen Bewohner und jede einzelne Bewohnerin dieses Dorfes.

»Ich komme aus Deutschland.« Jeder noch so kleine Fetzen Plauderei musste in diesem wortkargen Dorf genutzt werden. »Ich wohne die nächsten zwei Monate über bei den Bains'.«

»Die Bains' sind weggefahren, zu ihrer Schwester.« Eine misstrauische Falte bohrte sich in die fleischige Stirn meines Gegenübers.

»Stimmt genau. Ich passe auf ihr Haus und die Katzen auf,

solange sie fort sind. Sie haben mir einen Schlüssel gegeben«, fügte ich schnell hinzu, als würde das meine Anwesenheit im Haus rechtfertigen.

Die misstrauische Falte verschwand nicht, aber immerhin nickte der Wirt nun leicht. Es schien mir, als wollte er sich abwenden, also fragte ich schnell, um das Gespräch am Laufen zu halten: »Leben Sie schon immer hier im Dorf?«

Sein Blick legte sich wieder auf mich, und er kam mir etwas sanftmütiger vor.

»Mein Leben lang. Nie woanders gewesen. Will ich auch gar nicht. Das hier ist der schönste Ort der Welt, wenn du mich fragst.«

»Mir gefällt es bisher auch sehr gut, allerdings bin ich erst gestern angekommen. Was können Sie mir denn empfehlen?«

»Empfehlen?«, kam es rau zurück.

»An Sehenswürdigkeiten, die ich mir auf jeden Fall angucken sollte.«

Der Blick des Wirts wanderte für einen Moment zur Decke, als müsste er seine Geduld einfangen, die irgendwo dort oben herumsprang, dann landete er wieder auf mir.

»Hier gibt es keine Sehenswürdigkeiten. Das ist ein Dorf. Hier wohnen Leute.« Er wandte sich ab, und ich hörte noch, wie er vor sich hin murmelte: »Touristen …«

Das war wohl in die falsche Richtung gelaufen. Hätte ich doch lieber mehr zur Geschichte des Dorfes oder seinen Einwohnern gefragt! Aber immerhin wusste ich jetzt, dass ich mich im schönsten Ort der Welt befand – wobei mir dafür nur noch die Beweise fehlten.

11

Es ließ sich nicht abstreiten, dass der Ort tatsächlich zu den schönsten gehörte, die ich kannte, was das Äußere betraf. Einige Häuser mochten nicht mehr ganz in Schuss sein, die Fassade bröckelte unter dem Efeu, und Zaunfarbe platzte ab, doch in meinen Augen vergrößerte das nur den Charme, den das Örtchen versprühte. Ich fühlte mich in einen Liebesroman aus der viktorianischen Zeit versetzt, wo Familien mit ihren Dienstleuten in Steinhäusern wohnten, Tiere im Hof standen und man in wenigen Schritten auf der Heide ankam, die zu stundenlangen Spaziergängen einlud. Tatsächlich befanden sich in einigen der größeren Höfe gackernde Hühner, und in einem grunzten mich auf meinem Heimweg sogar ein paar wollige Schweine aus einem Holzverschlag heraus an.

Nachdem ich meine Einkäufe im Cottage verstaut hatte, ließ ich die Häuser hinter mir. Sofort umfing mich die wilde Natur Schottlands. Eine blühende Heide aus Gräsern und Wildblumen erstreckte sich ins scheinbar Endlose, flankiert von saftig grünen Wiesen. Ich ging einen schmalen Weg entlang, der diesen Namen kaum verdiente. Der Himmel war blau und teilweise mit weißen Schleierwolken verhangen, die Sonnenstrahlen, die hindurchtraten, strichen mir sanft über die Haut.

Kaum hatte ich einige Hundert Meter zurückgelegt, spürte

ich, wie Ruhe mich umgarnte und ich die unangenehmen Begegnungen mit den Dorfbewohnern langsam abstreifte. Es würden schon nicht alle hier so abweisend sein, sagte ich mir, und wenn doch, gäbe es ja immer noch die Katzen, mit denen ich mich im Haus einschließen könnte – zur großen Freude meiner Nachbarin. Ich würde mit jedem Tag, den ich mit den Tieren verbrachte, ein wenig seltsamer werden und schließlich als verrückte Katzenlady nach Deutschland zurückkehren. Immerhin würde ich mich dann sicherlich nie wieder verlieben, höchstens in eine besonders süße Katze, die mir hoffentlich keinen Kummer machte.

So in meine Gedanken vertieft, lief ich immer weiter, den schmalen Pfad entlang, ohne dass sich die Natur um mich herum veränderte. Ab und zu entdeckte ich auf einer umzäunten Koppel ein Pferd, das mir aus der Entfernung freundlich zuschnaubte, oder ein paar Schafe, sonst war da nur die Heide, deren Wildblumen im Sonnenlicht bunt leuchteten und im Wind tanzten. Apropos Wind: Ich hatte das Gefühl, er nahm immer mehr an Fahrt auf. Schon bildete sich eine Gänsehaut auf meinen Armen und Beinen, die von dem dünnen Sommerkleid kaum bedeckt wurden. Doch davon ließ ich mich nicht beirren. Der Spaziergang tat mir so gut nach den letzten Tagen, dass ich noch nicht umkehren wollte. Und ich wollte sehen, ob dieser Weg wirklich immer weiter in die endlose Heide führte oder aber in einem benachbarten Dorf endete. Und so ging ich auch dann weiter, als erste graue Wolken aufzogen und sich der Himmel verdunkelte. Das hier war Schottland, sagte ich mir, da wechselten die Wolken am Himmel so schnell wie die Ampelphasen in den Städten.

Erst fiel nur ein dicker, klatschender Tropfen auf meine Schulter. Kaum war der mit der Handkante weggewischt, landete schon der nächste auf meinem Kopf, tröpfelte durch die Locken hindurch und breitete sich kühl auf meiner Kopfhaut aus. Bevor ich reagieren konnte, brach der Himmel völlig auf. Als hätte jemand dort oben die Schleusen geöffnet, fiel der Regen wie eine Wand auf mich und die Heide herab. Innerhalb weniger Sekunden war ich bis auf die Unterwäsche durchnässt. Nirgends war auch nur der kleinste Baum zu finden, unter dem ich hätte Schutz suchen können. Also tat ich, was jede vernünftige deutsche Touristin tun würde: Ich drehte um und begann zu laufen. Es ergab eigentlich keinen Sinn mehr, sich zu beeilen, nass war ich ohnehin schon, und ob ich nun fünf oder zehn Minuten eher im Cottage ankäme, war auch egal. Aber trotzdem lockte mich die Aussicht auf einen trockenen Unterschlupf und ein wärmendes Bad so sehr, dass ich so schnell lief, wie ich nur konnte. Dabei stieß ich kleine Flüche aus: »Verdammtes schottisches Wetter! Warum habe ich auch nur das Kleid an und keine Jacke dabei?« Schließlich hörte man das von Reiserückkehrern von den Britischen Inseln doch immer als Allerererstes: Vom Regen keine Spur, aber dann … Und gab es nicht sogar bei Jane Austen die Szene in *Stolz und Vorurteil*, in der Jane Bennet auf dem Weg zum Herrenhaus ihres zukünftigen Ehegatten Charles Bingley vom Regen überrascht wurde und sich eine üble Erkältung einfing? Verdammt, wieso nur hatte ich nicht vorher daran gedacht?

Nach einer gefühlten Ewigkeit, in der der Regen nicht nachließ, erblickte ich das Dach des Cottages in einiger Entfernung. Ich beschleunigte noch einmal mein Tempo, doch das war ein Fehler: Schon kam ich auf dem Pfad, dessen erdiger Untergrund sich zu einem Schlammbach entwickelt hatte, ins Schlittern, konnte mich nirgends festhalten und fiel hin. Da lag ich nun inmitten des aufgeweichten Schmutzes wie eine sich suhlende Wildsau. Nach dem ersten Schreckmoment merkte ich, dass ich mir nichts getan hatte, wenn man mal vom pochenden Hinterteil absah. Also kämpfte ich mich wieder hoch und lief weiter. Als ich an mir hinabsah, kam der nächste Schreck. Mein gesamtes Kleid – mein Lieblingskleid! – war von Schlamm verdreckt. Dunkle erdige Striemen liefen meine Beine und Arme hinab. Wie ich von hinten aussah, wollte ich lieber nicht wissen. Zum Glück führte der Pfad direkt zum Cottage der Bains', und ich musste nicht erst noch durch das ganze Dorf hindurch, wo mich alle von ihren Fenstern aus sehen könnten.

Doch da hatte ich mich zu früh gefreut. Auf den letzten fünfzig Metern blickte ich kurz zu dem Haus von Kathleen McEwan auf, dessen Fassade durch einige Sträucher hindurchblitzte. Und dort, in einem hell erleuchteten Fenster im oberen Geschoss, erblickte ich sie: meine Nachbarin, wie sie gestriegelt und steif hinter der Scheibe stand und in den Regen hinaussah. Ich fühlte richtiggehend, wie ihr Blick auf mir landete, über meine angeklatschten Haare, meine schlammigen Arme und Beine, meine dünnen Schühchen und das verdreckte Kleid wanderte, von dessen Blumenmuster nur noch die eine oder andere rote Mohnblume traurig hindurchblitzte. Ich sah, wie sie den Kopf schüttelte, sich abwandte und das Licht im Fensterquadrat löschte. Verdammt, wenn dies nicht mal ein Tag war, an dem ich vor guten Eindrücken nur so glänzte!

12

Kaum drehte ich den Schlüssel im Schloss der Haustür, ertönte dahinter schon ein lautes und klägliches Miauen. Meine Überraschung wich sofort der Freude: Nun würde ich endlich die Katzen kennenlernen! Und da war der Regen beinahe schon vergessen.

»Keine Sorge, meine Kleinen«, murmelte ich leise, »die verrückte Katzenlady ist schon da!« Ich öffnete die Tür und sah mich zwei dicken Fellknäueln gegenüber, die kaum warteten, bis ich eingetreten war, bevor sie sich schon auf meine nassen Beine stürzten, um ihr weiches Fell an ihnen zu reiben, während das Konzert aus miauenden Tönen nicht abriss.

»Ihr habt wohl Hunger, was?«, fragte ich, beugte mich zu ihnen hinab und strich über die Rücken, die sich mir genüsslich entgegenreckten. Dabei ignorierte ich die kleine Pfütze, die sich um mich herum bildete. Ich stand hier gerade nicht mehr im Mittelpunkt des Geschehens, das war klar. Zwei runde Katzengesichter sahen mich an, beide mit hellen Augen und rosa Näschen. Eine hatte einen schwarzen Fleck über dem linken Auge. Das musste Patch sein, der Kater. Die Katzendame ohne Fleck hieß Maisie. »Na, dann wollen wir doch mal sehen, was ich für euch habe.«

Ich erhob mich wieder, streifte die durchweichten Schuhe ab

und schälte mich aus dem nassen Kleid, das ich einfach auf den Fußabtreter fallen ließ, um mich später darum zu kümmern. In Unterwäsche tapste ich in die Küche, gefolgt von den Katzen. Erst als ich den Inhalt einer Dose in die Näpfe gefüllt hatte, wich das klägliche Miauen genüsslichem Schmatzen. Immerhin das klappte heute. Und ich freute mich riesig, den Tag doch nicht ganz allein in dem Haus der Bains' verbringen zu müssen, sondern die beiden Fellknäuel um mich zu haben.

Nachdem ich mich aufgewärmt hatte, lauerte die nächste Enttäuschung des Tages. Es stellte sich nämlich heraus, dass Patch und Maisie mich nur so lange beachtenswert fanden, wie ich für die Futterzufuhr sorgte. Kaum waren die beiden satt, verzogen sie sich an Orte im Haus, die für mich unerreichbar waren: auf einen Schrank und unter die Couch. Und so saß ich also, ein wärmendes Bad und viele vergebliche Lockversuche später, allein auf einem der Sessel. Offenbar taugte ich nicht mal als Katzenlady.

Gedankenverloren spielte ich mit dem Handy. Ob ich nicht doch noch mal … Eine kurze Nachricht an Theo würde niemandem wehtun. Eigentlich hatte ich mir geschworen, seine Nummer zu löschen, hatte es dann aber einfach nicht übers Herz gebracht. Natürlich hatte ich Leon und den anderen davon nichts erzählt. Ich könnte ihm schreiben, dass ich gerade ganz zufällig an ihn denken musste, und fragen, wie es ihm ginge. Damit tat ich doch kein Unrecht. Oder? Ich öffnete schon den Chat, in dem wir über Wochen hinweg hin- und hergeschrieben hatten, und wollte gerade zu tippen beginnen, da fiel mein Blick auf die letzte Nachricht, die ich ihm geschickt hatte. Sofort katapultierte sie mich zu dem Moment zurück, in dem ich sie verfasst hatte, und mit ihr stiegen die Gefühle auf: Wut auf mich selbst, Enttäuschung, Traurigkeit. Der Anblick von Theo mit seiner Verlobten – so oft er mir zuvor in der Theorie durch den Kopf gewabert war – hatte mir das Herz zerbrochen. Er hatte mir gezeigt, dass ich in einem Traum verfangen war, der niemals wahr werden würde.

Ich senkte das Handy und sah mich ein weiteres Mal nach den Katzen um. Sagte man Tieren nicht einen feinen Spürsinn für menschliche Stimmungen nach? Doch die beiden scherten sich nicht darum, ob ich Trost brauchen könnte. Sie lagen reglos auf dem Schrank und unter der Couch und blinzelten mich misstrauisch an.

Gerade wollte ich Fiona eine Nachricht schreiben, als ein Foto auf meinem Handy aufblinkte, das meinen Vater zeigte, die Backmütze über ein Auge gezogen, eine grimmige Piratenmiene ziehend und das Nudelholz schwingend. Unwillkürlich musste ich auflachen und nahm den Anruf dankbar an.

»Na, meine Kröte, was macht das schottische Leben? Wie gut bist du schon im Dudelsackspielen?« Wie immer klang er beschwingt und sarkastisch zugleich. Sofort spürte ich, wie ich mich im Inneren ein wenig entspannte. Seine Stimme vermittelte mir das Gefühl von Heimat. Ich lehnte mich in dem Sessel zurück und kuschelte mich in das flauschige Kissen in meinem Rücken.

»Dudelsack kann ich noch nicht, dafür bin ich schon eine sagenhafte Haggisköchin.«

»Bäh. Damit brauchst du mir nicht zu kommen. Hast du es wirklich probiert?«

»Natürlich nicht«, sagte ich und musste lachen. Mein Vater war seit Jahrzehnten bekennender Vegetarier, und auch ich aß schon lange kein Fleisch mehr. Da würde mich ein Schafsmagen wohl kaum verführen. »Ich halte mich an das superleckere Porridge, das es hier in den Pubs gibt.«

»Das klingt schon besser. Dann noch eine Scheibe gutes, luftiges Brot mit frischer Marmelade – und der Tag kann beginnen.«

»Na ja, das Brot hier kannst du ehrlich gesagt vergessen. Es gibt keinen Bäcker, und im Supermarkt bekommst du nur Toast.«

»Kein Brot? Ist das ihr Ernst: Schafsmagen, aber kein Brot?!«

»Vielleicht sieht das woanders besser aus, aber hier im Ort gibt's keins. Wobei ich mir aber nicht mal sicher bin, ob du hier wirklich Haggis bekommst.«

»Dann liegt es an dem fehlenden Brot, dass du ein bisschen niedergeschlagen klingst?«, fragte mein Vater und versetzte mich damit für einen Augenblick in einen verdatterten Zustand.

»Dass du so etwas immer gleich merken musst«, sagte ich in gespielt vorwurfsvollem Ton.

»Was ist los? Liegt es an diesem Mann, von dem du mir letztens erzählt hast?«

»Möglich«, sagte ich ausweichend. »Ich glaube, es kommen ein paar Dinge zusammen.«

»Na, erzähl schon. Dein alter Vater hat zufälligerweise gerade ein offenes Ohr.«

Obwohl ich mich nicht wirklich danach fühlte, musste ich lächeln.

»Es ist nur ... Ich dachte, ich könnte irgendwie die Probleme in Heidelberg lassen, wenn ich von dort abhaue. Zwischenzeitlich geht es mir auch total gut ...«, ich hielt kurz inne, »na ja, zumindest habe ich Lust, Dinge zu tun und Neues zu erkunden. Aber dann überwältigt mich alles doch wieder, und ich kann dem so schlecht ausweichen, weil ich ... hier ein bisschen allein bin.«

»Du bist ja erst gestern angekommen. Du wirst bestimmt

bald ein paar nette Leute kennenlernen, mit denen du dich anfreundest«, versuchte mein Vater mich zu trösten. Ich hatte das unbestimmte Gefühl, ähnliche Worte schon einmal von ihm gehört zu haben – als ich in die Vorschule gekommen war?

»Vielleicht«, sagte ich zögernd. »Eigentlich kann ich ja auch ganz gut allein sein, aber gerade ist es ein bisschen schwierig, weil ich immer wieder an Theo denken muss. Und das ist ziemlich schmerzhaft.«

»Das kann ich verstehen. Es ist nicht einfach zu akzeptieren, dass man plötzlich allein zurückbleibt.«

Ich seufzte. Hoffentlich weckte ich mit diesem Thema keine quälenden Erinnerungen an das Fehlen meiner Mutter. Denn auch mein Vater war damals allein zurückgeblieben, wenngleich aus einem ganz anderen, viel, viel schlimmeren Grund: Sie war gestorben, als ich drei Jahre alt gewesen war. Mein Vater redete nur selten über den Verlust, doch die Falten, die sich bei ihrer Erwähnung in seine Stirn gruben, sprachen Bände. Natürlich hatte sie auch mir gefehlt, obwohl mein Vater ihr Fehlen, so gut es ging, abfederte. Allein zu Besuch bei einer Freundin zu sein und zu sehen, wie die Mutter das Essen zubereitete oder von der Arbeit heimkehrte und ihrer Tochter einen Kuss auf den Kopf drückte, weckte eine Sehnsucht in mir, die sich auf etwas richtete, was ich selbst nie kennengelernt hatte und doch zu kennen meinte. Doch konnte ich mir nur ansatzweise vorstellen, was ihre Abwesenheit für meinen Vater bedeutete.

»Ich glaube, der Ortswechsel war an sich eine gute Entscheidung«, sprach er weiter, und ich war froh, dass seine Stimme unverändert klang. »Du wirst andere Leute kennenlernen, Neues sehen, und ein bisschen Einsamkeit ist gar nicht so schlecht, um über Liebeskummer hinwegzukommen. Natürlich ist es leichter, sich ablenken zu lassen, statt sich intensiv damit auseinanderzusetzen, aber ich glaube, eine Mischung aus beidem ist viel besser.«

»Meinst du?«

»Aber ja. Wenn du den Kummer nur von dir schiebst, wird er dich irgendwann heimsuchen und aufs Neue quälen oder dich ständig begleiten, sodass du dich nur schwer auf etwas Neues einlassen kannst. Ich glaube, es ist besser, sich jetzt ein wenig zu quälen und den Schmerz zu verarbeiten, um wirklich darüber hinwegzukommen.«

Beide schwiegen wir einen Moment, in dem ich über seine Worte nachdachte. Ob er es so gehandhabt hatte, als er meine Mutter verloren hatte? Ich konnte mir kaum ausmalen, wie schmerzhaft es sein musste, die große Liebe auf diese grausame Weise zu verlieren. Als solche hatte er meine Mutter immer bezeichnet: seine große Liebe. Wer weiß, ob nicht daher auch meine Überzeugung rührte, dass es die wahre Liebe gab. Oft hatte er mir früher zum Einschlafen von den Abenteuern erzählt, die er mit ihr zusammen erlebt hatte: Um die ganze Welt waren sie gesegelt, eine Torte hatten sie gebacken, die so hoch war wie ein Haus, und beim Muffinwettessen hatten sie einen riesigen Pokal gewonnen, der ausgerechnet aus Muffinteig gebacken war. Und ich hatte sie alle geglaubt – wollte sie unbedingt glauben, denn die einzige Erinnerung, die ich an meine Mutter hatte, war, wie wir zu dritt Lebkuchen gebacken hatten, den Teig zu kleinen Männlein und Weiblein geschnitten und sie bunt bemalt hatten. Doch bis heute war ich unsicher, ob ich mich an diesen Tag wirklich erinnern konnte oder ob die Erinnerung nicht von den Fotos und meiner Fantasie herrührte.

»Dein alter Vater klingt ziemlich weise, was?«, riss er mich plötzlich aus den Gedanken und lachte so laut auf, dass es mich ansteckte.

»Ehrlich gesagt«, meinte ich, »klingt es ziemlich logisch. Danke.«

»Immer doch, mein Krötchen, das weißt du. Aber nun werde ich mir mal mein Schlafmützchen überstülpen und mich in die Koje begeben. Du weißt doch: Früh aufstehen macht …«

»… gesund, reich und klug«, ergänzte ich den Spruch, den ich in meiner Kindheit und Jugend so oft gehört hatte. Dabei schielte ich auf die Wanduhr, es war jetzt neunzehn Uhr, seine Bettzeit, um fit für den Arbeitsbeginn um drei Uhr morgens zu sein. »Schlaf gut, Papa.«

»Und du zerbrich dir nicht den Kopf … wenn, dann nur ein bisschen, ja? Geh mal vor die Tür. Die Schotten mögen doch ihre Pubs, da findest du bestimmt ein paar nette Gesprächspartner.«

Ich dachte an meinen absolut erfolglosen Besuch in dem Pub heute Morgen, wollte meinen Vater aber nicht weiter vom Schlafen abhalten.

»Das mache ich. Bis bald, Papa, hab eine gute Nacht!«

»Du auch, meine Kröte. Das wird schon alles wieder.«

Und damit hatte er schon aufgelegt.

Auch wenn der Gedanke an Theo noch immer Unruhe in meinem Magen verursachte, fühlte ich mich nach dem Gespräch mit meinem Vater besser. Er hatte ja recht, ich musste da jetzt durch. Das hatten andere vor mir schließlich auch schon gemusst, Liebeskummer war schließlich nicht durch mich erfunden worden. Theo zu schreiben wäre wohl eine wirklich dumme Idee, wenn ich endlich mit ihm abschließen wollte. Also schaltete ich das Handy sicherheitshalber in den Flugmodus und verstaute es in einer Schublade. Dann widmete ich mich dem Bücherregal der Bains' und ließ den Blick über die Titel wandern. Es gab nicht viele Liebesromane, und die, die ich entdeckte, lösten in mir nur Ablehnung aus – das war neu. Normalerweise las ich ja nichts anderes. Aber seit jenem Abend, an dem mir Theo mit Marie über den Weg gelaufen war, konnte ich das ganze Liebeszeugs nicht mehr ertragen. Wenn ich jetzt daran dachte, von schnulzigen Liebesgeständnissen zu lesen oder herzerweichende Film-Happy-Ends zu sehen, hätte ich mich übergeben können. Also wandte ich mich den dunkel gestalteten Buchrücken zu, von denen es wesentlich mehr gab. Schon bei den Titeln lief mir eine Gänsehaut über den Rücken: *It, The Shining, A Time to Kill* ... Da hatte jemand wohl eine Vorliebe für Thriller. Genau das Richtige! Ich zog den ersten Band der Millennium-Trilogie heraus, an die ich mich bisher nicht herangetraut hatte, legte eine CD von Laura Marling in die Stereoanlage, dimmte das Licht, sodass ich gerade noch die Zeilen des Buches erkennen konnte, und legte mich auf die Couch, unter der sich Maisie zusammengekauert hatte. Ganz so, als wäre ich selbst auch eine Katze, rekelte ich mich, um noch tiefer in die weichen Polster zu sinken. Kurz schloss ich die Augen, lauschte den leisen Takten der Musik und genoss das leichte Prickeln in den Beinen, die langsam zur Ruhe kamen. Dann schlug ich das Buch auf und vertiefte mich in die Geschichte. Schon nach wenigen Sätzen war ich vollkommen gefesselt, immer weiter entfernte ich mich von dem Wohnzimmer, von meinen Gedanken und tauchte ganz und gar ein in die Welt des Buches.

13

Mit jedem neuen Tag, den ich in meinem schottischen Cottage verbrachte, fühlte ich mich abgekapselter von der Welt. Meine Versuche, im Dorf Anschluss zu finden, scheiterten immer wieder aufs Neue. Zweimal noch frühstückte ich in dem Pub und sah jedes Mal denselben älteren Mann und dieselbe ältere Frau an zwei verschiedenen Tischen sitzen und ihr Frühstück zu sich nehmen. Hin und wieder traf ich sie auch auf der Dorfstraße. Der Mann sah selten auf, doch die Frau, die mit ihren eleganten Kleidern in pastelligen Tartanmustern und dem sorgfältigen Make-up etwas beinahe Königinnenhaftes hatte, begegnete oft meinem Blick. Aber bis auf ein Nicken und manchmal ein kleines Zwinkern zur Begrüßung erntete ich bisher leider nichts für mein freundliches Lächeln und die Frage: *»How do you do?«*

Einmal saßen an meinem Nebentisch drei jüngere Frauen, und sogleich witterte ich meine Chance. Bisher hatte ich nur ältere Herrschaften in dem Dorf gesehen – es gab sie also doch, die jungen! Doch auch hier stellte es sich als schwierig heraus, Kontakt aufzunehmen. Meine lächelnden Blicke wurden kaum erwidert, zu sehr waren die drei in ihr Gespräch vertieft, lachten und kicherten. Ich kam mir vor wie das fünfjährige Vorschulkind, das zu schüchtern war, um andere anzusprechen. Zuvor hatte ich nie darüber nachgedacht, aber es war wirklich verdammt schwierig, sich als Unbekannte einer Gruppe zu nähern, mit der man gerne befreundet wäre. Also zog ich schließlich mit eingezogenem Kopf davon.

Von meiner liebreizenden Nachbarin sah ich während dieser Tage nichts mehr. Nur manchmal, wenn ich an ihrem Haus vorbeiging, hörte ich die klagenden – und teils furchtbar schiefen – Töne eines oder mehrerer Streichinstrumente nach draußen dringen. Offenbar hatte sie einen Hang zu melancholischen Cellosonaten. Das überraschte mich kein bisschen bei der bissigen Miene, die sie bei unserer ersten Begegnung zur Schau getragen hatte.

Der Regen, den ich für einen kurzen, starken Schauer gehalten hatte, stellte sich als anhaltend heraus. Tag für Tag tröpfelte es, mal goss es in Strömen. In dem Laden mit Allzwecksachen hatte ich mir eine vernünftige Regenjacke gekauft, auch wenn ich meist zu Hause blieb. Offenbar mochten auch die Katzen keinen Regen, denn sie hielten sich meistens im Cottage auf. Trotzdem sah ich leider viel zu wenig von ihnen. Sie verkrochen sich in ihre Verstecke, kamen nur hervor, wenn der Hunger sie überwältigte und sie meinten, über ihren Schatten springen und mich anbetteln zu müssen; danach verschwanden sie so schnell aus meinem Blickfeld, dass ich manchmal nicht wusste, wo sie sich versteckt hatten.

Der einzige richtige Kontakt zu menschlichen Lebewesen spielte sich online ab. Wann immer es sich ergab, sprach ich mit Fiona, Josefine und Leon über Skype und schickte meinem Vater eine längere Mail, in der ich hoffnungsfroher klang, als ich mich fühlte.

Viele Stunden verbrachte ich im Kinoraum, wo ich meine Leidenschaft für alte Filme entdeckte: Audrey Hepburn, Grace

Kelly und Elizabeth Taylor wurden zu den besten Freundinnen, die ich in Schottland hatte. Außerdem las ich weiterhin in Stieg Larssons *Verblendung* und konnte es kaum erwarten, nach dem Buch endlich die Verfilmung zu sehen, die mich aus der Mediathek schon anlachte. Mein Handy verbannte ich die meiste Zeit in einer Schublade, um seine Verführungskraft zu mäßigen. Und trotzdem überkamen mich täglich Schübe von Sehnsucht, die mich dazu trieben, es zur Hand zu nehmen, den Chatverlauf mit Theo durchzugehen und mich an mein Herzklopfen zu erinnern, als er plötzlich in der Tür der Buchhandlung gestanden hatte, oder an den süßen lausbübischen Blick, mit dem er mich in die Kinderbuchabteilung gelockt hatte. Doch immer schaffte ich es irgendwie mit viel Anstrengung, es wieder beiseitezulegen – auch wenn ich es oft genug gegen ein großes Glas Weißwein austauschte, mit dem ich die Sehnsucht, so gut es ging, ertränkte.

In dem Cottage fühlte ich mich mittlerweile völlig heimisch und bewegte mich darin, als wohnte ich schon Jahre dort. Mr. und Mrs. Bains kamen mir wie gute Hausgeister vor, abwesend und präsent zugleich. Manchmal stolperte ich über kleine Überraschungen, die sie mir zurechtgelegt hatten und die ich bisher übersehen hatte. In einem Schrankfach im Kinosaal entdeckte ich einen Haufen Süßigkeiten – Schokolade, Lakritz, Gummitiere – und dazu einen handgeschriebenen Zettel: *Für den täglichen Zuckerbedarf. Keine falsche Zurückhaltung, Miss Münzer!* Ein anderes Mal, als ich den Waschraum im Keller suchte und mich beinahe schon in dem labyrinthartigen Flur verlaufen hatte, entdeckte ich auf dem Boden kleine aufgeklebte Pfeile, die mich in die richtige Richtung lotsten. Mit all diesen Aufmerksamkeiten sorgten die beiden dafür, dass ich mich heimisch fühlte.

Mit jedem Tag igelte ich mich mehr in diesem Reich ein, reduzierte die Einkaufsgänge, frühstückte zu Hause und rechtfertigte es damit, dass es zu nass war, um sich groß draußen aufzuhalten. Nur eines beschäftigte mich weiterhin: die verschlossene Tür im Obergeschoss. Aus irgendeinem Grund wurmte es mich, nicht zu wissen, was sich dahinter verbarg. Natürlich versuchte ich nicht einzudringen, das kam mir nicht in den Sinn. Schließlich war es trotz meiner heimeligen Gefühle nicht mein Haus, und ich respektierte die Privatsphäre der Eigentümer, und doch reizte das unzugängliche Zimmer meine Neugier. Jedes Mal, wenn ich daran vorbeiging, drang die Frage in mein Bewusstsein, was sich wohl in dem Raum befand.

Eine gute Woche nach meinem Einzug in das Cottage wurde ich ein zweites Mal von der Türklingel überrascht. Es war am Vormittag, und ich bereitete gerade eine große Kanne Tee zu, um mich damit in den Filmraum zurückzuziehen. In Leggins, dicken Socken und übergroßem Wollpulli schlitterte ich über das Holzparkett zur Tür und öffnete sie. Ich hatte Kathleen McEwan erwartet und mich schon auf eine weitere Schimpftirade vorbereitet, doch stattdessen sah ich mich einem mittelalterigen Mann in einem dunkelblauen Pulli und mit einer großen roten Umhängetasche gegenüber.

»Oh, hello«, sagte ich überrascht.

»Good Morning, Miss, how do you do?«, begrüßte er mich in etwas steifem Ton. Wie immer wusste ich nicht genau, wie ich auf die Frage, die im Grunde bloß eine Höflichkeitsfloskel war, reagieren sollte, und nuschelte ein *»How do you do«* zurück. Da hielt er mir aber auch schon einen Briefumschlag entgegen, fragte in breitem schottischem Dialekt: »Sind Sie Miss Münzer? Die Adressangabe war etwas ungenau, aber im Dorf sagte man mir,

dass Sie hier im Cottage wohnen, solange Mrs. Bains sich um ihre Schwester kümmert.«

»Das stimmt«, meinte ich und nahm den Umschlag verwundert entgegen. Er war ganz dünn und wirkte so offiziell. Der Briefträger nickte und wandte sich schon wieder ab. Schnell rief ich ihm ein Dankeschön hinterher, dann schloss ich die Tür und ging zurück in die Küche, während ich den Brief in meinen Händen hin und her drehte. Er kam offenbar vom Zollamt. Warum schrieben sie mir? Ich riss den Umschlag auf, zog das Schreiben heraus und überflog es. Offenbar lag eine Sendung an mich bei besagtem Amt, und ich wurde gebeten, sie innerhalb von sieben Werktagen abzuholen. Wie immer, wenn ich so hochoffizielle Schreiben bekam, kribbelte es sorgenvoll in meinem Nacken. Doch bevor ich mich Horrorfantasien hingeben konnte, suchte ich lieber mein Handy, das in einer Schublade im Wohnzimmer steckte, und tippte die Adresse ein. Das Zollamt befand sich in der Post des nächstgrößeren Ortes, wohin ich mit dem Bus fahren konnte.

Es war meine erste richtige Aufgabe hier in Schottland. Ich überlegte in alle möglichen Richtungen, was das wohl sein könnte, das da auf mich wartete – und vor allem, von wem es kam. Meine Gedanken flogen zu Fiona, streiften ganz kurz Theo und wanderten bis hin zu meiner Patentante in den Vereinigten Staaten. Aufregung flatterte in meinem Bauch und weckte mich aus meiner Lethargie. Im Nullkommanichts war ich gewaschen und angezogen, schlüpfte in die Regenjacke, schnappte mir meine Tasche mitsamt dem Schreiben und machte mich auf den Weg zur Bushaltestelle. Meine Beine fühlten sich nach einer Woche lethargischen Herumliegens ein wenig schlapp an, die Bewegung und die frische Luft taten mir aber richtig gut, und schon bald ging ich ganz beschwingt. Ich war beinahe traurig, als ich in den Bus stieg – auf den ich dann doch noch über zwanzig Minuten hatte warten müssen. Eine Handvoll älterer Leute saß darin verteilt, und ich suchte mir eine freie Reihe, wo ich mich ans Fenster setzen und die Landschaft betrachten konnte. Wie hatte ich nur all die Tage zu Hause herumliegen und in den Fernseher starren können, wenn mir hier ein solches Naturschauspiel geboten wurde? Der eine ins Wasser gefallene Spaziergang hatte mich derart entmutigt, dass ich mich kaum noch hinausgewagt hatte, dabei musste ich mich doch bloß richtig wappnen und konnte so viel Schönes entdecken! Hinter dem Busfenster erstreckte sich die Heidelandschaft, die ich Tage zuvor schon bestaunt hatte. Das kräftige Grün und das Gelb der Stauden hatten sich durch den vielen Regen noch verstärkt und leuchteten mir entgegen, die Wildblumen stahlen sich bunt aus dem Gras. Ich entdeckte fellige braune Tiere mit langen Hörnern, die über eine Weide trotteten. Das waren doch echte Hochlandrinder! Beinahe drückte ich die Nase an der Scheibe platt, als ich versuchte, einen besseren Blick auf die Tiere zu erhaschen. Die kannte ich bisher nur von Fotos und wusste gar nicht, dass sie auch hier im mittleren Schottland gehalten wurden. Mein Blick wanderte weiter, als die Rinder nicht mehr in meinem Sichtfeld waren. Sanft zogen sich die Hügel bis zum Horizont dahin, und ich war sicher, dass es hinter ihnen noch so einiges zu entdecken gab. Man musste nur aus seinem Loch kriechen.

Trotzdem bereute ich die letzten Tage nicht wirklich. Ich hatte das Gefühl, die Ruhe und Abgeschiedenheit gebraucht zu haben. Manchmal tat es gut, sich aus allem herauszuziehen und sich ein wenig einzumummeln, bevor man sich dem Leben mit neuem Mut und neuer Kraft wieder stellte.

Nach einer Fahrt, die mir viel zu kurz erschien, fuhr der Bus in einen Ort ein. Mit seinen Häuserreihen mit Treppenaufgängen und Cottages an der Hauptstraße ähnelte er Applemore. Bald erschienen erste Geschäfte, und die Straße kam mir um einiges belebter vor. Ich sah ältere – und jüngere! – Passanten mit Tüten und Taschen. Voller Energie sprang ich aus dem Bus und drehte mich auf dem Fußgängerweg einmal um mich selbst. Neben einem größeren Supermarkt gab es gleich mehrere Pubs, einen Friseur, einige Kleidungsgeschäfte und einen Laden für Heimtierbedarf. So klein die Einkaufsstraße im Vergleich zu der in Heidelberg sein mochte, erschien sie mir paradiesisch, allein schon deswegen, weil sie offenbar junge Leute in meinem Alter anzog. Mit einem Mal fühlte ich mich nicht mehr ganz so abgeschottet von der Welt. Neugierig bewegte ich mich durch die Straßen und erkundete erst einmal die Geschäfte. Im ersten ergatterte ich ein Paar Gummistiefel – natürlich mit Blumenmuster – und kaufte in den anderen Läden Strumpfhosen und Leggins, die ich unter meine dünnen Sommerkleider ziehen konnte.

Dann wurde es höchste Zeit, mich zu dem Zollamt zu begeben, bevor dort die Mittagspause begann. Als ich es betrat, fühlte ich mich sofort in eine seltsame Mischung unterschiedlicher Dekaden versetzt. Die vertäfelten Wände und Balken sprachen für die Jahre, die das Amt schon auf dem Buckel haben musste. Sie stammten wohl aus dem frühen zwanzigsten Jahrhundert, während die quietschroten Boxen mit dem Plexiglas, hinter denen die Beamten saßen, eher an die wilden Siebziger erinnerten. Die Technik hingegen wirkte zeitgemäß, moderne Flachbildschirme und Kartenleser versicherten, dass man sich trotz der zeitlichen Verirrung noch immer im einundzwanzigsten Jahrhundert befand.

Ich reihte mich in die kleine Schlange aus Wartenden ein und beobachtete den kurzen, doch äußerst höflichen Austausch der Besucher mit den Schalterbeamten. In der Post in Heidelberg ging es meist drunter und drüber. Das Personal war unterbesetzt, die Kunden genervt, und nicht selten ertönten gereizte Stimmen. Hier schienen alle Geduld mitgebracht zu haben und unterhielten sich in respektvoller Weise miteinander, wie sie wohl nur die Briten an den Tag legen konnten.

Als ich an der Reihe war, bemühte ich mich, denselben höflichen Tonfall anzuschlagen, und legte den Brief vor. Die Beamtin mit der blonden Kurzhaarfrisur überflog ihn, gab etwas in ihren Computer ein und nickte dann.

»Ach natürlich, ich erinnere mich. Einen Moment, bitte.«

Sie erhob sich von ihrem Stuhl und verschwand für einige Augenblicke in einem hinteren Raum, der nicht einsehbar war. Dann erschien sie wieder mit einem Umschlag in üblicher Briefgröße und hielt ihn hinter der Scheibe hoch. Es war sofort zu erkennen, dass der Brief mehrfach abgetastet worden war und schon einige Inspektionen hinter sich hatte. Darauf stand die Adresse des Cottages mit meinem Namen sowie der meines Vaters als Absender.

Mein Vater also! Das hätte ich mir eigentlich denken können.

»Der Brief wirkte für die Kollegen offenbar hochgradig auffällig«, meinte die Beamtin und warf mir einen Blick zu, als wollte sie mich auf meine kriminelle Energie hin abscannen. »Können Sie mir sagen, was sich darin befindet?«

»Darf ich ihn mir genauer ansehen?«

Sie zögerte einen Augenblick, dann nickte sie und schob ihn mir durch den Schlitz der Theke zu. Ich nahm ihn entgegen, und als ich sein Gewicht sowie die weiche Konsistenz seines Innenlebens spürte, wusste ich sofort, was es war.

»Das ist Sauerteig«, sagte ich und musste grinsen. Die Beamtin sah mich ungläubig an.

»Bitte – was?«

»Sauerteig«, wiederholte ich und konnte mir ein kleines Lachen nicht verkneifen. »Darf ich?«, fragte ich und deutete auf die Verklebung des Briefes. Wieder nickte die Beamtin nach einem winzigen Zögern. Vielleicht fürchtete sie, dass sich doch noch ein hochentzündlicher Stoff in dem Brief befand und wir gleich in die Luft gehen würden. Ich riss den Umschlag auf und zog den Inhalt heraus: eine gut verschlossene kleine Plastiktüte mit gräulich brauner Füllung.

Mit großen Augen betrachtete die Beamtin das Päckchen und fragte dann selbst: »Darf ich mal?«

Vorsichtig und fasziniert zugleich tastete sie es ab und roch daran, denn trotz der dichten Verpackung haftete ihm etwas vom säuerlichen Eigengeruch des Teigs an. Da brach sie in Lachen aus.

»Und meine Kollegen müssen gedacht haben, da befänden sich Drogen oder irgendwelche Gifte in dem Brief!«

Ihr Lachen war ansteckend. Glucksend schob sie mir das Päckchen zu und ließ mich noch einige Papiere unterschreiben, bevor ich das Amt mitsamt meiner sauren Fracht verlassen durfte.

Vor der Post zog ich den kleinen Brief heraus, der mit dem Sauerteig im Umschlag gesteckt hatte.

Na du kleine Kröte,
damit hast du wohl nicht gerechnet, was? Aber du weißt ja: Dein Vater kann es nicht mit ansehen, wenn seine Tochter unter akutem Mangel an ordentlichem Brot leidet. Nun musst du zwar selbst ackern, aber ich glaube, ein bisschen Ablenkung wird dir guttun und

dich auf andere Gedanken bringen. Mir hat das jedenfalls immer sehr geholfen, und ich kann mich an so manchen Morgen erinnern, an dem du und ich schon gemeinsam in der Backstube gearbeitet und alles an Traurigkeit und Frust einfach weggeknetet haben. Vielleicht hilft es dir ja auch jetzt!
Ich drücke dich
Dein alter Vater

Mein Vater … Er war einfach unglaublich! Ich dachte an den Morgen, an dem ich ihn in der Backstube besucht hatte. Er lag ja noch gar nicht lange zurück und hatte wirklich für mehr Klarheit und, zumindest vorübergehend, für Ablenkung von meinem Liebeskummer gesorgt. Mein Vater hatte vollkommen recht, Backen war wie eine Medizin gegen Herzschmerz, das hatte ich an so vielen Tagen bestätigt bekommen. Und es machte einfach Spaß! Besonders war mir ein Morgen in Erinnerung geblieben, als ich mit Fiona, Josefine und Leon die ganze Nacht durch die Kneipen gezogen war. Irgendwann hatte ich begonnen, vom Backen zu schwärmen, und wir waren auf die irrwitzige Idee gekommen, meinen Vater um vier Uhr morgens in der Backstube zu bestürmen. Und wie er so war, hatte ihn der Überfall überhaupt nicht gestört. Im Gegenteil, ich glaubte, er hatte sich richtig gefreut, endlich meine drei Freunde kennenzulernen. Nach einem sehr starken Kaffee waren wir sogar in der Lage gewesen, ihm zu helfen. Und so hatten wir den ganzen Morgen zusammen gebacken, uns gegenseitig in der engen Backstube umhergeschoben und angestoßen, laut über die Witze meines Vaters gelacht und so viel Teig genascht, dass uns allen ein klein wenig übel gewesen war. Bei der Erinnerung musste ich kichern und befühlte das kleine Päckchen in meiner Tasche. Voller Vorfreude auf die neue Aufgabe machte ich mich auf in den Supermarkt und kaufte päckchenweise Mehl in verschiedenen Sorten, ein gutes Salz, Gewürze und jede Menge Körner und Samen.

Und dann wollte ich nur noch eines: zurück in mein hübsches Cottage und an den Herd, um mein erstes schottisch-deutsches Brot zu backen.

14

Ich hoffte, mir ein wenig vom Backstubenzauber nach Schottland zu holen, als ich mich in der Küche der Bains' ausbreitete, Schüsseln zurechtstellte und nach einer Waage kramte. Der Sauerteig war noch nicht so weit, um mit ihm zu backen. Er musste nach der langen Reise erst wieder einige Tage lang gefüttert werden, um an Kraft zu gewinnen; dann würde ich einen Vorteig ansetzen, der wiederum einige Stunden gehen müsste. Doch im Supermarkt hatte ich frische Hefe gekauft, mit der ich nun ein erstes Brot backen wollte. Alles war besser als dieses teigige Weißbrot aus der Plastikverpackung. In der Schublade mit den Küchentüchern fand ich Schürzen, von denen ich mir eine einfache hellblaue umband. Bald schon war ich durch die Aktivität so erhitzt, sodass ich das Fenster öffnete und dem sanften Plätschern des Regens lauschte, der wieder eingesetzt hatte. Ab und zu sah ich aus dem Augenwinkel, wie sich ein kleines felliges Köpfchen neugierig durch den Türspalt vom Flur schob, sich jedoch schnell zurückzog, sobald ich mich umdrehte.

Während der Brotteig eine Stunde ging, kümmerte ich mich um das Anfüttern des Sauerteigs, um damit in den nächsten Tagen weiterbacken zu können, machte Fotos von allem und schickte sie mit einem Gruß an meinen verrückten Vater. Der freute sich sichtlich, denn seine Antwort bestand aus einem guten Dutzend Emoticons in Form von hochgereckten Daumen und bunten Herzen.

Schließlich füllte ich den Teig in eine eingefettete Kastenform und gab diese schnell in den vorgeheizten Ofen, nur um diesen kurzzeitig ein weiteres Mal zu öffnen und mit einer Sprühflasche, die ich neben der Gießkanne im Wohnzimmer entdeckt und ordentlich ausgespült hatte, Wasser in den Ofen zu sprühen. Der Dampf, der nun erzeugt wurde, würde für eine schön krosse Kruste sorgen.

Tatsächlich fühlte ich mich ausgeglichen wie schon lange nicht mehr, als ich so vor dem Ofenfenster hockte und gespannt beobachtete, wie mein Brot sich ganz langsam hob. Zwar war es nicht das Gleiche, wie gemeinsam mit meinem Vater in der Backstube zu stehen, aber doch trugen die kleinen Vorgänge, die ich hier beim Backen tätigte, viele Erinnerungen in sich und hatten dieselbe beruhigende Wirkung.

Ich machte mir eine große Tasse Tee und setzte mich an die Küchentheke, wo ich in einem Rezeptbuch von Mrs. Bains blätterte, mir Markierungen bei interessanten Rezepten machte, dem Regen lauschte und darauf wartete, dass mein Brot fertig backte. Auch wenn es das natürlich auch ohne meine Anwesenheit gut hinbekommen würde, wollte ich diesen warmen, behaglichen Ort noch nicht verlassen. Nach und nach breitete sich der kernige Duft des Brotes in der Küche aus, und nun traute sich doch tatsächlich eine der Katzen – es war Patch – ganz hinein. Wahrscheinlich konnte auch er der Gemütlichkeit des warmen Ofens nicht widerstehen. Ich beobachtete unauffällig, wie er sich auf den Boden vor dem Ofen niederließ, wo die Fliesen die Wärme aufgenommen haben mussten, und sein Köpfchen auf den Pfoten ablegte. Er beachtete mich nicht, und doch fühlte es sich für mich an, als wäre er direkt auf meine Schulter gesprungen und hätte sich um meinen Nacken geschmiegt, so stolz war ich auf diese winzige Annäherung.

Bald versiegte das tröpfelnde Geräusch des Regens, die Wolken schoben sich auseinander, und die Sonne stach durch sie hindurch bis in die Küche hinein. Ich fragte mich gerade, ob ich mich jemals an diese extremen Wetterumschwünge würde gewöhnen können, als ich ein anderes Geräusch vernahm, das mich aufhorchen ließ. Vor dem Fenster war ein seltsames Scharren zu hören, ein Knirschen wie von Schritten auf dem Kiesweg. Erstarrt saß ich auf meinem Hocker und konzentrierte mich ganz aufs Hören. Nun blieb es still. Ich beruhigte mich gerade, da ertönte das Geräusch erneut. Und diesmal war ich mir ganz sicher, dass es Schritte auf dem Kies sein mussten. Sie ertönten langsam, forschend und regelmäßig. Entweder näherte sich da der letzte lebende schottische Braunbär oder … ja, das musste ein Mensch sein, der um das Haus herumschlich. Während meiner ersten Woche im Cottage hatte ich kein einziges Mal jemanden in der Nähe des Hauses gesehen. Was also hatte dieser Jemand nun hier zu suchen? Vor allem klang es nicht so, als würde er einfach um das Haus herum zum Feldweg gehen, sondern als schliche er sich ganz gezielt an. Bei diesem Gedanken wurde mir mulmig. Was, wenn das ein Einbrecher war? Ich wusste ja nicht einmal die Nummer der schottischen Polizei. Geschweige denn würde ich mich alleine gegen einen großen, bulligen Einbrecher wehren können – oder doch? Ich sah mich in der Küche um. Die Schublade mit den Backutensilien stand noch offen, und obenauf lag, massiv und robust, das Nudelholz. Ich sprang von meinem Hocker, ohne mir Gedanken darum zu machen, ob mich der Einbrecher hörte. Vielleicht wäre es ja sogar besser, wenn er mitbekäme, dass sich jemand im Haus aufhielt, und ganz von allein wieder abhaute. Schnell griff ich nach dem Nudelholz und näherte mich damit dem Fenster. Ich stellte mich seitlich daneben, wie ich es schon so oft in Polizeifilmen beobachtet hatte, und zog langsam den Vorhang beiseite, um daran vorbeizulugen. Die Schritte stoppten. Hatte der Einbrecher die Bewegung des Vorhangs bemerkt? Ich beschloss, auf den Überraschungseffekt zu setzen, atmete einmal tief ein und aus, dann sprang ich aus meinem Versteck direkt vor das offene Fenster, das Nudelholz hoch erhoben, um es dem Einbrecher über den Kopf zu ziehen, sollte er im Begriff sein einzusteigen. Doch da war niemand. Ich stutzte. Es hatte sich zuvor doch ganz so angehört, als hätten die Schritte genau vor dem Fenster gehalten. Wo war der Kerl? Ich ließ das Nudelholz sinken und trat an das Fenster heran – nichts zu sehen. Also schob ich den Kopf hindurch und blickte mich nach allen Seiten um. Doch auch da war niemand zu sehen. Schon begann ich, an meinem Verstand zu zweifeln. Hatte ich mir die Schritte etwa nur eingebildet? Einige Sekunden verharrte ich noch in meiner Position und sah nach links und rechts, um vielleicht doch noch einen Blick auf den Schurken zu erhaschen, der da ums Haus geschlichen war. Doch schließlich gab ich es auf. Zur Sicherheit drehte ich eine Runde durch das Haus und kontrollierte alle Fenster. Schließlich wagte ich mich vor die Haustür und blickte mich noch einmal genau um. Doch nirgends war auch nur die geringste Spur zu sehen. Selbst den Kiesweg vor dem Küchenfenster nahm ich unter die Lupe, aber unter all den Spuren, die sich hier abzeichneten, war nicht auszumachen, ob neue hinzugekommen waren.

Durch das noch immer leicht geöffnete Küchenfenster klingelte plötzlich der Küchenwecker, den ich für mein Brot gestellt hatte. Kopfschüttelnd ging ich hinein, nicht ohne hinter mir die Tür mehrmals zu verriegeln und alle Fenster zu verschließen.

Noch den ganzen Abend über, als ich schon mit einigen Scheiben des frisch gebackenen Brotes und meinem Buch auf der Couch lag, und sogar später, als ich mit Fiona, Leon und Josefine skypte, verließ mich nie das Gefühl, beobachtet zu werden. Ich musste daran denken, dass niemand mitbekommen würde, wenn mir hier etwas zustieße. Vielleicht würden sich meine Freunde Sorgen machen, wenn sie länger nichts von mir hörten, aber da konnte es schon längst zu spät sein. Und dass meine Nachbarin nach mir sehen würde, davon konnte ich nur träumen!

Es wurde Zeit, dass sich etwas änderte an meinem Leben hier. Zeit, dass ich Kontakte schloss. Ob ich Freunde fand, würde sich zeigen; wichtig war erst einmal, dass irgendjemand es mitbekommen würde, wenn ich von einem Einbrecher übermannt und im Garten verscharrt wurde!

15

Meinem Entschluss folgend, setzte ich mich am frühen Abend des nächsten Tages in den gleichen Bus, der mich zum Zollamt gebracht hatte. Mit meinem kleinen Dorf und seinen eigenartigen Bewohnern hatte ich abgeschlossen, denn dort schien sich niemand für den Neuzugang aus Deutschland zu interessieren. Aber in dem größeren Nachbarort, in dem der Bus nun hielt, hatte ich auch Leute in meinem Alter gesehen und beschlossen, es dort noch einmal mit einem Pubbesuch zu probieren.

Es kostete mich ein wenig Überwindung, mich ganz allein an einem Abend in den Pub zu begeben. An den anderen Tischen herrschte bereits reger Betrieb, als ich einen kleineren freien Ecktisch ansteuerte. Überall saßen Grüppchen von Leuten beisammen und waren in ihre Gespräche vertieft. Doch so verloren ich mich auch fühlte, zwang ich mich, nicht das Handy aus der Tasche zu ziehen und im Netz zu surfen oder am Ende noch unbedachte Nachrichten zu verschicken, die ich später bereuen würde. Stattdessen sah ich mich um, versuchte, möglichst freundlich und einladend dreinzublicken, und hoffte auf irgendeinen besonders sozialen Menschen, der sich aus einer Laune heraus zu mir setzen würde. Das Publikum war, wie erhofft, viel durchmischter als in dem kleinen Pub in Applemore. Ältere Herrschaften saßen hier genauso an ihrem Stammtisch wie jüngere Leute. Die Einrichtung hingegen ähnelte der des anderen Pubs. Auch hier dominierten gesetzte Wandfarben in Grün und dunkle braune Balken, zu denen das Mobiliar passte. Es lief dudelnde Folkmusik aus Lautsprechern. Der Pub wirkte geradezu wie der größere Bruder des anderen, oder vielleicht ähnelten sich die Pubs in Schottland generell?

So hing ich meinen Gedanken nach, als ich angesprochen wurde. Wie ertappt blickte ich auf und sah einen jungen Mann, vielleicht Anfang zwanzig, mit rötlich blonden Locken und Holzfällerhemd vor mir stehen. Die kurze Schürze, die er um die Hüften trug, enttarnte ihn als Kellner.

»How do you do?«, fragte er noch einmal, als er sah, dass seine Worte zuvor nicht zu mir durchgedrungen waren. *»What can I do for you today?«* Er lächelte mich auf eine so freundliche Weise an, dass ich nach Tagen der höflichen Zurückweisung geradezu dahinschmolz. Ich hätte nie geahnt, wie abhängig ich davon war, hin und wieder einen freundlichen Kontakt zu haben.

»Hi«, erwiderte ich, bemüht darum, die gleiche Herzlichkeit in meine Worte zu legen. »Ich bin neu hier in Schottland und würde gerne etwas essen, aber ich konnte nichts Vegetarisches auf eurer Karte entdecken.«

Sofort breitete sich ein verlegenes Lächeln auf seinem Gesicht aus, das seine Wangen leicht erröten ließ.

»Ich weiß, ich weiß. Du kannst dir nicht vorstellen, wie oft ich mit Dad schon darüber gesprochen habe, dass wir die Karte endlich umstellen müssen. Die ist einfach nicht mehr zeitgemäß. Aber natürlich können wir dir etwas ohne Fleisch machen. Was hältst du von einem Pie mit Bohnenfüllung, dazu Kartoffelpüree und Pilzsoße?«

Mir lief sofort das Wasser im Mund zusammen.

»Das klingt fantastisch«, sagte ich wahrheitsgemäß. Und da

mir der Kellner nicht nur sympathisch, sondern ich auch beglückt war, endlich mal mit einem Einheimischen mehr als zwei Worte zu wechseln, plapperte ich weiter: »Du weißt ja gar nicht, wie froh ich bin, einen Pub gefunden zu haben, in dem die Leute wirklich nett sind! Da, wo ich wohne, ist nur dieser muffige Typ, der sich null um seine Gäste schert. Überhaupt sind die Menschen da ein bisschen verschroben, habe ich das Gefühl.«

»Wo wohnst du denn?«, fragte der Kellner mit einem bübischen Grinsen, das sich noch vertiefte, als ich Applemore nannte. »Oh, dann hast du wohl meinen Vater kennengelernt.«

»Wie bitte?«, entfuhr es mir erschrocken.

»Ja, der Pub dort gehört uns auch. Mein Vater führt ihn die meiste Zeit, während ich mich eher um den hier kümmere. Tut mir leid, dass du ihn von seiner schlechtgelaunten Seite kennengelernt hast. Eigentlich ist er ein lieber Kerl, nur ein wenig rau.«

»Oh Gott, das tut mir leid«, sagte ich schnell. »Ich wusste ja nicht … Du bist so ganz anders.«

Er kicherte ein wenig vor sich hin.

»Mach dir nichts draus. Es gab schon einige, die mit meinem Vater aneinandergeraten sind. Er ist einfach nicht der freundlichste Typ, aber er kocht verdammt gut. Und das Bierzapfen bekommt er auch besser hin als ich. Na ja, das ist vielleicht normal, wenn man den Job schon über vierzig Jahre macht.«

Noch immer schämte ich mich für den Ausrutscher und wäre am liebsten im Boden versunken, auch wenn die liebenswürdige Art des Kellners ein kleiner Trost war.

»Woher kommst du denn eigentlich?«, fragte er da.

»Aus Deutschland. Ich bin nur zwei Monate hier, um auf ein Haus aufzupassen, während die Bewohner auf Reisen sind.«

»Und da hast du ausgerechnet das aufgeschlossenste Dorf

des ganzen Landes erwischt«, kommentierte er in sarkastischem Ton. »*Welcome to Scotland, the land of the brave!* Eigentlich sind wir ganz in Ordnung, nur gibt es in Applemore kaum noch junge Leute. Die sind alle wegen der Arbeit weg oder weil sie die Enge nicht ausgehalten haben. Und diejenigen, die noch da sind, sind eben etwas … eigensinnig. Ich bin gerne dort, aber nur weil ich sie schon mein Leben lang kenne und weiß, wie man mit wem umzugehen hat.«

»Das heißt, du lebst noch im Dorf? Ich dachte ja, ich wäre die einzige Person dort unter fünfzig.«

»Jepp, auch wenn ich selten tagsüber zu Hause bin. Ich wohne da mit meiner Freundin Ellie. Sie arbeitet in dem Friseurgeschäft. Und jeden Freitagabend übernehme ich den Pub. Dann ist da nämlich Musikabend, da musst du unbedingt mal vorbeikommen. Es gibt Bands, die live spielen. Es ist voll, und alle singen mit. Das macht echt Spaß!«

»Das klingt super, ich komme auf jeden Fall.« Auch wenn ich mir nicht vorstellen konnte, wie die mürrischen Dorfbewohner für gute Stimmung sorgten und sogar sangen.

»Jetzt bringe ich dir aber erst mal dein Essen«, meinte der Kellner. Er lächelte und drehte sich um, da stockte er und trat noch einmal an meinen Tisch. »Wie heißt du eigentlich?«

»Mila«, sagte ich und beobachtete, wie er den für ihn sicher fremd klingenden Namen einige Male wiederholte, um ihn sich einzuprägen, was ihm einen weiteren goldenen Platz in meinem Herzen sicherte. »Und wer bist du?«

»Ich heiße Ian. Sag mal, willst du dich nicht an die Theke setzen? Da können wir zwischendurch ein bisschen plaudern, und bestimmt kriegst du da auch mehr von den Leuten hier mit als am Tisch. Die meisten kommen zu irgendeinem Zeitpunkt rüber zu mir, um ein paar Worte zu wechseln.«

Natürlich ging ich sofort auf sein Angebot ein und freute mich, dass mein Plan, Kontakte zu knüpfen, endlich aufging. Während des gesamten Abends, den ich bei köstlichem Essen und Bier an der Theke verbrachte, kam ich immer wieder mit Leuten ins Gespräch, die Ian mir vorstellte, sodass mir, als ich losmusste, um den letzten Bus zu erwischen, ein Dutzend neuer Namen durch den Kopf schwirrte. Am Ende hatte Ian sogar gefragt, ob ich nicht mit ihm und Ellie mal eine Tour durch die Heide machen wollte, um die Gegend besser kennenzulernen, und wir hatten uns für den übernächsten Tag verabredet und Nummern getauscht. Wenn ich mich nicht irrte, war ich also auf dem besten Wege, wirklich einen guten schottischen Freund zu gewinnen. Und das Beste an der ganzen Sache war: Ich hatte nicht ein einziges Mal an Theo denken müssen. Oder zumindest nur kurz, zwischendurch mal.

16

Den nächsten Tag begann ich mit einem Frühstück zu Hause. Ich schnitt mir einige Scheiben von dem frischen Brot ab, das beim Schneiden der Kruste herrlich knusperte und seinen Duft verströmte. Dazu gab es Landkäse, Tomatenscheiben und eine dicke Schicht Butter, der ich bei frischem Käsebrot einfach nicht widerstehen konnte. Während ich an dem großen Küchentisch saß, Radio hörte und frühstückte, bemerkte ich, wie Patch in die Küche getapst kam, auf einen der Küchenhocker sprang und sich dort einrollte, ohne mir einen Blick zu schenken. Trotzdem wusste ich die Geste zu schätzen und freute mich darüber, dass der Kater neuerdings offenbar meine Nähe suchte.

Nach dem Frühstück widmete ich mich dem Sauerteig und rührte einen Teil davon mit Mehl und Wasser zu einem Vorteig zusammen, der nun einige Stunden ruhen musste, bevor ich ihn weiterverarbeiten konnte. Über den verschiedenen Arbeitsschritten am Brot und in den Pausen dazwischen, in denen ich in die Welt von Lisbeth Salander und Mikael Blomkvist abtauchte, verging nach und nach der Tag, und als ich endlich ein erstes Sauerteigbrot in den Ofen schieben konnte, brach schon der Abend an. Nebenher hatte ich bereits Teig für die kommenden Tage angesetzt. Ich wusste noch nicht genau, was ich mit all dem Brot anfangen würde, doch notfalls konnte ich es ja einfrieren und den Bains' als Dankeschön hinterlassen.

Wieder war die Küche von Wärme und dem Duft des backenden Brotes erfüllt, wieder rollte sich der Kater vor dem Ofen zusammen und ließ sich sogar ein wenig von mir streicheln. Da hörte ich es! Es war dasselbe Geräusch wie beim letzten Mal, dasselbe Knirschen auf dem Kies. Ich hatte es mir also nicht eingebildet, da war jemand!

Mein Magen zog sich zusammen, und in meinem Nacken prickelte es unangenehm. Die Bilder aus dem Thriller, in dem ich eben noch gelesen hatte, standen mir viel zu präsent vor Augen. Schon bekam die Gestalt da draußen ein Gesicht und wurde zu dem blutrünstigen Frauenmörder aus dem Buch. Wie ein eiskalter Strom stieg Panik in mir auf, als die Schritte immer näher kamen, und auf meinen Armen breitete sich Gänsehaut aus. Doch dann sprang meine Furcht plötzlich in Wut über. Was bildete sich dieser Jemand ein, mir Angst einzujagen? Ich sprang auf, wobei der Kater erschrocken auf die Pfoten hüpfte und wie ein schwarz-weißer Blitz aus der Küche verschwand. So schnell ich konnte, lief ich zum Fenster hin, riss es auf und steckte den Kopf hindurch. Gleichzeitig rief ich »Wer ist da?« ins Halbdunkel hinaus. Doch alles, was ich noch sehen konnte, war eine Gestalt mit grauem Haar, die den Weg hinunterlief und schon beinahe hinter einem Busch verschwunden war. Ich aber hatte den Schopf sofort erkannt: Das mausgraue Haar war unverwechselbar. Was, fragte ich mich sofort, suchte meine Nachbarin hier? Warum schlich sie um das Haus herum wie eine Einbrecherin? In mir kämpfte der Drang, sie sofort zu konfrontieren, mit der Ruhe, die sich über mich legte, da ich nun sicher keinen Einbruch oder gar Schlimmeres zu erwarten hatte. Ich atmete erst einmal durch, nahm das Brot aus dem

Ofen, und dann schnappte ich mir den Hausschlüssel und ging den Weg entlang zum Nachbarhaus. Nur in dem Fenster im oberen Stockwerk, aus dem Kathleen McEwan mich bei strömendem Regen beobachtet hatte, brannte Licht. Es drang kein Ton aus dem Haus, kein laufender Fernseher und keine Cellomusik. Ich ging zur Eingangstür, richtete mich entschlossen auf und klingelte. Nichts geschah. Erst als ich nach einer guten Minute ein weiteres Mal klingelte, regte sich etwas im Haus. Ich vernahm gedämpfte Schritte, sah, wie hinter der geriffelten Scheibe Licht anging. Dann öffnete sich die Eingangstür, und meine Nachbarin blitzte mich aus kleinen Augen an. Als ich sie betrachtete, war ich mir umso sicherer, dass sie es gewesen war, die ich eben über den Kiesweg hatte davonlaufen sehen. Doch trotzdem fehlten mir kurz die Worte, als sie so böse funkelnd vor mir stand.

»Ja?«, fragte sie ungeduldig und lauernd. Und da fand ich die Worte endlich wieder.

»Guten Abend, Mrs. McEwan«, begann ich und schob ein *»How do you do?«* hinterher, das eher sarkastisch daherkam.

»*Miss* McEwan«, zischte sie.

Meine Wut regte sich wieder, als ich merkte, wie unfreundlich sie mir begegnete, obwohl sie mir mit ihrer Schleicherei Angst eingejagt hatte. »Darf ich Sie fragen, was Sie vor meinem Küchenfenster gesucht haben?«

Die mittelalterige Frau japste auf, unterdrückte den Ausbruch aber schnell wieder. Ungehalten funkelten ihre Augen.

»Ich weiß nicht, wovon Sie da reden. Ich habe gar nichts gesucht.«

»Aber Sie waren doch eben vor dem Küchenfenster. Und vor zwei Tagen auch schon einmal. Ich habe genau gesehen, wie Sie davongelaufen sind.«

»Ich bin *nicht* davongelaufen! Was denken Sie eigentlich, wer Sie sind? Kommen einfach so von irgendwo daher und meinen, mir Vorwürfe machen zu können? Ich kann mich aufhalten, wo ich will und wann ich es will.«

Sie wollte mir schon die Tür vor der Nase zuschlagen, doch ich hatte sicherheitshalber einen Fuß in den Türspalt geschoben. Dafür erntete ich einen weiteren empörten Blick.

»Miss McEwan, ich möchte Ihnen keine Vorwürfe machen«, versuchte ich es in einem ruhigeren Ton. »Sie haben mich einfach sehr erschreckt. Ich dachte schon, dort würde ein Einbrecher sein Unwesen treiben. Daher möchte ich Sie bitten, Besuche dieser Art zukünftig zu unterlassen. Sie können aber gerne jederzeit bei mir an der Haustür klingeln, und wir trinken zusammen einen Kaffee.«

Damit nahm ich den Fuß aus dem Türspalt, drehte mich um und trat den Weg zurück zum Haus der Bains' an. Ich hörte aber noch, wie Kathleen McEwan mir hinterherrief: »Auf einen Kaffee, das können Sie vergessen! Es hat eben so komisch bei Ihnen gerochen, als würde etwas brennen! Da muss man doch mal gucken. Am Ende sorgen Sie noch dafür, dass das Nachbarhaus in Flammen aufgeht!«

Kopfschüttelnd ging ich weiter, ohne mich noch einmal umzudrehen oder etwas zu erwidern. Diese Frau war schlimmer als alle Nachbarn, die ich je zuvor erlebt hatte, schlimmer als der Techno-Nerd mit seinen dröhnenden Bässen, schlimmer als das trappelnde Kleinkind, schlimmer als der Mäkler, der bei jedem meiner Schritte gegen das Heizungsrohr gebollert hatte. Und in diesem Augenblick beschloss ich, mit *Miss* McEwan kein Wort mehr zu wechseln.

17

Zum Glück war mein Ärger über das unmögliche Verhalten meiner Nachbarin am nächsten Morgen weitestgehend verraucht. Nach dem Frühstück verpackte ich eines der tags zuvor gebackenen Brote in Papier, wickelte aus Packband, das ich im Sekretär fand, eine einfache Schleife drum herum und steckte es in die Tasche. Dann machte ich mich auf den Weg zu meiner allerersten Verabredung hier in Schottland.

Ian hatte mich gebeten, zum anderen Ende des Dorfes zu kommen, von wo aus wir unsere Tour starten würden. Ich hatte keinerlei Ahnung, was mich erwartete, außer dass es uns in die Heide verschlagen würde. Also hatte ich mich gewappnet und Jeans, Gummistiefel und einen dickeren Pulli angezogen, und natürlich hatte ich auch an meine Regenjacke gedacht. Mein Stil hat sich innerhalb der letzten Woche hier komplett verändert, dachte ich, als ich die Haustür hinter mir zuzog und mich auf den Weg machte, vom Blumenmädchen zum Trekkinggirl. Wenn Fiona mich so sehen könnte, sie würde mich wohl nicht wiedererkennen. So oft hatte sie mich liebevoll mit meinem Hang zu Blumenkleidern aufgezogen, und nun waren Dunkelgrün, Blau und Braun die dominanten Farben an mir. Nur die Gummistiefel und das Zopfgummi aus hellem Stoff mit rosa Röschen verrieten noch meine alte Vorliebe.

Ich stapfte durch das Dorf und genoss die Morgenluft, die mir entgegenschlug. Der Regen pausierte zum Glück gerade, und die Sonne zeigte sich, doch kleine Dunstschwaden lagen über den Wiesen und verströmten Frische und den eigentümlichen Duft eines Sonnentages nach längerem Regen. Das Dorf wirkte friedlich. Hier und da erspähte ich eine ältere Dame oder einen älteren Herrn im Vorgarten, die mit einer Zange an den Rosen herumzwickten oder sich mit Einkaufsnetz auf den Weg zum Gemischtwarenladen begaben.

Ich war beinahe auf der Höhe des Pubs, da machte ich eine Beobachtung, die mich meine Schritte verlangsamen ließ. Im Vorgarten eines der Reihenhäuser – es war ein besonders gepflegter, in dem die Rosen nur so sprossen – entdeckte ich den Mann, den ich schon öfter beim Frühstück im Pub gesehen hatte, im Gespräch mit einer Frau. Das wäre an sich nicht weiter beachtenswert gewesen, wenn es sich dabei nicht um ebendie Frau gehandelt hatte, die immer allein an seinem Nebentisch saß. Was mich stutzig machte, war ihr Verhalten, wie sie dort hinter dem Rosenbusch standen und sich offenbar angeregt unterhielten. Immer wieder wandte einer von ihnen den Kopf und blickte sich verstohlen um. Und als der Mann mich bemerkte, machte er die Frau sofort auf mich aufmerksam und bewegte sich ein Stück von ihr weg. Schon war die Frau zur Gartentür hinausgeschlüpft und ging die Straße hinunter in Richtung Pub, ohne noch einmal zu mir zu blicken. Der Mann hatte sich sehr interessiert einer Rosenpflanze zugewandt und beugte sich tief über die Blüten. Komisch. Beim Frühstück hatten die beiden immer an zwei Tischen gesessen und kein Wort miteinander gewechselt – und nun standen sie hier so dicht beieinander und verhielten sich wie zwei Schulkinder, die ein Geheimnis teilten. Da fiel mir wieder etwas ein, was ich zuvor beobachtet hatte, ohne ihm je einen zweiten Gedanken gewidmet zu haben: Die beiden hatten den Pub immer mit nur wenigen Minuten Abstand verlassen. Und genau das geschah jetzt auch wieder. Ich war mittlerweile weitergegangen, und als ich einen Blick zurückwarf, sah ich, wie der Mann gerade durch die Eingangstür des Pubs verschwand.

Die beiden verhielten sich höchst mysteriös. Unwillkürlich musste ich an die Miss-Marple-Filme denken, die ich mit meinem Vater als Jugendliche gesehen hatte. In flackerndem Schwarz-Weiß brüteten die Bewohner des kleinen englischen Dorfes über so manchem Geheimnis und klärten oft genug einen Mord auf. Mordermittlungen wollte ich den beiden nun nicht gleich unterstellen, eher eine kleine Intrige oder – und sofort erwärmte sich mein Herz für diese Idee – eine heimliche Liebschaft. Vielleicht war es wie in diesem Buch, das wir in unserem Romantikclub gelesen hatten, *Die Liebe in den Zeiten der Cholera:* Ein Leben lang waren sie ineinander verliebt gewesen, aber aus irgendwelchen Gründen hatten sie nie zusammen sein dürfen. Und jetzt, endlich, stemmten sie sich über alle Hindernisse hinweg und lebten ihre Liebe aus – wenn auch heimlich. Oder so.

Über der Grübelei war ich unerwartet schnell am Ende des Dorfes angelangt, wo der Abstand zwischen den einzelnen Häusern wieder breiter wurde und die Gärten sich rings um die Fassaden wanden. Vor dem letzten Haus sah ich sie gleich: Ian stand dort vor einer jungen Frau mit langem dunklem Haar, die ähnlich gekleidet war wie ich. Die beiden schienen miteinander herumzualbern. Ian kniff ihr gerade in die Wange, woraufhin sie blitzschnell den Kopf wandte und ihn spielerisch in die Hand biss. Sie lachten.

Ungern wollte ich in diese Idylle einbrechen, aber da bemerkte mich Ian zum Glück von selbst und machte seine Freundin auf mich aufmerksam.

»Hi, Mila, das ist Ellie. Aber pass auf, sie ist bissig!«

Ellie gab ihm einen Klaps und wandte sich mir grinsend zu. Sie hatte ein hübsches rundes Gesicht mit typisch britischer Stupsnase und kam mir irgendwie bekannt vor. Natürlich, ich hatte sie letztens mit zwei Freundinnen im Pub gesehen.

»Freut mich, Mila. Und glaub ihm kein Wort. Ich beiße nur, wenn mir jemand frech kommt, und das ist meistens Ian.«

»Dann werde ich mich hüten, frech zu sein«, antwortete ich lächelnd.

»Bist du bereit, die Abenteuer und Gefahren der schottischen Weiten zu erkunden?«, fragte Ian und deutete auf drei Fahrräder, die am Hauszaun lehnten und die ich zuvor gar nicht bemerkt hatte.

»An eurer Seite auf jeden Fall!«

Ian lächelte und schob mir eines der Räder entgegen.

»Das habe ich von einem Freund geliehen, für heute müsste es reichen. Schau mal, ob der Sattel so passt, sonst habe ich Werkzeug hier.«

Ich überprüfte die Sattelhöhe, die mir in Ordnung erschien, und ließ den Blick dann zu dem Haus wandern.

»Wohnt ihr hier?«

Es war ein eingeschossiges Cottage, das ungefähr halb so groß wie das der Bains' sein mochte. Efeu rankte auch hier an den Wänden hinauf. Der Garten wirkte nicht gepflegt und doch irgendwie heimelig, so wild und verwachsen.

»Ja«, antwortete Ellie, schenkte dem Haus aber nur einen kurzen Blick. »Ich habe da mit meinen Eltern gewohnt, bis wir nach Glasgow gezogen sind. Sie wollten es verkaufen, aber ich habe sie angefleht, es nicht zu tun. Damals war ich fast achtzehn und habe die Stadt gehasst. Sie haben es wirklich nicht verkauft und stattdessen mir vermietet, als ich zurückgekommen bin und meine Lehre in Marys Friseurladen angefangen habe. Vorletztes Jahr ist Ian zu mir gezogen.«

»Nachdem du mich gebeten hattest, zu dir zu ziehen. Ich hätte sonst lieber noch ein paar Jahre gewartet mit so einem großen Schritt.«

»Du wolltest mich da schon heiraten«, gab Ellie mit herausforderndem Grinsen zurück, und ich erwartete schon die nächste Bissattacke. Stattdessen wandte sie sich mir zu. »Er wollte alles überstürzen: mich heiraten, Kinder bekommen, dabei waren wir gerade mal neunzehn und ein paar Monate zusammen. Also habe ich als Kompromiss vorgeschlagen, dass wir erst mal zusammenziehen und schauen, wie das so läuft.« Die Erinnerung entlockte ihr ein warmes Lächeln, und ich konnte verstehen, warum Ian angesichts der Herzlichkeit, die Ellie ausstrahlte, ihr möglichst schnell einen Ring an den Finger stecken wollte, um sicherzugehen, dass er auch wirklich sein Leben mit dieser Frau verbringen konnte.

Wir schwangen uns auf die Fahrräder und begannen die Tour. Ian fuhr voran und schlug bald Wege ein, die ich als solche nicht einmal erkannt hätte. Sie führten uns mitten durch die Heide, sodass die Grasstängel zu unseren Seiten gegen unsere Stiefel prasselten. Die Sonne schien sich heute gegen die Wolken durchzusetzen, zumindest wärmten uns ihre Strahlen, und ich genoss sie, solange sie da war. Das war etwas, was ich in den letzten Tagen gelernt hatte: Jeden Sonnenstrahl, mochte er auch noch so kärglich sein und noch so kurzlebig, musste genossen werden, bevor der nächste Regen einsetzte.

Während wir fuhren, sprachen wir kaum miteinander, da die Wege zu schmal waren und uns in die Gänsereihe zwangen.

Doch ich war gar nicht traurig deswegen, denn so gern ich Ian und Ellie auf Anhieb mochte, bot die Natur um uns genug Geräuschkulisse. Der Wind spielte in den Gräsern, Grillen zirpten wie verrückt, und Vögel zwitscherten. Die Heide leuchtete wieder in sattem Grün und bunten Wildblumenfarben und sorgte dafür, dass sich eine Ruhe über mich legte, die ich vom Leben in der Stadt nicht kannte. Ich konnte Ellie gut verstehen, dass sie die Nähe zur Natur nicht so einfach gegen das graue Häusermeer in Glasgow eintauschen wollte. Ich merkte, wie sich, wenn ich morgens in meinem Rosenzimmer aufwachte und auf die Wiese vor dem Haus hinabsah, etwas in mir regte. Etwas, was in Heidelberg nicht denkbar gewesen war, wo ich von meinem Fenster nur auf das nächste Haus sehen konnte. Es war die Weite, die sich bis in meine Gedanken hineinreckte und von Freiheiten sprach, die ich vorher nicht gesehen hatte. Noch immer stahl sich Theo in meinen Kopf, besonders wenn ich abends allein auf der Couch lag und mich auf mein Buch zu konzentrieren versuchte. Viel zu oft schweifte ich ab und landete in der Heidelberger Bar, in der ich ihn zum ersten Mal gesehen hatte. Dennoch waren diese Momente während der letzten Tage etwas besser auszuhalten gewesen. Während ich in Heidelberg kaum dem Drang hatte widerstehen können, ihm zu schreiben, fiel es mir nun schon etwas leichter. Und wenn ich, so wie jetzt, im Freien war, blitzte zwar für einen winzigen Moment der Wunsch auf, den Anblick mit Theo zu teilen, doch der verrauchte dann so schnell wieder, da die Natur gar keinen Platz in meinem Kopf für Schweres ließ. Ich merkte, wie ich begann loszulassen. Und das tat unheimlich gut.

Nach etwa einer Dreiviertelstunde bogen wir ein weiteres Mal um eine Kurve, die von hohen Büschen geflankt war. Als ich den Blick hob, verschlug es mir den Atem. Ein tiefdunkler

See erstreckte sich vor uns, gut einen Kilometer entfernt und tiefer gelegen. Mein erstes schottisches Loch! Vor Begeisterung schlug mein Herz schneller. Ich hatte mir zwar die Umgebungskarten des Dorfes angesehen, dabei jedoch nicht auf die Seen geachtet, da ich nie groß gewandert war. Dass sie nur zwei bis drei Stunden zu Fuß entfernt lagen und sogar nur eine knappe Stunde mit dem Rad, darauf war ich gar nicht gekommen.

Ich konnte den Blick kaum von dem See abwenden, wie er so geheimnisvoll vor uns lag und sich die grünen Hügel erhaben hinter ihm auftürmten. Ian folgte einem winzigen Weg die Böschung hinab und hielt erst, als wir das Ufer erreichten. Die Sonne warf ihre Strahlen auf das Wasser und ließ es dunkelblau aufblitzen. Während ich dastand und das Schauspiel in mich aufnahm, spürte ich dieses Flattern in der Brust, das mich immer überkam, wenn ich besonders schöne Kussszenen im Kino sah – wo einem einfach nur das Herz aufging und man sich ganz dem Moment hingeben wollte. Bis jetzt hatte ich nicht gewusst, dass auch die Natur dieses Gefühl in mir auslösen konnte.

Im Augenwinkel bemerkte ich, wie Ian und Ellie eine Decke aus einem Fahrradkorb nahmen und aufschüttelten. Ich drehte mich zu ihnen und half, sie auf dem Boden geradezuziehen. Dann nahmen beide ihre Rucksäcke ab, ließen sich mit einem Seufzen auf die Decke fallen und entnahmen den Taschen allerhand Boxen und Flaschen.

»Limo?«, fragte Ian und hielt mir eine orangene Flasche hin, die ich dankbar annahm. Auch ich ließ mich auf die Decke nieder. Wir saßen im Halbkreis, sodass wir alle einen guten Blick auf den geradezu mystisch wirkenden See vor uns hatten, der völlig verlassen dalag. Während ich ihn so betrachtete, wunderte es mich gar nicht mehr, dass die Sagen der Schotten von allerlei fantastischen Wesen handelten. Die Landschaft strahlte etwas Überirdisches aus, das die Fantasie reizte.

»Gefällt es dir hier?«, fragte Ian und sah mich an.

»Sehr«, sagte ich mit heiserer Stimme, die uns drei zum Schmunzeln brachte. »Es ist unglaublich schön. Danke, dass ihr mich hierher mitgenommen habt. Jetzt kann ich auch verstehen, warum du es in Glasgow nicht ausgehalten hast«, fügte ich, an Ellie gewandt, hinzu.

»Ja, oder? Meine Eltern verstehen es gar nicht. Und viele meiner Freunde auch nicht. Sie haben sich im Dorf immer eingezwängt gefühlt. Aber wie kann man sich eingezwängt fühlen, wenn man das hier vor der Haustür hat?«

Sie deutete auf den See und die dahinterliegenden Hügel.

»Sind viele deiner Freundinnen und Freunde von dem Dorf weggezogen?«, fragte ich interessiert. Dabei beobachtete ich, wie Ian nach und nach die Boxen öffnete, die die beiden mitgebracht hatten, und aufgeschnittenes Obst und Gemüse sowie Käse zutage brachte.

»Die meisten. Viele studieren in den größeren Städten oder sind ganz von Schottland weggezogen. Aber ich habe mir einfach neue Freunde gesucht. Zum Glück gibt es im Nachbarort mehr jüngere Leute als bei uns.«

»Im Dorf liegt der Altersdurchschnitt bestimmt bei achtzig«, meinte Ian grinsend. »Und der ist nur so niedrig, weil wir zwei noch da sind.«

»Also mit mir jetzt bei fünfundsiebzig!«, fügte ich mit einem Lachen hinzu, nur um gleich darauf zu sagen: »Aber es ist doch traurig, dass kaum junge Leute da wohnen, oder? Wird das Dorf so nicht nach und nach aussterben?«

»Wahrscheinlich«, meinte Ian mit einem Schulterzucken, das seine Traurigkeit nicht ganz überdecken konnte. »Wir können nur versuchen, dafür zu sorgen, dass der eine oder andere doch bleibt oder wiederkommt.«

»Ian veranstaltet regelmäßig Pubabende mit Livemusik. Da kommen immer viele von den anderen Dörfern nach Applemore. Und ich habe schon dafür gesorgt, dass all meine Freundinnen zu mir in den Friseursalon kommen. So langsam spricht sich auch anderswo herum, dass es bei uns eine Friseurin gibt, die nicht nur Kurzhaarschnitte und Dauerwelle machen kann.«

»Mit Glück gefällt es einigen so gut, dass sie bleiben und bei uns im Dorf ihre Kinder großziehen wollen«, sagte Ian. »Platz dafür gibt es genug.«

»Wir freuen uns jedenfalls, dass jetzt auch du in Applemore wohnst!«, sagte Ellie. »Du bleibst bis August, bis die Bains' wiederkommen, hat Ian erzählt. Das ist super, wir werden so viel zusammen unternehmen!«

»Das klingt toll! Aber warum heißt das Dorf eigentlich Applemore?«, fragte ich. »Apfelbäume habe ich hier bisher nur ein paar in den Gärten gesehen.«

»Das hat eigentlich auch rein gar nichts mit Äpfeln zu tun«, sagte Ellie lachend. »Kennst du die Insel Applecross, oben im Norden? Eigentlich hieß die Aber Crossan, also Mündung des Flusses Crossan. Als die Engländer dort hinkamen, haben sie den gälischen Namen einfach anglisiert. Mit Applemore ist es genau die gleiche Geschichte. Das ist schon alles. Allerdings stehen meiner Meinung nach in den Gärten von Applemore mehr Apfelbäume als in den umliegenden Dörfern. Früher gab es sogar mal eine Ciderkelterei im Ort.«

»Apropos Äpfel – hast du keinen Hunger?«, fragte Ian unvermittelt. »Bedien dich!«

Da fiel mir etwas ein.

»Ich habe auch noch etwas für euch, Moment.« Ich zog

meine Tasche zu mir auf die Decke und holte das eingepackte Brot heraus. »Das habe ich gestern frisch gebacken.«

Ellie nahm das Paket entgegen, Neugier funkelte in ihren Augen. Schnell hatte sie das Band gelöst und das Brot aus dem Papier gewickelt. Sofort hob sie es zu ihrer Nase und sog den Duft tief in sich ein, um es dann voller Begeisterung Ian hinzuhalten, der es ihr gleichtat.

»Mensch, das riecht unglaublich gut. Das hast du gebacken? Keine Backmischung?«

»Mein Vater ist Bäckermeister«, setzte ich zur Erklärung an. »Ich bin mit Backen groß geworden.«

»Toll«, meinte Ellie und bedrängte Ian, ihr sein Taschenmesser zu geben, um sich eine Scheibe abzuschneiden. »Ich weiß nicht, wann ich zum letzten Mal Brot gegessen habe, das nicht aus dem Supermarkt kam.« Sie besah sich die Scheibe von beiden Seiten und biss hinein, ohne sie mit etwas zu belegen. »Lecker! Es ist ein bisschen säuerlich. Warte mal, das ist mit diesem Sauerdingsbums gebacken, oder?«

»Genau, mit Sauerteig.«

Ellie kaute und nickte mir begeistert zu. Dann hielt sie die Scheibe Ian unter die Nase, sodass er gar nicht anders konnte, als abzubeißen. Auch er wirkte ganz angetan, nachdem er gekaut hatte.

»Ist das nicht wahnsinnig aufwendig, mit Sauerteig zu backen?«, fragte er.

»Ja, schon«, gab ich zu, »aber ich finde, es lohnt sich. Außerdem habe ich hier nicht viel zu tun – und es hilft gegen Liebeskummer.« Das war mir so rausgerutscht. Ich fühlte mich mit den beiden einfach so vertraut, obwohl ich sie gar nicht lange kannte. Sofort schien Ellies Neugier geweckt, denn sie beugte sich vor und fragte geradeheraus: »Hast du den denn?«

»Ein bisschen, ja. Zum Glück haben das Backen und der Abstand schon ganz gut geholfen, aber als ich hier angekommen bin, war es ziemlich schlimm.«

»Was ist denn passiert, hast du dich von ihm getrennt?«

»Nicht ganz.« In kurzen Sätzen fasste ich zusammen, was in Heidelberg geschehen war. Dabei hing Ellie mir förmlich an den Lippen, während Ian sich zurückhielt und bemüht schien, nicht zu aufdringlich zu wirken.

»Oh Mann, sei nur froh, dass du da rechtzeitig weggekommen bist!«, stöhnte Ellie auf, als ich bei meiner Abreise angelangt war. »Stell dir nur mal vor, er hätte das Spiel mit euch beiden so weitergetrieben.«

Ich zuckte mit den Schultern.

»Ich weiß ja nicht mal genau, ob es für ihn ein Spiel war oder was er sich dabei eigentlich gedacht hat.« Ich nahm einen Schluck Limo und blickte dabei zu dem funkelnden See hinüber. »Na ja, es ist jedenfalls aus und vorbei. Nun bin ich hier und backe den Liebeskummer einfach weg!«

Ellie lachte fröhlich auf.

»Das finde ich super. Und dein Liebeskummerbrot ist megalecker! Sagtest du zufällig gerade, du machst das regelmäßig?«

Nun musste auch ich lachen. Es war zu offensichtlich, worauf Ellie hinauswollte.

»Wenn ihr wollt, bringe ich euch gerne regelmäßig etwas von dem Liebeskummerbrot vorbei. Ich habe eh viel zu viel davon zu Hause.«

»Das wäre ja fantastisch! Vielleicht ein-, zweimal die Woche? Wir bezahlen es dir natürlich.«

»Kommt gar nicht infrage. Ich backe es doch sowieso. Umso besser, wenn ihr auch etwas davon habt.«

Ellie und Ian wechselten einen langen Blick, während Ellie

weiter an der Brotscheibe knabberte. Zwischen ihnen schien eine Art wortloses Gespräch stattzufinden. Da richtete Ellie sich plötzlich auf, ihr war offenbar eine Idee gekommen.

»Ich weiß was. Wir tauschen! So wie früher. Die Alten bei uns im Dorf machen das teilweise immer noch so. Du backst uns Brot, und dafür schneide ich dir umsonst die Haare!«

»Und du bekommst freies Essen bei uns im Pub«, fügte Ian hinzu.

Ich zögerte einen klitzekleinen Moment, doch eigentlich war die Idee genial.

»Aber das Essen bekomme ich nur so oft, wie ich euch auch Brot backe«, meinte ich. »Dann bin ich dabei!«

»Perfekt!«, rief Ellie. »Ich suche dir nachher gleich einen Termin im Salon heraus.«

Wir besiegelten die Abmachung, indem wir mit unseren Orangenlimos anstießen, dann widmeten wir uns endlich dem Essen, knabberten Möhren- und Paprikasticks und belegten das frische Brot mit dicken Käsescheiben. Meine Gedanken waren in der Zwischenzeit von dem fantastischen Pubessen, das mir nun bevorstehen würde, zum Pub an sich gewandert. Und wieder kam mir das seltsame Paar in den Sinn, das ich heute Morgen beobachtet hatte.

»Sagt mal«, begann ich, »im Pub deines Vaters, bei uns im Dorf … da sitzen jeden Morgen ein Mann und eine Frau an getrennten Tischen und frühstücken. Wisst ihr, wen ich meine?«

»Ja, klar, Elsbeth Woodburn und Alistair Reid. Sie sind schon seit Ewigkeiten Stammgäste«, sagte Ian.

»Ist es nicht verrückt, dass sie jeden Morgen da sind?«, fragte ich ihn.

»Du musst wissen, dass der Pub früher immer voll war mit

Paaren und Familien, die vor der Arbeit frühstückten und sich austauschten. Mrs. Woodburn und ihr Mann James waren jeden einzelnen Morgen da und saßen an haargenau demselben Tisch, an dem sie heute noch sitzt. Und genauso Mr. Reid mit seiner Frau Florence.«

»Das klingt ja eigentlich total nett«, sagte ich und dachte mit Bedauern an den meist leeren Pub in den Morgenstunden. »Florence Reid und James Woodburn leben aber nicht mehr, oder?«

»Nee, sie sind beide gestorben«, mischte sich Ellie ein. »Florence erst im letzten Jahr. Das war echt traurig, sie war eine richtig liebe Frau.«

Ian nickte zustimmend. Ich überlegte einen Augenblick, dann richtete ich mich wieder an die beiden: »Das heißt aber, Mrs. Woodburn und Mr. Reid kennen sich schon sehr lange, oder? Warum rücken sie dann zu ihrem täglichen Frühstück nicht einfach zusammen? Dann müssten sie nicht mehr allein dasitzen.«

»Schon«, sagte Ellie. »Die Sache ist nur die: Die Reids und die Woodburns können sich nicht leiden. Und damit meine ich: so gar nicht. Die können sich nicht ausstehen.«

»Warum? Ist etwas zwischen ihnen passiert?«

»Irgendein Streit. Puh, das war vor unserer Zeit. Ich glaube, es ging um eine Erbschaft oder so etwas.«

Ich runzelte die Stirn.

»Und seitdem können sie sich nicht leiden? Das sah heute Morgen aber ganz anders aus.«

»Heute Morgen? Was war denn da?«, fragte Ian.

»Da habe ich beobachtet, wie die beiden in einem Vorgarten die Köpfe zusammengesteckt haben. Und wenn ihr mich fragt, wirkte das überhaupt nicht, als wären sie sich spinnefeind.«

Ian und Ellie wechselten einen fragenden Blick, und er zuckte mit den Schultern.

»Die werden sich bestimmt über ihre Rosen ausgetauscht haben oder so. Ich glaube, mehr haben die sich nicht zu sagen.«

Ich ließ die Szene noch einmal vor meinem inneren Auge Revue passieren. Es hatte wirklich höflich gewirkt, wie die beiden da beieinandergestanden hatten. Aber wie sie sich immer wieder umgeschaut hatten … da musste mehr dahinterstecken! Doch als ich meine Bedenken schilderte, winkte Ian ab.

»Du musst wissen, dass hier im Dorf verdammt viel getratscht wird. Das war schon immer so. Ich kann es gut verstehen, dass sie keinen Anlass für Gerede geben wollen, selbst wenn sie nur eine Nichtigkeit besprochen haben.«

»Da hat Ian recht. Sofort würde es wieder heißen: Alistair und Elsbeth dies und Alistair und Elsbeth das … Glaube mir, ich arbeite in einem Friseursalon, ich weiß genau Bescheid.«

Und an dem Funkeln in Ellies Augen konnte ich ablesen, dass sie das eigentlich gar nicht so übel fand – was ich gut verstehen konnte.

»Dabei gibt es in Applemore weit größere Geheimnisse, die sehr viel spannender wären als irgendwelche albernen Gerüchte.« Ich sah zu Ellie, die ihre Augenbrauen bedeutungsvoll nach oben gezogen hatte.

»Ach ja?« Neugierig setzte ich mich auf. »Was denn noch?«

»Wohnst du nicht bei den Bains'?«, fragte Ellie, und ich nickte. »Dann müsstest du doch wissen, dass …«

»Ellie«, unterbrach Ian sie und schüttelte bestimmt den Kopf, als sie ihn empört ansah. »Das geht uns nichts an.«

»Du bist wie dein Vater«, murmelte Ellie gekränkt, schien dann aber einzulenken. »Na ja, da gibt es eben so manche Gerüchte. Aber Ian hat schon recht. Wir wissen nicht, was davon wirklich stimmt, und ich will nichts Schlechtes über die Leute verbreiten.«

Zu gerne hätte ich nachgebohrt, um zu erfahren, welches Geheimnis meine Vermieter hüteten, doch Ians bestimmter Blick hielt mich davon ab.

»Könnt ihr mir wenigstens etwas über meine Nachbarin erzählen, Kathleen McEwan? Die ist eine solche Schreckschraube!« Ich berichtete davon, wie ich sie zweimal beim Schleichen um das Haus gehört und sie gestern damit konfrontiert hatte. Und wie patzig sie geantwortet hatte.

Ian wiegte den Kopf, während Ellie ihren ungläubig schüttelte.

»Sie ist eigen«, meinte Ian schließlich diplomatisch und strich sich durch die krausen Haare. »Sie geht kaum noch unter Leute. Die Einzigen, die mit ihr Kontakt haben, sind ihre Musikschüler.«

»Ach, sie ist Musiklehrerin?« Jetzt ergab es Sinn, dass ich immer mal wieder Streichmusik aus ihrem Haus tönen hörte.

»Genau. Früher war sie mal Konzertcellistin und in der ganzen Welt unterwegs. Aber seit einigen Jahren ist sie nur noch hier und pflegt keine Kontakte, außer eben zu ihren Schülern und Schülerinnen.«

»Ihre Schülerinnen haben mir erzählt, dass sie mit ihnen kaum ein Wort wechselt, das nicht direkt mit dem Unterricht zu tun hat«, fügte Ellie hinzu und sah dabei ein wenig bekümmert drein.

»Dann hat ihre Karriere wohl ein plötzliches Ende genommen?«, fragte ich und merkte, dass ich die Karotte, die ich mir genommen hatte, nur mehr in der Hand umherdrehte, statt hineinzubeißen.

»Es scheint so. Vielleicht hatte sie einen Unfall, der ihr das

Spielen unmöglich macht, oder sie hat sich für ein Karriereende entschieden. Keine Ahnung, sie spricht ja mit niemandem.«

»War sie früher denn anders?«

Ellie setzte sich ein wenig auf und nickte vehement.

»Sie war echt nett früher, ich mochte sie. Sie war ja nur immer kurz hier im Dorf, wenn sie eine Tourneepause hatte, aber da war sie immer freundlich, besonders zu uns Kindern. Sie hat Süßigkeiten aus aller Welt mitgebracht und an uns verteilt, wenn wir ihr auf der Straße begegnet sind.«

»Daran erinnere ich mich auch noch«, bestätigte Ian und wechselte ein Lächeln mit Ellie.

»Am engsten war sie übrigens mit den Bains'. Das war eine Nachbarschaft, wie es sie sonst nur im Märchen gibt.«

»Ach, wirklich?« Ich überlegte kurz. »Stimmt. Jetzt, da du es sagst, merke ich, dass sie offenbar wirklich versucht, ein Auge auf das Haus zu werfen, während die Bains' weg sind. Schade, dass sie dabei nicht freundlicher sein kann. Eigentlich wäre das eine nette Sache.«

»Ja«, meinte Ian und zuckte mit den Schultern, »sie hat sich verändert. Schade eigentlich. Diese Erdnussbutterriegel aus den USA waren schon verdammt lecker, die könnte ich mal wieder vertragen!«

Ellie stieß ihm spielerisch den Ellbogen in die Seite, doch das Gespräch über Kathleen McEwan war trotzdem zum Erliegen gekommen, da die beiden sich nun in Erinnerungen an die verschiedenen Süßigkeiten ergingen, die meine Nachbarin ihnen damals mitgebracht hatte, und in einen Wettstreit ausbrachen, welche davon die leckerste gewesen war. Ich hörte den beiden nur mit halbem Ohr zu, während ich versuchte, mir Kathleen McEwans auf der Bühne vorzustellen. Eine Konzertcellistin hatte eigentlich immer etwas Glamouröses an sich, zumindest in meiner Vorstellung, doch etwas in dieser Art ließ sich an Kathleen McEwan nun wirklich nicht erkennen. Sie wirkte zwar nicht ungepflegt, aber die Eleganz einer großen Musikerin, die in der Welt unterwegs war, strahlte sie wahrhaftig nicht aus.

Wir saßen noch eine Weile auf der Decke und unterhielten uns über dies und das, bis wir schließlich alles zusammenpackten, wieder auf unsere Räder stiegen und den See einmal umfuhren, bevor wir uns auf den Weg zurück ins Dorf machten. Ein Dorf, schien es mir mittlerweile, das nicht nur voll von seltsamen Gestalten war, sondern das auch so manches Geheimnis barg.

18

Am Abend nach unserer Radtour bewegte ich mich mit neuem Blick durch das Cottage. Die Geschichten von den Dorfbewohnern, die Ellie und Ian erzählt hatten, hallten noch in mir nach, und mir wollte nicht aus dem Kopf gehen, dass auch die Bains' ein Geheimnis umgab. In aller Ruhe besah ich mir noch einmal die Familienbilder, die den Treppenflur flankierten, konnte jedoch nichts Auffälliges feststellen. Ich folgte ihnen bis nach oben und landete wie von selbst wieder vor dem verschlossenen Zimmer. Ob dahinter das Geheimnis verborgen war? Was mochte es sein, ein heimliches Hobby, eine verrückte Sammelleidenschaft oder Schlimmeres? Ich wollte mir nicht ausmalen, was alles an Grausigem hinter der Tür schlummern konnte, nicht, wenn ich allein die Nacht in dem Haus verbringen musste, aber natürlich stieg so manch übles Bild in mir auf. Und schon überkam mich der Grusel. Ich wusste eigentlich nichts über die Menschen, in deren Haus ich lebte. Was, wenn es eine Familie von Psychopathen war und ich ihr nächstes Opfer? Sie hatten mich mit einer Lügengeschichte in ihr Haus gelockt, und mithilfe ihrer verrückten Nachbarin würden sie mich … Okay, stopp!, unterbrach ich meinen Gedankengang. Die Fantasie ging mal wieder mit mir durch. Ich schüttelte den Kopf und versuchte, damit die Gruselbilder zu vertreiben.

Als das nicht genug half, spurtete ich die Treppe wieder hinunter und klappte meinen Laptop auf. Zum Glück war es höchste Zeit für das heutige Online-Date mit meinen Freunden. Kaum hatte ich mich eingeloggt, tauchten die drei auch schon auf und drängten sich um den PC in Leons Wohnzimmer.

»Na, was gibt's Neues aus dem Land der Trolle und Kobolde?«, fragte Fiona fröhlich und nippte an einem Glas Wein.

»Gehören die Trolle und Kobolde nicht nach Irland?«, fragte Josefine sie von der Seite und wirkte ehrlich irritiert.

»Ist doch wurscht. In Schottland wird schon irgendwo so ein kleines Unwesen lauern.«

Unwillkürlich dachte ich wieder an das verschlossene Zimmer und spürte eine Gänsehaut bei der Vorstellung von einem kleinen gruseligen Wesen, das sich tagsüber dort verbarg und nur nachts herauskam.

»Können wir alle Unwesen und andere schaurige Dinge überspringen? Davon hatte ich heute schon genug«, bat ich, lehnte mich zurück und warf Patch einen Blick zu, der am anderen Ende der Couch saß – wieder ein paar Zentimeter näher als tags zuvor. Dass er bei der Verteidigung gegen Eindringlinge nicht viel taugte, wusste ich leider schon, seitdem er einfach weitergeschlafen hatte, während die Nachbarin um unser Haus geschlichen war, aber trotzdem war es beruhigend, ihn um mich zu haben – und Maisie, die jedoch unter irgendeinem Schrank hockte.

»Was soll das denn heißen? Ist dir etwa ein Kobold begegnet?«, fragte Leon mit dem für ihn typischen Lächeln, das sein Gesicht einnahm, sobald er eine gute Geschichte erahnte.

»Na ja, nicht ganz«, begann ich und erzählte von Ellis Andeutung, dass mit den Bains' etwas nicht stimmte, von dem verschlossenen Zimmer, und dann landete ich ganz schnell bei

Kathleen McEwan und dem eigenwilligen Pubverhalten der älteren Dorfgeneration.

»Seltsames Dorf, in dem du da gelandet bist«, meinte Josefine mit einem Blick, in dem sich Befremden und Belustigung bis hin zu Neugier spiegelten.

»Allerdings«, bestätigte Fiona. »Bist du sicher, dass du dableiben willst? Vielleicht solltest du wirklich mal versuchen, diese Tür aufzubekommen, um wenigstens sicherzugehen, dass du nicht bei Verrückten haust.«

»Sie kann doch nicht einfach in den Privatangelegenheiten ihrer Vermieter herumschnüffeln«, warf Leon sofort ein. »Die werden die Tür sicherlich aus gutem Grund verschlossen haben.«

»Eben. Du weißt allerdings nicht, ob dahinter nicht eine Leiche vor sich hin verwest oder so. Die Leiche der vorigen Housesitterin zum Beispiel«, spann Fiona den Gedanken weiter.

»Ich habe doch gesagt, bitte keine Gruseleien mehr!«, rief ich entsetzt dazwischen.

Leon sah mir durch den Bildschirm beruhigend in die Augen und schüttelte leicht den Kopf.

»Erstens wirkten die Bains' in all ihren Nachrichten völlig normal, oder nicht? Zweitens bist du jetzt schon über eine Woche in ihrem Haus, und dir ist nichts zugestoßen. Drittens hast du bisher keinerlei konkrete Hinweise gefunden, dass mit den Bains' irgendetwas nicht stimmen könnte, richtig? Also brauchst du dir auch jetzt wegen irgendwelcher Andeutungen keine Sorgen zu machen. Sie werden einfach ein paar persönliche Dinge und Wertgegenstände hinter der Tür verborgen haben, für den Fall, dass mit *dir* etwas nicht stimmt.«

»Wahrscheinlich hast du recht«, gab ich zu. »Genau das denke ich eigentlich auch. Aber als Ellie heute diese Andeutung gemacht hat, da wurde mir dann doch ein bisschen mulmig.«

»Kein Wunder«, meinte Josefine, »du bist ganz allein in diesem großen Haus und in einem Dorf, das dir noch ziemlich unbekannt ist. Da kann die Angst schon mal mit einem durchgehen.«

Die anderen nickten zustimmend.

»Zumal da ja wirklich einige nicht mehr alle Tassen im Schrank haben«, fügte Fiona hinzu, die sich von der Idee, dass hier im Ort irgendwo ein Skandal lauerte, wohl noch nicht ganz lösen konnte. »Diese Nachbarin, die da immer um dein Haus schleicht und schaurige Geigenkonzerte abhält …«

»Sie unterrichtet. Das sind einfach ihre Schülerinnen und Schüler, die da so auf den Instrumenten rumkrächzen.«

»Das glaubst du! Vielleicht lädt sie aber auch irgendwelche Männer ein und zwingt sie, für sie zu spielen, so Domina-mäßig, wisst ihr?«

Leon und Josefine zogen die Augenbrauen zusammen und sahen Fiona irritiert von der Seite an.

»Wir hätten im Buchclub *Shades of Grey* nicht lesen sollen«, meinte Leon. »Ich wusste, dass das irgendeinen komischen Effekt auf dich haben würde.«

»Was, wieso?«

»Wer, bitte, lässt sich denn schiefe Cellomusik vorspielen, um in Stimmung zu kommen?!«, rief ich.

»Du kannst dir ja nicht vorstellen, was es alles gibt!«, widersprach Fiona.

Leon, Josefine und ich starrten sie einen Augenblick an, dann brachen wir wie aufs Stichwort in Lachen aus.

»Was denn?«, rief sie empört. »Ist doch so!«

»Schon«, meinte ich, als ich mich wieder einigermaßen beruhigt hatte. »Aber meine Nachbarin kommt mir nicht so vor, als würde sie ständig den Kontakt zu irgendwelchen Typen suchen.«

Auch Josefine und Leon schüttelten die Köpfe. Und so landeten wir bald bei anderen Themen. Fiona berichtete von ihrem neuen Job im *Old Town*, den sie in der nächsten Woche antreten würde. Josefine hatte sich mit einer Frau getroffen, die sie in einem ihrer Kurse kennengelernt hatte, und schien wirklich von ihr angetan. Und Leon brachte uns ein Best-of seiner witzigen Buchhandlungsgespräche zu Gehör, das bei Fiona zu einem solchen Lachanfall führte, dass sie Leons Laptop mit dem Fuß vom Tisch fegte. Zum Glück war alles heil geblieben – Laptop und Fuß!

»Und sonst?«, fragte Leon irgendwann in die Laptopkamera hinein. Seine Stimme hatte sich leicht verändert und war vorsichtig geworden. Ich wusste, was das bedeutete.

»Weiterhin kein Kontakt«, sagte ich mit bestimmtem und leicht triumphierendem Ton. »Und ich glaube, ich bin auf einem guten Weg, über ihn hinwegzukommen. Auf jeden Fall schaue ich jetzt nur noch alle drei bis fünf Minuten aufs Handy und muss den Impuls, ihm zu schreiben, nur noch alle halbe Stunde unterdrücken.«

Alle drei lächelten erleichtert.

»Das sind tolle Neuigkeiten. Also war es die richtige Entscheidung, mal eine Auszeit von Heidelberg zu nehmen«, meinte Josefine mit ihrer sanften Stimme.

»Ich denke schon. Falls ich heute Nacht eine Koboldaxt in den Kopf gerammt bekomme, habe ich es vorher zumindest geschafft, meinen Liebeskummer zu überwinden, juhu!« Trotz des sarkastischen Beiklangs konnte ich nicht leugnen, dass mich die Entwicklung wirklich froh stimmte. Zwar schwang ein wenig Traurigkeit mit, dass es mit Theo – wie ja eigentlich von allen außer mir erwartet – nicht geklappt hatte und die Chance auf diese Liebe dahin war; aber ich war glücklich, meine Gedanken endlich wieder anderen Dingen widmen zu können als immer nur der Frage, was gewesen wäre, wenn …

»Mensch, Mila, das ist gut«, meinte auch Leon. »Diese ganze Geschichte zwischen euch war mir einfach nicht geheuer.«

»Ich weiß, ich weiß. Aber das ist ja jetzt vorbei.«

»Stattdessen lässt sie sich heute Nacht von dem Kobold aus dem geheimen Zimmer verführen und in die eigenartige Welt der schottischen Fetische einführen«, entfuhr es Fiona. Sie schien selbst eine Sekunde lang überrascht, dann musste sie so laut lachen, dass wir Übrigen nicht anders konnten, als einzustimmen.

19

In den nächsten Tagen backte ich vor mich hin, tauschte Rezepttipps mit meinem Vater aus, stattete Ian einen Besuch in seinem Pub ab und widmete mich der Annäherung an Patch und die ängstliche Maisie, aber eigentlich wartete ich nur darauf, dass Freitag wurde. Endlich kam er und mit ihm der groß angekündigte Musikabend im dörflichen Pub.

Ich genoss die Möglichkeit, wieder einmal etwas mehr Zeit auf die Auswahl meiner Kleidung zu legen. Während der letzten Tage hatte ich meist auf Jeans und Pulli zurückgegriffen, denn obwohl die Sonne sich öfter zeigte, blieb es doch durch den immer wieder überraschend einsetzenden Regen ungemütlich. Ich wählte mein Lieblingskleid aus, das ich nach dem Schlammdebakel gründlich gewaschen und das seither unangetastet in der Schublade gelegen hatte, zog eine dunkle Strumpfhose dazu an und meine wasserdichten Stiefel – alle anderen Schuhe waren bei den Pfützen da draußen leider nicht zu gebrauchen. Darüber trug ich eine wollene Strickjacke und verzichtete auf den Dutt, den ich während der letzten zwei Wochen in Schottland standardmäßig getragen hatte, da er nicht nur verhinderte, dass die Luftfeuchtigkeit mir einen ungewollten Afro zauberte, sondern auch für das Backen praktischer war. Ein ordentlicher Schuss Haarfestiger sollte nun dafür sorgen, dass die Locken einen Abend lang unter Kontrolle blieben. Dann zog ich meine Regenjacke über und machte mich, mit zwei Broten für Ian und Ellie im Beutel, auf den Weg zum Pub.

Schon auf dem Weg dorthin fiel mir auf, dass heute eine andere Stimmung in der Luft lag. Statt der üblichen Stille und Bedächtigkeit spürte ich Aufregung und Wuseligkeit. Es mochte an der Musik liegen, die mir schon einige Hundert Meter vor dem Pub entgegenströmte, oder an der Traube von Leuten, die sich vor dem Eingang drängte und zu der immer wieder neue stießen – das Dorf, das sonst so verschlafen wirkte, war endlich aufgewacht!

Ich spürte, wie die Energie auf mich überging und ein aufgeregtes Gefühl sich in meinem Inneren regte. Lächelnde und neugierige Blicke von Leuten, die ich noch nie gesehen hatte und die wohl von außerhalb kommen mussten, trafen mich, als ich die Menschentruppe vor dem Pub erreichte. Ganz anders als zuvor schien man an der Unbekannten interessiert, die sich da unter das Volk mischte. Entschuldigungen wispernd, drängte ich mich durch den Pulk zur Eingangstür vor und betrat den Pub. Kaum hatte ich einen Schritt in das Lokal getan, wurde ich von der lauten Musik umfangen und von noch mehr Menschen umgeben. Der ganze Pub war voll, es gab so gut wie keinen Raum, durch den man sich bewegen konnte. Gitarren-, Violinen- und Tamburinklänge schepperten über die Menge hinweg, die trotz des Lärms Gespräche führte und für ein unruhiges Summen und Brummen sorgte.

Obwohl es so voll war und ich bis auf Ellie und Ian, von denen ich nicht wusste, wo sie waren, niemanden kannte, fühlte ich mich sofort aufgehoben an diesem warmen Ort, der von einem Gefühl von Gemeinschaft und Herzlichkeit erfüllt war. Vorsichtig schob ich mich an den Leuten vorbei – es waren

Menschen aller Altersklassen darunter, vom Sechzehnjährigen bis hin zum Greis –, klemmte mir den Brotbeutel enger unter den Arm und versuchte, bis zur Theke vorzudringen. Doch bevor ich sie erreichen konnte, spürte ich plötzlich eine Hand an meinem Arm. Es war Ellie, die mich zu sich zog.

»Da bist du ja endlich!«, schrie sie mir ins Ohr. »Du hast schon einiges verpasst. Der alte Henry hat eben ein Lied geschmettert, das alle zum Weinen gebracht hat.«

»Ich wusste nicht, dass man so früh da sein muss«, rief ich zurück. »Wann hat es denn angefangen?«

Ellie zog mich weiter durch die Menge, beugte sich dabei zu meinem Ohr und antwortete: »Eigentlich schon um die Mittagszeit. Jeder, der Lust hat, kann mit seinem Instrument vorbeikommen oder sich eines von denen schnappen, die hier herumstehen. Ab dem späten Nachmittag geht es dann so richtig los.«

»Nächste Woche sitze ich ab dem Frühstück hier«, versprach ich lachend und ließ mich von meiner neuen Freundin durch die Menge führen, bis sie vor einem kleinen runden Stehtisch hielt. Um ihn scharten sich etwa acht Männer und Frauen zwischen zwanzig und dreißig in Zweier- und Dreiergrüppchen. Zwei der Frauen erkannte ich als Ellies Begleiterinnen neulich im Pub wieder. Hier war es ein klitzekleines bisschen leiser, da die Bühne mit den Musikern auf der anderen Seite lag. Trotzdem mussten alle schreien, um sich Gehör zu verschaffen.

»Das sind Kevin und Joe, Aileen, Caley, Logan, Janet, der zweite Logan und Tara. Leute«, rief sie in die Runde und schaffte es sogar, dass sich ein paar Köpfe zu ihr wandten, »das ist Mila. Seid gut zu ihr!«

Ich musste lachen. Natürlich hatte ich so gut wie alle Namen bis auf die doppelten Logans gleich wieder vergessen. Aber ich hoffte einfach darauf, sie später in Gesprächen noch einmal erfragen zu können.

»Was willst du trinken, Mila? Bier?«, erkundigte sich Ellie, kletterte auf einen Barhocker und gestikulierte wild in Richtung der Theke. In diesem Moment endete das Musikstück, und der ganze Pub brach in Jubel und Beifall aus. Auch ich wandte mich in Richtung der Bühne und klatschte mit erhobenen Händen, obwohl ich von den Musikern nur den einen oder anderen Haarschopf erkennen konnte. Schon begann der nächste Song.

»Das wäre geregelt«, sagte Ellie zufrieden, als sie von ihrem Hocker hinabstieg. »Mila, ich habe meinen Freunden von deinem großartigen Brot erzählt, und sie alle wollen welches.«

Einer der beiden Logans und ein zweiter Freund von Ellie – Joe oder Kevin – unterbrachen ihr Gespräch und beugten sich zu uns.

»Habe ich da gerade ›Brot‹ gehört?«, fragte Logan und grinste breit. Er war sehr groß und trug das Haar so raspelkurz, dass ich seine Farbe nicht erkennen konnte. Mit seinen weichen Gesichtszügen wirkte er ganz jungenhaft. »Du bist die Bäckerin, von der Ellie erzählt hat? Kann ich gleich meine Bestellung aufgeben?«

»Nimm lieber meine zuerst an. Ich kann dir im Tausch ein Fahrrad besorgen, Logan hier hat eigentlich nichts zu bieten«, mischte sich Joe oder Kevin ein. Auch er schien mir jünger zu sein, etwa so alt wie Ellie, und hatte dunkles volles Haar, das er sorgfältig zurechtgegelt hatte.

»Das stimmt nicht!«, widersprach Logan sofort. »Ich kann dir zeigen, wie man die perfekten Freiwürfe macht. Du wirst den Korb nie wieder verpassen, das verspreche ich dir!«

»Den Korb?«, fragte ich etwas begriffsstutzig.

»Den Basketballkorb natürlich«, fügte Logan mit einem geduldigen Lächeln hinzu.

»Und sag jetzt nicht, dass du das nicht schon dein Leben lang schaffen wolltest«, kommentierte Joe oder Kevin und musste lachen, worin ich einstimmte.

»Ehrlich gesagt«, meinte ich, »wäre es schon ziemlich cool, das zu können.«

»Ich bringe es dir bei!«, rief Logan begeistert und warf seinem Kumpel einen triumphierenden Blick zu.

»Schaffst du es überhaupt, so viel Brot für uns alle zu backen?«, fragte Ellie, als sie merkte, was sie da angestellt hatte.

Ich dachte an den ganzen Teig, den ich während der letzten Tage angesetzt hatte und der vor sich hin ruhte.

»Definitiv«, sagte ich. »Und bei so tollen Tauschangeboten lege ich mich extra ins Zeug.« Ich lächelte in die kleine Runde. Niemals hätte ich geahnt, dass ich ausgerechnet durch den Sauerteig, den mein Vater mir aus heiterem Himmel geschickt hatte, die Herzen der Schotten würde erobern können. »Ich habe hier auch was für dich.« Ich zog den Beutel von der Schulter und drückte ihn Ellie in den Arm. Sie öffnete ihn sofort und tauchte ihre Nase hinein, um einen tiefen Atemzug zu nehmen, dann beugte sie den Kopf mit geschlossenen Augen genießerisch zurück.

»Dieser Duft! Danke!«

In diesem Moment tauchte Ian auf, ein großes Tablett mit vollen Biergläsern in beiden Händen. Gern hätte ich gesehen, wie er es sicher durch die Menge bugsiert hatte. Doch etwas anderes zog meinen Blick an: Er trug einen Schottenrock. Einen echten Schottenrock! Fasziniert musterte ich ihn und musste zugeben, dass er ihm extrem gut stand. Er grinste mir zu und wackelte mit den Augenbrauen.

»Du siehst toll aus!«, rief ich ihm zu.

Er stellte die Biere auf unserem Tisch ab, der unter dem Gewicht der Gläser hätte durchbrechen müssen.

»Das ist sein Freitagsoutfit«, erklärte mir Ellie. »Steht ihm gut, nicht?«

»Hört schon auf, ich werde ja ganz rot!«, meinte Ian und wandte sich dann mit lauter Stimme an mich, nachdem er mich zur Begrüßung gedrückt hatte. »Gefällt es dir? Bist du schon länger da?«

»Gerade angekommen«, rief ich zurück. »Und ja, es ist super! Eine echt tolle Stimmung.«

»Der beste Abend der ganzen Woche«, stimmte Ian mit leuchtenden Augen zu. Doch bevor er noch etwas zu mir sagen konnte, zog Ellie ihn an sich und übersäte ihn mit Küssen, die er lachend über sich ergehen ließ.

Ich nahm mir eines der vollen Biere vom Tisch und prostete Kevin alias Joe und Logan zu, bevor ich trank und dabei ein wenig zu der Musik wippte, bei der man einfach nicht stillstehen konnte. Zum ersten Mal seit langer, langer Zeit fühlte ich mich so richtig gelöst und frei. Ich hatte Spaß, genoss die Musik, die neuen Gesichter, die lockeren Gespräche und das frisch gezapfte Bier, das sofort Wärme in meinen Bauch strömen ließ.

Da tippte mich jemand von der Seite an. Es war eine der Frauen, mit denen Ellie neulich im Pub gefrühstückt hatte. Sie hatte ein außerordentlich gewinnendes Lächeln.

»Hi, sag mal, du bist doch Mila, oder? Ich habe gehört, dass du Brot tauschst?«

Schon war ich in die nächste Verhandlung vertieft und konnte das glückliche Lächeln auf meinen Lippen einfach nicht mehr abstellen.

Lange hatte ich nicht mehr so viel getrunken wie an diesem Abend. Es hatte seine Vorteile, mit dem Sohn des Pubinhabers befreundet zu sein, der mich regelmäßig mit frischem Bier und rauchigem Whisky versorgte – aber genauso schnell konnte sich das in eine folgenreiche Verführung umwandeln.

Mein Englisch floss jedenfalls besser als je zuvor, und sämtliche Freundinnen und Freunde von Ellie und Ian stellten sich als überaus nett heraus. Je länger der Abend wurde, auf desto mehr Gemeinsamkeiten stießen wir. Ob diese am nächsten Morgen noch genauso von Bestand sein würden, spielte in diesem Moment keinerlei Rolle. Alle waren interessiert an meinen Backkünsten und baten mich, auch einmal von dem hochgepriesenen Brot probieren zu können. Und alle hatten von Ellie von der Idee mit dem Tauschgeschäft gehört und sich bereits überlegt, was sie mir im Gegenzug anbieten könnten. Neben selbst gemachten Marmeladen und grünen Äpfeln aus dem eigenen Garten sollte ich so in den Genuss einer Führung durch eine nahe gelegene Burg kommen und mir außerdem in der kleinen Buchhandlung im Nachbarort ein, zwei Bücher aussuchen dürfen – was mir natürlich besonders gut gefiel. Am meisten freute ich mich aber über die vielen Kontakte, die ich knüpfte. Nach all den Tagen, die ich allein in dem Cottage verbracht hatte, geriet ich nun in einen geradezu elektrisierten Zustand, irgendwo zwischen totaler Euphorie und ziemlicher Überforderung, aber insgesamt war ich einfach glücklich. Anders als an so manchem Bar-Abend wusste ich, dass ich die Leute wirklich wiedersehen würde, und konnte mich schon jetzt auf einige weitere Treffen freuen, die mir das Tauschen ermöglichte.

Doch irgendwann hatten wir genug geredet. Die Musik schepperte so verführerisch in unseren Ohren, dass kaum jemand still sitzen konnte. Der ganze Pub war bereits in Bewegung, alles schunkelte und tanzte, und auch wir schlossen uns an, bewegten uns wild zur schrillen Violine und dem schellenden Tamburin. Nie hätte ich geahnt, wie viel Spaß es machte, zu solcher Musik zu tanzen, die viel gefühlvoller und ausgelassener daherkam als Popsongs oder Housebeats. Sie ging einem richtig unter die Haut, brachte die Nerven zum Vibrieren, und die Glieder konnten nicht anders, als sich zu bewegen.

Wir tanzten bis in die Nacht hinein, bis irgendwann, als es schon etwas leerer geworden war, das Tempo der Lieder wechselte, sie schmachtender und sehnsuchtsvoller wurden. Bei manch einem Song stimmten alle Verbliebenen mit ein. Man stand in Grüppchen, hakte sich unter oder legte den Arm umeinander und vereinte sich in dem herzzerreißenden Gesang. Dies war der Moment, in dem ich spürte, dass ich mich schleunigst auf den Heimweg machen musste, wollte ich keinen Liebeskummerrückfall erleben. Ich war zu betrunken, die Stimmung zu aufgeladen, um einem Aufwallen der alten Gefühle sicher entgehen zu können. Schnell legte ich etwas Geld auf den Tresen, ohne Ian darauf hinzuweisen. Er hätte es nicht genommen, obwohl es gewiss nicht einmal dem Betrag entsprach, den ich ihm nach dem Abend eigentlich schuldete – Brottausch hin oder her. Dann drückte ich Ellie, Ian und meine neuen Freunde, deren Namen ich hoffentlich auch am nächsten Tag noch zusammenbekam, und machte mich im Schlingerkurs auf zu meinem Cottage.

20

Herzzerreißende Töne weckten mich am nächsten Tag. Langsam und mühevoll drang mein Bewusstsein an die Oberfläche, und ich zuckte zusammen. Irgendetwas bewegte sich da auf mir. Ich spürte ein Gewicht, das sich von der Brust zum Bauch verlagerte. Hatte ich etwa jemanden …? Schnell riss ich die Augen auf und blickte in zwei runde blaue Augen, die mich mit flehendem Blick ansahen. Die kleine Schnauze darunter öffnete sich, und ihr entfuhr ein wehklagendes »Miaaau«.

»Oh, Patch, hast du mich erschreckt!«

Da fiel eine zweite Stimme in das Gejammer ein, und für einen kurzen Moment fühlte ich mich an die klagende Violine des gestrigen Abends erinnert. Ich blickte mich um und entdeckte Maisie am Türeingang, wo sie mit aufgestelltem Schwanz auf der Schwelle hin und her tippelte und mich anflehte, sie doch endlich zu erhören.

»Ich komme ja schon, ich komme ja schon«, sagte ich mit kratziger Stimme. Anscheinend hatte der viele Whisky ganze Arbeit geleistet und mir eine verführerische Diven-Stimme verpasst – oder die rührte einfach von dem vielen Schreien und dem wenigen Schlaf her. Ein Blick auf die Uhr verriet mir allerdings, dass es längst Mittag war. Ich schob Patch vorsichtig von mir, schlug die Decke beiseite und erhob mich, wobei ein fieser

Schmerz durch meinen Kopf fuhr. Also irgendetwas hatte der Whisky definitiv geleistet.

Bei jedem Schritt die Treppe hinunter entfuhr mir ein kleines Stöhnen, das sich erstaunlich gut in das Katzenkonzert einfügte. Wie auch immer schaffte ich es endlich nach unten, füllte den Katzennapf mit Futter und setzte mir einen Kaffee auf, der Tote lebendig machen konnte. Mit der Tasse in der Hand fläzte ich mich auf die Couch und schickte ein Dankesgebet nach dem anderen gen Himmel, dass ich in diesem Zustand einfach hier liegen konnte und nicht zu einer Schicht ins Hotel musste. Nach und nach setzte sich in meinem Kopf die Erinnerung an den Abend zusammen, und ich musste schmunzeln. Die verrückten, überschäumenden Gespräche, die mit jedem Schluck Bier noch herzlicher geworden waren … das Tanzen, das sich angefühlt hatte, als läge sich der ganze Pub in den Armen … Ellie und Ian, die sich so lieb um mich gekümmert und in ihren Kreis aufgenommen hatten … Ich hatte zum ersten Mal das leise Gefühl, wirklich in Schottland angekommen zu sein. Und es fühlte sich gut an – von dem Kopfschmerz mal abgesehen.

Dann fielen mir die Tauschangebote wieder ein, die mir gemacht worden waren: das Fahrrad, der Basketballkurs, die Marmelade, die Burgführung … Wenn wir die wirklich alle umsetzen würden, hätte ich in den nächsten Wochen einen ziemlich strammen Zeitplan, vor allem, wenn ich im Gegenzug für alle backen würde. Dieser Gedanke bestätigte sich, kaum dass ich auf mein Handy sah. Während des Morgens waren bereits Nachrichten von den meisten der gestrigen Gruppe eingetroffen, in denen sie ihre Absichten bekräftigten und nach einem Termin fragten. Nach und nach beantwortete ich sie und schlug jeweils einen Tag der kommenden Woche vor – denn andere Termine hatte ich hier ja nicht. Um die Brotverteilung zu vereinfachen, hatte Ian vorgeschlagen, den Pub seines Vaters umzufunktionieren. Dort sollte ich einfach ein- bis zweimal die Woche die Brote hinbringen, die von allen abgeholt werden konnten. Im Gegenzug würden da die Waren hinterlegt werden, gegen die getauscht werden sollte, wenn sie denn nicht mit einem Treffen verbunden waren, wie zum Beispiel der Basketballkurs. Die Idee fand ich super. So würden alle regelmäßig an ihr Brot kommen, auch wenn wir ein persönliches Treffen nicht hinbekämen, und ich konnte sämtliche Brote in einem Zug backen statt täglich kleine Mengen. Als ersten Termin schlug ich leichtfertig den Sonntag vor, doch dann begriff ich, was das für mich bedeutete. Heute war ja schon Samstag, ich müsste mich schleunigst ans Backen machen, wenn ich die Lieferung bis morgen schaffen wollte!

Noch in meinem Schlafshirt schlurfte ich in die Küche zurück, schnürte mir die Schürze um und versuchte, irgendwie Ordnung in das Wirrwarr in meinem Kopf zu bekommen. Zum Glück hatte ich in meiner Backeuphorie schon einiges an Vorteig zubereitet, das hoffentlich für zehn Brote reichen würde.

Ich begann also damit, den Teig abzuwiegen und herumzurechnen. Ich holte Hefe aus dem Kühlschrank, als ich merkte, dass der Sauerteig nicht ausreichen würde. Dann zählte ich die Mehlpakete ab, die ich noch dahatte, und sortierte die Körner und Nüsse. Mit etwas Herumschieben müsste ich hinkommen. Es würden einfach ganz verschiedene Brote werden, jedes ein Unikat.

Und dann ging es los! Unter den wachsamen Augen von Patch, der es sich auf einem der Essstühle bequem gemacht hatte, begann ich mit der Teigproduktion. Ich rührte die Hefe in lauwarmem Wasser an, bis sie sich gelöst hatte und ihren erdigen Duft entließ. Als Nächstes verteilte ich sie in verschiedenen Schüsseln, gab von den Mehlsorten und außerdem noch Salz und Brotgewürze hinzu – Anis, Kümmel und Fenchelsamen –, die ich mit einknetete. Nach einer guten halben Stunde hatte ich mich warm gearbeitet. Mein Kater flaute langsam ab, und ich war ganz auf das Backen konzentriert. Ich musste an meinen Vater denken, der um diese Uhrzeit zwar schon längst nicht mehr in seiner Backstube stand, aber sicher stolz gewesen wäre, wenn er mich hier hätte sehen können. Zwischendurch schoss ich ein Foto von den Mengen an Teig und schickte es ihm mit dem Gruß:

Pass auf, dass ich dir keine Konkurrenz mache! Ich habe eben vom Besten gelernt.

Keine Minute später kam schon seine Antwort:

Diese Konkurrenz sehe ich gern, weiter so!

Die Herzlichkeit in seinen Worten war bis nach Schottland zu spüren.

Stunde um Stunde verging. Wenn ein Teig ruhte, war ich schon dabei, den nächsten anzurühren, ihn mit Nüssen und Samen anzureichern oder in die Form zu geben. Ich hatte mir aus der Küche alles zusammengesucht, was ich an Backformen finden konnte. So entstanden neben der länglichen Kastenform einige runde Brote, ein Herzbrot, eines in Gugelhupf- und sogar eines in Lammform.

Es war schon spät am Abend, als ich endlich das letzte Brot aus dem Ofen holte. Ich war fix und alle. Die Müdigkeit übermannte mich, der Hunger, der sich angesichts meines flauen

Magens bisher zurückgehalten hatte, meldete sich nun mit voller Stärke, und jeder Muskel fühlte sich schwach an. So gern ich mir noch etwas Schönes gekocht hätte, um dem Tag etwas Glanz zu verleihen, konnte ich nur noch den Flyer des Pizzalieferdienstes aus der Schublade holen, den die Bains' mir dagelassen hatten. Es war der einzige Dienst, der Applemore vom Nachbardorf aus belieferte. Ich rief dort an und klappte dann auf dem Sofa zusammen. Sobald die Pizza eingetroffen wäre, würde ich mich damit in das Kinozimmer begeben, irgendeinen Streifen anmachen und den Tag ausklingen lassen. Doch noch bevor ich diesen Gedanken zu Ende gedacht hatte, war ich eingenickt.

Ich wurde von einem seltsamen Geräusch geweckt. Ein metallisches Klacken, das ich nicht zuordnen konnte. Verschlafen richtete ich mich auf und sah mich nach den Katzen um, die für das Geräusch verantwortlich sein mussten. Doch Patch saß friedlich neben mir auf der Couch und Maisie an ihrem derzeitigen Lieblingsplatz unter dem Regal. Da fiel mir ein, dass ich ja Pizza bestellt hatte. Ich sah auf das Handy – ich hatte eine halbe Stunde geschlafen, der Pizzadienst müsste also wirklich jeden Moment eintreffen. Da hörte ich es wieder, dieses Klacken. Kam es aus der Küche? Ich erhob mich und wollte durch den Flur in die Küche gehen, da hielt ich inne. Das Geräusch kam nicht von dort, sondern von der Haustür her. Also musste es wirklich der Pizzalieferant sein. Doch dann ging mir plötzlich etwas auf, und ich bekam es mit der Angst zu tun. Das war das Geräusch eines Schlüssels, der im Haustürschloss gedreht wurde – eines Schlüssels oder eines Dietrichs. Nun war er also doch da, der Einbrecher! Nur konnte er mit dem Werkzeug nicht in das Schloss eindringen, weil mein Schlüssel von innen steckte.

Wie erstarrt stand ich in dem dunklen Flur und spürte, wie mir das Herz bis zum Hals pochte. Sollte ich die Polizei rufen? Oder Ian? Vielleicht wusste er, was zu tun wäre. Doch meine Beine waren bleischwer und rührten sich einfach nicht. Das Klackern verstärkte sich, nun versuchte es der Einbrecher offenbar mit Gewalt. Kurz darauf ertönte ein lautes Fluchen. Es war eine Männerstimme. Meine Nachbarin war es diesmal also definitiv nicht, die da in das Haus eindringen wollte.

Im nächsten Moment hörte ich ein schepperndes Motorengeräusch, das sich zu nähern schien. Ich hoffte so sehr, dass es der Pizzalieferant war und sein plötzliches Erscheinen den Einbrecher einfach vertreiben würde. Dann könnte ich in aller Ruhe überlegen, wie ich weiter vorgehen sollte. Tatsächlich verebbte das Motorengeräusch, und es näherten sich Schritte. Doch der Einbrecher schien sich nicht rühren zu wollen. Durch die gewellte Scheibe in der Haustür konnte ich seinen Schemen in dem schwachen Licht vor dem Haus erkennen. Er stand da und fummelte weiter an der Tür herum, ohne sich von der Ankunft des Pizzaboten stören zu lassen.

»Hi«, hörte ich ihn sagen, als er das Haus erreichte. »Ihr habt eine Pizza bestellt.«

Der Mann vor der Tür richtete sich auf, erwiderte aber nichts. Versuchte er zu verbergen, dass er gerade die Tür aufbrechen wollte?

»Das macht dann elf Pfund fünfzig, bitte.«

»Ich glaube, du bist hier falsch, Kumpel«, hörte ich den Einbrecher sagen. Er hatte eine klare Männerstimme, alt konnte er nicht sein, und Whisky schien er in seinem Leben auch noch nicht allzu viel getrunken zu haben.

»Was? Nein, schau mal, das ist doch die Adresse, oder? Ich will zu den Bains'. Mila Bains oder so.«

»Es gibt keine Mila Bains, Mann. Ich sag's dir, du bist hier falsch. Außer mir ist hier niemand.«

Mein Herz schlug nun so laut, dass ich mich kaum auf das Gespräch dort draußen konzentrieren konnte. Und doch bekam ich mit, dass es brenzlig wurde. Wollte ich nicht wieder allein mit diesem Einbrecher bleiben, musste ich handeln, und zwar sofort!

Ich nahm meinen ganzen Mut zusammen, machte zwei Schritte vor, griff nach dem Schlüssel im Schloss und drehte ihn um. Nun gab es kein Zurück mehr, das Klicken hatte mich längst verraten. Ich klammerte mich so fest an die Türklinke, dass es wehtat, dann drückte ich sie nach unten und zog die Tür auf.

Ein etwa sechzehnjähriger Junge mit roter Basecap und Pizzakarton wartete auf dem Kiesweg. Und direkt vor mir stand der Einbrecher. Er war, wie ich vermutet hatte, etwa in meinem Alter, groß und eher schlaksig, mit blondem Haar, das ihm in leichten Wellen in die Stirn hing, und Augen, die nicht gerade auf einen Einbrecher hindeuteten – oder eben deswegen auf ihn hindeuteten? Sie waren schmal mit Fältchen, die auf häufiges Lachen schließen ließen, mich nun aber ernst und geradezu überrascht anblinzelten. Das restliche Gesicht war schmal mit prägnanten Wangen- und Kieferknochen. Er war gut aussehend, wirkte wie der perfekte britische Gentleman und kam mir seltsam bekannt vor, nur dass ich nicht sagen konnte, woher. Auch seine Kleidung deutete nicht auf einen Einbruchsversuch hin. Statt des erwarteten schwarzen Rollkragenpullis trug er einen leichten Trenchcoat in hellem Braun und darunter einen hellen Pullover, dazu eine dunkle Hose und Lederschuhe. Hinter ihm stand eine große Reisetasche, die mir nicht leer erschien, sodass er sie wohl kaum mit den Kostbarkeiten aus dem Haus füllen könnte. Irgendetwas stimmte hier nicht.

»Wer sind Sie denn?«, bellte mir der Einbrecher entgegen.

»Das kann ich Sie genauso gut fragen. Schließlich versuchen Sie gerade, unberechtigterweise in mein Haus einzudringen.«

»*Ihr* Haus?« Der Mann machte einen ungelenken Schritt zurück, bog sich nach hinten, beäugte das Cottage, als müsste er sichergehen, nicht vor dem falschen gelandet zu sein, dann kam er wieder auf mich zu. Reflexartig hüpfte ich einen Schritt zurück.

»Das ist *mein* Haus!«, rief er in empörtem Ton. »Und Sie habe ich noch nie zuvor gesehen!«

Hilfesuchend blickte ich an ihm vorbei zu dem Pizzajungen, dessen Blick von dem Einbrecher zu mir und zurück wechselte, als verfolgte er ein Tennismatch. Von ihm war keinerlei Hilfe zu erwarten, also sammelte ich meine Wut und meinen Mut zusammen.

»Ich wohne seit zwei Wochen hier«, gab ich zurück. »Solange Mr. und Mrs. Bains bei ihrer Schwester sind, passe ich auf das Haus auf. Wer Sie sind, weiß ich nicht, aber wenn Sie nicht augenblicklich von hier verschwinden, werde ich die Polizei rufen.«

»Das will ich sehen!« Er lachte auf und klang dabei wirklich amüsiert. »Die Polizei hier besteht aus meinen Schulfreunden Willy und John. Rufen Sie sie nur, und dann sehen wir ja, wer hier ins Gefängnis wandert!«

So langsam brachte mich der Kerl durcheinander, schürte zugleich aber meinen Ärger. Eigentlich hätte ich gerne einfach Mrs. Bains angerufen, aber es war schon so spät, dass ich beschloss, damit zu warten, bis ich mir wirklich nicht mehr anders zu helfen wusste.

»Gut«, sagte ich und zog mein Handy hervor. Doch als ich

die Nummer der Polizei eintippen wollte, merkte ich, dass ich sie gar nicht wusste. Verdammt! Ich blinzelte zu dem Pizzajungen hin.

»Wie, ähm, ist doch gleich die Nummer der Polizei?«, fragte ich in hochnäsigem Ton, um mich nicht vollends zu blamieren.

»Geben Sie schon her!«, sagte der Einbrecher ungeduldig und riss mir das Telefon aus der Hand. Rasch tippte er die 999 ein und hielt es sich ans Ohr, während er vor sich hin murmelte: »Nicht mal die Nummer der Polizei kennen …«

»Geben Sie mir mein Handy zurück!«, rief ich ärgerlich, versuchte aber vergeblich, an das Gerät zu kommen, während er meine Hände mit dem Arm abblockte.

»Henry, hi, Finley hier …« Sofort klang seine Stimme viel freundlicher. »Ja, mir geht's super, bin wieder im Lande. Ja, ja, spontan. Du, hör mal, mir ist etwas Seltsames passiert. Ich bin gerade zu Hause angekommen, ja, hier bei meinen Eltern, und da ist diese aufgeregte Frau, die behauptet, sie würde jetzt hier wohnen.« Er pausierte und lauschte. Es folgte eine Reihe von »Hm« und »Ja«, ohne dass ich mit anhören konnte, was am anderen Ende gesprochen wurde. Der Ton des Mannes aber änderte sich mit jedem Ja, die Selbstsicherheit verschwand langsam aus seiner Stimme und wich einem Tonfall, der interessiert, ja, geradezu fasziniert klang. »Verstehe«, sagte er schließlich. »Okay, ja, ich gebe sie dir. Hier!« Er streckte mir das Handy hin und bedeutete mir, es ans Ohr zu halten. Dann wandte er sich ab, wobei ich zu sehen meinte, wie er ein Grinsen versteckte. Ich hielt das Handy ans Ohr.

»Hallo?«

»Hi, du bist Mila, die aus Deutschland, oder? Mit dem Brot? Wir haben uns gestern Abend kurz im Pub gesehen, aber da war es schon ziemlich spät. Na ja, ich bin Henry, der Polizist hier. Du, pass auf, der Kerl, der da bei dir aufgetaucht ist, das ist Finley Bains, einer der Bains-Brüder. Du brauchst dir also keine Sorgen zu machen. Der gehört zu uns.«

»Okay«, sagte ich langsam, als mir aufging, woher mir Finleys Gesicht bekannt vorkam: von den Familienbildern im Treppenflur! »Aber …«

Als ich nicht weitersprach, meinte Henry: »Ja, gut, dann ist meine Arbeit getan, oder? Viel Glück euch beiden. Ihr wisst schon, trautes Heim ist Glück allein, oder wie das heißt.«

Verdattert nahm ich das Handy vom Ohr und starrte auf das Display. Dann sah ich zu Finley. Er stand neben seiner Reisetasche und nestelte mit einer Hand gedankenverloren am Schlüsselbund herum. Als er meinen Blick auf sich spürte, erwiderte er ihn und zog die Augenbrauen zu einer ratlos schmunzelnden Miene hoch. Doch bevor er etwas sagen konnte, meldete sich eine leise Stimme hinter mir.

»Ähm, Miss, Verzeihung. Ich bekomme noch elf Pfund fünfzig von Ihnen.«

Überrascht drehte ich mich um. Da stand der arme Pizzabote mit seinem Karton und sah mich aus schüchternen Augen an.

»Ja, natürlich, Moment«, murmelte ich und tastete reflexartig die Stellen ab, wo normalerweise eine Rocktasche war, doch ich hatte ja nur Leggins an.

»Ich übernehme das«, sagte da Finley, als ich gerade in den Flur gehen wollte, um mein Portemonnaie zu suchen, und er steckte dem Boten einen Schein zu, bevor ich es verhindern konnte.

»Das kriegst du gleich wieder«, sagte ich schnell.

Der Bote hielt Finley den Karton entgegen, doch als dieser ihn nicht nahm, sondern mit dem Kopf auf mich deutete, überreichte er ihn mir und schien heilfroh, endlich Reißaus nehmen zu können.

Finley und ich standen da, er mit dem Schlüssel in der Hand und der Reisetasche zu den Füßen, ich mit dem Pizzakarton. Keiner von uns schien zu wissen, was nun zu tun war.

»Tja«, meinte Finley irgendwann mit einem schiefen Lächeln. »Sieht so aus, als hätten wir beide ein Recht, hier zu sein, oder?«

»Na ja … eigentlich bin ich ja als Housesitterin …« Meine Stimme erstarb, als mir klar wurde, dass ich ihm als Sohn der Hausbesitzer ja schlecht verbieten konnte, hier zu sein. Die Situation überforderte mich maßlos.

Finley sah kurz zu Boden, dann wieder zu mir auf. Plötzlich lag etwas Neues in seinen Augen. Ich fühlte mich irgendwie an den Blick von Patch erinnert, wenn er Hunger bekam und mich um Futter anmiaute.

»Okay, Mila, richtig?«

»Mila Münzer«, antwortete ich automatisch, als stünde ein Hotelgast vor mir.

»Mila Muntser also, okay. Ich verstehe es total, dass du keine Lust hast, das Haus mit einem Wildfremden zu teilen. Glaub mir, ich habe mir das auch anders vorgestellt. Die Sache ist die: Ich bin ziemlich überstürzt aus dem Ausland zurückgekehrt und hab noch nicht mal meine Eltern angerufen. Ich bin echt fertig und weiß nicht, wo ich sonst hinsoll. Wenn ich dir verspreche, dass du die nächsten Tage nichts von mir siehst, können wir uns dann darauf einigen, dass ich erst mal hier schlafen kann?«

Ich sah von ihm zu seinem Gepäck, dann zur halb offen stehenden Haustür, während ich überlegte.

Finley wirkte alles andere als gefährlich, schon gar nicht wie ein Serienmörder – ein Serienmörder mit Freunden bei der Polizei? Das wäre mir neu. Und auch sonst sprach im Grunde nichts gegen diesen Vorschlag. Begeistert war ich nicht, mir das Haus mit einem Fremden teilen zu müssen, aber auf die Straße wollte und konnte ich ihn ja schließlich auch nicht setzen. Also zuckte ich nur mit den Schultern.

»Einverstanden.«

Erleichterung schwappte über Finleys Gesicht, und er lächelte mich zum ersten Mal richtig an, ein Lächeln, das so aufrichtig und tiefgehend war, dass es mich sofort ansteckte und ich beinahe vergaß, den Pizzakarton festzuhalten.

Finley schulterte seine Reisetasche, dann ließ er mir den Vortritt ins Haus.

»Ich haue mich gleich hin, okay? Ich habe einen Vierundzwanzig-Stunden-Flug hinter mir. Und ich hab's dir ja versprochen: Du wirst nichts von mir mitkriegen.«

Im Flurlicht, das ich beim Reinkommen eingeschaltet hatte, sah ich, dass er wirklich müde wirkte, mit dunklen Ringen unter den Augen und mit Lidern, die auffällig oft blinzelten.

»Okay«, sagte ich, hin- und hergerissen zwischen der Neugier, mehr darüber zu hören, woher er angereist war und warum, und der Erleichterung, doch noch einen ruhigen Abend verbringen zu können. »Dann schlaf gut.«

»Du übernachtest wahrscheinlich im Gästezimmer, oder? Dann geh ich ins Schlafzimmer meiner Eltern.«

Als er an mir vorbei die Treppe hochlief und ich mich zur Küche umgewandt hatte, drehte er sich noch einmal zu mir um und sagte in dem frechen Ton, der schon zuvor aufgeblitzt war:

»Übrigens weiß ich ja nicht, wie gut du das schottische Gesetz kennst. Aber in Paragraph 164 f steht wortwörtlich: Wer die Pizza gezahlt hat, hat ein Anrecht auf mindestens die Hälfte davon.«

»Finley Bains«, rief ich ihm nach und konnte ein Lachen nur mit Mühe unterdrücken, als er am oberen Treppenabsatz verschwand. »Pass auf, dass ich es nicht bereue, dich in dein Haus gelassen zu haben!«

Ein lautes Lachen kam als Antwort aus dem oberen Stockwerk, und ich fragte mich, wen ich mir da nur als Mitbewohner ins Haus geholt hatte.

21

Am nächsten Tag war ich früh wach. Die Geschichte mit Finley hatte mich die ganze Nacht beschäftigt und mir einen unruhigen Schlaf beschert. Obwohl wir eine Art Abmachung hatten, waren plötzlich Zweifel in mir aufgekommen: Was, wenn Finley seine Meinung änderte und das Haus doch für sich haben wollte? War dann nicht er als Sohn der Bains' eher im Recht als ich? Was also, wenn sie mich baten, meinen Aufenthalt abzubrechen, da das Housesitting überflüssig geworden war?

Wäre dies vor einer Woche geschehen, es hätte mich wohl nicht allzu sehr aus der Bahn geworfen. Aber nun, da ich Freunde gefunden hatte und im Begriff stand, hier vorübergehend Wurzeln zu schlagen, hatte ich so gar keine Lust, verfrüht nach Heidelberg zurückzukehren. Deshalb hatte ich mich in der Nacht hin- und hergewälzt und nur wenig geschlafen.

Auch am Morgen konnte ich die Sorge nicht abschütteln. Unruhig schlich ich zwischen dem Rosenzimmer und dem Bad hin und her, immer darauf lauernd, dass die Tür zum Schlafzimmer sich öffnete und ich mir von Finley bestätigen lassen könnte, dass es bei unserer Abmachung blieb. Doch sie war verschlossen, und kein Laut drang daraus hervor, sodass ich mich nicht traute anzuklopfen.

Als ich endlich geduscht hatte und angezogen war, ging ich nach unten, kippte schnell meinen Kaffee hinunter und schlug nebenbei schon die gestern gebackenen Brote in Papier ein, um sie dann im Rucksack und zwei Beuteln zu verstauen. Dabei lauschte ich immer wieder, ob nicht oben eine Tür knarzte oder Schritte zu hören waren. Doch es blieb still. Also schulterte ich schließlich den Rucksack und die Taschen und begab mich zur Haustür.

Als ich den Pub betrat, wunderte ich mich beinahe, wie verhältnismäßig ruhig es heute im Vergleich zum Freitagabend war, und das, obwohl die Tische zum Sonntagsfrühstück gut besetzt waren. Ich bemerkte Mrs. Woodburn und Mr. Reid an ihren gewohnten zwei Tischen und an einem dritten eine Familie, deren Sohn um die achtzehn sein musste und den ich von Freitag her wiedererkannte. Außerdem waren da noch einige Grüppchen von älteren Leuten, denen ich wohl schon im Supermarkt oder auf der Straße begegnet war, denn sie nickten mir kurz zu, bevor sie sich wieder ihrem Gespräch oder dem Essen zuwandten.

Ich ging zur Theke hinüber, legte die Beutel und den Rucksack auf den Hockern um mich herum ab und ließ mich selbst auf einen plumpsen. Durch die Abende in Ians Pub hatte ich mich an den Platz an der Theke gewöhnt. Man hatte alles gut im Blick und signalisierte offenbar Gesprächsbereitschaft.

Ich hatte ein wenig auf Ian gehofft, auch wenn ich wusste, dass er meist nur freitags hier arbeitete, und versuchte, meine Enttäuschung zu verstecken, als Kenneth aus der Küche schlurfte. Er war mit mehreren Tellern beladen und nickte mir nur zu, als er an mir vorbei zu einem der Tische ging. Er legte noch ein paar mehr Gänge zwischen Küche und Gastraum zurück, bevor er um die Theke kam und mir ein weiteres Mal mit einem Grummeln zunickte.

»Morgen«, sagte ich, ebenfalls ein wenig grummelnd, denn meine Stimmung war wegen der kurzen Nacht keinesfalls besser, als seine es sein konnte. »Ich hätte gerne einen Kaffee.«

»Keinen Porridge?«, fragte er und fuhr sich mit zwei Fingern über den langen Schnauzer, der sofort in seine ursprüngliche Stellung zurücksprang. Eigentlich, schoss es mir durch den Kopf, war dieser Schnauzer genau wie Kenneth selbst: borstig, stur und widerspenstig. Normalerweise hätte mich ein solcher Gedanke zum Schmunzeln gebracht, aber heute Morgen war ich zu sehr in meine Sorgen verstrickt, um mich daran zu erfreuen.

»Danke, ich habe keinen Hunger.«

»Na gut«, brummelte Kenneth und schien bei jedem Wort mit sich zu ringen. »Ian hat mir von eurem Tauschgeschäft erzählt. Der Porridge würde also aufs Haus gehen.«

»Danke«, wiederholte ich ein wenig freundlicher, »das ist sehr nett. Aber ich habe wirklich noch keinen Hunger. Vielleicht später.«

Ohne ein weiteres Wort nickte Kenneth, nahm einen Pott aus dem Regal hinter sich und goss aus einer Thermoskanne Kaffee hinein.

»Ohne Milch und Zucker, richtig?« Ohne die Antwort abzuwarten, die er offenbar bestens kannte, verschwand er schon zum nächsten Tisch.

Ich blickte in das dampfende Schwarz in meiner Tasse und fühlte mich davon seltsam beruhigt. Oder war es Kenneth' Angebot, den Porridge aufs Haus gehen zu lassen? Eine winzige Annäherung von diesem sonst so distanzierten Mann?

Ich riss mich von meinen Gedanken los, nahm einen vorsichtigen Schluck, und dann holte ich die Brote aus den Taschen und reihte sie auf der Theke auf. Kenneth kam kurz darauf wieder und beäugte die Päckchen mit einer Mischung aus Neugier und Misstrauen.

»Das sind die Brote für alle Tauschwilligen. Warte, ich habe eine Liste«, erklärte ich, zog die Liste mit den jeweiligen Namen aus meiner Jackentasche und legte sie auf eines der Brote. »Soll ich die Pakete hier liegen lassen oder lieber irgendwo anders hinräumen, bis sie abgeholt werden?«

Kenneth schwieg einen Moment, während er den Blick weiter über die Brote wandern ließ, dann gab er ein seltsam grunzendes Geräusch von sich, beugte sich unter den Tresen und holte einen großen, tiefen Korb hervor, der aussah wie ein überdimensionaler Wäschekorb. Ich stand auf, ging auf Kenneth' Nicken hin um die Theke herum und half ihm, die Brote in dem Korb zu verstauen, den er dann wieder unter den Tresen schob.

»Muss ich auf irgendetwas achten?«, fragte er dann.

»Nein, gib einfach eines der Brote heraus, wenn jemand kommt. Es sind unterschiedliche Sorten, aber ich habe sie nicht vorsortiert.«

»Und wenn etwas für dich hiergelassen wird, lege ich es in den Korb rein. Da kannst du meinetwegen einfach drangehen.«

Ich versuchte, meine Überraschung zu verbergen, aber ich hätte nicht gedacht, dass Kenneth mich so selbstständig verfahren und in das heilige Reich hinter der Theke lassen würde. Inzwischen war ich wieder um den Tresen herumgegangen und hatte mich auf den Barhocker geschoben.

»Danke, dass wir das hier machen dürfen«, sagte ich.

Kenneth zuckte mit der Schulter. »Ian wollte das so.«

»Er ist ein toller Kerl«, sagte ich, und um kein falsches Bild entstehen zu lassen, schob ich schnell hinterher: »Und Ellie ist auch echt super. Ich habe die beiden richtig ins Herz geschlossen.«

Ich spürte Kenneth' Blick auf mir, doch schon wandte er sich ab, jedoch nicht, bevor ich nicht ein winziges Zucken seines Schnauzers bemerken konnte. Ein Lächeln auf dem Gesicht des mürrischen Pubbesitzers, war das wirklich möglich? Plötzlich wurde mir bewusst, dass ich gar kein Brot für ihn beigelegt hatte. Das würde ich beim nächsten Mal auf jeden Fall nachholen.

Während er sich um die Bestellung seiner Gäste kümmerte, trank ich meinen Kaffee und sah mich ein wenig in dem Raum um. Verstohlen beobachtete ich, wie Mrs. Woodburn und Mr. Reid kurz hintereinander ihre Rechnung beglichen und im Abstand von einigen Minuten den Pub verließen. Als Mrs. Woodburn an mir vorbeiging, richtete sie ganz plötzlich den Blick auf mich, und ich zuckte ertappt zusammen.

Zu gerne hätte ich einen der Dorfbewohner nach Finley gefragt: Was über ihn bekannt war und wie er so tickte … Doch noch immer war außer dem Pubbesitzer niemand da, mit dem ich schon mehr als ein paar Worte gewechselt hätte, und Kenneth schien unseren Gesprächsbedarf für heute gedeckt zu sehen, denn er schenkte mir keinen Blick mehr, geschweige denn ein Wort, wenn er hinter der Theke Bier zapfte oder andere Getränke einschenkte. Irgendwann stellte er wortlos eine Schüssel mit dampfendem Porridge vor mir ab. Ich brachte nur ein überrascht gestottertes Danke heraus. Eigentlich wollte ich gar nichts essen, aber nun, da mir das Gemisch aus duftender brauner Butter mit Zucker und Zimt in die Nase stieg, regte sich mein Magen plötzlich und gab ein Knurren von sich. Also wehrte ich mich nicht länger und genoss den Porridge und das wärmende Gefühl, das er in mir verbreitete. Mit ihm kam auch der Mut zurück. Ich sollte mir nicht so viele Sorgen machen. Finley schien auf den ersten Blick ganz in Ordnung, wenn auch etwas eigen. Aber das war bei den Bewohnern in Applemore im Grunde der Normalzustand, gestand ich mir schmunzelnd ein. Jedenfalls würde er sich schon an das Arrangement halten, und wenn nicht, würde ich eben auf meine Abmachung mit seinen Eltern pochen. Denn wenn ich es tatsächlich geschafft hatte, den störrischsten aller Pubbesitzer zu einem Lächeln zu bewegen – und wenn es auch noch so klein war –, war dies definitiv nicht der richtige Moment, um von hier abzureisen!

22

Finley hielt Wort – und zwar im wahrsten Sinne, denn ich hörte wirklich keinen einzigen Mucks von ihm. Als ich im Haus eintraf, blieb alles still und die Tür zum Schlafzimmer geschlossen. Auch zwei Stunden später, die ich damit verbrachte, mich um die Teige für die kommenden Tage zu kümmern, war aus der oberen Etage kein Laut zu hören. Und dann traf eine Nachricht von Kevin ein, Ellies gutem Freund, den ich am Freitag kennengelernt hatte. Er schwärmte ganz begeistert von dem Brot, das er heute abgeholt und zum Großteil verschlungen hatte, und berichtete, dass er das versprochene Fahrrad bereits gestern fit gemacht hätte. Nun fragte er, ob ich Lust hätte, es mit ihm, Ian und Ellie einzuweihen. Da war ich natürlich dabei! Zwar nieselte es gerade ein wenig, aber mit etwas Glück würden sich die Regenwolken schon noch verziehen.

Als ich am Treffpunkt vor Ellies Haus eintraf und Kevin mir das versprochene Fahrrad hinhielt, war kurzfristig jeder andere Gedanke vergessen. Begeistert drehte ich eine Runde um das Rad und spürte, wie das Lächeln auf meinen Lippen immer breiter wurde. Es war so pink wie die Disteln in den Vorgärten und leuchtete einem schon von Weitem entgegen. Das typische Damenrad war mit allem ausgerüstet, was ich für meine Touren und Einkäufe brauchen konnte: Licht, einem wunderschönen dunklen Bastkorb und sogar einer schmalen Blumengirlande um den Lenker. Verlegen kratzte Kevin sich am Hinterkopf.

»Ich hoffe, es ist dir nicht zu kitschig. Es gehörte meiner Schwester, die hatte einen Fimmel für … Romantisches.«

»Es ist perfekt, ich liebe es!«, rief ich und schwang mich sofort auf den Sattel, um die erste Proberunde über den Platz vor dem Haus zu drehen.

Wir verbrachten den gesamten Nachmittag damit, die Gegend auf den Fahrrädern zu erkunden. Statt über die Heide fuhren wir heute breitere, von niedrigen Steinmauern flankierte Wege an saftigen Wiesen entlang, auf denen große Schafsherden vor sich hin mümmelten. Weiße Wattebäusche auf der grünen Leinwand. Bald rissen die Wolken auf und ließen die Sonne zu uns durchdringen. Wir zogen unsere nassen Regenjacken aus, um die Wärme auf den Armen zu spüren. Beinahe schon sommerlich fühlte es sich an, wenn die Sonne ihrer Kraft freien Lauf ließ. Kevin war genauso sympathisch wie an dem Pubabend. Er erzählte mir von seinen Studienplänen, die ihn im Herbst nach Glasgow führen sollten, wo er endlich mit seinem Freund zusammenziehen wollte, den er über das Internet kennengelernt hatte. Die Wege waren breit genug, um zu zweit nebeneinanderher zu fahren, und je nachdem, wer gerade neben mir landete, plauderte ich mal mit Kevin, mal mit Ian oder Ellie.

Als wir eine Pause einlegten, kam ich endlich dazu, das Thema anzuschneiden, das mir schon die ganze Zeit auf den Lippen brannte, das ich aber zurückgehalten hatte, bis sich eine ruhigere Gesprächsmöglichkeit ergab.

»Was wisst ihr über Finley Bains?«, brach es aus mir heraus, kaum dass wir uns an einem Picknicktisch inmitten des tiefsten schottischen Grüns niedergelassen hatten. Einige wollige Schafe mit schwarzen Gesichtern und gebogenen Hörnern blökten uns von ihrer Weide entgegen, die ein paar Meter neben dem Tisch begann und sich weit über die Hügel erstreckte. Hier und da ragte ein einsamer Laubbaum auf und ließ die frischen grünen Blätter im Wind tanzen.

Überrascht sahen mich Ellie und Ian an, während Kevin in seinem Gedächtnis nach einer Zuordnung des Namens zu fischen schien.

»Finley?«, fragte Ellie schließlich. »Was hast du denn mit dem zu schaffen?«

»Offenbar wohne ich nun mit ihm unter einem Dach«, sagte ich und erntete noch verblüfftere Blicke. Also schilderte ich kurz, was am Abend zuvor passiert war.

»Dann ist er also zurück?«, meinte Ian. »Das hätte ich nicht gedacht.«

»Wieso, was meinst du? Wo war er denn überhaupt?«, fragte ich, erpicht auf jede noch so kleine Information über den ungewollten Eindringling.

»Na ja, er ist damals ziemlich plötzlich weg gewesen, also vor fünf Jahren ungefähr, ohne dass jemand wusste, wo er hinwollte.«

»Und wo war er nun?«

»Ich habe gehört, dass er nach Australien gegangen ist.« Ian wechselte einen fragenden Blick mit Ellie, die nickte.

»Blair ist bis heute nicht darüber hinweg, dass er sie vom einen auf den anderen Tag einfach so hat sitzen lassen«, meinte sie und machte eine Handbewegung, die wohl in Richtung Dorf ging.

»Blair war seine Freundin?«, fragte ich nach, und sie nickte.

»Sie hilft im Supermarkt von Applemore aus, der gehört

ihrer Familie. Eigentlich hat sie mal eine Ausbildung zur Arzthelferin gemacht, aber irgendwie ist sie hier hängen geblieben, keine Ahnung. Du hast sie bestimmt schon mal gesehen: groß, blond, wunderschön?«

Natürlich war ich ihr bereits begegnet, schon an dem Tag, als ich Applemore zum ersten Mal erkundet und sie nach einer Bäckerei gefragt hatte. Da war sie mir allerdings nicht allzu sympathisch gewesen.

»Ich persönlich habe nicht viel mit ihr zu tun, daher ist alles, was ich dir dazu erzählen kann, hauptsächlich ein Gerücht. Schließlich sind Blair und Finley schon so um die siebenundzwanzig und damit einiges älter als wir, sodass wir nie engen Kontakt hatten. Aber soweit ich weiß, hat er ihr einige Tage nach seiner Abreise eine Nachricht geschrieben, in der er ihr mitteilte, dass es ihm leidtue, er aber nie wieder nach Applemore oder Schottland zurückkehren würde. Ohne Begründung, ohne Trost.«

Unwillkürlich musste ich an Theo denken. Die Umstände mochten völlig andere sein, aber offenbar war Blair von Finley genau wie ich von Theo ohne Rücksicht vor vollendete Tatsachen gestellt worden.

»Waren sie denn lange zusammen?«, fragte ich.

»Ich glaube, es ging schon eine Weile mit ihnen. Wie ernst es nun wirklich war – keine Ahnung.«

Ian hatte eine große Flasche Cider aus seiner Tasche geholt, öffnete sie und kippte davon etwas in vier Metallbecher, die er uns zuschob.

»Es wundert mich echt, dass er zurückgekommen ist nach dieser Ansage«, meinte Ellie grüblerisch.

»Du weißt doch, wie das ist«, sagte Ian zu ihr. »Solche Dinge ändern sich. Man vergisst manches, verdrängt einiges und merkt, dass es woanders nicht unbedingt besser ist als zu Hause.«

»Und seine Eltern wissen gar nicht, dass er wieder da ist?«, fragte Ellie an mich gewandt.

»Bestimmt hat er sie mittlerweile angerufen. Andererseits hätten sie mich dann doch kontaktiert, oder? Zumindest um zu klären, wie wir das alles handhaben wollen. Aber bisher habe ich nichts von ihnen gehört.« Ellie nickte. Ich sah kurz auf meinen Becher hinab, in dem der Cider golden schimmerte. Dann fragte ich: »Was wisst ihr denn noch so über ihn? Warum ist er damals Hals über Kopf abgehauen?«

»Keine Ahnung«, meinte Ellie, »es muss aber irgendwas mit seiner Schwester zu tun haben. Die ist etwa zur gleichen Zeit verschwunden.«

»Seine Schwester?«, fragte ich verdutzt. Auf den Familienbildern hatte ich kein Mädchen gesehen, da war ich mir ganz sicher. Ich bemerkte, wie Ian Ellie einen strafenden Blick zuwarf.

»Klar«, mischte sich da Kevin ein, der bisher schweigend an seinem Cider genippt hatte, »Isabelle Bains. Die kannte hier jeder. Alle dachten, dass sie mal berühmt werden würde, als Schauspielerin oder Sängerin oder so.«

»Was ist mit ihr geschehen?«

»Ich weiß es ehrlich gesagt nicht«, meinte Kevin und schien selbst erstaunt darüber. »Sie war immer viel unterwegs, oder? Und irgendwann hat man nichts mehr von ihr gehört. Wahrscheinlich ist sie an irgendeinem fernen Ort geblieben.«

Ich sah zu Ian und Ellie, um zu erkunden, ob sie mehr über Isabelle wussten.

»Ich hab auch keine Ahnung«, meinte Ian schließlich und hob entschuldigend eine Hand. »Wie Ellie schon sagte, altersmäßig waren wir zu weit auseinander, um viel von ihr mitzubekommen. Isabelle war noch älter als Finley. Es gibt viele Gerüchte um sie, aber keiner weiß, wo sie wirklich steckt.«

»Das meinte ich letztens, als wir zusammen am Loch waren«, mischte Ellie sich ein. »Die Bains' sind irgendwie komisch. Ich meine, zwei ihrer Kinder hauen einfach so Hals über Kopf ab, und sie verlieren kein Wort darüber? Da stimmt doch irgendwas nicht!« Ian legte ihr eine Hand aufs Bein, woraufhin sie ihn kurz anlächelte, ihren Ciderbecher abstellte und sich zu mir vorbeugte. »Rory und Ruth sind nett, keine Frage. Ich will auch nicht schlecht von ihnen reden. Es ist nur … seltsam.«

»Weißt du denn noch mehr über Isabelle?«

»Na ja, es stimmt schon, dass sie kaum noch im Ort war«, erzählte Ellie. »Sie wollte Karriere als Sängerin machen, und das schien zu funktionieren, jedenfalls hatte sie erste kleine Engagements und so. Ich glaube, sie war vorher irgendwo an einer Gesangsschule eingeschrieben, so genau weiß ich es nicht. Jedenfalls kam sie immer mal wieder zu Besuch nach Hause. Das Verhältnis zu ihren Eltern war, glaube ich, ganz gut. Und dann, plötzlich, wusste man nichts mehr bis auf ein paar Gerüchte, sie würde nun in Südafrika leben. Mehr habe ich nicht von ihr gehört und sie auch nie mehr hier im Ort gesehen. Da habe ich mir gedacht, sie hätte sich eben mit ihren Eltern zerstritten, so was kommt ja vor, zumal Finley damals auch Reißaus nahm. Irgendeine verquere Familiengeschichte, dachte ich mir.«

»Wenn sie sich schlimm mit den Eltern zerstritten hätte, würde das zumindest erklären, warum es keine Fotos von ihr im Haus gibt«, dachte ich laut nach.

»Gibt es nicht? Kein einziges?«, fragte Ellie mit großen Augen.

»Nein, überall sind nur die Jungs zu sehen.«

»Finleys Bilder hängen also noch?«, fragte Ian, dessen Neugier sich nun offenbar doch regte. »Dann wird er andere Gründe gehabt haben, um abzuhauen.«

Ellie runzelte die Stirn und zuckte mit den Schultern.

»Was ist eigentlich aus dem zweiten Bruder geworden?«, fragte ich weiter.

»David? Er ist der Älteste und Versicherungsangestellter in Edinburgh«, antwortete Ellie und deutete dabei in eine Richtung, in der die Stadt liegen mochte. »Er kommt regelmäßig nach Hause, seine Eltern besuchen.«

Ich nickte, dachte an Finley, und wie es sich wohl für ihn anfühlen mochte, nach so langer Zeit in sein Elternhaus zurückzukehren. Welche Gedanken ihm wohl gerade durch den Kopf gingen?

»Habt ihr Finley mal persönlich kennengelernt?«, fragte ich.

»Nicht wirklich«, meinte Ellie.

»Das Einzige, was ich mitbekommen habe, war, dass er immer der Clown war. Ich glaube, er nimmt nichts und niemanden so richtig ernst«, fügte Ian hinzu. »Zumindest war das damals so.«

»Schade«, sagte ich. »Ich hätte gerne noch ein bisschen mehr über ihn erfahren, bevor ich ihm wieder begegne. Heute Nacht lag ich wirklich stundenlang wach, weil ich plötzlich Angst hatte, er könnte mich rausschmeißen.«

»Meinst du, er würde so etwas tun?«, überlegte Ellie. »Du hast doch eine Abmachung mit seinen Eltern getroffen.«

»Schon, aber ich weiß ja gar nicht, wie Finley so tickt … Ich hoffe einfach, dass ich noch ein bisschen bleiben kann. Es ist das erste Mal seit Wochen, dass ich mich wieder so richtig frei fühle und Spaß habe. Diese ganze Sache mit Theo hat mich echt runtergezogen, aber jetzt, da ich euch kennenlerne und lieb gewinne und wo das Tauschen so gut läuft, möchte ich einfach nicht weg.«

Sofort breitete sich ein Lächeln auf Ellies Gesicht aus.

»Das sehe ich ganz genauso. Sollten die Bains' dich rausschmeißen wollen, lege ich persönlich Protest bei ihnen ein. Stimmt's, Ian, das machen wir dann, oder?«

»Klar«, stimmte ihr Freund sofort zu. »Wir werden mit Plakaten und Parolen demonstrieren.«

»Das ist lieb von euch, nur werden die beiden wenig davon mitbekommen, solange sie auf ihrer Insel sind.«

»Das werden sie ganz bestimmt mitkriegen, dafür sorgen wir schon!«, meinte Ellie siegessicher und prostete mir mit ihrem Campingbecher zu.

Am Abend, als ich mein neues Fahrrad über den Kies zum Haus schob, war keines der Fenster des Cottages erleuchtet. Entweder war Finley noch immer in seinem Zimmer und holte den versäumten Schlaf nach, oder er war ausgeflogen. Nachdem ich das Rad an der Hausseite abgestellt und angeschlossen hatte – schließlich hatte ich ja schon meine Erfahrung mit diversen Einbrechern gemacht –, öffnete ich die Haustür und sah mich im Wohnzimmer und in der Küche um, doch von Finley war nirgends eine Spur. Das hieß, doch, eine Spur hatte er hinterlassen: Auf der Küchentheke lag der Karton einer der von mir gekauften Tiefkühlpizzen samt Folie herum. Ein benutzter Teller und Besteck lagen dreckig in der Spüle. Offenbar hatte Finley sich irgendwann aus seiner Höhle gewagt.

Bevor ich mir selbst etwas zu essen machte, ging ich erst einmal die Stufen in das obere Stockwerk hinauf, wobei mein Blick wieder die Familienfotos streifte. Ob sich Isabelle wirklich so sehr mit ihren Eltern gestritten hatte, dass diese daraufhin alle

Fotos abgenommen hatten, auf denen die Tochter zu sehen war? Mir erschien das unheimlich drastisch, aber andererseits nicht ausgeschlossen, falls der Streit völlig entgleist war. Jedoch hingen die Fotos von Finley noch, und dabei war er doch auch fünf Jahre lang fort gewesen.

Ich merkte, wie meine Gedanken zu dem Thema in tausend Richtungen schweiften, ohne zu einem logischen Schluss zu gelangen. Mir fehlten Informationen. Also nahm ich den Blick von den Bildern und guckte stattdessen nach, ob Finley nicht vielleicht im Kinozimmer war, jedoch vergebens. Die Tür zu seinem Zimmer war weiterhin geschlossen. Ob er dahinter nun schlief, vor sich hin brütete oder ausgegangen war – ich beschloss, ihn nicht zu stören, denn das war ja schließlich unsere Abmachung. Also legte ich meine Sachen ab, ging wieder hinunter in die Küche und begann, den gemütlichen Teil des Abends einzuleiten, indem ich ein paar Nudeln kochte, mir gleichzeitig mein Nachtisch-Popcorn bereitete und überlegte, welchen Film ich gleich anwerfen würde.

23

Die nächsten Tage verflogen nur so. Mit meinem neuen distelpinken Fahrrad kurvte ich im Ort umher und konnte nun auch endlich unabhängig von den seltenen Busfahrzeiten in das Nachbardorf fahren, um Ian im Pub zu besuchen oder größere Einkäufe zu tätigen, die ich dann in meinem Korb verstaute, um mir auf der Heimfahrt über die Heide den Wind durch die Haare pusten zu lassen. Es war ein ganz neues Gefühl der Freiheit, das ich durch das Fahrrad gewann.

Zu meiner guten Laune trugen aber auch die Termine bei, die ich beinahe täglich mit meinen Brottauschern hatte. Gleich am Montagnachmittag verschlug es mich auf den Schulhof des Nachbardorfes, wo der lange Logan schon mit dem Basketball auf mich wartete und mich in die Kunst des Freiwurfs einführte. Wie zu erwarten, traf ich zu Beginn keinen einzigen Korb, geschweige denn, dass ich auch nur in die Nähe dessen kam. Doch irgendwann fruchteten Logans Ratschläge. Er zeigte mir seine Wurftechnik und korrigierte meine Hand- und Armstellung, bis ich sie nachahmen konnte und meine Bälle immerhin schon das Brett hinter dem Korb touchierten. Nach einer guten halben Stunde traf mein erster Ball den Korb und flog nach minimalem Zögern hindurch. Logan und ich jubelten und schlugen ein, und nun war ich so heiß darauf, meinen

Erfolg zu wiederholen, dass ich mich in den Übungen völlig vergaß.

Logan hatte uns Cola mitgebracht, und so ließen wir uns schließlich auf ein Mäuerchen fallen, tranken aus den Flaschen und unterhielten uns. Ich erfuhr, dass er an dieser Schule nachmittags Sportunterricht gab und sich damit über Wasser hielt. Er liebäugelte mit einem Sportstudium, um als Lehrer zu arbeiten. Schließlich verabredeten wir uns für die kommende Woche, und ich versprach, am Donnerstag das nächste Brot in Kenneth' Pub zu hinterlegen.

Am Dienstag traf ich Aileen zu der versprochenen Burgführung. Ich mochte die etwas schüchterne junge Frau sofort, die mich in ihrer Art an Josefine erinnerte. Sie hatte den gleichen Blick, in dem sich Wachheit mit Zurückhaltung mischte. Ihre Schüchternheit verflog jedoch sofort, als wir mit der Führung begannen. Hier schien sie ganz in ihrem Element. Sie zeigte mir die alten Räume mit den zum Teil noch erhaltenen Möbeln aus längst vergangenen Jahrhunderten, erzählte mir von den adligen Familien und dem einstigen Besuch der schottischen Königin, der in einem wandgroßen Gemälde festgehalten war, und gewährte mir Einsicht in die Sammlung von Musikinstrumenten, die einer der Familienangehörigen angelegt hatte. Noch nie zuvor war ich in den Genuss einer Privatführung gekommen und war begeistert davon, all meine Fragen sofort loswerden zu können. Zum ersten Mal hatte ich das Gefühl, alles, was während der Führung gesagt wurde, auch zu behalten, da ich ganz persönlich angesprochen wurde.

Am Abend skypte ich mit meinem Romantikclub, was immer ein Highlight für mich war, denn obwohl ich gerade so viele neue Leute kennenlernte, fehlten mir meine drei Heidelberger unheimlich.

Am Mittwoch war Backtag. Und hier wurde meine neu gefundene Balance auf unangenehme Weise gestört. Während der letzten Tage hatte ich mich regelmäßig um die Teige gekümmert, um sie heute fertig backen zu können. Doch als ich am Morgen in die Küche kam und zu der Theke hinübersah, wo die Schüsseln gestanden hatten, bekam ich einen Schreck. Sie waren ineinandergestapelt. Als ich hineinblickte, bestätigte sich meine Befürchtung. Von dem Teig war keine Spur mehr zu sehen! Die Schüsseln waren allesamt ausgeleert und gereinigt worden. Meine Wangen wurden heiß.

»Finley!«, raunte ich.

Seit seiner Ankunft hatte ich meinen neuen Mitbewohner nicht mehr gesehen, nur ab und zu seine Schritte im Haus gehört. Er schien sich die meiste Zeit in seinem Zimmer aufzuhalten und war zwischendurch mal einkaufen gewesen, was ich an dem plötzlich gefüllten Kühlschrank erkannt hatte. Und ich selbst war ebenfalls oft unterwegs, zu meinen Treffen oder auf einen Plausch bei Ian im Pub. Es fühlte sich zwar ein bisschen merkwürdig an, mit jemandem unter einem Dach zu wohnen, den man nie sah, aber zugleich war ich einfach erleichtert, dass Finley sich offenbar an die Abmachung hielt und nichts dafür tat, mich aus dem Haus zu werfen. Was die Küche anging, hatte zwischen uns ein stilles Abkommen geherrscht – oder so hatte zumindest ich es wahrgenommen: Jeder kümmerte sich um seine Dinge. Nachdem Finley einkaufen gewesen war, hatte er meine Lebensmittel nicht mehr angerührt, er hatte sogar die Tiefkühlpizza ersetzt, die er mir gemopst hatte. Und ich hatte nur von meinen Dingen genommen, hatte mein Geschirr abgewaschen, so wie er es mit seinem getan hatte, unregelmäßig, aber immerhin ab und zu. Daher konnte ich es nicht glauben, dass er an meine Teigschüsseln gegangen war. Die ganze Arbeit der vergangenen Tage war völlig umsonst gewesen!

Mit Schritten, die durch das Haus dröhnen mussten, trampelte ich die Treppe hinauf. Meine ganze Verzweiflung legte ich in das kurze, zackige Klopfen an der Gästezimmertür. Ich wartete nur zwei Sekunden, dann hielt ich es nicht mehr aus, riss die Tür auf und rief in den Raum: »Finley?«

Stickige Luft, in der eine Mischung aus dem Duft von Männerparfüm und Schweiß lag, waberte mir entgegen. Hier war schon länger nicht gelüftet worden. Der Vorhang war zugezogen, aber es drang noch immer genug Tageslicht hindurch, sodass ich eine Gestalt auf dem Bett wahrnehmen konnte, die sich unwillig regte. Finley lag in Boxershorts und T-Shirt auf der Decke und zog einen Kopfhörer von den Ohren. Sein Blick, der im ersten Moment missmutig geflackert hatte, wurde von Schalk eingenommen, als er mich erkannte.

»Was gibt es?«, fragte er. Seine Stimme klang kratzig, ganz so, als wäre sie seit längerer Zeit nicht benutzt worden.

Ich baute mich vor dem Bett auf und stemmte die Fäuste in die Seiten.

»Was hast du mit meinem Teig gemacht?«

Die Frage verklang in dem Raum, ohne auf irgendeine Reaktion zu stoßen. Finley richtete sich ein Stück weit auf und ließ den Kopfhörer, aus dem leise Musik tönte, auf die Decke neben sich sinken.

»Teig, welcher Teig? Ich habe keine Ahnung, wovon du sprichst.«

»Der Teig. In den Schüsseln. Aus der Küche. Wo – ist – er?«

»Der Teig in den Schüsseln aus der Küche«, wiederholte er langsam und schürzte die Lippen. Dann hob er die Schultern. »Was zum Henker redest du da?«

Doch im nächsten Moment schien irgendetwas in seinem Kopf ineinanderzugreifen, denn seine Augenbrauen hoben sich minimal. Ich wartete und blickte ihn aus schmalen Augen an.

»Du meinst doch nicht etwa dieses stinkende Zeug, das da seit Tagen vor sich hin gegammelt hat, oder?«

Ich atmete so hektisch ein, dass ich mich verschluckte und einen kleinen Hustenanfall bekam. Währenddessen erhob sich Finley von dem Bett, zog sich rasch eine Jogginghose über und riss mit einer Bewegung, der seine Anspannung anzumerken war, den Fenstervorhang beiseite.

»Das war mein Brotteig!«, brachte ich endlich mit noch heiserer Stimme hervor. »Der Sauerteig, den ich vor Tagen angesetzt habe, damit er reift. Du kannst doch nicht einfach an meine Schüsseln gehen und den Inhalt wegschmeißen!«

»Also entschuldige mal …« Nun baute sich Finley vor mir auf, und zum ersten Mal bemerkte ich seine sehnig-muskulöse Statur. Auch wenn sein Ton ungeduldig geworden war, blitzte der ewige Spaßvogel weiter in seinen Augen auf. Wieder einmal fühlte ich mich von ihm kein bisschen ernst genommen. »Das Zeug hat doch nur noch vor sich hin geschimmelt. Hast du mal daran gerochen? Das war widerlich und gehörte in den Müll. Niemand will so etwas essen.«

»Das ist Sauerteig!«, schleuderte ich ihm erneut entgegen. »Der muss so riechen. Mann, was mache ich denn jetzt?«

Von einem Moment auf den anderen erkannte ich, dass der Sauerteig wirklich verloren war, und die Wut, die gerade in mir hatte aufsteigen wollen, wich. Stattdessen machte sich Enttäuschung breit. Es tat mir leid um den Teig, das Mehl, die Arbeit. All das war einfach im Müll gelandet.

»Selbst wenn das noch zu gebrauchen gewesen wäre – ist das

wirklich so eine Katastrophe? Du tust ja gerade so, als würde dein Leben von diesem doofen Teig abhängen.«

»Bitte sei einfach still«, sagte ich und wandte mich ab, während ich fieberhaft überlegte, was ich nun tun sollte. Ich wollte Finley nicht mehr sehen, am liebsten nie wieder.

Niedergeschlagen trottete ich die Treppe hinunter, doch statt mich wieder in die Küche zu begeben, um meine Hefevorräte zu prüfen oder gar einen neuen Sauerteig anzusetzen, bog ich ins Wohnzimmer ab und ließ mich auf die Couch plumpsen. Finley war mir nicht gefolgt, wofür ich ihm geradezu dankbar war. Ich hätte für nichts garantieren können, hätte ich jetzt noch diese Auseinandersetzung mit ihm führen müssen.

Mein Handy lag auf dem Couchtisch, und einem Impuls folgend, griff ich danach, um erst beim Öffnen des Nachrichtendienstes zu bemerken, was ich da eigentlich vorhatte. Ich hatte Theo schreiben wollen, um ihm meine Lage zu schildern. War das immer noch nicht aus meinem System heraus? So langsam müsste ich ihn doch vergessen haben. Ich hatte mich während der letzten Woche so gut ablenken können und hatte das Gefühl gehabt, die Gedanken an ihn abgeschüttelt zu haben. Aber offenbar galt das nur so lange, wie meine Welt hundertprozentig in Ordnung war.

Dieser Schreck brachte mich auf den Boden zurück. Eigentlich war doch alles okay. Vielleicht war es wirklich ein wenig übertrieben, so enttäuscht zu reagieren, nur weil die Arbeit der letzten Tage dahin war. Ich würde mir eben etwas anderes als Sauerteigbrote überlegen müssen und von vorne beginnen. Ich seufzte und ächzte leise vor mich hin, als ich mich langsam aufrichtete und Stufe um Stufe die Treppe wieder hinaufging. Am liebsten wäre ich bei jedem Schritt umgekehrt und hätte mich in der Küche verkrochen.

Die Tür zu Finleys Zimmer war wieder geschlossen. Ich nahm meinen Mut zusammen, hob die Hand und klopfte. Es dauerte einige Momente, bevor ein »Ja?« durch das Holz drang. Vorsichtig öffnete ich die Tür und blinzelte in das Zimmer hinein. Finley hatte sich wieder in die Position von zuvor begeben, bevor ich ihn zum Aufstehen gezwungen hatte. Der Kopfhörer lag jedoch neben ihm. Den Blick auf seinem Gesicht wusste ich nicht recht zu deuten. Darin mischten sich Schuldgefühle, Trotz und Neugier.

»Was gibt's?«, fragte er vom Bett aus, mit dem Handy in der Hand. Es klang vorsichtig, wahrscheinlich rechnete er mit dem nächsten Gefühlsausbruch.

»Hey«, sagte ich und wagte mich in das Zimmer vor. »Du, Finley, wegen eben …«

»Du meinst wegen des doo…«, mit einem kleinen Lächeln brach er ab und setzte neu an, »des Teigs?«

Ich zog eine entnervte Grimasse, aber sein Witz ließ die Vorsicht von mir abfallen, und ich entspannte mich.

»Eigentlich wollte ich mich gerade entschuldigen, aber du hast dafür gesorgt, dass ich meine Meinung ändere«, sagte ich und imitierte das vorwitzige Lächeln, das ständig auf seinem Gesicht lag.

»Witzig«, erwiderte er, legte das Handy beiseite und richtete sich auf, »denn eigentlich wollte ich mich gerade bei dir entschuldigen, aber jetzt habe ich meine Meinung geändert.«

»Du drehst einem gerne das Wort im Mund um, oder?«, meinte ich, ging, einer Handbewegung von ihm folgend, zu dem kleinen Tisch am Fenster hinüber, zog den Korbstuhl darunter hervor und setzte mich.

»Nur bei Leuten, die ich damit ärgern kann. Und du ärgerst

dich ziemlich schön, wenn ich das so sagen darf.« Seine Augen funkelten frech, während ich die Lippen schürzte.

»Offenbar hast du ausgeschlafen«, ging ich mit einem herausfordernden Lächeln in den Gegenangriff über und warf einen Blick auf das zerwühlte Bett. Das Laken hing aus der Matratze heraus, ein Kissen war nur noch halb vom Bezug bedeckt. Es sah aus, als hätte er zwei Monate darin gelegen und nicht bloß wenige Tage. Da bemerkte ich plötzlich, von dem Laken halb verborgen, Maisie und Patch, die eingerollt neben Finley lagen.

»Danke, ich habe sogar hervorragend geschlafen und fühle mich einigermaßen ausgeruht«, sagte er und kraulte Maisie am Nacken. War das ein Schnurren? Von Maisie? Der Katze, die sich vor mir immer noch unter dem Regal oder dem Schrank versteckte?

»Und nun?«, fragte ich und nahm meinen neidischen Blick von der Katze.

»Was meinst du?«, fragte er und runzelte die Stirn.

»Was sind deine Pläne?« Ich dachte an die durchwachte Nacht nach seinem Eintreffen im Haus und meine Sorge, dass er mich hinauswerfen wollte. »Wohnen wir jetzt gemeinsam hier? Wie lange willst du überhaupt bleiben? Wie arrangieren wir uns?«

Finley zog die Augenbrauen hoch und stieß geräuschvoll Luft aus.

»Das sind verdammt viele Fragen für einen, der gerade tagelang im Koma gelegen hat …« Als ich ihn nicht sofort erlöste, fuhr er sich durch die verwuschelten Haare und lächelte ergeben. »Wenn ich ganz ehrlich sein darf: Ich habe keine Ahnung, wie es weitergehen soll.«

Ich lehnte mich unter dem leichten Knacken des Korbstuhls vor.

»Darf ich denn fragen, wo du warst?«

Ich wusste es ja von Ellie und Ian, aber es interessierte mich, es direkt von ihm zu hören und auf diese Weise vielleicht sogar mehr über ihn zu erfahren.

»Australien«, sagte er so selbstverständlich, als müsste ich das an seinen Haarspitzen ablesen können. »Und nun wieder in Applemore, dem abgelegensten Kaff der Welt. Ju-hu …« Er schwenkte ein imaginäres Jubelfähnchen, und der Sarkasmus troff nur so aus seinen Worten.

»Warum musstest du denn aus Australien raus?«

»Visum«, brummte Finley so leise, dass ich es kaum verstehen konnte.

»Wie bitte?«, fragte ich.

»Mein Visum ist abgelaufen, und ich habe kein neues bekommen. Mein Job hat schon vor einigen Monaten geendet, und ich habe mich nicht rechtzeitig um einen neuen gekümmert. Also musste ich raus.«

Zum ersten Mal, seit wir zusammen in diesem Zimmer waren, hatte ich das Gefühl, dass er etwas ernst nahm.

»Und bist zurück nach Applemore gekommen …«, sagte ich vor mich hin.

»Jepp, wohin hätte ich auch sonst gehen sollen?«

»Darf ich fragen, wieso du dir keine neue Arbeit in Australien gesucht hast? Es klingt ja nicht gerade so, als wärst du gerne wieder hier.«

»Tja, vielleicht ist das aus meiner Geschichte noch nicht klar genug herausgekommen. Ich bin nicht sonderlich gut darin, Pläne zu machen.« Er lächelte schief und warf mir einen müden Blick zu.

»Und warum hast du deine Eltern nicht vorab informiert, dass du kommen würdest? Das hätte uns einiges an Aufregung erspart.«

»Ich konnte ja nicht wissen, dass meine Eltern zum ersten Mal seit zehn Jahren ihr Haus verlassen und es Mila Muntser überantworten würden. Außerdem dachte ich eben, sie würden die ganze Sache besser aufnehmen, wenn sie mir gegenübersäßen und sie direkt von mir hören würden.«

Stimmt, da war ja der Streit mit den Eltern, dachte ich. Womöglich war nicht nur Isabelle deswegen abgehauen, sondern auch Finley.

»Du und deine Schwester seid damals ziemlich überraschend aufgebrochen, oder?« Es rutschte mir raus, bevor ich nachdenken konnte. Mist! Sofort sah ich an seinen sich verengenden Augen, dass ich zu weit gegangen war.

»Was weißt du über meine Schwester?« Finleys Stimme klang mit einem Mal so kühl, dass es mich erschreckte. Ich schluckte.

»Nichts, nichts. Das ist nicht wichtig«, sagte ich in dem Versuch, mich aus der Zwickmühle herauszuwinden, und erhob mich von dem Stuhl. »Ich muss mich jetzt um einen neuen Teig kümmern …«

Finley behielt mich einen Moment lang genau im Auge, ohne etwas zu sagen, dann nickte er und wandte den Blick ab.

»Vielleicht kannst du mir Bescheid geben, wenn sich mit deinen Plänen irgendetwas tut? Ich weiß«, sagte ich in bemüht lockerem Ton, um die Stimmung zu retten, »du bist nicht so gut im Plänemachen, aber vielleicht klopfen sie ja irgendwann an deine Tür. Und da wir nun Mitbewohner sind …«

Er sah auf und schenkte mir immerhin ein müdes Lächeln.

»Wie lange bist du noch mal hier, Mila?«

Seine Stimme klang schneidend, auch wenn er es vielleicht nicht so meinte. Ich machte einen Schritt Richtung Tür und murmelte: »Bis Anfang August.«

Er nickte, warf mir einen Blick zu, der die Erwartung in mir weckte, dass er noch etwas Nettes sagen und die Anspannung lösen wollte, doch dann senkte er ihn auf sein Handy und ließ es vor seinem Gesicht aufleuchten.

Ich taumelte auf den Flur und wusste nicht, was ich denken oder fühlen sollte. Aus diesem Kerl wurde ich einfach nicht schlau, er konnte in der einen Minute so charmant sein und in der nächsten so kalt. Was hatte ich ihm denn getan, außer nach seiner Schwester zu fragen? Er kam aus Applemore und musste doch wissen, dass hier geschwatzt wurde.

Wie auch immer. Ich versuchte, das Gefühl abzuschütteln, indem ich überlegte, was ich für meine neuen schottischen Freunde backen würde. Die Lust auf Brot war mir vergangen. Aber vielleicht konnte ich sie mit etwas Schottischem überraschen! Schnell lief ich in die Küche hinunter, und nachdem ich mich versichert hatte, dass Finley das Glas mit dem Sauerteigansatz im Kühlschrank, ohne den ich das Brotbacken vorerst vergessen könnte, nicht auch ausgespült hatte, schnappte ich mir Mrs. Bains' Rezeptbuch. Klar, Shortbread, dieses süße Mürbeteiggebäck, wäre doch eine tolle Überraschung. Und dazu ein paar Scones, mit Rosinen und Schokolade, wie ich sie am liebsten mochte.

Kaum dass ich den ersten Teig in der Rührschüssel anmischte, ebbte das bittere Gefühl in meiner Magengegend ab. Und als sich dann auch noch Patch zu mir gesellte, der offenbar aus Finleys Zimmer gehuscht sein musste, fühlte ich mich wieder wohl. Irgendwie würden wir die sechs Wochen im selben Haus bewältigen, das konnte ja kein Hexenwerk sein.

24

Am folgenden Morgen brachte ich die Scones und das Shortbread bei Kenneth im Pub vorbei. Die Frühstückszeit war schon verstrichen und keiner der Tische besetzt, als ich eintraf. Auch von Kenneth war im Gastraum nichts zu sehen, also klopfte ich an den Rahmen des Küchendurchgangs und steckte den Kopf hindurch. Kenneth stand mitten in dem übersichtlichen Raum voller Theken und Gerätschaften und schnippelte Gemüse. Ich winkte ihm zu.

»Bleib, wo du bist«, rief ich. »Ich bringe nur das Gebäck vorbei und bin gleich wieder weg. Ich hab auch was für dich dabei, das kannst du dir einfach nehmen.«

Sofort traf mich ein widerspenstiger Blick.

»Ich brauche kein Brot«, kam es murrend unter dem Schnauzer hervor.

»Das ist ein Dankeschön für das Essen«, hielt ich dagegen. »Außerdem sind es diesmal Scones und Shortbread.«

»Das ist ein Deal zwischen Ian und dir. Der hat nichts mit mir zu tun. Nimm es wieder mit. Ich mag unser Toastbrot.«

»Aber …« Ich hielt inne, da mir klar wurde, dass jeder Überzeugungsversuch vergeblich wäre. »Na gut«, sagte ich schließlich und zog mich geschlagen zurück.

Als ich das restliche Gebäck in den Korb hinter der Theke

legen wollte, bemerkte ich, dass sich bereits etwas darin befand. Es war die Marmelade, die mir Janet versprochen hatte. Ich zog die beiden Gläser heraus: jeweils eines mit selbst gemachter Stachelbeer- und Holunderblütenmarmelade. Lecker! Sofort hellte sich meine Stimmung wieder auf. Sollte der alte Griesgram doch sein Toastbrot essen, wenn er es so toll fand. Schnell leerte ich meine Taschen und verließ den Pub dann schon wieder, da ein wichtiger Termin anstand: mein Friseurbesuch bei Ellie.

Der Salon lag gegenüber vom Pub in einem der Reihenhäuser im Fachwerkstil mit grün eingefassten Erkern. Als ich ihn betrat, umfing mich sofort der typische seifig saubere Geruch nach Haarspray und Kosmetikprodukten, der mich in meine Kindheit katapultierte. Damals hatte mein Vater mich noch mit meinem Lieblingseis bestechen müssen, damit ich die Friseurin an meine Locken ließ, denn ich hatte immer Angst vor der Schere gehabt. Diese Phobie hatte ich mittlerweile zwar hinter mir gelassen, aber zum Friseur ging ich doch eher unregelmäßig, da ich die ewige Leier über zu wenig Pflege nicht ertragen konnte, die ich immer wieder über mich ergehen lassen musste.

Der Salon war klein mit nur zwei Frisierstühlen und dazugehöriger Trockenhaube, einem Waschbecken und einem Thekentisch am Ende des Raumes, neben dem noch ein Stuhl für wartende Kunden stand. Auch sonst glich er den üblichen Friseurläden mit einer Menge Spiegeln an den Wänden und schwarz-weißen Fliesen am Boden, auf denen sich das Haar gut zusammenfegen ließ.

Ellie stand gerade über eine Kundin gebeugt und drehte einen Lockenwickler nach dem anderen aus dem feinen weißen Haar.

»Hi, da bist du ja schon!«, begrüßte sie mich und lächelte mir durch den Spiegel zu. »Setz dich doch noch kurz. Ich bin sofort bei dir.«

Ich folgte ihrer Aufforderung und ließ mich auf den Stuhl neben dem Thekentisch nieder. Statt mir eines der Magazine zu nehmen und darin zu stöbern, beobachtete ich gebannt Ellies flinke Finger. Schon bald war das Gesicht der älteren Dame von einer Lockenpracht umgeben, die bis auf die Farbe und Länge meiner glich.

»Sie wissen ja, Mrs. Woodburn, wie Sie am besten mit den Locken umgehen, damit Sie möglichst lange Freude daran haben«, sagte Ellie mit einem herzlichen Lächeln in Richtung der Kundin.

Mrs. Woodburn? Ich sah genauer hin, und tatsächlich: Unter dem Lockenkopf erkannte ich die Dame aus dem Pub wieder, die dort jeden Morgen ihr Frühstück einnahm. Neugierig richtete ich mich auf. Als ich sie genauer betrachten wollte, bemerkte ich, dass ihr Blick über den Spiegel auf mir ruhte.

»Sie sind das Mädchen aus Deutschland, nicht wahr?«, fragte sie plötzlich. Es war das erste Mal, dass ich sie sprechen hörte. Ihre Stimme war die einer älteren Frau, ein wenig tiefer, ein wenig rauer, als sie wohl noch vor ein, zwei Jahrzehnten gewesen sein mochte.

»Ähm, ja«, antwortete ich und fühlte mich ertappt. Hatte sie gemerkt, wie ich sie beobachtet hatte? Nicht nur heute, sondern auch schon während unserer gemeinsamen Aufenthalte im Pub?

»Das ist Mila Münzer«, stellte Ellie mich mit warmer Stimme vor. »Eine gute Freundin von mir.«

»Ach, wissen Sie«, sagte Mrs. Woodburn, und ihre Augen wanderten langsam zu Ellie, »Sie sind mit jeder einzelnen Person in diesem Dorf und darüber hinaus befreundet.«

Ein winziges Schmunzeln auf den Lippen der alten Frau verriet, dass die Bemerkung nicht böse gemeint war. Da entfuhr Ellie ein Lachen.

»Sie haben recht! Ich mag die Menschen einfach. Aber Mila ist eine besondere Freundin, glauben Sie mir. Wissen Sie, dass sie das beste Brot der Welt backt? Und sie tauscht es, so wie früher die Waren untereinander getauscht wurden. Ich zum Beispiel werde ihr heute zum Tausch die Haare schneiden.«

Wieder richteten sich die wachen Augen der alten Dame auf mich. Ein wenig verlegen wand ich mich auf meinem Stuhl. Da fiel mir etwas ein, und ich zog das Gebäck für Ellie sowie das verschmähte von Kenneth aus der Tasche. Ich legte es auf der Theke ab.

»Hier ist dein Gebäck, Ellie. Heute gibt es ausnahmsweise kein Brot, sondern etwas Süßes für die Teatime. Du bekommst sogar zwei Rationen. Kenneth wollte nichts.«

»Warum denn das?«, fragte Ellie und hielt mit ihrer Arbeit inne.

»Er liebt sein matschiges Toastbrot«, sagte ich mit einem Kichern, in das Ellie sogleich einstimmte.

»Was für ein Griesgram«, meinte sie, »aber eigentlich ein liebenswürdiger. Du wirst ihn schon noch knacken. Bei mir hat es auch Jahre gedauert.« Sie wandte sich wieder den Lockenwicklern zu. »Aber wisst ihr, was, ich habe eine Idee. Mrs. Woodburn, nehmen Sie doch das Gebäck. Ian und ich schaffen sowieso nicht alles, und was Mila backt, ist wirklich hervorragend. Nicht zu vergleichen mit dem, was wir hier sonst so bekommen.«

»Ja«, stimmte ich zu, »eine gute Idee. Bitte, nehmen Sie es!«

Die Frau sah abwechselnd zu Ellie, mir und zu der Papiertüte auf der Theke. »Ich habe schon einmal deutsches Brot gegessen«, sagte sie dann und klang ein wenig gedankenverloren. »Damals im Schwarzwald, als James mit mir dorthin gefahren ist. Wir waren ganz gute Wanderer, wussten Sie das, Ellie? Na ja, lang ist es her.« Sie richtete sich auf und blickte mich ernst an. »Was möchten Sie für das Gebäck haben?«

»Nichts«, sagte ich schnell. »Es würde mich freuen, wenn Sie es als Geschenk annehmen würden.«

Mrs. Woodburn behielt mich einen Moment lang fest im Blick, dann nickte sie und wandte Ellie ihre Aufmerksamkeit zu.

»Sind wir dann fertig für heute?«

»Das ist der letzte Wickler, Moment. Noch einen Schuss Haarspray, und es ist perfekt.«

Die beiden gingen schließlich wieder zu ihrer Routine über. Ellie zeigte Mrs. Woodburn mit einem Handspiegel die Frisur in Gänze, nahm ihr nach deren zufriedenem Nicken den Kittel ab und das Geld entgegen, das die Dame aus einer länglichen Geldbörse zog. Dann erhob sie sich von dem Sessel und kam zu der Theke hinüber.

»Ich danke Ihnen, Miss …«

»Münzer.«

»Miss Münzer.«

Sie nahm eine der Tüten von der Theke, schickte ein »Good day« in die Runde und stöckelte dann aus dem Salon.

Ellie winkte mich zu sich hinüber, wo sie in der Zwischenzeit die Lockenwickler fortgeräumt und einen neuen Kittel zur Hand genommen hatte.

»Sie ist ein bisschen eigen und sehr stolz, unsere Mrs. Woodburn«, sagte sie mit einem Lachen. »Aber eine ganz Liebe, glaube mir.«

Ein wenig kannte ich Ellie mittlerweile schon, und ich musste Mrs. Woodburn recht geben, dass Ellie in jedem Menschen das Gute sah. Nur dass ich diese Eigenschaft absolut bewundernswert und liebenswürdig fand.

»Wenn du mich fragst, wirkt sie sehr geheimnisvoll. Ich wüsste gerne mehr über sie«, sagte ich, während ich mich auf den Sessel fallen ließ. Sofort wirbelte Ellie den Kittel vor mir auf und legte ihn mir, zusammen mit einer leicht kratzigen Papierkrause, um den Hals.

»Ach, weißt du, ich schneide und lege Mrs. Woodburn nun schon seit zwei Jahren die Haare, aber in der ganzen Zeit habe ich ihr nichts entlocken können, und das, obwohl doch eigentlich jeder auf diesem Stuhl irgendwann einbricht und mir alles aus seinem Leben erzählt.«

»Das klingt ja, als wäre das ein Folterstuhl«, sagte ich und tat ganz entsetzt, was Ellie zum Kichern brachte.

»Wäre man nur so schlau gewesen, Friseure als Folterknechte einzusetzen! Wir bekommen jedes Geheimnis aus jedem unserer Kunden heraus. Die Leute lieben es halt, mit uns zu plaudern. Du glaubst ja nicht, was mir schon alles anvertraut worden ist.«

»Außer von Mrs. Woodburn.«

»Außer von ihr.«

»Kommen die Bains' eigentlich auch zu dir?«, fragte ich, einer plötzlichen Eingebung folgend.

»Nein, die sind nie hier. Ich glaube, Mrs Bains schneidet ihrem Mann selbst die Haare. Und sie geht zu dem Salon in Killin. Da arbeitet, meine ich, eine Schulfreundin von ihr.«

Ich nickte, ganz so, als ginge mich das alles eh nichts an. Und dennoch konnte ich die Neugier einfach nicht unterdrücken. Die Leute im Dorf schienen alle ihre kleinen und großen Geheimnisse zu haben, und zu gern wollte ich mehr erfahren.

»So«, sagte Ellie und drehte meinen Stuhl so zum Spiegel, dass ich mich selbst ansehen musste. »Darf ich einfach machen, oder gibt es irgendwelche No-Gos?«

25

»Meine Güte, Mila, ist das ein Pony?«

Fiona beugte sich so weit in Richtung ihres Bildschirms vor, dass sie ihn beinahe mit der Nase berührte. Vor einigen Stunden war ich vom Friseursalon nach Hause zurückgekehrt. Inzwischen war Abend, und das nächste Skypetreffen mit meinen Freunden stand an.

Ich drehte den Kopf hin und her, damit Fiona, Josefine und Leon meine neue Frisur von allen Seiten sehen konnten. Die drei brachen in Komplimente aus.

»Veräppelt ihr mich, oder findet ihr es wirklich gut?«, hakte ich nach.

»Auf jeden Fall!«, rief Fiona, und die anderen beiden stimmten ihr zu. »Das ist ja eine richtige Frisur, nicht nur dein üblicher, entschuldige, Lockenkopf.«

Im ersten Moment, als Ellie ihre Schere zum Einsatz gebracht hatte und die erste Strähne gefallen war, hatte ich aufjaulen und ihr das Werkzeug aus der Hand reißen wollen. Meine Locken hatte ich immer lang getragen, zuletzt reichten sie mir bis zu den Schulterblättern, doch nun kürzte Ellie eine Locke nach der anderen auf Kinnlänge. Nach hinten hin war das Haar sogar noch etwas kürzer, und vorne schnitt sie mir einige Ponysträhnen. Mir war zum Heulen zumute, als ich auf die verlorenen Haarsträhnen sah, die sich auf dem Boden türmten, bis ich mich irgendwann aufrichtete und in den Spiegel blickte. Die Frau, die mir nun entgegensah, wirkte so viel erwachsener, fraulicher und entschlossener als mein Spiegelbild der vergangenen Jahre.

Meine Freunde bestätigten zum Glück den Eindruck. Ein wenig ungewohnt war es doch noch, dass sich der Kopf so viel leichter anfühlte. Nun wollten sie wissen, wie es zu diesem Schritt gekommen war, und ich fasste zusammen, was sich in den letzten Tagen getan hatte: von den neuesten Tauschgeschäften bis hin zu Finleys Überfall. Da wir uns auf Deutsch unterhielten, musste ich nicht einmal die Stimme senken, falls er mich hören konnte.

»Auweia, das klingt aber nach einer etwas komplizierten WG-Zusammenstellung, wenn du mich fragst«, meinte Leon, als ich schließlich geendet hatte.

»Das kann man so sagen«, antwortete ich. »Andererseits ist er der unauffälligste Mitbewohner, den man sich nur vorstellen kann – wenn er sich nicht gerade an meinen Teigschüsseln vergeht.«

»Ein Traum von einem Mitbewohner«, meinte Josefine, und wir alle blickten sie überrascht an. »Was denn? Wenn Mila sich jetzt sogar die Haare schneiden lässt, darf ich mir doch wohl eine Prise Sarkasmus erlauben!«

Wir mussten alle lachen, als es plötzlich bei mir klingelte. Ich lauschte auf Finleys Schritte, ob er öffnen würde, doch als nichts zu hören war, erhob ich mich seufzend.

»Entschuldigt, da ist jemand an der Tür.«

»Hoffentlich nicht der nächste von den Bains-Brüdern!«, rief Leon, und ich sah erschrocken zurück in die Kamera.

»Noch einen von denen überlebe ich nicht!«

Von Finley war noch immer nichts zu hören, als ich an der Tür ankam. Dabei ging ich fest davon aus, dass der Besuch für ihn sein musste, da ich niemanden erwartete. Oder konnte das etwa wieder unsere Nachbarin sein, eine erboste Kathleen McEwan, die sich diesmal über die Spatzen aufregte, die angeblich in unserem Garten hausten und an ihren Blümlein pickten?

Ich zog die Tür auf, und ein kleines überraschtes »Ach« entfuhr mir.

Vor mir stand Mrs. Woodburn mit ihren frisch gelegten Locken, die unter einem neckischen Hütchen hervorlugten. Ihre kleinen wachen Augen blitzten mir entgegen.

»Mrs. Woodburn, guten Abend! Ich habe gar nicht mit Ihrem Besuch gerechnet.«

»Guten Abend, Miss Münzer. Ich komme nur kurz vorbei, Sie müssen mich nicht hereinbitten«, sagte die Dame und schaffte es durch ihre kleine Anspielung auf meine schlechten Manieren, mich durcheinanderzubringen. Zugleich blitzte etwas Freundliches in ihren Augen auf. »Ich bin nur vorbeigekommen, um Ihnen ein Geschäft anzubieten. Ihr Gebäck ist wirklich hervorragend, und ich würde gerne auch Ihr Brot probieren und mehr davon beziehen. Ellie erwähnte ein Tauschsystem, habe ich das richtig verstanden?«

»Ähm, ja«, sagte ich völlig überrumpelt.

»Dann würde ich Ihnen gerne anbieten, für Sie zu stricken. Etwas anderes kann ich nicht, aber meine selbst gestrickten Socken und Schals können sich sehen lassen. Wären Sie einverstanden?«

»Natürlich«, sagte ich schnell. »Sie müssen aber auch gar nichts …«

»Oh doch, Ihr Geschäftsmodell gefällt mir. Es erinnert mich an die guten Zeiten, als hier noch Leben im Dorf geherrscht hat und die Menschen wussten, was wirklich zählt in der Welt. Wann und wo findet das Tauschgeschäft statt?«

»Ich hinterlege sonntags und donnerstags je ein Brot für alle Beteiligten in Kenneth' Pub. Dort kann auch die Tauschware hinterlassen werden.«

Mrs. Woodburn nickte geflissentlich. Sie zog ein Heftchen sowie einen Kugelschreiber aus ihrer winzigen Umhängetasche, halb so groß wie ein normaler Stift. Sie schlug das Heft auf und notierte sich etwas, während sie murmelte: »Sonntags und donnerstags, Kenneth' Pub.« Dann sah sie zu mir auf und zuckte mit einer Schulter, während sie Heft und Stift wieder fortpackte. »Auf die alten Tage wird man vergesslich, lassen Sie es sich gesagt sein. Besser einmal notiert als fünfmal vergessen …« Sie zwinkerte mir zu, dann wandte sie sich ab und ging den Weg hinunter.

Ein wenig perplex blieb ich auf der Türschwelle zurück und blickte ihr nach, bis mir einfiel, dass ja mein Skypegespräch auf mich wartete. Doch als ich ins Wohnzimmer trat, erwartete mich die nächste Überraschung. Statt des verlassenen Laptops auf dem Tisch fand ich Finley auf der Couch vor. Das Gerät auf den Knien, plauderte er fröhlich auf Englisch vor sich hin.

»Nee, mit Schlössern kriegt man mich wirklich nicht, aber dieser Strom, also der Rhein, der klingt ganz spannend. In Australien habe ich mal Rafting ausprobiert, das war klasse! Kann man so was da auch …«

»Finley!«, rief ich. »Was zum Teufel machst du da?«

Ein spielerischer Zug schlich sich in Finleys Gesicht.

»Entschuldigt, Leute, die zauberhafte Nervensäge ist zurück. Damit ist meine Aufgabe als Pausenclown erledigt. Schönen Abend euch noch!«

Undeutlich hörte ich die Stimmen meiner Freunde, wie sie

lachten und seinen Gruß erwiderten, was meinen Ärger noch befeuerte.

»Was denn?«, fragte Finley, als ob nichts geschehen wäre, während er den Laptop zur Seite stellte und sich erhob. »Der stand hier so verlassen rum, und deine Freunde haben sich gelangweilt, da dachte ich, ich sage mal Hallo. Ist doch nichts passiert.«

Er ging um mich herum, während ich nur kopfschüttelnd dastehen konnte.

»Wir hatten eine klare Abmachung«, rief ich ihm hinterher. »Jeder kümmert sich nur um seine eigenen Dinge.«

»Sorry«, hörte ich ihn aus dem Flur rufen und wusste genau, was ich von dieser Entschuldigung zu halten hatte. Es folgte noch ein »Schicke Frisur übrigens!«. Und weg war er.

Rasch langte ich nach meinem Laptop. Fiona, Leon und Josefine waren in ein Gespräch vertieft, sahen aber sofort auf und verstummten, als mein Gesicht auf ihren Bildschirmen erschien.

»Sorry, Leute«, sagte ich.

Die drei schwiegen einen Moment und tauschten amüsierte Blicke.

»Was ist los?«, fragte ich, als keiner etwas sagte.

Leon stieß Josefine an, die schließlich meinte: »Dein Lächeln. Du siehst aus wie ein Honigkuchenpferd.«

»Was? Nein, überhaupt nicht. Hier ist kein Lächeln.« Ich tastete aus Spaß mein Gesicht ab, um von meinen Wangen abzulenken, die sich spürbar rot färbten.

»Er scheint ziemlich witzig zu sein«, meinte Leon, woraufhin die anderen beiden nickten.

»Und er wirkt sehr nett«, fügte Josefine in vorsichtigem Ton hinzu.

»Ach kommt, sehr nett? Ein bisschen nett vielleicht, aber bestimmt nicht sehr«, sagte ich und schob schnell nach, bevor jemand auf falsche Ideen kommen konnte: »Wie auch immer. Was ist denn so bei dir los, Josefine?«

Und so endete der Abend doch noch im Guten, mit einer langen Diskussion darüber, ob man seine Kampfsportschülerin auf die Durchsichtigkeit ihrer Hose ansprechen durfte oder nicht, mit einer neuen, unerwarteten Tauschpartnerin und der Hoffnung, Mrs. Woodburn bald besser kennenzulernen.

26

Der Freitag kam und mit ihm ein weiterer Musikabend im Pub. Die ganze Woche schon hatte ich mich darauf gefreut, mit Ian, Ellie, Kevin, Logan und den anderen zusammenzukommen, der Livemusik zu lauschen und bis zum Morgengrauen zu tanzen. Wie am Freitag zuvor schmiss ich mich in Schale, zupfte meine neue Frisur mit Lockengel zurecht, wie Ellie es mir gezeigt hatte, und begab mich am Nachmittag zum Pub, wo sich die ersten Grüppchen zusammengefunden hatten und bereits laute Folkmusik ertönte.

Begeistert wurde ich von Ellie und einigen ihrer Freunde empfangen, die einen der großen Tische hatten ergattern können. Kaum dass ich mich setzte, tönte es von allen Seiten:

»Mila, dein Brot ist der Wahnsinn!«

»Wirklich, du darfst nie wieder zurück nach Deutschland, wir brauchen dich hier!«

»Ich habe es dir gesagt«, meinte Ellie und zwinkerte mir von der Seite her zu. »Dein Brot ist ein voller Erfolg.«

»Danke, dass du es so gut vermittelt hast. Weißt du, dass selbst Mrs. Woodburn jetzt zu meinen Tauschpartnern gehört?«

»Ich habe davon munkeln hören, es aber nicht recht glauben können. Gegen was tauscht sie denn?«

Doch bevor ich antworten konnte, schob sich ein mit Biergläsern gefülltes Tablett von hinten zwischen uns, und als Nächstes erschien Ians rotblonder Schopf.

»Ich dachte es mir doch, dass ich dich samt deiner brandneuen Frisur gesichtet habe. Steht dir sehr gut«, meinte er und wuschelte mir unter meinem und Ellies Protest durch das Haar. »Und du hast das wunderbar geschnitten, Liebe meines Lebens«, sagte er in Ellies Richtung und drückte ihr einen Kuss auf den Schopf.

»Mila hat gerade von Mrs. Woodburn berichtet«, gab Ellie ihm gleich brühwarm weiter. »Also, was bietet sie dir zum Tausch an?«

Ian sah sich kurz im Pub um, dann zog er sich einen Stuhl heran und murmelte: »Nur eine Minute.«

»Sie wird mir etwas stricken, Socken oder einen Schal, so genau weiß ich es nicht. Ich war selbst viel zu überrascht über ihr Angebot.«

»Und dafür kam sie extra bei dir vorbei? Das ist so typisch für sie«, meinte Ellie und lachte leise vor sich hin.

»Sie scheint eigentlich sehr nett zu sein hinter ihrer kühlen Fassade.«

»Sie ist eben eine Dame der alten Schule. Das darf man nicht vergessen. Aber hinter der Fassade schlummert ein liebenswürdiger Mensch, du wirst schon sehen.«

»Habt ihr eigentlich was von der Sensation des Abends gehört?«, mischte sich da Ian wieder in das Gespräch ein und blickte insbesondere mich an. Ich schüttelte den Kopf, sah zu Ellie, die sich wissend auf die Unterlippe biss. »Es gibt heute einen Überraschungsgast, mit dem keiner gerechnet hat: Finley Bains.«

Erschrocken sah ich mich um.

»Finley ist hier?«

Er hatte sich seit seiner Ankunft kaum aus dem Haus bewegt. Dass er es ausgerechnet heute wagen würde, damit hatte ich nun nicht gerechnet.

»Er ist vor einer Stunde hier aufgetaucht. Ganz dahinten in der Ecke, bei den Leuten, mit denen er noch zur Schule gegangen ist. Das ältere Kaliber, du verstehst.« Er zwinkerte mir zu.

»Ey, er ist nicht viel älter als ich, oder?«, erwiderte ich und zwickte Ian in die Seite.

»Jedenfalls sind alle total überrascht, ihn hier zu sehen. Schließlich hat er sich seit Ewigkeiten nicht im Dorf blicken lassen. Ich bin mal gespannt, wie Blair reagiert, sollte sie heute hier vorbeikommen.«

»Blair war …«

»Seine Exfreundin«, erklärte Ellie wie aus der Pistole geschossen. »Du weißt schon … die, die er damals einfach hat sitzen lassen.«

»Also steht uns heute Abend noch ein kleines Drama bevor?«, fragte ich und sah wieder zu dem Tisch hinüber, an dem Finleys Gestalt kurz hervorblitzte, als sich die anderen um ihn herum bewegten.

»Möglich«, meinte Ian und seufzte. »Ich muss dann mal wieder.«

Er erhob sich, stellte die vollen Biergläser vom Tablett auf den Tisch und ging zurück in Richtung Theke, während er auf dem Weg Bestellungen von allen Seiten entgegennahm.

»Irgendwie hatte ich gedacht, er würde weiter sein Leben im Dunkel seines Zimmers fristen«, sagte ich halblaut. Ellie beugte sich vor und fragte: »Was hast du gesagt?«, doch ich winkte ab. Ich hatte in den letzten Tagen schon viel zu viel über Finley geredet.

Doch im Laufe des Abends wollte es mir einfach nicht gelingen, ihn aus dem Fenster meiner Aufmerksamkeit zu verdrängen. Offenbar sprach es sich herum, dass Finley und ich im selben Haus wohnten, und so kamen immer wieder Pubbesucher auf mich zu, um mich auf ihn anzusprechen. Ich gab vor, nicht mehr über den Hintergrund seines plötzlichen Wiederauftauchens zu wissen – was ja weitestgehend der Wahrheit entsprach –, doch sie bohrten trotzdem weiter. Je betrunkener die Leute waren, desto schlimmer wurde es: Die letzten Hemmschwellen fielen, und jemand fragte mich sogar, ob Finley meinetwegen zurückgekehrt sei, ob wir uns heimlich von Deutschland und Australien aus hier verabredet hätten. Ich musste lachen, sah zu der Gruppe hinüber, in der er gerade stand, beobachtete, wie er engagiert eine Geschichte erzählte und sich mit der Hand unbewusst durch die hellen Haare fuhr, um dann wieder wild zu gestikulieren. Ich schüttelte entschieden den Kopf. Doch die Leute ließen sich einfach nicht abwimmeln.

Irgendwann, es musste schon gegen zwei Uhr morgens sein, tippte jemand mich von hinten an der Schulter an. Ich drehte mich um, und im nächsten Moment wurde ich von einem kalten Schwall erwischt, der mich mitten ins Gesicht traf. Bier, schoss es mir durch den Kopf, als der bittere Geruch in meine Nase stieg.

»Was zum …«, entfuhr es mir, und ich funkelte die Frau mit dem nun leeren Glas empört an. »Was soll das?«, rief ich, während mir das Bier über das Gesicht rann und von den Haarspitzen troff.

Sie war groß gewachsen und sehr schlank, mit schulterlangem blondem Haar und großen blauen Augen. Ein Model, dachte ich, ein wankendes, völlig betrunkenes Model. Und dann drang eine Erinnerung durch meine Hirnwindungen: die Verkäuferin. Blair. Finleys Ex. Aber warum beschüttete sie mich mit Bier?

»Das war dafür, dass du es so schamlos mit Finley treibst!« Die Frau war kaum zu verstehen, so stark mischte sich ihr Lallen mit einem dichten schottischen Dialekt, von dem die Wörter verzerrt wurden und die Sätze sich wie weiches Gummi verzogen.

»Ich tue was?«, fragte ich. Ich stand noch völlig unter Schock.

»Tu doch nicht so. Alle wissen, was bei euch im Haus abgeht.«

»Blair!«, hörte ich da eine sich nähernde Stimme. »Blair, was tust du denn da?«

Es war Finley, der uns nun erreicht hatte und seine Exfreundin fassungslos anfunkelte. Er griff nach ihrem Arm, doch sie fuchtelte wütend herum und schüttelte ihn ab.

»Was tust du denn?«, fragte Finley wieder, diesmal etwas ruhiger, obwohl ich in seiner Stimme auch ein dumpfes Beben hören konnte, das mir zeigte, wie erbost er sein musste.

Blair funkelte ihn an, doch sie war so betrunken, dass ihr Blick seinem kaum standhalten konnte und in alle möglichen Richtungen glitt. Zugleich bewegte sich ihr Körper in unregelmäßigen kleinen Wellen, die sie nicht kontrollieren konnte.

»Lass mich«, zischte sie, obwohl Finley nicht noch einmal versucht hatte, sie zu berühren. »Du treibst es doch mit dieser … dieser Schlampe. Und mir sagst du nicht mal, dass du wieder in Schottland bist.«

Die Gefühle schienen sie nun vollends zu übermannen. Tränen stiegen ihr in die Augen, und ihre Lippen begannen zu beben. Ich hingegen wurde endlich aus meiner Schockstarre befreit, als ich spürte, wie mir das kalte Bier vom Haar ins Dekolleté tropfte. Suchend sah ich mich nach einem Tuch um, als

Ellie sich zu uns durchschob und mir ein Küchentuch entgegenhielt. Während ich mir das Bier aus dem Gesicht wischte, schaute ich unverwandt zu Blair, mit der ich noch ein Wörtchen zu reden hätte, wäre sie nicht in diesem bemitleidenswerten Zustand.

»Ich wäre schon noch zu dir gekommen, um mit dir zu sprechen. Es war einfach noch nicht der richtige Zeitpunkt gekommen«, versuchte Finley, sie zu beruhigen. Für mich war klar herauszuhören, dass das eine reine Lüge war, doch Blair schien jedes Wort von ihm durstig aufzusaugen.

»Aber wann denn?«, fragte sie in süßlichem Ton und wirkte sofort besänftigt. »Ich hätte dich … so gern …« Sie schaffte es nicht, den Satz zu Ende zu bringen. Und ich konnte nicht anders, als die Augen zu verdrehen. Wie konnte sie so einfach auf seine Worte hereinfallen?

»Bald«, sagte Finley, griff noch einmal nach Blairs Arm, und diesmal ließ sie ihn gewähren. »Aber nun solltest du nach Hause fahren. Komm, ich rufe dir ein Taxi, okay?«

»Kommst du mit?«, fragte sie ihn mit süßlicher Stimme, was bei mir ein ungläubiges Kopfschütteln auslöste. Sie bemerkte es. »Was ist mit ihr?«, entfuhr es ihr in scharfem Ton.

»Nichts ist mit ihr. Sie ist nur … meine Mitbewohnerin, und eine ziemlich nervige noch dazu«, sagte er mit einem frechen Blitzen in meine Richtung. Ich konnte ihn nur entgeistert anblicken. Die ganze Situation raubte mir den letzten Nerv.

»Dann magst du sie gar nicht?«, fragte Blair, während sie sich von Finley fortziehen ließ.

Ich lauschte gespannt, doch Finleys Antwort ging im Lärm der Gespräche um uns herum unter.

»Alles okay mit dir?«, fragte Ellie, nahm mir das Tuch wieder ab und begann, mir das Haar damit auszudrücken.

»Ja, ja, nichts passiert«, meinte ich abwesend, dann sah ich sie an und fragte ungläubig: »Hast du das gerade mitbekommen?«

»Das mit dem Bier? Ja, natürlich. Blair war schon immer eine Drama-Queen.«

»Nein, ich meine das Gespräch zwischen den beiden und wie Finley sie manipuliert hat.«

»Nee, ich bin sofort los, das Küchentuch holen. Was hat er denn gemacht?«

Ich blickte in die Richtung, in der die beiden verschwunden waren.

»Keine Ahnung«, sagte ich, »aber er hat sie komplett um den Finger gewickelt.«

Ellie zog mich wieder zu meinem Platz und rutschte mit ihrem Stuhl näher an meinen heran.

»Sie war ihm schon immer völlig verfallen. Alles hätte sie für ihn gemacht, das war im ganzen Dorf bekannt. Ich glaube, für sie ist wirklich eine Welt zusammengebrochen, als er nach Australien abgehauen ist.«

Ich nickte.

»Irgendwie kann ich ihr wegen der Biernummer nicht mal böse sein«, meinte ich dann. »Ich wäre an ihrer Stelle genauso wütend gewesen. Dass es nun ausgerechnet mich treffen musste, die mit der ganzen Sache gar nichts zu tun hat, ist natürlich nicht so cool.« Ich grinste. »Lieber hätte ich das Bier in Finleys Gesicht gesehen.«

»Hättest du das, ja?«, hörte ich da plötzlich Finleys Stimme an meinem Ohr und zuckte zusammen. Zu meinem Entsetzen musste ich mit ansehen, wie er einen Stuhl heranzog und sich so nah zu uns setzte, als wäre er ein fester Teil der Gesprächsrunde. Er sah zu mir und ließ den Blick über mein Gesicht wandern, über meine feuchten Haare und zu dem mit Bier besudelten Ausschnitt meines Kleides, wo sein Blick hängen blieb.

»Hey«, rief ich und schnippte ihm gegen das Kinn. Mit dem Grinsen eines ertappten Schuljungen sah er wieder zu mir auf.

»Du hast da ja ganz schön was abbekommen«, stellte er unnötigerweise fest.

»Ja, ach. Kein Wunder, wenn mir ein Glas Bier ins Gesicht geschüttet wird. Was übrigens deine Schuld war.«

Kaum hatte ich zu sprechen begonnen, vertiefte sich das Grinsen auf seinem Gesicht.

»Ich bin eigentlich hergekommen, um zu fragen, ob mit dir alles okay ist. Aber gerade vergeht mir die Lust.« Er richtete sich an Ellie und meinte flapsig: »Wie hältst du es mit ihr aus? Sie meckert in einer Tour.«

»Das kann nur an dir liegen«, meinte Ellie grinsend. »Mit mir ist sie eine Herzensgute.«

»Ach ja?« Finleys Blick wanderte noch einmal über mein Gesicht, als wäre es ein Studienobjekt. »Vielleicht liegt das daran, dass du nicht mit ihr zusammenwohnst.«

»Vielleicht liegt es auch daran«, mischte ich mich ein, »dass Ellie eine gute Person ist und du mich in den Wahnsinn treibst.«

»Okay, okay«, sagte Finley grinsend und hob beruhigend die Hände. »Ich verstehe schon, ich lasse euch allein. Sag mir nur noch: Geht's dir gut? Brauchst du etwas? Willst du lieber nach Hause?«

Ich wollte schon frech antworten, besann mich aber. Finley schien es ernst zu meinen.

»Nein, danke«, brachte ich schließlich heraus.

»Sonst gib mir Bescheid. Wir haben, meine ich, denselben Heimweg.«

Er erhob sich, schob den Stuhl zurück an seinen Platz und schlenderte dann zu seinen Freunden hinüber.

»Süß irgendwie«, kommentierte Ellie. »Ich kann es schon ein wenig verstehen, dass Blair in seiner Gegenwart dahinschmilzt. Er hat eine charmante Seite. Findest du nicht?«

»Jein«, sagte ich lächelnd und rückte meinen Stuhl zurück. »Ich glaube, ich sollte jetzt einfach nach Hause gehen. Das Bier in meinem Kleid ist doch wie ein Wink des Schicksals, findest du nicht?«

»Nein, bleib doch, wir müssen tanzen! Es ist noch so früh.«

Unentschieden sah ich in ihre bittenden Augen. Dann lächelte ich und zog mein Handy hervor, um einen kurzen Blick auf die Uhrzeit zu werfen. Doch als ich auf das Display schaute, beschleunigte sich mein Herzschlag, und das Blut stieg mir unvermittelt in den Kopf.

»Was ist?«, fragte Ellie, die bemerkt hatte, dass etwas nicht stimmte.

Ich ließ mich wieder auf den Stuhl fallen.

»Was? Was ist los?« Ellie neben mir wurde ganz unruhig. »Ist etwas mit deiner Familie?«

»Nein«, antwortete ich tonlos. Ellie schnappte sich mein Handy und las die Nachricht auf dem Display laut vor: *»Du fehlst mir.«* Dann sah sie wieder zu mir. »Theo? Ist das *der* Theo?«

27

Der Trubel im Pub störte sich nicht an der Unruhe, die mein Inneres zum Kochen brachte. Die fröhliche Tanzmusik, die mit jedem Glas Bier und jedem Whisky ausgelassener geworden war, dröhnte in meinen Ohren. Noch immer saß ich neben Ellie an einem der Tische, die Stühle eng aneinandergerückt. Um uns herum wurde getanzt, gelacht und geflirtet. Doch in mir tobte ein Tanz ganz anderer Art, meine Gefühle sprudelten in wilden Bahnen durch mich hindurch.

In der letzten halben Stunde hatte ich Ellie noch mal alles ganz genau erzählt. Wie ich Theo in einer Frühlingsnacht in der Bar kennengelernt hatte, wie ich mich sofort verliebt und ihn in meinem romantischen Denken zum Seelenpartner erkoren hatte. Wie ich von seiner Freundin erfahren und mich zurückgehalten hatte, doch nie ganz von ihm hatte ablassen können. Wie die Hoffnung und die Sehnsucht mich nach und nach zerfressen hatten, wie ich nicht mehr ich selbst gewesen war. Und wie ich dann eines Tages die Ausflucht gefunden hatte: meine Reise nach Schottland.

Ellie hatte meinen Ausführungen gelauscht, ohne mich zu unterbrechen.

»Es ist verrückt, was diese Nachricht gerade in mir auslöst«, sagte ich und suchte ihren Blick. »Die ganze Zeit habe ich so mit mir gekämpft, nicht dem Drang nachzugeben und ihm einfach wieder zu schreiben. Na ja, und mittlerweile habe ich wirklich gedacht, ich sei über ihn hinweg. Die letzten Wochen haben so gutgetan und mir mal ordentlich den Kopf durchgepustet. Aber dann steht da plötzlich sein Name … und dieser Satz.« Ich sah auf das Handy und ließ es erneut aufleuchten, um die Nachricht zum bestimmt hundertsten Mal zu lesen. »Oh Mann, Ellie, was mach ich denn jetzt? Ich mag ihn so, ich würde ihn so gern hören, sehen …«

Ellie biss sich auf die Lippe und sah von mir zum Handy und zurück.

»Aber er hat dich belogen, oder?«

»Vielleicht, keine Ahnung. Ich weiß ja nicht, ob er nicht doch noch mit Marie Schluss gemacht hätte. An dem einen Abend sah es halt überhaupt nicht danach aus.« Ich stieß die Luft hörbar durch die Lippen aus. »Die Sache ist die, dass er sich danach nicht bei mir gemeldet hat. Klar, am Morgen nach dem ungewollten Zusammentreffen habe ich ihm geschrieben, dass er meine Nummer löschen soll, aber er hatte den ganzen Abend und die ganze Nacht Zeit, sich zu melden. Verstehst du? Er hätte mir doch eine Erklärung schicken können.«

Ellie nickte. »Meinst du, er ist noch mit ihr zusammen?«

»Jetzt?« Wieder las ich die Nachricht. »Keine Ahnung.«

»Würdest du ihn denn wiedersehen wollen, wenn er nicht mehr mit ihr zusammen wäre?«

»Gute Frage … ja … und dann wieder nein. Das kommt, glaube ich, darauf an, was er zu dem Abend und der ganzen Sache zu sagen hätte.«

»Dann musst du das wohl erst einmal herausfinden. Und natürlich, ob er noch mit seiner Freundin zusammen ist. Wenn es sie noch gibt, dann …«

»… dann muss ich es sofort wieder abbrechen, das ist klar«, beendete ich den Satz und spürte die Frustration, die in mir aufstieg, als ich mir vorstellte, wie ich wieder ganz von vorn beginnen müsste.

Ellie nickte.

»Ich weiß nicht …«, sagte sie dann, »aber wenn er dir jetzt schreibt, nachdem du ihn gebeten hattest, es nicht zu tun, dann heißt das vielleicht …«

»… dass es mit ihnen vorbei ist.« Ich nickte, und eine erste kleine Hoffnung machte sich in mir breit, die ich bis zu diesem Punkt nicht zugelassen hatte.

Vor Aufregung und Verwirrung fuhr ich mir durch die Haare und blieb in den klebrigen Strähnen hängen, denen ein strenger Gestank nach abgestandenem Bier entstieg.

»Du, Ellie, ich muss nach Hause und unter die Dusche. Ich glaube, ich bin jetzt viel zu durcheinander, um zu tanzen. Danke dir fürs Zuhören.«

»Ist doch klar«, sagte sie und zog mich überschwänglich an sich, ohne vor dem Biergeruch zurückzuschrecken.

Mit einem Winken in die Runde verabschiedete ich mich von allen am Tisch und drückte dem mit Gläsern beladenen Ian im Vorübergehen den Arm.

Kühle Nachtluft wehte mir entgegen, als ich den Pub hinter mir ließ. Ich kuschelte mich in meine Wolljacke ein und genoss die Frische, die ein wenig Klarheit in das Gefühlschaos in meinem Inneren brachte.

Ob Ellie recht und Theo wirklich mit seiner Verlobten Schluss gemacht hatte? Warum hatte er mir dann aber nicht ein paar Sätze mehr geschrieben? Oder war er dafür noch zu verunsichert nach meiner letzten Nachricht und wollte sich langsam annähern, um mir nicht den Freiraum zu nehmen?

Ich drehte und wendete diese Möglichkeiten in meinem Kopf hin und her. Da blieb ich mit einem Mal stehen. Was tat ich denn hier? Seit meiner Ankunft in Schottland hatte ich mir alle Mühe gegeben, diesen Kerl aus dem Kopf zu bekommen, und jetzt brach ich einen Abend mit meinen neuen Freunden ab, nur weil er mir eine kleine – und viel zu kryptische – Nachricht geschrieben hatte?

Einen Augenblick stand ich bloß da und starrte auf mein Handy. Um mich herum sirrten Fledermäuse durch das Schwarz des Nachthimmels. Kein Mond war zu sehen, nur einige Sterne, die durch den Wolkenschleier hindurchblitzten. Noch immer drangen die Töne der Pubmusik an mich heran, und die gab den Ausschlag. Kurzerhand schaltete ich das Handy aus, ließ es zurück in die Tasche gleiten und machte eine Kehrtwende. Diese Nacht war noch lange nicht vorüber, das konnte mir keine Blair vermiesen und erst recht kein Theo.

28

Beinahe ein wenig erleichtert, war ich, als ich am nächsten Vormittag die Treppe nach unten kam und in der Küche noch all meine Schüsseln mitsamt dem darin angesetzten Sauerteig unangerührt vorfand. Bei diesem Finley wusste man eben nie, was einen erwartete.

Heute würde ich alle Brote backen, die ich morgen, am Sonntag, in den Pub bringen wollte. Und ich war froh um die Ablenkung, die hoffentlich dazu führte, dass ich nicht mehr alle zwei Minuten aufs Handy schielte. Meine Entschlossenheit, Theos Nachricht zu ignorieren, bröckelte an diesem Morgen gewaltig. Gestern Nacht noch hatte ich sie mit lauter Musik ganz gut vertreiben können, doch heute sah es ganz anders aus. Seit dem Aufstehen spukte er in meinen Gedanken herum, und ich zermarterte mir den Kopf, ob ich auf die Nachricht antworten sollte oder nicht. Einerseits war ich so froh, endlich von ihm zu hören, und wünschte mir mehr davon. Andererseits fürchtete ich mich vor einer neuen Enttäuschung.

Hin- und hergerissen krempelte ich nun die Ärmel meiner Karobluse hoch, band mir die Backschürze um, heizte den Ofen vor und deckte die erste Schüssel auf. Sofort stieg der säuerliche Geruch auf, der bei ungeübten Nasen gewiss den Eindruck erwecken könnte, der Teig hätte seine besten Tage längst hinter sich gelassen. So ganz konnte ich es Finley also nicht verübeln, dass er gedacht hatte, ich hätte den Teig vergessen und verkommen lassen – auch wenn er mich vor dem Wegwerfen wirklich erst hätte fragen müssen!

Ich war mit diesem Geruch aufgewachsen. Er hatte schon immer in der Kleidung meines Vaters gehangen und war mit der schönen Erinnerung an die warme Backstube verknüpft. Daher weckte er in mir nur gute Gefühle, als ich ihn nun mit Mehl, Brotgewürz, Salz und Wasser vermischte. Für morgen wollte ich endlich die Roggensauerteigbrote backen, die eigentlich schon für den Donnerstag angedacht gewesen waren. Sie sollten ganz nackt bleiben, ohne Körner oder Nüsse, der pure Brotgeschmack.

Ich war so sehr in meine Arbeit vertieft, dass ich gar nicht mitbekommen hatte, wie Finley in die Küche gekommen war. Doch als ich mich irgendwann umdrehte, saß er da an der Theke und sah mir interessiert zu, wie ich die große Teigmenge gerade auf die Arbeitsplatte wuchten wollte, um sie ordentlich durchzukneten.

»Finley, Mann! Dass du mich immer so erschrecken musst.«

Ich ließ den Batzen auf die bemehlte Fläche fallen und vergrub die Hände darin. Das Gefühl des zimmerwarmen Teigs unter meinen Fingern war so schön, dass selbst mein herausfordernder Mitbewohner mich nicht durcheinanderbringen konnte.

»Ich habe gar nichts gemacht«, verteidigte Finley sich sofort und nahm nicht die Augen von dem Teig, der unter meinen Händen immer geschmeidiger wurde. »Was tust du da?«

»Kneten«, sagte ich und lächelte. »Das ist der Teig fürs Brot.«

»Der, den ich letztens weggeworfen habe?«

»So ungefähr. Ich habe natürlich neuen angesetzt. Und der muss nun gebacken werden, damit ich für morgen alle Brote fertig habe.«

Finleys Augen verengten sich um eine Winzigkeit. Er fragte: »Brote wofür?«, rutschte dabei von seinem Hocker hinunter und ging um die Theke herum zur Kaffeemaschine, wo er sich aus der Kanne, die ich vorhin aufgebrüht hatte, etwas eingoss. Mit der Tasse in der Hand trat er dicht an mich heran und sah mir über die Schulter. Er streckte eine Hand aus und drückte mit dem Finger in den Teig, der natürlich sofort nachgab. Dann beugte er sich darüber und roch daran. Ich musste über seine Neugier lächeln.

»Und da ist wirklich dieses Stinkezeug drin?«

»Dieses Stinkezeug ist Sauerteig. Kennst du den echt nicht?«

Er ging zurück zu seinem Hocker und setzte sich.

»Ich habe keinen Schimmer, was genau das ist.«

»Es funktioniert eigentlich ähnlich wie Hefe«, begann ich zu erklären, »nur dass du immer einen Teil des Teigs behältst und ihn mit Mehl und Wasser fütterst, um ihn beim nächsten Mal wieder verwenden zu können. Er gibt dem Brot eine etwas säuerliche Note, die ihm aber guttut.«

»Du willst mir also gerade erklären, dass dein eigentlicher Mitbewohner in diesem Haus der Teig ist. Jetzt verstehe ich langsam, warum du so wütend warst, als ich ihn weggeworfen habe.«

Ich musste lächeln.

»Er ist ein sehr friedlicher und stiller Mitbewohner«, meinte ich und warf ihm einen vielsagenden Blick zu.

»Ich verstehe schon.« Auch Finley musste grinsen.

In diesem Moment gab mein Telefon das Geräusch einer eingehenden Nachricht von sich. Blitzschnell hatte ich die

Hände aus dem Teig gezogen, sie an der Schürze abgewischt und mich über das Handy gebeugt, das auf der anderen Küchenseite lag.

Doch es war nur eine SMS von meinem Vater, der hören wollte, wie es bei mir lief. Ich seufzte und drehte mich wieder dem Teig auf der Theke zu.

»Oha«, machte Finley. Ich sah zu ihm auf und entdeckte sofort ein neugieriges Funkeln in seinen Augen. »Da erwartet wohl jemand eine wichtige Nachricht. Wer ist denn der Glückliche? Jemand aus dem Ort? Ein Logan vielleicht oder …«

»Nein«, sagte ich nur. Doch wenn ich wirklich gedacht hatte, mit einem einfachen Nein etwas bei Finley zu erreichen, hatte ich mich natürlich getäuscht.

»Oooder ein Blake oder Connor oooder …«

»Es ist niemand von hier, okay?«, versuchte ich, ihn zum Schweigen zu bringen.

»Also jemand aus der Heimat. Hast du etwa einen Liebhaber zurückgelassen, der nun am Rheinufer steht, dem dahinziehenden Wasser nachblickt und nach dir schmachtet?«

Ich warf Finley einen genervten Blick zu.

»Na gut, ich höre ja schon auf und lasse dich …«, doch bevor er den Satz beendet hatte, hatte ich schon kein Ohr mehr für ihn, denn in diesem Moment klingelte mein Handy erneut. Wieder war ich schneller bei dem Gerät, als man hätte »Nervensäge« sagen können. Und diesmal blinkte der richtige Name auf, der mir unwillkürlich laut entfuhr: »Theo!«

Ich warf Finley noch einen warnenden Blick zu, wischte mir die teigigen Hände notdürftig an der Schürze ab, schnappte mir das Handy und lief mit klopfendem Herzen, so schnell ich konnte, ins Wohnzimmer, um die Nachricht in aller Ruhe zu lesen.

Kaum dort angekommen, hielt ich es nicht länger aus und ließ das Display aufleuchten.

Ich muss dich unbedingt sehen. Bitte. Im Café? Heute Nachmittag?

Das Flattern in meinem Bauch wurde so heftig, dass ich für einen Augenblick nicht atmen konnte. Er wollte mich wiedersehen! Die Gedanken in meinem Kopf überschlugen sich: Hieß das etwa, die Verlobung war gelöst? Warum sonst hatte er sich über meine Bitte, mir nicht mehr zu schreiben, hinweggesetzt? Und er wollte mich sehen – das musste doch etwas bedeuten. Oder nicht? Er würde doch nicht so weit gehen … Plötzlich raschelte etwas hinter mir und riss mich aus den Gedanken. Ich drehte mich um und sah noch, wie Finleys Gesicht kurz im Türbogen aufblitzte, bevor er, »Theo, Theooo« säuselnd, die Treppe hinauf verschwand.

Ich schnalzte mit der Zunge, schüttelte den Kopf und blickte wieder aufs Handy, nahm den Blick auch nicht davon, als ich zur Couch stolperte und mich darauf fallen ließ. Mein Herz klopfte wie wild. Immer und immer wieder flogen meine Augen über seine Worte, und bevor ich noch weiter darüber nachdenken konnte, begannen meine Finger zu tippen:

Solltest du meine Nummer nicht längst gelöscht haben …?

Ich konnte nicht anders. Das Kribbeln war einfach zu stark und ich so hibbelig, dass ich ihm schreiben musste. Zum Glück wurden meine Nerven nicht noch weiter strapaziert, denn Theo antwortete sofort:

Es war doch wohl klar, dass ich das niemals tun würde, oder? Hast du denn meine wirklich gelöscht? PS: So schön, von dir zu hören!

Ich lächelte vor mich hin, als ich schrieb:

Vielleicht habe ich sie gelöscht, vielleicht auch nicht.

Hmm, ich mag Geheimnisse ... Oh Mann, Mila, ich habe dich echt vermisst. Was meinst du, können wir uns heute noch sehen?

Die Vorstellung, Theo zu sehen, löste ein starkes Kribbeln in mir aus. Eine Sekunde lang überlegte ich, ob ich ihn nicht tatsächlich treffen könnte – so sehr war mein Denken also schon lahmgelegt. Ich sog betont langsam die Luft ein, um wieder klarer zu werden, setzte mich ein wenig auf, dann tippte ich die Antwort:

Da müsstest du ein wenig weiter reisen als bis zum Café ... Ich bin in Schottland und passe hier auf zwei kuschelige Raubkatzen und ein Haus auf.

Erwartungsvoll blickte ich auf den Handybildschirm, als das Zeichen aufblinkte, dass Theo eine Antwort schrieb. Das dauerte einfach viel zu lange. Kurzzeitig erlosch das Zeichen, dann flackerte es wieder auf. Und endlich kam die Nachricht rein.

Hätte ich das eher gewusst, wäre der Flug längst gebucht. Aber im Ernst: Was machst du in Schottland? Und vor allem: für wie lange?!

Ich überlegte kurz und merkte zu spät, dass ich mir dabei viel zu fest auf die Lippe biss. Sie schmerzte, und dennoch hatte ich gerade keinen Gedanken dafür übrig.

Ich passe noch ganze fünf Wochen auf dieses Haus hier auf.

Ich schickte ihm einen Link zu dem Google-Street-View-Foto, welches das Cottage von seiner schönsten Seite zeigte: an einem strahlenden Sommertag mit einem Garten in voller Blüte. Ich hatte mir dieses Bild vor meiner Abfahrt voller Vorfreude mehrmals täglich angesehen und mir ausgemalt, wie das Leben dort sein würde. Die Bilder aus *Liebe braucht keine Ferien* hatte ich nicht aus dem Kopf bekommen, nur dass ich mich weniger als Cameron Diaz und mehr als Kate Winslet gesehen hatte: vom Schwarm für eine andere Frau verlassen, aber bald schon voll integriert in das soziale Leben der Nachbarschaft. Als ich daran zurückdachte, musste ich schmunzeln. Irgendwie war es tatsächlich so gekommen, oder? Nur dass ich eben Brot backen musste, um das zu schaffen. Und wie es mit dem Schwarm ausgehen würde … das würde sich vielleicht gleich zeigen.

Ernsthaft? Da wohnst du zurzeit? Wow, das sieht toll aus. Auch wenn ich gerade darüber verzweifele, dass ich dich erst in fünf Wochen wiedersehen soll.

Es wurde Zeit, endlich zur Kernfrage durchzudringen …

Worum geht es denn, dass es so wichtig ist?

Um einen besonders harten Fall schlimmster Sehnsucht.

Ich runzelte leicht die Stirn, auch wenn mir die Worte schmeichelten. Redete er da nicht ziemlich um den heißen Brei herum? Na ja, gut, ich tat es auch, gestand ich mir ein, als ich meine letzte Nachricht noch einmal las. Ich musste konkreter werden.

Und was sagt Marie dazu?

Wumms, nun war es raus. Unruhig saß ich da, zog an einer Haarlocke, bis es leicht ziepte, und starrte gebannt auf das Handy. Komm schon, flüsterte es in mir, nun schreib endlich was. Eine Minute verstrich, eine zweite. Ich drehte beinahe durch, doch dann endlich flackerte die Nachricht auf:

Das weiß ich nicht, und ich muss sie auch nicht um Erlaubnis fragen.

Ich las die Nachricht mehrmals. Was sollte das denn bitte bedeuten? Er brauchte sie nicht um Erlaubnis zu fragen … Hieß das nun, sie waren nicht mehr zusammen? Oder war es wie vorher, dass er sich schlicht und einfach sparte, mit ihr darüber zu sprechen, und Marie und mir etwas vorgaukelte? Frustriert atmete ich aus und ließ das Handy neben mir auf das Sofakissen gleiten. Ich starrte auf das Bücherregal, an die Decke, dann auf den Teppich. Ruckartig nahm ich das Handy wieder hoch und sah auf das Display: keine neue Nachricht. Ein weiterer Blick gen Decke, dann tippte ich:

Und was genau heißt das?

Diesmal kam Theos Antwort sehr schnell.

Das heißt, dass ich völlig frei bin, dich zu sehen, wenn ich das möchte.

Mit einem Mal fühlte es sich in meinem Bauch ein bisschen so an, als würde Mais zu Popcorn platzen: erst ein kleines Ploppen, dann das nächste, und plötzlich puffte und paffte es überall. Erleichterung und Freude setzten sich frei, bis ich ganz davon erfüllt war. Theo war frei, er war also nicht mehr verlobt. Oder?! Noch einmal las ich die Nachricht. Bevor ich antworten konnte, kam schon die nächste von ihm rein:

Aber die fünf Wochen werde ich mich gedulden, wenn du mir versprichst, dass wir uns dann auf jeden Fall sehen werden.

Uns wird nichts anderes übrig bleiben.

Heißt das, du versprichst es?

Ich sah vom Handy auf zum Bücherregal und entdeckte plötzlich Patch, der es sich ganz oben bequem gemacht hatte und von seiner hohen Warte aus zu mir herunterblickte.

»Was meinst du, Patch?«, flüsterte ich. »Es fühlt sich diesmal richtig an, oder?«

Patch zeigte zwar keine Regung, aber trotzdem hatte ich den Eindruck, dass er mir zustimmte. Ich lächelte, dann schrieb ich:

Versprochen.

29

Noch immer hielt ich das Handy fest in der Hand und saß tief in den Sofakissen. Moment für Moment ließ ich das Gespräch in meinem Kopf nachhallen, wiederholte einige Phrasen flüsternd, spürte der Wärme nach und dann wieder dem Sehnsuchtsschmerz.

Da riss mich das Poltern von Finleys Schritten auf der Treppe aus meinen Gedanken. Schnell fasste ich mich und tat so, als läse ich irgendetwas auf meinem Handy. Auf keinen Fall wollte ich, dass er mir anmerkte, in welchem Gefühlszustand ich mich befand. Das gäbe ihm nur Futter, um sich wieder über mich lustig zu machen.

Er lugte erst um die Ecke, bevor er das Wohnzimmer betrat.

»Na, was schreibt dein Theo? Hält er es noch aus ohne dich und deine blonden Löckchen, oder wird er den nächsten Flieger nehmen?«

»Haha«, machte ich nur, stützte mich auf, stieß mich von der Couch ab und ging erhobenen Hauptes an ihm vorbei zur Küche. Höchste Zeit, dass ich mich wieder meinem Teig widmete. Ich hörte, wie Finley mir folgte. Und ich war gar nicht so unglücklich darüber, immerhin würde er mich ein wenig von der Aufregung ablenken. Ich hatte das Gefühl, ausflippen zu müssen, so viel Energie und Adrenalin schossen durch mein Blut.

Aber vor Finley gab ich mich entspannt und spürte, wie die Nervosität dadurch wirklich langsam abebbte.

»Dir muss ziemlich langweilig sein«, meinte ich, als er in die Küche trat und sich wieder auf seinen Hocker setzte.

»Ehrlich gesagt, ja«, gestand er, stützte den Ellbogen auf und ließ den Kopf auf die Hand fallen.

»Dabei hast du doch so viel zu tun«, sagte ich und spannte ihn ein wenig auf die Folter. Es klappte. Seine Augen verfolgten meinen Gang zum Regal, aus dem ich die Formen für das Brot nahm, und zurück zum Tresen.

»Was meinst du?«, fragte er endlich, als er es nicht länger aushielt.

»Na ja, zum Beispiel hast du deiner Ex versprochen, sie heute zu besuchen.« Ich blinzelte zu ihm hoch und beobachtete genau die Reaktion. Er pustete die angehaltene Luft aus, als wäre der Besuch bei Blair das Letzte, worauf er Lust hatte. »Sie erwartet dich bestimmt schon«, trieb ich das Spiel weiter, das er eben noch mit mir gespielt hatte.

»Habe ich das wirklich versprochen?« Er kratzte sich am Hinterkopf in perfekter Imitation eines dümmlichen Nebendarstellers in einem alten amerikanischen Film.

Ich überlegte einen Augenblick, wie weit ich es mit ihm treiben wollte, während ich begann, die Formen mit einem Pinsel einzufetten.

»Nein, zumindest nicht dass ich wüsste«, entließ ich ihn schließlich doch aus der Zange.

Die Erleichterung war ihm anzusehen.

»Das war schlimm gestern. Sorry, dass du das abbekommen hast.«

Überrascht sah ich zu ihm auf. Alles hätte ich von ihm erwartet, aber keine Entschuldigung.

»Schon okay, es wurde eh Zeit, dass ich mal wieder dusche.«

Seine leicht erschöpft wirkende Miene verzog sich zu einem Grinsen.

»Blair ist … tja, wie sage ich das am besten? Sie liebt den großen Auftritt. Das kann zu jeder Menge Spaß führen – oder zu jeder Menge Chaos.«

»Das habe ich gemerkt«, gab ich zurück.

»Na ja, alles hat zwei Seiten … Als du meintest, dass ich das Bier in meinem Gesicht verdient hätte, hattest du gar nicht mal unrecht.«

Während ich die große Teigmasse teilte und die Einzelstücke abwog, bevor ich sie in die Formen gab, sah ich zu ihm auf. Sein blondes Haar war ganz verstrubbelt, seine Augen, in denen es vor Witz immer blitzte und funkelte, waren diesmal ernst auf mich gerichtet.

»Stimmt es, dass du damals nach Australien gegangen bist, ohne vorher mit ihr Schluss zu machen?«, fragte ich.

»Wir waren eigentlich nicht richtig zusammen. Das war immer etwas Lockeres gewesen.« Er seufzte. »Aber ich hätte natürlich trotzdem mit ihr reden sollen, bevor ich abgehauen bin.«

»Warum hast du es nicht getan?«

»Weil ich Angst vor dem Bier in meinem Gesicht hatte, ist doch klar!« Finley lachte auf. »Nein, Quatsch. Damals ging es mir ziemlich mies. Na ja, und ich habe früher einfach Dinge getan, die ich jetzt anders machen würde.«

Der letzte Teigklumpen wanderte in die Form, während ich mir meinen Teil dachte. Das hatte gestern nämlich ganz anders ausgesehen, so als würde Finley durchaus noch seine Spielchen mit Blair und ihren Gefühlen treiben. Ich berieselte alle Formen mit Mehl und spannte große Küchentücher darüber, um den Teig ein letztes Mal vor dem Backen ruhen zu lassen.

Dann goss ich mir eine Tasse Kaffee ein und füllte auch Finleys Pott auf, der noch auf der Theke stand. Er dankte mir mit einem Lächeln.

»Warum bist du denn damals überhaupt so plötzlich abgehauen?«, fragte ich dann wie nebenbei und setzte mich auf den Hocker an der Theke, der am weitesten von Finley entfernt stand.

Er nahm einen Schluck von seinem Kaffee, ohne zu mir zu sehen. Ich konnte erkennen, dass ihm einiges durch den Kopf ging.

»Ich musste einfach mal raus«, sagte er schließlich und stellte die Tasse vor sich ab. »Hier ist mir einfach alles zu eng geworden.«

»Und dann musste es gleich Australien sein, der Ort auf der Welt, der am weitesten entfernt liegt?«

Finley zuckte mit der Schulter.

»Ich wollte da immer mal hin. Wer weiß, ob ich es sonst geschafft hätte.«

»Und was hast du da getrieben all die Jahre über?«

»Wird das hier gerade zur Inquisition, oder was?« Finley warf mir lachend einen Blick zu. »Na gut, aber dann will ich später hören, was es mit diesem Theo auf sich hat! Du wirkst nämlich ziemlich fahrig, wenn du mich fragst.«

Ich tat gelassen und gab ein halbes Nicken von mir, das alles bedeuten konnte. Ob ich ihm später wirklich von Theo erzählen wollte, würde ich sehen, aber jetzt war ich der Vergangenheit der Bains' so nah, dass ich unbedingt dranbleiben wollte.

»Ich habe dies und das gemacht, mal auf Farmen ausgeholfen, mal in Burgerbuden gejobbt. Ich war ziemlich viel unterwegs.«

»Fünf Jahre lang?«

»Du weißt ja nicht, wie schnell die vergehen, wenn du die Zeit deines Lebens hast.«

»Okay«, sagte ich nur, denn mit Formulierungen wie »die Zeit deines Lebens« hatte ich mich schon immer schwergetan. »Was genau heißt das, die Zeit deines Lebens? War es so toll?«

»Ja, es war gut.« Er nahm einen Schluck Kaffee und blickte dann an mir vorbei, während er sich erinnerte. »Es war … unbeschwert und einfach. Ich musste nie an den nächsten Tag denken oder an das, was vorher war.«

Ich nickte. Das konnte ich nachvollziehen.

»Und deine Familie?«

»Was soll mit der sein?« Er legte den Kopf schief, und wie so oft wirkte er wie ein frecher Junge, der gerade den nächsten Streich ausheckte – eine eigentlich interessante Mischung, wenn wie bei ihm das Aussehen und Auftreten eines britischen Gentlemans dazukamen. Denn obwohl ich es nicht eingestehen würde, wenn man mich fragte, lag sowohl in seinen Gesichtszügen als auch in seinen Bewegungen etwas Elegantes, gar Charmantes, wie Ellie gestern gesagt hatte.

»Hast du sie nicht vermisst?«, fragte ich nach.

»Doch, klar. Aber ich habe ja regelmäßig mit ihnen telefoniert. Und ehrlich gesagt tut so ein bisschen Abstand auch mal ganz gut.«

Ich nickte, dann fragte ich wie nebenbei: »Du hast noch einen Bruder, stimmt's?«

»Ja, genau. David. Der lebt aber auch schon länger nicht mehr hier im Ort.«

»Und deine Schwester?«, wagte ich mich endlich an den Kern der Sache heran.

Finleys Blick richtete sich sofort auf mich.

»Was ist mit meiner Schwester?«, fragte er, und sein Ton klang forscher als zuvor.

»Es ist auch schon länger her, dass sie von hier weggezogen ist, oder?« Ich tat unschuldig, als könnte ich kein Wässerchen trüben, obwohl ich genau spürte, welche Anspannung plötzlich von Finley ausging. Schon beim letzten Mal, als ich die Sprache auf seine Schwester gebracht hatte, hatte ich bemerkt, wie Finleys ganzes Wesen sich verändert hatte und der Spaßvogel auf einen Schlag verschwunden war. Sie musste eine Art wunder Punkt sein, und schon bereute ich, sie angesprochen zu haben, nachdem unser Gespräch bisher so harmonisch verlaufen war.

»Du hast sie letztens schon erwähnt. Was weißt du über Isabelle?« Wie befürchtet, war jede Spur von zaghafter Freundlichkeit verschwunden, mit der wir uns zuvor durch das Gespräch bewegt hatten.

»Nicht viel«, sagte ich schnell und versuchte, zurückzurudern. »Ich habe nur gehört, dass ihr zeitgleich vom Erdboden verschwunden seid, und dachte, dass das vielleicht in einem Zusammenhang stünde. Ich wollte nicht neugierig sein, verz…«

»Du warst neugierig. Und du bist es«, brach es schneidend aus ihm heraus. Er stand auf. »Genau wie jeder andere hier in diesem stinkenden Ort. Das ist der Grund, warum ich gegangen bin.« Und damit zischte er an mir vorbei. Ich hörte seine zackigen Schritte auf der Treppe und die Tür des Schlafzimmers, die donnernd ins Schloss fiel.

Schuldbewusst blieb ich auf meinem Hocker sitzen und umkreiste mit zwei Fingern den Rand der Kaffeetasse. Ich war eindeutig zu weit gegangen mit meinen Fragen. Diese verdammte Neugier! Natürlich hatte er recht, ich hatte gegen besseres Wissen nachgebohrt, statt abzuwarten, was er mir von sich aus erzählen wollte. Verdammt, was war das nur für ein Tag?

30

Am nächsten Tag hatte sich das Gefühlschaos kaum gelegt. Zwar hatte ich noch massenweise Nachrichten mit meinen drei besten Freunden gewechselt, die sich für mich freuten und zugleich zur Vorsicht mahnten, aber trotzdem wirbelten die Gefühle und Zweifel und vor allem die Sehnsucht so wild in mir wie die weißen Fäden in einer Zuckerwattemaschine. Hinzu mischten sich meine Schuldgefühle Finley gegenüber. Mehrmals hatte ich vor seiner Tür innegehalten und schon klopfen wollen, hatte mich dann aber doch zurückgehalten. Ich hatte keine Entschuldigung für meine Neugier, wusste also eigentlich nicht, was ich ihm sagen sollte. Zugleich kam auch wieder der Ärger über ihn hoch, dass ich nur durch sein unerwartetes Erscheinen überhaupt in diese Situation geraten war.

Ich war früh aufgewacht, als draußen noch der Nebel über den Wiesen hing und die Vögel zaghaft ihr Morgenkonzert anstimmten. Ich stellte mich in die Wanne und ließ mir das heiße Wasser auf den Körper trommeln, in der Hoffnung, es möge meine Anspannung lösen. Nachdem ich mich angezogen hatte, packte ich die Brote ein und ging durch die kühle Morgenluft zu Kenneth. Zum Glück stand die Tür schon offen, um die frische Luft in den Pub einzulassen, und als ich hineintrat, entdeckte ich Mr. Reid und Mrs. Woodburn an ihrem jeweiligen

Stammplatz. Die Dame blinzelte mich über ihre Lesebrille hinweg freundlich an und legte die Zeitung beiseite.

»Miss Münzer, ich hatte Sie gar nicht für eine Frühaufsteherin gehalten! Aber eine Bäckerin ist wohl schon im Dunkeln auf den Beinen?«

Ich nickte dem alten Mann zu, der nur kurz den Blick hob, bevor er ihn wieder auf die Zeitung senkte, und blieb vor ihrem Tisch stehen, auf dem sich nur eine bis zum Rand gefüllte Kaffeetasse befand, aus der es dampfte und duftete.

»Guten Morgen, Mrs. Woodburn. Ganz so schlimm ist es nicht«, antwortete ich. »Ich bin erst seit sieben Uhr wach, aber das ist für meinen Geschmack auch schon viel zu früh.«

»Im Alter wird das ganz normal, Sie werden sich daran gewöhnen, wenn die Zeit kommt. Da liegen Sie manchmal ganze Nächte lang wach und fragen sich, wo Ihr Leben eigentlich hin ist.« Mrs. Woodburns Blick sprang zu den Brottaschen und zurück zu mir. »Frühstücken Sie mit mir?«

Überrascht sah ich zu dem Stuhl, auf den sie nun deutete. Dann nickte ich.

»Ich lege nur schnell die Brote ab.«

Nachdem ich das getan hatte, kehrte ich mit dem letzten Laib unterm Arm zu ihrem Tisch zurück, setzte mich auf den angebotenen Platz und reichte ihr das Brot.

»Und das ist für Sie.«

»Vielen Dank, mein Kind. Ihr Gebäck war schon himmlisch. Und hier«, sie kramte in einem Beutel, der neben der winzigen Handtasche auf der Bank lag, und zog ein Paar wollener Socken in leuchtendem Pink mit grünen Streifen hervor, »gibt es ein erstes Paar zum Tausch. Sie werden sie wohl erst in ein paar Monaten gebrauchen können.«

»Die sind aber schön, ganz herzlichen Dank«, rief ich, besah die Socken von allen Seiten, freute mich über das leuchtende Ringelmuster und befühlte die kuschelig weiche Wolle zwischen Daumen und Zeigefinger.

»Ich hoffe, die Größe stimmt. Ich musste schätzen.«

»Da bin ich sicher. Ich werde sie nachher gleich anprobieren und Ihnen Bescheid geben.«

»Der Schal, an dem ich nun stricke, wird längere Zeit in Anspruch nehmen. Ich hoffe, das ist in Ordnung?«

»Natürlich! Sie müssen mir nicht jedes Mal etwas geben. Ein Schal braucht schließlich viel länger als ein Brot, und die Wolle ist ja auch teurer als das bisschen Mehl.«

Die alte Dame winkte ab, aber in ihren Augen konnte ich Erleichterung und Freude erkennen.

»Vielleicht«, sagte sie in nachdenklichem Ton, »hat das Dorf mal wieder jemanden wie Sie gebraucht. Hier hat doch jeder seine eigene Suppe geköchelt. Es wird Zeit, dass die Leute wieder mehr in Kontakt miteinander treten, und dieses Tauschgeschäft ist optimal dafür.«

Am Nebentisch ertönte plötzlich ein lautes Räuspern. Als ich zu Mr. Reid hinübersah, erntete ich einen kurzen Seitenblick, von dem ich ziemlich sicher meinte, dass er ein winziges Lächeln enthalten hatte. Irritiert sah ich zu Mrs. Woodburn. Auch sie lächelte vor sich hin, nahm jetzt das Brot an sich, schlug das Papier zur Seite und sog den Duft tief ein.

Ich musste an das denken, was Ellie und Ian mir über die beiden erzählt hatten. Dass Mr. Reid und Mrs. Woodburn sich nicht mochten – wie konnte das sein, wenn in ihrer Nähe rein gar nichts davon zu spüren war? Ob das nicht nur eine alte Geschichte war? Die beiden wirkten überhaupt nicht so, als feindeten sie einander an. Oder hatte ich das Lächeln gerade falsch gedeutet?

Dann wanderten meine Gedanken weiter. Früher hatten beide so gut wie jeden Morgen mit ihrem jeweiligen Ehepartner hier zusammen gefrühstückt. Als ich mir vorstellte, wie statt mir Mr. Woodburn auf diesem Stuhl saß und Florence Reid dort neben dem älteren Herrn, wurde mir schwer ums Herz. Bestimmt weckte der Pub die Erinnerung an die alten Zeiten und die verstorbenen Lieben. Das musste hart sein. Ich beobachtete Mrs. Woodburn für einige Sekunden verstohlen von der Seite, und ich hatte das Gefühl, hinter dem freundlichen Funkeln wirklich etwas Traurigkeit ausmachen zu können.

Kenneth' schlurfender Schritt näherte sich uns. Er stellte eine Kaffeetasse vor mir ab, wofür er ein dankbares Lächeln von mir erntete.

»Zwei Portionen Porridge?«, brummte er.

»Nein, Kenneth«, sagte Mrs. Woodburn. »Heute ist Sonntag, und ich habe einen Frühstücksgast. Wir möchten ein großes schottisches Frühstück mit allem, was dazugehört. Und wenn Sie mir einen Gefallen tun könnten: Schneiden Sie uns ein paar Scheiben von diesem Brot ab statt des üblichen Toasts. Ich kann das labberige Zeug nicht mehr sehen.«

Sie reichte ihm den Laib Brot. Gebannt verfolgte ich, wie Kenneth ihn widerwillig entgegennahm, sich jedoch gegenüber der älteren Dame kein Wort des Protests erlaubte.

»Für mich bitte kein Fleisch«, sagte ich schnell, bevor der Pubbesitzer wieder davonschlurfen konnte.

»Sie haben es gehört, Kenneth. Ein großes vegetarisches Frühstück, für mich auch, bitte. Es ist ja wohl ganz gesund, hin und wieder auf Fleisch zu verzichten.«

Mit zusammengezogenen Brauen trat Kenneth zum Nebentisch, wo auch eine Bestellung aufgegeben wurde, dann schlurfte er zurück in die Küche.

»Erzählen Sie mir etwas von sich«, bat Mrs. Woodburn und drehte sich zu mir um. Ich überlegte kurz.

»Nun, ich komme aus Heidelberg. Kennen Sie die Stadt vielleicht? Sie hatten ja erzählt, dass Sie schon einmal im Schwarzwald Urlaub gemacht hätten. Heidelberg ist ein wenig nördlich davon.«

Mrs. Woodburn nickte.

»Ich meine, ich habe schon davon gehört. Gibt es dort nicht ein berühmtes Schloss?«

»Ganz genau!«

»Und da sind Sie also aufgewachsen. Sind Ihre Eltern noch in dem Ort?«

»Mein Vater, ja. Meine Mutter ist verstorben, als ich ein kleines Mädchen war.«

»Das ist gar nicht gut, so etwas sollte nicht passieren dürfen.« Mrs Woodburn senkte den Blick auf ihre Kaffeetasse.

»Da haben Sie recht. Aber ich muss sagen, dass mein Vater das sehr gut aufgefangen hat. Er war irgendwie beides für mich, wenn man das so sagen kann, Vater und Mutter in einem.«

»Was macht Ihr Vater denn?«

»Er ist Bäcker.«

»Daher also die Leidenschaft und das Talent.« Ein Lächeln zauberte einen wunderschönen Faltenwurf auf ihr Gesicht.

»Gut möglich. Ich habe den Großteil meiner Kindheit mit ihm in der Backstube verbracht.«

»Wie schön, wenn einem so ein Wissen und Können schon als Kind mitgegeben wird. Bei mir war es das Stricken. Meine Großmutter hat es mir beigebracht. Sie war eine seltsame Frau, sehr streng und rau. Ich glaube, ich hatte ein wenig Angst vor ihr. Aber wenn sie das Strickzeug zur Hand genommen und mich zu sich gerufen hat, veränderte sich ihre Art. Geduldig erklärte sie mir, wie ich die Maschen zu nehmen hatte, wie ich Muster strickte und ganze Pullover zusammensetzte. Es waren sehr besondere Momente.«

Ich lauschte der Erzählung der alten Frau und versuchte, sie mir als kleines Mädchen vorzustellen, das mit viel Mühe die Ausführungen der Großmutter umsetzte.

»Wolle war eine der wenigen Waren, die wir hier immer hatten, selbst zu Kriegszeiten, wie meine Großmutter mir erzählt hat«, berichtete sie weiter und ließ sich nicht davon beirren, dass Kenneth auftauchte und einen riesigen, reich gefüllten Teller mit gebackenen Bohnen, gebratenen Tomaten und Pilzen, Rührei und Ofenkartoffeln vor uns abstellte. Als Nächstes brachte er zwei Teller und Besteck, Orangensaft und eine Kanne schwarzen Frühstückstee mit Milchkännchen und Zitronenscheiben und ganz zuletzt einen Teller mit dem aufgeschnittenen Brot. Den restlichen, wieder gut verpackten Laib schob er wortlos über den Tisch.

»Vielen Dank, Kenneth. Das sieht wunderbar aus.« Mrs. Woodburn warf ihm einen vielsagenden Blick zu, dann wandte sie sich wieder in meine Richtung. Während wir uns dem Frühstück widmeten, unsere Brote reichlich butterten und den Bohnen und dem Gemüse frönten, erzählte mir Mrs. Woodburn, wie es früher im Dorf gewesen war, als die Leute so wenig Geld verdient hatten, dass das Tauschen das einzige Mittel gewesen war, um an Lebensmittel oder Wolle zu kommen.

»Es war ein ständiger Austausch, und das war gut so, das schweißt zusammen. Meine Großmutter zum Beispiel hat von ihrem Nachbarn damals die Wolle bekommen. Die hatten eine Schafherde, und die Frauen haben aus der geschorenen Wolle gleich das Garn gesponnen. Meine Großmutter hat daraus Kleidung gestrickt, die wichtig für die kalten Winter war und die sie dann mit anderen Dörflern gegen Kartoffeln und Gemüse getauscht hat. Davon wiederum gab sie etwas an die Nachbarn mit den Schafen und so weiter. Das war noch eine richtige Dorfgemeinde. Seitdem man in den Städten gutes Geld verdienen kann, löst die sich jedoch immer weiter auf. Es gibt keinen Bezug mehr zwischen den Menschen. Man trifft sich vielleicht hin und wieder im Pub und hat den einen oder anderen guten Freund, aber die große Verbindung fehlt, verstehen Sie?«

»Ich habe gehört, dass viele der jungen Leute von hier fortgehen, sobald sie ihren Schulabschluss haben.«

»Man kann es ihnen ja nicht verübeln. Sie wollen etwas von der Welt sehen, und das ist auch richtig so. Wenn es hier nur mehr Arbeitsmöglichkeiten für sie gäbe, dass sie nach dem Studium oder der Lehre zurückkehren würden. Aber so wird unser Dorf leerer und leerer, und irgendwann wird es sterben.«

»Wie traurig.« Ich nahm einen großen Schluck Kaffee, um die düsteren Gedanken zu vertreiben.

»Nun, vielleicht ist es ja mein Glück, dass ich das nicht mehr miterleben werde!«, meinte Mrs. Woodburn und gab ein halb amüsiertes, halb bitteres Lachen von sich.

Durch die geöffnete Pubtür trat eine Frau, die ich sogleich erkannte, auch wenn ich meinen Augen nicht traute. Gegen jede Wahrscheinlichkeit handelte es sich tatsächlich um meine Nachbarin, Kathleen McEwan. Überrascht beobachtete ich, wie sie den Gastraum betrat und, ohne sich umzusehen, auf die Tür zusteuerte, die zur Küche führte. Am Eingang traf sie auf Kenneth, wechselte leise ein paar Worte mit ihm und verschwand dann hinter ihm in der Küche.

»Ja, ja, ein merkwürdiges Paar, nicht wahr?«, säuselte

Mrs. Woodburn. Sie lächelte vor sich hin, während sie sich das nächste Brot butterte.

»Paar? Sie meinen, die beiden sind …?«

»Nein, soweit ich weiß, sind sie nicht liiert, aber sie scheint eine besondere Freundschaft zu verbinden. Jedenfalls sehe ich Kathleen häufig in der Küche verschwinden, wenn ich hier mein Frühstück einnehme«, fügte sie hinzu.

Ich lehnte mich auf meinem Stuhl zurück und blickte wieder zu der Tür, noch immer ganz verblüfft von meiner Beobachtung.

»Na ja«, meinte ich schließlich, »irgendwie passen sie ja zusammen, so grummelig, wie sie beide sind.«

Mrs. Woodburn lachte auf.

»Grummelig trifft es wohl. Besonders, wenn man sie heute kennenlernt. Aber wissen Sie, Kathleen McEwan war einmal eine schillernde und fröhliche Frau, auch wenn man sich das heute nicht mehr vorstellen kann.«

»Ich habe gehört, dass sie Cellistin war und in der Welt umherreiste.«

Mrs. Woodburn nickte.

»Ich habe sie oft spielen hören, als sie noch jünger war. Ein Ausnahmetalent, wirklich.«

»Aber was ist passiert, dass sie ihre Karriere aufgegeben hat und so … so missmutig geworden ist?«, fragte ich und schob mir gedankenverloren ein Stück Kartoffel in den Mund, obwohl ich eigentlich längst satt war.

»Das Leben, nehme ich an. Irgendetwas hat sie dazu bewogen, die Konzerte aufzugeben. Ich glaube, sie hat mit niemandem je darüber gesprochen, außer vielleicht mit Kenneth. Aber wenn Sie mich fragen, spielte da ein gewisses Bains-Mädchen eine Rolle.«

Überrascht sah ich sie an.

»Isabelle?«

»Ich sehe, Sie sind schon gut über Ihre Arbeitgeber informiert«, sagte die Dame schmunzelnd und goss sich eine Tasse Tee ein, gab einen Schuss Milch und einen Löffel Zucker hinzu und rührte um.

»Eigentlich weiß ich gar nichts über sie, außer dass sie Sängerin werden wollte und sich seit gut fünf Jahren nicht mehr im Dorf hat blicken lassen. Und dass es Gerüchte gibt, sie lebe mittlerweile in Südafrika.«

»Da wissen Sie beinahe so viel wie ich. Sie hat eine Ausbildung gemacht und erste Konzerte gegeben. Und nun raten Sie mal, wer ihre größte Förderin war.«

»Kathleen McEwan?«

»Ganz genau. Sie hat das Talent der jungen Isabelle entdeckt, ihr frühzeitig Unterricht und Chorstunden vermittelt. Und sie war es auch, die sich für sie an der Gesangsschule eingesetzt hat, damit sie aufgenommen wurde.«

Staunend starrte ich Mrs. Woodburn an.

»Und dann?«, fragte ich, als sie nicht weitersprach.

»Mehr weiß ich auch nicht. Das Mädchen geht in die Stadt, macht seine Ausbildung, beginnt seine Karriere, und seitdem ward es nicht mehr gesehen. Etwa zur selben Zeit bricht Kathleen ihre Konzertkarriere ab und kehrt ins Dorf zurück, wo sie zu einer anderen Person wird.«

»Irgendetwas muss zwischen den beiden vorgefallen sein …«, überlegte ich. »Ob sie sich gestritten haben? Ich habe gehört, ein großer Streit zwischen Isabelle und ihren Eltern hätte dazu geführt, dass sie sie nie wieder besucht hat.«

»Möglich«, sagte die Frau und führte ihre Teetasse an die Lippen, um mit winzigen schlürfenden Schlucken davon zu trinken.

Kathleen war nicht zu sehen, als Kenneth nach einiger Zeit aus der Küche kam, um unser Geschirr abzuräumen.

Mr. Reid am Nebentisch bat um die Rechnung, und Mrs. Woodburn schloss sich an. Sie bestand darauf, für mich mitzubezahlen, verabschiedete sich herzlich von mir und raunte: »Lassen Sie uns das am nächsten Sonntag zur Brotübergabe wiederholen.«

Ohne meine Antwort abzuwarten, ging sie eiligen Schrittes davon.

31

Mich zog nichts nach Hause. Im Gegenteil, nach dem gestrigen Streit mit Finley wäre ich am liebsten gar nicht mehr dorthin zurückgekehrt. Es war beinahe ein ironischer Zufall, dass ich heute mehr über Isabelle Bains erfahren hatte, da ich es mit meiner Fragerei erst gestern bei Finley zu weit getrieben hatte. Diese Geschichte schien mich geradezu zu verfolgen; wenn ich ihr nicht nachging, holte sie mich von selbst ein.

Mein Kopf rauchte, mein Magen grummelte – vom großen Frühstück, aber mehr noch von der Menge an Gefühlen, die er zu verarbeiten hatte –, und meine Beine fühlten sich schwer an, als ich in Richtung des Cottages lief. Ich wusste nicht, wohin ich sonst sollte. Ellie und Ian waren heute bei Freunden irgendwo in den Highlands. Mit Logan war ich morgen zum Basketballtraining verabredet, und Joe war mit seinem Freund zusammen. Das Einzige, was blieb, war, mich allein aufs Rad zu schwingen und in die schottische Wildnis aufzubrechen. Und dafür entschied ich mich schließlich auch, selbst wenn meine Beine protestierten.

Den Schlüssel für das Fahrradschloss hatte ich zum Glück bei mir, sodass ich das Haus nicht betreten musste, sondern nur darum herum zu meinem Rad schleichen konnte. Wenn Kathleen McEwan mich jetzt sehen könnte, wie ich in ihre

Fußstapfen trat … Doch die war ja noch im Pub, soweit ich wusste.

Von Finley hörte und sah ich glücklicherweise nichts. Und so radelte ich wenige Augenblicke später schon den Weg hinter unserem Haus hinunter in die Heide. Die Frische des Morgens war noch nicht ganz von der Sonne geschluckt worden, doch diese gab alles: Ihre Strahlen wärmten mir den Rücken und die Wangen und lösten kleine Glückswellen aus, die durch meinen Körper liefen. Die Sonne, der Wind im Haar und die Bewegung taten ihre Arbeit und verdrängten nach und nach die schlechten Gefühle in mir. So schlimm war die Situation mit Finley doch eigentlich auch wieder nicht gewesen, dass ich mir deswegen Bauchschmerzen einreden musste, oder? Und war der Austausch mit Theo nicht genau das gewesen, was ich mir seit unserer ersten Begegnung gewünscht hatte? Ich war meinem Glück näher als je zuvor. Er hatte gesagt, er sei frei. War das nicht ein Satz, auf den ich all die Zeit über gewartet hatte? Nie hatte ich der Auslöser sein wollen, der zu der Trennung der beiden führte, aber immer war die Hoffnung da gewesen, dass er und Marie sich aus anderen Gründen trennen würden. Waren das perfide Gedanken? Ich war mir nicht sicher, sie waren einfach da, und ich könnte mich dafür schelten, aber wäre das nicht verlogener, als sie einmal zu Ende zu denken und richtig einzuordnen? Ich hatte mich verliebt und glaubte, in Theo die eine große Liebe gefunden zu haben – durfte ich mich dann nicht nach ihm sehnen? Mit meinen Nachrichten hatte ich damals das freundschaftliche Terrain nie verlassen. Oder?

Ich hatte noch die Antworten vom Vorabend im Ohr, die meine Freunde mir geschickt hatten, als ich ihnen in einer langen Sprachnachricht alles geschildert hatte. Sie waren selbst völlig überrascht gewesen von der neuen Wendung, die keiner von uns so hatte kommen sehen.

»Also haben sie sich wirklich getrennt«, hatte Josefine ungläubig geraunt. »Damit hätte ich nicht gerechnet, wenn ich ehrlich bin.«

»Auf jeden Fall wird es gut sein, dass ihr euch erst in ein paar Wochen seht. So frisch nach einer Trennung trifft man nie gute Entscheidungen.« Leon hatte wie immer um einiges pragmatischer geklungen.

Und Fiona hatte hinzugefügt: »Wie auch immer diese ganze Geschichte ausgeht, sie hat mich ein ganzes Büschel Haare gekostet. Allein beim Abhören deiner Nachricht habe ich bestimmt schon wieder eine ganze Handvoll verloren, so wie ich sie gerauft habe.«

»Halte durch«, hatte Leon mir noch geraten. »Fünf Wochen sind zu schaffen, vor allem, wenn du in Schottland bist und Ablenkung hast. Und dann wirst du Gewissheit haben.«

»Ruf einfach mich an, wenn die Sehnsucht zu groß wird«, hatte Fiona vorgeschlagen. »Ich bin immer erreichbar für dich, das weißt du ja.«

Und dann war heute auch eine neue Nachricht von Theo gekommen und hatte mein Herz schneller schlagen lassen:

> Ich freue mich so, dass ich dir wieder schreiben kann und von dir lesen werde. Du hast mir wirklich gefehlt. Hab einen schönen Tag, ich denke an dich.

Ich war einem unbekannten Pfad gefolgt, der mich durch die Heidelandschaft und über saftig grüne Wiesen geführt hatte, an angedeuteten Wäldchen vorbei bis hin zu einem Fluss, der sich nun vor mir hinschlängelte. Ich folgte seinem Verlauf für eine weitere gute halbe Stunde, dann machte ich kehrt. Das Haus erschien mir mittlerweile nicht mehr ganz so unangenehm. Den Konflikt mit Finley konnte ich, wenn er nicht sowieso schon längst vergessen war, sicherlich durch ein Gespräch klären. Und wer weiß, ob sich mein Mitbewohner überhaupt zeigen würde. Bisher sah ich von ihm ja kaum mehr als von der scheuen Maisie.

Als ich das Ende des Sandwegs erreichte und abstieg, um das Rad über den Kies zum Haus zu schieben, näherte sich von der anderen Seite gerade ein Mann. Wollte er zu uns oder nur am Haus vorbei, um einen Spaziergang zu machen?

Doch als er mich erblickte, hob er eine Hand zum Gruß und blieb da stehen, wo der Kiesweg sich zu unserer Tür hin teilte. Ich schaute genauer hin, war mir aber sicher, ihn zuvor noch nie gesehen zu haben. Er war um die vierzig, groß und breit gewachsen. Eine dunkle Bräune zierte sein Gesicht und die kräftigen Arme. Er trug ein Holzfällerhemd, Jeans und Gummistiefel, die nicht so recht zum sommerlichen Wetter passen wollten, aber in Schottland wusste man ja nie, wie ich gelernt hatte. Ich ließ das Fahrrad an der Hausseite zurück, ohne es anzuschließen, und ging zu dem Mann hinüber, der mir die Pranke entgegenstreckte.

»Miss, ähm, Mila?«, fragte er mit dunkler, rauer Stimme. »Ich bin Andrew, Andrew Murray, mir gehören die Schafe dahinten.« Er deutete auf die Weide vor dem Haus, auf der gerade nicht ein einziges der wollenen Tiere zu sehen war. Sie hatten sich wohl hinter eine Baumgruppe verdrückt.

»Freut mich«, antwortete ich. »Ist irgendetwas mit den Schafen, habe ich etwas falsch gemacht?«

»Nein, nein, nein. Mit denen ist alles ganz in Ordnung. Nein, ich bin hier, weil Elsbeth mir von dir erzählt hat.«

»Elsbeth Woodburn?«

»Ja, genau die und keine andere. Sie meinte, du machst das beste Brot hier weit und breit. Und weißt du, ich mag Brot. Nicht diesen Toast, sondern richtiges Brot, mit Geschmack! Ich fahre immer bis nach Killin, um an welches ranzukommen. Also, wenn du eins für mich übrig hättest, würde mir das echt so einige Kilometer ersparen.«

»Gerne!«, rief ich und erweiterte meine gedankliche Liste um seinen Namen. Langsam wurde sie so lang, dass ich sie unbedingt wieder auf Papier übertragen müsste, um niemanden zu vergessen.

»Elsbeth meinte, du würdest kein Geld dafür haben wollen, sondern tauschen.«

»Das stimmt. Ich backe sowieso gerne und viel. Wenn du also etwas anbieten kannst, wogegen du das Brot eintauschen möchtest, freue ich mich darüber.«

»Na, ich hab ja den Käse. Den Schafskäse. Magst du Käse?«

»Aber ja, natürlich.«

»Gut, gut, dann bringe ich dir welchen vorbei.«

»Ich hinterlege die Brote immer sonntags und donnerstags bei Kenneth im Pub. Vielleicht kannst du den Käse einfach dort lassen, wenn du das nächste Mal vorbeikommst? Und wenn du kurz wartest, hole ich dir noch schnell einen Laib, ich habe noch welche übrig.«

Auf Andrews erfreutes Nicken hin hüpfte ich zur Haustür und spurtete durch den Flur in die Küche. Finley stand dort gerade vor dem Herd und sah sich nach mir um, als ich einen der verbliebenen Brotlaibe packte, der schon in Papier steckte, und damit wieder aus der Küche hechtete.

»Hier, Andrew!« Ich reichte ihm das Brot, und er ergriff meine rechte Hand und drückte sie so herzlich, dass es kurz davor war, wehzutun – aber nur fast.

Nachdem wir uns verabschiedet hatten und ich ihm glücklich nachgeblickt hatte, bis er hinter der Hecke verschwunden war, drehte ich mich zur Haustür um und sah Finley dort, an den Rahmen gelehnt, stehen. Offenbar hatte er die Übergabe und den warmen Abschied beobachtet, ohne sich so recht einen Reim darauf machen zu können. Denn in seinen Augen lag ein interessierter und zugleich skeptischer Ausdruck.

Ich legte besondere Herzlichkeit in mein Lächeln, als ich ihn begrüßte, um mein Verhalten von gestern wettzumachen.

»Hi, Finley, wie geht's dir?«

Er wich mir nicht aus, sondern ließ mich dicht an sich vorbeigehen, um mir dann ins Wohnzimmer zu folgen, wo ich mich auf das Sofa setzte.

»Was hast du denn mit Andrew Murray zu tun?«, fragte er schließlich und setzte sich mir gegenüber auf den vorderen Rand eines Sessels.

Ich verkniff mir eine Bemerkung zu seiner Neugierde, um nicht die Erinnerung an gestern wachzurufen, sondern antwortete wahrheitsgemäß: »Ich backe für ihn Brot.«

»Dann ist all das Brot, das du gestern gemacht hast, für ihn gewesen?«

»Hat sich das noch nicht zu dir rumgesprochen? Alle, die eines haben möchten, kriegen ein Brot. Dafür bekomme ich etwas von ihnen im Tausch, von Andrew zum Beispiel Schafskäse.«

Finley nickte geistesabwesend, als ginge ihm endlich ein Licht auf.

»Was hast du sonst noch so bekommen?«

»Die hier zum Beispiel.« Ich zog die von Mrs. Woodburn gestrickten Socken aus meiner Tasche und reichte sie ihm. »Außerdem ein Fahrrad und einen Basketballkurs und Marmelade und Bücher und …«

»Mit wie vielen Leuten machst du das denn?« Finley wirkte ehrlich erstaunt.

»Ich glaube, es sind mittlerweile acht, aber es kann sein, dass ich jemanden vergessen habe.«

»Verrückte Sache«, murmelte er und brachte mich zum Lächeln. Das ermutigte mich, endlich zur Sprache zu bringen, was mir seit gestern unter den Nägeln brannte.

»Du, Finley, entschuldige bitte wegen gestern. Ich war wirklich zu neugierig, dabei geht mich all das nichts an.«

»Schon gut«, meinte er sogleich, aber in seinem Gesicht veränderte sich etwas, die Züge erstarrten ganz leicht. »Ich rede einfach nicht gern über diese ganze Sache. Frag mich nicht mehr danach, okay?«

»Klar.« Ich versuchte, meine Verlegenheit über mein heutiges Gespräch mit Mrs. Woodburn abzuschütteln, indem ich voller Tatendrang aufsprang. »Dann gehe ich mal an die Arbeit.«

»Was machst du denn jetzt?« Finley folgte mir mit dem Blick, als ich mich zur Wohnzimmertür begab. Wieder erinnerte er mich an einen kleinen Jungen, der nichts mit seiner Zeit anzufangen wusste.

»Backen natürlich. Ich muss mich um meine Vorteige kümmern, damit ich Donnerstag wieder genug Brote zusammenhabe.«

Ich wollte schon gehen, da hielt mich Finley auf.

»Kann ich dir vielleicht helfen?«

Überrascht sah ich zu ihm. Seine Stimme hatte klar verraten, dass es ihm nicht leichtgefallen war, diese Worte auszusprechen. Doch dann dachte ich daran, wie allein er während der letzten Woche in seinem Zimmer herumgehangen hatte, und ich bedeutete ihm mit einer Handbewegung, mir zu folgen.

»Na klar, komm mit!«

Wie schon am Tag zuvor fanden wir uns auf beiden Seiten der Kücheninsel wieder, die ich mittlerweile von allem Unnötigen befreit hatte, um Platz für das Backen zu schaffen. Ich beugte mich zu einer Schublade hinunter, suchte ein wenig herum und fand sie schließlich: eine weitere Backschürze, die ich nun Finley reichte.

»Muss das sein?«, fragte er und zog eine Grimasse. »Die hat meine Mutter immer getragen, wenn sie Weihnachtsplätzchen gebacken hat. Ich werde mir vorkommen wie ein altes Mütterchen.«

»Zum Backen gehört die Tradition dazu, also rein da! Außerdem ähnelt deine Mutter wirklich keinem alten Mütterchen!«

Finley zuckte nur mit beiden Schultern und zog sich die Schürze widerwillig über den Kopf.

»Die steht dir doch fantastisch. Ich weiß gar nicht, was du hast.«

Ich unterdrückte ein Kichern. Ohne es vorher gesehen zu haben, hatte ich eine Schürze mit Blumenmuster und Spitze erwischt, die Finley wirklich ein wenig wie ein altes Mütterchen wirken ließ. Schnell wandte ich mich dem Sauerteig zu, der gestern in einem Marmeladenglas seine Fütterung erhalten hatte und nun weiterverarbeitet werden konnte.

»Was kann ich tun?«

»Hol mal das Mehl aus dem Regal da. Beim letzten Mal habe ich ein Roggenbrot gebacken, diesmal dachte ich an Dinkel. Vielleicht ein Dinkel-Kartoffel-Brot? Das war schon immer mein liebstes.«

»Klingt … gut«, meinte Finley und sah mich mit einem Blick

an, aus dem seine ganze Ahnungslosigkeit sprach. Was konnte er aber auch dafür, er war in Schottland geboren, inmitten eines Dorfes, das vom Toastbrot regiert wurde, und hatte dann in Australien gelebt, das auch nicht gerade für sein fantastisches Brot bekannt war.

»Du wirst sehen, es schmeckt großartig. Die Kartoffel gibt dem Brot an Feuchtigkeit zurück, was das Dinkelmehl ihm nimmt. Und sie verleiht ihm einen ganz besonderen Geschmack.«

»Du sollst keine Werbeslogans herausposaunen, sondern mir Anweisungen geben.«

»Ja, ja. Dinkelmehl!«, kommandierte ich lachend und hatte keine fünf Sekunden später das Mehlpaket vor mir.

Obwohl die Kommunikation zwischen Finley und mir manchmal schwierig war und wir uns immer wieder in kleinen Streitereien wiederfanden, pendelte sich das gemeinsame Arbeiten nach und nach ein, und ich war sogar froh, ihn bei manchen Tätigkeiten als Hilfe dabeizuhaben.

»Du stellst dich ganz gut an«, sagte ich. »Hast du bei deinen tausend Jobs in Australien auch mal in der Küche ausgeholfen?«

Finley lehnte sich weit über die Theke und sah mir zu, als ich ihm zeigte, wie er den Teig mit den Händen richtig knetete, um es dann nachzuahmen.

»Ich habe mal ein paar Wochen lang in einem Restaurant Teller gespült und haufenweise Gemüse geschnippelt. Aber, Mann, das ging so auf den Rücken, dass ich das bald geschmissen habe. Dann lieber Kiwis ernten, da steht man nicht nur den ganzen Tag rum.«

»Das kann ich verstehen, das ist echte Knochenarbeit. Aber es ist schon cool, dass du in so viele verschiedene Jobs reingeschnuppert hast.«

Finley sah von seinem Teig auf, bemerkte meinen interessierten Blick und lächelte.

»Voll. Ich habe jedenfalls gemerkt, dass ich viele Dinge *nicht* tun will«, sagte er lachend.

»Das heißt, du weißt noch nicht so richtig, was du eigentlich machen willst?«

Mit dem Oberarm strich er sich über die Stirn. Ich kannte das zu gut. Sobald die Hände im Teig steckten und damit ausgeschaltet waren, kribbelte es plötzlich überall.

»Es gibt ein paar Dinge, die mir gefallen haben. Draußen arbeiten zum Beispiel. Es war wirklich toll, den ganzen Tag an der Luft zu sein und etwas von der Welt mitzubekommen, statt in einem Büro zu hocken.«

»Das kann ich total verstehen. Ich habe in Heidelberg in einem Hotel gearbeitet und wusste manchmal gar nicht, ob es draußen regnet oder sonnig ist, weil ich nicht von der Rezeption weggekommen bin.«

»Du bist Rezeptionistin? Aber das ist doch gar nicht schlecht, dann kannst du überall auf der Welt arbeiten und rumkommen. Hotels gibt es schließlich in jeder Stadt.«

»Ja, da hast du recht. Aber irgendwie bin ich bisher nie länger aus Heidelberg rausgekommen.«

So langsam wurde das Kneten anstrengend, doch ich spürte an der Festigkeit des Teigs, dass wir noch ein paar Minuten drauflegen mussten.

»So gar nicht?«, fragte Finley, während er mit vor Konzentration gerunzelter Stirn weiterknetete. Als ich ihn so beobachtete, wie er sich wirklich bemühte, musste ich lächeln. In dem Augenblick sah er auf.

»Lachst du mich etwa aus?« Sofort war da wieder das herausfordernde Funkeln in seinen Augen.

»Nein!«, rief ich, doch das ging in seiner gespielten Beschwerde unter, bei der er mit den teigverschmierten Händen fuchtelte und an der Rüschenschürze zog.

»Na toll, ich gebe mir hier so viel Mühe, und Miss Mila Muntser lacht mich aus! Ich arbeite bis zum Umfallen, Tag und Nacht, rund um die Uhr, mit geschundenen Händen und Füßen – und du lachst mich aus! Selbst dieses alberne Kostüm habe ich angezogen, nur für dich, und dann das!«

»Nein, das würde ich nie tun, wirklich!«, rief ich zurück und musste so lachen, dass ich mir aus Versehen Teig in die Haarsträhne schmierte, die mir ins Gesicht gefallen war.

Finley grinste zufrieden und tat dann so, als wäre nichts gewesen, als er weiterknetete. Nur die Teigflecken auf seiner Schürze sprachen Bände.

»Heidelberg muss ja verdammt schön sein, wenn du nie von dort wegwolltest«, knüpfte er an das Gespräch an und gab sich betont ernsthaft.

Ich gluckste noch ein wenig, als ich antwortete: »Es ist schön, keine Frage. Aber dass ich nicht rausgekommen bin, lag eher an mir. Ich war nie die große Abenteurerin. Lieber mache ich es mir in einem Sessel gemütlich und lese oder gucke Filme. Mir fehlt wohl einfach der Mut.«

»Ich finde es schon verdammt mutig, in ein fremdes Land zu reisen und auf ein Haus aufzupassen, ohne mehr über den Ort oder die Leute dort zu wissen.«

Ich blickte auf, um zu sehen, ob er das ernst meinte, doch Finley schien ganz vertieft in seine Arbeit.

»Ich glaube, der Teig ist gut. Wir decken ihn jetzt ab und lassen ihn ruhen«, sagte ich.

»Das ging schnell«, meinte Finley und wirkte geradezu enttäuscht.

Auch ich hatte noch Lust, weiterzubacken. Durch die Gesellschaft war die Arbeitszeit so schnell vergangen.

»Wie wäre es, wenn wir zur Feier dieser Schürze – die dir wirklich fantastisch steht – ein paar Plätzchen backen? Sommerplätzchen sozusagen.«

Finley lachte und wollte sich schon die Schürze aufknöpfen, als er merkte, dass es mir ernst war. Und nun war er Feuer und Flamme.

»Was brauchen wir? Oh Mann, weißt du, wie lange ich keine Kekse mehr gebacken habe?«

»Du kannst schon mal Butter, Eier und Milch aus dem Kühlschrank holen. Ich würde sagen, wir machen klassische Plätzchen und einmal Chocolate Chip Cookies, die liebe ich über alles.«

»Oh ja, ich auch! Schokolade ist eh die beste Erfindung, die je gemacht wurde.«

Endlich mal ein Punkt, auf den wir uns einigen konnten. Ich machte eine Playlist an und drehte sie laut auf, als ich merkte, wie Finley beim Aufschlagen der Eier im Beat wippte. Dann gab ich das Mehl in eine große Schüssel, wobei ein Schwall Mehldunst aufstob und uns beide in seine Wolke hüllte.

»Argh«, rief Finley laut, halb lustig, halb sarkastisch, »ich kann nichts mehr sehen, ich bin blind! Du hast mich erblinden lassen, du Unmensch! Du …« Doch der nächste Ausdruck, gegen den ich mich schon wappnete, kam nicht. Ich sah zu Finley auf und spürte ein leichtes Kribbeln im Nacken, als ich gerade noch seinen Blick erhaschte, der auf mir gelegen hatte. So hatte er mich vorher nie angesehen. Seine Augen waren leicht zusammengezogen gewesen, als hätte er versucht, ein Rätsel zu lösen. Dabei hatte in ihnen etwas ganz Warmes gelegen. Jetzt aber legte sich sogleich das typische Schmunzeln darüber, und er beendete seine Tirade mit einem sanften »Du Nervensäge«.

Draußen wurde es langsam dunkel, aber in der Küche herrschte rege Betriebsamkeit. Bald schon gesellte sich Patch zu uns und rollte sich auf dem Hocker ein, der zu seinem Stammplatz geworden war, wenn ich meine Backstunden hier verbrachte. Zu meiner großen Verwunderung kam auch Maisie wenige Minuten später durch die Tür getippelt, drehte eine Acht um Finleys Beine und richtete sich dann auf einem der Küchenstühle ein. So nah war sie mir während meines gesamten Aufenthalts nicht gekommen. Offenbar flößte Finleys Anwesenheit der scheuen Katze Vertrauen ein. Ich registrierte es mit einem Lächeln, während es Finley gar nicht aufzufallen schien.

Der Ofen und die Arbeit wärmten uns, wir summten zur Musik mit und schoben ein Blech nach dem anderen in die Röhre. Für die Verzierung rührte ich Puderzucker mit Wasser an und gab etwas Lebensmittelfarbe für sonnengelbe und apfelgrüne Plätzchen hinzu, während Finley Nüsse bereitlegte.

Keks für Keks wurde bestrichen und belegt. Dabei wurden wir ganz still, so konzentriert waren wir auf die Arbeit. Und schließlich war es geschafft, und vor uns lagen drei Bleche mit Sommerplätzchen und Cookies.

»Und jetzt?«, fragte Finley und grinste mich von der Seite her an. »Meintest du nicht, du guckst gerne Filme?«

Ich erwiderte sein Grinsen.

»Denkst du an das Gleiche wie ich?«

»Übernimmst du die Kekse oder den Film?«

»Ich Kekse, du Film!«

Und schon stoben wir los, Finley die Treppe hinauf, ich zu dem Regal mit den Schüsseln, wo ich eine hervorzog und die ersten abgekühlten Kekse vorsichtig darin stapelte. Dann schnappte ich mir zwei Gläser, eine große Flasche Wasser sowie die Kekse und folgte Finley nach oben in den Kinoraum, wo auf der Leinwand schon das Stillbild eines Vorspanns prangte. Finley saß, in einem der Sessel versunken, da und spielte mit der Fernbedienung.

»Kann es endlich losgehen?«, fragte er betont lässig, und ich bewarf ihn so mit einem Cookie, dass er ihn locker fangen und sich in den Mund stecken konnte. »Yumm! Mehr, bitte!«

Ich ließ mich auf den Sessel neben ihm fallen und stellte die Schüssel zwischen uns auf die Armlehnen.

»Was gibt es denn heute in der Abendvorstellung?«, fragte ich dann im gestelzten Ton einer britischen Lady.

Finley lächelte mich an.

»Das ist der seltsamste Versuch eines britischen Akzents, den ich je gehört habe! Obwohl … *wait for it.*«

Er drückte auf Play. Der Vorspann ruckelte kurz und begann dann zu laufen. Der Titel erschien: *One Day.* Moment, das war doch … Schon an der Musik hätte ich ihn eigentlich erkennen müssen: *Zwei an einem Tag,* einer meiner Lieblingsfilme und eine ganz klare Schnulze! Ich warf Finley einen überraschten Blick zu, der zufrieden vor sich hin lächelte und einen Keks verschlang, nur um sich gleich den nächsten aus der Schüssel zu angeln.

»Ein Liebesfilm? Das hätte ich jetzt nicht erwartet.«

Ich spürte in mich hinein, ob ich wirklich Lust auf einen Liebesfilm hatte, schließlich hatte ich in den letzten Wochen einen Bogen drum gemacht. Doch in mir hatte sich etwas gelöst, und ich freute mich richtig auf die Gefühlsachterbahn, die ich mit den Filmhelden miterleben würde – das musste an Theos Nachrichten liegen.

»Warum denn nicht?«, meinte er und zuckte mit den Schultern. Dann deutete er auf die Leinwand, auf der Anne Hathaway und Jim Sturgess als Studenten erschienen waren. »Außerdem habe ich den nur ausgewählt, damit du Schottland besser kennenlernst – und beruhigt bist, weil es jemanden gibt, der den britischen Akzent noch schlechter nachahmt als du«, fügte er mit einem Grinsen hinzu.

»Anne Hathaway? Ist es wirklich so schlimm?«

»Schon, ja.«

»Ich habe ja eher den Eindruck«, sagte ich, lehnte mich in dem weichen Sessel zurück und nahm einen Keks, »dass du eine romantische Ader hast, die du bisher vor mir verborgen hältst.«

Ich warf ihm einen Seitenblick zu, um seine Reaktion mitzubekommen. Finley schmunzelte und erwiderte meinen Blick, ohne den Kopf vom Polster zu nehmen. Dann hob er geheimnisvoll die Augenbrauen, bevor er wieder auf die Leinwand schaute.

32

Langsam schlich sich Routine in meinen Alltag ein. Das Füttern der Katzen und die Taktung des Brotbackens gaben alles vor. Mittwochs und samstags waren die großen Backtage, davor galt es, Zutaten einzukaufen und Vorteige anzurühren. Montags absolvierte ich mit Logan mein Basketballtraining, freitags stand der Pubabend an, und zwischendurch fuhr ich mit dem Rad in den Nachbarort, um mit Ian und, wenn sie dort waren, Ellie und Kevin einen Plausch zu halten oder im Pub zu essen und dabei die Leute zu beobachten. Ich fuhr bei der Buchhandlung vorbei und beim Blumenladen, und manchmal traf ich bei einem Spaziergang über die Heide auf Andrew, der seine Schafherde besuchte. Zu Hause skypte ich mit meinen Freunden, tippte eifrig Nachrichten an Theo, in denen ich von meinem Leben hier berichtete, tauschte Rezepttipps mit meinem Vater aus und sah mir mit Finley Filme an. Meist bestellten wir Pizza und knabberten Kekse als Nachtisch. Sonntags traf ich mich mit Mrs. Woodburn zum Frühstück im Pub.

»Sie wohnen nun also mit dem kleinen Finley in einem Haus«, sagte sie, als wir uns wieder einmal an unserem Stammtisch niederließen. Mr. Reid saß wie immer am Nebentisch, scheinbar tief in die aufgeschlagene Zeitung versunken.

»Das stimmt«, sagte ich und nickte Kenneth zu, der uns von der Theke aus bemerkt und eine Hand zum Gruß gehoben hatte.

»Ich habe ihn letztens gesehen und dachte erst, ich traue meinen Augen nicht. Der Junge war so lange fort. Ich hatte schon Gerüchte darüber gehört, dass er zurück sei, aber so recht geglaubt habe ich es nicht.«

»Sie hätten mich doch einfach fragen können.«

»Ich wollte Sie nicht belästigen. Manchmal gibt es Dinge, die man lieber für sich behalten möchte.«

»Was meinen Sie?«, fragte ich. Da machte es klick. »Sie denken, Finley und ich seien ein Paar?«

Mrs. Woodburn sah mich überrascht an.

»Natürlich. Sie wohnen doch zusammen.«

»Aber nein!« Ich musste lachen und brachte kaum einen Satz heraus. »Wir kannten uns doch gar nicht. Finley ist überraschend aus Australien zurückgekehrt, und ich war zufällig im Haus, weil die Bains' ja bei Mrs Bains' Schwester sind. Ich habe ihn am Anfang für einen Einbrecher gehalten.«

»Ach so?« Mrs. Woodburn betrachtete mich interessiert über ihre Brille hinweg. »Und ich dachte, Sie seien seinetwegen hier.«

»Oh Gott, nein. Seinetwegen wäre ich beinahe wieder abgehauen!« Wieder musste ich lachen. Dann raunte ich ihr vertrauensvoll zu: »Wir schlafen in getrennten Zimmern. Ab und zu gucken wir einen Film zusammen, aber das war es auch schon.«

»Ich verstehe«, sagte Mrs. Woodburn und nickte. »Ehrlich gesagt habe ich mich schon gefragt, was Sie mit einem wie Finley Bains wollen. Er ist ja ein netter Kerl, aber so ganz koscher ist er nicht.«

Und schon hatte sie mich wieder eingefangen. Ich wusste nicht, wie Mrs. Woodburn es anstellte, aber jedes Mal schaffte sie es, meine Neugier mit einer kleinen Andeutung zu wecken.

»Wieso, was meinen Sie?«, fragte ich und sah nur kurz auf, um Kenneth zu danken, als er unseren Kaffee brachte. Sofort zog ich die Tasse heran und nahm vorsichtig einen Schluck.

»Ach, er war immer schon ein Luftikus, soweit ich das mitbekommen habe. Als Kind hat er nur Unsinn angestellt: Ständig lief Mrs. Bains suchend durch das Dorf, weil er ihr wieder ausgebüxt war. Manchmal hockte er nur kichernd hinter einem Mäuerchen, aber dann wieder hatte er auch ganz schön Quatsch gemacht und zum Beispiel in Kenneth' Küche das Salz mit dem Zucker vertauscht. Der ganze Pub hat gehustet und geprustet, das kann ich Ihnen sagen. Ich war leider selbst betroffen und hatte einen versalzenen Kaffee.« Ich musste auflachen, da ich genau vor mir sah, wie Finley als Lausbub hinter einer Sitzbank hervorlugte und sich scheckiglachte. »Mit Ach und Krach hat er die Schule beendet. Und dann ging es so weiter: ein Job hier, ein Job da, viel Spaß, aber zu wenig Ernsthaftigkeit.« Das passte zu dem Bild, das ich von Finley gewonnen hatte. »Er ist ein netter Kerl, aber kein Mann fürs Leben, wenn Sie verstehen, was ich meine.«

Ich nickte mit einem Lächeln auf den Lippen.

»Ich habe mir auch schon gedacht, dass er so einigen Mädels den Kopf verdreht haben muss«, meinte ich, mehr zu mir selbst. Da bemerkte ich Mrs. Woodburns Schmunzeln und fügte schnell hinzu: »Nicht, dass er mein Typ wäre, aber rein objektiv macht er schon was her, nicht?«

»Das ist wohl wahr. Aber wissen Sie … so sicher bin ich mir da gar nicht, dass er viele Frauengeschichten gehabt hätte. Doch was weiß ich schon. Es gibt natürlich einige Gerüchte – die gibt es ja immer –, aber soweit ich weiß, war da nur die Supermarkttochter im Spiel.«

»Meinen Sie Blair?«

»Genau.« Mrs. Woodburn nippte an ihrem Kaffee und murmelte dann: »Manche Planeten kreisen eben um nur eine Sonne.«

Bevor ich nachfragen konnte, ob sie damit Blair oder Finley meinte, begann sie auch schon ein leichtes, dahinplätscherndes Gespräch, das sich hauptsächlich um den neuesten Dorfklatsch drehte und Leute betraf, die ich nur vom Sehen her kannte. Unser Frühstück fiel so reichhaltig und lecker aus wie die Male zuvor, und wir langten ordentlich zu. Wieder hatte Mrs. Woodburn darauf bestanden, mein Brot zum Frühstück serviert zu bekommen, und Kenneth hatte klein beigegeben, allerdings nicht, ohne ein wenig vor sich hin zu grummeln.

»Mrs. Woodburn«, fragte ich, als wir uns beide zufrieden und satt auf unseren Sitzen zurücklehnten. »Darf ich Sie wegen etwas um Ihre Meinung bitten?«

»Du darfst gerne Elsbeth zu mir sagen, Mila.« Die Dame lächelte mich an, und ich freute mich über den Vertrauensbeweis.

»Gerne, Elsbeth. Das ist übrigens ein wunderschöner Name. Aber was ich eigentlich fragen wollte … es geht um Kathleen McEwan, meine Nachbarin.«

Interessiert richteten sich Elsbeth' Augen auf mich.

»Mir geht nicht mehr aus dem Kopf, was du mir bei unserem ersten Frühstück erzählt hast, als wir sie hier gesehen haben. Erinnerst du dich? Die Geschichte mit Isabelle und Kathleens Rückzug …«

»Natürlich.«

»Ja, also, mein erster Eindruck von ihr war wirklich kein guter. Sie war eine Schreckschraube, um es auf den Punkt zu bringen. Aber seit unserem Gespräch frage ich mich, ob es für ihr Verhalten nicht vielleicht einen Grund gibt.«

Während der letzten Tage hatte das Haus meiner Nachbarin immer wieder meinen Blick auf sich gezogen. Ich bekam mit, wie ab und an ein Kind hinein- oder hinausging, offenbar Musikschüler, die es bestimmt kaum erwarten konnten, die verschrobene Musiklehrerin nach der Stunde wieder zu verlassen. Doch von Kathleen selbst hatte ich nichts mehr gesehen oder gehört, und ich stellte mir vor, wie einsam ihr Leben sein musste. Was auch immer der Grund dafür gewesen war, dass sie ihre Karriere so plötzlich abgebrochen hatte – sie verbrachte die Tage meist allein. Ob sie sich deswegen so seltsam verhalten hatte nach meiner Ankunft? Ob sie womöglich sogar meine Nähe gesucht hatte?

Elsbeth nickte.

»Ich denke auch, dass es einen Grund für dieses Verhalten gibt. Sonst hätte sie sich nicht so sehr verändert.«

»Ich habe überlegt, ihr ein Brot zu bringen«, sagte ich endlich, unsicher, was ich selbst von dieser Idee halten sollte. »Vielleicht würde sie sich darüber freuen, was meinst du?«

Elsbeth beäugte mich, und ein Lächeln zeichnete sich auf ihrem Gesicht ab.

»Ich finde, dass das eine sehr schöne Idee ist. Aber sei vorsichtig mit deiner Offenheit, sie macht auch verletzlich. Es kann sein, dass du eine Abfuhr erhältst.«

»Ich weiß«, sagte ich, »darüber habe ich schon nachgedacht. Und ich habe da eine Idee.«

Wieder zu Hause, nahm ich eines der Brote, die ich für Finley und mich oder mögliche neue Tauschpartner beiseitegelegt hatte, und verpackte es so, dass es gegen einen plötzlichen Regenschauer gewappnet wäre. Dann ging ich wieder nach draußen und den Kiesweg entlang in Richtung des benachbarten Hauses. Schon hörte ich erste Cellotöne. Sehr gut, dachte ich mir. Dann war also ein Schüler da, und Kathleen würde abgelenkt sein.

Ich ging zur Haustür, ohne mich groß anzuschleichen, und legte das Bündel vor der Schwelle ab. Ein Papierkärtchen mit dem Gruß »Lassen Sie es sich schmecken. Eine Freundin« steckte ich in die Plastikhülle. Ich hatte lange überlegt, was ich schreiben sollte. Von Freundinnen konnte man bei uns zwar wirklich nicht sprechen, aber vielleicht würde sie sich so am ehesten auf die Gabe einlassen und das Brot nicht gleich in den nächsten Mülleimer werfen.

Als ich mich zurück zum Haus begab und gerade die sichtschützende Hecke hinter mir ließ, entdeckte ich die schlanke Gestalt der nächsten Schreckschraube vor unserer Tür: Es war Finleys Exfreundin Blair. Sie musste den Weg entlanggekommen sein, als ich zu Kathleen McEwans Haus abgebogen war. Offenbar wartete sie auf Einlass, und einen Augenblick lang liebäugelte ich damit, einen Hechtsprung in den nächsten Busch hinzulegen, um ihr zu entgehen. Doch sie hatte wohl meine Schritte auf dem Kies gehört und sich umgewandt.

»Hi«, rief sie in übermäßig freundlichem Ton und zeigte ihre Zähne in einem Lächeln, das so breit war, dass es nur künstlich sein konnte. »Sorry wegen letztens … Weißt du, ob Finley da ist?«

Ich ging an ihr vorbei zur Haustür und legte die Hand auf die Klinke.

»Hallo, Blair. Hast du denn schon geklingelt?«

»Ja, aber es macht keiner auf.«

Ich war nur kurz im Haus gewesen, um das Brot zu verpacken, und hatte von Finley nichts gehört, wobei es gut sein könnte, dass er mit Kopfhörern in seinem Zimmer saß und mal wieder die Außenwelt ausblendete.

»Dann ist er wohl nicht da.« Ich zuckte mit einer Schulter und öffnete die Tür. Im Flur drehte ich mich um und wollte die Tür mit einem netten, aber entschiedenen Gruß wieder schließen, doch Blairs Lächeln wirkte so verkrampft und verzweifelt, dass ich es nicht über mich brachte. »Na, komm schon rein«, sagte ich und hätte mich selbst dafür treten können. »Ich sehe mal nach, ob er vielleicht doch da ist.«

»Ich kann auch hoch …«, begann Blair, schien aber zu merken, dass ihr Angebot, sich selbstständig in dem Haus umzusehen, nicht gut bei mir ankam. Sie verstummte und folgte meiner Geste, sich ins Wohnzimmer zu setzen.

Ich ging die Treppe hinauf und klopfte an Finleys Tür. Es kam keine Antwort, aber ich meinte, ein Rappeln dahinter gehört zu haben. Also öffnete ich die Tür einen kleinen Spalt und fragte: »Finley?«

Einen Moment lang war es ganz still, dann hörte ich ein Seufzen.

»Ja, ich bin da. Leider.«

Ich öffnete die Tür ganz und entdeckte ihn auf dem Stuhl am Fenster mit einem Buch, in dem statt eines Lesezeichens sein Finger steckte.

»Was ist los? Warum machst du die Tür nicht auf, versteckst du dich etwa?«

Finley zögerte. Ein verlegenes Lächeln erschien auf seinem Gesicht.

»Und wenn es so wäre?« Er seufzte. »Das ist doch Blair, stimmt's? Ich habe sie durch den Vorhang kommen sehen.«

Ich nickte und trat in das Zimmer.

»Sie wirkt ziemlich verzweifelt. Ich habe sie ins Wohnzimmer gelassen.«

»Verdammt«, zischte Finley und haderte mit sich, ob er aufstehen sollte oder nicht. Die Unlust sprach aus seiner Miene. »Was soll ich ihr denn noch sagen?«, fragte er.

»Vielleicht, dass es dir wirklich leidtut, wie das damals gelaufen ist?«

»Das habe ich doch schon.«

Finley zog die Schultern hoch und wirkte wirklich niedergeschlagen.

»Wieso hängt sie eigentlich noch so an dir? Du warst immerhin mehrere Jahre weg. Und so toll bist du ja auch ni…«

»Haha«, unterbrach Finley mich, musste aber doch grinsen.

»Finley, können wir kurz reden?«, tönte Blairs Stimme durch das Treppenhaus zu uns hinauf. Kein Wunder, dass sie unruhig geworden war, wir hatten sie schon einige Minuten warten lassen.

Finley warf mir einen letzten hilfesuchenden Blick zu, dann schmiss er das Buch auf das Bett, verließ das Zimmer, und ich hörte, wie seine Schritte immer leiser wurden, als er die Treppe hinunterging.

Ich folgte ihm mit einigem Abstand, um die beiden nicht zu stören. Doch als ich an der geschlossenen Wohnzimmertür vorbeiging, um zur Küche zu gelangen, hörte ich Blairs aufgebrachte Stimme: »Dann läuft also doch etwas zwischen dieser Mila und dir?«

Als ich meinen Namen hörte, blieb ich unwillkürlich stehen. Ich wollte nicht lauschen, es war eher eine Art Reflex.

»Zwischen Mila und mir ist echt nichts, glaub mir. Das ist es nicht.« Es folgte eine kleine Pause, dann sprach Finley in vorsichtigem Ton weiter: »Ich mag dich, Blair, aber mehr als Freundschaft wird zwischen uns nicht mehr laufen.«

»Ich will deine blöde Freundschaft nicht«, schoss Blair zurück.

»Dann sollten wir uns vielleicht nicht mehr sehen …«

Ich riss mich los und ging schnell in Richtung Küche. Patch erwartete mich schon auf einem der Hocker. Kaum dass ich den Raum betrat, hob er das Köpfchen, sprang vom Stuhl und schlich um meine Beine herum, bis ich den Napf gefüllt hatte. Nebenbei hörte ich, wie Blair in schnellem Tempo das Haus verließ. Oje, das hatte aber auch nach einem harten Gespräch geklungen. Obwohl wir keinen guten Start gehabt hatten und Blair wohl nie zu meiner besten Freundin werden würde, tat sie mir leid. Irgendetwas schien sie an Finley zu binden, und ich hatte ja selbst erlebt, wie schwer es sein konnte loszulassen, selbst wenn man es besser wusste. Ich nahm mir eine Flasche Wasser, warf einen kurzen Blick ins Wohnzimmer, ohne Finley dort vorzufinden, und ging dann auf mein Zimmer. Wenn er reden wollte, wusste er, wo er mich fand.

Ich ließ mich auf mein Bett sinken und legte die Beine hoch. Gerade wollte ich nach meinem Buch greifen – ich war mittlerweile beim zweiten Teil der Millennium-Trilogie angekommen –, da drang das Klingeln meines Handys an mein Ohr. Schnell fummelte ich es aus der Handtasche und bekam einen kleinen Nervenzusammenbruch, als ich den Namen auf dem Display sah: Theo! Mein Herz machte einen Satz.

»Hallo?«, sagte ich mit heiserer Stimme.

»Hi, Mila?« Als ich ihn meinen Namen aussprechen hörte und überhaupt seine Stimme wiederhörte, klopfte mein Herz wie verrückt, und meine Kehle fühlte sich seltsam zugeschnürt an.

»Ja, ich bin dran«, brachte ich endlich heraus. »Hi, hallo, Theo.«

»Ich hoffe, ich überfalle dich mit meinem Anruf nicht allzu sehr, aber ich wollte unbedingt deine Stimme hören.«

»Du überfällst mich gar nicht«, log ich, während die Unruhe in meinem Körper mich zwang, vom Bett aufzuspringen und im Raum auf und ab zu gehen.

»Dann ist es ja gut. Was machst du gerade? Bist du auf einen Besuch bei Nessie oder so?«

»Nessie und ich sind schon längst beste Freunde«, sagte ich lachend. »Aber nein, eigentlich bin ich nur zu Hause und habe gerade gelesen.«

»Also gefällt es dir in Schottland?«

»Mittlerweile sehr.« Ich blieb vor dem Fenster stehen, blickte abwesend auf die Schafherde, die dort draußen friedlich vor sich hin mümmelte, und nestelte am Vorhangstoff herum. »Es ist wunderschön hier, und inzwischen habe ich auch ein paar gute Freunde gefunden. Ich backe Brot, weißt du? Und dann tausche ich es. Ich habe schon ein Fahrrad bekommen und eine Basketballstunde und Marmelade.«

»Eine Basketballstunde?« Theo lachte auf. Sofort sah ich sein lächelndes Gesicht vor mir und spürte einen wohligen Schauer über meinen Rücken laufen.

»Ja, meine Freiwürfe werden einwandfrei sein, wenn ich zurück nach Heidelberg komme.«

»Ich kann es kaum erwarten, sie zu bewundern – und vor allem, dich wiederzusehen.«

Ich atmete tief ein, als wieder dieses Kribbeln einsetzte, das jetzt durch meinen ganzen Körper fuhr.

»Wie geht es dir denn?«, fragte ich, als ich daran dachte, dass er ja gerade erst eine Trennung hinter sich hatte.

»Ach, gut, ziemlich gut sogar. Ich arbeite viel. Gerade sitze ich an einer Übersetzung, die eigentlich schon gestern hätte fertig sein müssen, wenn es nach dem Verlag ginge.«

»Oh, okay. Das ist vielleicht ganz gut zur Ablenkung«, überlegte ich und ballte den Vorhangstoff in meiner Hand zu einer großen Kugel.

»Zur Ablenkung? Ach so, ja, es hält mich jedenfalls auf Trab.«

Seine Stimme wirkte ganz normal, anscheinend ging ihm die Trennung nicht so nah, wie ich gedacht hatte. Aber da ich nichts über die Hintergründe wusste, war es schwierig, auf seine Stimmung zu schließen. Offenbar hatten er und Marie sich im Guten getrennt, und das erleichterte mich sehr.

»Ich wünschte, du wärst schon wieder hier«, durchbrach seine Stimme plötzlich meine Gedanken. Wieder wallte das Kribbeln in mir auf, und ich zog ein wenig zu fest an dem Vorhang, was ein kleines Knacken oben an der Gardinenstange auslöste. Schnell ließ ich ihn los. »Wenn ich mir vorstelle, dass du da ganz alleine in dem Haus irgendwo in Schottland sitzt und in einem Liebesroman blätterst …«

»Na ja«, sagte ich, »eigentlich lese ich gerade einen Thriller. Und dann sitzen ja Finley, Patch und Maisie mit mir im Haus. Ich bin also gar nicht allein.«

»Finley, Patch und Maisie? Meinst du die Katzen?«

»Unter anderem«, antwortete ich lachend, wandte mich vom Fenster ab und setzte mich auf die Bettkante. »Finley ist mein Mitbewohner. Der Sohn der Bains', der hier ganz überraschend aufgetaucht ist. Wir waren beide ziemlich geschockt, als wir einander plötzlich gegenüberstanden, aber mittlerweile läuft das Zusammenleben ganz gut.«

Ich schmunzelte, als ich an unsere Plätzchenbackaktion zurückdachte.

»Oh, okay. Du hattest ihn noch gar nicht erwähnt.«

»Na ja«, meinte ich ein wenig irritiert. »Wir haben ja nicht gerade viel Kontakt gehabt, oder?«

»Ja, stimmt schon«, gab Theo zu. Seine Stimme klang zerknirscht. »Und wie ist dieser Finley so?«

»Ganz okay, ein bisschen nervig manchmal, aber auch ziemlich witzig, nur darf er das niemals hören«, sagte ich mit gedämpfter Stimme. »Sonst bildet er sich noch mehr ein als sowieso schon. Wir kommen ganz gut klar.«

»Okay, na dann.«

»Ja«, sagte ich und wusste selbst nicht mehr, was ich noch hinzufügen sollte.

»Du, ich sollte wohl mal weiterarbeiten«, meinte Theo nach einer kleinen Pause. Er wirkte mit einem Mal so einsilbig und ein bisschen abweisend, dass ich mir schon Gedanken machen wollte, da fügte er mit seiner warmen Stimme hinzu: »Ich freue mich so sehr auf dich, du kannst es dir echt nicht vorstellen. Du fehlst mir wahnsinnig.«

»Ja … du mir auch«, sagte ich leise, noch immer mit dem Gefühl, als wäre es verboten.

»Bis ganz bald, ja, Mila?«

»Ja, bis bald. Tschüss, Theo.«

Wir legten auf, und ich blieb mit einem Mischmasch an Gefühlen zurück, die ich kaum auseinanderdröseln konnte. Da war so viel Sehnsucht in mir. Ich wollte Theo sehen, seinen intensiven Blick, sein Lächeln, wollte mehr von seiner Stimme hören und seine Nähe spüren … Aber dann war da auch diese Sorge, die ich einfach nicht abschütteln konnte, dass ich in verbotene Gefilde eindrang. Selbst wenn ich wusste, dass Theo und Marie nicht mehr zusammen waren, konnte ich das Bild von den beiden nicht vertreiben. Ich atmete tief ein und pustete die Luft durch die halb geschlossenen Lippen aus. Warum waren diese Liebesdinge im echten Leben nur immer so viel komplizierter als in den Filmen?

33

Mit Finley verhielt es sich wie mit dem großen Bruder, den ich nie gehabt hatte. Es gab Tage, da fühlte ich mich ihm auf gewisse Weise verbunden. Irgendetwas war in seiner Vergangenheit geschehen, das ihn fortgetrieben hatte – so wie ich selbst nach Schottland geflohen war, um Ordnung in mein Leben zu bringen. Wir sprachen wenig über die Vergangenheit. Ich hatte meine Lektion gelernt und fragte ihn nicht mehr nach seiner Schwester. Lehnte ich mich über mein Handy, um Theo zu schreiben, triezte er mich im Gegenzug nicht wie am Anfang, auch wenn ich seine Neugier spürte.

Am Tag nach Blairs Auftritt hatte ich mich gegen Abend mit meinem Thriller ins Wohnzimmer zurückgezogen und mich gerade in die Buchwelt vertieft, da tauchte Finleys blonder Schopf im Türrahmen auf. Wie ein kleiner Schuljunge, der sich gerade die nächste Frechheit ausdachte, griente er mir entgegen.

»Hast du Lust, Plätzchen zu backen und einen Film zu gucken?«

Ich hielt mein Buch in die Höhe, ohne mich auf dem Sofa aufzurichten.

»Sorry, ich wollte den Abend mit Lesen verbringen. Aber du kannst dich gerne dazugesellen.«

Er trat ins Wohnzimmer und machte ein paar ungezielte

Schritte, sah zum Bücherregal, schien sich aber nicht aufraffen zu können.

»Oder du guckst den Film ohne mich?«, schlug ich vor.

»Oder«, ließ er da verlauten, »wir machen Plätzchen, und währenddessen schwärme ich dir so von dem Film vor, dass du gar nicht anders kannst, als mitgucken zu wollen.«

Mit einem Seufzen ließ ich das Buch auf meine Brust sinken.

»Wir können etwas backen, wenn du willst«, ergab ich mich, da ich einsah, dass er sonst keine Ruhe geben würde. »Aber ob ich dann mitgucke, bezweifle ich noch.«

Ein breites Lächeln erschien auf seinem Gesicht.

»Was hältst du davon, wenn wir Pizza machen?«, schlug ich vor, denn nun, da ich mich einmal aufgerafft hatte, gefiel mir die Idee von etwas Frischem, Deftigem doch äußerst gut.

»Ist die so lecker wie die vom Lieferservice?«

»Besser.«

Wir begaben uns in die Küche, wo wir routiniert unsere Schürzen umbanden und eine Schüssel, Waage und Mehl hervorholten. Als richtiger Bäckerhaushalt hatten wir alles an Zutaten, was wir benötigten. Und Belag fand sich sowieso immer, da würden wir einfach improvisieren. Finley löste die Hefe in warmem Wasser auf, während ich Mehl in einer großen Schüssel abwog. Ich sah ihm belustigt zu, wie er mit Schmackes den Schneebesen durch die warme Mischung fegte.

»Dir gefällt das Backen ganz gut, oder?«

Ertappt wandte er den Kopf und sah zu mir, ein Grinsen im Gesicht.

»Es ist eine Aufgabe«, sagte er mit einem Schulterzucken. »Und ich mag, dass man so schnell belohnt wird für die Arbeit. Jetzt schuften wir ein bisschen, und in ein, zwei Stunden wird genascht. Ehrlich gesagt entspricht das genau meinem Lebenskonzept.«

Ich musste lächeln.

»Was soll das heißen?«

Er überlegte einen Moment, während er weiter in der Schüssel rührte. Ohne zu mir zu sehen, antwortete er: »Na ja, ich war nie jemand, der lange auf etwas hinarbeiten konnte. Deswegen wäre ein Studium auch nichts für mich. Ich muss eine Aufgabe haben, bei der ich konkret sehe, wofür ich was mache. Zum Beispiel fand ich es toll, als Erntehelfer zu arbeiten. Du hast sofort ein Ergebnis: einen vollen Kiwi-Korb. Und das ist beim Backen ganz ähnlich.«

»Das stimmt«, sagte ich nachdenklich. Ob das der Grund war, warum auch mir das Backen so guttat? Tatsächlich fühlte es sich an, als täte man etwas absolut Sinnvolles, da man am Ende so leckere Ergebnisse hatte. Zumal das Brotbacken etwas so Grundlegendes an sich hatte. Das war eine Tätigkeit, die seit Jahrtausenden bestand und von Generation zu Generation weitergegeben wurde. Manchmal hatte ich das Gefühl, mit diesen früheren Generationen verbunden zu sein, wenn ich den Duft eines fertigen Brotes in mich aufnahm.

»Du kannst die Hefemischung hier dazukippen«, sagte ich, und Finley befolgte die Anweisung sofort. Wir gaben Olivenöl und Salz dazu, und schon begann Finley, den Teig zu kneten.

»Was war da eigentlich mit Blair los gestern? Hat sich die Sache geklärt?«, fragte ich beiläufig und blinzelte zu ihm hinüber. Er atmete schwer aus, während er weiter den Teig bearbeitete.

»Ich hoffe es. Blair ist … Ich mag sie eigentlich. Klar, sie ist eine totale Drama-Queen, aber dafür ist es auch nie langweilig mit ihr.« Nun sah er doch zu mir auf und hielt mit dem Kneten inne. »Aber ich will mich gerade nicht auf irgendwas einlassen.

Es hat sie damals sehr verletzt, dass ich gegangen bin, und ich weiß ja noch nicht einmal, ob ich noch zwei Tage oder zwei Jahre hierbleibe. Verstehst du?«

»Klar«, sagte ich. »Aber das klingt, als würdest du schon was mit ihr anfangen, wenn du sicher wüsstest, dass du hierbleiben würdest.«

Finley blickte einen Augenblick lang zur Seite, wo sich Maisie auf dem Fensterbrett rekelte. Ein kleines Lächeln schlich sich auf seine Lippen.

»Keine Ahnung. Das ist so hypothetisch. Wahrscheinlich nicht, aber wer weiß das schon.«

»Sie wünscht sich das sehr …«

»Anscheinend. Ich weiß auch nicht, was sie an mir findet.« Finley deutete auf sich in der rüschigen Schürze und grinste schief. »Nein, im Ernst. Sie meint, wir hätten von früher her eine Verbindung. Du musst verstehen, dass Blair sich damit schwertut, Neues auszuprobieren. Guck mal, sie hat eine Ausbildung in Glasgow gemacht und könnte dort ganz leicht einen Job finden. Und sie hätte zig Typen an der Hand, die sofort springen würden, wenn sie wollte. Aber was ist? Sie kommt zurück nach Applemore, arbeitet im Supermarkt ihrer Eltern – den sie eigentlich hasst – und hängt an einem Typen, der nichts auf die Reihe kriegt, nur weil wir in der Schule mal eine gute Zeit zusammen hatten. Das ist Blair.« Er hatte aufgehört zu kneten und drehte gedankenverloren einzelne Teigfetzen zwischen den Fingern. »Es ist wirklich schade«, meinte er nach einem Moment, und seine Stimme klang mit einem Mal viel ernsthafter als üblich. »Mit ihrer Energie könnte sie echt was auf die Beine stellen.«

Ich nickte, auch wenn er nicht zu mir, sondern vor sich hin auf die Arbeitsplatte blickte, und beobachtete den nachdenklichen Zug um seine hellen Augen, in denen es sonst immer vor Witz sprühte. Und keine Sekunde später war der ernste Moment schon wieder vorbei. Ein Ruck schien durch seinen Körper zu fahren, er richtete sich auf, griff sich den Teigklumpen und grinste mir zu.

»Na ja, ich hab gut reden, bin ja selbst wieder hier im Kaff gestrandet, was?«

Er formte den Teig zu einer Kugel und legte ihn zurück in die Schüssel, spannte ein Tuch darüber und platzierte sie neben dem Herd. Als Nächstes stellte er den Küchenwecker auf eine halbe Stunde Ruhezeit ein. Er hatte in den letzten Tagen wirklich schon einiges gelernt.

Stolz lächelte er mich an, bevor seine Miene sich zu einem ironischen Grinsen verzog.

»Sag es schon, ich bin der beste Schüler, den du je hattest!«

»Ehrlich gesagt bist du mein einziger Schüler bisher, also ja, irgendwie wohl auch der beste.«

»Ich bin mir sicher, ich wäre es auch, wenn du schon Hunderte gehabt hättest. Keiner macht den Hefeteig so gut wie ich und sieht dabei«, er strich wie ein Model an seinen von der Schürze bedeckten Hüften entlang, »noch so atemberaubend aus.«

Ein Lachen sprudelte aus mir heraus.

»Ich glaube, ich kann dir wirklich schon jetzt versichern, dass es da keinen besser aussehenden Schüler als dich geben wird«, sagte ich glucksend.

»Und nur das wollte ich hören.«

»Komm, wir suchen den Belag für die Pizza zusammen«, schlug ich vor und ging ihm voran zum Kühlschrank. Sofort schlitterte er über die Fliesen zu mir und drängelte spaßeshalber ein bisschen, als wir Käse, Pilze, Zwiebeln und Kapern aus den Fächern nahmen. In den Vorratsschränken fanden wir Dosentomaten für die Soße, Mais, Oliven und Artischocken und beschlossen, einfach eine Pizza Mista zu machen, was konkret hieß, alles zusammen auf die Pizza zu hauen.

»Nun aber zu dir und deinem Liebesleben«, meinte Finley, kaum dass wir begonnen hatten, Pilze und Zwiebeln klein zu schneiden. »Was hat es mit diesem Theo auf sich? Ständig hängst du am Handy und tippst träumerisch vor dich hin.«

Ich blickte konzentriert auf die Pilze, konnte aber ein Lächeln nicht unterdrücken.

»Theo ist … er und ich sind nicht zusammen, wenn du das denkst.«

»Aber ihr seid auf dem Weg dahin zusammenzukommen, richtig?«

»Vielleicht«, gab ich zu, hielt mit dem Schnippeln inne und sah zu ihm. Er lächelte mir aufmunternd zu. »Es ist ein bisschen komplizierter.«

Finley schwieg einige Sekunden, dann öffneten sich seine Augen weit, und ihm entfuhr ein »Ha!«, das mich zusammenzucken ließ. »Er ist vergeben, stimmt's?«, rief er in den Raum. »Er hat eine andere, und ihr schreibt und telefoniert heimlich.«

Ich seufzte und nickte schließlich.

»So ungefähr. Das heißt, er war vergeben, verlobt sogar, aber mittlerweile ist er es nicht mehr. Als wir uns kennengelernt haben, hat es mich ziemlich heftig erwischt, obwohl ich es wusste, aber dann habe ich ihn mit ihr gesehen, mit Marie. Da habe ich erst einmal alles abgebrochen und bin hierhergekommen.«

Finley nickte und wirkte ein bisschen ernster.

»So was ist hart. Manchmal hat man die Gefühle einfach nicht im Griff, selbst wenn man weiß, dass sie einen in den Mist reiten.«

»Ja, genau.« Ich nickte und lächelte ihn dankbar an.

»Und nun, da du weg bist, hat er sich getrennt und will doch mehr?«, hakte Finley nach.

»Sieht ganz so aus. Er hat mir irgendwann geschrieben, dass er mich wiedersehen will, und jetzt bin ich natürlich total gespannt, was in Heidelberg passiert, wenn ich zurückkomme.«

Finley nickte, doch ich merkte, dass er sich auf die Zunge biss.

»Was ist? Sag schon!«, drängte ich ihn, und als er nicht reagierte, warf ich einen Pilz nach ihm, den er problemlos auffing. »Nun rück schon raus damit!«

Er besah den Pilz von allen Seiten, dann zuckte er mit den Schultern und blickte mich entschuldigend an.

»Es klingt ein wenig nach der alten Geschichte. Solange du greifbar und verfügbar bist, bist du uninteressant. Verschwinde aus seiner Reichweite, und schon gibt es für ihn nichts Wichtigeres, als dich zurückzuerobern. Sag mal, du müsstest das doch viel besser wissen. Wer von uns beiden ist denn in einem Romantikclub?«

Nachdenklich sah ich ihn an. Sein Gesicht zeigte eine Mischung aus Ungeduld und nachsichtigem Lächeln. War es wirklich so, wie er sagte? Und hieß das …

»Heißt das, sobald ich zurück bin, werde ich wieder uninteressant für ihn sein?«

»Nicht unbedingt. Es kommt darauf an, wie sich eure Beziehung dann entwickelt. Das kann gut ausgehen.«

»Oder?«, hakte ich nach, als er viel zu offensichtlich herumdruckste.

»Oder er merkt irgendwann, dass er in seinem Aufmerksamkeitswahn die falsche Entscheidung getroffen hat.«

»Aufmerksamkeitswahn? Was soll das denn wieder sein?« Ich

war innerlich so aufgewühlt, dass ich, ohne hinzugucken, die Hände auf die Platte schlug – und mit voller Wucht in die Pilze patschte, die in alle Richtungen davonflogen. Finley kam um die Theke herum und half mir, sie einzusammeln, während er in ruhigem Ton weitersprach.

»Na ja, ich kenne das von mir und auch von Freunden. Manchmal genießt man einfach die Aufmerksamkeit einer Person so sehr, dass man sie immer haben will. Und dabei übersieht man, dass man sich etwas vormacht. Es ist viel mehr die Aufmerksamkeit, die man will … und weniger die Person an sich.«

Wir hatten alle Pilze aufgesammelt, und als Finley sich an mir vorbeibeugte, um seine zu den restlichen zu legen, und sein Arm meinen streifte, spürte ich ein seltsames Prickeln. Unwillkürlich legte ich eine Hand auf meinen Arm und strich darüber, als wollte ich es wegwischen.

»Aber das wird bei Theo nicht so sein«, sagte Finley, der von meiner Geste nichts gemerkt und wieder an seinen Platz zurückgekehrt war, wo er sich daranmachte, die Tomatendose zu öffnen. »Der mag dich, da bin ich sicher.«

»Na hoffentlich«, sagte ich. Finleys Worte hatten mich durcheinandergebracht. Was, wenn er recht hatte? Ich dachte an die Nachrichten zurück, die Theo mir zuletzt geschickt hatte. Immer wieder betonte er darin, dass er mich vermissen würde und wiedersehen wolle. Und dann erinnerte ich mich an unsere Begegnungen, damals in der Bar, im Café und in der Buchhandlung. Nein, dachte ich, da war mehr im Spiel als die bloße Suche nach Aufmerksamkeit. Wir hegten Gefühle füreinander.

»Weißt du, was, Mila? Ich habe wirklich keinen Schimmer, was ich hiermit machen muss!« Er hielt mir die Tomatendose entgegen und riss mich, geplant oder ungeplant, aus den Gedanken.

Eine gute Stunde später setzten wir uns an den Küchentisch, wo ein großes Blech dampfender Pizza, Rotweingläser und Salat bereitstanden. Sofort sprang Patch auf den Stuhl neben Finley und Maisie auf seinen Schoß. Wo auch immer er sich aufhielt, um ihn herum waren die beiden Katzen. Besonders Maisie schien an ihm zu hängen und begleitete ihn überallhin. Auch wenn ich ein klein wenig eifersüchtig war, rührte mich das Bild von dem großen Mann mit der schnurrenden Katze auf dem Schoß. Ich goss uns Wein ein, und Finley ließ sich – gezwungenermaßen, wir wollten Maisie ja nicht stören – von der Pizza und dem Salat auftun.

»Das haben wir gut gemacht«, sagte er, kaum dass er von seinem Stück abgebissen und sich Luft zugefächelt hatte, weil es natürlich noch viel zu heiß war. »Ich würde schon weiterhin dein Meisterschüler bleiben, da du das so gerne möchtest.«

Ich erwiderte sein Grinsen.

»Das ehrt mich.«

»Allerdings müsstest du mir dann in deiner Wohnung in Deutschland wohl ein Bettchen zurechtmachen. Ich habe meine Matratzen gerne weich.«

»Du glaubst ja wohl nicht, dass du zu mir ziehen dürftest!«, sagte ich und warf ihm einen halb drohenden, halb belustigten Blick zu.

»Ach komm, du kannst gar nicht mehr ohne mich! Du hast dich doch schon so an mich gewöhnt.« Er beugte sich zu mir vor, sodass ich das amüsierte Funkeln in seinen Augen erkennen konnte, und deutete mit dem Glas auf mich.

»Ich habe eine Zweizimmerwohnung!«

»Na und? Ein Zimmer für dich und eins für mich, perfekt!« Nun musste ich so lachen, dass ich mein Rotweinglas, aus dem ich gerade trinken wollte, lieber doch noch mal auf dem Tisch abstellte.

»Ich befürchte«, sagte ich, »dass ich mir eher einen neuen Job im Hotel suchen muss, als mit dir backen zu können. Irgendwo muss das Geld ja herkommen.«

»Stimmt, du hast schließlich für dich und dein Haustier Finley zu sorgen, und das hat immer großen Hunger. Hast du denn schon was in Aussicht?«

Ich fühlte mich ein wenig ertappt.

»Ehrlich gesagt habe ich mich noch um nichts gekümmert«, gestand ich.

»Dann bist du ja genauso wie ich, ganz planlos.« Natürlich hatte er meine Scham bemerkt. »Das braucht dir nicht unangenehm zu sein, ich werde dich nur ein klein wenig damit ärgern und dich einen Faulpelz nennen.«

Ich sah zu ihm auf, beobachtete den amüsierten Ausdruck auf seinem Gesicht und das Leuchten in seinen Augen, und schon konnte ich nicht mehr anders, als selbst zu schmunzeln. Er hatte einfach diese ansteckende Art.

»Ich weiß auch nicht. Es fällt mir einfach wahnsinnig schwer, mich aufzuraffen und Bewerbungen zu schreiben.«

»Weil du keinen Bock auf die Arbeit hast. Wie lange machst du die jetzt?«

»Sechs Jahre.«

»Sechs Jahre! Kein Wunder, dass die Luft raus ist.«

»Sagt der, der seine Stelle alle zwei Monate wechselt.«

»Sagt die, die nicht den Mut hat, mal was anderes zu probieren«, gab er in demselben leicht bissigen Ton zurück.

Ich wollte gerade zickig antworten, doch dann schluckte ich meine Worte hinunter und zuckte nur mit den Schultern.

Einige Minuten saßen wir schweigend da und aßen. Es waren nur das Knuspern der Pizza zu hören, das Klirren des Bestecks und, ganz leise, das Schnurren der Katze auf Finleys Schoß.

Irgendwann sah ich auf und bemerkte das Zucken um seine Mundwinkel.

»Sag schon«, meinte ich und bereitete mich auf die nächste Spitze vor, die ihn anscheinend sehr belustigte.

»Ich musste nur gerade daran denken, wie es wohl dem armen Pizzajungen gehen muss, der bei meiner Ankunft hier war. Meinst du, er hat eine schlimme Nervenstörung erlitten?«

Sofort musste ich grinsen.

»Ein Trauma höchsten Grades!«

Vielleicht war das so unter Geschwistern, dachte ich mir wie schon manches Mal zuvor. Man ärgerte sich grundlos, und man vertrug sich wortlos. Man zankte sich aus Gründen, die einen zu einem anderen Zeitpunkt so sehr zum Lachen brachten, dass einem die Tränen in die Augen stiegen. Das mit Finley war eine Form von Beziehung, die so eng und zugleich so distanziert war wie kaum eine Freundschaft, die ich zuvor geführt hatte. Eine Beziehung, die wir nicht für uns gewählt hatten und die gerade deswegen Stoff für Reibereien gab, uns aber auch zusammenschweißte. Finley wurde zu einem Teil meines Lebens. Ob ich wollte oder nicht.

34

Am nächsten Vormittag, den ich bei Kaffee und einem Buch auf der Couch verbrachte, während Finley neben mir auf dem Sessel saß und las – natürlich mit beiden Katzen bei sich –, klingelte plötzlich etwas im Haus. Ich zuckte zusammen. Dieses Klingeln hatte ich vorher noch nie gehört. Als ich fragend zu Finley hinübersah, deutete er in Richtung Flur.

»Willst du nicht drangehen?«

Ich wollte ihn fragen, warum er es nicht selbst tat, doch das würde nur in einer endlosen Diskussion enden. Also sprang ich einfach auf und lief in den Flur, wo das Telefon, das ich zuvor nie bewusst wahrgenommen hatte, weiter klingelte und klingelte. Ich nahm ab.

»*Hallo*, bei den Bains'.«

»Mila, hier ist Elsbeth.«

»Elsbeth!«, rief ich überrascht. »Ist alles in Ordnung bei dir?«

»Nein«, sagte sie sehr bestimmt und erklärte sofort in sachlichem Ton, dem dennoch die Aufregung anzumerken war: »Alistair ist gestürzt und muss zum Arzt. Du musst uns unbedingt helfen! Kannst du Auto fahren?«

»Ob ich … nein, aber … Moment, bitte.« Mit klopfendem Herzen nahm ich den Hörer vom Ohr und bedeckte die Sprechmuschel mit einer Hand. »Finley, hast du einen Führerschein?«

»Ja, warum?«, hörte ich ihn aus dem Wohnzimmer zurückrufen.

»Gut«, sagte ich vor mich hin, um mich selbst ein wenig zu beruhigen. Die Aufregung meiner Freundin hatte auf mich abgefärbt. »Elsbeth? Finley fährt euch. Wir kommen sofort zu dir. Aber … wir haben gar kein Auto!«

»Alistair aber. Kommt bitte einfach schnell her!«

»Okay, wie ist deine Adresse?«

»Wir sind bei Alistair, das ist …«

»Ich weiß schon, wo. Wir kommen sofort!« Schließlich hatte ich die beiden dort im Vorgarten beim Tuscheln beobachtet. Als ich später an dem Haus vorbeigekommen war, hatte ich auf das Schild geschielt und Alistair Reids Namen gesehen.

»Bitte beeilt euch! Danke, Mila!« Die Erleichterung war ihr anzuhören, und ich verlor keine Zeit, sondern legte auf, schnappte mir meine Schuhe und nahm Finleys, die ich ihm im Wohnzimmer zuwarf.

»Los, wir müssen Alistair Reid zum Arzt fahren. Er ist hingefallen und braucht Hilfe.«

Finley wirkte verdutzt, reagierte aber sofort und schlüpfte in die Schuhe. In eiligem Schritt verließen wir gemeinsam das Cottage und steuerten auf das Haus von Alistair Reid zu.

»Wäre ein Taxi nicht schneller gewesen?«, fragte ich Finley mit kurzem Atem.

»Wir sind hier nicht in der Stadt. Bis das aus dem Nachbarort kommt, dauert es. So geht es auf jeden Fall schneller.«

Elsbeth erwartete uns schon vor dem Haus.

»Gut, dass ihr da seid, vielen, vielen Dank! Alistair ist drinnen, er kann nicht gut lau…« Noch bevor sie den Satz beendet hatte, war Finley schon an ihr vorbeigestürmt und kam kurz darauf mit Mr. Reid heraus, der sich auf den jungen Mann stützte und humpelte. »Es ist wohl die Hüfte«, flüsterte Elsbeth mir zu.

»Können Sie sitzen?«, fragte Finley, und ich bewunderte seine Geistesgegenwart.

»Mit ein bisschen Hilfe beim Hinsetzen müsste es gehen«, sagte der Mann unter Schmerzenslauten.

Sein Auto, ein typisches kastenförmiges Rentnerauto mit verblasster Lackierung, die auf das Alter des Wagens hinwies, stand direkt vor dem Haus. Finley half Mr. Reid einzusteigen, setzte sich anschließend auf den Fahrerplatz und ließ sich die Adresse durchgeben, während Elsbeth und ich uns hinten anschnallten. Dann gab er Gas.

»Entschuldigt, dass wir euch damit belasten«, begann Elsbeth. »In meinem Schreck dachte ich nur noch daran, sofort Hilfe zu holen, und da bist du mir eingefallen, Mila. Und Alistair wollte nicht, dass ich einen Krankenwagen rufe …«

»Wir hätten doch auch einfach den Bus …«, begann Mr. Reid, brach aber mit einem Schmerzensschrei ab, als der Wagen über ein Schlagloch fuhr.

Mrs. Woodburn schüttelte nur den Kopf, und Finley warf ihr über den Spiegel einen beruhigenden Blick zu.

»Machen Sie sich keine Gedanken, Mrs. Woodburn«, unterbrach Finley sie mit einer Stimme, die so freundlich war, dass ich sie kaum als seine wiedererkannte. »Wir helfen Ihnen gerne.«

Huch, da verbarg sich irgendwo hinter den Scherzen und Streichen wohl tatsächlich ein Gentleman!

»Vielen Dank, mein Junge.« Elsbeth strahlte geradezu, und auch Mr. Reid hatte sich wieder gesammelt und bedankte sich. Ich hatte ihn bisher kaum mehr sagen hören als die paar Worte, wenn er bei Kenneth die Rechnung bestellte.

»Diese Hüfte macht mir schon eine ganze Weile zu schaffen«,

erklärte er mit einiger Mühe. Erst wollte ich ihn bitten, lieber nicht zu reden, doch es schien ihm wichtig und lenkte ihn vielleicht von den Schmerzen ab. »Die Ärzte nerven mich damit und wollen, dass ich mir eine künstliche zulege, aber ich sage immer: Nehmen Sie die doch selbst, wenn Sie sie unbedingt loswerden wollen! Ich brauche sie nicht. Na ja, vielleicht hätte ich doch auf sie hören sollen.«

Finley nickte und gab passende Kommentare ab, während ich dem Gespräch mit halbem Ohr lauschte. Da bemerkte ich, wie unruhig Elsbeth neben mir war. Alle paar Sekunden knetete sie die Hände, legte sie dann wieder auf die Oberschenkel oder zupfte an ihrem Haar herum. Ich griff hinüber und nahm ihre Hand in meine.

»Es wird alles gut werden«, sagte ich leise zu ihr und lächelte sie an. »Jetzt sind wir ja gleich beim Arzt.«

Sie nickte und erwiderte mein Lächeln dankbar. Doch erst nach und nach spürte ich, wie sie sich langsam beruhigte. Da ploppten mit einem Mal tausend Fragen in mir auf, die mir bei dem Schreck erst gar nicht gekommen waren: Was hatte Elsbeth bei Alistair gemacht? Warum wirkten sie plötzlich so vertraut miteinander? Wieso sorgte sie sich so sehr um ihn, dass sie geradezu unter Schock stand? Waren die beiden nicht zerstritten? Doch angesichts ihrer Verfassung drängte ich meine Neugier beiseite. Dies war nicht der richtige Augenblick.

Beim Arzt angekommen, wurde Mr. Reid sofort in das Behandlungszimmer gebracht. Elsbeth wollte ihn begleiten, doch Mr. Reid bat stattdessen Finley, mit ihm zu gehen, um ihn beim Gehen zu stützen. Elsbeth sah ein, dass sie zu schwach dafür war. Wir setzten uns in das Wartezimmer. Wieder nahm ich Elsbeth' Hand und strich beruhigend darüber.

Eine Weile warteten wir schweigend nebeneinander und beobachteten geistesabwesend den Wechsel von Patienten, die sich setzten und wieder erhoben. Doch irgendwann räusperte sich Elsbeth und begann zu sprechen. Ich musste mich konzentrieren, um sie zu hören, so leise redete sie, aber je länger ich ihr zuhörte, desto besser konnte ich die Worte ausmachen.

»Du musst dich über uns wundern. Ich glaube, alle im Dorf schwatzen schon über uns.«

Ich sah zu ihr, überrascht darüber, sie so sprechen zu hören.

»Elsbeth, du musst mir nichts erklären, wenn du lieber nicht …«

»Hast du dich nicht gefragt, warum ich bei Alistair war? Auch letztens schon, als du uns in seinem Vorgarten beobachtet hast?«

»Doch«, sagte ich. »Aber ich habe mich nicht getraut, dich danach zu fragen. Vor allem nicht in dieser Situation.«

Sie winkte ab.

»Jetzt, da wir hier sind, beruhige ich mich langsam. Es war nur der Schreck, ihn so schlimm fallen zu sehen. Die Stufen … sie müssen zu rutschig sein. Und Alistair … wenn ich ihn auch noch verlöre …«

Irritiert blickte ich sie von der Seite an.

»Heißt das, ihr seid … ein Paar?«

»Aber nein, wo denkst du hin? Alistair ist … na, was ist er denn eigentlich? Ich weiß auch nicht …« Sie seufzte, dann nahm sie meine Hand und legte sie auf mein Bein, richtete sich ein wenig auf und sah mich direkt an. »Ich bin in ihn verliebt. So, nun ist es raus.«

Mein Kopf ruckte automatisch ein wenig zurück.

»Verliebt. Aber … Moment, ich dachte, ihr wärt zerstritten oder so. Das erzählt man sich zumindest im Dorf.«

Ein klitzekleines Schmunzeln erschien auf Elsbeth' Lippen.

»Wirklich? Das erzählt man sich noch immer im Dorf? Und ich dachte die ganze Zeit, alle wüssten schon Bescheid. Nicht Alistair und ich waren zerstritten, sondern James und Florence.«

»Eure Ehepartner?«

»Ganz genau. Sie waren Cousin und Cousine und haben sich über dem Erbe ihrer Großmutter zerstritten. Eine dumme Sache, wenn du mich fragst, aber so ist das bei Erbschaften, die lassen alle durchdrehen.«

Ich hielt kurz inne und ordnete die Informationen in meinem Kopf wie ein Puzzle neu.

»Und Alistair und du … Aber weiß er denn, dass du in ihn verliebt bist?«

»Nicht so laut, Kindchen. Er wird es ahnen, nehme ich an.« Sie lächelte nun etwas mehr, wobei ihr Blick dennoch immer wieder zur Tür blitzte und ihre Sorge um Mr. Reid verriet. »Wir haben einmal zufällig denselben Bus nach Killin genommen und kamen ins Plaudern. Es war so schön, dass wir schließlich den ganzen Tag miteinander verbracht haben. Wir waren zusammen einkaufen, haben zusammen gegessen und haben denselben Bus zurückgenommen. Es war für mich der schönste Tag seit Langem. Aber in Applemore ist das anders … James ist schon seit acht Jahren nicht mehr an meiner Seite, aber Florence … Es ist noch nicht lange her, dass Florence von uns gegangen ist … Alistair muss noch sehr an ihr hängen. Und was erst die Dörfler sagen würden …«

Ich behielt sie gebannt im Blick und beobachtete, wie bei der Erwähnung des Dorfes wieder ein frustriertes Flackern in ihre Augen trat.

»Das heißt, du hast nie mit ihm darüber gesprochen. Aber manchmal trefft ihr euch? So wie heute?«

»Ich habe ihn besucht, um ihm etwas von deinem Brot zu bringen. Ein Vorwand, ich gebe es zu. Genau wie letztens, als ich ihm Tipps für die Rosen in seinem Garten gegeben habe. Manchmal kommt er auch bei mir vorbei. Vor vier Tagen hat er bei mir geklingelt und mir ein Päckchen Kaffee gebracht, das ich angeblich beim Einkaufen auf dem Band liegen gelassen hätte. So ein Quatsch. Aber dann wechseln wir ein paar Worte, nie lange.«

»Und immer versteckt«, dachte ich laut. Elsbeth zuckte mit der Schulter.

»Ich möchte vermeiden, dass Alistairs Ansehen im Dorf beschmutzt wird.«

»Wäre es denn so schlimm, wenn er eine neue Beziehung eingehen würde? Ist Florence nicht vor einem Jahr gestorben?«

»Im Oktober letzten Jahres. Na ja, manche hier sehen das schon enger. Außerdem weiß ich ja gar nicht, ob Alistair mich wirklich mag.«

Ich wollte schon erwidern, dass das doch ganz offensichtlich sei, doch in diesem Moment tauchte Finley im Eingang des Wartezimmers auf, blickte sich um und kam zu uns.

»Es sieht nicht so aus, als wäre etwas gebrochen«, sagte er mit sanfter Stimme zu Mrs. Woodburn. »Mr. Reid wird zur Sicherheit ins Krankenhaus gebracht und weiter untersucht.«

»Ein Glück«, flüsterte Elsbeth und erhob sich. »Kann ich zu ihm?«

»Er sitzt vorne im Gang und wartet auf den Transport zum Krankenhaus. Wir dachten, es wäre sicherer, ihn mit dem Krankenwagen fahren zu lassen.« Elsbeth erhob sich sofort und ging eilig in den Flur hinaus.

Finley und ich wechselten ein Lächeln, in dem mehr steckte als nur Erleichterung: der Schreck und die Eile von zuvor,

Rührung und wohl auch eine gewisse Traurigkeit, die einen manchmal überkam, wenn man Zeuge vom Altern wurde.

»Komm«, sagte er schließlich und hielt mir eine Hand hin, an der ich mich gerne hochzog. »Ich brauche jetzt selbst gebackene Pizza und einen Film.«

»Danke dir«, sagte ich. »Du warst ziemlich gut als unerschrockener Helfer in der Not.« Und dabei schubste ich ihn freundschaftlich mit der Schulter, während wir das Wartezimmer durchquerten. Finley erwiderte den sanften Schubser.

»Ich bin eben für so manche Überraschungen gut.«

»Das glaube ich«, sagte ich sofort. »Und ich bin gespannt darauf, noch die eine oder andere zu erleben. Und ein bisschen ängstlich.«

»Zu Recht«, gab Finley zurück, und wir tauschten ein Grinsen, bevor wir Elsbeth und Alistair erreichten.

35

»Ich weiß etwas, was du nicht weißt!«

Erschrocken zuckte mein Oberkörper nach hinten, und mein Kopf stieß mit voller Wucht gegen die Waschbeckenunterseite.

»Ups, entschuldige.« Schon hockte Finley neben mir auf dem Badezimmerboden und befühlte meinen Kopf, was den Schmerz nicht gerade linderte. »Alles okay?«

»Geht so«, meinte ich und funkelte ihn an. Bevor er hier reingestürmt und mich so aufgeschreckt hatte, war ich gerade dabei gewesen, das Katzenklo zu säubern, wobei Patch ununterbrochen nach dem Schäufelchen geschnappt hatte, mit dem ich durch das Streu hatte fahren wollen. Nun überließ ich es dem Kater, und freudig rollte er damit über den Badezimmerteppich.

Finley richtete sich auf und half mir hochzukommen.

»Was gibt es denn? Und können wir vielleicht hier rausgehen?«, fragte ich entgeistert, als wir in dem engen Badezimmer so dicht beieinanderstanden, dass meine Nasenspitze kurz davor war, unfreiwillig gegen seine Brust zu stoßen. Vorsichtig stiegen wir über Patch hinweg und gingen in Finleys Zimmer, wo er sich aufs Bett plumpsen ließ und ich mich in den Korbstuhl setzte – ganz so wie damals nach seiner Ankunft, als ich noch keinen Schimmer gehabt hatte, mit wem ich es hier eigentlich zu tun hatte.

»Also?«, wiederholte ich, als mit jeder verstreichenden Sekunde klarer wurde, dass er mich auf die Folter spannen wollte. Siegesgewiss saß er auf der Matratze und lächelte. »Nun rück schon raus damit, oder habe ich mir völlig umsonst diese Beule hier geholt?« Ich tastete vorsichtig über meinen Hinterkopf und zuckte leicht zusammen, als meine Finger die empfindliche Stelle berührten, die sich wirklich schon wölbte.

»Okay, okay, mit der Beule kriegst du mich. Ich verrate es dir. Ich war gerade mit Alistair Reid zur Nachsorgeuntersuchung.«

»Oh, haben sie doch etwas übersehen?«, fragte ich erschrocken nach, bevor mir klar wurde, dass Finleys Stimmung viel zu gut für eine schlechte Nachricht war. Die Untersuchungen im Krankenhaus vor einer Woche hatten den Befund des Arztes zum Glück bestätigt: Alistair Reid hatte sich nur eine Prellung zugezogen. Die war schmerzhaft genug, aber immerhin musste er sich nicht der gefürchteten Operation unterziehen.

»Nein, nein, es ist alles in Ordnung. Die Verletzung heilt, seinem Alter entsprechend, ganz gut ab. Aber darum geht es gar nicht. Also nur indirekt, aber eigentlich nicht.«

»Ich verstehe kein Wort, sprich doch endlich Klartext!«

Finleys Grinsen verbreiterte sich noch. Er zog seine Beine in den Schneidersitz und machte es sich mit einem Kissen im Rücken gemütlich. Ich hielt schon wieder Ausschau nach etwas, was ich nach ihm werfen könnte, und als ich nichts fand, überlegte ich, ob ich ihn einfach schubsen und zwicken sollte, da begann er endlich zu erzählen: »Du weißt ja, dass Elsbeth sich die ganze Woche um ihn gekümmert hat.«

»Natürlich weiß ich das, ich war ja selbst dabei.« Alle zwei Tage hatte ich bei Alistair Reid vorbeigeschaut, um etwas Brot oder süßes Gebäck vorbeizubringen. Ich hatte auch angeboten, für ihn zu kochen, doch das hatte Elsbeth übernommen, die täglich bei ihm war und sich liebevoll um ihn und sein Wohl gekümmert hatte. Immer köchelte ein Stew auf dem Herd vor sich hin, und sobald die letzte Teetasse aus der Kanne vollgegossen war, zischte schon der Wasserkocher für die nächste. Sie brachte Zeitschriften und Bücher zu ihm an die Couch, wo er den Tag über gezwungenermaßen liegen sollte – worauf Elsbeth ebenfalls genauestens achtete. Den rosigen Wangen und dem lebendigen Blick war abzulesen, dass sie die Zeit mit dem alten Herrn offenbar sehr genoss. Genauso wie Alistair ihre Aufmerksamkeit zu schätzen schien.

»Okay, pass auf. Was würdest du sagen, wenn Alistair ein Auge auf Elsbeth geworfen hätte?«

»Alistair? Du meinst eher Elsbeth auf Alistair, oder?«, hakte ich nach.

»Was, nein, ich meine es so, wie ich es sage. Pass auf, als Alistair und ich eben im Auto sitzen, plaudern wir so vor uns hin. Er fragt mich, wie es so mit uns läuft, ich frage ihn, wie es mit Elsbeth läuft, und dann haut er raus, dass er überlegt – Achtung, wörtliches Zitat! –, sich ihr zu offenbaren. Ich so: Hä, meinen Sie so Coming-out-mäßig? Du musst wissen, dass ich nicht gut denken kann, wenn ich fahre. Na ja, jedenfalls antwortet er: Ich meine, ob ich ihr meine Liebe gestehen soll.« Finley sah mich mit großen Augen an.

»Wirklich?«, fragte ich voller Begeisterung. »Er ist in sie verliebt?«

»Ja! Wie cool ist das denn bitte? Ich dachte, das Thema wäre bei den beiden vom Tisch, seitdem ihre Partner verstorben sind.«

»Und, wird er es tun?«

Finley löste seine Beine wieder und rutschte an die Bettkante.

Dort beugte er sich vor und erklärte: »Genau da kommen wir ins Spiel.«

Auch ich rückte mit meinem Stuhl näher an ihn heran, als hätte er geflüstert, und ich hätte ihn nicht verstanden.

»Was meinst du?«

»Er traut sich nicht, da bin ich mir ziemlich sicher. Erst wirkte er ziemlich entschlossen, aber dann fing er an zu überlegen, ob sie nicht noch an diesem James hängen würde und überhaupt. Und keine zwei Minuten später war das Thema wieder vom Tisch. Er hat Schiss, ganz klar.«

Ich biss mir kurz auf die Lippe. Sollte ich Elsbeth' Geheimnis verraten oder nicht? Sie hatte es mir ja ganz offensichtlich im Vertrauen gesagt, doch andererseits brachte es den beiden nichts, wenn sie ihre Gefühle teilten, aber für sich behielten.

»Ich weiß auch etwas«, begann ich, stand vom Stuhl auf und setzte mich neben Finley auf die Bettkante. Er sah mich erwartungsvoll an. »Elsbeth hat mir erzählt, dass sie sich in Alistair verliebt hat. Das hat sie mir in der Arztpraxis letzte Woche anvertraut.«

Finleys ernster Gesichtsausdruck wich einem Lächeln.

»Ich wusste es! So wie sie sich um ihn kümmert und dabei immer vor sich hin schmunzelt, muss sie einfach Gefühle für ihn hegen. Aber Alistair war sich so sicher, dass sie ihrem verstorbenen Mann nachhängt und keine Lust mehr auf eine neue Beziehung hat, dass ich das geschluckt habe.«

Als ich ihn so aufgedreht sah, wie seine Hände gegeneinandertippelten, wie sein ganzer Körper keine Ruhe zu finden schien, musste ich lachen.

»Du hast ja wirklich eine romantische Ader!«, rief ich. »Vielleicht solltest du Mitglied in unserem Club werden.«

»Ich habe es nie abgestritten«, meinte Finley und lächelte

auf diese spitzbübische Weise, die ihn geradezu niedlich machte und eine Blair bestimmt dahinschmelzen ließ. »Also, was tun wir?«

»Wir?«, fragte ich verwirrt. Ich merkte beschämt, dass ich mit den Gedanken abgewandert war. »Was meinst du? Was sollen wir tun?«

»Na, um die beiden zu verkuppeln.«

»Ach so!« Sofort war ich Feuer und Flamme. Das war ja wie in einem meiner Lieblingsfilme! Schon sprudelte ich los: »Wir könnten ihnen mysteriöse Botschaften mit dem Treffpunkt in der Kirche schicken. Und wenn sie eintreten, fängt der Hochzeitsmarsch an zu spielen, und der Pfarrer taucht auf und …«

»Das mag in einem Weihnachtsfilm gut ankommen, aber bestimmt nicht bei Elsbeth und Alistair«, wischte Finley meinen zugegebenermaßen ziemlich abstrusen Vorschlag beiseite. »Wir brauchen es ein bisschen bodenständiger.«

»Hm, okay.« Ich überlegte und strich dabei über die Falten der Bettdecke. Da wusste ich es! »Oh, pass auf, ich habe eine Idee.«

Und schon steckten wir die Köpfe zusammen.

»Da ist sie!« Blitzschnell zog ich den Kopf ein, drehte mich in der Hocke um und lehnte mich gegen das Mäuerchen. Vor Aufregung atmete ich schwer, was Finley, der neben mir hockte, zu merken schien. Wir befanden uns in dem Vorgarten von Alistairs leer stehendem Nachbarhaus, und ich war froh, dass der Regenschauer, der sich eben über Applemore ergossen hatte, aufgehört hatte. Nur das nasse Gras unter meinen Gummistiefeln zeugte noch davon.

»Zur Geheimagentin taugst du nicht gerade«, meinte er in trockenem Ton. Ich warf ihm einen strafenden Blick zu und musste leider bemerken, dass er im Vergleich zu mir völlig gelassen dasaß. Er atmete entspannt, in seinen Wangen schien es nicht zu pulsieren, und bestimmt waren seine Handflächen ganz trocken. Unauffällig wischte ich meine an der Strumpfhose ab.

»Und wenn schon«, wisperte ich trotzig. »Überwachung ist eben nicht meins, aber meine Sternstunde kommt, wenn es gleich ans Eingemachte geht.«

Finleys Augenbrauen zogen sich skeptisch zusammen, und ein kleines Grinsen schlich sich auf seine Lippen. Ohne etwas zu sagen, drehte er sich zum Mäuerchen, schob den Kopf darüber und meinte: »Wir können loslegen. Sie müsste zu Hause angekommen sein.«

»Okay«, sagte ich und spürte einen neuen Schub Nervosität über meinen Nacken kribbeln. »Du hast alles, ja? Dann sehen wir uns danach im Cottage.«

Ich wollte schon aufspringen, aber seine Hand an meinem Arm hielt mich zurück.

»Mila?«

»Ja? Was ist? Stimmt was nicht?« In halber Hocke sah ich mich rasch in alle Richtungen um, konnte aber kein Problem entdecken.

»Bleib ruhig, okay? Du musst nichts weiter tun, als …«

»… ihm einen Muffin andrehen, ich weiß, ich weiß. Ich bin jetzt ganz locker.«

»Okay, viel Glück!« Er sprang auf, schnappte sich seinen Korb, war mit einem Satz über dem Mäuerchen und lief Elsbeth in Richtung ihres Hauses hinterher.

Ich hingegen setzte das zweite Körbchen auf der Mauer ab, kletterte mühsam hinüber und sah zu Alistairs Haustür. Mein Brustkorb hob und senkte sich noch immer viel zu schnell.

Oh Mann, ich war anscheinend wirklich nur für die theoretische Seite von Verkupplungsaktionen gemacht. Aber nun los!, spornte ich mich selbst an. Sonst würde auch die schönste Theorie nichts bringen! Ich schnappte mir den Korb, ging die paar Schritte zum Eingang und klingelte, bevor ich selbst öffnete. Alistair ließ die Haustür immer offen, seitdem er sich nicht gut bewegen konnte. In Applemore lag der letzte Einbruch Jahre zurück, und er meinte, dass es bei ihm sowieso nichts zu holen gebe, sollte doch jemand die Chance nutzen wollen.

»Alistair? Hallo, ich bin es, Mila«, rief ich in den dämmrigen Flur hinein.

»Mila, komm nur rein. Ich bin im Wohnzimmer«, ertönte sofort die Antwort. Alistairs Stimme klang ein wenig belegt, besonders als er hinzufügte: »Wie immer.«

Ich ging durch den rechten Türrahmen und sah sofort den alten Mann auf der Couch liegen. Neben sich ein vollgestelltes Tischchen mit Teetasse und -kanne, Zeitschriften, Büchern, zwei Brillen, einer Wasserflasche, Keksen und wohl noch allerlei Kram, von dem Elsbeth dachte, er könnte Alistair nützlich sein.

»Na, was machst du denn hier zu so später Stunde?«, fragte Alistair und schien erfreut über die Abwechslung. Ich lächelte. Es war gerade mal kurz nach sechs Uhr abends.

»Hast du ferngesehen?«, fragte ich mit einem Blick auf die Fernbedienung in seiner Hand. Der Bildschirm am Ende der Couch war schwarz.

»Ach nein. Ehrlich gesagt habe ich einfach nur dagelegen und nachgesonnen, wie man das eben so macht, wenn man alt ist.« Er schmunzelte und legte die Fernbedienung zur Seite, doch ich merkte, dass ihn etwas beschäftigte. Ich setzte mich vorne an den Rand des Sessels neben seinem Kopfende, das Körbchen auf dem Schoß.

»Aber du bist doch noch gar nicht alt«, meinte ich und erntete ein erfreutes Zwinkern. »Sobald die Prellung abgeschwollen ist, springst du bestimmt wieder umher wie ein junger Hirschbock.«

»Na, du bist mir ja eine.« Doch ich merkte, wie Alistair sich gleich ein wenig aufrechter hinsetzte und den Kopf höher trug.

Ich überlegte, ob seine Nachdenklichkeit vielleicht sogar mit Elsbeth zu tun hatte, und er erwog, ob und wie er mit ihr über seine Gefühle sprechen sollte …

»Ist Elsbeth also schon weg?«, fragte ich beiläufig und tat ganz unschuldig, indem ich auf den mit einem Küchentuch abgedeckten Korb guckte und mit dem Daumen seine grob geflochtene Seite entlangstrich.

»Ihr habt euch ganz knapp verpasst. Aber was hast du denn da eigentlich mit? Das duftet so gut … Es erinnert mich an irgendetwas aus meiner Kindheit.« Mit gerunzelter Stirn schien er die Erinnerung einfangen zu wollen, ohne dass es ihm gelang.

Still und leise atmete ich einmal tief ein. Also los!

»Das ist für dich«, sagte ich mit fester Stimme. »Ein Genesungsgeschenk. Ich soll es dir geben.«

»Ach ja?« Mit aufgestellten Armen lehnte er sich vor und schielte auf den Korb. »Von wem kommt es denn?«

»Das … das ist ein Geheimnis«, sagte ich schnell und hielt ihm den Korb entgegen.

»Aha, ein Geheimnis? Das klingt spannend …« Er nahm den Korb entgegen, tastete, ohne hinzusehen, mit einer Hand nach einer der dickglasigen Brillen auf dem Tischchen, setzte sie auf und lüftete dann das Tuch erst ein bisschen, bevor er es ganz herunterzog. »Ach, schau an, klitzekleine Dundee-Küchlein! Deswegen musste ich sofort an früher denken!« Er sah zu mir und strahlte. Seine Augen wirkten mit einem Mal hinter der Brille viel größer. »Bei meiner Oma gab es zu jeder Teatime Dundee Cake mit extra viel Trockenobst und einem hübschen Mandelkranz obendrauf, genauso wie diese hier!« Er nahm einen Muffin zur Hand und begutachtete ihn von allen Seiten.

Ich spürte das glückliche Blubbern in meinem Inneren. Dass wir mit Finleys Kuchenvorschlag so einen Glückstreffer erzielen würden, machte die Sache doppelt so schön. Wenn jetzt nur auch noch der Rest klappte …

»Sie dürfen gerne gleich einen essen«, ermunterte ich ihn, während mein Herz heftig schlug. Ob es funktionieren würde? Vielleicht war die Schrift doch zu blass, oder Alistair übersah sie einfach …

»Ich habe zwar gerade erst zu Abend gegessen«, begann er und löste ein leichtes Nervenfieber bei mir aus, »aber ein kleines Küchlein macht den Braten nicht fett … Mich vielleicht schon, aber darüber sehen wir mal hinweg.« Lachend griff er sich eines der Küchlein und bot mir ebenfalls eines an. Ich lehnte dankend ab.

Sofort biss er hinein, während ich immer weiter auf dem Sessel vorrückte und ihn aufs Höchste gespannt beobachtete. Würde er jetzt nicht … Er müsste doch …!

»Lecker! Genau wie die von meiner Oma.«

Zugleich dachte ich an Finley und fragte mich, wie es ihm gerade bei Elsbeth erging. Ob sie auch schon eines der Küchlein probierte? Da endlich begann er, das Muffinpapier mit dem grünen Apfelmuster zu entfernen. In diesem Moment sprang ich auf.

»Na ja«, schoss es aus mir heraus, »ich muss jetzt auf jeden Fall los. Tschüss, Alistair, bis bald! Schönen Abend noch!« Und ich stolperte aus dem Zimmer, bevor er Einspruch erheben konnte. In einem Satz war ich bei der Haustür, hörte noch, wie er mir ein »Ja, ähm, tschüss, Mila! Und danke!« nachrief, öffnete die Tür, blieb im Flur stehen und ließ sie sofort wieder ins Schloss fallen, während ich den Atem anhielt und in Richtung Wohnzimmer lauschte. Es war nichts zu hören, außer dem leisen Rascheln des Papiers. Schritt für Schritt schlich ich auf dem weichen Teppich zurück zur Wohnzimmertür und schielte ganz vorsichtig um die Ecke. Alistair schien sich nicht weiter über meinen überstürzten Aufbruch zu wundern. Er schmatzte genüsslich vor sich hin, zog das Papier ganz ab, und da hielt er plötzlich inne. Er hatte es entdeckt! Tatsächlich schob er sich den Rest des Muffins in den Mund und hielt sich dabei das Papier vor die Brille.

»Nanu«, hörte ich ihn leise murmeln. »Was haben wir denn hier?« Da blickte er plötzlich auf und rief lauter: »Mila? Na, ist wohl schon weg …« Konzentriert beugte er sich vor und griff nach einem weiteren Küchlein aus dem Korb. Statt hineinzubeißen, nahm er sofort das Papier ab, das sich leicht lösen ließ, weil wir es erst nach dem Backen drumgelegt hatten. So blieben auch die Buchstaben, die wir auf die Innenseite geschrieben hatten, besser erhalten. Wieder studierte er das Papier genau.

»Na, so was«, drang sein Nuscheln an mich heran. Ich konnte ein Schmunzeln nicht unterdrücken. Am liebsten hätte ich ihn weiter beobachtet, bis er die Botschaft erfasste, aber erstens wollte ich ihn nicht länger ausspionieren, und zweitens war es auch einfach zu brenzlig, hier stehen zu bleiben. Was, wenn plötzlich Elsbeth oder jemand anderes hereinkäme? Also zog ich den Kopf zurück, schlich zur Tür, öffnete sie so leise wie möglich, um hindurchzuschlüpfen und sie mit ganz viel Gefühl ins Schloss klicken zu lassen.

Und jetzt schnell zurück, um zu hören, wie es Finley mit

Elsbeth ergangen war! Sie hatte haargenau dieselbe Botschaft erhalten wie Alistair, die sich aus den sieben auf die Muffinpapiere verteilten Zeilen zusammensetzte:

Weißt du noch, wie wir uns zufällig im Bus getroffen

und einen Tag gemeinsam in Killin verbracht haben? Es war für

mich der schönste Tag seit Langem, ich war so glücklich. Ich erinnere mich

sehr gerne an diese Stunden und muss gestehen, dass seitdem

jede Minute in deiner Nähe kostbar für mich ist. Bisher habe

ich mich nicht getraut, es dir zu sagen, aber ich fühle mich dir

sehr nah und möchte noch unzählige solcher Momente mit dir teilen.

36

Vielleicht waren wir zu weit gegangen. Vielleicht nicht weit genug … Als Finley und ich am Abend nach der Aktion zusammensaßen und die Aufregung abflachte, überkamen uns Zweifel.

»Meinst du, es war richtig, in ihrem Namen zu schreiben?«, fragte ich zum wohl hundertsten Mal, während ich mich auf der Couch zur Seite drehte und zu Finley sah, der sich mit Maisie und Patch auf dem Sessel fläzte. Die Reste zweier Pizzen vom Lieferservice lagen in aufgeklappten Kartons auf dem Tisch, und nach ein paar erfolglosen Versuchen, sie sich zu ergaunern, hatten die Katzen sich an ihren Liebling geschmust, während ich neidisch und allein auf der Couch zurückblieb.

»Wir haben ja ihre Namen nicht erwähnt«, meinte Finley, wirkte aber auch nicht mehr wirklich überzeugt.

»Schon … aber durch die Andeutung wird ja auch klar, dass es nur die beiden sein können.«

Finley winkte ab.

»Hör auf damit. Es ist jetzt eh zu spät. Die Nachricht ist draußen, die beiden haben sie entdeckt, und jetzt müssen wir abwarten und sehen, was passiert.«

»Auweia«, sagte ich und zog mir ein Kissen übers Gesicht. »Ich hoffe, wir haben nicht alles kaputtgemacht.« Ich seufzte.

»Aber andererseits«, murmelte ich in das Kissen hinein, bis Finleys Räuspern mich daran erinnerte, es wegzunehmen, damit er mich verstehen konnte, »andererseits wären die beiden nie von der Stelle gekommen. Und wir haben ja nur geschrieben, was sie uns gesagt haben.«

»Eben«, stimmte Finley brummend zu. Ich sah wieder zu ihm. Mit je einer Hand streichelte er über Maisies und Patchs flauschiges Fell.

»Kannst du mir nicht wenigstens eine abgeben? Es ist schließlich mein Job, mich um die Katzen zu kümmern!«

Finley wackelte mit den Augenbrauen.

»Lock sie doch zu dir, dann kannst du sie auch bei dir behalten.«

»Haha«, machte ich, »sie kommen sowieso nicht zu mir.« Doch zugleich zog ich ein Stück Pizzarand aus dem Karton und wedelte damit in der Luft. »Patch, mein Süßer, komm mal her, ich hab was Feines für dich.«

»Ich weiß nicht, ob er das essen sollte«, meinte Finley und beobachtete grinsend meinen verzweifelten Lockversuch.

»Ich will es ihm ja nicht geben. Wenn er herkommt, kraule ich ihn so sehr, dass er alles andere vergisst.«

»Ja, bestimmt!«, meinte Finley lachend. »Aber dafür müsste er erst mal kommen.«

Es stimmte, Patch wirkte so uninteressiert wie die Queen an quietschgrünem Nagellack. Nach ein paar Minuten gab ich auf.

»Hoffen wir, dass es mit Elsbeth und Alistair besser läuft. Morgen früh setzen wir uns in den Pub und beobachten durchs Fenster, was gegenüber bei Alistair passiert?«

Finley lächelte amüsiert und nickte.

»Hinter einer löchrigen Zeitung versteckt, ist klar! Ich bin gespannt, ob du Superagentin heute überhaupt schlafen kannst nach all der Aufregung. Ganz ehrlich, Mila, es tut mir leid, dir das sagen zu müssen, aber du bist definitiv die schlechteste Geheimagentin dieses Planeten.«

Ich streckte ihm die Zunge raus und erhob mich mühsam.

»Ich hoffe, dafür setzt sich eine der Katzen heute Nacht mitten auf dein Gesicht! Gute Nacht auch!«

Bevor wir am nächsten Morgen zum erneuten Observieren aufbrechen konnten, klingelte es an der Tür. Finley war gerade im Bad, also öffnete ich.

»Mila, guten Morgen!« Ich bekam einen riesigen Schreck, als ich Elsbeth und Alistair, der sich auf eine Krücke stützte, vor mir sah. Beide lächelten mir entgegen, und doch meinte ich, in ihren Augen eine Lebendigkeit zu entdecken, die Gutes wie Schlechtes bedeuten konnte.

»Ha-hallo, Elsbeth, Alistair, guten Morgen, meine ich. Also, hi!«

Oh Mann, Finley hatte recht, ich war die schlechteste Geheimagentin auf dem Planeten!

»Darfst du dich denn überhaupt schon wieder bewegen?«, fragte ich Alistair mechanisch.

»Kleinere Strecken zur Übung sind mir ab sofort erlaubt«, sagte er mit stolzem Unterton.

»Dürfen wir hereinkommen?«, fragte Elsbeth.

»Natürlich.« Ich trat einen Schritt zurück und ließ die beiden an mir vorbei, wobei ich genau ihre Gesichter studierte, dann aber rasch zu Boden sah, als Alistair mir zunickte. »Setzt euch doch ins Wohnzimmer. Ich mache schnell einen Kaffee und bin dann bei euch.«

»Und hol doch Finley bitte auch dazu«, bat Elsbeth, als ich mich schon halb in die Küche zurückgezogen hatte.

Fahrig lief ich umher, suchte das Pulver im falschen Schrank, verschüttete das Wasser und vergaß, die Kanne in die Maschine zu stellen, woraufhin der Kaffee auf die heiße Platte tröpfelte. Dass die beiden hier aufgetaucht waren, konnte nur heißen, dass sie uns auf die Schliche gekommen waren und uns nun eine Rüge erteilen wollten. Was mischten wir uns auch in ihr Leben ein?

Als der Kaffee endlich in die Kanne lief, eilte ich die Treppe hoch und wollte gerade gegen die Badtür bollern, als diese sich öffnete und Finley mir entgegenkam – in einer Hose, aber oberkörperfrei. Ich hielt abrupt an, konnte vor Schreck nicht anders, als auf die nackte Haut zu starren, und vergaß für einen Moment, was ich ihm hatte sagen wollen.

»Alles klar?«, fragte er amüsiert, runzelte die Stirn und wollte an mir vorbei zu seinem Zimmer, als ich endlich meine Sprache wiederfand.

»Finley, komm bitte schnell, Elsbeth und Alistair sind hier, und ich habe Angst, ihnen allein unter die Augen zu treten!«

Er blieb stehen und zog die Brauen hoch.

»Sie sind hier? Hm, das wird … interessant.« Schon kam Schnelligkeit in seine Bewegungen. »Ich bin sofort da.«

Zurück in der Küche, füllte ich den Kaffee in die Porzellankanne und brachte sie auf einem Tablett mit Tassen, Zucker und Milch ins Wohnzimmer. Beinahe stolperte ich vor Schreck, als ich auf dem Sofatisch vor Elsbeth und Alistair die zwei Körbe mit den restlichen, vom Papier befreiten Muffins entdeckte.

Finley trat kurz nach mir ein, und ich sah dieselbe Anspannung in seinen Augen, als er sich auf einen Sessel setzte und die Körbe bemerkte. Wir wechselten einen unheilvollen Blick. Ich stellte das Tablett ab, goss vier Tassen voll und reichte sie weiter. Dann ließ ich mich auf den zweiten Sessel der Sitzgruppe plumpsen.

Alistair und Elsbeth sahen einander an. Sie saßen an den beiden äußeren Enden des Dreisitzers. Elsbeth nickte, woraufhin Alistair sich räusperte und seine Brille zurechtschob.

»Ihr kennt diese Körbe gut, nicht wahr?«, begann er in ernstem Ton. »Heute Morgen habe ich mich mit Elsbeth unterhalten, und wir haben festgestellt, dass wir beide gestern eine Überraschung erhalten haben. Dieselbe Nachricht, versteckt auf den Papieren dieser Küchlein. Und überbracht wurden sie von euch beiden.« Sein Blick wanderte langsam von Finley zu mir, und es fiel mir schwer, ihm standzuhalten, denn ich las darin pure Enttäuschung. Funkelte da nicht sogar ein wenig Wut hindurch, die sich sicherlich gleich Bahn brechen würde? »Wir müssen also davon ausgehen, dass ihr euch in unsere Angelegenheiten eingemischt habt.« Betreten senkte ich den Kopf. »Ihr habt unser Vertrauen missbraucht und versucht, uns zu manipulieren.«

Ich seufzte schwer und hob eine Hand vor die Augen. Schlimmer hätte es nicht kommen können. Als ich durch die Finger hindurch zu Finley blinzelte, sah ich in seinem Gesicht dieselbe Scham, die ich fühlte.

»Alistair, wir …«, begann er, doch Alistair unterbrach ihn.

»Es mag sein, dass ihr es gut gemeint habt«, fuhr er fort, »aber letztendlich habt ihr uns eine Entscheidung abgenommen, die Elsbeth und ich hätten treffen müssen.«

Er hatte recht. Wir waren zu vorschnell und übergriffig gewesen. Es war ein großer Fehler gewesen. Ich nahm die Hand von den Augen und richtete mich auf, um meine Entschuldigung zu formulieren, als Alistair mir einen strengen Blick zuwarf und weitersprach: »Eine Entscheidung, für die wir zwei«, er sah zu Elsbeth, die ihm ein warmes Lächeln schenkte, »viel zu große Angsthasen waren. Und darum wollen wir uns bei euch bedanken.«

»Bitte – was?«, rutschte es mir heraus. Mein Blick flog zu Finley, der hörbar schluckte und sich überrascht aufgerichtet hatte. Dann sah ich zu Elsbeth. Sie und Alistair konnten sich offenbar nicht länger zurückhalten, sie schauten sich an und lachten.

»Entschuldigt, wir konnten uns den kleinen Spaß nicht verkneifen«, sagte sie unter Gekicher.

Alistair rückte nun näher an Elsbeth heran und griff nach ihrer Hand. Das Funkeln in seinen Augen war keine Wut, begriff ich jetzt, sondern Freude. In meiner Angst hatte ich ihn einfach völlig falsch gelesen.

»Danke euch beiden«, wiederholte er, und nun sprach alle Herzlichkeit aus seinen Worten. »Ohne diese kleine Initiative von euch hätten Elsbeth und ich es wohl nie geschafft, einander zu gestehen, dass … dass wir uns mögen.«

Elsbeth nickte und schürzte die Lippen.

»Eure Idee war zwar leicht zu durchschauen«, fügte sie hinzu, »aber dafür nicht weniger charmant. Mein Herz habt ihr gestern Abend sehr zum Klopfen gebracht, und als ich heute Morgen mit zittrigen Knien vor Alistair stand und die Muffins mit den Papieren daneben entdeckte – da fiel uns plötzlich alles ganz leicht.«

»Das heißt?«, fragte ich und erntete sofort ein Nicken von Elsbeth. Alistair beugte sich zu ihr hinüber und küsste sie auf die Wange.

»Wir haben uns endlich gestanden, dass wir einander sehr gernhaben«, sagte er und strahlte wie ein Schuljunge am ersten Ferientag. Ich konnte nicht mehr anders, sprang auf und war mit einem Satz bei den beiden.

»Ich muss euch drücken«, rief ich. »Das ist zu schön – und so romantisch!«

»Es freut mich so sehr für euch«, sagte auch Finley, als ich die beiden wieder losließ. »Und für uns, dass wir doch keinen Ärger kriegen!« Sein fröhliches Lachen steckte uns alle an, wir vier waren völlig überdreht.

»Und jetzt wird gefrühstückt!«, sagte Alistair. Ich wollte schon loseilen, um etwas in der Küche vorzubereiten, als er mich zurückhielt. »Zufälligerweise haben wir hier die besten Dundee Cakes, die wir seit Ewigkeiten gegessen haben.« Er hielt ein Küchlein in die Höhe und rief: »Auf die Kuppler und ihre Frechheit, einem alten Dummerchen wie mir einen ordentlichen Tritt in den Hintern zu verpassen!«

Wir drei anderen griffen schnell jeder nach einem Küchlein und riefen in bester britischer Manier: *»Hip hip hooray!«*

37

Tag für Tag meines Schottland-Abenteuers verstrich, und mein Tauschgeschäft wurde immer reger. Etwa jeden zweiten Tag trieb mich eine Verabredung nach draußen auf den Basketballplatz, auf einen Besuch in den Blumen- oder Buchladen oder auch mit Andrew Murray auf die Schaffarm, wo er mir zeigte, wie er den Käse herstellte. Stetig wurde ich im Dorf und in Ians Pub von neuen Interessenten angesprochen. Mittlerweile wurde ich nicht nur mit Marmelade, Äpfeln, Käse und Socken versorgt, sondern auch mit selbst gemachter Limonade. Es waren so viele Dinge, dass ich kurzerhand ein Paket mit Marmelade, Käse, Limo und natürlich frisch gebackenem Shortbread gepackt und an meine Heidelberger Freunde verschickt hatte. Wofür ich eine Serie von witzigen Schnappschüssen von ihnen erhalten hatte, auf denen sie herzhaft in die Plätzchen bissen oder den Hals der Limoflasche mit den Zähnen zu knacken schienen. Ich durfte mir aber auch mit Ellie und Ian ein kleines Ruderboot ausleihen, um über das Loch zu schippern. Und einmal die Woche lagen frisch gebackene Kekse von der Tante-Emma-Ladenverkäuferin Marie-Louise in dem Korb hinter der Theke – zu Finleys ganz besonderer Freude.

Apropos Finley: Nie hätte ich gedacht, einen solchen Satz überhaupt auch nur zu denken, aber er war mir tatsächlich zu einer großen Hilfe geworden. Wir backten mittlerweile gut dreißig Brote die Woche, wobei wir uns immer unterschiedliche Rezepte für den Donnerstag und Sonntag vornahmen. Manchmal kam auch zusätzliches Gebäck hinzu, wie zum Beispiel eine Runde Dundee Muffins für alle. Selbst wenn die Schritte bei der Teigführung sich durch die hohe Menge nicht vermehrten, so gab es doch mehr zu tun beim Einkaufen, dem Abwiegen des Teigs, dem Einfetten der Backformen und vielen weiteren Aufgaben. Finley hatte sich in die Arbeit eingefuchst – er schien sogar froh über die Beschäftigung. Er half mir, die wöchentlichen Einkäufe zu erledigen und nach Hause zu schleppen, er übernahm manchmal, wenn ich es nicht schaffte, das Ansetzen des Vorteigs und knetete an den großen Backtagen auch mal den Teig. Immer wieder mal gerieten wir in kleine Zwistigkeiten darüber, wer den Abwasch machen sollte oder das Bad zu lange blockiert hatte, aber im Großen und Ganzen kamen wir gut zurecht.

Und dann geschah etwas, womit wohl niemand gerechnet hätte: Ich sprach freiwillig mit Kathleen McEwan.

Es kam so, dass ich, nur wenige Tage nachdem ich ihr das Brot vor die Tür gelegt hatte, eine Karte in dem Spalt unserer Haustür fand. Sie schien schon länger herumgelegen zu haben, bevor sie beschrieben worden war, und war etwas vergilbt. Die Vorderseite zierte das Bild einer schottischen Landschaft, ohne dass diese näher benannt worden wäre. Auf der Rückseite stand folgender Text:

Das Brot kam wohl von Ihnen. Auch wenn ich nicht darum gebeten habe, möchte ich mich doch bedanken. Es war tatsächlich besser als gedacht. Gruß, KMcE

Mittlerweile hatte ich mich an die Rauheit unserer Nachbarin gewöhnt und reagierte nicht mehr ganz so abgeschreckt, wie ich es wohl noch vor einigen Wochen getan hätte. Stattdessen musste ich auflachen, als ich die Worte las. Wenn das übersetzt nicht mal ein Loblied auf das Brot und ein riesiges Dankeschön war! Ich nahm die Karte mit in die Küche und heftete sie dort mit einem Magneten an den Kühlschrank, als Erinnerung, Kathleen am Donnerstag das nächste Brot vorbeizubringen.

So tat ich es auch. Finley sah mich schief an, als ich ihm sagte, für wen ich das Brot einpackte, und deutete ungehalten auf die Karte am Kühlschrank.

»Meinst du wirklich, dass sie das Brot verdient hat? Sie tauscht es doch gegen nichts ein, sie hat ja nicht mal nach einem neuen gefragt.«

Er schien mir aufgebrachter als der Situation angemessen. Normalerweise hatte er kein Problem damit, wenn ich mal einen Laib Brot verschenkte.

»Ich glaube, sie bringt es nicht über sich, danach zu fragen. Einer von uns beiden muss über seinen Schatten springen, und da sie es niemals tun wird …«

»Wenn du meinst«, brummte Finley. »Aber ich will mit ihr nichts zu tun haben.« Und damit verschwand er aus der Küche.

Während ich mitsamt dem Brot zum Nachbarhaus hinüberging, überlegte ich, ob Finleys Groll wohl mit Isabelle zusammenhing, die sich laut Elsbeth ja mit Kathleen McEwan zerstritten hatte. Oder aber er hatte als Junge einfach zu viel Unfug getrieben, mal einen Fußball in ihrer Scheibe versenkt oder sie aus Versehen mit der Zwille erwischt und dafür ordentlich Ärger kassiert.

Ich legte das Brot wie zuletzt auf der Schwelle ab und meine Karte hinzu, auf die ich geschrieben hatte:

Ich hoffe, ich habe es richtig verstanden, dass Sie sich über weitere Brote freuen würden. Sie kommen immer donnerstags und sonntags.
Mit herzlichen Grüßen, MM

Es dauerte nur wenige Stunden, da fand ich die Antwort auf dem Brett des offen stehenden Küchenfensters:

Danke. Herzlich, KMcE

»Herzlich« – ich schmunzelte. Wenn wir da gerade nicht ein ganz neues Level an guter nachbarschaftlicher Beziehung erreicht hatten. So wäre es zwischen Kathleen und mir wohl bis zu meiner Abreise weitergegangen, wäre ich am folgenden Sonntag nicht von anderer Stelle überrascht worden.

Mittlerweile lieferte ich das Brot mit dem Fahrrad zum Pub aus. So konnte ich einfach die Körbe vorne und hinten beladen, mich für zwei Minuten in den Sattel schwingen und die Brote Kenneth übergeben. An diesem Sonntag hatten Elsbeth und ich unser gemeinsames Frühstück abgesagt, da sie den Tag mit Alistair verbringen wollte.

Als ich gerade vor dem Tauschkorb hockte, ihm zunächst ein neues Glas Pflaumenmus aus dem letzten Herbst, zwei Flaschen Zitronen-Minze-Limonade sowie eine Papiertüte mit frisch duftenden Keksen entnahm, um den Korb dann mit den Broten zu füllen, hörte ich ein Räuspern.

Es war Kenneth, der da hoch hinter mir aufragte und sich mit einer Hand den Schnäuzer zupfte.

»Hallo, Kenneth, alles gut bei dir?«, fragte ich und beugte mich schon wieder über den Korb. Normalerweise beließ er es bei dieser Begrüßung und wandte sich dann seiner Arbeit zu, doch heute bewegte er sich nicht vom Fleck.

»Oh, bin ich dir im Weg?«, fragte ich.

»Nein, ich … ich will etwas mit dir besprechen.«

Seine Stimme klang rau wie immer und dabei unwillig, ganz wie die eines kleinen Kindes, das sich für etwas entschuldigen musste, ohne seine Schuld einzusehen.

»Oh, okay.« Mit einer Hand zog ich mich am Tresen hoch. »Was gibt es denn?«

Mir schwante Übles. Wahrscheinlich passte es Kenneth nun doch nicht mehr, dass hier immer mehr Leute hereinkamen, um Brot abzuholen. Oder er fand es nicht in Ordnung, dass ich freies Essen in seinen beiden Pubs bezog.

Er schien mit sich zu ringen. Immer wieder fuhr er sich über den Schnauzbart und sah an mir vorbei.

»Es geht um das Brot«, stieß er plötzlich und viel zu laut aus.

Als er nicht weitersprach, sprudelte ich sofort los, um ihm die schwierigen Worte aus dem Mund zu nehmen. Dieser innere Kampf war ja nicht zu ertragen!

»Du willst nicht mehr, dass die Übergabe hier stattfindet, stimmt's? Du, das ist nicht schlimm. Elsbeth hat mir schon angeboten, das im Notfall bei ihr zu machen. Oder wir machen es einfach bei uns und vereinbaren Zeiten. Auf jeden Fall musst du dir nicht …«

»Das ist es doch nicht. Herrgott, Mädchen, nun sei doch mal eine Sekunde lang still!«

Mädchen?, echote es durch meinen Kopf.

»Mensch, nun hast du mich aus der Ruhe gebracht.« Er fuhr sich noch einmal über den Bart, dann ließ er die Hand sinken. »Entschuldige. Es geht doch nur darum, dass ich dich fragen soll, ob du nicht für unseren Pub backen willst. So, nun ist es raus.«

Überrascht blickte ich auf, aller Widerstand war verraucht.

»Du *sollst* mich fragen? Von Ian? Aber er hätte mich doch einfach selbst …«

»Nicht von Ian. Mir wurde einfach berichtet, dass dein Brot sehr gut sein soll. Und es wäre ja dumm, dich nicht zu fragen … da du es doch eh immer hierher lieferst.« Er ratterte die Worte so schnell herunter, dass klar war, wie schwer sie ihm fielen.

»Das klingt toll, Kenneth. Das würde ich gerne machen.«

»Kathleen meinte, ich soll … Also jemand hat …«, schnell brummelte er etwas, als wollte er verschleiern, dass er nun doch den Namen seiner Quelle verraten hatte. Kathleen McEwan also hatte ihn aufgefordert, mich nach dem Brot zu fragen. Wer hätte das gedacht? »Also, ich meine, ich habe mir überlegt, ich würde dir gerne Geld dafür geben. Ich bräuchte eine größere Menge als die anderen. Auch wenn ich schon gehört habe, dass du sonst tauschst, ist mir nichts eingefallen, was ich dir geben könnte. Essen bekommst du ja schon von uns, und was anderes als Kochen kann ich nicht.«

»Das ist in Ordnung, Kenneth. Ihr gebt mir oft genug etwas aus. Ich denke, damit sind die Brote, die ich für dich mache, abgegolten.«

»Nein, nein, ich werde dich bezahlen. Ich habe gedacht, wir fangen vielleicht mit je vier Laiben pro Auslieferungstag an und schauen, wie schnell die weg sind. So wie immer, donnerstags und sonntags? Wobei ich sie am Sonntag schon früh brauche für die Frühstücksgäste.«

»Gerne«, sagte ich und zog mein Notizheft hervor, in dem ich die Bestellungen nun immer notierte, um nicht den Überblick zu verlieren. »Donnerstag geht es los. Also hat es Kathleen wirklich geschmeckt?«, konnte ich mich nicht zurückhalten und lächelte ihn dabei an.

Kenneth zuckte gequält mit der Schulter und suchte offensichtlich nach einem Ausweg.

»Das freut mich sehr«, sagte ich, um ihn zu erlösen. Er brummelte noch etwas, und schon war er mit dem leeren Tablett im Gästeraum verschwunden, während ich ihm mit einem breiten Lächeln nachschaute.

Und so landete ich an diesem Nachmittag wieder vor Kathleen McEwans Haustür, mit einem Brotlaib unterm Arm, jedoch ohne Botschaft. Ich nahm all meinen Mut zusammen, atmete tief ein und drückte auf den Klingelknopf. Wie zuvor tat sich zunächst gar nichts im Haus. Erst nachdem ich einen Augenblick gewartet und noch einmal die Klingel betätigt hatte, hörte ich, wie sich Schritte näherten. Offenbar testete meine Nachbarin zunächst die Hartnäckigkeit ihrer Besucher, bevor sie sich dazu herabließ, die Tür zu öffnen.

»Ich habe mit Ihnen gerechnet«, sagte sie, als sie mich entdeckte. Sie sah aus wie immer: die Haare ordentlich frisiert, das schlichte Kostüm, das seine besten Tage schon hinter sich hatte, zugeknöpft. »Kommen Sie herein.«

Darauf war ich nicht vorbereitet gewesen. Überwältigt folgte ich der Frau in den Flur und war überrascht davon, wie lebendig das Haus von innen wirkte. Alle Wände zierten Bilder, die offenbar von Kindern gemalt und von ihr eingerahmt worden waren. Es mussten Kinder verschiedenster Altersstufen gewesen sein, denn die Bilder reichten von abstraktem Gekrakel bis hin zu fein ausgearbeiteten Zeichnungen von Instrumenten und Landschaften. Ob sie wohl aus einer Zeit stammten, in der Kathleen noch die Frau gewesen war, die den Dorfkindern Süßigkeiten aus aller Welt mitgebracht hatte?

Das Haus schien vom Grundriss her ähnlich entworfen zu

sein wie das der Bains': Vom Flur führte eine Treppe hinauf ins obere Geschoss, während unten weitere drei Türen abgingen, wohl zur Küche, zu einem Gästebad und zum Wohnzimmer, in das wir uns nun begaben. Es war ein mittelgroßer Raum, der von den Instrumenten in seiner Mitte dominiert wurde. Rotbraun glänzend standen da zwei Cellos im Instrumentenständer, ein großes und ein kleineres, und ein drittes befand sich in einem offen stehenden Koffer an der Wand. Daneben reihten sich Regale, die mit Notenheften und Platten gefüllt waren, und an der Seite gab es eine kleine Sitzgruppe, zu der Kathleen McEwan mich nun führte. Sie deutete auf die Couch und nahm selbst auf dem Sessel Platz. Auf dem Tisch vor uns stand eine Kanne auf einem Stövchen bereit. Eine Tasse war bereits benutzt worden und halb gefüllt, eine andere war leer. Dann hatte sie mich also wirklich schon erwartet, oder war die Tasse für einen anderen Besucher gedacht, vielleicht einen Schüler? Kathleen McEwan beugte sich vor und goss von dem duftenden Earl Grey in die leere Tasse ein, dann schob sie sie mir zu.

»Danke«, sagte ich und ließ den Blick durch den Raum schweifen, um die unangenehme Stille zu überbrücken, die sich wie eine Mauer zwischen uns geschoben hatte. Ich hatte mir die Worte zuvor zurechtgelegt, aber nun, da sie mich mit ihrer Einladung überrascht hatte, war nur gähnende Leere in meinem Kopf. Ich konzentrierte mich also auf die weiteren Bilder, die an den Wänden hingen: Es handelte sich insbesondere um kleinere Gemälde von Musikinstrumenten. Alles in diesem Raum rankte sich um das Thema Musik.

»Das ist ein sehr schönes Instrument«, sagte ich irgendwann, als ich die Stille nicht mehr ertragen konnte.

»Spielen Sie?«, fragte meine Nachbarin zurück. Sie saß ganz

gerade auf dem Sessel mir gegenüber, die Untertasse auf einem Oberschenkel abgestellt, die Tasse halb erhoben.

»Nein, für Musik gab es bei uns zu Hause leider nie genug Zeit. Mein Vater war alleinerziehend. Immerhin das Backen hat er mir beigebracht.«

»Das ist eine Ausrede, die ich immer wieder zu hören bekomme.« Ich begegnete Kathleen McEwans scharfem Blick. »Eltern meinen immer, keine Zeit zu haben, um ihren Kindern ein Musikinstrument näherzubringen, aber die Kinder brauchen ihre Eltern nicht dafür. Alles, was sie benötigen, ist das Instrument – und natürlich einen Lehrer, der ihnen vermittelt, wie es richtig zu gebrauchen ist.«

»Nun«, sagte ich in dem Versuch, mich zu verteidigen, »dazu brauchen die Familien aber erst einmal das Geld, um sich das Instrument kaufen oder leihen zu können, oder nicht? Und ein Lehrer kostet auch einiges.«

»Das stimmt.« Kathleen McEwan schürzte die Lippen. »Aber das wird ja lieber in große Fernseher und Videospiele gesteckt.«

»Na ja, das kommt drauf an …« Ich beschloss, nicht weiter darauf einzugehen, denn ich wollte meinen ersten Besuch bei ihr nicht gleich mit einem Streit zum abrupten Ende bringen. Stattdessen nahm ich die zierliche Tasse zur Hand und einen kleinen Schluck von dem Tee, der eine angenehme Temperatur hatte. Als Kathleen McEwan wieder nicht von sich aus etwas sagte, seufzte ich innerlich. Dann begann ich: »Miss McEwan, ich bin eigentlich gekommen, um Ihnen dafür zu danken, dass Sie bei Kenneth für mich vermittelt haben. Er hat mich heute Morgen gebeten, für den Pub zu backen, und das hat mich sehr gefreut.«

Die Frau nickte, als hätte sie genau diese Worte von mir erwartet.

»Ihr Brot ist gut«, sagte sie schließlich in einem Ton, der so schneidend war, dass es sich eher nach einer Beleidigung als nach einem Lob anhörte. »Kenneth wird davon profitieren, und das ist wichtig in diesen Zeiten.«

»Jedenfalls freue ich mich, sein Vertrauen gewonnen zu haben. Und das habe ich Ihnen zu verdanken. Daher vielen Dank.«

Der Blick der Frau wanderte zu ihrer Teetasse und blieb dort hängen. Er löste sich auch nach einer guten Minute nicht, also trank ich meinen Tee mit wenigen Schlucken aus, stellte die Tasse ab und erhob mich langsam.

»Nun, also, vielen Dank auch für den Tee. Ich … ich habe mich gefreut.«

Auch Kathleen McEwan erhob sich schnell und blickte mich nun wieder direkt an. Eine eigenartige Panik lag in ihren Augen, die ich nicht recht zuordnen konnte.

»Sie können am Dienstag wiederkommen«, sagte sie plötzlich.

»Am Dienstag, zum Teetr…«

»Zur Cellostunde.«

Irritiert sah ich sie an und wusste nicht, was ich sagen sollte.

»Zum Tausch«, schob sie hinterher und blickte an mir vorbei. »Für das Brot.«

»Oh«, sagte ich, da ich nun endlich verstand. »Sie brauchen doch nicht … ich meine, ich gebe Ihnen das Brot auch gerne so.« Durch meinen Kopf zischte das Bild, wie ich unter den strengen Blicken von Kathleen McEwan hinter dem Cello saß und schiefe Töne zusammenkrächzte, und sorgte für Unbehagen.

»Ich möchte Ihnen nichts schuldig sein.«

Ihr Ton war so schroff und entschieden, dass ich mich zu

keinem Widerwort mehr aufraffen konnte. Hier sprach eine Lehrerin, die keinen Einspruch duldete.

»O-okay«, stotterte ich. »Dienstag also. Wann genau?«

»Um fünfzehn Uhr. Bitte seien Sie pünktlich, ich habe dienstags einen engen Terminplan.«

»Natürlich. Ich werde pünktlich sein.«

Ohne mich genau daran erinnern zu können, wie ich aus dem Haus gekommen war, fand ich mich wenige Augenblicke später im Flur des Bains-Cottages wieder, noch völlig unter Schock von dem Verlauf des Tages und in höchster Angst vor dem kommenden Dienstagnachmittag.

38

»Du hast was?« Ellies Augen weiteten sich so sehr, dass sie eigentlich hätten herauspurzeln müssen. »Du hast zugesagt, bei Kathleen McEwan Cellostunden zu nehmen? Bist du verrückt? Du denkst nicht mehr klar, Moment, du musst Fieber haben!« Wie im Ernst fühlte sie meine Stirn und griff nach meinem Arm, als wollte sie meinen Puls messen.

Es war einen Tag nach dem unangenehmen Besuch bei Kathleen McEwan. Ich hatte mich mit Ellie bei Kenneth im Pub verabredet. Ellie hatte bis zum Abend gearbeitet und vorgeschlagen, uns ausnahmsweise hier statt bei Ian im Nachbarort zu treffen, sodass sie nur die Straße überqueren musste. Beide hatten wir bereits ein Glas Cider vor uns stehen, und Ellie hatte mir von ihrem Wochenende berichtet. Während wir auf unser Essen warteten, hatte ich ihr erzählt, was sich mit unserer Nachbarin zugetragen hatte – und genau die Reaktion erhalten, die ich erwartet hatte. Ellie war genauso geschockt wie ich gestern. Finley hatte mich bereits für verrückt erklärt, als er von Elsbeth Woodburn zurückgekehrt und von der Einladung zur Cellostunde gehört hatte.

»Mich würden da keine zehn Pferde reinbringen«, hatte er gemeint und absolut ernst gewirkt. »Du solltest da besser nicht hin. Die Frau … sie ist nicht gut.«

Ellie schien das genauso zu sehen, allerdings aus anderen Gründen: Statt Finleys spürbarem Groll knisterten bei ihr Anspannung und Sorge in der Luft.

»Dieser Frau traue ich alles zu«, hauchte sie. »Sie ist so seltsam! Mich würde es nicht überraschen, wenn sie Leichen im Keller hätte. Und das meine ich im Ernst, nicht nur sinnbildlich!«

»Ich konnte es nicht ablehnen«, sagte ich und nahm einen Schluck von dem prickelnden Cider zur Beruhigung. Ellie fachte die Nervosität, von der ich meinte, sie unter Kontrolle gebracht zu haben, wieder an.

»Mal im Ernst. Irgendetwas stimmt doch mit ihr nicht. Hast du im Haus was entdecken können, was erklärt, warum sie ist, wie sie ist?«, fragte Ellie.

In diesem Moment kam Kenneth mit gefüllten Tellern und stellte sie vor uns ab. Ich wartete, bis er außer Hörweite war, dann raunte ich: »Nein, was soll ich denn da entdecken? Eine blutige Axt in der Ecke?«

»Zum Beispiel«, sagte Ellie und schien in vollem Ernst zu sprechen.

»Ich glaube, sie ist einfach durch die Vereinsamung so merkwürdig und unfreundlich geworden. Sie ist nicht gefährlich, nur … na ja, unfreundlich eben.«

»Und merkwürdig«, fügte Ellie hinzu, nahm Messer und Gabel zur Hand und stürzte sich auf ihr Essen. Auch mein Magen knurrte, und ich wandte mich dem vegetarischen Pie zu, den Kenneth mir gezaubert hatte. Über unsere Abmachung hatten wir kein weiteres Wort verloren, und doch erschien mir der Pubbesitzer ein klitzekleines bisschen freundlicher als sonst. Er hatte sogar gefragt, wie es uns ging, als wir uns gesetzt hatten – was aber genauso gut daher rühren mochte, dass seine künftige Schwiegertochter Ellie mit von der Partie war.

»Kannst du denn schon Cello spielen?«, fragte Ellie mich gerade, als die Pubtür sich öffnete und Alistair Reid hereinkam. Er wirkte schon wieder viel rüstiger, nur das leichte Humpeln erinnerte noch an seine Verletzung.

»Alistair!«, rief ich, als er an unserem Tisch vorbeikam. »Wie schön! Wie geht es dir?«

Auch Ellie begrüßte den alten Herrn herzlich.

»Besser, immer besser«, sagte er, »auch wenn ich schon leichtfüßiger unterwegs war.«

»Immerhin bist du wieder unterwegs«, kam es in sanftem Ton von Elsbeth, die hinter ihm aufgetaucht war. »Das hätte auch ganz anders laufen können.«

»Ja, ja, ja«, brummelte Alistair lächelnd, zwinkerte uns zu und humpelte voran zu seinem Stammtisch.

Ich sah ihm hinterher und dann zu Elsbeth.

»Wie geht es dir?«, fragte ich, obwohl das Funkeln in ihren Augen alles verriet. Allerdings sah sie sich immer wieder nervös in dem vollen Lokal um.

»Noch geht es mir ganz gut«, antwortete sie und lächelte auf eine seltsame Weise, die ich nicht deuten konnte.

»Noch?«

Doch sie schien meine Frage nicht gehört zu haben.

Ich warf einen Blick zu Alistair, der an seinem Tisch Platz genommen hatte, und auf die anderen voll besetzten Tische. Elsbeth' Stammtisch war als einziger noch frei. Ich wusste ja, dass die beiden es nach wie vor vermieden, sich als Paar im Dorf zu zeigen, da sie das Gerede fürchteten. Doch hätte ich es nur schwer ertragen, wenn Elsbeth den Abend im Pub hätte allein verbringen müssen, daher schlug ich schnell vor: »Möchtest du dich nicht zu uns setzen?« Und Ellie bestätigte, dass auch sie sich freuen würde.

Elsbeth blickte zu Alistair hinüber, der wie zufällig im selben Moment zu ihr sah und ein kleines, beinahe schüchternes Lächeln zeigte.

»Das ist lieb von euch, danke. Aber ich glaube …« Sie hielt inne, und ich meinte, ein kurzes nervöses Aufflackern in ihren Augen wahrnehmen zu können. »Ich glaube, ich werde Alistair Gesellschaft leisten.«

Sie nahm ihre Schultern zurück und warf mir noch einen letzten Blick zu. Dann machte sie einen Schritt auf Alistairs Tisch zu, danach einen zweiten. Ich beobachtete gespannt, wie die alte Dame den Tisch erreichte und einen Stuhl zurückzog. Überrascht zuckte Alistairs Blick zu ihr. Sein Lächeln verbreiterte sich, als er sah, was Elsbeth tat. Er beobachtete sie genau, als sie sich langsam, aber mit zielgerichteten Bewegungen auf den Stuhl niederließ und nach seiner Hand auf dem Tisch griff. Sie wirkte dabei so selbstsicher, dass ich sie nur bewundern konnte. Einige Pubbesucher sahen zu dem Tisch hinüber und tuschelten, doch Elsbeth und Alistair hatten nur Augen für sich. Mit vollkommener Selbstverständlichkeit beugte Elsbeth sich zu Alistair hinüber und gab ihm einen Kuss. Glücklich blickten sie einander in die Augen.

Ellie hatte vor Überraschung meinen Arm gepackt und hielt ihn fest umklammert. Sie lächelte, ebenso wie ich. Es machte einfach glücklich, die beiden zusammen zu sehen. Da spürte ich Elsbeth' Blick auf mir. Meine Freundin blinzelte mir zu, und ein leises Lächeln lag auf ihren Lippen.

Wir wussten in diesem Moment beide: Es war geschafft.

39

Die Gespräche mit Ellie und Finley über meine bevorstehende Unterrichtsstunde bei Kathleen McEwan hatten meine Nervosität weiter angefacht, statt sie zu beruhigen. Am Dienstagmittag war ich so unruhig und mein Magen so verstört, dass ich keinen Bissen herunterbekam. Immer wieder flimmerte das Bild von dem Cello vor meinen Augen, das in meiner Vorstellung viel größere Ausmaße annahm, als es eigentlich hatte. Meine Finger schafften es kaum, den Abstand zwischen zwei Saiten zu überwinden, und meine kurzen Beine konnten das Instrument nicht halten.

Auch das schöne Sommerwetter vor dem Fenster beruhigte mich nicht. Eher hätte ich auf einen Eishagel gehofft, der den Kiesweg zum Nachbarhaus unüberwindbar machte. Doch alles Eis blieb aus, stattdessen schien die Sonne auf die sich im leichten Wind wiegenden Wildgräser. Die Schafherde hatte sich heute bis an den Zaun zu unserem Garten gewagt und graste nun in aller Seelenruhe, hin und wieder ein zufriedenes »Mäh!« ausstoßend, während mein Magen ein lautes Rumoren von sich gab. Finley warf mir immer wieder vielsagende Blicke zu, die ich ignorierte.

So gern ich die Zeiger auf den Uhren angehalten hätte und sosehr ich sie auch anflehte, stehen zu bleiben: Mitleidlos bewegten sie sich voran, bis es schließlich kurz vor fünfzehn Uhr war. Die Aufregung schien eine zweite Haut unter meiner richtigen gebildet zu haben. Jede Bewegung beim Schuhanziehen und die ersten Schritte aus dem Haus fühlten sich kribbelig und so unsicher an, als würde ich auf Eiern gehen. An der Tür angelangt, richtete sich meine ganze Konzentration auf die Hoffnung, dass Kathleen McEwan es sich doch noch anders überlegt oder keine Zeit für mich hätte, sodass ich beinahe überrascht war, als sie mir die Tür nach dem ersten Klingeln öffnete und mich hereinbat. Nun gab es keinen Weg mehr zurück.

In ihrem üblichen Kostüm in Grautönen ging sie durch den Flur voran ins Wohnzimmer, wo das Objekt aus meinen Albträumen vor uns aufragte: das rotbraune Cello. Kathleen McEwan zeigte auf einen von zwei Holzstühlen, die neben dem Instrument standen.

»Setzen Sie sich. Möchten Sie noch etwas trinken, bevor wir beginnen?«

Als ich ablehnte und mich setzte, zog sie sich den zweiten Stuhl heran und ließ sich neben mir nieder.

»Setzen Sie sich mal so hin, als würde das Cello vor Ihnen stehen. Alles klar, Sie haben noch nie an einem Instrument gesessen. Das sieht man.« Sie begutachtete mich von der Seite. Offenbar hatte ich schon den ersten Fehler begangen, bevor ich das Cello überhaupt berührt hatte. Plötzlich spürte ich ihre Hände an meiner Seite und zuckte zusammen. Doch sie ließ sich nicht beirren und übte Druck aus.

»Hier, richten Sie sich auf. Atmen Sie ruhig. Die Schultern entspannen, die Wirbelsäule aufrichten. Gut, so ist es doch schon besser, sehr schön.«

Gespannt wartete ich, was als Nächstes geschehen würde.

»Nun das Instrument.«

Sie deutete auf das Cello neben mir. Ich nahm meinen Mut zusammen, griff mit aller Vorsicht danach und stellte es vor mir ab. Dann sah ich hilfesuchend zu ihr.

»Ihre Schultern stehen parallel zu den Schultern des Cellos«, erklärte sie und strich über die entsprechende Stelle des Saiteninstruments. »Und nun nehmen Sie die linke Zarge an Ihr linkes Knie.«

»Bitte was?«

»Dies hier.« Sie stand auf, kniete sich vor mir hin und rückte das Instrument zurecht. »Und der Sattel soll auf Höhe Ihres Ohres sein. Genau, ziehen Sie es ein wenig vor, Sie sind ja recht klein.«

Sie begutachtete mich, wie ich verkrampft das Instrument hielt, und ordnete an: »Und entspannen Sie sich! Sie sollen Musik machen und kein Bungeejumping.«

Als Nächstes hielt sie mir den Bogen hin.

»Ich werde Ihnen heute verschiedene Übungen zeigen, mit denen Sie lernen, den Bogen richtig zu halten. Das ist das A und O beim Spielen eines Streichinstruments, auch wenn es oft so aussieht, als müsste man ihn nur stupide hin- und herbewegen. Darin steckt das ganze Gefühl. Aber das werden Sie noch sehen.«

Während ich dasaß, das Cello zwischen den Knien, eine Hand einklemmte und den Bogen in der anderen festkrallte und dabei irgendwie versuchte, entspannt auszusehen, rückte Kathleen McEwan mit ihrem Stuhl und einem langen Holzstab näher an mich heran, bis sie mir gegenübersaß.

»Sehen Sie genau hin, und spiegeln Sie mich. Der Daumen wird gerundet und auf Höhe des Mittelfingers an den Bogen gelegt.« Als sie sah, wie ich mühsam versuchte, den Bogen in der rechten Hand zurechtzuschieben, ohne die linke vom Instrument zu nehmen, seufzte sie. »Na gut. Eigentlich lasse ich die Schüler auch während der Bogenübungen das Instrument halten, damit sie sich daran gewöhnen, aber in diesem Fall … Geben Sie schon her.«

Sie griff nach dem Cello und setzte es mit sicherer Hand in den Ständer.

»Also, noch mal.«

Nun zeigte sie mir erneut, wie ich den Bogen mit der Rechten zu umfassen hatte.

»Gar nicht schlecht. Das üben Sie bitte jeden Tag etwa zehn bis fünfzehn Minuten mit dem Stab. Den gebe ich Ihnen mit, ein Instrument brauchen Sie vorerst nicht. Sollten Sie weitermachen wollen, kann ich Ihnen einen Laden empfehlen, der Instrumente verleiht. Aber nun wollen wir Töne hören, nicht wahr?«

»Ähm, ja, gerne«, sagte ich mit leicht kratziger Stimme und verzichtete darauf anzumerken, dass ich ja gar nicht mehr lang genug in Applemore wäre, dass es sich lohnen würde, ein Cello zu leihen.

»Na, dann nehmen Sie sich mal wieder das Cello. Ich hole mir das andere, und dann schauen wir mal, wie Sie sich anstellen.«

Mit nervösen Händen stellte ich das Cello genau so vor mich, wie sie es mir zuvor gezeigt hatte: den Sattel auf Ohrhöhe, die große Rundung an den Knien. Als Kathleen McEwan sich mit dem zweiten Instrument an ihren Platz setzte, überprüfte sie meine Haltung mit einem Blick und bedeutete mir, mich aufzurichten, indem sie an einer imaginären Schnur über ihrem Kopf zog. Dann hielt sie ihren Bogen, den sie gegen den Stab ausgetauscht hatte, in die Höhe, sodass ich mir die korrekte Haltung nochmals abgucken konnte.

»Setzen Sie den Bogen auf die Saite.«

»Welche denn?« Ich blickte auf ihren Bogen und ahmte sie nach.

»Die zweite von links, das ist die D-Saite, aber dazu kommen wir beim nächsten Mal. Setzen Sie den Bogen locker drauf ab. Bitte verkrampfen Sie sich nicht, entspannen Sie. So ist es gut. Okay, dann los, streichen Sie mal!«

Und ich strich. Ein tiefes Seufzen erklang aus dem Innersten des Instruments und brachte mich zum Erschaudern. Das war ja gar nicht schwer! Ich schwang den Bogen hin und her, hin und her und wollte gar nicht mehr aufhören, so begeistert war ich davon, diesen klangvollen Ton zu erzeugen, als Kathleen McEwans Hand sich plötzlich auf meine legte. Erschrocken sah ich auf.

»War das falsch?«

Es zuckte verdächtig um ihre Mundwinkel, und sie schüttelte den Kopf.

»Aber nein. Der Ton ist am Anfang immer kratzig, aber daran arbeiten wir ja. Und es war Ihr allererster.«

Kratzig? Wer war hier kratzig? Der war doch wunderschön gewesen. Noch ganz euphorisiert lauschte ich ihr, als sie mir erklärte, wie ich mit dem Bogen über die vier Saiten rollte, um damit mehr Gefühl für den Bogen zu bekommen. Dann versuchten wir es erneut, und meinem Gefühl nach klang der Ton schon ganz anders, wenngleich ich diesmal das Kratzen heraushören konnte, da sie zuvor einmal über die Saite ihres Instruments gestrichen hatte und ihm einen wirklich klaren, vollen Ton entlockt hatte.

»Machen Sie sich keinen Kopf«, sagte sie schließlich. »Ihre Finger sind ungeübt und brauchen Zeit, um sich an die neue Herausforderung zu gewöhnen. Üben Sie mit dem Stab, und dann wird es nächste Woche schon viel besser gehen.«

Ich war völlig baff über den Wechsel, der innerhalb der letzten Stunde in Kathleen McEwan stattgefunden hatte. Statt der harschen Frau mit den schneidenden Kommentaren saß nun eine geduldige Lehrerin neben mir. Gerade so, als wäre ein Schalter umgelegt worden.

Doch bevor ich mich noch mehr über diese Veränderung wundern konnte, sah sie auf die Standuhr neben dem Regal, und ihr Gesicht nahm wieder den gewohnten Ausdruck an.

»Unsere Zeit ist bald vorüber. Es kommt gleich der nächste Schüler, und ich möchte noch eine Tasse Tee allein trinken.«

Damit verschwand sie voraus in die Küche, während ich meine Tasche nahm. Ich hörte Wasser in ein Gefäß laufen und wollte mich gerade der Flurtür zuwenden, als mein Blick über die Kommode gegenüber von meinem Platz wanderte und dort an einem Fotorahmen hängen blieb. Ich machte einige Schritte auf die Kommode zu und nahm das Bild genauer in Augenschein. Es war ein Foto in einem silbernen Rahmen. Darauf war eine jüngere Version von Kathleen McEwan zu sehen. Wunderschön war sie, in einem langen schwarzen Kleid, das eng an ihrem schmalen Körper anlag. An ihrer Seite stand eine junge Frau, um die sie den Arm gelegt hatte. Sie war sehr hübsch, mit hellem Haar und in einem grünen Kleid, das mädchenhafter, jedoch nicht weniger festlich wirkte als Kathleens.

Da hörte ich ein Klappern aus der Küche, das mich aus der Betrachtung riss, und Schritte. Also wandte ich mich schnell ab und ging Kathleen McEwan entgegen. Sie brachte mich nicht zur Tür, sondern verabschiedete mich im Flur mit einem barschen: »Nächste Woche wieder pünktlich um fünfzehn Uhr. Nutzen Sie die Zeit zum Üben!«

Vor der Tür stolperte ich fast in einen etwa zwölfjährigen Jungen, der mit einer Mappe herangespurtet kam.

»Gib ihr lieber noch zwei Minuten, bevor du klingelst«, raunte ich ihm zu.

Und dann machte ich mich, nachdenklich und zugleich beschwingt, auf den Weg nach Hause. Auch wenn der Umgang mit Kathleen McEwan kein bisschen leichter geworden war und ich sie noch immer fürchtete, hatte sie mir doch eine spannende und schöne Stunde geschenkt, indem sie mich an das Cello gezwungen hatte. Und obwohl mich der Gedanke selbst völlig überraschte, musste ich zugeben: Ich freute mich auf unseren nächsten Termin.

40

Die Tage bis zum Freitag vergingen wie im Fluge. Zusammen mit Finley hatte ich am Mittwoch das Backen angetreten, das mittlerweile wirklich zu einem Marathon anwuchs. Mit Kenneth' Bestellungen waren weitere vier Laibe hinzugekommen, sodass unsere Schüsseln nicht mehr ausreichten, um genug Teig zum Ruhen unterzubringen, und wir Nachschub besorgen mussten. Der Ofen ächzte und knackte den ganzen Tag, und ich wollte gar nicht an die Stromrechnung denken, die den Bains' ins Haus flattern würde, wenn ich längst wieder in Deutschland wäre. Am Donnerstag lieferte ich die Brote aus und ließ mir die vier bestellten von Kenneth ausnahmsweise bezahlen, um das Geld am Ende für die Bains' zu hinterlegen.

Abends vor dem Einschlafen scrollte ich immer mal wieder durch die Nachrichten, die Theo mir in den letzten Tagen und Wochen geschickt hatte, und lächelte vor mich hin. Es waren noch zwei Wochen, bis wir uns wiedersehen würden. Zwei Wochen, die ich genießen wollte, in denen ich vielleicht ein paar saubere Töne auf dem Cello spielen und meine Freiwürfe perfektionieren würde, in denen ich meine Freundschaft mit Ellie und Ian und mit Elsbeth vertiefen wollte, sodass der Abschied nicht ganz so schwerfiele, da ich wüsste, dass wir uns nicht völlig aus den Augen verlieren würden. Und trotzdem zappelte etwas in mir ungeduldig und konnte es kaum erwarten, Theo endlich zu sehen.

Den ganzen Freitag über freute ich mich schon auf den Musikabend im Pub und begann relativ früh am Abend damit, mich fertig zu machen. Als ich gerade meine Wimperntusche auftrug, hörte ich Finley von unten heraufrufen: »Willst du mit zum Pub? Ich gehe jetzt los.«

Rasend schnell schlüpfte ich in eine leichte Sommerjacke, deren Moosgrün perfekt zu den Blättern auf meinem Blumenkleid passte, schnappte mir die Handtasche und hüpfte die Treppenstufen hinunter.

»Ich bin schon da! Ich muss nur noch Schuhe anziehen, dann können wir los.«

Finley sah aus wie immer. Er trug eine graue Stoffhose und einen einfachen schwarzen Pullover, der sich von seinen hellen Haaren absetzte.

»Dass ihr Männer euch immer nur einen winzigen Spritzer frisches Aftershave gönnt und trotzdem gut ausseht«, beschwerte ich mich spielerisch und pikste ihn in die Seite, damit er meine Stiefel freigab, vor denen er stand.

»Hey, ein Kompliment von Mila Muntser«, sagte er in demselben fröhlichen Ton und sprach meinen Namen wie immer auf diese unmögliche und gleichzeitig ziemlich coole Weise mit übertriebenem Akzent aus. »Das war doch ein Kompliment, oder?«

»Möglich«, meinte ich grinsend, schlüpfte in die Schuhe und schob ihn aus der Tür. »Du, mein Vater lässt dich grüßen. Er hat mir dieses neue Rezept geschickt, das wir unbedingt ausprobieren müssen. Das Brot wird mit Hefe angesetzt und soll dann so luftig aufgehen wie ein Ciabatta. Als ich das Bild gesehen habe, ist mir das Wasser im Mund zusammengelaufen, echt!«

»Dann machen wir das morgen, oder?« Finley drehte sich zu

mir um und lächelte, als wir den schmalen Kiesweg hintereinander entlanggingen. »Wie kommt es eigentlich, dass du so viel mit deinem Vater rumgehangen und gebacken hast?«

»Was meinst du? Es hat mir einfach Spaß gemacht, und am Anfang ging es ja oft nicht anders, weil ich noch zu klein war, um allein zu bleiben.«

Finley verlangsamte seine Schritte, sodass ich fast in ihn hineingerannt wäre. Als ich zu ihm hochsah, hatte er die Stirn gerunzelt.

»Was heißt allein? Wo war denn deine Mutter?«

»Habe ich dir das nicht erzählt?«, fragte ich ungläubig. Wir hatten so viel Zeit miteinander in der Küche verbracht, dass ich fest überzeugt war, das Thema ihm gegenüber angesprochen zu haben. Doch Finley schüttelte nur den Kopf, während er weiter langsam rückwärts vor mir herging und nur ab und zu nach dem Weg sah.

Wie immer, wenn ich über meine Mutter sprach, zog sogleich ein Gewicht an meinem Herzen.

»Sie ist gestorben. Da war ich drei.« So oft hatte ich diese Worte schon ausgesprochen, aber trotzdem musste ich nun wieder schlucken. »Sie war sehr krank.«

Finleys Blick war so durchdringend, dass ich ihm nicht standhielt. Stattdessen begutachtete ich den Kies, als wäre er das Spannendste auf der Welt.

»Das wusste ich nicht … Oh Mann, Mila, tut mir leid, dass ich gefragt habe.«

»Das ist okay«, sagte ich und versuchte mich an einem Lächeln. »Es ist so lange her, und mein Vater … er hätte sich nicht mehr Mühe geben können, mir ein schönes Leben zu bereiten, wirklich. Die Tage in der Backstube mit ihm … das sind die glücklichsten, die ich hatte.«

Ich sah noch immer nach unten, als ich plötzlich Finleys Arm um mich spürte. Er zog mich an sich, und ich ergab mich in die Umarmung. Es fühlte sich ungewohnt und ein bisschen merkwürdig an, ihm so nah zu sein. Auch wenn wir oft eng nebeneinandersaßen und Filme ansahen oder unsere Beine beim Lesen übereinanderstapelten, atmete ich nun seinen Duft ein und spürte seine Wärme auf meiner Haut, was sich schön anfühlte und tröstend. Um uns wurde es langsam dunkel, und Schwalben sirrten über unseren Köpfen hinweg, um die Insekten der Dämmerung einzufangen. Nach einigen Sekunden löste Finley sich und sah mir in die Augen: »Geht's?«

»Ja«, sagte ich und lächelte.

»Willst du überhaupt noch zum Pub? Wir können auch einfach wieder umdrehen.«

»Nein, nein, lass uns gehen. Es ist schon wieder gut.«

Er blickte mich noch einen Moment fest an, als würde er meine Augen auf die Wahrheit hinter dieser Antwort checken, dann nickte er und wandte sich wieder zum Gehen. Ich beobachtete ihn, als er vor mir herging, seinen unordentlichen blonden Haarschopf, seine große schmale Gestalt, den lässigen Gang.

»Weißt du, was wir gleich machen?«, fragte er, ohne sich umzudrehen.

»Na, sag schon!«

Wir erreichten den breiteren Weg ins Dorf hinein, und er wartete, bis ich auf seiner Höhe war, um nebeneinander herzugehen.

»Wir stoßen auf unseren Geniestreich an!«

»Meinst du Elsbeth und Alistair?« Ich musste unwillkürlich lächeln, als ich an die beiden dachte.

»Genau. Wie gut haben wir das eigentlich hinbekommen?«

Während wir unsere Verkupplungsaktion noch einmal Schritt für Schritt durchsprachen, durchquerten wir das Dorf und gelangten vor dem Pub an, wo es schon brummte und die Musik schepperte.

»Los, lass uns reingehen!« Finley legte eine Hand an meinen Rücken und schob mich vor sich her durch die Menschenmenge. Immer wieder grüßte er zu einer Seite oder der anderen, und auch ich lächelte einigen Leuten zu, die ich mittlerweile vom Sehen her kannte.

Im Pub führte er mich, immer noch mit seiner Hand in meinem Rücken, weiter in Richtung Tresen, durch die Gruppen von Menschen hindurch, die sich unterhielten und im Takt der lauten Musik schunkelten.

An der Bar waren Ian und seine Helfer stark beschäftigt. Sie füllten Biergläser, mixten Drinks und bestückten Tabletts, die sie durch die Menge balancierten. Irgendwie schaffte Finley es, zwei Barhocker für uns zu organisieren. Wir nahmen Platz und warteten geduldig, bis wir mit der Bestellung an der Reihe waren. Finley fragte mich nicht, was ich wollte, sondern orderte zwei Bier und zwei Whisky – die Standardbestellung im Pub. Das Bier diente dem Löschen des Dursts, der Whisky war da, um sich daran festzuhalten und zu genießen. Am besten, man hatte immer beides parat, um gut durch den Abend zu kommen.

»Wie lange kennen wir uns jetzt?«, fragte Finley mich laut über den Publärm hinweg. Ich überlegte einen Moment.

»Vier Wochen«, sagte ich und war selbst überrascht. Die Zeit war so schnell verflogen, dass es geradezu verrückt war. Finleys Augenbrauen hoben sich.

»Vier Wochen haben wir es schon zusammen in einem Haus ausgehalten, ohne uns zu erwürgen. Das ist gut! Prost!«

Er hielt mir sein Bierglas entgegen, und wir stießen lachend an.

»Vier Wochen, in denen ich kein einziges deiner Blümchenkleider in den Kamin geworfen habe. Du«, sagte er auf meinen empörten Blick hin, »das hätte auch ganz anders laufen können mit uns beiden. Als ich dich bei meiner Ankunft im Haus vorgefunden habe und du mich so angemotzt hast, hätte ich dich am liebsten dem Pizzaboten mitgegeben. Nur dass wohl nicht mal der dich genommen hätte, so eine Furie, die du warst.«

»Klar hätte der mich genommen. Mit Kusshand!«

»Höchstens, weil er sechzehn und gierig auf alles ist, was längere Haare hat. Aber dann hätte er schnell gemerkt, was er sich da eingehandelt hat.«

Ich gab Finley einen Klaps auf den Arm.

»So schlimm war es dann ja wohl doch nicht mit mir, oder? Ich glaube ja, dass du mich vermissen wirst, wenn ich wieder weg bin.«

Da fiel mir auf, dass meine Abreise ja auch die Rückkehr seiner Eltern bedeutete.

»Wirst du dann überhaupt hierbleiben?«, fragte ich.

»Du meinst, weil ich sonst alleine im Haus vor Trauer vergehen würde, sollte ich lieber auch abhauen?«

»Nein, ich dachte nur, weil deine Eltern dann ja zurückkommen werden.«

»Und?«

»Und dass du ihnen vielleicht lieber aus dem Weg gehst.«

Finley blickte mich irritiert an. Er schien wirklich nicht zu verstehen, was ich meinte.

»Du bist doch … Der Streit … Also, ich dachte …«

Finley beugte sich ein wenig vor und lächelte mich beruhigend an.

»Ich habe mich nicht mit meinen Eltern zerstritten«, sagte er.

»Nicht? Ich dachte, du wärst deswegen nach Australien gegangen.«

Da schob sich wieder dieser winzige Funke Traurigkeit in seinen Blick, den ich nicht zuordnen konnte. Doch er überspielte ihn mit einem Lächeln und schüttelte den Kopf.

»Mach dir keine Gedanken darüber, warum ich damals gegangen bin. Es spielt keine Rolle mehr.«

Ich war erleichtert, dass er nicht wütend geworden war, und zugleich völlig verwirrt. Nichts von dem, was ich über die Vergangenheit der Bains' zu wissen meinte, schien zu stimmen. Ständig verschob eine Aussage das gesamte Bild, das, statt endlich scharf zu werden, sich nur weiter verzerrte.

»Aber um deine Frage zu beantworten«, riss Finley mich aus meinen Gedanken, »ich werde wohl erst einmal hierbleiben. Vielleicht suche ich mir einen Job, einen richtigen, wo man täglich antreten und eine ernsthafte Figur abgeben muss. Kannst du dir mich im Anzug vorstellen?«

Ich musste lächeln und sah an ihm herab.

»Ehrlich gesagt ziemlich gut!«

Es stimmte. Finleys groß gewachsene, schlanke Gestalt würde eine so gute Figur im Anzug machen, dass selbst ein James Bond erblassen würde. Hinzu kam sein natürlicher Charme, mit dem er alle um den Finger wickelte.

»Danke«, sagte er, offenbar ehrlich überrascht, dann fing er sich schnell wieder und grinste. »Komm uns in einem halben Jahr besuchen, und du wirst einen neuen Finley vorfinden, einen, den du nicht wiedererkennen wirst.«

»Ich weiß gar nicht, ob ich das wirklich wollte«, rutschte es mir in ernstem Ton heraus. Finleys Lächeln wirkte so erstaunt, wie ich mich fühlte.

»Ich dachte, du erträgst meine Anwesenheit im Haus nur, weil du es musst«, meinte er.

Ich nahm einen Schluck von meinem Bier und sah zu ihm auf. Irgendetwas irritierte mich sehr an dieser Situation. Das kribbelige Gefühl in meinem Bauch, ausgelöst von dem kalten Bier und dem Whisky, oder Finleys Blick, der so gespannt auf mir lag, als hinge von meiner Antwort einiges ab.

»Ich …«, begann ich, als sich plötzlich ein riesiger Rücken zwischen uns schob und grölte: »Hey, Finn, als ich gehört habe, dass du wieder eingeflogen bist, bin ich gleich aus Glasgow hergedüst. Na, alter Junge, wie geht's?« Und schon hatte der Riese sich über Finley gebeugt und vergrub ihn in seinen Armen. Finley machte sich so weit frei, dass er mir an der Schulter seines Kumpels vorbei einen entschuldigenden Blick zuwerfen konnte. Ich winkte ab, schnappte mir meine Gläser und überließ die beiden ihrer Wiedersehensfreude, während ich mitten hinein in die Menschenmenge ging.

Kaum entdeckte ich Ellies dunkle Haarmähne, begann ein langer lustiger Abend, der damit enden sollte, dass Ellie und ich auf die Bühne geholt wurden, um uns als Backgroundsängerinnen zu erproben – und durchzufallen. Doch obwohl ich so viel Spaß hatte, begleitete mich die ganze Zeit ein seltsames Gefühl, das ich einfach nicht abschütteln konnte. Ganz so, als hätte ich etwas vergessen, ein Wort, das mir eben noch auf der Zunge gelegen hatte, oder etwas verpasst, was ich unbedingt hatte tun wollen, ohne recht zu wissen, was es war …

41

»Na, da hatte das Gesangstalent wohl einen Whisky zu viel?«

Ich warf Finley einen strafenden Blick zu. Natürlich hatte ich gestern wieder über die Stränge geschlagen. Die Freitage im Pub waren einfach zu verführerisch. Das stundenlange Plaudern und Tanzen ließen einen völlig den Überblick darüber verlieren, was man schon alles getrunken hatte. Die Rache kam dann am nächsten Morgen – oder Mittag, wie in meinem Fall. Finley lag lässig auf der Couch, je eine Katze neben sich am Bauch und an den Beinen, und blätterte in einem Bildband, während aus der Anlage Musik rauschte, die mich schmerzhaft an gestern Abend erinnerte. Mit einem Stöhnen ließ ich mich auf den Sessel sacken, darauf bedacht, nichts von dem kostbaren – und heißen – Kaffee aus der Tasse zu verschütten, den ich in der Hand balancierte.

»Du hast uns noch singen sehen?«, fragte ich mit rauer Stimme und ahnte Böses.

»Sehen? Vor allem habe ich euch singen hören, so wie wohl das gesamte Dorf, ob es wollte oder nicht.«

»So schlimm war es nicht«, sagte ich gegen besseres Wissen.

»Es war sogar noch schlimmer«, erwiderte Finley und lachte auf. Den Bildband, der sich bei näherer Betrachtung als dicker Comic entpuppte, hatte er zugeklappt und beobachtete stattdessen genüsslich, wie ich litt, als ich mir Schluck für Schluck Kaffee einflößte.

»Soll ich dir Frühstück machen?«, fragte er. Geradezu entgeistert vor Überraschung starrte ich ihn über die Tasse hinweg an.

»*Du* willst *mir* Frühstück machen?«

»Warum nicht? Du siehst nicht so aus, als würdest du dich in der nächsten Stunde von diesem Sessel erheben. Was du brauchst, ist ein deftiges Frühstück. Ich kenne mich damit aus. Außerdem habe ich auch noch nichts gegessen.«

»Okay«, sagte ich und freundete mich mit dem Gedanken an. »Ich würde eines dieser Finley-Frühstücke nehmen.« Er legte den Comic beiseite, setzte vorsichtig die Katzen am Ende der Couch ab und sprang auf. »Danke«, rief ich ihm hinterher, als er schon in die Küche verschwand.

Immer noch reichlich verdutzt, blieb ich allein mit Patch im Wohnzimmer zurück – Maisie war sofort vom Sofa gehüpft und Finley hinterhergewackelt, als er das Zimmer verlassen hatte. Mühsam lehnte ich mich vor, griff nach der Fernbedienung für die Stereoanlage und schaltete die Musik aus, die ich heute einfach nicht ertragen konnte. Und da, als die letzten Töne verklangen, hörte ich es: das sanfte Rauschen und Prasseln vor dem Fenster. Die Neugier trieb mich nun doch hoch. Mit der Tasse in der Hand ging ich zu dem Erker hinüber, lehnte mich vor und schob den Vorhang beiseite. Es regnete. Nein, es schüttete. Der Regen fiel, als gäbe es kein Morgen mehr. Dicke Tropfen platzten auf die Erde, lösten winzige Explosionen aus und landeten auf den Pflanzen, sodass sie sich vor dem Wetterausbruch verneigten. Ich zog mir den Sessel heran, der hier vor dem Fenster stand, und setzte mich, um das Treiben draußen zu beobachten. Patch gesellte sich zu mir und machte es sich auf meinem Schoß bequem. Es war beruhigend und aufregend zugleich, den Regen zu beobachten, vor allem in meinem Katerzustand. Und so blieb ich hier und sann über dieses und jenes nach. Dann machte ich ein Foto von Patch und schickte es mit einer längeren Nachricht an meine Freunde in Heidelberg. Ich freute mich so darauf, sie bald wiederzusehen. Das regelmäßige Skypen machte es zwar leichter, aber trotzdem fehlten sie mir an Abenden wie dem gestrigen ganz enorm. Ein Gedanke an Theo schoss mir durch den Kopf. Er hätte es bestimmt gemocht, hier mit mir zu sitzen und den Regen zu beobachten. Gerade wollte ich ihm schreiben, da rief Finley, dass das Frühstück fertig sei.

Als ich mit Patch im Arm die Küche betrat, fiel ich vor Überraschung beinahe hintüber. Fast die gesamte Theke war voller Teller und Schüsseln. Es gab getoastetes Weißbrot, das wir in der letzten Woche gebacken hatten, Bohnen und gebratene Pilze, Pancakes, Fruchtjoghurt und eingelegtes Gemüse.

»Du isst ja keinen Fisch. Also gibt es gegen den Kater statt Sardellen eingelegte Paprika und Oliven. Wird schon aufs Gleiche hinauslaufen.« Er grinste wie ein kleiner Junge.

»Wow, ist das toll, danke dir!«

Allein der Anblick des Essens verpasste mir einen Energieschub. Ich setzte Patch auf einen Stuhl und ließ mich auf den daneben nieder. Sofort wurden mir Orangensaft und schwarzer Tee eingeschenkt. Durch das leicht geöffnete Fenster drangen das regelmäßige Prasseln des Regens und sein Duft zu uns herein, der sich mit dem des Essens mischte. Ich lächelte Finley zu, während er mir alle möglichen Platten zuschob, damit ich mir den Teller voll häufte. Er schien geradezu ein wenig aufgeregt.

»Dann warst du gestern länger da?«, fragte ich schließlich,

während ich mir ein Brot butterte und gleichzeitig vom Pancake probierte. »Ich habe dich gar nicht mehr gesehen und dachte, du wärst mit dem Riesen abgehauen.«

»Der Riese war ein alter Schulfreund von mir, Ryan. Weißt du, wie lange ich den nicht gesehen habe?« Er rechnete im Kopf nach. »Tausend Jahre!«

»Tausend Jahre … so alt bist du schon und kein bisschen weise«, meinte ich und grinste vor mich hin.

»Wie bitte? Du hättest mich als Schüler sehen sollen. Ich habe mich seitdem ziemlich gemausert.«

»Ach ja?«, gab ich zurück. »Dabei wirkst du noch immer wie der Schulbengel, der du einst gewesen sein musst.«

»Schulbengel?«, fragte Finley belustigt zurück. »Ist das dein Ernst?«

»Bengel trifft dich perfekt!«

Und da zeigte Finley genau das Grinsen, das ihn zum Paradebeispiel eines Bengels machte. Er beugte sich auf der Theke vor und fragte: »Und was genau macht einen Bengel für dich aus?«

»Hm, lass mich mal überlegen. Die Frechheit natürlich, das Ungezogene, der Hang dazu, nichts ernst zu nehmen.«

»Das stimmt nicht, ich nehme manche Dinge durchaus ernst.«

»Ach ja? Was denn?«

Finley holte Luft, um etwas zu sagen, doch dann kam kein Wort heraus. Je länger die Pause anhielt, desto breiter wurde mein Grinsen.

»Siehst du, ich habe recht.«

»Ich habe das hier mit uns ernst genommen«, verteidigte sich Finley schließlich halbherzig.

Ich zog mir einen weiteren Pancake auf den Teller und gab Ahornsirup und Fruchtjoghurt dazu.

»Du meinst unser Zusammenleben? Du hast dich in einer Tour über mich lustig gemacht und hattest überhaupt keinen Bock aufs Zusammenwohnen. Ich weiß nicht, ob das zählt.«

Finley trank von seinem Tee und funkelte mich böse über die Tasse hinweg an. Doch als er sie absetzte, sah ich das Grinsen, das sich dahinter versteckt hatte.

»Na gut, vielleicht hast du recht. Was dann?«

Er überlegte wieder, als mir etwas einfiel: »Hast du denn schon mal eine ernsthafte Beziehung geführt?«

Er hob die Augenbrauen.

»Was meinst du mit ernsthaft?«

»Na, eine, in der es um mehr ging als nur Sex und Spaß, eine, in der Verliebtheit und Verbundenheit, tiefe Gespräche und geteilte Gefühle wichtig waren.«

»Man merkt, dass du zu viele Liebesromane gelesen hast. Das klingt schaurig, wenn du mich fragst.« Finley verzog das Gesicht. »Es reicht mir, das zu hören, um abhauen zu wollen.« Ich zuckte mit den Schultern. Finley musste mich durchschaut haben: »Du denkst gerade an diesen Theo, stimmt's? Das erkenne ich an deinem dümmlich verträumten Blick!«

»Und wenn schon«, sagte ich und schob mir eine Gabel in den Mund, auf der sich Pancake mit Joghurt und Früchten türmte. »Außerdem magst du auch Liebesfilme, also tu mal nicht so cool.«

»Nur weil ich sie gucke, heißt das nicht, dass ich genauso ticke wie diese Pappnasen in den Filmen.« Und damit biss er herzhaft in einen knackigen grünen Apfel.

Ich behielt ihn genau im Blick, während ich meinen Pancake aß, und versuchte, an seinen Augen abzulesen, ob das wirklich stimmte oder er wieder mal Quatsch erzählte. Doch Finley ließ sich nichts anmerken. Mit Pokermiene saß er mir gegenüber und aß in aller Seelenruhe seinen Apfel. Schließlich legte ich die Gabel auf dem Teller ab.

»Das war das beste Frühstück, das ich seit Langem hatte. Danke dir! Aber jetzt genug davon. Lass uns anfangen zu backen, sonst schaffen wir das nicht mehr.«

Mit seinem Bengelgrinsen zuckte Finley die Schultern, erhob sich und begann, die Teller in die Spülmaschine zu räumen. Ich nutzte den Moment, um auf mein Handy zu sehen. Theo hatte geschrieben.

> Ich musste gerade an dich denken und frage mich, was du wohl machst. Zu gern wäre ich jetzt bei dir.

Ich blickte auf die Reste des riesigen Frühstücks, lächelte und tippte:

> Ich wurde gerade mit dem allerbesten Frühstück vom allerschlimmsten Kater abgelenkt – an dich denken muss ich aber auch die ganze Zeit. Ich hoffe, deinem Kopf geht es besser als meinem!

Dann legte ich das Handy beiseite und half Finley beim Aufräumen, damit wir uns endlich an das neue Brotrezept machen konnten.

42

Der Regen wollte gar nicht mehr aufhören. Und obwohl es draußen grau war, war die Luft, die durch die Fenster zog, so angenehm warm und frisch, dass das Sommergefühl geradezu überwältigend war.

Finley und ich hatten uns tatsächlich dem Backen zugewandt. Und weil meine Freunde aus Heidelberg so schnell auf meine Nachricht heute Mittag reagiert und nach einem Skypegespräch gefragt hatten, stellte ich den Laptop auf die Theke, auf dessen Bildschirm ihre Gesichter eines nach dem anderen aufploppten: Leon, Fiona und Josefine.

»Mila, es tut mir leid, aber es ist eindeutig, wem die Rüschenschürze besser steht!«, rief Fiona lachend, als Finley eine kleine Pirouette vor der Kamera drehte.

»Da kann man nichts machen«, sagte ich und gab mich gespielt geknickt. »Er hat einfach ein Rüschengesicht.«

Es war der wohl witzigste Backtag, den wir bisher erlebt hatten. Mittlerweile waren wir miteinander so routiniert, dass wir uns nicht allzu sehr auf die Abläufe konzentrieren mussten, sondern uns den Gesprächen widmen konnten. Und so blieb immer mal wieder einer von uns oder beide vor dem Bildschirm hängen. Finley ging so unverkrampft mit meinen Freunden um, als würde er sie schon seit Jahren kennen. Offenbar hatte er das Talent, die Eigenheiten anderer Personen sofort zu erkennen, denn er nahm die drei mit ihren Stärken und Schwächen auf die Schippe, ließ dabei aber natürlich auch mich und sich selbst nie aus dem Spiel. Ich musste so viel lachen, dass mein Bauch krampfte und ich nach dem Backen, als wir den Laptop zugeklappt hatten, nur noch in den Kinosessel fallen wollte. Finley ging schon voraus ins Filmzimmer, während ich ein bestimmtes Messer suchte, um das hartnäckige letzte Brot aus seiner Form zu lösen.

»Wo habe ich das denn nur hingepackt?«

Ich suchte alle Oberflächen ab, guckte in die Geschirrspülmaschine und durchwühlte sämtliche Schubladen. Das Messer fand ich nicht, doch in der letzten Schublade mit Batterien und Teelichtern, die ich seit meiner Ankunft nicht mehr geöffnet hatte, stieß ich auf etwas anderes. Da drin lag eine mittelgroße Metalldose, die nicht weiter interessant gewesen wäre, hätte sie nicht offen gestanden und eine Sammlung von Schlüsseln verschiedenster Form und Größe enthalten. Sofort kam mir die verschlossene Tür im oberen Geschoss in den Sinn. All die Zeit über hatte ich bewusst und unbewusst nach einem Schlüssel gesucht, hatte immer wieder den Blick über das Schlüsselbrett im Flur wandern lassen und mich in den Wohnzimmerschränken umgesehen. Und hier lag eine ganze Sammlung davon, unbemerkt von mir, obwohl ich die Schublade doch ganz am Anfang gesehen hatte. Ich horchte, und als von Finley kein Laut zu hören war, ging ich die Schlüssel mit zwei Fingern durch. Die meisten von ihnen waren zu klein, um in das Schloss einer Zimmertür zu passen. Doch zwei schienen mir infrage zu kommen. Ich besah sie mir genauer, konnte jedoch keinen Unterschied zwischen ihnen feststellen.

Da tönte Finleys Stimme zu mir herunter: »Was ist denn nun, kommen wir heute noch dazu, den Film zu gucken, oder was?«

»Bin sofort da!«, rief ich zurück. Mein Herz pochte, als wäre ich bei etwas Verbotenem ertappt worden. War es denn verboten, was ich hier tat? Ich hatte vor, in ein Zimmer einzudringen, das von den Hausbewohnern verschlossen worden war, und zwar vermutlich mit voller Absicht. Und nun wollte ich mich gegen diesen Wunsch stemmen? So ein Quatsch. Ich ließ beide Schlüssel zurück in die Dose gleiten und schloss die Schublade schnell wieder. Das ging mich nichts an, ich war nur Gast in diesem Haus.

Ich griff nach einem anderen Messer, das noch herumlag, und versuchte, das Brot damit zu lösen, was mir schließlich gelang. Dann löschte ich das Küchenlicht und ging nach oben ins Kinozimmer.

»Bist du auch so fertig?«, fragte Finley, während er den Beamer startete und ich nach Snacks in Mr. Bains' Schublade stöberte.

»Geht eigentlich«, sagte ich und verschwieg ihm, dass mir der Schlüsselfund einen ziemlichen Aufregungsschub verpasst hatte.

Finley sah zu mir herüber.

»Weißt du, dass es diese Süßigkeitenschublade auch früher schon gab und wir nur in ganz besonderen Fällen da dran durften? Da befand sie sich allerdings noch im Wohnzimmer, denn das hier war ja Davids Zimmer. Mein Vater hat immer dafür gesorgt, dass sie gefüllt war, und über sie gewacht wie ein Schlosshund.« Er musste grinsen bei der Erinnerung. »Aber wenn wir alle zusammen eine Filmnacht gemacht haben oder manchmal sogar auch einfach so nach dem Essen, wenn er besonders gut gelaunt war, durften wir uns etwas Süßes aussuchen.«

Ich schmunzelte. Das war eine Erinnerung, wie sie wohl jedes Kind in unseren Hemisphären in irgendeiner Form hatte.

»Bei uns war es damals eine Keksdose, die auf dem Kühlschrank stand und an die ich nicht mal mithilfe eines Stuhls herankam«, erinnerte ich mich.

»Ich kann mir vorstellen, wie du auf dem Stuhl standest und deine kurzen Ärmchen nach der Dose gereckt hast. Bestimmt hast du schon damals immer Blumenröcke getragen.«

»Stimmt«, sagte ich und lächelte. »Ich glaube, mein Vater hat es noch mehr gemocht als ich, in die Läden zu gehen und mir einen neuen Rock zu kaufen. Die Verkäuferinnen haben sich um ihn geschart, als wäre er Sean Connery persönlich.«

»Hm, gutes Stichwort. Hättest du Lust auf einen James Bond?«

Ich überlegte einen Moment, zog je eine Packung mit Erdnussriegeln und Schokolinsen hervor und sagte: »Vielleicht eher etwas Hitchcockiges?«

Er scrollte mit der Fernbedienung durch die Liste an Filmen, während ich mich mit den Süßigkeiten auf den Sessel plumpsen ließ, die Tüte mit den Linsen aufriss und mit halbem Blick auf die Leinwand spähte.

»*Rebecca* haben wir noch nicht gesehen!«, rief ich. »Oh ja, der ist doch ein bisschen unheimlich, oder? Das wäre heute genau das Richtige!«

»Okay«, meinte Finley und klang etwas skeptisch. Doch er wählte den Film, und sogleich startete der Vorspann. Dann setzte er sich in den Sessel neben mich und nahm eine Handvoll Schokolinsen aus der Tüte, die ich ihm hinhielt.

Es dauerte keine fünfzehn Minuten, und schon war Finley eingeschlafen. Ruhig atmend saß er neben mir in eine Decke gekuschelt, auf seiner Armlehne und zu seinen Füßen lagen die beiden Katzen und schmiegten sich an ihn. Seine Hand war noch halb voll mit Schokolinsen, die ich ihm, eine nach der anderen, stahl. Immer wieder lugte ich zu ihm und musste lächeln bei dem Anblick, wie er so friedlich schlummerte und wie die liebe Version des Bengels wirkte, der er sonst war.

Doch mehr und mehr zog der Film meine Konzentration auf sich, und bald schon war ich völlig gebannt. Die Geschichte der jungen Frau, die in das riesige Haus ihres frisch angetrauten Ehemannes kam und immer die Anwesenheit seiner ersten verstorbenen Frau spürte, regte mich innerlich ziemlich auf. Es war, als träfe der Film einen Nerv in mir, der sowieso schon aufs Höchste gespannt war, seitdem ich auf die Schlüsselbox gestoßen war. Auch die Filmheldin erkundete heimlich das Haus und die Zimmer der toten Rivalin. Und am Ende war es richtig, dass sie es tat, dass sie ihren Ehemann mit der Verstorbenen konfrontierte und endlich die Wahrheit erfuhr. Noch ganz berührt und aufgewühlt, saß ich da, während der Abspann über die Leinwand lief. Mein Herz klopfte unruhig, meine Gedanken wanderten immer wieder zu dem Zimmer neben uns und den Schlüsseln in der Küche. Und wenn ich nur einen klitzekleinen Blick hineinwerfen würde? Wahrscheinlich verstauten die Bains dort doch eh nur die Dinge, die sie nicht mehr brauchten. Und wenn sowieso niemand mitbekommen würde, dass ich hineingesehen hatte …

Verstohlen sah ich zu Finley hinüber. Er war noch immer in tiefen Schlaf versunken, sein Atem kratzte ganz leicht am Schnarchen, sodass es klang, als schnurrte er wie ein zufriedener Kater vor sich hin. Die Decke war verrutscht, also zog ich sie hoch und bedeckte seine Brust, die sich in friedlichem Takt hob und senkte. Irgendwo ganz tief in mir regte sich ein Sog, wahrscheinlich eine Art Urinstinkt, mich an ihn zu schmiegen, seine Wärme und Ruhe auf mich überfließen zu lassen, doch stärker noch war der Drang, meiner Neugier nachzugeben.

Meine Finger kribbelten, und in meinem Bauch tobte es. Wieder flackerten Szenen aus dem Film durch meinen Kopf, in denen die Heldin auf der Suche nach Antworten durch das riesige Haus schlich.

Wie von selbst erhob ich mich lautlos. Schritt für Schritt schlich ich durch das Zimmer, während ich Finley und die Katzen genau im Blick behielt. Doch die regten sich keinen Zentimeter. Ich glitt in den Flur, lehnte die Tür zum Filmzimmer an und ging die Treppe hinunter, ganz darauf bedacht, keinen Laut von mir zu geben. Schnell huschte ich in die Küche, zog die Schublade auf und nahm die beiden Schlüssel. Dann machte ich mich auf den Rückweg. Das alles ging so schnell, dass ich zuversichtlich war, in drei Minuten schon wieder bei Finley im Filmzimmer sein und so tun zu können, als wäre nichts geschehen – nur dass ich um das Wissen reicher wäre, was für ein Geheimnis sich hinter der verschlossenen Tür verbarg.

Endlich stand ich vor ihr. Noch einmal lauschte ich in den Flur hinein und zum Nachbarzimmer, ob von Finley etwas zu hören wäre, doch es blieb still. Dann schob ich den ersten Schlüssel in das Schloss. Er passte. Erst jetzt merkte ich, wie ich den Atem angehalten hatte, und entließ ihn langsam und lautlos. Dann drehte ich den Schlüssel im Schloss. Ein Klacken ertönte, das mich zusammenfahren ließ. Ich war schon bereit, den Schlüssel zurückzudrehen und herauszuziehen, doch von Finley war weiterhin nichts zu hören. Zum Glück schlief er ganz tief. Ich ergriff mit klopfendem Herzen die Klinke. Das Adrenalin in meinem Körper war so auf Hochtouren, dass mir das Blut in den Ohren rauschte. Ich drückte die Klinke langsam hinunter und schob die Tür auf. Es klappte! Dunkelheit empfing mich. Ich zögerte einen Augenblick lang, das Licht einzuschalten, doch dann lehnte ich die Tür an und suchte an der Seite nach dem Schalter. Es wurde hell, und da sah ich es.

Auf den ersten Blick wirkte das Zimmer nicht viel anders als das Gästezimmer, in dem ich schlief: ein Bett, ein Tisch, ein Schrank. Doch dann fielen mir die vielen Unterschiede auf: Dieses Zimmer schien bewohnt. Die Poster an den Wänden, das rosafarbene Kissen, das wie das Kuschelkissen eines Kindes aussah, die Papiere auf dem Tisch, die geordnet waren, der halb gefüllte Wäschekorb neben dem Schrank. Es war das Zimmer einer jungen Frau mit den Spuren, die das Mädchen hinterlassen hatte, das sie einst gewesen war.

Ich schluckte, wollte weiter in den Raum hineingehen, doch meine Füße waren schwer wie Blei und ließen sich nicht bewegen. Als ich genauer hinsah, erkannte ich, dass die Poster berühmte Sänger und Sängerinnen des vergangenen Jahrhunderts zeigten: Jazzgrößen wie Ella Fitzgerald, aber auch klassische Sängerinnen wie Maria Callas. Das musste ihr Zimmer gewesen sein: das von Isabelle. Sie wirkte so anwesend in diesem Raum, der den Anschein machte, immer noch genutzt zu werden. Fast erwartete ich, dass die Frau im nächsten Augenblick hinter dem Bett auftauchte oder aus der Ecke hinter dem Schrank hervortrat.

Da meinte ich, ein Knacken hinter mir zu hören, und fuhr zusammen – Isabelle?

Beinahe musste ich auflachen. Natürlich war es nicht Isabelle. Meine Nerven waren so gespannt, dass ich mir schon Dinge einbildete. Trotzdem blickte ich mich panisch um – war Finley aufgewacht? Es wurde Zeit, aus diesem Zimmer zu verschwinden. Ich ließ den Blick ein letztes Mal über die Möbel und die Poster wandern, dann löschte ich das Licht und schloss die Tür leise hinter mir. Gerade wollte ich den Schlüssel umdrehen, da hörte ich eine schwache Stimme aus dem Filmzimmer: »Mila?« Ich fühlte mich so ertappt, dass mein Herz einen Schlag aussetzte. Ganz still stand ich in Schockstarre da und wartete.

»Mila, wo bist du denn?« Es war Finleys Stimme, noch ganz rau und verschlafen. Als Nächstes hörte ich das Rascheln der Decke, die er wohl von sich streifte. Er musste auf dem Weg hierher sein. Wenn ich jetzt den Schlüssel drehte, würde er das Klacken des Schlosses hören. Ich ließ den Schlüssel stecken und huschte schnell in das Filmzimmer. Ich musste nur gleich unter einem Vorwand hinausgehen und würde es schon irgendwie schaffen, das Zimmer wieder abzuschließen und den Schlüssel wegzuschmuggeln.

»Wo warst du denn?« Finley hatte sich nicht von seinem Sessel fortbewegt. Die Decke zur Seite geschoben, den Kopf gedreht, um in meine Richtung lugen zu können.

»Ich war nur kurz auf Toilette«, sagte ich und versuchte, meine aufgewühlten Gefühle beiseitezuschieben. »Du hast so fest geschlafen, ich wollte dich nicht wecken.«

»Ich habe nicht geschlafen«, meinte Finley trotzig, doch seine Stimme verriet ihn natürlich.

»Du hast geschnarcht wie Patch nach einer Dose Katzenfutter.«

»Echt? Du lügst doch, ich schnarche nicht!«

Schmunzelnd ging ich zu ihm und ließ mich auf den benachbarten Sessel fallen, den Maisie mittlerweile freigegeben hatte.

»Oh doch. Du schnarchst wie eine Motorsäge mit Superturbo.«

Mit großen Augen sah er mich an. Das übliche freche Funkeln war noch nicht in sie zurückgekehrt, eher schienen sie sich danach zu sehnen, sich wieder schließen und dem Schlummer hingeben zu dürfen.

»Sollen wir dich mal ins Bett bringen?«, fragte ich, griff über ihn nach den leeren Süßigkeitentüten und zerknüllte sie in der Hand, um sie mit einem gekonnten Freiwurf in den Mülleimer an der Wand zu befördern. Logans Training zahlte sich aus!

»Okay.« Finley erhob sich mühevoll. Ich nahm ihm die Decke ab, stand ebenfalls auf und faltete sie zusammen. Dabei grübelte ich weiter über das eben Gesehene nach. Ich war auf eine Spur von Isabelle gestoßen, und nun stiegen tausend Fragen in meinem Kopf auf. Wo war sie? Warum hatten die Bains' ihr Zimmer als einziges belassen, wie es war, und die der Jungs umgestaltet? Eine Ahnung stieg in mir auf, doch da durchfuhr mich ein Schreck. Ich hatte für einen Moment den Schlüssel vergessen! Und Finley war schon in den Flur hinausgegangen. Ich lief zur Zimmertür und versuchte dabei, mich zu beruhigen: Bestimmt würde er den Schlüssel gar nicht sehen, er war so klein und Finley so müde, dass … Doch die Hoffnung zerschlug sich, kaum dass ich in den Flur hinaussah. Isabelles Tür stand offen, Licht drang durch den Spalt.

Das Blut rauschte so laut in meinen Ohren und vermischte sich mit dem harten Herzschlag, dass ich meinte, davon taub werden zu müssen. Langsam machte ich einen Schritt auf die offene Tür zu, dann einen zweiten, bis ich beim Eingang des Zimmers angelangt war. Finley saß auf dem Bett, die Tür des Bettschranks stand offen, einige Fotorahmen lagen neben ihm, die er einen nach dem anderen zur Hand nahm. Da musste er meine Anwesenheit gespürt haben, denn er sah auf. Bestürzt machte ich einen Schritt auf ihn zu. Er hatte Tränen in den Augen, und in seinem Blick lag eine Trauer, die so tief war, wie ich sie noch nie zuvor an einem Menschen gesehen hatte.

Da erkannte ich auch, was sich auf den Bildern befand. Es waren Familienszenen wie die, die im Treppenaufgang hingen, nur dass hier eine Person mehr enthalten war: ein Mädchen. Und auf anderen Bildern: eine junge Frau. Sie hatte helles Haar wie Finley – Isabelle.

»Ich habe mich immer gefragt, ob sie sie weggeworfen haben«, durchbrach Finleys Stimme plötzlich die Stille. Eine Stille, die in diesem Zimmer schon so lange geherrscht und alles durchdrungen haben musste. »Dabei waren sie die ganze Zeit hier.«

Ich näherte mich Finley vorsichtig und ließ mich schließlich neben die Fotorahmen auf das Bett sinken, immer in Erwartung eines Wutanfalls.

Schweigend nahm ich einen der Fotorahmen zur Hand. Es war fast dasselbe Bild wie im Flur an der Wand. Irritiert blickte ich zu Finley auf, er nickte.

»Isabelle ist damals unserem Hund nachgerannt. Das Foto, das ohne sie entstand, war wohl so etwas wie ein Ausrutscher.« Dann fügte er in leicht bitterem Tonfall hinzu: »Und nun hängt es da draußen.«

Ich sah auch die anderen Bilder durch. Sie alle zeigten verschiedene Augenblicke, in denen die drei Kinder zusammen tobten oder posierten und Grimassen schnitten, manchmal mit einem der Elternteile darauf. Ich spürte eine Gänsehaut auf dem Rücken, als ich erkannte, dass es sich um dasselbe Mädchen handelte, das ich schon auf dem Foto in Kathleen McEwans Musikzimmer entdeckt hatte. Ohne zu Finley aufzublicken, sagte ich irgendwann leise: »Isabelle lebt nicht mehr, oder?«

»Nein, sie ist vor fünf Jahren gestorben.« Finleys Ton war nun ganz sanft. Ich sah zu ihm auf und erkannte die Tränen, die wieder in seine Augen stiegen. Mit einer vehementen Bewegung wischte er sie weg.

»Was ist geschehen?« Er antwortete mir nicht gleich. »Hat Kathleen McEwan etwas damit zu tun gehabt?«, fragte ich vorsichtig. Seine Ablehnung gegenüber der Nachbarin, ihr Karriereabbruch und das Foto hatten mir zu denken gegeben. Und in diesem Moment schien alles zum ersten Mal Sinn zu ergeben.

»Sie trägt die Schuld an Isabelles Tod«, sagte er in kaltem Ton.

Mein Herzschlag beschleunigte sich.

»Inwiefern? Was ist damals geschehen?« Voller Dringlichkeit blickte ich Finley an und flehte ihn im Stillen an weiterzusprechen.

Er atmete schwer.

»Sie hat sie mitgenommen, auf eine dieser Reisen. Isabelle sollte sie auf ihren Konzerten gesanglich begleiten. Das war eine Riesensache für meine Schwester. Schließlich hatte sie gerade erst ihre Ausbildung abgeschlossen, Kathleen McEwan hingegen hatte einen Namen. Und dann stand diese Tour in den Staaten an: Nashville, Phoenix, Las Vegas, Los Angeles, San Francisco.« Finley brach ab und schien sich zu sammeln. Ich fragte mich, ob er jemals zuvor diese Geschichte erzählt hatte oder ob es das erste Mal war, dass er Worte für sie finden musste. Er räusperte sich. »Erst lief alles gut. Isabelle hat uns von ihren Hotels aus angerufen und wirkte glücklich, mehr noch, richtig euphorisiert. War ja auch klar, das war ihr großer Traum. Endlich stand sie auf der Bühne! Und dann war plötzlich, von einer Sekunde auf die andere, alles vorbei. Es war zwischen Los Angeles und San Francisco. Ihr Wagen ist vom Highway abgekommen. Mitten im Sturm. Ich meine«, sagte er aufgebracht, »was zur Hölle hatten die da bei Sturm auf dem Highway verloren?« Er stieß hörbar den Atem aus. »Kathleen

McEwan ist quasi ohne Verletzung davongekommen, aber Isabelle und der Fahrer … sie sind beide gestorben.«

Nun liefen die Tränen über seine Wangen, ohne dass er sie wegwischte. Schwer tropften sie auf seine Hose und den Bettbezug. Ich legte die Bilder hinter uns, und dann schob ich mich zu ihm und nahm Finley in den Arm. Er ließ es geschehen. Ich spürte das Schluchzen, das durch seinen Körper fuhr, hörte seinen schweren Atem und hielt ihn, so fest ich nur konnte. Wie von selbst flüsterte ich immer wieder und so leise, dass er es vielleicht gar nicht hören konnte: »Es tut mir so leid, Finley.«

Ich konnte mir nicht vorstellen, was er durchlebt haben musste, als ihn die Nachricht vom Tod seiner Schwester erreicht hatte. Ob er zuerst wütend gewesen war oder die Trauer ihn sofort erfasst hatte. Ob er es überhaupt hatte verstehen können, dass er sie nie wieder sehen würde. Meine Mutter war so früh gestorben, dass ich so gut wie keine Erinnerung an die Zeit mit ihr hatte. Ich vermisste sie trotzdem mein Leben lang, allerdings als Vorstellung, als Idee und Ideal, als Traum. Die Trauer meines Vaters, das hatte ich oft beobachtet, war von anderem Kaliber, da sie sich auf einen Menschen richtete, den er gekannt und über alles geliebt hatte. Finley wiederum hatte seine Schwester verloren … Wie mochte sich wohl seine Trauer anfühlen?

Irgendwann löste Finley sich von mir und rieb sich über das Gesicht. Wieder nahm er eines der Bilder in die Hand und schüttelte den Kopf.

»Bist du deswegen damals nach Australien gegangen?«, fragte ich, da ich das Gefühl hatte, dass es ihm womöglich helfen könnte, darüber zu reden.

»Ja.« Seine Stimme klang belegt. Er sprach langsam und stockend. »Ich habe es hier nicht mehr ausgehalten. Meine Eltern haben angefangen, alle Spuren aus dem Haus zu entfernen, die mit Isabelle zu tun gehabt haben. Sie haben es nicht ertragen, sie auf den Fotos zu sehen und über ihre Sachen zu stolpern, als wäre sie noch da.« Immer wieder unterbrach er sich, um tief zu atmen oder sich mit dem Handrücken über das Gesicht zu fahren. Ich ließ ihm die Zeit. »Im Dorf verbreitete sich nach einigen Wochen das Gerücht, Isabelle wäre nach einem großen Streit weggegangen. Alle meine Freunde sprachen mich darauf an. Hätten sie mich gefragt, was wirklich mit Isabelle geschehen war, hätte ich es ihnen vielleicht gesagt, aber so wollte ich einfach nicht darüber reden … Ich hatte das Gefühl, sie machten sich keine Sorgen, sondern wollten nur mehr Futter für einen Skandal haben. Das wollte ich ihnen nicht geben … und meine Eltern offenbar auch nicht. Also taten sie so, als stimmte es, und Isabelle hätte den Kontakt zu uns abgebrochen.« Er sah zu den Fotorahmen hinab. »Sie nahmen die Bilder von ihr ab und verschlossen ihr Zimmer. Und dann kam diese Frau zurück.«

»Kathleen McEwan?«

Finley nickte hart.

»Es war ein paar Wochen nach dem Unfall. Eines Tages stand sie plötzlich vor unserer Haustür und flehte uns an, ihr zu vergeben. Sie hätte nur das Beste für Isabelle gewollt.« Er sah zu mir. »Hat sie bestimmt auch, das will ich ihr gar nicht absprechen. Aber wäre sie nicht gewesen, würde Isabelle noch leben.«

»Das wissen wir nicht«, sagte ich vorsichtig. »Kathleen McEwan war mit in dem Auto, sie hätte genauso gut sterben können. Ich glaube, es ist nicht richtig, ihr die Schuld zu geben.«

»Ich weiß! Aber irgendwem muss ich sie doch geben«, entfuhr es Finley.

Ich sagte nichts, da ich ihn verstehen konnte, auch wenn ich wusste, dass es falsch war. Doch Trauer war vermutlich leichter zu ertragen, wenn man sie an Wut koppeln konnte, konkrete Wut, die sich in diesem Fall gegen die Cellistin richtete.

»Ich habe das alles nicht ausgehalten, also bin ich gegangen, so weit weg wie möglich.«

»Dann hast du dich wirklich nie mit deinen Eltern gestritten«, sagte ich mehr vor mich hin als zu ihm.

»Nein, nie. Ich konnte manches nicht verstehen, was sie taten, aber gebrochen habe ich nicht mit ihnen. Wir hatten alle paar Wochen Kontakt.«

»Und warum hast du ihnen dann noch nicht erzählt, dass du wieder hier bist?«

Irritiert sah er zu mir auf.

»Sie wissen, dass ich hier bin.«

»Du hast mit ihnen gesprochen?«, fragte ich überrascht.

»Klar, gleich in der ersten Woche nach meiner Ankunft. Ich habe ihnen die Sache erklärt und sie gebeten, dich nicht zu kontaktieren, da du garantiert die Nerven verlieren und frühzeitig abreisen würdest. Obwohl du so eine schreckliche Nervensäge warst, hätte mir das irgendwie leidgetan.«

Ein winzig kleines Lächeln kämpfte sich durch die Maske aus Trauer auf seinem Gesicht, und ich erwiderte es.

»Ganz so schlimm, wie du denkst, bin ich gar nicht, was?« Er hob eine Augenbraue, und langsam schien er den Ausbruch von Trauer zu verarbeiten. Er wirkte unendlich müde. »Manche behaupten sogar, dass ich ganz in Ordnung bin.«

»Ach ja?«, fragte ich spielerisch zurück, um ihn weiter aufzuheitern. »Wer sagt denn so etwas?«

Finley zuckte geheimnisvoll mit der Schulter. Sein Lächeln mischte sich mit der Traurigkeit, die sich in seinen Augen festgesetzt hatte.

Ich seufzte tief.

»Vielleicht sollten wir ins Bett gehen. Das war heute alles ein bisschen viel.«

Finley nickte, dann schlich sich ein Zug in sein Gesicht, den ich dort noch nie zuvor gesehen hatte. War das etwa Unsicherheit? Er stapelte die Fotorahmen übereinander und legte sie auf dem Nachttisch neben dem Bett ab. Dabei schien er etwas sagen zu wollen, ohne sich dazu durchringen zu können. Als nichts von ihm kam, erhob ich mich und ging langsam voran ins Badezimmer, um mir die Zähne zu putzen. Kurz darauf folgte er mir und nahm ebenfalls seine Zahnbürste in die Hand. Durch den Spiegel beobachtete ich ihn mit der Bürste im Mund. Er wirkte völlig verloren und kraftlos, überwältigt und mitgenommen von den Gefühlen, die durch ihn hindurchgespült waren. Es schien ihm bereits schwerzufallen, die Zahnbürste zu halten.

Ich spülte den Mund aus und spritzte mir Wasser ins Gesicht. Dann cremte ich es ein und bat Finley, vor dem Bad weiterzuputzen, damit ich auf Toilette gehen konnte. Es war das erste Mal, dass wir uns gemeinsam für das Bett fertig machten, und trotzdem fühlte es sich seltsam routiniert an. Als ich aus dem Bad kam, wechselten wir fliegend die Position.

»Gute Nacht!«, rief ich ihm nach und ging dann in mein Zimmer hinüber. Ich hatte keine Antwort von ihm erhalten und dachte, er wolle vielleicht doch noch etwas loswerden, wenn er aus dem Bad kam. Also ließ ich die Tür zum Rosenzimmer offen stehen und zog mich schnell um. Dann schlüpfte ich in Shirt und Schlafshorts unter die Decke und wartete lauschend.

Kurze Zeit später erschien Finleys groß gewachsene Gestalt im Türrahmen. Er trug selbst nur noch schwarze Boxershorts und ein graues Shirt, lehnte gegen den Rahmen und lächelte leicht, als er sah, dass ich schon im Bett lag.

»Also«, sagte er schließlich, »schlaf gut.«

»Du auch. Ich hoffe, du kannst bald einschlafen.«

Er fuhr sich mit einer Hand durch das zerzauste Haar, dann drehte er sich um und wollte gerade die Tür schließen, als ich ihm nachrief: »Finley?«

Sein Kopf erschien in der Öffnung. Erwartungs- und vielleicht sogar ein bisschen hoffnungsvoll sah er mich an.

»Meinst du, du kannst überhaupt schlafen?«

»Ich weiß es nicht.«

»Willst du lieber noch ein bisschen reden?«

Der Türspalt wurde größer.

»Ich will dich nicht vom Schlafen abhalten.«

Ein Lächeln stahl sich auf mein Gesicht.

»Komm schon rein.«

Endlich öffnete er die Tür ganz und trat ein. Ich schob mich auf dem Bett so weit zurück, dass genug Platz für ihn war. Dann, plötzlich, lagen wir uns gegenüber und sahen uns an, beide unter die Decke gekuschelt und den Kopf auf einer Hand abgelegt. Es hätte sich komisch anfühlen müssen, zumindest ungewohnt und fremd, doch stattdessen schien es überraschend normal. Ich fühlte mich sogar ein bisschen erleichtert, nach all den Eindrücken und Erkenntnissen des Abends nicht allein sein zu müssen.

Da ertönte ein lautes Miauen, und mit einem Satz sprang Maisie auf das Bett. Sie drehte sich auf Finleys Fußhöhe einmal um sich selbst, drückte sich mit den Pfoten den Schlafplatz zurecht, dann legte sie sich hin und gähnte herzhaft. Finley sah mich entschuldigend an.

»Maisie schläft schon bei mir, seitdem sie bei uns ist. Ich befürchte, wir werden sie nicht aus dem Bett bekommen.«

»Und ich habe mich schon gewundert, wohin sie nachts immer verschwindet. Das macht mir nichts. Solange sie nicht auf mein Gesicht klettert.«

»Ich kann für nichts garantieren.« Finley grinste schief.

»Wollen wir das Licht schon ausmachen?«, fragte ich. »Vielleicht schlafen wir dann irgendwann einfach ein.«

»Okay.«

Ich lehnte mich zurück und knipste die Lampe auf dem Nachttisch aus. Um uns wurde es dunkel, und ich konnte nur schemenhaft die Erhebung von Finleys Körper unter der Decke erkennen.

»Danke dir fürs Zuhören heute«, sagte er schließlich. Er war so nah. Ich konnte sogar spüren, wie die Wärme, die er ausstrahlte, zu mir drang. Wie lange ich schon nicht mehr neben jemand anderem im Bett gelegen hatte!, fuhr es mir durch den Kopf. Einen Moment lang war nur der Regen zu hören, der gegen das Fenster prasselte. »Ich weiß, es ist schon lange her, dass du deine Mutter verloren hast, aber irgendwie habe ich das Gefühl, du verstehst mich.«

Ich biss mir auf die Lippe.

»Ich wollte mich eigentlich bei dir entschuldigen«, sagte ich, »dafür, dass ich einfach in Isabelles Zimmer eingedrungen bin. Ehrlich gesagt hatte ich erwartet, dass du wütend auf mich sein würdest.«

»Ohne dich wäre ich nicht hineingegangen«, sagte er so leise, dass ich ihn kaum verstehen konnte. »So ganz in Ordnung war das zwar nicht, den Schlüssel zu nehmen, ohne zu fragen, und dort hineinzugehen, aber tatsächlich bin ich dir dankbar, dass du es getan hast. So konnte ich mich nicht mehr davor drücken.«

Wieder schwiegen wir einen Moment. Ich hing meinen Gedanken nach, die, von der Müdigkeit verlangsamt, durch meinen Kopf waberten.

»Meinst du«, fragte ich nach einer Weile, »deine Eltern werden irgendwann wieder in das Zimmer gehen und die Sachen ansehen oder gar ausräumen?«

»Vielleicht schaffen sie es, aber ich merke ja an mir, wie schwierig das ist.«

Ich zog einen Arm unter der Decke hervor und legte ihn vorsichtig auf Finleys Schulter. Ich hatte ihn trösten wollen, doch die Berührung machte so viel mehr mit mir. Die Wärme seiner Haut unter dem dünnen Stoff des T-Shirts ging auf mich über und löste ein sehnsüchtiges Ziehen in meinem Bauch aus. Ob es die räumliche Nähe war oder eine, die sich durch unsere Erlebnisse und Gespräche heute Nacht aufgebaut hatte – ich fühlte mich plötzlich so von ihm angezogen, dass ich vorsichtig begann, seine Schulter zu streicheln, und meine Hand schließlich weiter zu seinem Hals fahren ließ. Es war dunkel, und ich konnte seinen Blick nicht sehen, war ganz auf die Reaktion seines Körpers konzentriert. Da legte sich plötzlich seine Hand auf meine. Ich nahm es als Signal, dass ich aufhören sollte, und wollte sie schon zurückziehen, doch er hielt sie fest. Er strich mit dem Daumen über meine Fingergelenke. Ein Kribbeln bildete sich auf meiner Haut. Da spürte ich, wie er sein Gewicht verlagerte, hörte das leise Knistern der Decke. Langsam kam er näher an mich heran, ohne meine Hand loszulassen. Sein Gesicht befand sich nun nur noch wenige Zentimeter von meinem entfernt. Ich hörte seinen sanften Atem, spürte ihn sachte auf meinem Arm.

Meine Nerven waren aufs Äußerste gespannt. Mein gesamter Körper konzentrierte sich nur auf ihn und jede seiner Regungen. Endlich bewegte sich sein Kopf wieder, und ich näherte mich seinem. Unsere Lippen berührten sich ganz sanft. Ich spürte die weiche Haut, die so leicht nachgab. Wir küssten uns. Ganz vorsichtig und langsam, als müssten wir einander erst erkunden, als hätten wir die letzte Unsicherheit noch nicht abgeschüttelt. So vorsichtig der Kuss auch schien, war es doch der intensivste, an den ich mich erinnern konnte. Es lag so viel darin, so viel von der Verbindung, die sich heute Nacht zwischen uns aufgebaut hatte, aber auch von den letzten Wochen, den kleinen Reibereien, den Momenten der Nähe. Finleys Hand wanderte an meinen Hinterkopf und hielt mich ganz nah. Meine lag in seinem Nacken und wollte sich nicht von dort lösen.

Irgendwann, nach langer Zeit, strich sie doch zurück zu seiner Schulter, als Finleys Lippen von meinen abließen. Seine Hand wanderte zu meiner Wange, und er streichelte darüber. Die Berührung fühlte sich so zärtlich und intim an, dass sie ein Lächeln in mir auslöste. Finley schien die Bewegung unter seinen Fingern zu spüren, denn er flüsterte in einem Ton, aus dem Zuneigung und zugleich das für ihn so typische Flachsen sprachen: »Mila Muntser.« Nicht mehr, nur das, meinen Namen.

»Finley Bains«, sagte ich ganz leise.

Dann, als hätten wir es zuvor abgesprochen, schwiegen wir. Und keine zehn Minuten vergingen, bis ich in einen ruhigen Schlaf fiel, so mild und still, wie ich ihn lange nicht mehr erlebt hatte.

43

Ich erwachte von der Türklingel. Wieder einmal. Mir entfuhr ein Seufzen, als ich mich unter der Decke wand und reckte. Da erst spürte ich das Gewicht auf meiner Hüfte. Dort lag eine Hand. Natürlich, Finleys Hand! Ich sah zu ihm. Seine Augen kämpften sichtlich gegen den Schlaf, doch auch bei ihm schien die Erinnerung an letzte Nacht einzusetzen. Denn plötzlich öffneten sich seine Lider, und ein leichtes Lächeln zeigte sich auf seinem Gesicht. Seine Hand löste sich von meiner Hüfte und wanderte langsam hoch zu meinem Arm, wo sie verharrte und sanft über meine Haut streichelte.

»Guten Morgen«, flüsterte er.

Ich erwiderte sein Lächeln.

»Guten Morgen.«

Gerade wollte ich mich näher an ihn schmiegen, als das Scheppern der Türklingel ein weiteres Mal durch das Haus tönte. Die hatte ich ganz vergessen. Finleys Augenbrauen zogen sich leicht zusammen. Trotzdem nahm er zu meinem Bedauern seine Hand von meinem Arm und stützte sich im Bett auf.

»Ich gehe schon«, sagte er, zog unter einem klagenden Miauen von Maisie die Beine unter der Decke hervor und schwang sie zur Seite. Ich blickte ihm nach, bis er aus dem Zimmer verschwunden war, noch immer ein Lächeln auf den Lippen. Dann beugte ich mich leicht vor und sah zu Maisie.

»Na, du hättest ihn auch gern noch ein wenig bei dir gehabt, was?« Vorsichtig streckte ich eine Hand aus in der Hoffnung, dass die Katze mehr Vertrauen zu mir gefasst hätte, nachdem wir zum ersten Mal in demselben Bett geschlafen hatten. Maisie bewegte sich nicht von ihrem Platz, sondern reckte nur das Näschen in die Höhe und schnupperte in meine Richtung. Gerade dachte ich, sie würde sich einen Ruck geben, da hörte ich Finley von unten rufen: »Mila, es ist für dich.« Wieder seufzte ich, schlug die Decke vorsichtig zurück, um Maisie nicht aufzuschrecken, und stand auf. Auf dem Weg zur Tür griff ich nach einer Sweatjacke und zog sie über, während ich die Treppe hinabstieg. Die Haustür war halb geöffnet, Finley kam mir entgegen. Sein Blick hatte sich komplett verändert, er war verfinstert und fragend, und in diesem Moment ahnte ich, dass Unheil drohte.

Ich zog mir gerade den Reißverschluss der Jacke zu, als Finley zur Seite trat und den Blick auf die Tür freigab: Da sah ich ihn.

»Theo!«, rief ich, während meine Gedanken Saltos schlugen. »Was machst du denn hier?«

»Hey, Mila.« Seine Stimme war so voller Freude und Erleichterung, als er mich bemerkte. Er sah – das machte diesen Augenblick nicht gerade leichter für mich – unheimlich gut aus, als er, hochgewachsen und mit leicht zerzaustem schwarzem Haar, in den Flur trat, einen kleinen Reisekoffer hinter sich herziehend.

Gestern noch hatte ich ihm eine Nachricht geschickt, aber es kam mir vor, als hätte ich schon wesentlich länger nicht mehr richtig an ihn gedacht. Ein Schuldgefühl pikste mich, ohne dass ich so recht wusste, wem es galt: Theo, weil ich nicht an ihn gedacht und Finley geküsst hatte, oder Finley, weil er sich fragen musste, was zum Teufel dieser Mann ausgerechnet heute hier zu suchen hatte. Der Mann, von dem ich ihm noch erzählt hatte, ich sei in ihn verliebt.

»Was machst du denn hier?«, fragte ich überwältigt und zugleich verunsichert. Theo jedoch ließ mir keinen Raum für diese Gefühle. Er kam auf mich zu und nahm mich in den Arm. Ganz fest drückte er mich an sich.

»Mila«, flüsterte er in mein Haar, und ich hätte mich dafür ohrfeigen können, dass ich in diesem Augenblick nur an Finley denken konnte, der diese Szene von der Küche aus mitbekam. »Ich musste dich unbedingt sehen.«

Als er sich von mir löste, deutete ich schnell auf das Wohnzimmer.

»Komm, setz dich erst mal. Du musst ja lange unterwegs gewesen sein.«

Theo folgte meiner Aufforderung. Während ich ihm nachging und sorgsam die Wohnzimmertür hinter uns schloss, versuchte ich, mich zu fassen.

»Das also ist Finley, ja?«, sagte Theo, und ich gab mir Mühe, nicht schuldbewusst den Kopf zu senken. Ich setzte mich neben ihn auf die Couch.

»Ja, Finley ist der Sohn der Hausbesitzer. Es gab ein Missverständnis, weshalb er hier gelandet ist, obwohl ich noch auf das Haus aufpassen sollte. Eigentlich wäre er in Australien.«

Theo nickte. So recht schien er sich für Finley und dessen Hintergründe nicht zu interessieren. Denn schon zeichnete sich wieder ein Strahlen auf seinem Gesicht ab, das nur mir galt.

»Aber was machst du denn hier?«, brach es aus mir heraus. »Du hast mich wirklich überrascht.«

Sein Lächeln vertiefte sich noch, und er nahm eine meiner Hände in seine.

»Ich musste dich einfach sehen. Hast du meine Nachrichten nicht gelesen?«

Mein Blick zuckte wie von selbst in Richtung des Handys, das seit gestern Nachmittag unangetastet auf der Fensterbank lag, und ich schüttelte den Kopf.

Theo sah mir fest in die Augen.

»Ich habe es nicht mehr ausgehalten. Und da du nicht so wirktest, als würdest du deinen Trip früher abbrechen, habe ich einfach einen Flug gebucht.«

Ich wusste nicht, was ich sagen sollte. So oft hatte ich mir vorgestellt, wie es wäre, mit Theo hier zu sein, und nun war ich so überwältigt und zugleich überfordert, dass es sich ganz anders anfühlte als in meiner Vorstellung.

»Du freust dich doch, mich zu sehen?«, fragte Theo, der offenbar etwas von meiner Unsicherheit spürte.

»Doch, natürlich! Ich freue mich sehr. Ich bin nur so überrascht. Ich dachte, wir sehen uns in zwei Wochen, und nun sitzt du hier auf dem Sofa. Das ist alles ziemlich unwirklich.«

Er drückte meine Hand.

»Ich werde dir nicht in deinen Aufenthalt hier funken. Ich bleibe nur zwei Tage. Wir können zusammen sein und reden, und dann lasse ich dich wieder allein.«

»Zwei Tage?«

Sosehr ich mich auch bemühte, wurde ich das flaue Gefühl in meinem Magen nicht los. Ich sollte mich doch freuen, dass er hier war, aber in mir regte sich ein kleiner Widerstand. Wieso nur hatte ich nicht auf mein Handy gesehen und … Ja, was eigentlich? Mich gedanklich besser vorbereitet oder seine Reise sogar unterbunden?

»Ist dir das alles zu plötzlich? Entschuldige, ich habe gestern nicht mehr nachgedacht, sondern habe einfach gehandelt.« Ihm schienen mit einem Mal Bedenken zu kommen. »Ist es falsch, dass ich hergekommen bin?«

»Nein, nein«, sagte ich schnell, und da mir die Worte fehlten, noch einmal: »Nein. Ich freue mich, dich zu sehen.« Es war die Wahrheit. Trotz der Zweifel und Ängste und trotz Finley, dessen Präsenz im Haus ich so deutlich spürte, war es schön, Theo gegenüberzusitzen.

»Aber woher wusstest du überhaupt, wo du mich finden würdest?«, fragte ich.

»Du hast mir doch die Adresse per Street View geschickt. Mit dem Bild vom Haus.«

Das hatte ich ja völlig vergessen. Ich hatte ihm den Link gesendet, um ihm das Cottage zu zeigen, in dem ich hier wohnte.

Da hörte ich ein Klopfen und nahm eine Bewegung im Augenwinkel wahr. Ich hob den Kopf und zog reflexartig meine Hand unter Theos fort. Die Tür war langsam aufgegangen, und Finley stand im Eingang. Er hatte eine Jogginghose angezogen, doch der Zustand seiner Haare ließ Erinnerungen an die letzte Nacht in mir wach werden. Theo blickte zwischen ihm und mir hin und her, dann erhob er sich, als keiner etwas sagte.

»Ich gehe mal eben ins Bad. Wo finde ich es?«

»Im Flur rechts, unter der Treppe.« Ich beobachtete, wie er aus dem Zimmer ging.

»Ich wollte dich nur daran erinnern, dass heute Sonntag ist …«, begann Finley, nachdem er Theo vorbeigelassen hatte. »Elsbeth wird auf dich warten.«

Einen Moment lang sah ich ihn verständnislos an, dann bekam ich einen Schreck.

»Oh Gott, wie spät ist es denn? Die Brote … ich muss …«

»Soll ich das übernehmen?«, fragte Finley, und ich meinte, einen müden Ausdruck in seinen Augen wahrzunehmen. Es war dieser Ausdruck, der mich abhielt, das Angebot anzunehmen, auch wenn ich in dieser Situation eigentlich froh darüber gewesen wäre. Doch Finley, der sich gerade ziemlich vor den Kopf gestoßen fühlen musste, nun zu bitten, meine Aufgaben zu übernehmen, kam mir falsch vor.

»Nein, danke, ich mache das.« Ich holte gerade Atem, um ihm zu sagen, dass ich nichts von Theos Plänen gewusst hatte, da tauchte ebendieser schon wieder hinter Finley auf. Mein Herz wurde schwer und pochte zugleich wie verrückt, als ich die beiden da gemeinsam stehen sah, die Blicke erwartungsvoll auf mich gerichtet. Ich sah von Finley zu Theo und wurde von dem Schwall an Zuneigung, schlechtem Gewissen, Überrumpelung und totaler Überforderung geradezu überwältigt. Was sollte ich denn jetzt machen? Doch bevor ich überhaupt irgendetwas mit einem von den beiden machen konnte, musste ich an Elsbeth denken. Also schob ich das ganze Bündel an Gefühlen, so gut es ging, beiseite und versuchte, mich zu fokussieren.

»Ähm«, begann ich mit unsicherer Stimme, »Theo, hast du Lust, mit mir zum Pub zu kommen? Ich bin dort mit einer Freundin verabredet, das hätte ich beinahe vergessen. Und nun ist es zu spät, um ihr abzusagen.«

»Kein Problem. Wenn es für deine Freundin in Ordnung ist, begleite ich dich gern.«

Theo strahlte. Finleys Blick hingegen war nicht zu deuten, als er »Na dann …« murmelte und sich abwandte, um die Treppe hinauf zu verschwinden. Mein Herz wurde schwer, als ich ihn so sah. Gerne wäre ich ihm gefolgt, um alles zu erklären, doch solange Theo hier stand, ging das nicht. Ich nahm mir fest vor, später mit ihm zu sprechen, sobald sich eine Gelegenheit dazu ergab.

Während Theo sich rasch frisch machte, zog ich mich an, packte die Brote ein und holte die Fahrradkörbe, um die Brote darin zu verstauen. Draußen hatte es endlich aufgehört zu regnen. Die Sonne strahlte und versetzte die noch nasse Erde in ein morgendliches Glitzerspiel. Sanfte Dunstschwaden stiegen auf und waberten um meine Füße, als ich den ersten Korb zum Fahrrad trug. Bei meinem zweiten Gang schloss Theo sich mir an und half mir. Dann machten wir uns mit dem Fahrrad, das ich neben mir herschob, sogleich auf den Weg zum Pub.

Ich war völlig gefangen in dem Zustand von Verwirrung, Überraschung und Überwältigung und musste immer wieder zu Theo sehen, da ich nicht glauben konnte, dass er wirklich hier war. Stockend erzählte ich ihm während des kurzen Weges zum Pub von Elsbeth und versuchte, die Geschichte von ihr und Alistair in ein paar Sätzen zusammenzufassen. Doch immer wieder wurde ich von dem Lächeln in seinem Gesicht und von seiner physischen Nähe abgelenkt, die nun, da er hier und in keiner Beziehung mehr war, eine ganz neue Bedeutung hatte.

Elsbeth war das Erstaunen anzusehen, als ich mich mit einem ihr Fremden dem Tisch näherte. Ich gab ihr einen Kuss auf die Wange und stellte ihr Theo als einen Freund aus Deutschland vor, der überraschend zu Besuch gekommen war.

»Ein hübscher Bursche«, murmelte sie, als Theo angeboten hatte, sich um die Brote zu kümmern, und sie hinter die Theke trug. »So interessante Augen. Damit verdreht er den Frauen wohl schnell den Kopf.«

Ich sah sie an und versuchte zu ergründen, ob sie mir damit mehr sagen wollte. Fragen konnte ich sie nicht, denn Theo kam schon zurück, ein unwiderstehliches Lächeln auf den Lippen, das seine Augen noch strahlender erscheinen ließ.

Kenneth ließ nicht lange auf sich warten. Wie immer kam er an unseren Tisch geschlurft und hob kaum den Blick, als wir unsere Bestellung aufgaben. Erst ganz am Ende sah er zu mir.

»Dein Brot scheint den Leuten wirklich zu schmecken. Können wir die Sonntagsbestellung auf acht Brote erhöhen?«

Sein Ton war so nüchtern, als hätte er mir gerade verkündet, dass er seinen Küchenreiniger gewechselt hätte, doch das Kompliment drang trotzdem zu mir durch.

»Wie schön! Natürlich, sehr gern. Ich bin allerdings nur noch zwei Wochen hier.«

Da hoben sich Kenneth' Augenbrauen in echter Überraschung.

»Zwei Wochen nur noch! Aber die Bains' kommen wohl zurück, was? Na, die können ja nicht ewig auf dieser Insel bleiben. Also gut, dann eben für die restlichen zwei Wochen. Danach müssen die Leute halt wieder mit dem Toastbrot leben.«

»Ich könnte dir zeigen, wie du das Brot selbst backen kannst«, schlug ich vor.

»Auf gar keinen Fall«, raunzte Kenneth. »Ich hab schon genug Arbeit, vielen Dank!« Und damit wandte er sich ab und schlurfte wieder von dannen.

»Ein freundlicher Zeitgenosse«, kommentierte Theo mit einem Schmunzeln.

»Er ist schon in Ordnung«, sagte ich. »Nur ein wenig brummig manchmal.«

»Und ihr kennt euch nun also aus Deutschland?«, fragte Elsbeth und nahm den wachen Blick gar nicht mehr von Theo, den das jedoch nicht zu stören schien.

»Wir haben uns über einen Freund kennengelernt«, sagte er

und strahlte bei der Erinnerung. Er legte eine Hand auf meinen Oberschenkel, was Elsbeth natürlich nicht entging. »Mila hat mir völlig den Kopf verdreht.«

Ein wenig verlegen wand ich mich auf meinem Platz.

»Na ja, eigentlich ist ja nicht viel …«

»Oh doch, du warst einfach zauberhaft. Seit diesem Abend konnte ich an kaum etwas anderes denken.«

»Dann seid ihr also ein Paar? Mila, das hast du mir ja gar nicht erzählt.«

»Wir sind nicht zusammen. Wir sind … das heißt, wir haben …«, versuchte ich richtigzustellen, stolperte dann aber, und Theo kam mir zu Hilfe.

»Mila ist nach Schottland abgehauen, bevor wir Nägel mit Köpfen machen konnten«, erklärte er.

Irritiert blickte ich ihn an, doch bevor ich widersprechen konnte, meldete sich Elsbeth: »Und da bist du ihr einfach nachgereist.«

»Richtig.« Theo sah mit einem Lächeln zu mir, das ich nicht recht erwidern konnte. Elsbeth' Augenbrauen hoben sich interessiert. Ganz kurz blickte sie zu mir, dann zurück zu Theo, ohne dass ich ihre Gedanken erraten konnte.

»Nun«, sagte Elsbeth, »die Liebe und ihre verschlungenen Wege, nicht wahr?«

Es war seltsam. Die ganze Zeit hatte ich gegenüber meinen Freunden davon gesprochen, in Theo verliebt zu sein, doch nun, als wir hier saßen, ging mir das alles viel zu schnell. Wir hatten ja noch gar keine Gelegenheit gehabt, so richtig über unsere Gefühle füreinander zu reden – und auch die Dinge zu klären, die sich vor meiner Abreise abgespielt hatten. Und nun war schon von Liebe die Rede?

»Aber wie geht es denn überhaupt Alistair? Er ist heute gar

nicht hier?«, fragte ich, um das Thema zu wechseln und Zeit zu gewinnen.

»Ihm geht es gut.« Elsbeth lächelte glücklich. »Er trifft sich mit einem alten Freund, den er seit Jahren nicht mehr gesehen hat. Wir haben beschlossen, dass heute mal jeder seiner Wege geht. Ich werde gleich zu einigen Freundinnen stoßen, die sich jeden Sonntag zum Stricken und Plaudern treffen. Wir wollen ja, dass dein Schal noch rechtzeitig fertig wird«, fügte sie mit einem Zwinkern hinzu.

Ich freute mich unheimlich für Elsbeth. Sie wirkte so viel entspannter und strahlte eine Zufriedenheit aus, die ich in den ersten Wochen nach meiner Ankunft nie an ihr gesehen hatte. Und auch ein klein wenig Stolz konnte ich nicht unterdrücken, schließlich hatten Finley und ich unseren Teil dazu beigetragen, dass die beiden sich endlich ihre Liebe gestanden hatten. Plötzlich sah ich wieder vor mir, wie Finley Alistair gestützt und die beiden die Köpfe zusammengesteckt hatten, und die Wärme in meinem Inneren verstärkte sich – ebenso wie das Schuldgefühl, das mich durchzuckte, wenn ich ihn mir allein im Haus vorstellte. Doch nun hatte ich keine Zeit, darüber nachzudenken, schließlich war Theo hier. Theo, auf den ich so lange gewartet hatte.

Das Frühstück kam, und Theo wirkte erschlagen und erfreut zugleich, als er all das herzhafte Essen sah, das hier am Morgen aufgetischt wurde.

»Und sagen Sie, Theo, was machen Sie denn beruflich?«, fragte Elsbeth, als sie sich von dem frischen Brot nahm. Und schon waren die beiden in ein Gespräch übers Übersetzen und Bücher im Allgemeinen vertieft, das den Rest des Vormittags anhielt. Obwohl Elsbeth und er sich zu verstehen schienen, fühlte sich etwas an der Situation verkehrt an, vielleicht weil die Konstellation so neu war oder es für mich generell noch ungewohnt war, Theo um mich zu haben.

Schließlich verabschiedete sich Elsbeth von uns, und Theo und ich entschieden uns, das schöne Wetter für einen Spaziergang zu nutzen, sodass er auch gleich etwas von der schottischen Landschaft sehen würde.

»Eine nette Frau«, sagte Theo, während wir das Fahrrad zurück zum Haus schoben.

»Sie war eine meiner ersten Freundinnen hier.«

»Du hast dich wirklich gut eingelebt, das ist schön.«

»Am Anfang sah es nicht so aus, als würde ich auch nur einen Freund finden. Alle waren in sich gekehrt und abweisend. Hätte ich Ellie und Ian nicht getroffen, wäre ich wohl nach einer Woche wieder nach Hause geflüchtet.«

Theo sah mich von der Seite an und lächelte.

»Dagegen hätte ich allerdings auch nichts einzuwenden gehabt.«

»Was meintest du da vorhin eigentlich?«, brach es nun doch aus mir heraus. »Ich wäre abgehauen, bevor zwischen uns mehr hatte passieren können. Das war doch, weil Marie und du …«

»Weil du uns zusammen gesehen hast. Aber ich hatte ja keine Chance, die Sache richtigzustellen, oder?« Theo war stehen geblieben und bedachte mich mit einem durchdringenden Blick aus seinen grünen Augen.

»Was gab es denn daran richtigzustellen? Es wirkte auf mich ziemlich eindeutig.«

»Ich wollte an dem Abend mit ihr Schluss machen. Deswegen hatte ich unsere Verabredung abgesagt.«

Ich runzelte die Stirn und wartete ab, bis eine ältere Dame mit Hündchen an uns vorbeigegangen war, bevor ich einwandte: »Das sah aber nicht nach Schlussmachen aus, wenn du mich fragst. Ihr habt euch doch geküsst.«

Theo strich sich das Haar zur Seite, blickte kurz an mir vorbei.

»Das hatte nichts zu bedeuten. Ich konnte ja nicht so aus dem Nichts einen Schlussstrich ziehen, schließlich waren wir echt lange zusammen. Als sie mich geküsst hat, habe ich das eben noch mal zugelassen, aber es hat mir nichts bedeutet, wirklich.«

Er sah wieder zu mir, und sein Blick wirkte so aufrichtig und warm, dass mein Widerstand ins Schwanken geriet. Vielleicht war es tatsächlich so gewesen, vielleicht hätte er im Verlauf des Abends mit ihr Schluss gemacht. Er hatte es später ja wirklich getan.

»Aber warum hast du mir das nicht erklärt?«

»Das hätte ich schon noch, aber Marie hat mitbekommen, dass du uns gesehen und … seltsam reagiert hast, und dann hat sie angefangen, Fragen zu stellen. Sie dachte, ich hätte sie betrogen. Hätte ich dann noch mit ihr Schluss gemacht, hätte sie in mir für immer den Bösen gesehen. Ich habe es einfach nicht mehr geschafft, dir zu schreiben, und dann kam diese Nachricht von dir. Du weißt schon.« Er machte einen Schritt auf mich zu und griff nach meiner Hand. »Ach komm schon, Mila, das ist doch alles Schnee von gestern. Es tut mir leid, dass ich mich nicht viel eher bei dir gemeldet habe. Aber ich war nun mal sehr durcheinander, verstehst du das nicht?«

Er zog mich den Weg entlang, und ich ließ es geschehen. Irgendetwas an seiner Erklärung störte mich, sie ergab nicht komplett Sinn. Marie und er hatten so vertraut gewirkt, er hatte sie sogar geküsst – und das, obwohl er Schluss machen wollte? Marie wusste nicht, wer ich war, warum also hatte sie stutzig reagiert, als sie mich entdeckt hatte? Hatte ich mich denn wirklich so auffällig verhalten? Und dann war da doch immer wieder dieselbe Frage: Warum hatte er sich so lange nicht bei mir gemeldet? Er hatte genug Zeit dafür gehabt … Andererseits war er jetzt hierhergekommen. Meinetwegen. Irgendetwas schien ihm also doch an mir zu liegen. Er lächelte mich aufmunternd an, und ich brachte immerhin ein halbes Lächeln zustande, als wir vor dem Cottage ankamen. Wir ließen das Fahrrad an der Hauswand stehen und bogen in den Heideweg ab, der mir mittlerweile schon so vertraut war.

Während der ersten Minuten, die wir nebeneinander durch das hochgewachsene Gras gingen, das noch den frischen Duft nach Sommerregen verströmte, schwiegen wir. Obwohl mir einiges auf dem Herzen brannte und es Tausende von Fragen gab, die wir zu klären hatten, wollte ich die Stimmung, die gerade einigermaßen harmonisch war, nicht wieder zerstören. Also lauschte ich den Geräuschen um uns herum, dem Rauschen der Gräser im leichten Wind, dem Zwitschern der turtelnden Vögel, und genoss die Anwesenheit von Theo. Trotz all der Verwirrung, die in mir wirbelte, war es schön, ihm nah zu sein.

»Überfordert dich die Situation auch ein wenig?«, hörte ich irgendwann seine sanfte Stimme. Ich sah zu ihm auf und war überrascht, wie gut er mich mal wieder las.

»Total«, sagte ich. »Aber du hast so sicher gewirkt, dass ich dachte, für dich wäre alles klar.«

Er zuckte mit den Schultern.

»Es war mir klar, dass ich bei dir sein will. Alles andere habe ich vollkommen ausgeklammert. Ich dachte, wenn ich dich sehe und wir beieinander sind, löst sich alles andere wie von selbst.« Behutsam griff er nach meiner Hand.

»Wir haben zwar die ganze Zeit miteinander Nachrichten

ausgetauscht, aber uns so selten gesehen und richtig gesprochen«, gab ich zu bedenken. »Es fühlt sich einfach noch ein bisschen ungewohnt an. Dabei freue ich mich wirklich sehr darüber, dass du hier bist.«

Theo nickte und lächelte, als ich zu ihm aufsah. Eine Hummel flog um sein Gesicht und verschwand, als er sie mit einer Bewegung davonwedelte. Er blieb stehen und griff nach meiner zweiten Hand, sodass wir uns gegenüberstanden und ansahen. Langsam beugte er sich zu mir herab und legte seine Lippen auf meine. Einen kurzen Moment lang genoss ich das warme Gefühl seiner Nähe, die meinen Körper unter Hochspannung setzte, doch dann pochten schon wieder diese Fragen in meinem Kopf, und plötzlich fühlte es sich nicht mehr richtig an. Ich legte Theo reflexartig eine Hand auf die Brust, um ihn mit mildem Druck von mir zu lösen.

»Entschuldige«, sagte ich, als er mich fragend anblickte.

»Ist es wegen diesem Finley?«, fragte er in bissigem Ton, den ich von ihm gar nicht kannte.

»Finley?«, erwiderte ich und fühlte mich ertappt.

»Ja, ihr wohnt hier zusammen, und ständig hast du ihn in deinen Nachrichten erwähnt.«

Ich überlegte. Stimmte das? Vielleicht hatte ich hin und wieder mal geschrieben, dass wir zusammen backten oder einen Film gucken würden, aber das konnte doch nicht alle Nachrichten betroffen haben.

»Ich … es geht plötzlich alles so schnell. Und ich bin gerade einfach sehr, sehr verwirrt.«

Er nickte, sah an mir vorbei und wirkte betreten, also schüttelte ich die Zweifel ab, nahm schnell wieder seine Hand und sagte: »Komm, ich zeig dir ein paar echte schottische Kühe! Schließlich hast du nur zwei Tage für die tausend Sehenswürdigkeiten von Applemore!« Und mit gespielter Fröhlichkeit zog ich ihn hinter mir her in die Heide.

Es fühlte sich seltsam an, mich an diesem Abend in dasselbe Bett zu begeben, in dem ich gestern mit Finley gelegen hatte, und Theo darin vorzufinden.

Wir hatten den ganzen restlichen Nachmittag damit verbracht, spazieren zu gehen und zu plaudern, bis uns der Hunger überkam. Statt bei uns zu kochen, wie Theo vorgeschlagen hatte, drang ich darauf, noch einmal im Pub zu essen. Erst wollte ich mit Finley reden, bevor er Theo und mich beim engen Miteinander in der Küche beobachten musste oder gar von Theo eingeladen wurde, mit uns zu essen. Es wurmte mich, nicht zu wissen, wie es Finley ging und was er von der ganzen Sache hielt. Vielleicht – wahrscheinlich sogar – machte ich mir viel zu viele Gedanken. Finley war nicht der Typ, der sich schnell verliebte, das hatte er mir selbst erzählt. War der Kuss gestern nicht einzig aus der Situation heraus entstanden? Durch die geteilte Trauer und die Nähe des Abends? Ich konnte mir sogar vorstellen, dass er mittlerweile erleichtert war, dass Theo aufgetaucht und er selbst aus dem Schneider war, was meine Erwartungen anging. Eine zweite Blair konnte er bestimmt nicht gebrauchen.

Doch ganz sicher war ich mir nicht. Immer wieder sah ich vor mir, wie ich heute Morgen neben ihm aufgewacht war und er mich angelächelt hatte. Es war ein so herzliches und süßes Lächeln gewesen, das mich noch immer wohlig schmunzeln ließ, wenn ich daran dachte. Dadurch blieb die Sorge, ihn unwillentlich verletzt zu haben, und es lag mir am Herzen, mit ihm zu sprechen. An diesem Abend bekam ich allerdings keine Chance dazu. Von Finley war keine Spur zu sehen oder zu hören. Ich fühlte mich an die erste Zeit nach seiner Ankunft erinnert, als er sich rund um die Uhr in sein Zimmer zurückgezogen hatte, ohne sich blicken zu lassen. Doch als ich an die Tür klopfte, während Theo duschte, erhielt ich keine Antwort. Ich öffnete sie, aber alles war dunkel und verlassen. Also schickte ich ihm eine Nachricht:

> *Ich hoffe, es geht dir gut, und du weißt, dass ich nichts von Theos Besuch geahnt habe. Vielleicht sprechen wir uns übermorgen, wenn er abgereist ist?*

Als ich die Katzen gefüttert hatte und zu Theo ins Bett stieg, waren meine Gedanken noch immer bei meinem Mitbewohner. Ich fühlte mich gar nicht gut, so schön es auch war, von Theos Arm empfangen zu werden. Die ganze Situation war einfach zu verworren und brachte mich völlig durcheinander. Ich wusste nicht mehr, was richtig war und was falsch, was ich wollte und was nicht, was ich überhaupt fühlte. Theo hielt mich und sah mir in die Augen, ganz so wie damals in der Bar. Doch ich merkte, wie ich immer wieder in das dunkle Haus lauschte, ob nicht die Tür unten zu hören war.

44

Auch am nächsten Tag wollte es mir nicht recht gelingen, mich ausschließlich auf Theo zu konzentrieren, so sehr ich es versuchte. Zu fremd wirkte er noch in diesem schottischen Umfeld, und zu besiedelt waren der Raum, das Haus und das Dorf mit Finley und meinen neuen Freunden.

Es war Montag, und ich hatte mein Basketballtraining mit Logan um zwei Tage verschoben. Wir verbrachten also den Vormittag im Haus, das wir noch immer für uns hatten, blieben im Bett liegen und redeten. Es fühlte sich an, als würden wir ganz von vorn beginnen und müssten uns von Grund auf kennenlernen. Und so war es ja auch ein bisschen. Wir kochten uns Pasta zum Mittag. Später nahmen wir den Bus in den Nachbarort, wo ich Theo herumführte und schließlich Ian und Ellie im Pub vorstellte. Die beiden warfen mir überraschte Blicke zu, denn in meiner Erzählung war er nicht besonders gut weggekommen, doch Theo machte alles richtig. Er war mir und meinen Freunden gegenüber aufmerksam und interessiert. Wie ich es schon am ersten Abend erlebt hatte, als ich ihn in der Bar kennengelernt hatte, verlor er sich völlig in dem Gespräch mit uns und wollte immer noch mehr wissen. Bald schon fühlte es sich ganz unkompliziert an. Und doch konnte ich mich nicht völlig entspannen. Immer wieder ertappte ich mich dabei, wie ich mich in dem Pub umsah, ob nicht ein hochgewachsener blonder Mann hereinkäme. Es brannte mir unter den Nägeln, Finley zu sehen und endlich mit ihm zu reden. Meine Nachricht hatte er nicht beantwortet, und mit jeder Minute, die verstrich, ohne dass sein Name auf meinem Handy aufflackerte, fühlte ich mich schlechter. Es lag etwas Unausgesprochenes zwischen uns, und dass er sich rarmachte, beschäftigte mich mehr, als ich wollte.

Als Theo und ich am späten Abend in das Cottage zurückkehrten, war wieder alles unbeleuchtet und von Finley keine Spur zu sehen. Wir setzten uns ins Wohnzimmer, und ich holte eine Flasche Wein und Gläser aus der Küche.

»Du hast nette Freunde hier«, sagte Theo, während ich die Flasche entkorkte und einschenkte. Mit den Gläsern machten wir es uns auf der Couch bequem, wobei Theo sich so setzte, dass er mir sehr nah war, mein hochgelegtes Bein berühren und kleine Kreise darauf malen konnte.

»Ja, Ellie und Ian sind super, ich dachte mir schon, dass du sie mögen würdest.«

Ich nahm einen Schluck vom Wein und blickte von dem Glas zu seiner Hand auf meinem Bein.

»Mila?«, sagte Theo in plötzlich verändertem Ton. Ich fürchtete mich ein wenig vor dem, was kommen würde, und wich seinem Blick aus. »Das mit uns beiden … ich würde es in Heidelberg gerne mit dir versuchen.«

»Was meinst du?«, fragte ich und sah ihn nun doch an, wobei ich eine leichte Röte auf meinen Wangen spürte.

»Na ja, ich glaube, wir beide passen wirklich gut zusammen. Findest du nicht? Ich würde dich gerne regelmäßig sehen und Dinge mit dir erleben und …« Er beugte sich vor, legte eine

Hand an mein Kinn und küsste mich. Wie am Tag zuvor fühlte ich mich irgendwie zu ihm hingezogen, und gleichzeitig strebte etwas in mir von ihm fort. Verkrampft hielt ich mich an meinem Weinglas fest. Er löste sich nach ein paar Sekunden und lächelte mich an. »… und das hier machen.« Wieder wollte er mich küssen, doch diesmal drehte ich den Kopf leicht zur Seite. Theo verstand sofort, seufzte und ließ sich nach hinten fallen. »Was ist denn los? Ich dachte, du magst mich.«

»Das tue ich auch«, sagte ich schnell, stellte das Glas auf dem Couchtisch ab und sah ihn an. »Wirklich. Ehrlich gesagt weiß ich auch nicht genau, was es ist, aber irgendetwas hat sich verändert. Oder eher: Ich habe mich verändert. Glaube ich.«

»Was soll das heißen?« Er klang ungeduldig, und ich konnte ihn ein wenig verstehen. Andererseits hatte er sich zuvor in Heidelberg ja auch nicht gerade perfekt verhalten und sich jede Menge Zeit genommen, um sich zwischen Marie und mir zu entscheiden. Dieser Gedanke vermittelte mir genug Sicherheit, die folgenden Worte zu formulieren.

»Mich hat das alles durcheinandergebracht: dein plötzliches Auftauchen hier und dich in Heidelberg mit Marie gesehen zu haben, nachdem du mir versichert hattest, dass …«

»Das habe ich dir doch gestern schon erklärt.« Er beugte sich vor und sah mich eindringlich an. »Ich wollte es an dem Abend beenden.«

»Ja, schon, aber wenn ich ehrlich bin, ergibt das für mich keinen Sinn. Irgendwie habe ich das Gefühl, dass du das mit Marie nicht wirklich lösen wolltest. Dass du damals nicht ganz aufrichtig zu mir – und vielleicht auch zu dir selbst – warst.«

»Ah ja?«, erwiderte er und wirkte mit einem Mal unruhiger. Sein Blick wanderte von mir fort ins Zimmer, und seine Hand rutschte von meinem Bein. Ich zuckte mit den Schultern und sah betreten auf das Muster der Couchlehne.

Als ich seine Hand erneut spürte, doch diesmal auf meinem Unterarm, sah ich wieder zu ihm. Seine Miene war so ernst und sein Blick so fest, dass es mir schwerfiel, ihn zu halten.

»Mila, du musst mir glauben. Das mit Marie ist einfach nicht mehr das Richtige. Sobald ich zurück bin, werde ich …«

»Moment, was?«, unterbrach ich ihn und spürte, wie mein Herz stark gegen meinen Brustkorb schlug. Ich zog meinen Arm unter seiner Hand weg.

Theo wirkte aufgeschreckt. Unsicherheit mischte sich in seinen ernsthaften Ausdruck. Er schien im Stillen seine eigenen Worte zu wiederholen.

»Hast du gerade sagen wollen, du *wirst* mit ihr Schluss machen? *Wirst?*«, hakte ich nach, bevor er selbst darauf kommen konnte.

»Ich …«, begann er, doch wieder war ich schneller. Ich saß nun ganz aufrecht vor ihm, während Theo wirkte, als wäre er ein wenig geschrumpft.

»Du hast mir doch geschrieben, dass du frei wärst. Wortwörtlich! War das etwa gelogen?«

Da veränderte sich etwas in Theos Blick.

»Nein, das war nicht gelogen«, sagte er mit erhobener Stimme. »Ich würde dich doch nicht anlügen. Ich *bin* frei, zu tun, was ich will.«

Ich saß da und konnte nur irritiert den Kopf schütteln. Was sollte das denn nun wieder heißen?

»Ach, Mann«, fuhr er fort, »diese ganze Streiterei mit Marie nervt mich einfach zu sehr. Also habe ich die Beziehung geöffnet, ganz einfach. Ich habe dich also nicht angelogen.«

Mein Kopfschütteln wurde noch stärker. Das konnte doch

nicht sein Ernst sein! Ich fragte mich, in welchem schlechten Film ich hier gelandet war.

»Du hast mich indirekt angelogen, indem du mich hast glauben lassen, die Beziehung wäre beendet. Ich kann das einfach nicht fassen.« Ich stand auf und vergrub mein Gesicht in den Händen. Dann ließ ich sie sinken und blickte ihn ungläubig an. »Und Marie? Weiß sie überhaupt davon, dass du mal eben beschlossen hast, die Beziehung zu öffnen?«

Theo wollte etwas sagen, hielt dann jedoch inne.

»Das dachte ich mir«, sagte ich und lief vor Wut vor dem Couchtisch auf und ab. »So langsam durchschaue ich die ganze Sache. Du hattest nie vor, die Verlobung zu lösen, oder? Du dachtest, du kannst dir schön eine kleine Gespielin halten und alle für dumm verkaufen. Das ist so unglaublich, wirklich!«

»Was heißt denn Gespielin? Was … was soll das hier eigentlich? Ist das ein gottverdammtes Verhör?« Theos Blick flackerte ärgerlich auf, und auch er erhob sich mit einem Ruck von der Couch. »Ich bin extra für dich nach Schottland gereist, während du es dir hier mit deinem kleinen schottischen Freund gemütlich gemacht und dich überhaupt nicht um mich geschert hast!«

»Dreh nicht um«, zischte ich und war selbst überrascht über die Wut, die sich in mir Bahn brach. »Du bist verlobt! Und außerdem bin ich nur deinetwegen nach Schottland gekommen – weil ich wegmusste! Aber jetzt bist du hier – und alles wiederholt sich!« Ich wandte mich von ihm ab und vergrub eine Hand in meinem Haar. »Oh Mann, wenn ich daran denke, wie verknallt ich in dich war … Dabei war alles nur eine einzige Lüge, von Anfang bis Ende! Du bist ein solcher Lügner!« Damit drehte ich mich wieder zu ihm und funkelte ihn an.

Er griff nach seinem Handy auf dem Tisch, während er wütend ausstieß: »Ich wusste schon, warum ich mit Marie besser dran bin.«

»Wenn Marie wüsste, mit wem sie da zusammen ist …«, gab ich in demselben Ton zurück. Er warf mir einen kurzen drohenden Seitenblick zu und tippte auf seinem Handy herum, das er kurz darauf an sein Ohr hielt.

»Ja, ich hätte gern ein Taxi. Vom verdammten Applemore nach Killin. Genau. Die Adresse? Ja, Moment.« Er sah in meine Richtung, ohne mir direkt in die Augen zu sehen. »Die Adresse, Mila.«

Tonlos gab ich sie ihm. Sollte er nur verschwinden. Er beendete das Telefonat, steckte sein Handy in die Hosentasche und ging dann mit großen Schritten wortlos an mir vorbei. Ich hörte, wie er die Treppe hochstampfte. Die Wut kochte so stark in mir, dass ich kaum einen klaren Gedanken fassen konnte. Was war hier nur passiert? Was war mit mir los, dass ich mich so hatte blenden lassen können? Ungläubig schüttelte ich den Kopf. Wieder landete ich gedanklich bei Marie. Sie war schon so lange mit Theo zusammen – ob sie wusste, mit wem sie sich da verlobt hatte? Dass ich beinahe Teil eines riesigen Betrugs geworden war, machte mich rasend. Was für ein Lügner!

Die Schritte wurden wieder lauter, Theo kam die Treppe herunter. Ich drehte mich zur Wohnzimmertür, auf den nächsten Angriff gefasst, doch ich sah nur, wie seine Gestalt vorbeirauschte, und hörte kurz darauf die Haustür scheppernd ins Schloss fallen.

Und damit, dachte ich und spürte, wie sich plötzliche Erleichterung unter den Ärger und die riesige Enttäuschung mischte, endete also das Kapitel von Mila und Theo. Kraftlos sank ich auf das Sofa.

45

Alle dreißig Sekunden klingelte mein Handy, und ich kam kaum hinterher, die Sprach- und Textnachrichten, die von meinen Freunden aus Heidelberg und Applemore kamen, zu beantworten.

Es war Dienstagmittag. Ich lag mit verquollenen Augen und verfilzten Haaren im Bett und schlug entschlossen die Decke beiseite. Nach Theos überstürztem Aufbruch am vorigen Abend hatten mich doch noch die Tränen eingeholt. Der heftige Streit, die Enttäuschung über ihn und vor allem über mich selbst wirkten so stark nach, dass sich mein Körper einfach ergeben hatte. Völlig entkräftet war ich von der Couch ins Bett geschlurft und in einen unruhigen Schlaf gefallen. Doch heute Morgen fühlte ich mich frischer, ja, befreiter.

Theo war ein Lügner, und ich, mit meinem Hang zur Romantik und zu weißen Rittern, war voll und ganz auf ihn hereingefallen. Wie hatte Leon es damals formuliert? »Es war einmal eine liebenswürdige, blond gelockte Prinzessin in einem fernen Königreich, das kaum größer als eine Briefmarke war. Dort saß sie tagein, tagaus hoch oben in ihrem Turm, blickte aus dem Fenster und träumte von der Liebe …« Tja, bis sie sich in den Erstbesten verliebte, der vorbeigeritten kam – und einen völligen Fehlgriff machte … Da hatte er wohl recht gehabt. Doch nun, da alles aufgedeckt worden war, fiel ein ziemliches Gewicht von mir ab. Es gab nur noch eine Frage, die mich wurmte: Sollte ich Marie darauf hinweisen, was ihr Verlobter hinter ihrem Rücken trieb?

»Leon, würdest du es tun?«, fragte ich meinen Freund per Sprachnachricht.

»Wenn du willst, kann ich versuchen, mehr herauszufinden. Sie hat gerade mal wieder ein Buch bei uns bestellt und müsste die Tage vorbeikommen, um es abzuholen. Ich werde sie mal unauffällig auf ihren Verlobten ansprechen. Wir wissen ja schließlich nicht, wie Marie eigentlich tickt. Am Ende hat sie die Beziehung genauso heimlich geöffnet wie ihr Herzallerliebster.«

Nachdem ich die letzten Nachrichten von Ellie und Josefine überflogen und geantwortet hatte, öffnete ich das Chatfenster von Finley und mir. Noch immer war keine Antwort von ihm eingetroffen. Kurzerhand schrieb ich:

Ich hoffe, es geht dir gut. Das Haus fühlt sich ganz schön leer an ohne meinen Meisterschüler.

Ob er bald wieder hier auftauchen würde? Ich rechnete eigentlich jede Sekunde damit, dass er in mein Zimmer stürmen würde – doch es blieb ganz still. Da blinzelte ich auf die Uhr. Es war schon nach zwei Uhr nachmittags – und um drei wurde ich bei Kathleen McEwan zu meiner zweiten Cellostunde erwartet. Wenn ich da nicht erscheinen wollte wie ein Zombie, musste ich schleunigst ins Bad!

»Sie sind zu spät.«

Ich folgte Kathleen McEwan durch den Flur in das Wohnzimmer, wo sie mich neben dem Cello Platz nehmen ließ. Während sie nach draußen verschwand, vermutlich um Tee zu holen, fand mein Blick wie von selbst das Foto von Isabelle und ihr. In der letzten Woche hätte ich es beinahe übersehen, heute hingegen hatte ich das Gefühl, es steche unter der Sammlung an Fotografien hervor.

Es war seltsam, hier zu sitzen und auf meine Nachbarin zu warten, während mein Blick auf sie sich innerhalb einer Woche komplett verändert hatte.

Kathleen McEwan kehrte in das Zimmer zurück. Ohne den Blick von der Kommode mit dem Bild abzuwenden, nahm ich wahr, wie sie das Tablett auf dem Beistelltischchen neben dem Flügel abstellte und ihren Stuhl heranzog.

Nach einem kurzen Moment hörte ich ihre kratzige Stimme: »Dann beginnen wir mal mit der Stunde. Dafür sind wir schließlich hier.«

Doch sosehr ich mich auch bemühte, ich konnte mich einfach nicht auf die Übungen einlassen, die sie mir zeigte. Unkoordiniert brachte ich meine Finger am Bogen durcheinander und vergaß immer wieder, welches die A- und welches die D-Saite war. Nach gut zwanzig Minuten unerträglichen Geschrammels und strenger Ermahnungen seufzte sie schließlich auf.

»Ich glaube, wir vergeuden hier beide unsere Zeit.«

»Entschuldigen Sie«, sagte ich und nahm die Hände vom Instrument. Wieder wanderte mein Blick zu dem Bild. »Seitdem ich hier bin, fällt es mir schwer, an etwas anderes zu denken als … als an Isabelle.«

Ich spürte, wie meine Nachbarin sich anspannte, als sie den Namen hörte. Ich blickte zu ihr, nahm ihren zusammengezogenen Mund wahr und ihre wachsam gewordenen Augen.

»Vielleicht sollte ich besser gehen«, sagte ich langsam und

stellte das Cello vorsichtig zur Seite, doch ihre Stimme brachte mich dazu, mich wieder zu setzen.

»Was wollen Sie von mir hören?«, raunte sie. Ich hatte das Gefühl, ihrem Ton all die Selbstkasteiung anzuhören, die sie sich über die Jahre angetan haben musste. »Hat Finley Bains Ihnen also alles erzählt von meiner Schuld?«

»Er hat mir erzählt, was er weiß«, begann ich vorsichtig. »Aber ich glaube nicht, dass Sie die Schuld an dem Unfall tragen.«

»Ach ja? Und warum kommen Sie dann her und konfrontieren mich damit? Glauben Sie nicht, ich würde nicht auch ohne Sie schon genug darunter leiden?« Sie wandte den Blick ab und sah zur Seite. »Jede Nacht träume ich von dem Unfall, und jeden Tag wache ich wieder mit Schuldgefühlen auf. Und immer frage ich mich, warum es nicht einfach mich getroffen hat. Isabelle … sie hatte noch so viel vor sich. Ein ganzes Leben, so viel Freude. Und ich …«

Erschrocken richtete ich mich auf.

»Sie können doch nichts dafür, dass sie gestorben ist.«

»Nur meinetwegen saß sie in diesem Auto!« Ihre Stimme wurde lauter. »Nur meinetwegen war sie überhaupt in Amerika. Natürlich kann ich etwas dafür. Und das sehen die Bains' genauso. Auch wenn sie es nicht aussprechen, weiß ich genau, dass sie von meiner Schuld überzeugt sind.«

Ich dachte an Finley und seine Wut auf Kathleen McEwan.

»Sie wollten Isabelle doch helfen, oder nicht? Sie bekannt machen?«

»Natürlich, aber was spielt das noch für eine Rolle?«

Kathleen McEwan erhob sich und ging zu dem Bild hinüber. Sie strich etwas Staub von der Kommode, während sie den Blick nicht von der Fotografie nahm. Schließlich seufzte sie.

»Isabelle war schon als junges Mädchen ein großes Talent. Das habe ich sofort erkannt. Sie hatte eine wundervolle Stimme, ein Timbre, von dem so manche große Sängerin nur träumen kann. Ich nahm mich ihrer an, und als sie alt genug war, ließ ich ein paar Kontakte spielen, um sie an der Hochschule im Fach Gesang unterzubringen. Sie hätte es auch allein geschafft, da bin ich mir sicher. Aber ich wusste von meiner eigenen Karriere, wie wichtig ein guter Kontakt sein kann, auch schon während der Ausbildung. Wenn die Dozenten, die anderen Studenten und später die Agenten davon wissen, ist es meiner Erfahrung nach leichter, und das wollte ich für Isabelle. Sie sollte unter keinen Umständen unter den Schikanen der Mitstudenten leiden. Sie war mein Protegé.«

Während sie sich von der Kommode abwandte und zu der Sofaecke hinüberging, wo sie sich in einen Sessel fallen ließ, runzelte ich leicht die Stirn. Meiner eigenen Erfahrung nach war es in der Schule und der Ausbildung für diejenigen, die durch einflussreiche Persönlichkeiten eine besondere Stellung hatten, immer eher schwierig gewesen. Sie hatten sich gegen Vorurteile und Ausgrenzung wehren müssen. Kathleen McEwan bestätigte meine Ahnung.

»Isabelle hatte es dennoch nicht leicht an der Hochschule. Immer wieder musste sie sich vor der Dozentin beweisen und stritt sich mit anderen Studierenden. Sie hat mir von all dem erzählt. Fast täglich haben wir in dieser Zeit telefoniert. Ich glaube, ich war ihre einzige Freundin.«

»Hatten Sie nicht unheimlich viel zu tun damals? Sie waren doch so erfolgreich, sind herumgereist. Und trotzdem hatten Sie immer ein offenes Ohr für Isabelle?«

Kathleen McEwans Gesicht verformte sich, und erst auf den zweiten Blick erkannte ich, dass sich darauf ein winziges

Lächeln abzeichnete. Wann hatte diese Frau wohl das letzte Mal gelächelt? Es schien, als wären ihre Gesichtszüge so sehr im Ernst verhaftet, dass sie der ungewohnten Bewegung nur mühevoll nachgaben.

»Ich hatte sehr viel zu tun, tourte von einem Ort zum anderen und musste mich während der Reise auf die Konzerte vorbereiten. Natürlich war auch ein gesunder Lebensstil wichtig, damit mein Körper so mitmachte, wie er sollte. Ich habe immer versucht, genug Schlaf zu bekommen. Aber Sie kannten Isabelle nicht. Wenn es ihr nicht gut ging, brauchte sie unser Gespräch. Als ich in ihrem Alter war, war ich ganz auf mich allein gestellt. Das war hart, also wollte ich für Isabelle da sein.«

Ich verstand langsam, in welche gegenseitige Abhängigkeit sich die beiden Frauen begeben haben mussten. Sofort vernahm ich ein leichtes Gefühl der Beengung in meiner Brust.

»Sie hat die Hochschule aber abgeschlossen, nicht wahr? Und dann gingen Sie auf gemeinsame Tour.«

Kathleen McEwans Lächeln verschwand.

»Nein, sie war noch nicht fertig. So ein Studium dauert. Aber mir wurde diese Tour durch den Südwesten der USA angeboten. Es waren kleinere Konzerthäuser, in denen ich spielen sollte, und ich dachte mir, dass dies eine tolle Chance wäre, um Isabelle erste richtige Bühnenerfahrung außerhalb des Studiums zu verschaffen.«

»Geht das so einfach? Haben die Konzertorganisatoren da nicht mitzuentscheiden?«

»Doch, natürlich. Aber ich war damals sehr bekannt, und man wollte die Konzerte unbedingt durchführen. Da haben sie meine Auflagen akzeptiert und Isabelle zumindest für ein kleines Vorprogramm auf die Bühne gelassen.« War ihr Blick bisher durch das Zimmer geschweift, sah sie nun zu mir. »Sie war großartig. Wirklich. So eine junge Sängerin, aber ein absolut souveräner Auftritt.«

»Wie lange sind Sie zusammen auf Tournee gewesen, bevor …?«

»Knapp zwei Wochen. Ich war vorher schon in Kanada unterwegs gewesen, und Isabelle ist in Nashville zu mir gestoßen. Wir sind in den Westen weitergereist, von Stadt zu Stadt.«

Ich erhob mich vom Stuhl und näherte mich der Frau, die mit jedem Satz niedergeschlagener wirkte. Und doch hatte ich das Gefühl, dass sie gerade ein Gewicht losließ, das sie während all der Jahre, in denen sie nicht darüber gesprochen hatte, auf ihren Schultern mit sich geschleppt hatte. Ich setzte mich ihr gegenüber.

»Wie war diese Zeit für Sie? Sie waren einander sehr nah.«

»Es ist immer schön, junge Talente bei den Konzerten dabeizuhaben. Es sind oft ihre ersten großen Auftritte, und die Aufregung ist natürlich groß. Und mit Isabelle war es noch intensiver. Weil ich sie so gut kannte. Es war eine besondere Zeit.«

»Und dann kam es zu dem Unfall«, sagte ich.

»Es war regnerisch, was sage ich, es stürmte regelrecht. Wir hätten nicht mehr unterwegs sein sollen. Wir hatten an dem Tag frei und hätten problemlos erst am nächsten Morgen fahren können, doch da es nach San Francisco ging, wollte Isabelle unbedingt aufbrechen, um die Stadt zu erkunden. Ich hätte nicht nachgeben dürfen … aber ich konnte es ihr einfach nicht ausschlagen, sie hat sich so darauf gefreut … Die Straßen waren nass, der Wind pfiff vom Meer her über den ungeschützten Highway. Isabelle saß vorne beim Fahrer. Sie plauderte mit ihm, erzählte von unserem letzten Konzert, und wie toll alles gelaufen war. Sie wirkte so unbeschwert … Und dann kam uns dieser große Lkw entgegen. Ich weiß nicht, was als Nächstes passiert ist. Ob unser Fahrer den Abstand falsch eingeschätzt hat oder die Windböe uns erfasst hat … Wir gerieten von der Fahrbahn ab und rasten eine Anhöhe hinunter, bis das Auto in einen Felsen krachte.« Kathleen McEwans Anspannung war nun geradezu greifbar. Ich spürte, wie sich meine Arme versteiften und sich etwas um meine Brust legte. Sie atmete schwer. »Ich habe auf der Rückbank gesessen, und das war … mein Glück.« Ihr Blick wanderte zu den Händen, die sie auf ihrem Schoß ineinander verkrampft hielt. »Isabelle und der Fahrer … Beide waren sofort tot.« Ihre Stimme war mittlerweile so leise, dass ich sie kaum noch hören konnte. Aber das war nicht nötig, ich wusste auch so, was sie sagte. Die Trauer stand ihr ins Gesicht geschrieben, eine einzelne Träne löste sich von ihren Wimpern und rann über ihre Wange. Schuldgefühle lasteten auf ihren Schultern und zwangen sie in eine gebückte Haltung.

»Miss McEwan«, sagte ich so leise, dass es beinahe nur ein Flüstern war, »es war nicht Ihre Schuld. Isabelle war freiwillig bei Ihnen. Sie haben sie so sehr unterstützt, wie es nur ging. Bestimmt war sie Ihnen dankbar dafür, dass Sie sie zu sich nach Amerika geholt haben. Und für den Unfall konnten Sie nichts. Wenn jemand Schuld daran trägt, dann der Fahrer, aber ganz gewiss nicht Sie.«

Die einzige erkennbare Reaktion war ein leichtes Kopfschütteln.

»Bitte, Miss McEwan, sehen Sie mich an«, bat ich sie sanft. Und als ich in die tränengefüllten Augen blickte, versuchte ich, alles an Überzeugung aufzubringen, was ich in mir trug. »Sie tragen keine Schuld an Isabelles Tod. Sie wollten immer nur ihr Bestes. Es war ein Unfall. Manchmal passieren diese schrecklichen Dinge … Als ich drei Jahre alt war, ist meine Mutter gestorben. Sie war sehr krank, und lange habe ich gedacht, ich wäre daran schuld gewesen, weil die Krankheit kurz nach meiner Geburt ausgebrochen ist.«

Kathleen sah mich mit leerem Blick an.

»Natürlich waren Sie nicht schuld«, sagte sie in ihrem strengen Ton, der mich in dieser Situation seltsam anrührte.

»Genau. Aber es hat ewig gedauert, bis ich das begriffen habe und den Gedanken zulassen konnte. Was mir geholfen hat, war, ganz viel darüber zu sprechen …«

Kathleen wirkte so apathisch, dass ich Angst hatte, sie könnte die Besinnung verlieren, doch da blinzelte sie endlich. Ihr Blick fokussierte sich wieder.

»Ich habe seit Jahren nicht mehr darüber gesprochen, nur das eine Mal … mit Kenneth«, flüsterte sie. »Wir waren immer gut befreundet, noch von der Schule her, und er war derjenige, der gemerkt hat, dass etwas nicht stimmte. Ich konnte es nicht vor ihm verheimlichen. Die Bains' … sie haben sich verständnisvoll gezeigt, aber in ihren Augen habe ich gesehen, was sie wirklich dachten. Dass sie mir eigentlich beigepflichtet haben und mir die Schuld gaben.«

»Bestimmt lag das daran, dass sie selbst so verletzt waren und der Schmerz immer einfacher zu ertragen ist, wenn man jemandem die Schuld geben kann. Aber sicher wissen sie im Grunde ihres Herzens, dass der Unfall nicht Ihnen zuzuschreiben ist.«

»Sie sind neben Kenneth die Einzigen, die regelmäßig bei mir klingeln und nach mir sehen. Sie geben zwar vor, sich etwas ausleihen oder über das Wetter plaudern zu wollen, aber ich weiß ganz genau, dass sie eigentlich nur aus Mitleid kommen.«

Ich sann über ihre Worte nach, dachte an die Bains', wie ich sie kennengelernt hatte – wenn es auch nur über Mails, zwei, drei Telefonate und die Briefchen im Haus war.

»Das glaube ich nicht«, sagte ich schließlich. »Ich kann mir vorstellen, dass ihnen wirklich an Ihnen und Ihrem Wohlergehen gelegen ist. Schließlich waren Sie Isabelles engste Freundin.«

Kathleen sah mich mit einem Blick an, der geradezu flehend wirkte. Ganz so, als saugte sie die Hoffnung dieser Worte in sich auf und brauchte mehr davon. Doch dieser Blick währte nur einen Herzschlag, bevor er wieder von einem dunklen Schleier überdeckt wurde.

»Wie auch immer die Eltern darüber denken … Ich weiß, dass die Söhne mich als Schuldige sehen. Ich habe es in ihren Augen gelesen, wann immer ich ihnen nach dem Unfall begegnet bin. Es lag der pure Hass darin.«

Ich zögerte, etwas zu sagen, schließlich wusste ich von Finley, dass es stimmte, dass er wirklich Kathleen McEwan für den Tod seiner Schwester verantwortlich machte. Ob auch sein Bruder das so sah, hatte kaum Gewicht.

»Ich werde mit ihm reden, mit Finley«, sagte ich.

»Ich glaube nicht, dass das etwas bringen wird«, entgegnete sie.

»Das werden wir ja sehen.« Ich schenkte ihr ein kleines Lächeln, das sie sogar erwiderte, und ich meinte, einen Funken Dankbarkeit in ihren Augen aufblitzen zu sehen.

Da erklang die Türklingel und versetzte uns beiden einen Schrecken. Während der letzten halben Stunde war ich so tief in die Geschehnisse der Vergangenheit eingetaucht, dass ich die Zeit und die Umstände unseres Treffens völlig vergessen hatte. Das musste der nächste Musikschüler sein. Kathleen McEwan sprang auf und richtete ihren Rock, fuhr sich über die Haare und strich sich nochmals mit den Fingern unter den Augen entlang, um letzte Spuren der Tränen zu beseitigen.

»Sie müssen jetzt gehen«, sagte sie, doch ohne die alte Schroffheit in ihrer Stimme.

Auch ich erhob mich und folgte ihr zur Haustür.

Dort reichte ich ihr die Hand, die sie mit beiden Händen umfasste. Sie drückte sie und schenkte mir einen Blick, der mir durch und durch ging, so ungewohnt warm war er. Kathleen McEwan behielt die Worte für sich, und doch spürte ich, dass sich heute etwas in ihr gelöst haben musste. Und allein dieses Wissen machte mich glücklicher als alle Worte, die sie hätte verlieren können.

46

Die nächsten Tage waren von einer seltsamen Schwere belastet. Sie zogen sich dahin wie ein einziger langer, niemals endender Tag, obwohl sie nicht weniger mit Aktivitäten angefüllt waren als die der vorigen Wochen. Mit Logan übte ich an meinen Freiwürfen, die immer sicherer wurden. Auch in der Buchhandlung des Nachbarortes sah ich noch mal vorbei, um mir den dritten Band der Thriller-Trilogie zu besorgen, der nicht im Regal der Bains' stand.

Am Mittwoch backte ich die Brote, die ich am Donnerstag auslieferte, und hier endlich gestand ich mir ein, woran es lag, dass ich die Tage nicht recht genießen konnte. Es war nicht nur das Gespräch mit Kathleen McEwan, das mir nachhing, und es war nicht nur der dringliche Wunsch, mit Finley endlich über Theo zu reden, es war schlicht und einfach so, dass Finley mir unsagbar fehlte. Und zwar nicht nur der Finley, mit dem ich den vergangenen Samstag verbracht und Nähe geteilt hatte, sondern auch seine vielen anderen Facetten. Ob beim Filmgucken oder Lesen im Wohnzimmer: Immer da, wo er sonst um mich herumscharwenzelt war, Blödsinn verzapft und mich veralbert hatte, klaffte nun eine Lücke aus Schweigen. Vor allem das Backen war plötzlich eine einsame Angelegenheit. Hatte es mir zu Beginn meines Schottlandaufenthalts noch Trost geschenkt, als ich niemanden um mich gehabt hatte, wirkte es nun auf einmal trostlos und beinahe langweilig. Konnte es sein, fragte ich mich schließlich, dass ich ganz still und leise über die Wochen hinweg Gefühle für Finley Bains entwickelt hatte? Nach dem Desaster mit Theo war ich vorsichtig geworden und wollte nicht schon wieder von Verliebtheit sprechen, und doch drängte sich das Gefühl auf eine Weise auf, dass ich es irgendwann nicht mehr ignorieren konnte. Finley fehlte mir so sehr, dass ich es mit jeder Faser spürte. War es bei Theo noch die Idee gewesen, die ich angehimmelt hatte – ein Ideal, das letztlich nichts als ein Truggebilde gewesen war –, fühlte es sich diesmal so durchdringend und echt an, dass es kaum auszuhalten war. Wo steckte er nur? Noch immer hatte ich nichts von ihm gehört oder gesehen, und langsam wurde mir klar, dass er mir aus dem Weg ging oder kopflos das Weite gesucht hatte. Und so arbeitete ich die Backschritte ab, ohne mich ihnen wie sonst mit Leidenschaft zu widmen. Und am Ende hatte ich das Gefühl, seelenlose Klötze produziert zu haben, die sicherlich nach nichts schmecken würden.

So zäh mir die Tage auch erschienen waren, einer nach dem anderen war vorübergezogen, bis von meinem Aufenthalt in Applemore tatsächlich nur noch eine Woche übrig war.

»Ich kann es selbst nicht glauben, aber mittlerweile freue ich mich schon wieder richtig auf Deutschland«, hörte ich mich sagen, als ich Freitagnachmittag im Pub angekommen war und einen ersten tiefen Schluck von dem Bier vor mir genommen hatte. »Auch wenn ihr mir fehlen werdet!«

Ellie sah mich mit großen Augen an.

»Sprich nicht davon!«, rief sie über die Musik und die lauten

Stimmen hinweg. »Ich will von deiner Abreise nichts hören. Du gehörst jetzt hierher und fertig.«

Das brachte mich dann doch zum Lachen.

»Aber ich muss doch wieder abreisen. Das war von Anfang an ausgemachte Sache.«

»Jaja, trotzdem bist du mittlerweile einfach ein fester Bestandteil des Dorfes. Was machen wir denn ohne dich und dein Brot?«

»Ach, um das Brot geht es dir also. Ich lasse dir etwas von dem Sauerteig da und ein Rezept.«

Ich zog sie ein wenig auf, um mich von dem Gefühl nicht anstecken zu lassen. Ellie, Ian, Elsbeth, selbst Kenneth und Kathleen – sie alle würden mir unheimlich fehlen, wenn ich in einer Woche meine Koffer packte und den Flieger zurück nach Deutschland nehmen würde.

»Das ist nicht das Gleiche. Du bist meine beste Freundin geworden, und nun lässt du mich einfach im Stich.«

Ihre Worte lösten eine warme Welle in meinem Inneren aus, die nichts mit dem Alkohol zu tun hatte. Dass Ellie mich als beste Freundin betrachtete, war mir nicht klar gewesen, auch wenn sie eindeutig längst zu meinen engsten Freundinnen gehörte.

»Aber du wusstest doch von Anfang an, dass ich nach zwei Monaten abreisen werde«, erinnerte ich sie.

»Natürlich, aber trotzdem wirst du mir wahnsinnig fehlen. Und den anderen im Dorf auch, das weiß ich.«

»Na, einem ganz bestimmt nicht«, entfuhr es mir in bitterem Ton.

»Du meinst Finley?« Ellie sah sich im Pub um, so wie ich es auch schon wiederholt getan hatte, immer auf der Suche nach dem großen blonden Mann mit dem frechen Grinsen. Doch er tauchte bisher nicht auf. »Er wird sich bestimmt melden. Aber ich wäre an seiner Stelle auch verwirrt gewesen, wenn da plötzlich ein anderer Mann auftauchen würde, nachdem wir uns nahegekommen wären. Und dann auch noch der, den du als deine große Liebe ansiehst.«

»Angesehen habe. Das ist vorbei. Aber ja, natürlich, ich kann es auch verstehen. Trotzdem ist es doch seltsam, dass er sich gar nicht meldet. Ich habe ihm mittlerweile bestimmt schon zwanzig Nachrichten geschickt – kein Wort, kein Ton. Ich weiß überhaupt nicht, wo er ist. So langsam mache ich mir wirklich Sorgen.«

»Sag mal«, meinte Ellie, und ein forschender Zug hatte sich in ihre Stimme geschlichen, »du hast Finley ziemlich gerne, was?«

»Er ist mir ans Herz gewachsen, ja«, gab ich zu, auch wenn es mir schwerfiel.

»Und ihr habt euch geküsst …«

Natürlich hatte ich Ellie von der Nacht erzählt, in der es zu dem Kuss zwischen Finley und mir gekommen war, auch wenn ich alles ausgeklammert hatte, was mit Isabelle zusammenhing.

»Jaja, ich habe mich in ihn verguckt, aber davon hat niemand etwas, wenn er irgendwo in Australien vom Kiwi-Baum gestürzt ist.«

»Ich glaube«, sagte sie da, und ihr Ton klang plötzlich verändert, »du brauchst dir um Finley wirklich keinerlei Sorgen zu machen.«

Stirnrunzelnd sah ich zu ihr auf. Ihre Augen waren auf einen Punkt hinter mir geheftet und trugen einen verwunderten Blick. Schnell drehte ich den Kopf und spürte die plötzliche Aufregung wie einen wuchtigen Tritt gegen meine Bauchdecke hämmern. Sofort hatte ich Finley in der Menge ausgemacht. Sein Kopf ragte um einige Zentimeter über den meisten anderen auf, und sein ungeordnetes blondes Haar war gleich zu erkennen. Mein Herz klopfte schnell. Ich wollte schon aufspringen, da hielt mich etwas wie eine eiserne Hand an meinem Platz. Als Finley aus der Menge im Eingangsbereich trat, sah ich, wie ihm eine ebenso große blonde Frau folgte. Es war Blair. Sie sah ihn an, lächelte, und ein Strahlen lag in ihren Augen, das keinerlei Zweifel darüber ließ, was zwischen den beiden lief.

Blitzschnell drehte ich mich wieder um und versuchte, meine Gedanken zu ordnen. Da also musste Finley sich die ganze Zeit über aufgehalten haben, bei Blair. Sofort spürte ich Widerwillen in mir aufsteigen und Enttäuschung. Ehrlich gesagt trafen mich der Anblick und die Erkenntnis mit voller Wucht, sodass ich am liebsten einfach nach Hause gelaufen wäre, um meinen Tränen freien Lauf zu lassen. Doch mein Stolz hinderte mich daran. Ich biss mir auf das Innere der Wange, bis es schmerzte, und kniff die Augen zusammen, bis der Impuls vergangen war. Stattdessen regte sich Ärger in mir.

Nicht nur hätte Finley mir ganz einfach mitteilen können, dass es ihm gut ging und er ein paar Tage Liebesurlaub einlegte; auch fand ich es unglaublich, dass er nach allem, was er mir über Blair und seine Beziehung zu ihr erzählt hatte, den Nerv hatte, sich ausgerechnet bei ihr einzuquartieren. Wie kaltblütig und egoistisch musste er denn sein? Selbst wenn er nicht bei ihr wohnte, dachte ich dann, denn das war keineswegs bewiesen, sprach ihr gemeinsamer Auftritt hier Bände. So wie Blair gestrahlt hatte, hatten die beiden sicherlich nicht nur Mau-Mau miteinander gespielt. Klar, Theo war hier aufgetaucht, aber dennoch hatte ich die ganze Zeit über versucht, Finley zu erreichen, um mich mit ihm auszusprechen. Um ihm, verdammt noch mal, zu sagen, dass er mir fehlte!

In mir brodelte es, es mahlte und rauchte.

»Alles okay?«, fragte Ellie und sah mich besorgt an.

»Ja, alles okay«, sagte ich, doch dann brach es aus mir heraus: »Wie kann er nur so sein? Dass er Blair so ausnutzt. Ich hätte nie gedacht, dass ich das mal sagen würde, aber sie tut mir wirklich leid.«

Ellie runzelte die Stirn und blickte von mir zu dem Paar in meinem Rücken und zurück.

»Ich weiß nicht, sie sieht ziemlich glücklich aus, wenn du mich fragst.«

»Ja, noch. Aber warte mal ein paar Tage, dann haut Finley wieder ab, und sie darf sich ein weiteres Mal die Augen ausweinen. Das scheint ja seine Masche zu sein.«

Ellie wollte gerade etwas sagen, da tauchte Ian mit einem Tablett an unserer Seite auf.

»Bei euch noch alles in Ordnung, meine Schönen?«, fragte er und gab Ellie einen Kuss.

Ich leerte schnell mein Bierglas, und Ian tauschte es gegen ein volles.

»Finley ist gerade gekommen, habt ihr gesehen?« Ian klang fröhlich, und sein Ton biss sich mit meinem knappen »Ja«.

»Weißt du, ob da wieder was mit Blair am Laufen ist?«, fragte Ellie ihn, und Ian stellte das Tablett auf der Tischkante ab, um ihr zu antworten.

»Sieht stark danach aus, oder? Sie bekommt ja gar nicht den Mund zu vor lauter Strahlerei.«

Jetzt musste ich doch noch einmal in die Richtung des Paares sehen. Finley stand an die Theke gelehnt und schien auf ein Getränk zu warten, während Blair an seiner Seite klebte, zwar mit einer anderen Frau sprach, jedoch den Blick kaum von ihm wandte.

»Irgendwie gehören die beiden ja auch zusammen, findest du nicht?«, fragte Ian in Ellies Richtung. Ich bemerkte im Augenwinkel, wie sie versuchte, ihn zum Schweigen zu bringen, doch Ian schien es nicht mitzukriegen und sprach weiter. »Früher war das schon so, und dass sie jetzt wieder zueinander gefunden haben, ist eigentlich nur konsequent. Im ewigen Wechsel zwischen Glück und Unglück vereint oder so.«

»Bestimmt hat das nichts zu bedeuten«, rief Ellie und drückte ihren Freund am Arm.

Während die beiden vor sich hin wisperten, ging mein Blick wieder zurück zur Bar. Mein Unbehagen wurde immer größer, als ich beobachtete, wie Blairs Hand sich auf Finleys Schulter legte. Da wandte Finley plötzlich den Kopf, und sein Blick traf mich, bevor ich mich wegdrehen konnte. Er sah mich direkt an. Erst tat sich nichts, außer dass mein Inneres zu gefrieren schien, dann zog er seine Schulter unter Blairs Berührung weg und hob die Hand zu einem winzigen Gruß, bevor er sie gleich wieder fallen ließ.

In einer schnellen Bewegung wandte ich den Blick ab und drehte mich auf meinem Platz zurück zu Ellie. Ian hatte unseren Tisch in der Zwischenzeit wieder verlassen. In ihren Augen lag genau das, was ich gerade fühlte: ein großes Fragezeichen. Bevor ich etwas sagen konnte, hatte ich einen Entschluss gefasst, griff nach der Tischkante und zog mich hoch.

»Ich bin gleich zurück«, raunte ich Ellie so laut zu, dass sie es gerade noch über den Lärm hinweg hören konnte, dann ging ich zur Theke, geradewegs auf Finley zu.

Als er mein Kommen bemerkte, sah er mich unverwandt an. Nun doch von leichter Nervosität gepackt, strich ich über mein geblümtes Latzkleid, obwohl es aus Kord war und keine Falten warf.

Auch Blair war nun auf mich aufmerksam geworden. Sie hatte ihr Gespräch unterbrochen und warf mir einen interessierten Blick zu, dem ich eine gewisse Siegesgewissheit nicht absprechen konnte.

Endlich bei der Theke angekommen, stellte ich mich genau neben Finley.

»Hi«, sagte ich und bemerkte erst jetzt, dass ich mir besser ein paar Worte hätte zurechtlegen sollen, bevor ich losgegangen war.

»Hi«, sagte er. Er lächelte, und in seinen Augen blitzte etwas auf, was mich sofort an den herumalbernden Finley erinnerte.

»Dir geht es offenbar gut?«, fragte ich und fuhr fort, bevor er antworten konnte: »Dann weiß ich ja jetzt, dass du nicht irgendwo im Moor versunken bist, und kann es mir sparen, dir ständig Nachrichten zu schreiben und zu fragen, ob du noch lebst.«

»Das siehst du doch«, mischte Blair sich mit spitzer Stimme von der Seite ein. Finley warf ihr einen Blick zu, der sie verstummen ließ.

»Mir geht es gut«, sagte er dann zu mir und nahm einen Schluck von seinem Bier. Er hatte eine gespielte Lässigkeit an sich, die distanziert wirkte. Doch davon ließ ich mich nicht beeindrucken.

»So wie es aussieht, wirst du auch die nächsten Tage nicht im Haus sein, verstehe ich das richtig?« Dabei warf ich einen vielsagenden Seitenblick auf Blair, die mich feindselig anblitzte.

Finley antwortete nicht auf die Frage, und am liebsten hätte ich ihn geschüttelt. Doch was ich physisch nicht tun konnte, wollte wenigstens verbal aus mir heraus, und noch bevor ich die Worte aufhalten konnte, sprudelten sie heraus: »Hör mal, ich kann es ja verstehen, dass du vor Freude nicht gerade in die Luft gesprungen bist, als Theo vor der Tür stand, aber ich dachte, wir wären mittlerweile immerhin so weit, dass wir miteinander reden, wenn es etwas zu besprechen gibt. Und das gibt es. Oder gab es. Schließlich haben wir uns geküsst, Finley. Aber wenn ich noch einen Zweifel hatte, ob der Kuss irgendetwas zu bedeuten hatte, dann hast du mir diese Entscheidung gerade abgenommen, vielen Dank!«

»Na, dann kannst du ja jetzt sicher sein, dass Theo der absolut Richtige für dich ist«, meinte Finley mit säuerlichem Lächeln.

Ich schüttelte nur den Kopf, konnte es einfach nicht glauben. Dann drehte ich mich um und ging. Mit Genugtuung hörte ich Blairs zornige Stimme: »Du hast sie geküsst?!«

Als ich zurück an Ellies Tisch kam, konnte ich mich gerade noch so zusammenreißen, sie zu drücken und ihr eine gute Nacht zu wünschen. Doch kaum hatte ich den Pub verlassen, brach es aus mir heraus: Ein Schluchzen erschütterte meinen Körper, und Tränen liefen unaufhörlich über meine Wangen. Ich weinte, wie ich über Jahre hinweg nicht mehr geweint hatte, ohne dass ein Ende in Sicht schien.

Immer wieder sah ich Finley vor mir, seine Blicke, die mich kalt trafen, während ich ihm Vorwürfe an den Kopf schmiss. Blicke, die so klar zu sagen schienen, dass ich ihm völlig egal war. Hier hatte ich also den Beweis für das, was ich während der letzten Tage nur vermuten konnte: Für Finley hatte sich in den vergangenen Wochen nichts verändert. Für ihn war ich noch immer dieselbe nervige Person, die sein Haus belagerte. Und alles, was er mir am Samstag gesagt hatte, war mit einem Mal wertlos und vergessen.

47

Ich fühlte mich von der Zeit auf den Arm genommen, fühlte mich verraten, verlassen und vergessen. Quer über einen Sessel im Kinoraum gestreckt, erwachte ich am nächsten Tag, als die Sonne schon mit voller Kraft durch das Fenster hineinschien. Die Leinwand war schwarz, offenbar hatte sich der Beamer von selbst abgestellt, als er nicht mehr bedient worden war. Das musste irgendwann am frühen Morgen gewesen sein, als ich während des zweiten Films – oder war es nicht sogar schon der dritte gewesen? – eingeschlafen war. Nun öffnete ich also die Augen und reckte meine müden Glieder, doch statt morgendlicher Frische nahm ich nichts als Leere und Enttäuschung in mir wahr – und damit wurde ich sieben Wochen in der Zeit zurückkatapultiert zu einem Moment, in dem es mir schon einmal so schlecht gegangen war, da ich Theo nachgetrauert hatte. Allerdings fühlte sich der Schmerz diesmal hundertmal stärker an, und er wurde von einem anderen Mann ausgelöst, einem, der mich wahnsinnig tief berührt haben musste, erst im Guten und dann im Übelsten. Es machte mich betroffen, dass ich so spät gemerkt hatte, wie eng verbunden ich mich Finley eigentlich gefühlt hatte. Ich fragte mich, was ich sonst noch über mich nicht wusste, wenn mir so etwas entgehen konnte. Ich hatte über die Wochen gelernt, ihn zu mögen – so hatte ich gedacht. Hatte ich ihn nicht sogar als eine Art brüderlichen Kumpel betrachtet? Erst jetzt sah ich all die Hinweise und kleinen Momente, die mir hätten Anlass geben können, meine wahren Gefühle zu durchschauen: Wir hatten miteinander geflirtet und eigentlich immer die Nähe des anderen gesucht, hatten zusammen gelacht und uns schließlich sogar Geheimnisse anvertraut. Doch ich hatte die ganze Zeit gedacht, einen anderen Mann zu lieben. Ich hatte mich völlig in dieser Idee verrannt, das merkte ich jetzt.

Und nun war es vorbei. Zum zweiten Mal innerhalb kürzester Zeit hatte ich mich in einen Mann verliebt, der lediglich mit mir gespielt hatte. Was war denn nur verkehrt mit mir?

Ich richtete mich auf dem Sessel auf, hielt mir den dröhnenden Kopf, was ausnahmsweise nicht vom Kater kam, obwohl Samstag war, und kämpfte gegen den Drang an, mich wieder hinzulegen und die Augen zu schließen.

Finley war weg. Bei Blair.

Mit stockenden Bewegungen lehnte ich mich vor und rappelte mich auf. Statt direkt ins Bad zu gehen, um eine dringend benötigte Dusche zu nehmen, stolperte ich zum Fenster und blickte hinaus. Von hier aus dem Obergeschoss ließ sich ein Teil der Heide hinter dem Haus überblicken. Die Sonne intensivierte ihre Farben: die satten Grüntöne und dazwischen die bunten Flecken der Wildblumen. Meine verschlafenen Augen konnten dem Leuchten kaum standhalten. Ich öffnete das Fenster und sog die frische warme Luft tief in mich ein. Das tat gut, es belebte etwas in mir, was ich schon verloren geglaubt hatte. Ich nahm ein paar weitere Atemzüge, dann war ich bereit, mich dem Tag zu stellen. Eine Woche hatte ich noch in Schottland, bevor mein Flieger zurück nach Deutschland ging. Eine Woche, die ich nicht deprimiert und lethargisch vor der Leinwand verbringen wollte. Ich hatte Freunde gefunden, hatte mir sogar eine Aufgabe gesucht, leistete meinen Beitrag zu der Dorfgemeinschaft. Das durfte ich nicht aufgeben, bloß weil ein Mann nicht das tat, was ich mir von ihm wünschte.

Trotz meiner aufrührerischen inneren Monologe schaffte ich es erst mal doch nur zu dem Laptop in meinem Zimmer. Dort versuchte ich, Fiona zu erreichen, dann Josefine und danach Leon, doch keiner war online oder ging ans Handy. Also wählte ich nach kurzem Zögern die Nummer des Mannes, der immer für mich da war, komme, was wolle. Obwohl es eine Zeit war, zu der er meistens seinen Schlaf nachholte, dauerte es keine fünf Sekunden, bevor er den Telefonhörer abnahm.

»Meine Kröte, hallo!«, ertönte die brummig tiefe Stimme meines Vaters.

»Hallo, Papa, habe ich dich geweckt?«, fragte ich sofort und ärgerte mich über mich selbst, gegen besseres Wissen meinem Impuls nachgegeben und ihn einfach angerufen zu haben.

»Alles gut, ich schlafe im Nullkommanichts wieder ein, das weißt du doch.«

Ich musste schmunzeln, da es stimmte: Mein Vater hatte das Talent, innerhalb von Sekunden einzuschlafen.

»Entschuldige«, sagte ich trotzdem und ließ mich in die Kissen am Rücken des Bettes fallen.

»Nun gräme dich mal nicht. Dein alter Vater ist immer froh, deine Stimme zu hören, auch in tiefster Nacht – oder eben als kleine Unterbrechung seines Mittagsschlafs. Aber was ist los? Normalerweise wärst du doch heute am Backen, oder?«

»Ja … ich muss mich gleich dranmachen«, sagte ich langsam und spürte eine überwältigende Unlust bei dem Gedanken daran, mich allein in die Küche zu begeben. »Aber mir ist mein Helferlein abhandengekommen.«

»Finley? Ist er doch wieder ausgezogen? Wurde es ihm etwa

zu bunt mit euch beiden?« Mein Vater klang amüsiert, dabei steckte in seinem Witz so viel Wahrheit.

»So ungefähr«, sagte ich und seufzte.

»Oje, das Seufzen kenne ich. Da stimmt etwas nicht. Was ist passiert?«

Bis zu diesem Punkt war ich gar nicht sicher gewesen, ob ich meinem Vater wirklich die ganze Geschichte erzählen wollte, aber natürlich kannte er mich zu gut und merkte selbst an meinem Atem, was mit mir los war.

»Ich befürchte, ich habe mich in ihn verliebt«, sagte ich in bitterem Ton.

»Und er sich nicht in dich?«

»Nein. Er ist mit einer anderen zusammen.«

Es folgte eine kurze Pause, dann die stockende Stimme meines Vaters: »Moment, das kommt mir doch bekannt vor. Wir sprechen gerade aber nicht mehr von diesem Theo, oder? Es geht wirklich um Finley?«

Ich schob mir eine Hand vor die Augen, als wollte ich mich vor der Welt verstecken, und mir entfuhr ein gequältes »Jaaa«. Dann fasste ich die Geschehnisse der letzten Tage für meinen Vater zusammen.

»… und gestern habe ich ihn mit dieser Blair gesehen. Es war ziemlich offensichtlich, dass zwischen den beiden wieder etwas läuft.«

»Mensch, Kleines, was verliebst du dich auch immer in die falschen Männer?«

»Woher soll ich das denn vorher wissen? Es passiert einfach!«

Mein Vater schwieg einen Augenblick, und ich wusste, dass ich ihn in seinen Überlegungen nicht unterbrechen sollte, so lange sie manchmal auch dauerten.

»Also«, begann er schließlich, »für mich klingt es so, als

würde ihm schon was an dir liegen. Er ist doch abgehauen, nachdem dieser Theo aufgetaucht ist. Erinnert dich das nicht an etwas? Du bist aus demselben Grund damals nach Schottland geflohen. Das spricht also schon dafür, dass er dich mag und dich nicht mit einem anderen Kerl sehen will. Dann ist er wohl zu dieser Blair geflüchtet. Ein klassisches Muster. Er flieht und lenkt sich mit einer anderen ab. Aber eigentlich mag er dich.«

»Und was mache ich jetzt?« Mühsam drehte ich mich auf dem Bett zur Seite und strich über die Matratze, dort, wo Finley in der Nacht, in der wir uns geküsst hatten, gelegen hatte. »Es ist eindeutig zu spät. Außerdem reise ich nächste Woche ab …«

»Tja«, sagte mein Vater, »entweder gehst du in den Kampf und sprichst ein weiteres Mal mit ihm.«

»Oder?«

»Oder du lässt ihn los. Eine andere Möglichkeit fällt mir leider nicht ein.« Seiner Stimme war anzuhören, dass er mir gerne etwas Optimistischeres gesagt hätte.

»Danke, Papa. Ich glaube, ich musste das einfach noch mal von jemand anderem als meiner eigenen nervigen inneren Stimme hören.«

»Dann wirst du nicht mit ihm reden?«

»Ich wüsste nicht, was das bringen sollte. Er ist bei der anderen, hat sich also längst entschieden. Und ich bin sowieso bald wieder in Heidelberg.«

»Wo wir das beste Ablenk-, Back- und Futterwochenende der Welt verbringen werden«, sagte er, und ihm entfuhr ein Gähnen, das so herzhaft ausfiel, dass er es wohl nicht unterdrücken konnte. Zumindest schaffte er es, mich damit zum Schmunzeln zu bringen.

»Danke, Papa. Für alles.«

»Natürlich, meine Kröte. Vielleicht sollte ich dir den nächsten Mann aussuchen, um sicherzugehen, dass er etwas taugt!«

»Bloß nicht!«, sagte ich und musste lachen, obwohl ich mich nicht danach fühlte. »So ein Papasöhnchen ist nichts für mich, dazu bin ich selbst schon Papatochter genug.«

Auch mein Vater musste lachen, und es tat gut, sein wohliges Brummen zu hören.

»Ich hab dich lieb, meine Kröte. Halt die Ohren steif.«

»Das mache ich. Ich hab dich auch lieb, schlaf gut!«

Nachdem wir aufgelegt hatten, stellte ich mir kurz vor, wie mein Vater sich auf der großen Couch in seiner Wohnung zurücklehnte, die Arme hinter dem Kopf verschränkte und zu schnarchen begann, kaum dass er die Augen geschlossen hatte.

Ich ließ unser Gespräch noch einmal Revue passieren. Neues hatte ich eigentlich nicht erfahren, aber manchmal half es, bereits Gedachtes aus einem anderen Mund zu hören, um Klarheit in den Gedankenwust im eigenen Kopf zu bringen. So erging es mir jetzt. Mein Vater hatte mir meine Möglichkeiten aufgezeigt, und ich hatte meine Entscheidung getroffen. Also gut, Mila, dann ist doch alles klar: Vergiss die Männer, auf geht's ans Brotbacken!

Doch ich konnte mich noch nicht dazu aufraffen. Wie in einer Dauerschleife wiederholte sich in meinem Kopf die Erinnerung, wie ich mit Finley hier gelegen hatte, wie ich seinen Arm gestreichelt und diese plötzliche Zuneigung gespürt hatte. Und wie wir uns geküsst hatten. Er fehlte mir. Wenn ich ihn doch wenigstens wieder um mich haben könnte, meinetwegen ohne die körperliche Nähe, als Mitbewohner und Freund. Es war absurd, aber ich wollte nicht mehr allein im Cottage sein. Ich wünschte mir den Mitbewohner zurück, den ich anfangs als absolute Nervensäge empfunden hatte.

Plötzlich landete ein Gewicht auf meinen Füßen. Erschrocken hob ich den Kopf. Maisie! Die flauschige schwarz-weiße Katze war auf die Matratze gesprungen und richtete sich zu meinen Füßen ein, wobei sie das Köpfchen gegen meine Sohlen drückte. Völlig verblüfft beobachtete ich, wie sie die Augen schloss und sich zu entspannen schien.

Da spürte ich, wie sich ein Lächeln und zugleich Tränen in meinem Gesicht regten. Ich war so erfreut und zugleich gerührt, dass die Katze nach der langen Zeit tatsächlich meine Nähe suchte. Natürlich erinnerte mich dies aber auch wieder an Finley. Wahrscheinlich vermisste sie ihn genauso wie ich. Ob sie das gespürt hatte und deswegen zu mir gekommen war?

Was auch immer dahintersteckte, Maisies Anwesenheit und ihre Wärme an meinen Füßen beruhigten den Tumult in meinem Inneren. Ich schloss die Augen und schlief ein.

48

Ohne zu wissen, wie ich es geschafft hatte, reihten sich am Samstag zu später Stunde tatsächlich dampfende Brotlaibe auf der Küchentheke und verbreiteten ihren frischen Duft.

Obwohl ich den Mittag gemeinsam mit Maisie komplett verschlafen hatte, fühlte ich mich nach dem Backen so erschöpft, dass ich danach keinerlei Probleme hatte einzuschlafen. Und so erwachte ich relativ erfrischt früh am Sonntagmorgen, nahm eine ausgiebige Dusche, zog nach einem Blick auf die strahlende Sonne ein Sommerkleid an, griff sicherheitshalber nach der Regenjacke und verstaute dann die Brote im Fahrradkorb, um mich auf den Weg zum Pub zu machen.

Kenneth fing mich an der Eingangstür ab, die er gerade geöffnet haben musste, und half mir, die Brote hineinzubringen. Acht Stück nahm er mit in die Küche, während ich mich auf einen Thekenhocker setzte und auf Elsbeth wartete. Es war noch so früh, dass keine Gäste hier waren. In der Luft lag der eigentümliche Geruch eines Lokals am Morgen: Holz, frischer Kaffee und eine winzige Note Hopfenduft vom Bierausschank. Kenneth kam zurück zur Theke und schenkte zwei große Tassen Kaffee ein, von denen er mir eine rüberschob. Entgegen meiner Erwartung ging er um die Theke herum und setzte sich auf den Hocker neben mich, gerade so, als ob er sich mit mir unterhalten wollte! Vor Überraschung war ich direkt ein bisschen aufgeregt, versteckte das aber hinter der Kaffeetasse, aus der ich kleine vorsichtige Schlucke nahm.

Kenneth räusperte sich und sah auf seine eigene Tasse hinab. »Wie geht es dir denn so?«, fragte er und wirkte dabei so unbeholfen, dass ich heimlich lächeln musste.

»Ganz gut«, sagte ich nicht ganz wahrheitsgemäß. Aber den armen Kenneth wollte ich nicht gleich überfordern, da er doch gerade seinen ersten Gesprächsversuch unternahm. »Und dir?«

»Ich kann nicht klagen«, sagte er, warf mir einen kurzen Blick zu, fuhr sich über den Schnauzer und machte eine wegwerfende Handbewegung. »Ich bin nicht so gut im Small Talk«, erklärte er dann mit einem einzigen Knurren.

»Das macht nichts, ich kann das auch nicht gut«, versuchte ich, ihn zu beruhigen. »Ehrlich gesagt denke ich, dass es keinen Menschen auf der Welt gibt, der wirklich gut darin ist. Alle hassen das, aber glauben, so reden zu müssen. Eigentlich hat er gar keine Daseinsberechtigung.«

Kenneth sah wieder zu mir, und ich meinte, ein kleines amüsiertes Flackern in seinem Blick wahrzunehmen. Er nickte wie zur Bestätigung.

»Wie auch immer«, begann er von Neuem, »eigentlich wollte ich nur sagen, dass es nett von dir war, dich ein bisschen um Kathleen zu kümmern. Sie hat sonst ja niemanden. Und ich glaube, ihr hat es gutgetan, mit dir zu reden.«

Überrascht sah ich ihn an.

»Sie hat dir davon erzählt?«

Er richtete sich auf dem Hocker auf, schob seine Kaffeetasse, die er bisher nicht angerührt hatte, auf der Theke zurecht.

»Sie hat mir erzählt, dass ihr über Isabelle gesprochen habt und den schlimmen Unfall. Seit Jahren versuche ich, sie zu überreden, zu einem Therapeuten zu gehen oder sich jemand anderem anzuvertrauen. Weißt du …«, er sah wieder zu mir und hielt diesmal den Blickkontakt. Es war spürbar, wie er sich langsam warm redete. »Sie war damals völlig traumatisiert. Schließlich war sie selbst dabei, erlebte den Unfall mit und gab sich dann auch noch die Schuld daran. Das war gar nicht gut für sie. Bis heute hat sie das nicht weggesteckt.«

»Den Eindruck hatte ich auch«, stimmte ich nachdenklich zu. »Sie scheint noch sehr stark in der Vergangenheit festzuhängen.«

»Genau. Aber ich glaube, es würde ihr guttun, darüber zu sprechen. Es soll ein Geheimnis bleiben, jaja, aber warum denn eigentlich? Damit das Ansehen der Bains' nicht beschmutzt wird? Wenn du mich fragst, ist das Quatsch. Dieses Geheimnis um Isabelle stellt viel schlimmere Dinge an als die Wahrheit. Aber das Ganze ist ja nicht meine Sache. Ich mische mich da nicht ein, so weit kommt's noch.« Er schüttelte den Kopf und hob dann die Kaffeetasse an seine Lippen. Nach einem großen Schluck stellte er sie polternd wieder ab. »Für Kathleen war es gut, sich mal jemandem außer mir anvertrauen zu können. Das … na, das hast du ganz ordentlich hingekriegt. Das wollte ich nur sagen.«

Und damit wollte er von seinem Hocker aufstehen.

»Es ist schön, dass du das sagst«, sprudelte ich schnell los, bevor er vor mir flüchten konnte. »Ich glaube, Kathleen ist ein guter Mensch, wenn sie sich von ihrer wahren Seite zeigt.«

Kenneth stand vor mir, sah mir entschlossen in die Augen und nickte bekräftigend.

»Das ist sie.« Und während er mit seiner Kaffeetasse in Richtung Küche davonschlurfte, hörte ich ihn noch ein paar Mal wiederholen: »Das ist sie.«

Als ich nur noch einen Restschluck Kaffee übrig hatte, trat Elsbeth in den Pub, ein Sommerhütchen mit einer Blume auf den ordentlich gelegten Locken, was mich schmunzeln ließ. Schließlich musste Elsbeth auf dem Weg hierher nur die Straße überqueren, aber ich nahm ihr Äußeres als Zeichen für ihre Verliebtheit und wurde sogleich bestätigt, als sie mich überschwänglich begrüßte.

»Meine Liebe! Schon die ganze Woche habe ich mich auf unseren Termin gefreut. Alistair fragt immer wieder: Was ist denn nur los mit dir, du bist so gut gelaunt, und dann antworte ich: Das liegt daran, dass ich unsere liebe Mila am Sonntag wiedersehe.«

So plauderte sie fröhlich vor sich hin. Ich wollte schon zu unserem Stammtisch hinübergehen, da zog sie an meinem Ärmel.

»Nein, Liebes, heute nicht. Wir sind eingeladen, komm!«

Und damit rief sie ein »Bis morgen, Kenneth!« in Richtung der Küche, hakte sich bei mir unter, und wir verließen den Pub.

»Wo sind wir denn eingeladen?«, fragte ich überrascht. Eigentlich konnte ich mir nur vorstellen, dass wir zu Ellie und Ian gingen, wer sonst würde uns zum Frühstück einladen? Tatsächlich hatte Elsbeth diese Richtung eingeschlagen. Sie schmunzelte vor sich hin.

»Es gibt da eben einige, die dich gerne kennenlernen möchten.«

Mit gerunzelter Stirn ließ ich mich von ihr am Arm weiterziehen. Sie lächelte mich beruhigend an.

»Keine Sorge, es wird bestimmt schön. Sag, hast du denn schon das Blümchen bemerkt, das ich nur für dich angesteckt habe?«

Stolz reckte sie den Hals, um mir ihr Hütchen zu präsentieren.

»Es ist sehr schön. Das ist ja sogar eine echte Rose!«

»Die habe ich heute Morgen gepflückt. Hübsch, nicht? Und sie duftet so wunderbar.«

Da hielt sie vor einem Gartentor. Das Haus dahinter war eines der ersten Cottages am gegenüberliegenden Ende des Dorfes, wo es mich nur hin verschlug, wenn ich zu Ian und Ellie ging. Es war weiß getüncht, und der Garten sah gepflegt aus, mit vielen angesetzten Blumen, die in voller Blüte standen und mich mit ihren der Sonne entgegengereckten Hälsen an Elsbeth erinnerten, wie sie mir ihren Hut präsentierte. Der Gedanke ließ mich innerlich schmunzeln, und trotzdem war ich ein wenig nervös, wer und was uns hier wohl erwarten mochte. Elsbeth öffnete das Gartentor. Statt zur Haustür zog sie mich an der Hand zu dem kleinen Weg, der sich seitlich am Haus entlangschlängelte.

»Wohin gehen wir de…« Doch da verschlug es mir die Sprache, da sich, als wir um die Hausecke gebogen waren, ein Bild vor uns auftat, das mich völlig überraschte.

Der hintere Garten war weitläufig und sah aus, als würde er von königlichen Gärtnern höchstpersönlich gepflegt werden: Ein ordentlicher Rasen flankierte die Rückseite des Hauses und grenzte an labyrinthisch gepflanzte Hecken und Rosenbüsche. Man konnte dort eintauchen, flanieren und bestimmt verloren gehen, so groß erschien mir das Gelände. Doch genauso spannend war das, was sich auf dem Rasen davor befand: ein langer weißer Tisch, der reichlich gedeckt war. Ich entdeckte einen riesigen Brötchenkorb und Aufschnittplatten, Obstsalat und Müslivariationen in Gläsern. Und um den Tisch herum saßen fünf ältere Damen, alle ähnlich hübsch zurechtgemacht wie Elsbeth, mit frisch gelegten Frisuren und dünnen Jäckchen in Pastellfarben und gedecktem Tartan, die uns entgegenlächelten.

»Guten Morgen«, rief eine von ihnen und erhob sich, um uns entgegenzukommen. Sie schien ein wenig jünger als Elsbeth, hatte das helle, braun durchsetzte Haar zu einer Schnecke im Nacken geschlungen und trug ein mitternachtsblau kariertes Wollkleid. »Hallo, Elsbeth«, begrüßte sie meine Freundin und drückte ihre Hand. »Und du musst dann wohl Mila sein. Wir haben schon so viel von dir und deinem berühmten Brot gehört. Und natürlich von deiner zauberhaften Kuppelaktion! Hätte ich gewusst, dass Elsbeth in Alistair verliebt ist, ich hätte sie schon längst dazu gebracht, sich zu öffnen. Aber denkst du, sie hätte ein Wörtchen darüber fallen lassen? Na ja, auf jeden Fall habe ich dich schon oft auf der Straße gesehen. Deine Kleider mit den Blumenmustern gefallen mir ausgesprochen gut!«

»Danke«, sagte ich, erfreut über den herzlichen Empfang, aber noch immer ein wenig verwirrt. »Und Sie alle sind Freundinnen von Elsbeth?«

»Wir stricken zusammen«, verriet Elsbeth. »Das sind meine Strickfreundinnen. Komm, ich stelle sie dir vor!« Damit zog sie mich näher zum Tisch und nannte mir die Namen der Frauen, angefangen bei Anne, der Gastgeberin in dem blauen Kleid.

Während wir uns setzten und ich mit duftendem Earl Grey, frisch gepresstem Orangensaft und Leckereien eingedeckt wurde, erfuhr ich, dass die sechs Frauen sich aus dem Dorf kannten, einige davon waren gemeinsam zur Schule gegangen, andere hatten sich erst später über verschlungene Wege kennengelernt, meist über die Ehemänner oder die Kinder, wobei einige auch Berufen nachgegangen waren und darüber viele Kontakte geknüpft hatten. Anne war sogar Ellies Vorvorgängerin im Friseursalon gewesen, wie sie mir mit stolzem Lächeln berichtete.

»Und Sie sind Bäckerin«, sagte sie dann und blinzelte mir über die feine Teetasse in ihren Händen zu. »Wir haben bereits von dem wunderbaren Brot gehört. Das hat sich mittlerweile im ganzen Kreis herumgesprochen.«

»Hat es das?«, fragte ich nach und legte mein mit herrlich bitter-süßer Orangenmarmelade bestrichenes Brötchen beiseite. »Dabei habe ich damit nur angefangen, um eine kleine Beschäftigung zu haben, während ich auf das Haus der Bains' aufpasse.«

»Jeder im Ort spricht davon!«, mischte sich Lily ein, eine lebhafte Frau mit kupferfarben gefärbter Dauerwelle und einer großen Kette aus bunten Holzperlen um den Hals. »Und ich durfte es auch schon probieren. Bei Kenneth! Hätte eine von euch geglaubt, dass der alte Griesgram je etwas anderes als sein labbriges Toastbrot servieren würde? Also ich nicht!«

»Leider bin ich nur noch eine Woche hier, sonst hätte ich gerne für Sie alle Brot gebacken.«

»Nur noch eine Woche, ich kann es gar nicht glauben. Wir werden dich sehr vermissen«, sagte Elsbeth, die neben mir saß, und legte mir eine Hand auf den Arm. Ich sah sie mit bedauerndem Blick an.

»Ich euch auch, das kannst du mir glauben.«

»Gibt es denn nicht die kleinste Chance, dass du doch bleibst? Du könntest bei uns unterkommen und dort wohnen, so lange du willst.«

»Das ist lieb, aber ich muss zurück. Ich kann ja nicht einfach immer weiter nichts machen. In Deutschland suche ich mir eine neue Arbeitsstelle und …«

»Du kannst doch backen!«, rief Lily aus, und die anderen Frauen nickten begeistert. »Eine Bäckerei fehlt hier im Ort.«

Ich musste lachen.

»Das klingt toll, aber ich kann doch keine ganze Bäckerei führen! Die paar Brote jede Woche sind kein Problem, aber eine Bäckerei ist ein ganz anderes Kaliber.«

»Hast du nicht oft in der Backstube deines Vaters geholfen?« Elsbeth sah mich mit blitzenden Augen an, die verrieten, wie begeistert sie von der Idee war. »Da hast du doch bestimmt alles gelernt, was du brauchst, um eine kleine Bäckerei zu führen.«

»Überhaupt nicht! Ich kann backen, das schon, aber von allem anderen habe ich keinen Schimmer.«

»Ach, das lernst du schon«, meinte Lily voller Überzeugung. »Mein Neffe ist Buchhalter, der soll dir das Geschäftliche zeigen.«

»Und meine Tochter hat im Einzelhandel gelernt. Sie hat bestimmt auch ein paar Tipps auf Lager«, schloss sich Anne an.

»Das klingt alles verlockend, aber solange ich keinen juristischen Rat habe, kann ich das bei dem anstehenden Brexit doch eh vergessen. Es gibt bestimmt tausend Hindernisse, bevor ich als Deutsche einen Laden in Schottland eröffnen könnte.«

»Ach Quatsch, so schwierig ist das nicht, damit helfen wir dir, wir kennen genug Leute an den richtigen Stellen«, winkte Anne ab. »Außerdem ist dieser Brexit noch Zukunftsmusik. Was uns damit eingebrockt wurde … wer weiß, ob wir das in Schottland nicht eh noch abwenden können.«

»Wie wäre es denn mit dem schmucken Lädchen neben dem Pub? Das steht schon so lange leer, dabei war es immer so charmant!«, rief Elsbeth aus und hielt mich vor Begeisterung fester am Arm.

»Moment, Moment!«, mischte ich mich ein. »Ich kann doch nicht einfach eine Bäckerei eröffnen! Ich fahre nächste Woche nach Hause, nach Deutschland. Mein Flug ist schon gebucht.«

Elsbeth und die anderen Frauen wechselten einen Blick.

»Den kannst du doch stornieren«, meinte Anne dann mit leisem Lächeln. »Wir könnten für dich bestimmt einen Sonderpreis bei der Miete des Lädchens ausmachen. Schließlich hatte es ewig keinen Mieter mehr. Und die Einrichtung …«

»Ich frage mal die Wilenys«, rief Elsbeth aus. Wenn ich mich nicht irre, hatte der Großvater einst eine kleine Backstube im Nachbarort. Wer weiß, ob bei ihnen nicht noch ein paar Geräte im Keller herumstehen.«

Ich spürte, dass sich mit den Strickdamen ein ganzes Netzwerk aus Kontakten vor mir auftat, das ich sicherlich gut nutzen könnte, wollte ich mich mit einem neuen Geschäft im Ort niederlassen. Aber mir ging das alles zu schnell. Eben noch war ich fest davon überzeugt, nächste Woche nach Deutschland zurückzukehren, und da wurde plötzlich entschieden, dass ich als Bäckerin in Schottland bleiben sollte – von einer Runde Damen, die ich gerade erst kennengelernt hatte? So recht begreifen konnte ich das Ganze nicht. Und dann war da ja auch noch diese andere Sache, die mich antrieb, den Ort für immer hinter mir zu lassen. Die Sache, die ich seit dem Morgen mehr oder weniger erfolgreich von mir schob. Alles in mir drängte mich, möglichst viel Raum zwischen Finley und mich zu bekommen. Ich wollte nicht hierbleiben und Gefahr laufen, ihm ständig zufällig auf der Straße zu begegnen, wenn er seine Familie besuchte oder gar im Ort wohnen blieb.

Während ich diesen Gedanken nachhing, hatten die Frauen sich längst in Überlegungen und Pläne geworfen, wie man das Projekt am besten anginge. Ich räusperte mich.

»Das ist alles sehr verlockend, und ich bin Ihnen dankbar, dass Sie sich meinetwegen so ins Zeug legen würden, aber ich muss Sie enttäuschen. Ich werde nach Deutschland zurückkehren. Dort gehöre ich hin.«

Obwohl ich sicher war, dass es stimmte, gab es doch etwas in mir, was nicht einverstanden zu sein schien. Ein Zwicken meldete sich in meiner Brust und reizte mich, noch einmal genauer in mich hineinzuhören. Doch stattdessen nahm ich einen großen Schluck von dem lauwarmen Tee und spülte die Zweifel fort.

»Schade«, sagte Anne und lehnte sich zurück. Ihre Wangen waren wie die ihrer Freundinnen vor Aufregung gerötet. »Unser Dorf kann ein bisschen frischen Wind vertragen, und Sie scheinen mir wunderbar hierher zu passen.«

»Von Ihren Leckereien mal ganz abgesehen!«, sagte Lily, der die Enttäuschung ins Gesicht geschrieben stand.

»Tut mir leid«, sagte ich leise.

Nach einigen letzten Überredungsversuchen akzeptierten die Frauen meine Entscheidung und wandten sich anderen Themen zu. Bald schon kreiste das Gespräch um Strickmuster und Klatsch, und das Lachen der Gruppe tanzte durch den gesamten Garten. Doch so ganz war ich nicht bei der Sache. Immer wieder machte mein Kopf wie von allein eine Kehrtwende und landete bei der Backstube. Ohne die Räumlichkeiten, von denen die Frauen gesprochen hatten, zu kennen, malte ich mir aus, wie ich am Morgen, wenn das Dorf noch schlief und der Bodennebel über den Straßen hing, zu meiner Backstube ging und sie aufschloss, wie ich die Öfen anheizte und die Teige knetete. Ich malte mir aus, wie Bleche voller Brote, Brötchen und süßer Teilchen nacheinander im Backofen landeten und ihren unwiderstehlichen Duft verbreiteten. Ich sah das alles vor mir, und überraschenderweise fühlte es sich ganz natürlich an, mich in diese Position zu versetzen. Doch jedes Mal endete ich an demselben Punkt. Wenn diese Idee an Schottland geknüpft war, war sie unmöglich. Ich konnte nicht hierbleiben, mein Herz verbot es mir und auch der Kopf, der mich drängte, Vernunft an den Tag zu legen und mir einen neuen, sicheren Hoteljob zu suchen. Doch wenn ich daran dachte, bald wieder an einer Rezeption zu stehen, regte sich Unlust in mir. Die Arbeit war in Ordnung, manchmal machte sie richtig Spaß, und dennoch hatte ich nach gut sechs Jahren in derselben Position wenig Lust, weitere sechs oder mehr Jahre dranzuhängen. Etwas Neues wäre schon verlockend. Ich beschloss, die Idee von der Bäckerei mitzunehmen. Wer weiß, ob sich in Deutschland nicht eine Möglichkeit auftat, als Bäckerin Fuß zu fassen, auch wenn die Konkurrenz dort natürlich viel größer war.

49

Eine gute Stunde und ein ausgiebiges und unterhaltsames Frühstück später erhob sich Elsbeth und hielt mir eine Hand hin.

»Komm, ich zeige dir die Rosen. Anne hat ein außerordentliches Talent für die Blumenzucht.«

Die anderen Frauen lächelten uns nach, während ich mich an Elsbeth' Hand in Richtung des hinteren Gartens ziehen ließ. Wir tauchten durch einen grünen Efeubogen und waren mitten in dem Labyrinth aus Hecken, gestutzt zu quadratischen und runden Formen, Quadern und Kegeln; sogar ein Tier meinte ich auszumachen, wobei ich nicht ganz sicher war, ob es sich um einen Strauß oder einen Flamingo handelte.

»Annes Lebenspartner probiert sich in der Kunst der Heckenskulpturen aus«, raunte Elsbeth mir zu, »mit mäßigem Erfolg, wenn du mich fragst. Aber schau dir diese Rosen an!«

Wir beugten uns über einen Busch mit dickbauchigen Rosenblüten in abgestuften Beigetönen, die einen intensiven Duft verströmten.

»Ja«, sagte Elsbeth verträumt, nachdem sie den Duft tief eingesogen hatte, »Anne versteht sich auf die Zucht.« Dann blickte sie zu mir, und ich hatte das Gefühl, dass sie mich nicht nur wegen der Rosen in das Labyrinth entführt hatte.

»Es war übrigens sehr nett, dass du mir letzte Woche deinen Freund vorgestellt hast. Theo, richtig? Ein aufgeweckter Bursche.«

»Mhm«, murmelte ich und war gespannt, worauf sie hinauswollte.

»Er und du, ihr seid also nun ein Paar?«

Elsbeth war nicht gerade gut darin, sich von hinten anzuschleichen, sondern schlug immer den direkten Weg ein.

»Nein«, antwortete ich, während ich mich aufrichtete und zur nächsten Rosenhecke hinüberging, die in pink strahlender Pracht erblüht war. Elsbeth folgte mir. »Wirklich so gar nicht.«

»Ich hatte es so verstanden. Entschuldige, wenn das nicht stimmt. Ich möchte mich auch gar nicht in diese Sache einmischen, aber du musst verstehen, dass ihr mich durchaus ein bisschen neugierig gemacht habt, so plötzlich, wie Theo aufgetaucht ist, ohne dass ich zuvor ein Wort von ihm gehört hatte.« Sie schmunzelte mir zu, während sie vorsichtig über eine zarte pinke Blüte strich.

»Mich hat er damit auch überrascht. Und das war längst nicht die letzte Überraschung. Es kam nämlich raus, dass er der größte Lügner ist, den ich je kennengelernt habe.«

Elsbeth nickte langsam, ganz so, als hätte sie sich etwas in der Art schon gedacht.

Schweigend folgten wir einem der Gänge und gelangten durch einen weiteren Efeubogen zum nächsten Raum des Labyrinths. Hier warteten nicht nur leuchtend rote und weiße Rosen auf uns, sondern auch ein kleines Feld mit Wildblumen, die ich mittlerweile so sehr mit diesem Ort verknüpfte: Disteln und Butterblumen, Heidekraut und Hyazinthen. Wir blieben davor stehen und ließen den Blick über die teils bunt blühenden und teils noch geschlossenen Blumen wandern. Beide hingen wir unseren Gedanken nach, und ich versank so tief in

Erinnerungen an den Streit mit Theo, dass ich Elsbeth neben mir beinahe vergessen hatte, als sie die Stimme erhob.

»Du hast mich noch gar nicht gefragt, was Alistair heute macht.«

Erschrocken drehte ich mich zu ihr.

»Oh, das stimmt, verzeih mir. Über der Frühstücksüberraschung habe ich das ganz vergessen. Ist er wieder bei seinem Freund, so wie letzte Woche?«

»Nein.« Sie lächelte mir auf eine Weise zu, die ich nicht deuten konnte. »Er ist zu Hause und leistet Finley Gesellschaft.«

Bei diesen Worten behielt sie mich genau im Blick. Seinen Namen zu hören löste sofort ein Kribbeln in mir aus. Und zugleich verpasste es mir ein dumpfes Gefühl in der Magengegend, das sich ausbreitete und das Kribbeln nach und nach vertrieb, bis nur noch ein unangenehmes Pochen blieb.

Ich wusste nicht, was ich darauf hätte sagen sollen, denn mein Kopf war völlig leer.

»Er ist nun seit einer Woche bei Alistair.«

Da schossen die Worte doch aus meinem Mund hervor: »Er wohnt bei ihm?«

»Ja, letzten Sonntag stand er plötzlich abends vor seiner Tür. Ich glaube, er wusste selbst nicht so recht, was er dort suchte, aber es war deutlich zu spüren, dass er nicht nach Hause wollte. Und ich konnte mir schon denken, warum.«

Schuldbewusst und zugleich völlig aufgewühlt, blickte ich auf meine Hände.

»Also hat Alistair ihm angeboten, die Nacht bei ihm im Gästezimmer zu verbringen, was er dankbar angenommen hat. Aus einer Nacht wurden zwei und schließlich eine ganze Woche.« Elsbeth' Hand schob sich vor und berührte meine sanft, wie als Aufforderung, den Blick wieder zu heben. Fragend sah sie mich an. »Was genau ist zwischen euch vorgefallen? Liegt es nur an Theos Besuch, dass er nicht mehr in sein Haus zurückkehren möchte?«

»Aber ich dachte, er wäre bei Blair!«, entfuhr es mir, ohne auf ihre Frage einzugehen. »Sie waren doch zusammen im Pub, und er … oder war sie es, die …« Ich geriet ins Straucheln. Hatte mir wirklich einer der beiden bestätigt, dass Finley bei ihr untergekommen war, oder war ich einfach davon ausgegangen? »Ich habe ihm die ganze Zeit geschrieben, und er hat nicht ein einziges Mal auf meine Nachrichten reagiert. Ich wusste doch nicht, wo er war …«

Ein wenig erschrocken von meinem plötzlichen Ausbruch, nahm Elsbeth meine Hand und führte mich zu einer Bank, die in einer der nächsten Nischen stand. Wir setzten uns, ohne dass ich etwas von der Umgebung wahrnahm. Ich verstand gar nichts mehr. Warum hatte Finley sich nicht bei mir zurückgemeldet, wenn er gar nicht mit Blair zusammen gewesen war? Oder hatten die beiden sich trotzdem gesehen? Immerhin waren sie gemeinsam im Pub gewesen und hatten so gewirkt, als stünden sie sich ziemlich nah, das war nicht nur mein Eindruck gewesen.

»Er war bei Alistair«, wiederholte Elsbeth mit fester Stimme und durchbrach damit die Gedankenspirale in meinem Kopf. »Jede Nacht der vergangenen Woche hat er in seinem Gästezimmer verbracht. Ich war nämlich zufälligerweise auch dort. Von Blair weiß ich nichts. Insgesamt erzählt mir der Bursche auffällig wenig, wahrscheinlich weil er weiß, wie nah wir beide uns stehen. Ich vermute, Alistair weiß mehr, aber er verrät mir einfach nichts.«

Noch immer war ich völlig verblüfft von dem, was Elsbeth mir gerade verkündet hatte, doch so langsam drangen die Informationen zu mir durch. Und mit ihnen die Tatsache, dass Finley sich trotzdem nicht bei mir zurückgemeldet hatte.

»Er wird wieder mit Blair zusammen sein«, überlegte ich laut und erntete ein Stirnrunzeln von Elsbeth. »Oder ich bin ihm egal.«

»Was genau ist überhaupt zwischen euch passiert?«, fragte sie. »Irgendetwas ist doch da im Busch. Das habe ich von Anfang an gespürt, als der Bursche wieder hier aufgetaucht ist und du nur noch von ihm gesprochen hast.«

»Ich habe nicht …« Doch Elsbeth schnitt mir das Wort ab.

»Und ich muss ja zugeben, dass ich mich in ihm getäuscht habe. Finley hat sich wirklich verändert. Das habe ich in den letzten Wochen gemerkt, als er sich so lieb um uns bemüht hat. Aber ich verstehe immer noch nicht, warum er jetzt bei uns wohnt und du allein – und als Single – im Bains-Haus bist.«

»Eigentlich ist nichts passiert, außer dass wir uns geküsst haben. Einmal. In der Nacht, bevor Theo plötzlich vor der Tür stand und mich überrascht hat. Danach habe ich von Finley nichts mehr gehört und ihn nur einmal im Pub gesehen – mit Blair.« Während all diese Gedanken durch meinen Kopf geisterten, tippte Elsbeth sich mit zwei Fingern gegen ihr Kinn und überlegte.

»Ich werde mal mit ihm reden. Schauen wir, was er zu der Sache zu sagen hat.«

»Das ist nicht nötig, Elsbeth«, erwiderte ich entschlossen. »Es ist okay. Finley hat mir klar signalisiert, dass er kein Interesse hat, und ich akzeptiere es. Er wird seine Gründe haben, und wenn es nur daran liegt, dass er eine andere lieber mag als mich.« Ich atmete einmal tief durch. Erst jetzt nahm ich meine Umgebung wieder wahr. Ich ließ den Blick über die Gräser schweifen, die diesen Teil des Labyrinths einnahmen. Ein kleiner Teich in der Ecke lockte Libellen an, die über die Wasseroberfläche glitten. »Seit Wochen bin ich nicht richtig frei, weil ich immerzu einem Mann nachgeweint habe. Damit ist jetzt Schluss. Ich möchte meine letzte Woche hier genießen und mit freiem Kopf nach Hause zurückkehren.«

Ich sah zu Elsbeth. Meine Freundin schien zu zögern, doch dann nickte sie.

»Ehrlich gesagt klingt das nach einem guten Plan«, meinte sie schließlich. »Auch wenn …«

Doch ich unterbrach sie, indem ich mich erhob.

»Schluss damit. Komm, gehen wir zu den anderen zurück. Bestimmt gibt es noch ein Tässchen Tee für uns.«

50

Ich war fest entschlossen, jeden Gedanken an Männer, und insbesondere einen, zu verbannen. Zugegebenermaßen gelang mir das mal besser und mal schlechter. Das Haus war voll von Erinnerungen an Finley. Jeder Ort dort weckte Bilder von Situationen mit ihm. Und so mied ich es, so gut es ging. Den Sonntag verbrachte ich mit Elsbeth, bis sie sich zur Kaffeezeit verabschiedete und ich mir mein Rad schnappte, um zu dem Loch hinauszufahren. Ich ließ den Blick nicht allzu lange auf dem dunklen Gewässer liegen, aus Angst, es könnte mich in gedankliche Tiefen ziehen, sondern richtete ihn lieber auf die Blumen am Wegesrand und die Schafe, denen ich immer wieder begegnete und die mich blökend begrüßten.

Am Abend fiel ich todmüde ins Bett. All das Denken, all die Sorgen der letzten Tage hatten mich geschafft, und bald schon schlief ich ein, leider jedoch ohne die Träume zensieren zu können, die sich immer wieder um Finley rankten. Mit einer bittersüßen Kussszene zwischen uns erwachte ich am nächsten Morgen und stöhnte entnervt auf. So war das wohl. Selbst wenn ich im Wachzustand alles dafür tat, um diesen Typen aus meinem Leben und Denken zu verbannen, und auch vor den Erinnerungen im Haus flüchten konnte, so galt das eben nicht für mein Unterbewusstsein, das mich mit sehnsüchtigen Bildern bombardierte, sobald ich die Augen schloss. Ich eilte durch das Haus, duschte mich in dem Wannenbad ab, zog mich an und schnappte mir meine Handtasche, um schleunigst von hier zu verschwinden und die Traumbilder abzuschütteln, die sich vor meinen Augen festgesetzt hatten: Finley, wie er mich mit seinen blauen Augen ansah, wie er auf diese eigentümliche charmante Weise lächelte, bei der sich seine Grübchen abzeichneten, und wie er sich durch die blonden Haare fuhr, ein wenig verlegen und frech zugleich. Wie er mir näher kam, ich das Flimmern spüren konnte, das dem ersten Hautkontakt vorausging, und dann seine Lippen, die sich auf meine legten, mich erst vorsichtig, dann immer fordernder küssten und …

Genug! Schluss, aus, Ende!, versuchte ich das Kopfkino endlich zu unterbrechen. Doch natürlich war es zu spät dafür. Nicht nur die Bilder spukten weiterhin durch meine Gedanken, auch das aufgeregte Flirren blieb in meinem Bauch verankert, wo es sich mit einem sehnsüchtigen Ziehen mischte. Erst als ich bei Kenneth meinen Kaffee getrunken und eine extra große Portion Porridge vertilgt hatte, die keinen Platz mehr für solche Sperenzchen ließ, nahm es langsam ab.

Ich beschloss, wie gestern vorzugehen und diesen Gefühlen keinen Raum zu lassen, indem ich mich ablenkte. Mein Fahrrad stand vor dem Pub, und gerade wollte ich hinausgehen, um eine weitere Tour zu machen, als ich an der Tür Elsbeth und Anne in die Arme lief.

»Da ist sie ja!«, rief Anne erfreut aus und begrüßte mich mit Wangenküssen. Überrascht sah ich sie an.

»Habt ihr mich gesucht?«

»Nicht direkt. Aber als wir dein Fahrrad vor dem Pub gesehen haben, dachten wir, wir schauen mal, ob du nicht da bist und uns begleiten willst«, erklärte Elsbeth mit einem Strahlen, das sie nicht mehr zu verlassen schien, seit Alistair und sie sich ihre Liebe gestanden hatten.

»Begleiten? Wohin denn?«

Zur Antwort zog Anne ein Schlüsselbund aus ihrer Handtasche und klimperte damit vor meinem Gesicht.

»Was ist … Ach nein, ihr habt nicht wirklich …«

»Oh doch! Komm mit, nur auf einen Blick! Bitte!«, flehte Elsbeth, und selbst wenn ich gewollt hätte, ich hätte nicht Nein sagen können.

Die beiden wechselten einen fröhlichen Blick und gingen mir voraus. Direkt neben dem Pub hielten sie vor einer Ladentür. Ich blieb zwei Meter davor stehen und sah an dem Gebäude hoch. Es war ganz schmal, typisch für Schottland, mit Erkern und Fenstern, die mit grünen und weißen Rahmen eingefasst waren. Es war wunderschön. Vielleicht nicht schöner als die anderen Häuser links und rechts. Es war mir vorher nicht weiter aufgefallen, doch nun, als die beiden Frauen mit dem Schlüsselbund an der Tür hantierten, hatte es gleich etwas Besonderes an sich. Dies könnte meine Bäckerei werden.

Schon von außen wirkte das Geschäft heimelig, und ich konnte mir mühelos vorstellen, wie in dem kleinen Schaufenster das Gebäck in Körben bereitlag: frische Brezeln und gefüllte Plunder, Quarkbällchen und Mohnhörnchen. Ich wusste, dass es nur ein kurzes Schwelgen sein durfte, dass ich gleich wieder in die Realität zurückkehren und meine Heimreise nach Deutschland planen würde. Aber für den Moment konnte ich nicht widerstehen.

Anne hatte den richtigen Schlüssel mittlerweile gefunden, und die beiden Frauen forderten mich mit einem Blick über die Schulter auf, ihnen zu folgen.

Als ich durch die Tür schritt, war ich sofort verzaubert. Es war ein übersichtlicher Raum, in dem nur der Tresen, einige Regale und vielleicht noch ein Tischchen in dem Erker Platz fänden. Ein Tresen war tatsächlich schon eingebaut, er zog sich die Längsseite des Geschäfts entlang, war in demselben strahlenden Grün gestrichen, das auch die Hauswand verzierte, mit weißen Mustern bemalt und wies eine große gläserne Vitrine auf, die sich perfekt für die Präsentation von Körben voller Gebäck eignen würde. Dahinter führte eine Tür in einen zweiten Raum von etwa derselben Größe wie der erste, mit doppelglasigen Fenstern. Eine lange grüne Küchentheke stand an einer Seite, ansonsten war der Raum leer. Eine weitere Tür führte von hier zu einer kleinen Toilette.

Elsbeth und Anne waren mir gefolgt, und ich spürte ihre Aufregung und ihre neugierigen Blicke, die auf mir ruhten.

»Was für ein Geschäft war früher hier drin?«, fragte ich, und der Raum warf meine Stimme dumpf hallend zurück.

»Eine Art Tante-Emma-Laden«, sagte Anne. »Hier gab es alles und nichts. Unter anderem aber auch Selbstgemachtes: Gebäck, Pasteten für den Mittag, solcherlei Dinge.«

»Es ist hübsch, nicht wahr?«, fragte Elsbeth begeistert und deutete auf die alte grüne Arbeitstheke.

»Sehr«, raunte ich.

»Die Miete ist übrigens ziemlich niedrig«, warf Anne ein. »Und Willy, der Vermieter, ist ein guter alter Freund von mir. Er würde die ersten drei Zahlungen erlassen, da ja doch einiges hergerichtet werden müsste. Und wenn wir ehrlich sind, gibt es auf lange Sicht auch einfach keine Interessenten. Ich glaube, er ist froh, wenn der Laden nicht länger leer steht.«

Ich nickte ihr zu und kam nicht umhin, die Räume gedanklich zu füllen. Ich bräuchte mehr Flächen zum Verarbeiten der Teige und Backöfen natürlich. Vorne käme ein rundes weißes

Tischchen in den Erker, und in den warmen Monaten würden auch draußen welche stehen. Selbstverständlich durfte eine helle Markise nicht fehlen – für die schottischen Regenschauer. Ein hübscher Leuchter würde den Raum zum Strahlen bringen. Und vielleicht wäre eine grün-weiß gemusterte Tapete für die Wand gegenüber der Theke das Richtige.

Während ich mir das Innere des Ladens ausmalte, war ich, ohne es selbst so recht zu bemerken, nach vorne gegangen, hatte mich hierhin und dorthin gedreht und alles in mich aufgenommen. Nun war ich wieder vor der Vitrine angelangt, ließ den Blick über den Platz schweifen, der hier zur Verfügung stünde. Würde ich den allein überhaupt füllen können? Wie viel müsste ich backen, wann müsste ich anfangen? Wahrscheinlich in aller Frühe, so wie es mein Vater jeden Tag tat. Wäre ich dazu bereit?

Die Antwort war eindeutig: Ja! Zum ersten Mal seit Finleys Verschwinden regte sich in mir wieder die Lust, mich an die Küchentheke zu stellen und Teig zu kneten. Das Klopfen meines Herzens und das Rauschen des Adrenalins in meinen Adern verrieten mehr als deutlich, dass ich hier der Erfüllung eines Traumes ganz nah war. Die Räume waren perfekt, genau das, was ich mir vorgestellt hatte, wenn ich an einen eigenen kleinen Laden gedacht hatte. Nur hatte ich mir diesen Traum bisher nie so recht eingestanden. Erst jetzt, da ich hier stand, mittendrin, wurde mir bewusst, was ich wirklich wollte.

Da gab es nur einen Haken, und zwar einen riesengroßen: Der Laden war im falschen Land.

Theoretisch. Denn als ich in mich hineinhorchte, merkte ich, dass es sich in keinster Weise falsch anfühlte … Wieder drehte ich mich um mich selbst und ließ der Aufregung in mir freien Lauf, damit sie die Vernunft beiseitespülte und dem Mut Raum schuf, den es brauchte, um den folgenden Gedanken zuzulassen: Was, wenn ich doch hierbliebe? Wenn ich es wagte, wenn ich die Hilfe der wunderbaren Frauen annähme und eine eigene kleine Backstube eröffnete?

Während meiner Zeit im Hotel hatte ich einiges an Geld gespart. Ich war nicht gereist und hatte auch sonst keine großen Ausgaben gehabt. Als Startkapital würde es vielleicht reichen, wenn ich es klug anstellte und wirklich das Netzwerk der Strickdamen nutzte.

Ich atmete tief durch. Dann drehte ich mich schneller und schneller, bis ich beinahe stolperte und mich lachend an Elsbeth festhalten musste.

»Ich muss einen Anruf machen – wartet kurz, es dauert nicht lange!«

Ich taumelte nach draußen und drückte auf Wahlwiederholung. Mein Vater meldete sich sofort.

»Krötchen, sag bitte nicht, dass es dir noch nicht besser geht!«

»Im Gegenteil, Papa, es geht mir sehr gut! So gut, dass ich Angst habe, aus Euphorie eine überstürzte Entscheidung zu treffen.«

Mein Vater lachte vor sich hin.

»Also, wenn er kein Papasöhnchen ist, solltest du erst gar nicht …«

»Ausnahmsweise geht es nicht um Männer«, sagte ich lachend und mit schwirrendem Kopf, wandte mich zum Schaufenster um und winkte Elsbeth und Anne im Laden zu.

»Sondern?«

Ich atmete tief ein, um Mut zu schöpfen.

»Meinst du, ich wäre in der Lage, eine Backstube zu führen?«

Mein Vater stutzte hörbar. Dann blieb es einen Moment lang

still, in dem ich mich gespannt in der Spiegelung des Geschäfts beobachtete. Es war beinahe, als würde ich mich selbst hinter der Theke sehen, wie ich dort bereitstand, um die ersten Kunden des Tages zu begrüßen.

»Das Backen würdest du mit Sicherheit hinbekommen«, riss mein Vater mich aus der Vorstellung. »Den Papierkram …«

»Ich weiß, das habe ich auch gesagt. Aber da würde ich Hilfe bekommen.«

»Dann würdest du es in jeden Fall schaffen. Moment mal, worum geht es denn? Willst du wirklich eine Bäckerei eröffnen?«

Ich strahlte, als ich sagte: »Vielleicht, ja, ich glaube, schon!«

»In Schottland?«

»Ja, hier in Applemore.« Ich sah an dem grünen Gebäude hoch. »Aber nur, wenn du versprichst, bald herzukommen, mich zu besuchen und dir alles anzusehen!«

»Natürlich komme ich! Ich wollte immer schon mal nach Schottland. Ich gucke sofort nach Flügen.«

Ich musste vor Aufregung wieder lachen.

»Das ist eine tolle Idee, Krötchen«, sagte er plötzlich in einem so feierlichen Ton, dass mir ganz warm ums Herz wurde. »Ich finde es großartig, dass du solchen Mut hast.«

»Danke, Papa.«

»Und nun los, fang an, dein neues Leben zu planen!«

Als ich aufgelegt hatte, drückte ich das Handy als Ersatz für meinen Vater kurz an mich, dann sauste ich zurück in den Laden.

»Ich mache es!«, rief ich und fühlte mich, als wäre ich betrunken, dabei war es nur das Glücksgefühl, das durch mich hindurchströmte. »Sofern es keine organisatorischen Probleme gibt, weil ich nicht von hier bin, bleibe ich!«

Elsbeth entfuhr ein freudiger Ausruf. Sie zog mich in ihre Arme und drückte mich so fest an sich, dass ich kaum Luft bekam. Erst als sie mich nach einer kleinen Ewigkeit wieder losließ, umarmte auch Anne mich und begann sofort zu überlegen, an was nun alles gedacht werden müsste. Doch kaum eines ihrer Worte drang zu mir durch. Zu sehr rauschte es in meinen Ohren, und zu hibbelig ging es in meinem Körper zu. Ich konnte nicht auf der Stelle stehen, musste zu dem Erker hinübergehen, hinter die Theke und wieder in den Nebenraum, um jedes Detail aufzunehmen.

Dabei schwirrten die Gedanken in meinem Kopf umher. Erst als das Adrenalin in mir langsam abebbte, fragte ich mich plötzlich, ob ich verrückt geworden war. Wo sollte ich denn überhaupt wohnen, wenn ich hierbliebe? Wovon sollte ich das alles bezahlen, was an Investitionen auf mich zukäme? Und dann war da schließlich noch Finley – wollte ich wirklich im selben Ort leben wie er? Doch auch wenn dieser letzte Gedanke mich am meisten beunruhigte, konnte ich ihn am schnellsten beiseitefegen: Erstens war es unwahrscheinlich, dass Finley im Dorf bleiben würde. Entweder würde es ihn wieder in die Welt hinaus verschlagen, oder er würde sich in der Stadt einen Job suchen. Und zweitens: Ich hatte beschlossen, mich in meinen Lebensentscheidungen nicht länger von Männern beeinflussen zu lassen. Und das würde ich nun in die Tat umsetzen. Wenn Finley doch bliebe, würden wir schon eine Möglichkeit finden, einander aus dem Weg zu gehen. Darin waren wir schließlich geübt – und das, obwohl wir in demselben Haus gelebt hatten.

Ich hörte Elsbeth' und Annes Stimmen aus dem vorderen Raum und ging wieder zu ihnen.

»Entschuldigt!«, rief ich. »Ich war so überwältigt, ich konnte gar nichts aufnehmen.«

Die beiden lachten und nickten verständnisvoll.

»Es ist ja auch wirklich aufregend. Für uns genauso!«, stimmte Anne zu und legte mir eine Hand auf den Arm. »Es gibt so viel zu bedenken und zu planen. Wollen wir uns morgen zusammensetzen und alles durchsprechen? Natürlich nur, sofern du unsere Hilfe möchtest. Sonst halten wir uns aus allem raus.«

»Nein, ich brauche euch!«, entfuhr es mir erschrocken. »Ohne euch würde ich das bestimmt nicht schaffen. In Sachen Papierkram bin ich gar nicht gut.«

»Das bekommst du schon noch hin. Außerdem haben wir gestern noch mit den Wilenys gesprochen, ja, zugegebenermaßen hinter deinem Rücken. Aber wir wollten uns ja nur mal erkundigen … Und tatsächlich stehen in ihrem Keller noch jede Menge Gerätschaften von dem Großvater herum, der früher als Bäcker gearbeitet hat. Vielleicht sind sie zu alt oder längst nicht mehr tauglich, aber einen Blick wären sie sicherlich wert. Zumindest für den Anfang …«

»Das wäre ja fantastisch!« Meine Gedanken wanderten zu den vielen sicherlich voll stehenden Kellern des Dorfes. »Meint ihr, ich könnte vielleicht einen Aufruf starten: Brot gegen Möbel? Womöglich gibt es noch mehr Möbel, die irgendwo verstauben und sich mit ein bisschen frischer Farbe hier gut machen würden. Und als Dankeschön gibt es Gutscheine für die neue Bäckerei.«

»Das ist eine tolle Idee!«, rief Elsbeth, und ihre Augen leuchteten so sehr wie meine.

»Dann bleibt noch die Frage, wo ich eigentlich wohnen soll …«

Die beiden Frauen wechselten einen Blick und nickten.

»Wir wollten wirklich nicht zu sehr vorgreifen«, begann Elsbeth nach kurzem Zögern, »aber Willy erwähnte, dass es im

Obergeschoss dieses Geschäfts zufälligerweise auch eine frei stehende Wohnung gebe … Sie ist wohl nicht sehr groß, aber dafür günstig und …«

Amüsiert über die leicht beschämten und zugleich so stolzen Gesichter der beiden Frauen, schüttelte ich den Kopf.

»Kann man euch beide vielleicht als Lebensmanagerinnen buchen?«

Sie freuten sich sichtlich über das Kompliment.

»Möchtest du sie sehen?«, fragte Elsbeth.

»Natürlich!«

Und schon führten sie mich aus dem Laden heraus und zu einer Tür neben dem Schaufenster. Direkt dahinter begann ein schmaler Treppenschacht, über den man nach oben und zu einer weiteren Tür gelangte. Und schon befand ich mich inmitten der Wohnung: Sie bestand aus einem großen Zimmer, ebenfalls mit Erker, der genau über dem der Backstube liegen musste. Der Boden war mit dunklen Dielen verlegt, und die Wände waren weiß. Mein Herz setzte einen Schlag aus, als ich den Kachelofen in einer Ecke sah.

»Es ist nicht gerade modern, aber es funktioniert noch alles, und die Rohre sind wohl auch in Ordnung …«, begann Elsbeth, und ich winkte sofort ab.

»Das ist perfekt, wunderschön.«

Schnell warf ich einen Blick in die Küche, die winzig war. Aber da mir bald nur eine Treppe tiefer ein riesiger Bereich zum Backen bereitstehen würde, wäre sie für das tägliche Kochen und Kaffeemachen absolut ausreichend. Das Bad mit seinen altmodisch anmutenden Sanitäranlagen, der klitzekleinen Badewanne, in die ich mit stark angewinkelten Beinen passen würde, und den dunklen Fliesen war nicht viel größer, doch auch das gefiel mir. Ich sah es schon vor mir, wie ich nach einem anstrengenden Backtag Lichterketten und Kerzen anmachen und mich in das heiße Wasser gleiten lassen würde.

»Gefällt es dir?«, fragte Anne mit leichter Nervosität in der Stimme.

»Wie kann ich euch nur danken?«, fragte ich zurück. »Es ist alles so … so perfekt.«

Die Freude auf ihren Gesichtern zeigte mir, dass meine Reaktion ihnen schon genug war.

»Ihr werdet jedenfalls ein lebenslanges Abo auf all mein Gebäck haben«, überlegte ich weiter und drückte sie beide gleichzeitig an mich.

Am liebsten hätte ich sofort mit der ganzen Organisation begonnen, doch ein Blick auf meine Uhr verriet mir, dass bald meine Trainingsstunde mit Logan anstand. Ich war so aufgeregt, entweder würde ich heute einen Korb nach dem anderen treffen oder keinen einzigen!

»Also sehen wir uns morgen? Vielleicht am Vormittag? Später habe ich meine Cellostunde bei Kathleen.«

»Kathleen McEwan?«, fragte Anne überrascht. »Na ja, wen wundert's? Bei dem, was ich über dein Brot gehört habe, öffnet es wohl selbst die Tür und das Herz einer Kathleen McEwan.«

Ich wackelte mit dem Kopf und lächelte.

»Morgen bringe ich dir welches mit, hundert Laibe, wenn du möchtest! Ich bin euch so dankbar!«

Dann machten wir uns auf den Weg aus der Wohnung, so schwer es mir auch fiel, sie und das Geschäft hinter mir zu lassen – *meine* Wohnung, *meine* Backstube!

51

»Ist das wahr: Du bleibst? Und du eröffnest wirklich eine Bäckerei?«

Ellie strahlte mich erwartungsvoll an, und auch Ians Augen waren groß geworden, als ich meine Erzählung des Tages beendet hatte. Nach dem Training mit Logan hatte ich nicht widerstehen können und Ellie bei Ian im Pub getroffen, um den beiden die Nachricht zu verkünden.

»Es stimmt, wenn denn alles klappt«, sagte ich, und meine Stimme überschlug sich leicht.

»Das sind ja die besten Neuigkeiten des Jahres«, rief sie überwältigt und fiel mir über die Tischkante hinweg in die Arme. »Autsch«, jaulte sie in mein Ohr, und ich musste auflachen. »Oh, ich freue mich so!«

Kaum hatte sie sich wieder von mir gelöst, wurde ich von Ian aus dem Stuhl gehoben und im Kreis herumgewirbelt.

»Das sind definitiv die besten Nachrichten des Jahres!«, rief er über mein überraschtes Aufkreischen hinweg. Er stellte mich wieder ab und sagte so laut, dass alle im Pub es hörten: »Ich schmeiße eine Runde auf Mila hier! Sie hat gerade beschlossen, in Applemore eine Bäckerei zu eröffnen, und ich kann euch schwören: So etwas Gutes wie ihr Brot habt ihr noch nicht gegessen!«

Alle im Pub klatschten begeistert – wahrscheinlich vor allem über das Freigetränk – und johlten, während ich knallrot anlief und kurz in die Runde winkte.

»Okay«, sagte Ellie und beugte sich vor. »Erzähl mir alles noch einmal ganz genau!«

Am Abend stellte ich mein geliebtes pinkes Rad hinter dem Haus ab und ging zum ersten Mal seit Finleys Verschwinden beschwingt hinein. Auch wenn mich wieder nur die gähnende Leere mit ihren Tücken und Fallen erwartete, meinte ich, heute gut gegen sie gewappnet zu sein. Seit der Entscheidung, es mit der Backstube zu probieren, war meine Laune so überbordend, dass ich sie trotz all der offenen Fragen nicht mehr anzweifelte. Ich würde im Dorf bleiben, und ich freute mich darüber wie verrückt. Mithilfe der Strickdamen würde ich jedes mögliche Problem schon irgendwie bewältigen, und Finley … nun gut, der machte sich ja von allein so rar, dass ich ihn bestimmt irgendwann vergessen konnte.

Ich ging direkt in die Küche, stellte fröhliche Musik an, suchte die größte Schüssel heraus, die ich finden konnte, und begann, Mehl abzuwiegen. Für das morgige Treffen mit den eifrigen Frauen hatte ich mir etwas Besonderes überlegt: Ich würde Hefeschnecken mit Äpfeln und Marzipan backen, nach dem Rezept meines Vaters und zur Feier, dass ich in Applemore bleiben würde. Irgendwie musste ich meiner Dankbarkeit ja Ausdruck verleihen. Plötzlich wurde die Musik auf meinem Handy unterbrochen und wich dem melodischen Skype-Klingeln. Wenn das mal nicht meine drei Lieblingsheidelberger waren! Ich warf einen Blick auf das Handy, und wirklich lächelten mir da die Fotos von Fiona, Leon und Josefine entgegen. Schnell nahm ich das Gespräch an und lehnte mein Handy so gegen die Mehltüte auf der Küchentheke, dass sie mich gut sehen konnten.

»Hi, ihr drei, wie geht's euch?«

»Na hallo«, rief Fiona mir entgegen. Sie lag bäuchlings auf dem Bett, das rote Haar fiel ihr ausnahmsweise offen über die Schultern. »Da hat jemand aber gut Laune! Wie kommt's?«

»Erzählt mir erst von euch, wie geht es euch?«, fragte ich zurück und lächelte auch Josefine und Leon zu. Er saß an seinem Schreibtisch vor dem Bücherregal, dessen Balken sich unter dem Gewicht bogen. Josefine hingegen schien ebenfalls in der Küche zu sein und sich gerade einen Tee zuzubereiten.

»Ich muss anfangen, darf ich?!«, rief sie da ungewöhnlich laut und ließ den Teebeutel achtlos auf die Küchentheke fallen. »Ich habe Lara wiedergesehen!« Sie erzählte, wie ihre Verabredung mit Lara gelaufen war, in die sie sich wirklich verguckt haben musste. Ich freute mich heute gleich doppelt für sie und fieberte mit, als sie genauestens wiedergab, wie sie sich endlich getraut hatte, Lara zu küssen. Während ich ihr lauschte und ab und zu meine Kommentare abgab, widmete ich mich dem Teig für die Marzipanschnecken und mischte Zucker und Hefe, die ich in warmer Milch gelöst hatte, unter das Mehl. Dann gab ich Butter, eine Prise Salz und frische Zitronenschale hinzu und verknetete alles, bis ein glatter Teig entstand.

»Ich glaube aber«, meinte Fiona, als ich den Vorteig zum Ruhen gerade beiseitegestellt hatte, und warf einen scharfen Blick in die Runde. »Ich glaube, dass da gerade noch eine von uns im Liebestaumel ist. Kann das sein, Mila? Du strahlst nämlich wie ein Honigkuchenpferd.«

Der Ausdruck passte so gut, dass ich lachen musste.

»Nicht ganz«, sagte ich geheimnisvoll und lehnte mich, auf die Ellbogen gestützt, in Richtung des Displays vor. »Das heißt, verliebt bin ich schon, aber nicht in einen Mann … sondern in ein Haus.«

»Verliebt in ein Haus?«, fragte Leon mit diesem irritiert skeptischen Blick, den nur er hinbekam.

»In ein Haus. In ein Geschäft und eine Wohnung, um genau zu sein. Leute, ich habe beschlossen, eine Backstube zu eröffnen! Und zwar hier im Ort!«

Einen Moment lang war es still. Die Gesichter meiner Freunde zeigten alle Facetten von Unverständnis bis hin zu Überraschung, Freude und Erschrecken. Und dann ging es los: Ein Hagel aus Sätzen prasselte auf die Leitung ein. Das Netzwerk war überlastet und spuckte mir immer nur Wortfetzen aus den verschiedenen Richtungen entgegen.

»Du hast was …?«

»Du kannst doch …«

»… bleiben?«

»… nicht zurück?«

»… all das Geld, um …«

»… aus uns?«

Erst als ich die Stirn kraus zog und beide Arme hob, um zu verdeutlichen, dass ich nichts verstand, verstummte einer nach dem anderen. Wieder war es Fiona, die sich als Erste meldete: »Du wirst also nicht zurück nach Deutschland kommen?« Ein ernster Ausdruck lag auf ihrem Gesicht.

»Nein, ich werde es hier versuchen. In Applemore bietet sich mir die perfekte Möglichkeit: So günstig werde ich woanders nichts anmieten können. Und die Räume sind wirklich toll, ihr müsstet sie mal sehen! Außerdem gibt es hier keinerlei Konkurrenz für mich, von labbrigem Supermarkttoast mal abgesehen. In Heidelberg wäre es für eine ungelernte Bäckerin sehr viel schwerer, Fuß zu fassen … Und …« Ich brach ab, als ich ihren Blick sah, die traurigen Augen, die nach und nach zu verstehen schienen, was diese Entscheidung bedeutete. »Ich werde euch sehr vermissen«, sagte ich schließlich. »Aber ich muss das hier probieren. Ich hoffe, ihr könnt es verstehen. Und ihr müsst mich besuchen! Ich könnte eine kleine Wohnung über der Backstube mieten, in die ich auf jeden Fall ein Gästebett quetschen werde oder auch drei!«

Fiona sagte nichts darauf, doch Josefine meinte mit einem Lächeln: »Ich freue mich sehr für dich, das sind tolle Neuigkeiten! Das wird bestimmt großartig werden.«

»Also mich kannst du auf jeden Fall fest einplanen«, rief Leon. »Ich wollte immer schon mal nach Schottland. Was Besseres, als dass eine meiner besten Freundinnen dorthin zieht, kann ja gar nicht passieren.« Er zwinkerte mir zu. Dankbar lächelte ich zurück und sah aber immer wieder besorgt zu Fiona.

»Ich freue mich natürlich auch für dich«, sagte sie nach einer kurzen Pause. »Es kommt nur ein bisschen plötzlich. Und ehrlich gesagt weiß ich gar nicht so recht, was ich ohne dich machen soll. Du gehörst doch … hierher.«

»Nein, ich glaube nicht mehr«, hörte ich mich zu meiner Überraschung sagen. »Vor zwei Monaten hätte ich laut gelacht, wenn mir das einer gesagt hätte, aber ich habe das Gefühl, ich gehöre nun hierher, nach Applemore. Was aber nicht bedeutet, dass ihr mir weniger wichtig wärt. Wir müssen weiterhin regelmäßig skypen, das klappt doch ganz gut – und uns gegenseitig besuchen.«

»Das werden wir«, versicherte Josefine.

»Natürlich«, sagte Fiona und zwang sich zu einem kleinen Lächeln. Während des restlichen Gesprächs hatte ich das Gefühl, dass dieses Lächeln ein wenig entspannter und breiter wurde. Sie blieb ungewöhnlich wortkarg und tippte immer wieder an ihrem Laptop herum, bis sie bei der Verabschiedung verkündete: »Also, ich habe mal geguckt. Flüge sind ja gar nicht mal so teuer. Und wenn wir drei uns ein Auto mieten, sind wir superschnell bei dir.«

Ich nickte erleichtert. Das war meine Fiona, wie ich sie kannte und liebte, praktisch und optimistisch.

»Sobald hier alles geklärt ist, kommt ihr her!«, rief ich, und meine Freunde stimmten begeistert zu.

Nach dem Gespräch widmete ich mich dem Teig, der in der Zwischenzeit schön aufgegangen war. Sorgfältig knetete ich ihn noch einmal durch und rollte ihn vor mir aus. Ich konnte nicht widerstehen und musste immer wieder eine kleine Ecke probieren. Auch ohne Füllung schmeckte er schon. Das Marzipan, das ich im Nachbarort gekauft hatte, zerbröselte ich nun in kleine Stücke und verteilte es auf dem Teigquadrat. Apfelstücke und eine großzügige Prise Zimt kamen hinzu, dann wickelte ich das Quadrat vorsichtig von einer Seite aus auf und schnitt die Schnecken aus der so entstandenen Rolle. Nachdem ich sie für den Glanz bepinselt hatte, wanderten sie auf ein Backblech und in den Ofen.

Erst jetzt fiel mir auf, dass ich die Katzen heute noch gar nicht gesehen hatte. Das war an sich nicht weiter ungewöhnlich, sie verbrachten oft volle Tage an der Luft. Und wer konnte es ihnen verdenken bei der wunderschönen Landschaft? Doch seit unserem gemeinsamen Mittagsschlaf war Maisie ungewohnt anhänglich gewesen und immer in meiner Nähe geblieben, als fürchtete sie, dass auch ich mich aus dem Staub machen könnte. Ob sie an einem ihrer Stammplätze lag? Ich ging ins Wohnzimmer hinüber und machte Licht, da es mittlerweile draußen dunkel geworden war. Doch weder unter dem Bücherregal noch unter einem der Sessel oder der Couch war etwas von dem fluffigen Fell der Katze zu sehen. Auch oben in mein Bett hatte sie sich nicht gekuschelt. Vielleicht hatte sie ihre Trauerphase überwunden und war zu einem Erkundigungsspaziergang nach draußen gegangen. Ich wollte schon das Flurlicht löschen, um unten nach meinen Schnecken zu sehen, als ich es bemerkte: Die Tür zu Finleys Zimmer stand offen. Dabei war sie während der gesamten letzten Woche geschlossen gewesen, das wusste ich genau. Ein Schreck fuhr durch meinen Körper. Hieß das etwa, dass er da war? Allerdings brannte kein Licht, was vielleicht bedeutete, dass er schlief. So leise wie möglich schlich ich mich zu der Tür hinüber. Ich steckte den Kopf zaghaft durch die Öffnung, konnte aber nichts erkennen. Zwar fiel ein Lichtschein vom Flur ins Zimmer, aber die Ecke mit dem Bett war dennoch so dunkel, dass meine Augen nichts ausmachen konnten.

»Finley?«, flüsterte ich, erhielt aber keine Antwort. Es schien sich auch nichts in dem Zimmer zu regen. Ich überlegte einen Augenblick, dann nahm ich meinen Mut zusammen, trat ganz in das Zimmer ein, tastete mich zum Nachttisch vor und knipste die kleine Lampe darauf an. Ich hatte fest damit gerechnet, einen blonden Haarschopf auf dem Kissen zu sehen, doch da war niemand. Das Zimmer war leer, bis auf die schwarzweiße Katze, die sich auf dem Stuhl im Erker eingerollt hatte und mich genau im Blick hatte.

»Maisie«, sagte ich leise, als mir etwas anderes auffiel: Das Zimmer war leer, komplett leer. Nicht nur, dass sich außer Maisie niemand darin befand, nein, es war auch geräumt worden. Finleys Sachen waren weg.

52

Anne strich einen Plan in DIN-A3, der vollgeschrieben war mit Stichpunkten und kleinen Skizzen, auf dem Gartentisch glatt. Die Sonne schien besonders stark an diesem Vormittag, sodass Elsbeth, Anne, Lily und ich allesamt bunt geblümte Sommerkleider trugen und wohl nicht gerade so wirkten, als schmiedeten wir Geschäftspläne. Doch genauso war es. Erst hatten wir ein kleines zweites Frühstück mit Earl Grey und frischen Marzipanschnecken zu uns genommen, die so gut bei den Frauen ankamen, dass nach zwanzig Minuten nur noch eine einzige übrig war, die ich für Willy, der gleich zu uns stoßen wollte, gesichert hatte. Aber schon während des Essens drehten sich unsere Gespräche ausschließlich um die Planung meiner Bäckerei und Wohnung.

Ich war froh über die Beschäftigung. Der Fund des gestrigen Abends hatte mich wieder aus der Bahn geworfen. Immer wenn ich dachte, ich hätte den Absprung geschafft und wäre auf dem richtigen Weg, Finley aus meinem Leben zu streichen, schlich er sich aufs Neue in meine Gedanken. Ich war so wütend gewesen, als ich verstanden hatte, dass er ohne ein weiteres Wort Reißaus genommen hatte. Ob er die Sachen nur zu Mr. Reid gebracht oder sich tatsächlich auf Reisen begeben hatte, wusste ich nicht, aber das spielte auch keine Rolle. Fakt war, dass er nicht mit mir gesprochen hatte. Und das, obwohl er sich im Haus aufgehalten hatte. Hätte er mir ein kleines Zeichen gegeben und sich angekündigt, ich wäre sofort bereit gewesen, mit ihm zu reden. Mittlerweile war da so viel an Unausgesprochenem in mir, dass ich das Gefühl hatte, zu einer Art Endlager für Zweifel und Sorgen geworden zu sein. Und so wechselten Wut und Unverständnis sich seit dem gestrigen Abend in mir ab und ließen nur noch Raum für die Traurigkeit, die sich über all das legte.

Erst jetzt, im Gespräch mit den Frauen, regte sich mein Überlebenswille wieder. Ich wollte aber nicht nur überleben, ich wollte mich auf die neuen Abenteuer freuen können und mich in sie hineinstürzen.

»Am wichtigsten sind wohl erst einmal die Einigung mit Willy, die Anträge für dein Visum und die Geschäftsgründung – und dann, wenn alles wirklich klappt, der Aufruf wegen der Möbel, damit du bald einziehen kannst. Wann musst du noch mal aus dem Haus der Bains' raus?«, fragte Anne in geschäftsmäßigem Ton und drehte den Kopf von dem Plan, über den sie gebeugt stand, zu mir.

»Am Freitag schon.«

»Keine Sorge, sollte deine Wohnung bis dahin noch leer stehen, kommst du einfach zu uns«, bot Elsbeth an und meinte damit Alistair und sich. Es klang, als wäre sie schon mehr oder weniger bei ihm eingezogen, was mich natürlich freute.

»Aber …«, begann ich und zögerte kurz, bevor ich weitersprach, »ist euer Gästebett nicht belegt?«

»Du könntest auch bei mir übernachten. Aber nein, Finley ist doch gestern zu seiner Tante nach Skye gefahren. Hat er dir nichts gesagt? Ich dachte, er wollte noch mal im Haus vorbeigehen und seine Sachen holen.«

Resigniert schüttelte ich den Kopf.

»Nein, das hat er nicht.«

Da war er also, bei seinen Eltern. Doch Anne ließ mir keinen Raum für weitere düstere Gedanken.

»Als Erstes muss das Amtliche geklärt werden. Ich habe mit der Freundin von John gesprochen, John von der Metzgerei, du weißt schon, die ist vor ein paar Jahren aus Frankreich hergezogen und hat einen Schönheitssalon in Killin eröffnet. Sie hat in ihren Unterlagen gekramt und uns gesagt, bei welchen Ämtern wir uns melden müssen. Hier, schau mal, das sind die Seiten, auf denen du die Anträge ausfüllen oder ausdrucken kannst. Das machst du heute Abend am Computer, ja?« Anne zwinkerte mir zu, und ich nickte pflichtbewusst.

»Willy müsste jeden Augenblick vorbeikommen«, fuhr sie fort. »Vielleicht nutzen wir die Zeit und bereiten die Flyer vor, die wir in die Briefkästen werfen. Wer weiß, was unsere lieben Nachbarn alles in ihren Kellern herumstehen haben«, schlug sie vor, und Lily und ich setzten uns und begannen, einen Flyer zu entwerfen. Lily hatte ein Talent fürs Zeichnen, wie sie gleich unter Beweis stellte. Sie umrahmte das Geschriebene mit hübschen Zeichnungen von Baguettes, Croissants und sogar Marzipanschnecken, während ich mit Anne und Elsbeth die nächsten Schritte plante.

»Ich rufe mal die Wilenys an und frage, wann wir bei ihnen vorbeikommen können, um die Geräte anzuschauen, oder was meint ihr? Was geschafft ist, ist geschafft«, meinte Elsbeth, und wir nickten. Als sie sich mit dem Handy ein paar Schritte entfernte, sah ich, wie sie beinahe in einen kleinen Mann von etwa fünfzig Jahren mit Kugelbauch und lichtem schwarzem Haar hineinlief. Die beiden begrüßten sich lachend, dann kam der Mann zu uns herüber. Mit seinen kernig roten Wangen und dem amüsierten Lächeln war er mir sofort sympathisch.

»Guten Morgen in die Runde«, rief er mit durchdringender Stimme und schüttelte uns dreien mit festem Griff die Hand. Nachdem er Platz genommen und in Rekordzeit die Marzipanschnecke vertilgt hatte, beugte er sich zu mir vor.

»Du bist dann also die Mietanwärterin, ja? Die berühmte Bäckerin! Natürlich habe ich längst von dir gehört. Du, da fühl ich mich ja richtig geehrt, dass so eine Berühmtheit in mein bescheidenes Häuslein einziehen will!« Und schon fiel er in ein dröhnendes Lachen, das unheimlich ansteckend war. »Wenn alles so gut schmeckt wie dieses kleine Ding hier, dann werden sie dir jedenfalls die Bude einrennen! Na, ich habe mal die Vertragsmuster mitgebracht. Das ist nichts Dolles, wirst du sehen, das Übliche eben.« Er zog die Verträge aus der Tasche und fächerte sie vor mir auf. »Das hier ist die Wohnung. Die Miete zahlst du genau wie die für das Geschäft erst ab dem vierten Monat. Ich hab gehört, dass du mit beschränkten Mitteln ins Geschäft startest«, fügte er kumpelhaft hinzu, »und noch eine Wohnung in Deutschland hast, die du auflösen musst. Na ja, und dann gibt es da ja doch so einiges, was in den Räumen gemacht werden müsste … Die Wände sind seit bestimmt fünfzehn Jahren nicht mehr gestrichen worden. Schau es in Ruhe durch, hier sind die Preise, die ich dir vorschlage. Solltest du damit nicht einverstanden sein oder Fragen haben, dann mal raus damit!« Wieder verfiel er in das Lachen, allerdings in etwas geringerer Lautstärke. »Hier steht auch meine Nummer. Da kannst du einfach anrufen.«

»Vielen Dank«, sagte ich schnell, froh, mich endlich zu Wort melden zu können. »Auf den ersten Blick sieht das sehr gut aus. Ich würde es mir bis morgen ansehen und mich dann wieder bei dir melden. Aber ich möchte mich jetzt schon bedanken, dass du mir so entgegenkommst.«

Willy spitzte die Lippen und winkte ab.

»Ach was, ich bin froh, wenn Leben in das alte Ding kommt. Das Haus steht schon viel zu lange leer – wie so vieles hier im Dorf. Also, wenn du ein paar Freunde hast, lad die nur ein! Wir könnten noch ein paar Geschäfte gebrauchen …«

Da kam Elsbeth zurück und winkte uns mit dem Handy zu.

»Die Wilenys sind gerade in ihrem Garten am Arbeiten, deshalb haben sie das Telefon so lange nicht gehört. Wenn es passt, könnten wir gleich vorbeikommen. Natürlich nur, wenn ihr fertig seid.« Dabei legte sie Willy und mir je eine Hand auf die Schulter.

»Das sind wir«, sagte Willy und hob seinen Kugelbauch ächzend aus dem Sitz. »Du meldest dich einfach morgen. Die Schlüssel habt ihr ja, also guck dich in aller Ruhe dort um.«

»Danke!«, rief ich ihm nach und erntete einen erhobenen Daumen, als er sich schon entfernte.

»Der Flyer ist auch fertig«, verkündete Lily. »Den können wir auf dem Weg bei Kenneth kopieren.«

»Sollte ich mich nicht lieber erst um meine amtlichen Anträge kümmern?«, fragte ich. Lily dachte einen Augenblick lang nach, dann nickte sie.

»Das ist vielleicht klüger«, gab sie zu.

»Aber toll ist der Flyer allemal geworden«, sagte Anne, als sie den Blick über den Text und die Zeichnung fliegen ließ:

Brot gegen gebrauchte Möbel!
Wer von euch hat gebrauchte Möbel und Einrichtungsgegenstände, die im Keller verstauben? Tauscht sie doch einfach gegen frisch gebackenes Brot ein! Ich suche Möbel für meine Wohnung und eine kleine Bäckerei, auf die ihr euch bald freuen dürft, und bin froh über Spenden. Im Tausch bekommt ihr von mir Gutscheine für frisches Brot und Leckereien!

»Fehlt nur noch deine Handynummer«, meinte Anne zufrieden. »Ich würde vorschlagen, sobald du das Amtliche geklärt und den Mietvertrag unterzeichnet hast, werfen wir sie ein.«

Und so machten wir uns auf den Weg zu den Wilenys, einem Paar, das ich schon vom Sehen her kannte, das jedoch erst auf den zweiten Blick und auf Vermittlung der Strickdamen seine Scheu vor mir als Fremder verlor. Die beiden zeigten uns die Geräte – einen mehrtürigen Bäckereiofen sowie eine Knetmaschine, die tatsächlich schon bessere Tage gesehen hatten, aber funktionierten, als wir sie einmal grob abgestaubt und zum Test angeschlossen hatten. Für den Anfang wären sie absolut ausreichend. Außerdem präsentierte Mrs. Wileny uns eine ganze Palette an Backutensilien, an denen ich mich ebenfalls bedienen dürfte: jede Menge Rührschüsseln und Backformen, Bleche und Schaber, Pinsel und Spritztüten. Nicht alles davon war noch zu benutzen, aber der Großteil war gut erhalten und dicht verpackt gewesen, sodass er sich mit ein bisschen Geschirrspülmittel sicherlich wieder einsatzbereit machen ließe.

Voller Euphorie und mit einem Schwall an Dankesbekundungen, mit denen die Wilenys völlig überfordert wirkten, ließen wir das Ehepaar zurück und spazierten wieder in den Stadtkern. Mittlerweile war es schon Mittag, und Lily, Anne und Elsbeth verabschiedeten sich, um sich zum Essen zu ihren Männern zu gesellen. Alle drei luden mich zu sich ein, doch ich lehnte dankend ab, um stattdessen Ellie zu überraschen.

Ich lugte durch das Fenster des Friseursalons und entdeckte keinen Kunden. Als ich eintrat, fegte meine Freundin gerade Haarreste auf dem Boden zusammen und wirkte völlig in Gedanken verloren. Erst als ich sie schon fast erreicht hatte, bemerkte sie die Bewegung und schenkte mir sofort ein herzliches Lächeln.

»Mila, das ist ja schön!« Und schon hatte sie den Besen beiseitegelegt und mich stürmisch umarmt. »Ich habe schon all meinen Kunden vorgeschwärmt, wie toll es ist, dass du hierbleibst, und ihnen eingebläut, dass sie unbedingt bei dir einkaufen müssen!«

»Du bist einfach die beste Werbung, die man sich vorstellen kann. Danke!«

Ellie strahlte von einem Ohr zum anderen.

»Gerade habe ich überlegt, wen ich wohl zu einer spontanen Mittagspause entführen kann – und da tauchst du auf! Bist du dabei?«

»Gerne. Gehen wir zu Kenneth?«, fragte ich und freute mich, Zeit mit meiner besten schottischen Freundin zu verbringen.

»Wie war es mit den Golden Girls?«, fragte Ellie, fegte die Haare auf die Schaufel und schmiss sie weg. »Was habt ihr Neues ausgetüftelt?«

Ich berichtete ihr die Kurzversion von Willys Besuch, den Geräten der Wilenys und dem Flyer, während Ellie alle Utensilien vom Frisierplatz zurück an ihren Ort räumte.

»Den musst du mir gleich zeigen! Oh, Mila, ich bin so froh! Mir ist gestern ein großer Stein vom Herzen gefallen, als du gesagt hast, dass du bleiben wirst.« Ellie hatte innegehalten und sah mich so ernsthaft an, dass mir ganz warm ums Herz wurde. Ich konnte nicht anders und musste sie noch mal fest drücken.

»Sag mal, wer hat denn da eigentlich so viel Haar fallen lassen?«, fragte ich dann, um uns beide vom Losheulen abzulenken.

Lachend schnappte Ellie sich die Handtasche und schob mich aus dem Salon. »Du glaubst ja nicht, was heute schon hier los war. Mrs. Harris wollte eine neue Frisur – nach dreißig Jahren! Ich glaube, sie hat gerade eine Art Midlife-Crisis. Hat man die heutzutage vielleicht später, so mit siebzig?«

Während wir zu Kenneth hinübergingen und uns einen Platz suchten, erfuhr ich alles über Mrs. Harris' Haardesaster, denn natürlich war die Frau am Ende völlig entgeistert, als ihr im Spiegel ein neuer Mensch entgegensah.

»Na ja, das Ende der Geschichte ist, dass ich versuchen sollte, alles rückgängig zu machen, was natürlich nicht mehr möglich war: Ab ist ab! Und nun sieht die arme Frau aus wie eine Krähe, die in den Rasenmäher geraten ist.«

Ich musste lachen über dieses Bild. Da kam Kenneth zu uns an den Tisch.

»Hallo, Kenneth, wie geht's dir?«, sprudelte Ellie gleich fröhlich weiter. »Kannst du mir eine deiner köstlichen Pasteten bringen, vielleicht die mit Bohnen, die Mila immer isst?«

»Davon nehme ich auch eine«, stimmte ich gleich ein.

»Kenneth, hast du es schon gehört: Mila bleibt in Applemore, und sie eröffnet eine richtige Bäckerei! Kannst du es fassen?«

Kenneth strich sich einmal über den Schnauzer und murmelte kaum hörbar: »Dann kann ich weiterhin mein Brot über dich beziehen?«

Ich unterdrückte ein Schmunzeln.

»Natürlich. Es wird in Zukunft wahrscheinlich sogar direkt nebenan gebacken. Dort miete ich nämlich, wenn alles gut geht, die Geschäftsräume und die Wohnung an.«

»Das ist so fantastisch!«, rief Ellie wieder.

Kenneth nickte, als wäre er nicht überrascht. Aber was würde bei ihm auch schon Überraschung auslösen?

»Ich habe mir übrigens überlegt«, sagte Ellie, während wir auf das Essen warteten, »dass wir das feiern müssen!«

»Ich weiß nicht, Ellie, erst mal sollte alles in trockenen Tüchern sein. Und …«

»Und was? Hast du keine Lust auf eine Feier?«

»Doch, schon …«

Ellies Augen verengten sich zu Schlitzen.

»Es ist wegen Finley, oder? Diese Blair-Geschichte? Du trauerst ihm noch nach.«

»Er war gestern im Haus, als ich nicht da war, und hat all seine Sachen geholt – ohne ein Wort an mich. Heute habe ich von Elsbeth erfahren, dass er zu seiner Tante und den Eltern nach Skye gefahren ist.«

»Wirklich? Oh Mann, ich hätte nicht gedacht, dass er so ein Feigling ist. Einfach abzuhauen, ohne mit dir zu sprechen oder sich zu verabschieden … Schließlich muss er ja denken, dass du diese Woche nach Deutschland zurückfliegst.«

Ich zuckte mit den Schultern.

»Offenbar bin ich ihm einfach egal.«

»Egal ganz bestimmt nicht. Es ist zwar nicht gerade cool, dass er sich gleich wieder mit Blair eingelassen hat, aber andererseits hat er das wahrscheinlich nur gemacht, weil Theo hier so plötzlich aufgetaucht ist.«

Ich legte den Kopf schief.

»Aber ich habe ihm zigmal geschrieben, dass ich ihn gerne sehen würde. Wenn er darauf nicht eingeht, ist er ein ziemlicher Idiot.«

Ellie zuckte mit den Schultern.

»Sieht so aus. Leider.«

Ich runzelte die Stirn und merkte wieder, dass ich aus diesem Typen einfach nicht schlau wurde. Es war wohl das Beste, ich arbeitete weiter daran, ihn zu vergessen.

Nach dem Essen hielten Ellie und ich für einige Minuten vor dem Haus an, in dem ich vielleicht schon bald meine Bäckerei eröffnen würde, und beäugten verliebt die Details. Ellie tätschelte zärtlich den grünen Stein und zirpte: »Danke dir, du wunderbares Haus, dass du meine Freundin überzeugt hast zu bleiben!« Damit brachte sie mich wieder zum Lachen. »Weißt du, was?«, sagte sie und hakte sich bei mir unter, um sich zum Salon begleiten zu lassen, »am Freitag feiern wir, ob du willst oder nicht, und dann suche ich dir einen Kerl, der dich Finley sofort vergessen lässt! Ein Jeansmodel, das gerne Liebesromane liest, alte Filme mag und Teig nascht!«

»So etwas gibt es hier?«, fragte ich grinsend.

»Klar«, sagte sie mit verheißungsvollem Zwinkern, »die sitzen hier irgendwo auf den Schafweiden herum, kauen an ihren Grasstängeln und träumen von der wahren Liebe.«

»Oje, ich weiß nicht, ob ich in diesem Jahr nicht schon genug von der ›wahren Liebe‹ hatte«, sagte ich seufzend und verabschiedete mich vor dem Salon von Ellie. »Eigentlich will ich keine große Liebe mehr, nur etwas Echtes und Ehrliches. Etwas Lustiges und Charmantes und …«

»Du willst Finley, ich weiß.« Ellie verdrehte die Augen.

»Ja«, sagte ich und verzog resigniert das Gesicht. »Eigentlich will ich nur Finley.«

53

Kathleen McEwan und ich hatten nicht ausgemacht, ob wir uns in dieser Woche noch einmal zur Cellostunde treffen würden, nachdem die letzte Sitzung so völlig anders ausgefallen war als gedacht. Trotzdem hatte ich mich darauf eingestellt, zur gewohnten Zeit zu ihr zu gehen. Von Kenneth hatte ich ja gehört, dass ihr das Gespräch gutgetan hatte, und so hoffte ich, dass sich ihre Laune nicht gewandelt hatte und sie mir die Tür nicht vor der Nase zuschlagen würde.

Ich hatte Glück. Kathleen zeigte ihr ungewohntes kleines Lächeln, als sie mir öffnete. Und als ich ins Musikzimmer trat, stand dort ein Tischchen mit einer Kanne duftendem Tee sowie Plätzchen bereit. Daneben entdeckte ich auch das Foto von Kathleen und Isabelle, viel präsenter als noch auf der Kommode.

»Bitte, setzen Sie sich«, forderte Kathleen mich auf, und auch wenn nicht die gesamte Strenge aus ihrem Ton verschwunden war, so klang sie doch schon wesentlich freundlicher als sonst. Ich setzte mich und wartete gespannt, was Kathleen als Nächstes sagen würde. Sie ließ sich neben mir nieder, goss Tee in die beiden bereitstehenden Tassen und bot mir mit einer Geste von den Plätzchen an.

»Bevor wir mit dem Unterricht anfangen«, sagte sie schließlich und blickte auf die von den Tassen aufsteigenden Dampfwolken hinab, »möchte ich mich bei Ihnen bedanken.« Ich wollte schon einhaken, doch sie unterband es mit einer ruhigen Handbewegung. »Vielleicht glauben Sie, nicht viel getan zu haben, aber allein dass jemand sich getraut hat, ehrlich mit mir zu sein und mich mit der Vergangenheit zu konfrontieren, hat einiges in mir gelöst.« Sie atmete tief ein, nahm die Teetasse zur Hand und einen winzigen Schluck daraus, bevor sie sie wieder senkte. »Ich habe am Wochenende mit Mr. und Mrs. Bains telefoniert, und wir haben beschlossen, uns nach ihrer Rückkehr zusammenzusetzen und über das Vergangene zu sprechen.«

Ich konnte mir vorstellen, was für ein großer Schritt das für sie gewesen sein musste. All die Jahre war über den Unfall geschwiegen worden. Ich war sicher, dass es allen Beteiligten guttun würde, wenn endlich Offenheit herrschte.

»Das letzte Mal, als ich es versucht hatte, war alles noch so frisch«, fuhr sie fort. »Sie wollten nichts mehr davon hören, und ich war froh, es verdrängen zu können, aber das Gespräch mit Ihnen hat mir gezeigt, dass es an der Zeit ist, über alles zu reden und endlich zu verarbeiten, was geschehen ist.«

»Sie haben es lange mit sich herumgetragen, ohne die Gedanken daran zuzulassen«, sagte ich leise. »Ich glaube auch, dass es für Sie und die Bains' eine Erleichterung sein wird, endlich loszulassen.« Ich musste an Finley denken, für den das Gesagte genauso galt wie für Kathleen und das Ehepaar Bains. Ich hatte so viel Wut und Enttäuschung in ihm gespürt, die dort seit fünf Jahren eingefroren schienen. Es war an der Zeit, sie an die Luft zu lassen und endlich auch all den anderen Gefühlen Raum zu geben, die sich dahinter versteckten.

»Das lag mir auf dem Herzen«, sagte Kathleen abschließend und hob den Blick. »Ich danke Ihnen.«

Ich lächelte ihr ermutigend zu, doch bevor ich noch etwas sagen konnte, klatschte sie in die Hände.

»Und nun werden wir versuchen, Ihren ungelenken Händen ein wenig Musik zu entlocken. Schließlich ist es das letzte Mal, dass wir die Möglichkeit dazu haben.«

»Na ja, nicht ganz«, wandte ich ein und erntete einen erstaunten Blick. »Ich habe beschlossen, im Dorf zu bleiben, und werde wohl eine kleine Bäckerei eröffnen, wenn alles klappt. Falls Sie also einverstanden sind, würde ich Sie gerne weiterhin besuchen und Cellostunden nehmen.«

»Ach, das ist ja eine Überraschung! Eine junge Frau, die zu uns zieht, statt fortzugehen!« Sie sagte es nicht direkt, doch ich sah, dass sie sich über die Nachricht freute. In ihren Augen funkelte etwas auf, was ich vorher noch nie bemerkt hatte. Und dies war eine weitere kleine Bestätigung für meine Entscheidung.

Am nächsten Tag gab ich den unterschriebenen Mietvertrag bei Willy in Applemore ab, der es sich nicht nehmen ließ, mir sogleich ganz offiziell die Räumlichkeiten zu übergeben und ein Protokoll über die Mängel anzufertigen, das doch etwas länger ausfiel als gehofft. Ich würde noch einiges an Arbeit hineinstecken müssen. Trotzdem fühlte ich, wie die Lust auf die Arbeit und die Euphorie über meine Entscheidung durch meine Adern flossen. Kaum dass Willy mich in dem Geschäft allein gelassen hatte, zog ich völlig verzaubert das Handy heraus, nahm kleine Videos der Räumlichkeiten auf und schickte sie an meinen Vater und meine Freunde.

Und dann stürzte ich mich in die Arbeit. Zunächst machte ich bei Kenneth Kopien vom Flyer, drehte eine Runde durch das ganze Dorf und warf sie überall in die Briefkästen oder gab sie den Leuten in die Hand, wenn ich sie traf. Wo ich vorher oft noch Skepsis und Abwehr begegnet war, zeigten sich mir heute Neugier und ehrliche Freude darüber, dass das Dorf eine neue Bewohnerin und bald auch ein neues Geschäft gewinnen würde.

»Wir haben im Keller noch so einiges, was Sie vielleicht gebrauchen können. Wir melden uns!«, versprachen die meisten. Die restlichen Flyer würden Ian und Ellie im Nachbardorf verteilen, und ich war schon gespannt, was sich an Möbeln alles zusammenfand.

Als ich zurück zum Laden kam, wurde ich von Kenneth abgefangen. Er hatte offenbar im Eingang des Pubs auf mich gewartet und kam nun die paar Schritte zu mir herüber.

»Was ich noch sagen wollte«, nuschelte er, und sein Dialekt schien stärker zu werden, wie immer, wenn er sich von seiner freundlichen Seite zeigte. Ich musste mich richtig konzentrieren, um ihn zu verstehen. »Sag mir Bescheid, wenn du Hilfe brauchst bei den Handwerksarbeiten. Ich komme dann rüber. Wir sind ja jetzt bald … Nachbarn.«

Ich dankte ihm schmunzelnd und versprach, mich bestimmt bald zu melden, wenn es ans Tapezieren ginge.

Mein Herz klopfte vor Freude. Auch wenn sich die Bewohner des Dorfes am Anfang so zurückhaltend gezeigt hatten, bewiesen sie mir nun, da ich einmal als Teil von ihnen akzeptiert worden war, ihre volle Solidarität. Und das machte mich so glücklich, dass alle Ängste und Zweifel, die noch in mir schmorten, wenn ich daran dachte, was schieflaufen könnte, verbannt wurden.

54

Es fühlte sich seltsam an, das Cottage, in dem ich die letzten acht Wochen verbracht hatte, aufzuräumen und alle Spuren von mir zu beseitigen. Besonders schwer fiel mir der Abschied von dem Rosenzimmer und natürlich von den Katzen – doch die waren wohl nicht ganz so traurig, denn sie glänzten durch Abwesenheit. Meinen Flug nach Deutschland hatte ich verstreichen lassen und um Punkt neun Uhr vierzig, als er ohne mich abhob, mit meiner Kaffeetasse in die Luft geprostet, bevor ich mich wieder den Putzarbeiten zugewandt hatte.

Am frühen Nachmittag war alles so hergerichtet, dass ich meinte, das Haus mit einem guten Gefühl an Mr. und Mrs. Bains übergeben zu können. Ich war gespannt, das Ehepaar nun endlich persönlich kennenzulernen, nachdem ich von ihnen über die anfänglichen Nachrichten, die Fotos und die Erzählungen schon so viel erfahren und mir ein Bild gemacht hatte. Was mich jedoch wirklich zittern ließ, war die Frage, ob Finley dabei sein würde, wenn wir die Hausübergabe machten. Eine Woche lang hatte ich ihn nun nicht gesehen, nachdem ich aus dem Pub gerauscht war, und ich wusste nicht einmal, ob er seine Eltern zurück ins Dorf begleiten würde, ob er bei seiner Tante bleiben oder gar woandershin reisen würde. Doch die Aussicht, ihm vielleicht gleich in die Augen sehen zu müssen, löste in meinem ganzen Körper ein Gefühl aus, von dem ich nicht sagen konnte, ob es unangenehm oder schön war. Ich war einfach unsagbar aufgeregt.

Kurz vor sechzehn Uhr saß ich auf dem Weidezaun vor dem Haus, ziemlich geschafft von der Arbeit, eine Flasche Wasser zu meinen Füßen und einige Schafe hinter mir, als ich plötzlich ein vertrautes Miauen hörte. Das war doch Maisie, die sich da durch das hohe Gras anpirschte! Mit einem einzigen Satz landete sie auf dem Zaunpfahl neben mir, miaute und blickte betont desinteressiert an mir vorbei. Typisch Maisie! Ich schmunzelte und fühlte die Rührung, als ich die Hand langsam hob und sie der Katze zum Schnuppern hinhielt. Nach ein paar Sekunden beugte sie den Kopf und drückte ihn gegen meine Finger.

»Wie lieb, dass du dich von mir verabschiedest. Ich werde dich unheimlich vermissen. Aber weißt du«, sagte ich, als ich spürte, wie sich ein Kloß in meiner Kehle bildete, »ich bin noch im selben Ort. Also falls du und Patch mal vorbeischauen wollt … ihr findet mich im grünen Haus. Und der Ofen wird immer schön warm sein für euch.«

Wie aufs Stichwort tauchte da auch Patch aus der Hecke am Kiesweg auf, verharrte kurz und blickte zu uns. Dann verschwand er durch die Katzenklappe ins Innere. »Tschüss, Patch, tschüss, Maisie«, sagte ich leise und lächelte traurig, als Maisie vom Zaun sprang und Patch hinterhereilte.

Wenige Minuten später hörte ich das dumpfe Motorengeräusch eines Wagens, der vorne an der Straße hielt. Das mussten sie sein! Ich schenkte den Schafen ein letztes Abschiedsblöken, dann sprang ich auf, als ich Schritte auf dem Kies vernahm. Die Aufregung gab mir neue Energie.

Eine Frau, die ich von den Bildern im Flur her gut kannte, tauchte auf dem Weg auf und zog einen großen Koffer hinter sich her. Sofort hatte ich das Gefühl, wir wären uns schon völlig vertraut und besuchten einander seit Jahren. Genauso erging es mir mit dem Mann, der hinter ihr den Weg entlangkam und ihr kurzerhand den Koffer abnahm, um ihn über den Kies zu tragen. Ich wartete einige Sekunden, gespannt und lauernd, doch hinter ihnen blieb der Weg leer. Finley war also nicht hier, und sofort spürte ich Enttäuschung in mir aufwallen, in die sich aber auch Erleichterung mischte.

Ich zwang mich zu einem Lächeln und winkte den Bains' zu, als sie sich mir näherten. Überrascht blieb Mrs. Bains stehen, als sie mich erblickte, sodass ihr Mann beinahe in sie hineinlief.

»Miss Münzer?«, rief sie völlig erstaunt aus. Doch kaum war sie bei mir angelangt, zog sie mich an sich und gab mir zwei Wangenküsse. Mr. Bains drückte herzlich meine Hand.

»Was machen Sie denn hier?«, fragte Mrs. Bains. »Wir dachten, Sie wären längst nach Deutschland …«

»Das ist aber schön, dass wir uns noch kennenlernen«, warf Mr. Bains ein, ganz der britische Gentleman.

»Bis vor wenigen Tagen dachte ich auch noch, dass ich nicht mehr hier sein würde«, antwortete ich lachend. »Aber dann haben sich ein paar wundervolle Damen meiner angenommen und mich überzeugt, dass ich eigentlich schon längst hierhergehöre. Und jetzt bleibe ich!«

Die beiden wechselten einen verwunderten Blick, und Mrs. Bains deutete fragend auf das Haus.

»Aber …«

»Natürlich nicht bei Ihnen«, rief ich und musste ein Lachen unterdrücken. »Ich ziehe in meine Wohnung neben Kenneth' Pub. Dort eröffne ich auch bald eine Bäckerei. Also wenn Sie mal Lust auf ein Schokoladencroissant und einen Kaffee haben, kommen Sie vorbei. Ich würde mich freuen, Sie einladen zu dürfen, nachdem ich eine so schöne Zeit in Ihrem Cottage hatte.«

Ein wenig erleichtert und freudig lächelnd, nahmen die Bains' die Einladung an. Das Brot, das ich ihnen als weiteres kleines Dankeschön auf den Küchentisch gelegt hatte, sollte eine Überraschung bleiben, bis sie gleich hineingingen.

»Hat denn sonst alles gut geklappt? Finley hat uns beschworen, uns nicht ständig bei Ihnen zu melden. Ist er Ihnen sehr auf die Pelle gerückt? Sie hätten sich natürlich jederzeit bei uns beschweren können, und wir hätten ihn woanders einquartiert.«

Ich musste schlucken und schüttelte nur leicht den Kopf. Denn ganz sicher hatten die beiden keine Vorstellung davon, wie nah wir einander tatsächlich auf die Pelle gerückt waren. Mrs. Bains sprach schon weiter.

»Den Katzen geht es gut? Finley hat uns ja schon berichtet, dass Sie unser Haus besser behandeln als wir selbst, daher haben wir uns keinerlei Sorgen gemacht.«

»Ja, es hat alles geklappt, und Maisie und Patch geht es gut. Sie sind gerade ins Haus geschlüpft und werden die Abschiedsleckerlis gefuttert haben, die ich ihnen hingestreut habe.«

»Ach, wie schön!«, sagte Mr. Bains, und ich sah ihm an, wie sehr er sich auf das Wiedersehen mit seinen felligen Mitbewohnern freute.

»Wollen Sie denn noch mit reinkommen auf einen Tee?«, fragte Mrs. Bains, doch ich winkte ab.

»Danke, aber ich wollte noch etwas in meiner Wohnung erledigen, und dann geht es zum Pub. Dort ist heute doch der Live-Abend.«

Eigentlich hatte ich wenig Lust auf den Trubel, doch ich wusste, dass, wenn ich mich zu drücken versuchte, es keine halbe Stunde dauern würde, bis Ellie vor meiner Tür stünde.

»Na gut, dann laufen wir uns ja sicher bald über den Weg. Ach, Liebling, schau mal, da kommt Mrs. McEwan.«

Tatsächlich war Kathleen McEwan gerade auf den Weg eingebogen, ein Lächeln im Gesicht und einen großen Blumenstrauß in den Händen.

Ich spürte, dass dies der Moment für mich war, sie mit den Bains' allein zu lassen, und verabschiedete mich. Als ich Kathleen auf dem Weg begegnete, wechselten wir ein wissendes Lächeln, und ich nickte ihr noch einmal ermutigend zu, bevor ich sie, das Ehepaar Bains und das Cottage hinter mir zurückließ.

55

Den Koffer mit meinen Sachen hatte ich am Vormittag schon in die Wohnung gebracht. Als ich sie jetzt betrat, überfiel mich ein merkwürdiges Gefühlsgemisch aus Abschiedsschmerz und Anfangsfreude. Die Zeit im Cottage war nun wirklich vorüber, und es fiel mir noch schwer, mich von den Erinnerungen zu lösen und von der Möglichkeit, dort jeden Moment Finley über den Weg zu laufen. Doch er war fort. Und ich hatte mich für den Neubeginn entschieden.

Ich setzte mich rittlings auf den stehenden Koffer und sah mich in dem Zimmer um. Noch war es ganz leer bis auf ein von Lily gespendetes Metallbettgestell aus Messing mit einer neuen Matratze, die ein Einzugsgeschenk meines Vaters gewesen und gestern Abend geliefert worden war. Ich versuchte, mir vorzustellen, was in den nächsten Tagen wohl hier einziehen mochte, hatte aber nicht den blassesten Schimmer. Einige Dorfbewohner hatten mich bereits angerufen und eingeladen, bei ihnen im Keller zu stöbern. Morgen würden Ellie, Ian, Kenneth und ich mit den Tapezierarbeiten beginnen, und ab Montag würde ich dann die Keller in Augenschein nehmen. Bis dahin lebte ich aus dem Koffer. Elsbeth hatte mir zwar angeboten, bei ihr oder Alistair unterzukommen, doch ich hatte dankend abgelehnt. Auch wenn Finley nicht mehr bei ihnen war, würde es sich seltsam anfühlen, dort zu sein, wo er bis vor Kurzem noch gewohnt hatte, und außerdem juckte es mich einfach, in der neuen Wohnung zu sein, so karg sie gerade auch sein mochte. Solange es Strom und Wasser gab – und das tat es dank Willys Einsatz –, würde ich mich schon zurechtfinden.

Schließlich seufzte ich und erhob mich, drehte den Koffer um, öffnete den Reißverschluss und suchte irgendein Kleid heraus, das ich für den Pubabend heute Abend anziehen würde. Es war zufälligerweise mein Lieblingskleid – ob das ein gutes Omen für den Abend war?

Es dauerte länger als sonst, mich fertig zu machen, was nicht nur an meiner mangelnden Lust lag, sondern auch daran, dass ich mich in der neuen Wohnung erst noch zurechtfinden und ständig etwas aus meinem Koffer suchen musste. Doch dann, gegen achtzehn Uhr, war ich endlich bereit. Vor meinem Fenster tummelten sich schon die Leute, es klang, als hätte sich ein gewaltiger Bienenschwarm dort eingefunden. Ich schnappte mir meine Handtasche und den Schlüssel und ging hinunter.

Obwohl ich mittlerweile ja wusste, was freitagabends im Pub los war, kam er mir heute noch einmal voller vor. Die Leute drängten sich so dicht, dass ich Mühe hatte, einen Weg hindurchzufinden, und ich schwor mir, dass ich, sollte ich Ellie erreicht haben, mich auf gar keinen Fall vor dem Morgengrauen von dem Platz wegbewegen würde.

Ellie saß an dem üblichen Tisch, durch die Menge hindurch konnte ich hin und wieder einen Blick auf ihre langen, glänzenden Haare erhaschen. Nur wer da noch bei ihr saß, war nicht ganz klar. Erst dachte ich, es wären Aileen und Tara sowie einige der Jungs, doch je näher ich kam, desto verwirrter war ich. Dieser rote Pferdeschwanz … der Bubikopf … das konnten doch nicht … Das Tempo meines Herzschlags verdoppelte sich. Fiona! Josefine! Leon! Sie alle drei saßen bei Ellie am Tisch. Mit einem Mal scherte ich mich nicht länger um das Gedränge. Mit dem Tisch als Ziel vor Augen, schob ich jedes Hindernis einfach zur Seite, bis ich meine Schritte beschleunigen konnte und Fiona von hinten um den Hals fiel. Sie schrie überrascht auf, doch dann erkannte sie mich und umarmte mich ganz fest. Auch Josefine und Leon kamen hinzu und schmissen sich auf unseren Knuddelhaufen.

»Was macht ihr denn hier?«, schrie ich ausgelassen und konnte das Glück, das sich in meiner Brust ausgebreitet hatte, kaum aushalten, so stark und umfassend war es.

»Wir wollten dich sehen, ist doch klar!«, rief Leon und grinste zufrieden über die gelungene Überraschung.

»Aber ihr habt ja gar nicht gesagt, dass ihr kommt.«

Völlig fassungslos ließ ich mich auf den Stuhl sinken, den Ellie mir hingeschoben hatte, und ließ meine Freunde nicht eine Sekunde aus den Augen, aus Angst, sie könnten sich doch noch in Luft auflösen.

»Es sollte eine Überraschung sein«, rief Josefine über den Lärm hinweg. »Leon hat die Telefonnummer von Ians Pub übers Internet rausgesucht, und dann haben wir mit ihm abgemacht, dass wir übers Wochenende kommen.«

»Sie übernachten bei Elsbeth«, erklärte Ellie. »Da gibt es ja gerade genug Platz, wo Elsbeth quasi schon umgezogen ist.«

Ich schüttelte den Kopf und konnte es noch immer nicht fassen. Fiona nahm meine Hand und drückte sie ganz fest.

»Du glaubst doch wohl nicht, dass du uns so einfach entkommen kannst. Wir haben dir damit gedroht, dir nachzureisen.«

Ich sah ihr tief in die Augen, sah das Verständnis, die Freude und Herzlichkeit darin gespiegelt und war so glücklich, sie zur Freundin zu haben.

»Aber jetzt wird getrunken und gefeiert!«, rief Leon und schob mir ein Glas Whisky zu. »Auf unser Wiedersehen, aber vor allem auf deinen Mut und einen glücklichen Neuanfang!«

Einige Stunden später saßen wir noch an demselben Tisch, hatten aber einige Gläser geleert. Ellie kam und ging, je nachdem, welche Freunde bei uns auftauchten oder wen sie in der Menge entdeckte. Und ich war so in das Gespräch mit meinen drei Heidelbergern vertieft, das immer mal wieder durch andere schottische Freunde erweitert wurde, dass ich erschrocken aufzuckte, als eine Hand sich auf meine Schulter legte. Ian stand dort. Offenbar hatte er das Tablett für ein paar Minuten abgelegt, um eine Pause zu machen und bei uns vorbeizuschauen.

»Na, das ist eine ziemlich gute Überraschung, was?«, fragte er grinsend und sah zu meinen drei Freunden hinüber.

»Die beste! Ihr Füchse habt mich einfach ausgetrickst!«

Ian zuckte amüsiert mit den Schultern und hockte sich neben meinen Stuhl.

»Hast du Zeit, mit mir anzustoßen?«, fragte ich ihn strahlend. Er blinzelte zu dem Tisch, und ich schob zwei volle Whiskygläser zu uns, die er vor einer Viertelstunde mitsamt neuen Bieren zu uns gebracht hatte. Es hatte eben Vorteile, mit dem Pubinhaber befreundet zu sein …

»Also, auf den Neuanfang!«, prostete Ian mir zu.

»Auf den Neuanfang!«

Wir kippten beide unsere Gläser und schüttelten uns kurz.

»Sag mal«, meinte Ian dann, »wo ist eigentlich …«

»Achtung, Achtung«, tönte da eine Stimme durch die Lautsprecher, die ich, so betrunken sie auch klang, sofort als Ellies ausmachte. Ian wandte überrascht den Kopf und erhob sich, um zur Bühne zu blicken.

»Achtung, Achtung«, wiederholte Ellie. Ich stand ebenfalls auf und stellte mich kurzerhand auf den Stuhl, um über die Köpfe hinwegzusehen. Wirklich, da stand meine leicht schwankende Freundin mit dem Mikrofon in der Hand auf der Bühne. »Ich bin eure Moderationin, äh, Moderatorin des Abends!« Die Gäste vor der Bühne johlten begeistert. Alle kannten und liebten Ellie. »Und ich habe eine ganz besondere Überraschung für euch!«, fuhr sie lallend fort. »Einige von euch werden sich bestimmt noch an den besten Gastauftritt der letzten Wochen erinnern.« Ich glaubte, keiner wusste, worauf genau sie hinauswollte, aber trotzdem versuchten es einige und riefen ihr Namen zu. Sie lachte und wackelte mit dem Zeigefinger. »Nein, nein, nein, da gab es einen Abend, als wir zwei ganz besonders talentierten Sängerinnen zuhören durften. Und die beiden werden nun noch einmal für euch singen an diesem ganz speziellen Superabend! Ich verrate es euch: Eine davon war natürlich … ich!« Jetzt lachte und johlte das ganze Publikum. Alle wussten, wie es um Ellies Gesangskünste bestellt war. Doch so amüsiert ich war, schwante mir in diesem Augenblick Böses. »Und die andere …«, sie machte eine kunstvolle Pause, die nur durch ein kleines Stolpern ihrerseits kaputtgemacht wurde, »ist keine andere als unser neuester Dorfzuwachs!« Wie von allein wanderten meine Hände zu meinem Gesicht und verdeckten meine Augen halb, sodass ich nur noch darüber hinwegblinzeln konnte.

»Nein, nein, bitte nicht«, flehte ich flüsternd.

»Unsere allseits beliebte und höchst begabte Bäckerin … Mila! – Mila«, rief sie so laut über das Mikrofon, dass es eine Rückkoppelung gab, »komm zu mir auf die Bühne!«

Sofort bereute ich es, auf den Stuhl geklettert zu sein, und fühlte mich ausgeliefert, als alle im Pub sich zu mir umwandten, mir zuklatschten und meinen Namen skandierten. Es gab kein

Verstecken! Zum Glück hatte ich mittlerweile selbst so viel Alkohol im Blut, dass mir eine kleine Stimme einflüsterte, einfach nach vorne zu gehen – und Spaß zu haben. Halb verschämt, halb belustigt, stieg ich also von dem Stuhl, warf meinen Freunden, die mir Anfeuerungen zuriefen, einen verzweifelten Blick zu und ließ mich dann durch die Menge führen, die sich plötzlich wie von Geisterhand vor mir öffnete und den Weg zur Bühne freigab. Ich guckte nicht nach links und nicht nach rechts, sondern hielt geradewegs auf die Bühne zu, wo ich von zwei breiten Kerlen – einer trug sogar einen Schottenrock – hochgehoben und von Ellie begeistert in Empfang genommen wurde.

»Hey, Leute«, schrie Ellie viel zu laut ins Mikrofon, »Applaus für meine beste Freundin Mila!« Sie wartete das Tosen des Beifalls ab, dann rief sie: »Und falls ihr es noch nicht gehört habt: Es gibt heute was zu feiern. Mila wird unsere neue Bäckerin! Sie bleibt im Dorf und wird bald hier nebenan eine Bäckerei eröffnen. Kommt also unbedingt vorbei, was Besseres als ihre Brote könnt ihr gar nicht kriegen!«

Betrunken und verschämt, wie ich war, fiel ich Ellie um den Hals und raunte: »Danke«, was halb ernst, halb ironisch gemeint war.

»Dirty Old Town?«, fragte sie mich zurück, und ich nickte. Trotz der vielen Wochen hier war ich in den heimischen Volksliedern noch nicht sehr textsicher – was nicht zuletzt an dem schottischen Kauderwelsch in Kombination mit viel Whisky auf allen Seiten gelegen hatte. Und so war der Song von den Pogues, die eigentlich irisch waren, der einzige, den ich mitsingen konnte, da mein Vater ihre Platten früher beim Backen rauf und runter gehört hatte, um an manch grauem Morgen in Stimmung zu kommen. Ellie gab den Jungs und Mädels mit den Instrumenten ein Zeichen und drückte mir ein zweites Mikro in die Hand. Als ich die ersten rauen Klänge des Liedes hörte, war das Publikum vor uns für einen Moment vergessen, und ich fing einfach an zu singen. Dabei blickte ich zu Ellie, die mich anlächelte und mitsang. Es musste schrecklich klingen, wir lallten und waren viel zu betrunken und sowieso keine guten Sängerinnen, aber das zählte gerade gar nicht. Wir hatten Spaß! Also nickten wir uns zu und sangen noch lauter, und der ganze Pub sang mit! Ich sah in das Publikum, hob eine Hand und wippte damit im Takt, und tatsächlich machten einige Reihen mit. Besonders bei den zwei immer wiederkehrenden Zeilen *Dirty Old Town, Dirty Old Town* brüllten einige so laut, dass sie selbst uns übertönten, und brachten mich zum Lachen.

Plötzlich, während der letzten Verse, erstarrte ich, und die Geräusche hallten nur noch entfernt in meinem Kopf. Ich hätte ihn eher sehen müssen. Er stach aus dem Publikum heraus, wie er dort an der Theke lehnte und ganz ruhig war, während alle um ihn herum schunkelten und lachten: Finley. Ein Schauder lief mir über den Rücken. Wie automatisiert sang ich die letzten Worte und nahm nur am Rande wahr, wie Ellie einen Arm um meine Schultern legte und wir uns verbeugten. Immer wieder musste ich zu Finley sehen. Er war also wirklich hier im Dorf. Dann musste er doch mit seinen Eltern zurückgekehrt sein, war nur nicht mit zum Cottage gekommen. Er klatschte nicht, sondern behielt mich eisern im Blick, ohne eine Miene zu verziehen. Nicht einmal das übliche halbe Grinsen lag auf seinen Lippen, er wirkte völlig ernst.

Ich schluckte, merkte kaum, wie mir das Mikro aus der Hand genommen wurde, und ließ mich wie benommen von der Bühne heben. Wie aus einiger Entfernung hörte ich die Stimme meiner Freundin: »Alles in Ordnung?« Da spürte ich plötzlich die Arme von Fiona, Leon und Josefine, die sich um mich schlangen und mir durch das Haar fuhren. Und dann war da er. Finley tauchte aus der Menge auf und kam direkt auf mich zu. Ganz kurz überkam mich der Wunsch, ihm entgegenzulaufen und mich an ihn zu schmiegen. Es kam mir so vor, als hätte ich ihn jahrelang nicht mehr gesehen, und die Sehnsucht war so groß. Auch jetzt spürte ich sie in jeder Faser meines Körpers. Da stand er vor mir. Für einen Augenblick dachte ich, er würde sich zu mir hinunterbeugen, um mich zu küssen, doch stattdessen sagte er in mein Ohr: »Können wir kurz rausgehen?«

Ich nickte und folgte ihm, als er sich durch die Menge zur Tür hindurchzwängte.

Draußen führte er mich von den Grüppchen fort, und wir hielten direkt vor dem Schaufenster meiner künftigen Bäckerei. Finley drehte sich zu mir und sah mir mit bohrendem Blick direkt in die Augen.

»Stimmt es?«, fragte er, und sein Ton war so fordernd, dass ich beinahe zurückgewichen wäre.

»Was meinst du?« Der Alkohol benebelte meinen Kopf, auch wenn die frische Luft half, etwas klarer zu werden.

»Du bleibst hier?«

»Ja«, sagte ich mit fester Stimme, um ihm etwas entgegenzusetzen. »Deine Eltern müssen es dir doch erzählt haben.«

Er wirkte plötzlich irritiert, sein Blick wurde unruhig und huschte hierhin und dorthin, bevor er wieder bei mir landete.

»Nein, sie … ich habe sie seit heute Nachmittag nicht gesprochen, als sie mich vor meiner neuen Wohnung rausgelassen haben.«

»Neue Wohnung?«, hakte ich nach, doch er ignorierte die Frage einfach und sah mich durchdringend an.

»Aber … was … was ist mit Theo?«, fragte er und strich sich fahrig durch die Haare. »Du wolltest doch zu ihm zurück.«

Nun war es an mir, überrascht zu sein.

»Wer sagt das?«

»Du! Du hast doch gesagt …« Es war ihm anzusehen, wie er sich zu erinnern versuchte, wie er Worte in seinem Kopf hin- und herwälzte. Sein ganzer Körper geriet dabei in Bewegung, er schritt vor und zurück, suchte mit den Händen nach Halt und fasste nur ins Leere.

»Ich habe nichts dergleichen gesagt«, meinte ich entschieden. Und da brach sich die Verzweiflung der letzten Woche Bahn. »Ich wollte die ganze Zeit mit dir sprechen! Ich habe dir zig Nachrichten geschickt und gefragt, wie es dir geht. Ich wusste ja nicht einmal, wo du bist! Du bist einfach verschwunden, ohne ein Wort. Am Anfang konnte ich es ja noch verstehen. Theos Besuch hat mich genauso überrascht wie dich. Aber danach!«

Ungläubig starrte Finley mich an und schüttelte den Kopf.

»Du wolltest doch nur dein schlechtes Gewissen beruhigen, bevor du nach Deutschland abdampfst. Der arme kleine Finley, sein Herz ist gebrochen, und er bleibt in dem armseligen schottischen Dorf zurück.«

»Was? Nein!«, rief ich aufgebracht. Ich wusste nicht, ob ich lachen oder schreien sollte.

»Aber was sollte das alles dann mit Theo? Du hattest mir doch gesagt, du wärst verliebt in ihn, das weiß ich genau.«

Noch immer schien es ihm schwerzufallen, still zu stehen, und sein Gesicht war vor Wut oder Verzweiflung verzerrt.

»Das habe ich gedacht. Aber … aber als er hier war, habe ich gemerkt, dass das nicht mehr stimmt, dass ich … ich …«

»Und warum hast du ihn dann nicht gleich weggeschickt … oder es mir gesagt, als ich noch da war?«

Ich runzelte die Stirn und machte einen kleinen Schritt zurück.

»An dem Morgen, an dem er aufgetaucht ist? Wie hätte ich das tun sollen, ich …«

»Irgendwas hättest du tun müssen!« Finley drehte sich mit seiner Argumentation im Kreis, und ich wusste nicht mehr, was ich sagen sollte, um ihn da herauszuholen.

»Ich habe dir immer wieder geschrieben«, wandte ich erneut ein.

»Aber doch nur, dass wir reden müssen, nicht, dass du diesen ... Theo nicht willst!«, rief er anklagend.

»Das hätte ich ja vielleicht auch gemacht, wenn du dich nicht sofort wieder an Blair rangeschmissen hättest!«

»Ich habe was?« Seine Augen funkelten mich in dem Laternenschein an.

»Ach, komm schon, das war doch total offensichtlich, dass zwischen euch wieder was läuft, so wie ihr den einen Abend umeinander herumscharwenzelt seid.«

Für einige Sekunden, die mir wie eine halbe Ewigkeit vorkamen, blieb Finleys Blick auf mir und durchbohrte mich.

»Du meinst nach unserem ... nach Theos Auftauchen? So ein Quatsch! Blair stand vor dem Pub und hat sich an mich geheftet, als ich rein bin. Und weil ich eben kein Arsch bin, war ich nett zu ihr und habe ein paar Worte mit ihr gewechselt. Das war alles.«

»Ah ja, wirklich?«, fragte ich zweifelnd und versuchte, mir den Abend noch einmal genau ins Gedächtnis zu rufen. Es fiel mir nicht schwer, Blair vor mir zu sehen, wie sie ihn angehimmelt und die Berührung gesucht hatte. War das wirklich nur von ihr ausgegangen? Doch da brach sich plötzlich Finleys Wut Bahn: »Verdammt, Mila! Warum bist du dir so unheimlich sicher, dass ich nur Lügen erzähle, hm?«

Sofort wurde mein Atem wieder flach, meine Aufregung nahm zu.

»Wundert dich das wirklich? Was, bitte schön, soll ich denn denken, wenn du mir die ganze Zeit aus dem Weg gehst?«

»Scheiße, Mila!« Er schien nun völlig außer sich und schrie: »Ich habe dich nicht ein Mal angelogen, nicht ein verdammtes Mal! Das Einzige, was ich dir verheimliche, ist, dass ich den verdammten Tag verfluche, an dem ich mich in dich verliebt habe!«

Es war, als hätte er mir mitten in die Magengrube geboxt. Das Atmen fiel mir schwer, und alles in mir zog sich zusammen. Ich schluckte und starrte ihn an, versuchte, in seinen Augen abzulesen, ob er das ehrlich meinte, ob er das gerade wirklich ausgesprochen hatte.

»Finley, ich …«

Doch Finley unterbrach mich mit einem entschiedenen Kopfschütteln.

»Ich will nichts mehr hören. Ich will einfach nichts mehr hören!«

Er wirkte so verzweifelt, überfordert und wütend. Kurzzeitig schien er noch etwas sagen zu wollen, doch er schüttelte nur den Kopf, sah mir zornig in die Augen, dann drehte er sich um und ging.

Völlig verdattert blieb ich zurück. Ich sah ihm nach und spürte, wie Wut und Verzweiflung in mir aufwallten. Da ging er, wieder einmal.

»Dann geh doch!«, schrie ich ihm nach und hörte, wie meine Stimme von den Hausfassaden zurückhallte. »Lauf halt weg, so wie du es immer tust!«

Tränen der Wut liefen mir über die Wangen, ich sah ihm nach, bis er aus meinem Blickfeld verschwunden war. Da taumelte ich zur Seite, bis ich an die Hauswand stieß. Während ich meine Handballen gegen die Augen presste, ließ ich mich an der Wand hinabsinken und wünschte, der Boden würde sich einfach auftun und mich für immer verschwinden lassen.

56

»Die passen so gut zu dir!«, rief Fiona, als sie die Tapeten, die ich mir für die Wohnung und die Bäckerei ausgesucht hatte, ein Stück weit entrollte.

Ich lächelte sie an, wobei ich die Müdigkeit um meine Augen und das Gewicht um die Mundwinkel fühlte. Ich strich über das raue Papier.

»Gefallen sie dir?«

»An meiner eigenen Wand würde ich sie hassen, aber bei dir werden sie perfekt sein.«

In der Wohnung würde eine Wand in hellen Türkis- und Pinktönen und die Bäckerei unten in Grün und Weiß tapeziert werden – natürlich mit Blumenmustern.

Es war der Tag nach dem furchtbaren Streit mit Finley. Ellie, Fiona, Leon und Josefine waren nach seinem Abgang sofort bei mir gewesen. Sie hatten mich aufgerichtet und gehalten und schließlich in meine Wohnung und ins Bett gebracht. Ein traumloser Schlaf hatte mich übermannt, und ich war froh darüber. Die Schattenbilder der letzten Nacht verfolgten mich an diesem Tag schon zur Genüge. Immer wieder hörte ich Fetzen des Streits in meinem Kopf widerhallen, und immer wieder fragte ich mich, wie es sein konnte, dass das Liebesgeständnis von dem Mann, für den ich doch so starke Gefühle hegte, mir solchen Schmerz bereitete.

»Keine Sorge, es geht mir besser«, sagte ich, als ich Fionas besorgten Blick auf mir fühlte. Wir standen zu zweit vor dem Tapeziertisch in meiner Wohnung, während Josefine, Leon, Ellie, Kenneth und Ian unten in der Bäckerei alles vorbereiteten. »Es ist nur ein kleiner Rückfall, und der ist jetzt ein für alle Mal vorbei.«

»Willst du nicht doch noch mal mit ihm sprechen?«, fragte Fiona und legte eine Hand auf meine Schulter, während ich weiter gedankenverloren über die Tapete strich. »Immerhin hat er dir seine Liebe gestanden.«

»Du hast ja nicht gehört, wie er das gemacht hat, mit einem solchen Hass in der Stimme. Ich weiß nicht, was ein Gespräch bringen sollte.« Ich atmete schwer aus. »Mit ihm fühlt es sich an wie …«, ich sah mich auf dem Tisch um, »wie mit dieser blöden Abdeckfolie. Irgendwie bekommt man sie nie richtig zu fassen, und wenn man es schafft, reißt sie sofort ein.« Fragend blickte ich zu ihr, ob sie verstand, und sie nickte. Dann griff ich mehr oder weniger ziellos nach der Folienpackung und besah sie mir, ohne den Text darauf wahrzunehmen. Ich seufzte und ließ sie zurück auf den Tisch gleiten. »Weißt du, was eigentlich noch schlimmer ist als seine Wut mir gegenüber? Er meinte irgendwann im Streit, dass ich ihm nie glauben würde – darüber muss ich seit gestern Nacht die ganze Zeit nachdenken, und er hat recht! Dabei gibt es gar keinen Anlass dafür. Ich habe damals im Cottage zufällig mit angehört, wie er Blair klipp und klar gesagt hat, dass er nur mit ihr befreundet sein will, dabei hätte er so einfach seine Spielchen mit ihr treiben können. Aber diese Theo-Geschichte hat mich total durcheinandergebracht.«

»Kein Wunder«, meinte Fiona trocken und zog die Augenbrauen vielsagend hoch. »Das war ja geradezu traumatisierend, was der Kerl abgezogen hat.«

»Vielleicht«, sagte ich. »Aber es ist unfair, Finley mit ihm in denselben Topf zu werfen.«

Fionas Druck an meiner Schulter wurde ein wenig fester.

»Schlaf noch eine Nacht drüber, und dann überleg dir, ob du ihn nicht doch noch mal zur Rede stellst. Ich glaube, zwischen euch ist vieles ungesagt. Wenn ihr einmal für Klarheit sorgt …« Ein Poltern auf der Treppe unterbrach sie. Wir drehten uns beide zur Tür um. Ellie und Ian tauchten im Eingang auf.

»Na, ihr beiden, wie läuft's hier?«, fragte Ian. »Wir sind unten so weit fertig, dass wir lostapezieren können. Aber das Wichtigste fehlt noch!«

Erschrocken blickte ich ihn an.

»Habe ich etwas vergessen?«

Doch da griff Ellie schon an mir vorbei und hievte die große Rolle mit der grün-weißen Tapete hoch.

»Er zieht dich nur auf. Wir brauchen die Tapete.« Sie zwinkerte mir zu. Ian nahm ihr die Rolle ab und machte sich mit seinem Fang sofort wieder auf den Weg nach unten.

»Geht's?«, fragte Ellie mich leise, als wir zu dritt zurückgeblieben waren.

»Ich denke, schon«, sagte ich und lächelte ihr beruhigend zu. »Also, bis auf den Kampf, der in meinem Kopf tobt, in dem mal ein kleiner Finley mit der Keule auf die kleine Mila einschlägt und dann die kleine Mila den Finley fertigmacht. Sonst ist alles super …«

»Oh Mann, Mila. Hätte ich das geahnt, dass ausgerechnet Finley dir …«

»Was ist ausgerechnet mit mir?« Die tiefe Stimme drang zu uns, und noch bevor ich ihn sah, traf mich seine Anwesenheit bis ins Mark. Ich drehte mich perplex zu ihm um. Da stand er, mit seinen zerzausten blonden Haaren, die Augen ein wenig umschattet, die Miene ungewöhnlich ernst. Ihn so zu sehen erinnerte mich an die ersten Momente unseres Kennenlernens, als er von meiner Anwesenheit im Haus derart überrumpelt worden war, dass sogar der Witz, der üblicherweise über seine Gesichtszüge tanzte, für einige Augenblicke verschwunden war. Hätte ich damals nur schon gewusst, was ich einmal für ihn empfinden würde. So vieles hätte anders laufen können …

»Was machst du denn hier?«, fragte ich mit einer Stimme, die mir selbst fremd erschien. Aber meine Kehle war wie zugeschnürt.

»Mila«, sagte er leise, nachdem er die Hand gehoben und Ellie und Fiona gegrüßt hatte, »kann ich mit dir reden?«

Ich atmete tief ein, ohne zu wissen, was ich sagen sollte, was das Richtige war. Da spürte ich Fionas Fingerspitzen an meinem Handrücken. Die Berührung war ganz leicht, aber ich wusste, was sie mir sagen wollte.

»Na gut«, meinte ich und machte zwei kleine Schritte auf ihn zu in den Raum hinein. »Sprich.«

»Hier?« Er sah zu Fiona und Ellie, die am Tapeziertisch standen und betreten und gespannt zugleich zu uns sahen. »Können wir nicht …«

»Nein«, sagte ich entschieden, denn alles in mir wehrte sich dagegen, noch einmal mit ihm an derselben Stelle zu stehen wie gestern Nacht.

»Wir gehen runt…«, begann Ellie.

»Nein«, unterbrach ich auch sie, allerdings in viel milderem Ton, »bleibt, bitte.«

Irgendetwas in mir fürchtete sich davor, ein weiteres Mal allein mit Finley zu reden. Falls es wieder zum Streit kommen sollte, brauchte ich meine besten Freundinnen um mich.

Die beiden nickten zögerlich, dann beugten sie sich tief über den Tapeziertisch und begannen, leise zu reden und die Rollen zurechtzuschneiden.

»Okay«, sagte Finley nach kurzem Zögern und trat über einen herumliegenden Besen zu mir heran. Er sah sich zu den anderen um, schien sich nicht konzentrieren zu können oder kämpfte mit den Worten. Doch diesmal wollte ich ihm nicht zu Hilfe kommen. Ich stand da und wartete in aller Ruhe ab, während es in meinem Inneren brodelte. »Du hast recht«, sagte er schließlich. »Ich hätte mich bei dir zurückmelden müssen.«

Überrascht hob ich die Augenbrauen.

»Ich habe es nicht getan, weil …« Hier stöhnte er entnervt auf, wandte sich leicht ab, aber riss sich dann wieder zusammen und sah zu mir. »Ich bin halt fest davon ausgegangen, dass du zu Theo zurückgehen würdest. Was hätte ich denn da tun sollen?«

»Nachfragen«, sagte ich und hob eine Schulter.

»Ja, vielleicht. Also ja, stimmt, du hast recht. Mann, ich habe es halt verbockt! Es ist ein Weilchen her, dass ich jemanden so mochte wie dich, es hat mich ziemlich übermannt. Und dass ich nicht besonders gut darin bin, Beziehungen einzugehen … darüber hatten wir ja schon gesprochen. Und seit … Isabelle … du weißt schon … da fällt es mir noch mal so schwer … Ich weiß einfach nicht, ob ich noch einen Verlust verkraften würde.«

Ich biss mir auf die Lippe.

»Entschuldige, dass ich gestern so hart zu dir war«, sagte er schließlich leise, aber durchdringend und blickte mich so fest an, dass ich leicht ins Schleudern geriet.

»Mir tut es auch leid«, raunte ich. »Ich hätte dir gleich glauben müssen, dass du nichts mehr mit Blair anfangen würdest. Es war nur so einfach, davon auszugehen, dass du dich in ihre

Arme retten würdest.« Ich war froh, dass meine Stimme fest blieb, obwohl die Schnur um meine Kehle immer enger wurde.

Finley schien von meiner Entschuldigung genauso überrascht wie ich zuvor von seiner. Er wirkte verlegen, als er sich durch die Haare fuhr und sie noch mehr zerstrubbelte.

»Dann magst du mich also doch noch ein bisschen?«, fragte er, die Hand in den Haaren, den Kopf leicht gebeugt und mit einem Blick, der jedem Hund Konkurrenz machte. So fest hatte ich mir an diesem Morgen vorgenommen, mich nicht mehr auf ihn einzulassen, ihn nicht an mich heranzulassen, doch nun stand er da vor mir und sah mich mit diesem Blick an – und war einfach er, Finley Bains. Wie sollte ich dem Gefühl widerstehen, das mir ganz klar zuraunte, dass er das war, wonach ich mich gesehnt hatte, seitdem ich meinen allerersten Liebesfilm gesehen hatte?

»Ein bisschen?«, fragte ich.

»Na ja, oder ein bisschen mehr. So wie ich dich eben?«

»Finley«, sagte ich und sah ihn frech an. »Ehrlich gesagt kann ich mich kaum noch daran erinnern, was du gestern genau gesagt hast. Wie sehr magst du mich noch mal?«

Eine Sekunde lang sah Finley mich fassungslos an, dann wechselte sein Blick zu einem herausfordernden Grinsen – *seinem* Grinsen, das ich während der letzten Woche so vermisst hatte. Sofort kribbelte es in meinem Bauch.

Finley deutete in Richtung meiner Freundinnen, die still vor sich hin arbeiteten, aber natürlich genauestens zuhörten. »Muss ich mich jetzt wirklich vor allen nackt machen?«

»Na ja«, sagte ich und musste noch breiter lächeln. »Ich glaube, ich wäre nicht die Einzige, die sich darüber freuen würde.«

Er lachte auf, dann warf er als vorgegebener Stripper einen imaginären Hut in Richtung von Fiona und Ellie.

»Mila Muntser«, sagte er laut und deutlich, und mir entfuhr

ein Glucksen, als er meinen Nachnamen wie immer überbetonte. Doch plötzlich sah er mich ernst an, biss kurz auf seine Unterlippe, als koste es ihn den letzten Rest Überwindung. »Mila, ich war mir am Anfang sicher, du wärst eine der größten Nervensägen dieser Erde …« Ich wollte schon etwas erwidern, doch er übertönte mich: »Dabei bist du einer der wunderbarsten Menschen, die ich je getroffen habe, wenn nicht sogar *der* wunderbarste. Ich liebe dich, Mila, und ich will mit dir glücklich werden und alt, so alt und glücklich wie Alistair und Elsbeth.« Seine Augen funkelten, und seine Lippen verzogen sich zu einem sanften Lächeln. »Na, was sagst du?«

Ich stand da und schluckte und wusste gar nichts zu sagen außer: »Ich glaube, das war die schönste Liebeserklärung, die ich je gehört habe.«

»Und du hast viele gehört«, fügte Finley mit einem stolzen Grinsen hinzu. Ich nickte.

»Heißt das?« Er machte einen Schritt näher an mich heran und griff nach meiner Hand.

»Finley, ich habe keinen Schimmer, wo das mit uns hinführen soll.« Ich zögerte eine Sekunde, in der er mir noch näher kam, sein Parfümduft mir in die Nase stieg und es mir schwerfiel, mich zu konzentrieren. »Ich weiß ja noch nicht einmal, ob du überhaupt in Applemore bleibst!«

Seine Augen zogen sich leicht zusammen.

»Klar bleibe ich, was denkst denn du? Sonst hätte ich hier wohl kaum so einen Aufstand gemacht, oder?« Er lächelte mich schief an. »Ich habe die Wohnung neben Alistair gemietet, also ziemlich genau«, er schielte an mir vorbei aus dem Fenster, »jepp, genau gegenüber.«

»Ganz wie unsere Zimmer im Cottage«, sagte ich und erwiderte sein Lächeln. Seine Augen blitzten auf.

»Die guten alten Zeiten …« Er strich mir mit dem Daumen über den Handrücken, und sofort löste sich ein Schauer, der von meiner Hand bis zum Nacken lief.

»Dazu würde allerdings noch etwas anderes gehören …«, sagte ich in betont ernstem Tonfall, woraufhin er mich fragend anblickte. »Hast du schon einen Job in Aussicht?«

Amüsiert verzog er das Gesicht.

»Warum fragst du mich das? Du weißt doch genau, dass ich nicht gut im Pläneschmieden bin.«

»Na ja«, ich biss mir auf die Lippen, »ich wüsste da eine Bäckerin im Ort, die ein Helferlein gebrauchen könnte.«

»Zahlt sie denn gut?«, hakte er nach und zog mich ein wenig näher an sich heran.

»Sie tauscht nur.« Ich konnte das Lächeln nicht länger zurückhalten, das mein Gesicht einnahm. »Gegen Brot.«

»Das ist zu schade«, meinte Finley und zog mich noch ein Stückchen näher, sodass meine Ponylocke schon fast sein Kinn kitzelte. »Brot backen kann ich nämlich selbst. Aber vielleicht ließe sich ja etwas anderes aushandeln?«

»Vielleicht«, hauchte ich, ohne noch einen klaren Gedanken fassen zu können. Und dann nahm ich allen Mut zusammen und flüsterte: »Finley, ich liebe dich auch.«

Ein Lächeln stahl sich auf seine Lippen und verschwand sofort wieder, als er mich endlich fest an sich zog und mich küsste. Er legte eine Hand an meine Hüfte, die andere fuhr durch meine Locken und hielt mich ganz dicht an ihn. Endlich schmeckte ich wieder seine Lippen, spürte seine Haut an meiner, sog seinen Duft tief in mich ein.

»Leute«, hörte ich da aus weiter Entfernung eine Stimme. Vorsichtig löste ich mich von Finley und sah zu Fiona hinüber, die, eine Hand in die Hüfte gestützt, zu uns herübersah. »Ich wollte nur ankündigen, dass wir in der Bäckerei weitermachen – nur so für den Fall, dass sich hier doch noch jemand nackig machen will.« Frech blitzte sie zu Finley hinüber und brachte uns zum Lachen.

»Die gefällt mir«, meinte Finley halblaut. »Kann man die nicht irgendwie überzeugen, in ein kleines vergessenes Dorf irgendwo in Schottland zu ziehen?«

Ich lächelte ihn glücklich an, sah meinen Freundinnen hinterher, wie sie in das Treppenhaus verschwanden.

»Ich glaube, die Chancen stehen gar nicht schlecht. Immerhin ist das hier das schönste Dorf der Welt.«

Nachwort und Dank

Als ich im Frühjahr 2019 mit der Arbeit an diesem Roman begann, war noch nicht abzusehen, dass die Welt sich innerhalb weniger Jahre völlig auf den Kopf stellen würde. Nicht nur, dass es nach langem Hin und Her tatsächlich zum vertraglich festgehaltenen Brexit kommen würde, war eine Überraschung. Hinzu kam eine Pandemie, die unser Leben in jeder Hinsicht umkrempelte und einschränkte, sodass mit einem Mal nichts mehr von dem, was vorher zum Alltag gehörte, selbstverständlich war.

Ich musste mich also fragen, von welcher Welt ich in diesem Roman erzählen wollte. Die Entscheidung fiel mir ehrlich gesagt nicht schwer: Wollte ich wirklich ein Schottland mit geschlossenen Pubs beschreiben, eines, in dem man sich nur mit Masken annähern könnte und regelmäßiges Testen zum täglichen Leben gehörte? Meine Protagonistin hätte nach dem Brexit nicht spontan in Großbritannien bleiben, geschweige denn so einfach die Idee verfolgen können, dort ein eigenes Geschäft zu eröffnen.

Aus diesen Gründen habe ich mir die Freiheit genommen, am Jahr 2019 festzuhalten und mir einen Ort in Schottland auszudenken, den es so tatsächlich nicht gibt, aber womöglich geben könnte: Applemore. Ich habe die Zeit, die ich gedanklich dort verbringen konnte, sehr genossen, gerade auch weil die Pandemie für ein paar Stunden zur Seite rückte. Und ich hoffe, dass auch Sie dort schöne Lesestunden verbringen können.

Gerne möchte ich diese Zeilen nutzen, um endlich auch im Buch selbst meinen großartigen Lektorinnen Diana Keller und Angela Kuepper zu danken. Mit viel Geduld und dem Auge fürs Detail haben sie dafür gesorgt, dass meine drei bisherigen Romane nicht völlig aus dem Ruder laufen und das Gekribbel zwischen den Protagonisten nicht überhandnimmt.

Ein besonderer Dank geht an Micha und sein Team von der køniglichen Backstube in Berlin-Neukölln, wo ich für einen Tag Mäuschen spielen und mir das mit dem Brotbacken ganz genau erklären lassen durfte.

Außerdem danke ich ganz herzlich Eva Semitzidou von der Literaturagentur Michael Gaeb, die für jeden kleinen Zweifel und jeden noch so abwegigen Einfall ein offenes Ohr hat. Ohne ihre Begeisterung für die Buchideen wäre wohl so mancher Roman nicht entstanden.

Mit einem solchen Team kann nichts schiefgehen – ich freue mich sehr auf all die kommenden Projekte!

Rezepte

Dundee Verkupplungs-Muffins

175 g Zucker
175 g Butter oder Margarine
100 ml (pflanzliche) Milch
2 EL Apfelessig
175 g Mehl
1 TL Backpulver
100 g gemahlene Mandeln
1 Prise Salz
½ TL Zimt
½ TL gemahlener Koriander
1 Prise Piment
½ TL Muskatnuss
1 Prise gemahlener Ingwer
Prise Nelkenpulver
Schale einer großen Orange
150 g getrocknete Beeren
150 g Rosinen
50 g kandierte Früchte
1 EL Whisky (nach Belieben)
16-20 ganze geschälte Mandeln

Den Ofen auf 180° C vorheizen.

Den Zucker in der Butter oder Margarine schaumig schlagen und anschließend Milch und Apfelessig hinzugeben.

Nun Mehl, Backpulver, gemahlene Mandeln und die Gewürze in einer großen Schüssel mischen, um dann die Buttermischung unterzurühren. Orangenschale und alle getrockneten Früchte hinzufügen. Nach Belieben einen Esslöffel Whisky in den Teig geben – für die schottische Note!

Den fertigen Teig gleichmäßig in einer mit Förmchen ausgelegten Muffinform verteilen. Anschließend die Mandeln im Kreis vorsichtig oben auf die Muffins drücken, sodass sie noch zu sehen sind und ein schönes Muster ergeben.

Nach 25-30 Minuten sollten die Muffins fertig sein – am besten einmal die Probe mit dem Holzstäbchen machen, um sicherzugehen.

Und nun viel Spaß beim Verkuppeln – oder auch einfach beim Naschen!

Apfel-Marzipan-Schnecken –
eine süße Hommage an Applemore

Für den Teig
500 g Mehl
80 g Zucker
1 Päckchen Vanillezucker
1 Prise Salz
250 ml (pflanzliche) Milch
70 g Margarine
1 Päckchen Frischhefe
1 EL Zitronenschale

Für die Füllung
2 Äpfel
100 g Zucker
1 TL Zimt
60 g Marzipanrohmasse
Nach Belieben: 1 Handvoll Rosinen

Für die Glasur
100 g Puderzucker
4 EL Zitronensaft

In einer großen Schüssel Mehl mit Salz, Zucker und Vanillezucker vermischen.

Milch und Margarine in einem kleinen Topf so weit erwärmen, dass das Fett schmilzt. Den Topf vom Herd nehmen und die Hefe einrühren, bis sie sich aufgelöst hat. Die Milchmischung zum Mehl geben und mit der Zitronenschale einige Minuten zu einem geschmeidigen Teig verkneten. Den Hefeteig abgedeckt an einem warmen Ort etwa eine Stunde gehen lassen.

In der Zwischenzeit die Äpfel schälen und entkernen, in kleine Würfel schneiden und mit Zucker und Zimt vermischen.

Den aufgegangenen Hefeteig auf einer bemehlten Fläche durchkneten und rechteckig ausrollen. Die Apfelmischung gleichmäßig darauf verteilen und mit zerbröseltem Marzipan und, nach Wunsch, den Rosinen toppen.

Nun den Teig von der Längsseite her aufrollen, in zwölf Stücke schneiden und diese jeweils auf ein mit Backpapier ausgelegtes Blech setzen. Noch einmal 20 Minuten ruhen lassen. Den Ofen auf 190° C vorheizen.

Die Schnecken für 20 bis 25 Minuten backen, je nach Backofen und gewünschter Bräunung. Anschließend abkühlen lassen.

Puderzucker und Zitronensaft verrühren und über die Schnecken träufeln.

Bain sult as!

Dinkel-Kartoffel-Brot mit Hefe

Achtung, lange Gehzeit: Sichert die Teigschüsseln gut vor gefährlichen Mitbewohner*innen!

600 g Dinkelmehl
2 TL Salz
1 Päckchen frische Hefe
300 ml lauwarmes Wasser
130 g Kartoffeln, gekocht und gestampft
2 EL Olivenöl
Kräuter (Rosmarin, Thymian o. Ä.) nach Belieben

Mehl mit dem Salz mischen und eine Kuhle hineindrücken. Hefe in lauwarmem Wasser auflösen, in die Kuhle geben und unterrühren. Dann die restlichen Zutaten dazugeben und 10 Minuten mit Knetgerät oder per Hand ordentlich durchkneten, bis ein glatter Teig entstanden ist. Den Teig 18 bis 22 Stunden bei Raumtemperatur gehen lassen. Anschließend eine Kastenform großzügig mit Butter oder Margarine einfetten. Den Teig noch einmal gut durchkneten. Etwas Mehl hinzugeben, falls er zu klebrig ist. Dann in die Form legen und mit Mehl bestäuben, damit er nicht austrocknet. Wiederum 1 Stunde bei Raumtemperatur gehen lassen. Etwa 20 Minuten vor Ablauf der Ruhezeit den Ofen auf 250° C Ober- und Unterhitze vorheizen. Bevor es in den Ofen kommt, das Brot mit einem scharfen Messer der Länge nach einschneiden. Nun in den Ofen damit und die Temperatur sofort auf 220° C runterstellen.

Behaltet das Brot während der Backzeit im Blick. Jeder Ofen ist anders, und ein Brot kann schnell zu dunkel werden! Nach etwa 45 Minuten Backzeit das Brot mit Backhandschuhen vorsichtig aus der Kastenform nehmen und ohne Form weitere 15 Minuten backen. Das sorgt für die richtige Kruste.

Wenn das Brot eine schöne Backfarbe angenommen hat, könnt ihr testen, ob es durchgebacken ist, indem ihr es mit Handschuhen herausnehmt und auf die Unterseite klopft. Klingt es hohl, könnt ihr es herausholen, abkühlen lassen und endlich genießen.